Martha Hall Kelly

LE TOURNESOL SUIT TOUJOURS LA LUMIÈRE DU SOLEIL

Roman

Traduit de l'anglais (États-Unis) par
Géraldine d'Amico et Laurence Videloup

CHARLESTON

LES LECTRICES ONT AIMÉ !

« La construction narrative de ce roman est extrêmement riche et intéressante. L'autrice a fait des travaux de recherche incroyables pour nous délivrer un texte et instructif. »
Eline, de @meslivresdepoche

« En ouvrant ce roman, on plonge dans une fresque incroyable, magnifique et inoubliable, qui donne la parole à des femmes courageuses et fortes. »
Anouk, de @anouklibrary

« Martha Hall Kelly nous plonge en pleine guerre de Sécession et aborde l'esclavagisme, sans pudeur, mais avec finesse et sensibilité. Cette lecture délivre un message puissant que nous devrions tous profondément nous approprier. »
Marta, de @leslecturesdemissm

« Un roman fascinant et fort porté par une plume magnifique qui suscite beaucoup d'émotions. »
Leah, de @leahbookaddict

« Une lecture qui marque. Les chapitres défilent et nous restons en apnée durant tout le roman pour connaître le destin des personnages. À découvrir de toute urgence. »
Marine, de @toiledemots

« L'autrice a un réel talent pour narrer les choses de façon fluide et très instructive. Un livre à conseiller en cette période de lutte. »
Carol-Ann, de @bbtiz

« C'est un gros coup de cœur, j'ai littéralement adoré ! À l'heure où le racisme est encore d'actualité, il est essentiel de lire ce roman pour ne pas oublier. »
Chloé, de @lire_encore

« Quand la littérature s'inspire de faits réels pour rendre hommage aux voix de femmes invisibilisées par l'histoire, cela donne un roman incroyable. Une histoire puissante qui nous fait vibrer du début à la fin. »
Christel, de @les__miscellanees_de_cookie

« Quelle belle et poignante lecture ! J'ai aimé la plume de l'autrice qui prend le temps de poser le cadre pour rendre l'histoire encore plus vivante. »
Clémentine, de @helynna_

Pour en savoir plus sur les Lectrices Charleston,
rendez-vous sur la page
www.editionscharleston.fr/lectrices-charleston

De la même autrice :

Le lilas ne refleurit qu'après un hiver rigoureux, Pocket, 2019

Un parfum de rose et d'oubli, Pocket, 2020

Titre original : *Sunflower Sisters*

Traduit de l'anglais par Géraldine d'Amico et Laurence Videloup

10, place des Cinq-Martyrs-du-Lycée-Buffon
75015 Paris – France
www.editionscharleston.fr

ISBN : 978-2-36812-668-4

Maquette : Patrick Leleux PAO

Charleston s'engage pour une fabrication éco-responsable ! Amoureux des livres, nous sommes soucieux de l'impact de notre passion et choisissons nos imprimeurs avec la plus grande attention pour que nos ouvrages soient imprimés sur du papier issu de forêts gérées durablement.

Pour suivre notre actualité, rejoignez-nous sur Facebook (Éditions.Charleston), sur Twitter (@LillyCharleston) et sur Instagram (@LillyCharleston) !

À mon fils, Michael, qui m'a accompagnée à Gettysburg.

Et à toutes les mères dont les fils ne sont jamais revenus.

PREMIÈRE PARTIE

1

Mary Woolsey

Charleston, Caroline du Sud, 1859

PERSONNE N'AURAIT DEVINÉ ce que transportait le garçon aux cheveux blonds qui traversait les rues de Charleston dans sa charrette rudimentaire.

Mère, ma sœur Georgy et moi étions venues passer deux jours en Caroline du Sud à l'invitation du pasteur Cox de l'Église africaine libre. La veille au matin, nous avions fait notre tournée quotidienne dans les rues bordées de vastes demeures et de palmiers à l'atmosphère si douce et raffinée, déposant les cartes de visite en papier écru de mère – « Madame Charles Woolsey, 8 Brevoort Place, New York » – sur des plateaux en argent.

Je dois reconnaître que rien de désagréable n'attira notre attention, mais chaque visage noir croisé dans la rue ou nous accueillant si gentiment à la porte, nous rappelait que l'esclavage était solidement implanté ici et renforçait notre résolution à poursuivre le combat.

Alors que nous rentrions à pied de la messe dominicale, le lilas des Indes embaumant l'air, une charrette arriva à notre hauteur, conduite par un garçon vêtu d'une chemise blanche propre et d'un pantalon grossier. Sa roue arrière en mauvais état cognait à chaque rotation et le ralentissait au point qu'il avançait à peine plus vite que nous.

— Nous sommes un peu perdues, cria Mère au garçon. Peux-tu nous indiquer la direction de l'hôtel Charleston ?

— C'est par là que je vais, madame. Je vous montrerai.

Son accent du Sud me le rendit sympathique. Un brave garçon, la peau laiteuse, une douzaine d'années, les cheveux jaunes étincelant au soleil. Il me fit penser à mes deux petites têtes blondes laissées à l'hôtel avec notre amie Mme Wolcott. Elles devaient guetter mon retour sur le pas de la porte. Nous avions beau nous être absentées deux heures à peine, à moi aussi elles me manquaient.

— Où habites-tu ? demanda Mère au garçon.

— Ici et là. Il tourna le visage vers le soleil. Et vous ? Vous avez l'accent de la Virginie.

Mère sourit, ravie comme toujours qu'on reconnaisse son accent d'origine.

— Tu as raison. Je suis partie enfant, mais j'ai dû en garder une trace. Maintenant, j'habite à New York. C'est le pasteur Cox de l'Église africaine qui nous a invitées ici. Tu le connais ?

— Non, madame.

Nous continuions à avancer sans autre bruit que celui de la roue cassée.

— Nous venons d'assister à une merveilleuse célébration de l'Eucharistie, reprit Mère. Avec plus de trois cents fidèles.

— Je parie qu'il y avait pas d'autres Blancs que vous, dit-il avec un sourire.

— Oui. Mais nous avons reçu un accueil très chaleureux.

— Avant, Ma me traînait à l'église tous les dimanches. Mais elle est morte maintenant.

Le garçon prit un quignon de pain dans une gamelle en fer-blanc à ses pieds, mordit dedans et glissa le reste sous la toile goudronnée.

— Tu vas à l'école ? l'interrogea Mère.

— Non, m'dame. Aucune ne voudrait de quelqu'un comme moi.

— Ça, j'en doute, dit Georgy.

Mon attention fut attirée par le plateau à l'arrière de la charrette. Je crus voir un léger mouvement sous la bâche.

— Où vas-tu ? lui demandai-je.

Il indiqua un bâtiment blanc un peu plus loin devant nous.

— Au marché. Comme tous les dimanches. Je fais ma tournée le samedi, comme ça, le lendemain ma marchandise est fraîche.

— Tes tournées où ?

— Un peu partout, madame. Les clients habituels de Pa. C'est rare que je revienne à vide.

Le garçon se dirigea vers un bâtiment blanc, avec de hautes grilles noires à l'entrée surmontée du mot MARCHÉ écrit en lettres dorées étincelantes. L'endroit était massif, un drapeau écarlate battait au vent.

Le garçon indiqua un toit plus loin.

— Votre hôtel est là-bas. Continuez encore un peu, puis tournez à droite.

— Tu nous as bien aidées, le remercia Mère.

Le garçon s'avança encore et un homme robuste à la barbe rousse ouvrit grand les battants de la grille en fer, une canne en bambou à la main.

— Eh, mon gars, s'exclama-t-il en l'abattant sur les montants en bois de la charrette, tu es censé entrer par la porte de derrière, pas par l'entrée principale, bon sang.

— Pa a besoin de moi à la maison.

Le garçon se retourna sur son siège et arracha la bâche pour révéler trois enfants noirs d'âges divers, juste vêtus de la couche en tissu la plus grossière. La plus grande, une fillette de peut-être neuf mois, s'accrocha au rebord de la carriole et se dressa sur ses jambes.

— Mon Dieu ! m'écriai-je.

L'enfant me tendit les bras dans le langage universel des tout-petits qui n'est qu'amour et bonté. Je la tirai hors de la charrette et la serrai contre moi, inspirant son odeur divine de bébé, mélange de lait, savon et innocence. Elle avait été très aimée de quelqu'un.

Deux nourrissons étaient couchés sur les planches rudimentaires, l'un d'eux ne devait avoir que quelques jours.

Le garçon tendit une feuille pliée au gardien.

— Où sont leurs mères ? demandai-je, profondément secouée. Ils n'ont même pas une couverture à se partager. Quand les a-t-on nourris pour la dernière fois ?

Le gardien lut la feuille et s'approcha de la carriole.

— Que des filles ? On attendait un garçon.

— Voyez ça avec Pa.

Le gardien se pencha sur la charrette et souleva les deux nourrissons.

— Celui-là est un avorton.

Le garçon haussa les épaules.

— Je ne fais que charger ce qu'on me dit de charger. La grande n'a pas arrêté de couiner pendant tout le chemin.

Je resserrai mon étreinte sur la fillette et elle appuya la tête contre mon épaule avec la plus grande tendresse.

Le gardien donna au garçon une liasse de billets qu'il fourra dans une poche avant de secouer les rênes pour redémarrer. L'homme fonça sur moi.

— J'ai pas de temps à perdre à parlementer avec des femmes. Donnez-moi ça.

— Pas question, monsieur, m'exclamai-je en reculant d'un pas.

— Vous venez du Nord ? Que des emmerdeuses. Vous avez cent dollars pour l'acheter ?

— Je peux vous écrire immédiatement une reconnaissance de dette.

L'homme, profitant du geste que je fis pour attraper mon sac à main, m'arracha la fillette. Elle poussa des cris déchirants, les bras tendus vers moi, mais le gardien la passa à un autre acolyte répugnant qui l'empoigna sans ménagement et l'emporta.

Il nous claqua la grille au nez quand il vit que nous tentions de la suivre.

— Les ventes sont interdites aux dames, nous cria-t-il. On ne fait pas dans la dentelle ici, pas un spectacle pour les âmes sensibles.

Sur ces mots, il s'éloigna dans la foule.

Je les regardai emporter les enfants dans une pièce hors de notre vue, une main crispée sur un barreau, l'autre devant la bouche pour retenir mon cri d'horreur. Quel être humain doué de sentiments pouvait entendre ces pleurs sans ressentir la plus vive compassion ? Quelque part, trois mères, privées de leurs précieuses fillettes, souffraient atrocement.

— Mère, nous avons passé toute la journée d'hier à rendre visite à la bonne société de Charleston. Nous devons solliciter de l'aide.

— À qui ? me demanda-t-elle sans quitter des yeux la foule qui s'assemblait. C'est une question d'argent, Mary. Ces planteurs ne renonceront jamais à l'esclavage de leur plein gré. Cela ne se fera que par l'élection d'un président qui l'imposera.

Nous ne connaissions que trop bien le concept de l'esclavage, nous avions assisté aux conférences du Dr Cheever au Cooper Institute, lu et relu *La Case de l'oncle Tom* et vu les annonces de ventes d'esclaves dans le *Charleston Courier* le matin même. Mais rien n'aurait pu nous préparer au spectacle horrifiant qui se déroulait sous nos yeux.

Nous observions le marché bondé avec une angoisse croissante. La vente commença dans une longue pièce au plafond bas ouverte sur la cour d'un bâtiment en briques, avec des fenêtres à barreaux, où se pressaient des visages noirs. La tension était palpable : ici il était question de gagner de l'argent et de faire des affaires. Un commissaire-priseur monta sur une grossière estrade en bois, battant sa botte de sa cravache en cuir. Il avait tout l'air d'un voyou avec son pantalon à carreaux, son panama minable et sa barbichette blondasse sur laquelle il tirait.

— Messieurs, êtes-vous prêts ?

Sa voix résonna contre les murs de pierres.

Des groupes d'acheteurs s'agglutinèrent autour de l'estrade, des hommes aux airs de gentlemen comme nous en rencontrions tous les jours à la table de notre hôtel, coiffés de hauts-de-forme en castor et la barbe bien taillée. La plupart avaient un cigare dans une main, le catalogue présentant le stock d'êtres humains du jour dans l'autre.

Ceux-ci se tenaient le dos au mur, leurs visages formant un vaste nuancier, et ils étaient soumis à des examens brutaux. Des groupes de mères et d'enfants se serraient près de nous. Les femmes étaient vêtues de robes en calicot en bon état, tabliers blancs propres, et coiffées de foulards, leurs petits étaient tête nue.

Nous nous tordions le cou pour voir ce qui se passait dans la pièce du fond où des hommes interrogeaient des femmes, leur ouvraient la bouche, soulevaient leurs jupes et révélaient leurs parties les plus intimes.

— J'ai assisté à une vente comme celle-ci à Richmond quand j'étais petite. De nombreux maîtres vendent leurs propres enfants conçus avec des esclaves.

— Et nous sommes au XIXe siècle ! s'exclama Georgy.

— Ce soir, pas un bateau à vapeur, pas un train ne quittera cette ville cruelle sans emporter sa triste cargaison de malheureux.

— Nous ne devons pas nous montrer complaisantes et accepter cela simplement parce que c'est la norme, insista Georgy en prenant le bras de Mère. Mme Wolcott connaît le maire. Nous devons lui parler.

— Tu peux être sûre que le maire achète et vend ses esclaves dans ce marché, lui répondit Mère, les yeux rivés sur le commissaire-priseur. Tout ceci est parfaitement légal. Nos exhortations à libérer ces pauvres gens tomberont dans l'oreille de sourds et n'aurons d'autre effet que notre expulsion.

— Il nous faut faire quelque chose maintenant, tout de suite, implorai-je. Sinon nous ne faisons que cautionner cette vente.

— Je suis d'accord, Mary, dit Georgy. Mais le plus discrètement possible si nous voulons que ça serve à quoi que ce soit.

Le gardien poussa trois enfants sur l'estrade. La fille, un peu plus âgée, se tenait avec grâce et élégance, les cheveux enveloppés dans le même tissu blanc que les autres femmes. Elle contemplait la foule avec circonspection, un bras protecteur autour des épaules de chaque garçon. Eux avaient les yeux écarquillés, trop jeunes pour dissimuler leur terreur.

Le commissaire-priseur les présenta, bras tendu, paume ouverte.

— Deux garçons – Scipio, dix ans, Clarence, douze et une fille, Sukey, quatorze ans. Une bonne domestique, au comportement irréprochable. Les garçons feront sûrement d'excellents ouvriers agricoles.

Une femme se tenait juste de l'autre côté de la grille, un nourrisson dans les bras, un petit accroché à ses jupes. Elle baissa la tête et se mit à pleurer.

— Vous connaissez ces enfants ? lui demanda Mère à voix basse.

La femme s'essuya les yeux, lança un regard furtif vers l'estrade avant de se tourner vers Mère.

— Tous à moi, murmura-t-elle. Là, madame, ce sont mes enfants qu'on vend.

Mère serra son châle sur ses épaules.

— Mon Dieu !

— Ce sont mes deux garçons et ma fille, Sukey. Elle n'est pas de mon sang, mais je l'ai élevée. Une brave fille. Ces garçons l'adorent.

La femme agrippa son bébé plus étroitement et regarda tout autour d'elle.

— Vous pouvez nous parler, madame, n'ayez crainte, reprit Mère.

— Je sais bien que je ne pourrai pas garder tous mes enfants, mais je ne veux juste pas qu'ils vendent mes deux petits. Ils sont trop jeunes pour être privés de maman.

— Et votre mari ? demandai-je.

— Vendu. Il y a des mois.

— Où ça ? demanda Mère.

— Je ne sais pas, madame. C'est dur d'avoir perdu mon homme. Mais qu'est-ce que je peux faire ? J'ai le cœur brisé, c'est tout.

Les acheteurs s'agglutinaient sur l'estrade autour de Sukey et des garçons.

— Enlevez-lui sa robe, cria l'un d'eux.

— Fallait l'examiner avant, répondit le commissaire-priseur. Vous connaissez les règles.

Il découvrit les épaules de la fille d'un geste violent et l'attrapa par le menton.

— Souris, ma fille.

Sukey s'y efforça.

— Et regardez-moi ces fossettes. Elle pourrait faire une jolie petite pute un jour.

Il releva le bas de sa jupe pour montrer ses chevilles et ses jambes, mais Sukey ne le laissa pas faire.

— Qu'est-ce qu'elle a aux yeux ? lança un des acquéreurs.

— Elle pleure, c'est tout, répondit le commissaire-priseur. Mais elle est en bonne santé.

— Vendez la fille séparément, proposa un homme. Je vous en donne six cents dollars.

— Vendue ! hurla le commissaire-priseur.

Les deux petits garçons s'accrochèrent à la taille de Sukey, mais le commissaire-priseur les tira en arrière. Les garçonnets pleuraient et le frappaient de leurs poings.

À travers la grille, Georgy passa la carte de visite de Mère à la femme avec cachée derrière, une pièce en or de vingt dollars représentant la Liberté sous les traits d'une femme noire.

— Vite. Prenez ça.

— Oh, non, mademoiselle.

Georgy insista, fit glisser la carte le long des barreaux.

— Là. Personne ne verra. Ce n'est pas grand-chose mais c'est tout ce que nous avons sur nous. Si vous arrivez un jour à New York, venez à cette adresse et on vous aidera.

La femme regarda autour d'elle avant de fourrer la carte et la pièce au fond de la poche de son tablier.

— Merci, mademoiselle. C'est très gentil. Je la garderai cachée.

Le gardien s'approcha et poussa la femme, son bébé dans les bras, et son jeune fils vers l'estrade.

— Je m'appelle Alice, nous lança-t-elle en se retournant tandis qu'il la pressait plus durement pour lui faire monter les marches.

— J'ignore si elle sera jamais libre et pourra trouver Brevoort Place, dit Mère.

— Au moins, c'est quelque chose, dis-je.

Alice monta lentement les marches avec ses deux enfants et les serra contre elle.

Le commissaire-priseur fit son petit laïus habituel et suggéra des prix séparés pour Alice et ses enfants. Le marteau tomba presque aussitôt.

— Vendus, cria-t-il. Cent dollars pour James et le bébé, Anthony. Pour Alice, neuf cents dollars.

Celle-ci tomba à genoux devant le commissaire-priseur, l'implorant de la laisser garder ses enfants.

Mère se détourna, folle de rage, et s'élança vers notre hôtel dans Chalmers Street. Nous la suivîmes encore profondément choquées par la détresse de ces malheureux qui avaient été vendus sous nos yeux. Les hurlements éperdus d'Alice, sa bouleversante douleur, résonnaient encore en nous.

J'avais déjà vu cette expression chez Mère, après la mort de Père, quand elle s'était retrouvée seule avec huit enfants à élever. Nous pleurions encore lorsqu'elle nous avait tous fait déménager à New York, une ville qui nous était inconnue.

Cette expression disait ceci : *Cette situation est intolérable. Nous la changerons quitte à laisser nos vies dans ce combat.*

2

Georgy

Brevoort Place, New York, avril 1861

Oncle Edward me déposa au New York Hospital, un bâtiment massif en forme de pièce montée, oasis de calme après la folle agitation de Broadway. Les citoyens électrisés à la perspective de la guerre imminente avaient à peine laissé passer notre fiacre.

Quelques heures plus tôt, la journée avait débuté comme n'importe quelle autre. C'était l'heure du petit déjeuner dans notre maison de trois étages à la façade de grès rouge, 8 Brevoort Place, dans l'East Side de Manhattan. J'étais debout dans la salle à manger le temps que ma sœur Jane répare l'ourlet défait de ma nouvelle robe en soie noire à peine rehaussée de blanc.

Mère, assise à table à sa place, la plus proche de la cheminée, en robe d'intérieur, indiquait à l'une de nos deux domestiques, Margaret, où déposer les plats chauds. Celle-ci portait la coiffe et le tablier blancs réglementaires. Seules trois de mes six sœurs, Abby, Jane et Carry, étaient réunies ce jour-là. Mary et Hatty étaient en voyage et Eliza dans sa résidence à la campagne.

Abby, l'aînée, assise à côté de Mère, était plongée dans sa correspondance.

Jane, sa cadette immédiate, accroupie à mes pieds, se concentrait sur mon ourlet défait, sa boîte à couture noire ornée de fleurs de nacre grande ouverte à côté d'elle sur le tapis, tout un attirail d'aiguilles et de fils d'au moins dix nuances de blanc dignes d'un chirurgien.

Je lissai ses cheveux blond vénitien qui ondulaient sur ses épaules et rappelaient toujours la Vénus de Botticelli.

— Dépêche-toi, Jane.

Elle tira sur ma jupe.

— Ne bouge pas, Georgy, ou je risque de te piquer.

Notre benjamine, Carry, vingt-deux ans, assise de l'autre côté de Mère, donnait des morceaux de beignet à Pico, notre petit chien blanc.

— Cette robe plaira à Frank Bacon, déclara-t-elle.

D'une chiquenaude, je délogeai une poussière invisible sur ma jupe.

— Frank Bacon ne m'intéresse pas le moins du monde.

Abby leva les yeux de sa lettre.

— Tu rejettes un prétendant parfait. Pense à celles qui n'en ont pas.

— Tu n'as qu'à l'épouser, toi !

Le rouge monta aux joues d'Abby et je regrettai aussitôt ces mots. À trente-trois ans, Abigail avait depuis longtemps cessé d'attendre que notre cher cousin Theodore

Winthrop la demande en mariage, et à trente et un ans, Jane n'avait plus non plus le moindre espoir. Tous ceux qui l'avaient courtisée étaient désormais mariés à d'autres ou entrés à l'armée pour se préparer au combat ou encore partis en Europe. Il semblait évident qu'elles ne se marieraient jamais.

— Il ne continuera pas éternellement à venir, marmonna Abby.

— Maintenant qu'il s'est taillé la barbe si court, il ressemble à un roi italien, répliquai-je.

La sonnette d'entrée retentit et notre dévouée Margaret se précipita, les rubans de sa coiffe au vent, nous laissant figées comme des biches effarouchées à l'idée d'une telle violation de notre intimité de si bon matin.

— À cette heure ? demanda Mère.

Quelques secondes plus tard, oncle Edward entrait à grands pas, le *New York Tribune* plié dans une main. Toujours bienvenu, c'était un homme bien dont le nom ne suscitait que des éloges chez tous ceux qui le connaissaient, ses deux seuls défauts : un peu de vanité et une tendance aux commérages. Il nous rappelait notre père, radieux comme lui, ses yeux bleus honnêtes pleins de générosité et d'amour, le même style de vêtements : des vestes de qualité et des pantalons bien coupés qui mettaient en valeur ses mollets rebondis.

Mère le salua de la tête.

— Oh, Edward, c'est vous. Asseyez-vous.

— Je vais à mon club et ne peux pas rester longtemps. Quelles nouvelles ! C'est la pagaille dehors. Comment faites-vous pour être aussi calmes ?

— Prenez une tasse de thé. Jane a trouvé du sucre récolté à Haïti sans avoir recours à la cruauté de l'esclavage.

— Vous avez sûrement entendu ? demanda-t-il en nous regardant l'une après l'autre.

Carry se pencha en avant, le ruban dans ses cheveux menaçant de finir dans le sirop de ses crêpes.

— Entendu quoi, mon oncle ?

— Je sais que vous suivez de près les événements en Caroline du Sud...

— Oui, dit Abby.

— Des rapports venus de Charleston donnent la profonde impression...

— Mon oncle, je vous en prie, implora Abby.

— ... d'un assaut contre Fort Sumter.

— Nous sommes en guerre ! s'écria Carry en se levant d'un bond comme si une mouche l'avait piquée.

— Les Confédérés ont tiré le premier coup à quatre heures et demie, avant l'aube, sur le drapeau national. Le major Anderson quitte l'île. Les citoyens de Charleston sont montés sur leurs toits pour acclamer son retrait.

Jane fit un nœud avec le fil et jeta bruyamment ses petits ciseaux dans sa boîte à couture.

— Donc le Sud fait vraiment sécession. C'est si affligeant.

— Quels États restent dans l'Union ? demanda Mère.

— Tous ceux du Nord ont envoyé des messages au président Lincoln pour proposer de l'argent et des hommes. Le Maryland et le Kentucky ne se sont pas encore déclarés.

— Margaret, ordonna Mère en se levant, descendez la table en acajou de ma chambre. Et la presse à charpie. Nous l'installerons dans le salon. Il y aura grand besoin de bandages.

— Où est votre fils ? demanda oncle Edward déjà dans le hall, au pied de l'escalier qui menait aux chambres. Encore au lit à cette heure ?

— Que voulez-vous à Charley ? s'interposa Mère.

— Eh bien, il voudra peut-être s'engager. Un centre vient d'ouvrir sur Broadway. Je suis sûr que les frères Winthrop iront.

— Ses cousins sont des adultes, Edward. Charley n'a que vingt et un ans. Vous voulez pousser le fils unique de votre pauvre frère à se battre ?

oncle Edward jeta le journal sur la table, Carry s'en empara et lut :

— Des appels ont été lancés toute la semaine, on a besoin d'infirmières en cas de guerre. Ils recrutent ce matin à l'hôpital.

— Des infirmières ? Je n'ai jamais entendu...

— Nous sommes en *guerre*, Mère, interrompit Abby.

— J'y vais, annonçai-je en me tournant vers oncle Edward.

— Mon Dieu, Georgy, s'exclama Abby, en laissant tomber sa plume. Toi, infirmière ? Un travail qu'on fait faire à des prisonnières. Dix jours derrière les barreaux et hop, envoyées à Bellevue.

— Cela n'a rien à voir. Le Dr Elizabeth Blackwell est impliquée. J'ai lu toute la semaine les annonces dans le journal. Il s'agit de former une brigade d'infirmières.

— Tu racontes n'importe quoi, dit Jane.

Je saisis mes gants sur le manteau de la cheminée, les yeux baissés pour ne pas voir l'éventail en ivoire, ouvert comme une queue de paon, que mère avait exposé dans une vitrine. Un cadeau pour nous remercier, Père et moi, de nos actions ce jour-là sur la plage.

— Ce sera tout à fait convenable, poursuivis-je en m'adressant à Carry. Supervisé par un comité de médecins estimés. Et essayez donc de m'en empêcher, vous n'êtes même pas habillées !

— Georgy, dit oncle Edward, en posant une main sur mon avant-bras, ce n'est pas un passe-temps pour une jeune femme raffinée. Aider de vulgaires soldats et leur passer le bassin...

— Je me moque totalement d'être raffinée, mon oncle.

— Elle attrapera une horrible maladie, lança Abby, les yeux posés sur Mère.

— J'ai vingt-huit ans. Je peux me débrouiller toute seule, merci. De plus, Eliza travaille bien comme infirmière à Fishkill.

Mère se hâta vers moi et m'effleura doucement le dos.

— Eliza fait des pansements aux habitants du quartier et distribue des fortifiants. C'est de *guerre* dont il s'agit, Georgy chérie. Est-ce qu'il ne vaudrait pas mieux que nous traversions cette épreuve ensemble ?

J'essayai de ne pas regarder le visage creusé par les soucis de Mère et d'éviter son regard d'acier. Elle était toujours capable de m'amadouer avec sa gentillesse et ses bons sentiments. Jane Eliza Woolsey était une habile adversaire, d'une tendresse et d'une grâce redoutables.

— Il y a bien d'autres façons de contribuer à la cause, ici à la maison.

Je caressai sa joue poudrée. Comment pourrais-je lui dire que je deviendrais folle ici sur la touche, dans cette chère vieille maison remplie de souvenirs de Père alors que le monde entier partait en guerre ?

— Je refuse de rester ici, Mère.

— Il y a toute une liste de qualifications nécessaires pour devenir infirmière, poursuivit Carry, et tu n'en as aucune.

J'enfonçai mon chapeau orné de boutons de roses et attachai les rubans sous mon menton.

— Je connais cette liste.

— « Pour obtenir le ticket bleu tant convoité », lut-elle à haute voix, « les candidates doivent de bonne grâce se soumettre à une discipline de fer… »

— Pas facile pour celle que Père surnommait sa sauvageonne ! rit Abby.

— « … et se déclarer prêtes à porter la tenue d'infirmière réglementaire. »

— Avec ce chapeau français devant le comité, dit Jane, tu es sûre de l'emporter !

— Reste, ma chérie, implora Mère. (Elle effleura le médaillon en or qu'elle portait autour du cou, bijou de deuil, orné d'une araignée.) Pense à quel point ceux qui nous ont déjà quittées seraient contents de nous voir œuvrer pour la guerre, en sécurité, à la maison.

— Je ne risque rien, Mère.

— Tu ne peux pas aller à l'hôpital toute seule à pied, dit Abby.

Je me dirigeai vers la porte.

— Comme je suis sa préférée, oncle Edward acceptera sûrement de me déposer sur le chemin de son club, n'est-ce pas, mon oncle ?

Les yeux rivés au plancher, il acquiesça à peine.

— Père n'aurait pas voulu ça, insista Carry.

Père. Je fis volte-face.

— Comment pourrais-tu savoir ce qu'il aurait voulu ? Tu étais bébé quand il est mort.

Carry baissa les yeux sur son assiette et j'y vis briller une larme. Une fois encore, j'étais allée trop loin. Je me hâtai vers la porte.

Abby repoussa sa chaise et se leva.

— Toutes les Florence Nightingale de New York seront là, à se battre pour un poste. Ils n'en prendront que quelques-unes.

— Très exactement cent. Et je serai certainement la première dans la queue si j'y vais aussi tôt.

Je suivis oncle Edward dans l'entrée, passai devant le salon.

— Tu dois avoir plus de trente ans, me cria encore Carry tandis que j'atteignais la porte. Et être plutôt moche. Tu ne l'es vraiment pas assez.

Quand j'entrai dans le hall glacial de l'hôpital avec ses colonnes en marbre, il était quasiment plein de femmes aussi matinales que moi, issues de tous les milieux. Quelques chanceuses étaient assises sur des bancs de chêne, la plupart debout, quelques-unes accompagnées d'un enfant ou deux. Une femme enveloppée d'une longue cape grise, le visage pâteux et rond remarquablement similaire à celui de Mary Todd Lincoln, distribuait des formulaires et des crayons.

— Formez une queue, je vous en prie, mesdames, lança-t-elle à la foule, un petit nuage de vapeur s'échappant de sa bouche.

— Comment se fait-il que la pièce ne soit pas chauffée ? demandai-je.

— Si nous recevions des candidats et non des candidates, elle le serait. (Elle me tendit un formulaire de deux pages et un petit crayon.) Si vous vous dépêchez, vous aurez peut-être la chance d'être vue tout de suite, une candidate vient de se retirer, malade de peur à l'idée de passer devant le jury de médecins, la pauvre. Attendez là-bas qu'on vous appelle dans la salle du comité.

Je jetai un coup d'œil au formulaire.

— Il est écrit qu'il faut le remplir à l'encre.

Elle haussa les épaules.

— Le comité ne s'est pas encore plaint. Et ils ont déjà vu cinquante candidates aujourd'hui. Ils en ont accepté vingt-trois.

J'écrivis mon nom et mon adresse : *8 Brevoort Place, New York City*. Cela plairait certainement au comité, une adresse estimée, près du célèbre hôtel Brevoort. Je m'arrêtai, le crayon suspendu. *Âge*. J'étais bien sûr plus jeune que l'âge requis, deux bonnes années de moins. Et si j'extrapolais un peu et écrivais *30* ? Je préférai ne rien mettre du tout.

— Ne dites pas que je vous l'ai dit, me chuchota la femme, mais ils cherchent des infirmières chef, des femmes solides qui ne vont pas émoustiller leurs patients avec des coquetteries et des sourires. (Elle jeta un coup d'œil appuyé sur mon collier.) La dernière qui s'est présentée avait des boucles d'oreilles et elle a été aussitôt rejetée.

— C'est un bijou de famille que je porte tous les jours. Je prends le risque.

— Et ce chapeau ? Je ne veux pas me mêler, mais ces fleurs...

J'arrachai les tendres boutons de roses de mon chapeau et les fourrai dans ma manche tout en me hâtant vers la salle où siégeait le comité.

Après une attente dans le couloir qui me parut durer une éternité, on appela enfin mon nom et je me retrouvai devant cinq hommes, presque tous chenus, vêtus de costumes noirs, assis raides comme la justice derrière deux tables en chêne, un porte-nom devant chacun.

Je tendis mon formulaire au Dr Harris.

— Bonjour, mademoiselle... Woolsey, c'est bien ça ? Pouvez-vous me décliner votre identité ?

— Georgeanna Muirson Woolsey.

— Et qu'est-ce qui vous pousse, mademoiselle Woolsey, à rejoindre nos rangs ?

— Je souhaite contribuer autant qu'un soldat, monsieur.

Deux médecins à ma droite échangèrent des coups d'œil.

— Cela risque d'être impossible, mademoiselle Woolsey, répondit le Dr Harris, puisque vous ne serez pas sur le champ de bataille.

— Je me demande bien pourquoi, monsieur. Il me semble injuste que des hommes meurent alors que je suis chez moi à la maison.

— Parlez-nous de vous, mademoiselle Woolsey.

— Avec plaisir, si vous me dites ce que vous aimeriez savoir en particulier.

Deux médecins examinaient ce qui me sembla être un menu de restaurant tandis qu'un autre nettoyait sa pipe, tapotant le fourneau sur sa paume.

— Eh bien, vous considérez-vous comme une personne attentive aux détails ? demanda le Dr Harris.

— Oui, docteur.

— Comment ça, mademoiselle Woolsey ?

— Je ne demanderais pas, par exemple, à une candidate de signer un tel formulaire à l'encre si je ne fournissais que des crayons. (Les médecins s'agitèrent dans leurs fauteuils.) Je ne laisserais pas non plus cette grande salle, où des femmes et des enfants attendent des heures, sans chauffage.

Le Dr Compton joignit les doigts et se pencha en avant. Il avait l'air plus jeune que les autres, le front proéminent, et l'air affligé.

— Une salle non chauffée ne sera rien comparé aux conditions difficiles auxquelles vous serez exposée dans ces fonctions, mademoiselle Woolsey.

— Seuls les martyrs se soumettent à l'adversité quand il existe des solutions simples, docteur Compton. Je fais de mon mieux pour résoudre les problèmes.

Il s'appuya contre le dossier de sa chaise, bras croisés.

— Il ne faudra pas longtemps avant que vous et d'autres infirmières de votre acabit renversiez tout avec vos jupes à cerceaux, donniez sans compter des oranges à des hommes atteints de dysenterie et rendiez fous les chirurgiens expérimentés.

— Je ne porte pas de cerceaux, docteur Compton.

— Et qu'en est-il de votre éducation, mademoiselle Woolsey ? demanda le Dr Harris.

— Enfant, j'ai fréquenté l'école de mademoiselle Murdock à Boston, puis l'institut Rutgers ici à Manhattan avant de parfaire mon éducation au Séminaire pour jeunes femmes des demoiselles Anable à Philadelphie. J'ai ensuite voyagé en Inde et en Égypte avec ma sœur cadette Eliza.

— Ah, un Grand Tour ? demanda le Dr Harris.

— Les hommes le font depuis des siècles. Dans ma famille, les femmes aussi élargissent leurs horizons.

— Vos notes à l'école ?

— Très bonnes, docteur Compton. Le jour de ma remise de diplôme, notre professeur, M. Holan, a dit à Mère en plaisantant que si elle n'enlevait pas ses filles de l'école, les administrateurs n'auraient plus les moyens de distribuer davantage de médailles.

Plusieurs médecins gloussèrent.

— Langues ? reprit le Dr Harris.

— Allemand, français, latin et italien. J'apprends vite et l'idée d'avoir une enseignante telle que le Dr Elizabeth Blackwell est des plus stimulantes, monsieur. La première femme à obtenir un diplôme de médecin dans ce pays ! Être dans la même pièce qu'elle serait un honneur extraordinaire. J'aimerais beaucoup moi-même ouvrir ma propre école d'infirmières un...

Le Dr Compton se pencha.

— Une école d'infirmières ?

— L'idée vous semble-t-elle si étrange ?

— Et que faites-vous de nos infirmiers dévoués ? Faudrait-il qu'ils rentrent chez eux et se mettent au tricot ?

— Ils peuvent faire ce qu'ils veulent, docteur Compton. Peut-être rejoindre leurs frères sur les champs de bataille.

— Avez-vous été élevée avec des domestiques à la maison ? poursuivit le Dr Harris.

— Kate, la cuisinière. Margaret, une bonne et le fidèle William à l'office est...

Le Dr Compton ajusta ses manches.

— Faut-il que nous entendions toute la liste de vos domestiques ?

— Mère les emploie, mais elle a toujours attendu de moi que je remplisse mes tâches ménagères.

Le Dr Harris consulta ses papiers.

— Le travail d'infirmière est dur, surtout pour quelqu'un de si, disons-le, de si privilégié. Pleurez-vous facilement ?

— Je ne pleure pas, docteur. *Jamais,* en fait.

Le Dr Benson haussa un sourcil.

— Nous cherchons des femmes dénuées de coquetterie, lança le Dr Compton. Vous savez que les infirmières n'ont pas le droit de porter le moindre bijou.

Je baissai les yeux sur mon corsage et sur la chaîne en cuivre de la montre à gousset de Père, accrochée à mon cou.

— Je porte ce collier si souvent qu'il fait partie intégrante de moi.

Le Dr Harris rassembla les feuilles de mon formulaire et les tapota sur la table.

— Je crains que ce soit tout, mademoiselle Woolsey.

— Je l'enlèverai pour m'occuper des patients, messieurs, dis-je, une main sur la chaîne. Cette chaîne tenait la montre à gousset de mon père. Je la porte tous les jours depuis sa mort. J'étais très jeune et nous habitions Boston à l'époque. Il a péri alors qu'il rentrait de New York sur le vapeur Lexington.

Le Dr Harris posa son stylo.

— C'était une nuit horriblement froide. La température avait chuté de dix degrés sous zéro. Le détroit de Long Island était recouvert de glace flottante. Des balles de coton ont pris feu dans la soute et on a donné le signal d'alarme incendie. De l'équipage et des cent quarante-trois passagers, seuls quatre ont survécu. Mon père n'en faisait pas partie.

— Nos plus sincères condoléances, mademoiselle Woolsey, dit le médecin au bout de la rangée.

— Les lettres en laiton sur cette chaîne représentent les sept filles qu'il a laissées derrière lui, mes sœurs et moi. Mon frère, Charles, est né peu après.

— Votre père n'a jamais su qu'il avait un fils, soupira le Dr Harris en enlevant ses lunettes.

— Une telle expérience ne donne pas l'impression d'être privilégiée, je vous l'assure, docteur. J'ai travaillé nuit et jour depuis sa mort pour aider ma mère, assumer ma part de la charge des tâches ménagères et lui faciliter la vie.

Le Dr Harris resta un instant silencieux.

— Que pensent vos proches de votre volonté de devenir infirmière ?

— Ils s'y opposent vigoureusement, mais leurs opinions ne m'ont encore jamais freinée. En fait, rien ne m'empêchera de me consacrer corps et âme à ma patrie, monsieur, et si nécessaire, de donner ma vie pour la garder unie et la libérer du fléau de l'esclavage. Je pense que mon père en serait fier.

Les médecins se turent jusqu'à ce que le Dr Harris reprenne la parole.

— Mademoiselle Woolsey, je dois vous demander de nous laisser quelques moments délibérer entre nous.

Je sortis dans le couloir et debout, le dos contre le mur de pierres froid, je passai mes réponses en revue. Le Dr Compton voterait sûrement contre moi. Je fermai les yeux et vis l'expression triomphante d'Abby quand je rentrerais à la maison sans mon ticket bleu.

Après ce qui me sembla une éternité, le Dr Harris me rappela dans la salle d'examen.

— Mademoiselle Woolsey, avez-vous eu la rougeole ?

— Oui, docteur.

Il me tendit mon formulaire.

— Dans ce cas, mademoiselle Georgeanna Muirson Woolsey, j'ai l'honneur, de la part du Dr Elizabeth Blackwell et de ce comité, de vous offrir une place dans le premier programme de formation de la Women's Central Association of Relief dont le but est de fournir des infirmières expérimentées à l'armée. Votre forte personnalité et votre volonté nous ont presque unanimement impressionnés et nous sommes d'avis que vous ferez honneur à l'association. Que Dieu vous protège.

— Merci, messieurs.

Je pris le formulaire et sortis à toute vitesse de peur qu'ils ne changent d'avis. Je traversai le grand hall, bousculée par la horde de femmes qui allaient et venaient. Une fois dehors, je trouvai un endroit tranquille et dépliai le formulaire afin de contempler l'impressionnante signature du Dr Harris, le fameux ticket bleu épinglé dans un coin, où il avait écrit « étudiante numéro 24 ».

Avant de le replier, je remarquai que la case pour l'âge était toujours vide et m'autorisai enfin à sourire.

À partir de là, les affaires sérieuses commencèrent. Je sautai hors du lit tous les matins à cinq heures pour me rendre au New York Hospital et suivre d'abord quatorze jours d'enseignement théorique, puis dix autres au cours desquels j'accompagnerais le Dr Blackwell et ses collègues dans différents services. Chaque minute de cours me captivait, ainsi que les récits du combat mené par la doctoresse pour devenir médecin ou les détails douloureux de l'incident au cours duquel elle avait perdu un œil, infecté par un nourrisson, lorsqu'elle travaillait dans un hôpital parisien.

— J'ai tiré la leçon de mes erreurs. Veillez aux besoins sanitaires des patients avec une extrême vigilance, nous conseilla-t-elle.

J'aimais mémoriser les techniques de bandages, les protocoles d'entretien des services et la classification infinie de médicaments. Le Dr Blackwell s'adressait à ses cent étudiantes avec passion, ses cheveux noirs tirés en arrière serrés dans une résille blanche. Elle avait perdu son père jeune et était farouchement opposée à l'esclavage, ce qui me rapprochait encore d'elle.

Une fois le cours terminé, je m'attardais parfois avec deux autres étudiantes à la sortie du petit amphithéâtre.

— Quelle enseignante captivante, dit l'une d'elles un jour.

— Je n'ai jamais entendu personne soutenir la cause des femmes avec autant de conviction, ajoutai-je. Elle acceptera peut-être un jour d'enseigner dans mon école d'infirmières.

— *Ton* école ? Elles éclatèrent toutes les deux de rire et l'une d'elles s'approcha de moi : C'est une chose pour le Dr Blackwell de nous enseigner comment faire les pansements et les lits le temps des hostilités.

— Une autre d'ouvrir une école d'infirmières, poursuivit la seconde. Les hommes n'apprécieront pas que tu enseignes leur métier à des femmes quand ils reviendront de la guerre.

Alors que les deux étudiantes se hâtaient de se rendre au cours suivant, Elizabeth Blackwell émergea de l'amphithéâtre et referma la porte derrière elle. Je perdais tous mes moyens lorsque je me trouvais face à elle.

— N'écoutez pas les défaitistes, me dit-elle en tournant la clé dans la serrure. Vous leur êtes de loin supérieure et ceux qui vous découragent le font pour justifier leur propre manque d'imagination. Ils n'accompliront jamais rien d'extraordinaire.

Je tentai de parler, mais ne réussis qu'à émettre un son rauque. Elle se tourna pour me regarder en face avant de poursuivre :

— Quand j'ai décidé d'entreprendre des études de médecine, on m'a prévenue que je rencontrerais de puissants préjugés et qu'il me faudrait soit les écraser, soit être écrasée par eux. Je vous donne le même conseil, mademoiselle Woolsey. N'ayez pas peur. Formez votre armée d'infirmières.

Elle s'éloignait déjà dans le couloir quand elle me lança par-dessus son épaule :

— Et je serais heureuse d'enseigner un jour dans votre nouvelle école.

Presque un mois plus tard, les mots du Dr Blackwell résonnaient encore dans ma tête alors que je me précipitai à l'hôpital pour mon dernier jour de visites, celui qui déterminerait l'obtention de mon diplôme. Des milliers de drapeaux de toutes tailles étaient soudain apparus aux fenêtres et aux portes de Manhattan. La ville fourmillait de foules excitées, les fanfares patriotiques et les bruits de bottes des régiments emplissaient les rues.

Je me sentais très importante dans mon nouvel uniforme d'infirmière. Ma mère et mes sœurs s'étaient résignées à l'idée et m'avaient même aidée à confectionner la jupe grise, la veste courte, le tablier blanc et un jupon lavable, au lieu d'un cerceau, qui bruissait à chaque pas.

Ma formation pratique avait été un baptême du feu : du jour au lendemain, on m'avait confié un service énorme, avec une seule autre infirmière pour m'assister. Mais finalement, diriger une équipe ne me posait aucun problème. Quelques-unes de mes camarades avaient abandonné ou s'étaient fait renvoyer pour sensiblerie ou mauvais caractère. Celles qui restaient étaient capables de faire face à n'importe quelle petite urgence ou simple fracture. Je prononçai une prière silencieuse pour que rien ne se passe qui me fasse échouer.

Je rejoignis un de nos instructeurs, le jeune Dr Prentiss, juste à temps, alors qu'il commençait sa visite. Il se tenait au chevet d'un patient au visage gris, un pansement adhésif sur le côté du cou.

— Pour notre dernier jour, j'ai choisi un cas particulièrement intéressant. Une morsure de chien gangrenée au cou. La plaie laisse écouler une quantité remarquable de pus, similaire à ce que vous verrez peut-être un jour sur le champ de bataille. Commençons. (Il jeta un coup d'œil dans ma direction.) Infirmière, cuvette.

Je me précipitai vers le buffet, excitée à l'idée de me montrer à la hauteur.

— Ne courez jamais, me cria-t-il. Gardez toujours votre calme. Cela vous sera utile dans les services les plus chaotiques.

Je revins et tendis la cuvette au médecin. Il l'appuya contre le cou de l'homme et retira le pansement. Une odeur de pourriture me retourna aussitôt l'estomac. Je m'appuyai au montant du lit.

— Est-ce que quelqu'un pourrait avoir l'amabilité de procurer une chaise à mademoiselle Woolsey ? appela le médecin.

— Je me sens parfaitement bien, docteur, dis-je alors que la pièce commençait à tanguer autour de moi.

— Comme vous voudrez, mademoiselle Woolsey, répondit-il.

Il se retourna vers le patient et commença à sonder profondément la plaie, lui arrachant un cri de douleur. Je serrai le montant du lit mais sans parvenir à m'y retenir, mes genoux se dérobèrent sous moi et je fus soudain plongée dans les ténèbres.

3

Jemma

Peeler, Maryland, mai 1861

JE FIS LE SALON À TOUTE VITESSE CE MATIN-LÀ. J'époussetai les touches en ivoire du vieux piano massif dont personne ne jouait et les cadres des tableaux avec mon plumeau. Pourvu que la poussière reste suspendue en l'air le temps de la cérémonie pour, si possible, ne pas contrarier davantage Mme Anne-May, déjà assez irritée de devoir marier six nouveaux esclaves de Caroline du Sud sous son toit. Si en plus, elle voyait de la poussière sur son piano, dans la plus belle pièce de la maison, elle me ferait tâter de son cuir, jour du Seigneur ou non.

J'adorais le dimanche, seule fois de la semaine où j'avais le droit de quitter la maison et de rendre visite à ma famille dans notre case en bas de la colline. Ma mère passait alors son peigne dans les cheveux, ma tête posée sur ses genoux, et Pa me réservait une histoire amusante à interpréter rien que pour moi. Sally Smith, quant à elle, me concoctait un gâteau à la farine de maïs cuit sous la cendre et recouvert de sa gelée de coing.

Je fermai les yeux de toutes mes forces et implorai Jésus : « Faites que ce mariage se déroule vite pour que je puisse passer du temps avec Ma et Pa. Et faites qu'il y ait une fille de mon âge dans le groupe des nouveaux arrivants. »

La dernière avait disparu avant que je puisse bien la connaître, la douce Clementine, fouettée si brutalement par Anne-May qu'elle s'était enfuie dans les marais où LeBaron et ses patrouilleurs avaient fini par la retrouver, morte depuis des jours. Ils avaient laissé le corps derrière l'enclos des cochons pour que cela nous serve de leçon, la malheureuse boursouflée et mangée de partout par les créatures qui volent ou rampent dans le marécage, jusqu'à ce que Pa construise un de ses cercueils en pin et qu'ils autorisent quelques esclaves à l'enterrer.

Mais elle au moins était libre.

J'attendais Anne-May. C'était moi qui l'avais habillée un peu plus tôt, mais elle finissait de se préparer, autrement dit, elle buvait un verre de cognac pour se remonter, convaincue que personne n'en savait rien, et admirait sa nouvelle bague en diamants. Debout sur la pointe des pieds, je passai le plumeau le long du miroir doré au cadre orné de bateaux peints, époussetai le manteau de la cheminée, les chiens de porcelaine blanche au museau écrasé comme je n'en ai jamais vus et les deux vases bleu ciel et or, avec des femmes à moitié nues, auxquels Anne-May tenait tellement qu'elle n'y mettait jamais de fleurs.

Je m'arrêtai devant le portrait de tante Tandy Rose qui me regardait de haut, avec sa charlotte blanche et cette expression aigre qui lui était habituelle. Personne ne la connaissait mieux que moi qui avais été ses yeux et surtout ses oreilles parce qu'à la fin de sa vie elle était sourde comme un pot malgré le cornet acoustique fabriqué par Pa.

Pour la plupart des gens, c'était une femme comme il faut, pieuse, qui nous remettait juste de temps en temps à notre place d'esclave et imposait des règles strictes. Mais elle était aussi capable de méchanceté et avait fait de Carter sa tête de turc avant de le vendre. Elle s'en prenait aussi parfois à moi, même si elle se fatiguait vite, à cause de son âge. Une fois, elle m'avait fouettée pour me punir d'avoir lu le journal et battue comme jamais. Sa petite cravache pouvait faire sacrément mal et j'avais eu le dos en feu pendant des jours, forcée à dormir sur le ventre. Mais j'en avais conclu qu'il devait y avoir des choses importantes à lire dans ce journal.

Nous lui étions tous reconnaissants d'interdire à LeBaron de nous fouetter, sauf les fugitifs. J'étais petite à son arrivée, mais tout le monde savait, à des lieues à la ronde, qu'il brisait les nouveaux esclaves avec une extrême dureté. Tante Tandy Rose ne voulait pas qu'il tue ses investissements.

La vieille dame veillait surtout sur Ma, sa préférée parce qu'elle était jolie, mais aussi la seule à savoir si bien l'habiller le dimanche que, lorsqu'elle arrivait à l'église, poudrée et pomponnée, les cheveux bien coiffés, toutes les autres dames l'inondaient de compliments. Bien sûr, tout ceci avait changé avec Anne-May qui ne supportait pas la moindre femme un tantinet plus belle qu'elle.

Je passai le plumeau sur chaque carreau de la fenêtre. Le Patuxent coulait paresseusement au loin, d'un bleu aussi foncé que la teinture indigo extraite des hautes plantes qui poussent sur ses berges. Le printemps était bien avancé, c'était la saison préférée de tante Tandy Rose. Elle me laissait dormir tous les soirs avec Ma et Pa et j'en remerciais Jésus. Même après la chose terrible qui était arrivée à notre petit frère Toby, nous pouvions toujours nous réconforter les uns les autres.

La vieille Sally Smith avait passé toute sa vie à Peeler et y faisait déjà la cuisine quand Ma et Pa étaient arrivés de Géorgie. Sally était devenue comme une mère pour Ma. Elles avaient le même visage en cœur et de beaux yeux écartés qui leur donnaient un air de famille. Sally avait enseigné à Ma le nom de toutes les plantes médicinales de son jardin, entouré d'une haute clôture construite par Pa, près de la case.

Tante Tandy Rose l'appelait sa guérisseuse. Elle adorait le jardin où Sally cultivait des herbes médicinales, des arbres fruitiers et un carré de patates douces et d'oignons rien que pour nous. Elle avait un remède pour tous les maux : des feuilles de pêcher pour les vers, la racine collante de la férule pour les rhumes, l'eupatoire pour les fièvres pulmonaires et pour écarter les fantômes, elle cultivait même de la belladone pour rougir les joues de tante Tandy Rose et du pavot pour son opium.

Sally n'était pas aussi maigre que nous après des années devant la cuisinière en fonte à goûter la bisque d'écrevisse et la soupe de tortue. Elle était toujours prête à nous accueillir dans son giron pour adoucir les pires maux du quotidien et elle exsudait le girofle et le sucre.

Ma et Pa avaient à peine mon âge quand ils s'étaient mariés. Pa avait demandé la permission à tante Tandy Rose et elle avait organisé la cérémonie dans l'église des Blancs un lundi après-midi. Puis ma jumelle, Patience, et moi étions nées. Tante Tandy Rose nous avait appris à lire, à nous ainsi qu'au petit Toby pour que nous puissions lui lire à haute voix ses livres reliés en cuir préférés et la Bible, quand sa vue avait trop baissé.

J'avais appris à écrire grâce aux listes de courses, en recopiant les noms des boîtes de conserve et des emballages du garde-manger puisque Sally, elle, ne voyait pas l'utilité d'apprendre. « Levure Preston et Merrill » furent les premiers mots que j'écrivis parfaitement. Suivis de « Pilules féminines Welch » que Tandy Rose prenait avec son cognac. « Tabac Old Partner Kentucky », que Fergus préférait à celui qu'il cultivait. Il me semblait que tous les produits du garde-manger se proclamaient les « meilleurs au monde ».

Tandy Rose fermait les yeux quand elle nous surprenait Patience et moi en train de lire des livres de sa bibliothèque. Ça avait provoqué une visite de LeBaron furieux, lui à cheval, elle assise sous son porche.

— Je vais faire venir le shérif si vous continuez à laisser vos esclaves violer la loi comme ça, mademoiselle Tandy Rose, avait-il hurlé. Vous ne voulez quand même pas causer la ruine de notre « étrange institution » ?

Puis il avait marmonné quelque chose comme quoi elle gâtait trop ses Nègres.

Tante Tandy Rose, dressée de tous ses quarante kilos, avait posé son cornet acoustique et jeté son verre de lait, qui avait dégouliné dans le dos de LeBaron jusqu'à sa selle.

— Vous êtes mon employé, monsieur Caruthers. Je ferai les choses comme *je* veux. Et pas question qu'un shérif ait quoi que ce soit à y redire.

Tante Tandy Rose m'avait enseigné ce que Ma appelait mes « manières de Blanche » pour la mettre à l'aise quand elle me demandait d'aller lui chercher des choses. Des expressions comme « Bien sûr, mademoiselle Peeler », « Je vous l'apporte immédiatement, madame », « J'en ai pour une seconde, mademoiselle ».

Toujours accompagné d'un sourire mielleux et en inclinant la tête.

Elle nous avait laissées, Patience et moi, fréquenter l'école du dimanche peu avant qu'elle ferme. On y enseignait l'Évangile aux esclaves. Nous y étions allées avec des garçons d'Ambrosia, la plantation voisine, où ma sœur était louée actuellement et avec mon presque amoureux Carter qui avait été vendu il y a deux ans. Tandy Rose avait promis à plusieurs reprises à Pa qu'elle nous affranchirait à son départ pour l'au-delà. Elle lui avait même montré la lettre qui le déclarait.

Mais je ne sais pas trop comment cette lettre avait disparu quand ils avaient étendu tante Tandy Rose sur une planche d'acajou, ici même dans cette pièce, et nous nous étions retrouvés d'un coup propriété de sa nièce, Mme Anne-May Wilson, qui avait hérité de la maison et de nous, juste avant de se marier. Pa avait dit que les choses ne se passaient pas toujours comme prévu et qu'il ne nous restait plus qu'à trouver une autre solution. Mais je n'avais toujours pas digéré que Tandy Rose ait tant attendu pour nous libérer et que nous appartenions toujours à quelqu'un.

La première différence que j'avais noté chez notre nouvelle maîtresse, Mme Anne-May, était qu'elle faisait la plupart du temps comme si nous étions invisibles. Puis elle avait mis un terme à mes « manières de Blanche » et ordonné de répondre juste « Oui, madame » quand elle me donnait un ordre.

Les nouvelles règles n'avaient pas tardé. Elle avait fermé à clé la bibliothèque au prétexte que les livres ne sont pas faits pour les gens de couleur. Au début, je n'apprenais pas ses règles assez vite et elle s'emparait d'un fouet aussi long que son bras ou, sa préférée, d'une baguette de noyer fraîche. Le dos de mes robes avait vite été en lambeaux, le coton gluant de sang, et je travaillais toute la journée comme si une centaine d'abeilles m'avait piquée. J'avais bien dû me faire dix nouvelles robes rien que le premier mois. J'avais quand même gardé les vieilles dans mon sac à chiffons. On ne savait jamais à quoi elles pourraient servir.

Puis elle était devenue maligne et m'ordonnait de me déshabiller avant de me tomber dessus dans l'office. Quoi qu'on en dise, impossible de jamais s'habituer à la douleur cinglante du fouet. Ça brûle profondément. Surtout avec Anne-May, si fière de sa technique, qui frappait si fort et si longtemps qu'elle devait se mettre au lit après m'avoir versé du vinaigre sur les plaies pour que je souffre encore plus. Surtout qu'on ne m'avait jamais battue comme ça avant son arrivée. Et surtout quand j'avais vu ma mère à genoux, recevoir des coups pour la première fois de sa vie.

Ça m'avait aussitôt donné envie de tuer Anne-May. Pa aussi, ça se voyait.

Mais nous savions tous ce que risquait un esclave qui assassinait quelqu'un. La constitution de l'État du Maryland disait que le criminel aurait la main droite tranchée, serait pendu, puis décapité, son corps découpé en quatre, les morceaux exposés à l'endroit le plus fréquenté du comté où le crime avait été commis.

Mais malgré ça, il y avait des jours où je me disais que ça vaudrait la peine de tuer Anne-May.

Lorsque j'entendis un bruit de roues sur le gravier, je jetai mon plumeau et me précipitai dans le bureau, à côté du salon, pour regarder par la fenêtre. Le chariot tiré par deux chevaux et conduit par le contremaître Caruthers s'arrêta devant la maison. Sept nouveaux esclaves étaient assis à l'arrière, tous noirs de peau, l'air apeuré de ceux qui arrivent dans un endroit inconnu.

Ils avaient raison de craindre LeBaron Caruthers, un sale type, gras et répugnant qui passait son temps dans son horrible petite hutte à côté de la grange à tabac. De son perchoir à l'avant du chariot, il m'épia à travers la fenêtre de ses yeux de cochon, mais je tournai la tête.

Je m'empressai de sortir mon carnet puisque Mme Anne-May voulait que je lui écrive une description de chacun des nouveaux et gare à moi, si je ne le faisais pas à la perfection. Elle nous interdisait de lire, mais elle n'était pas à l'aise avec un stylo et je devais écrire à sa place. Je devais noter la liste des noms des nouveaux, celui qu'elle leur donnerait (que Mme Anne-May préférait), deviner leur âge, avec qui ils allaient se marier et « un trait caractéristique lui permettant de les reconnaître ». Trois habiteraient avec nous à Peeler, les autres iraient de l'autre côté du comté, dans la ferme de betteraves de M. Watson. Ce serait loin de suffire pour ramasser notre récolte de tabac habituelle, mais nous priions pour que d'autres arrivent bientôt.

J'avais déjà cousu leur nouveau nom sur les vêtements que j'avais confectionnés pour eux selon les tailles que l'on m'avait données. Ils travailleraient presque tous dans les champs et n'avaient droit qu'au tissu blanc le plus grossier et le moins cher, mais j'avais fait chaque robe et chaque chemise ample avec soin et doublé les poignets et les cols de feutrine. Il était bien dur de venir vivre sous les ordres d'Anne-May. Au moins, ils trouveraient aujourd'hui un peu de douceur.

— Pourquoi ils peuvent pas épouser qui ils veulent ? avais-je demandé un jour à Sally alors que je faisais la couture, debout dans la cuisine, puisque aucune personne de couleur n'avait le droit d'être assis sous le toit des Watson.

Sally Smith préparait sa bouillie de farine de maïs et les oignons qui grésillaient dans le lard faisaient gronder mon estomac. Il y aurait bien plus de nourriture qu'Anne-May ne pourrait en manger, mais elle jetterait le reste aux cochons.

Anne-May était entrée juste au moment où je posais la question et mon cœur s'était brièvement emballé lorsque j'avais vu sa main s'approcher du fouet qu'elle portait à la taille. Je m'étais vite rassurée pourtant : elle ne me frapperait jamais sous les yeux de Sally dont les ancêtres vivaient à Peeler depuis plus d'un siècle. La vieille cuisinière avait aussi beaucoup d'emprise sur M. Watson, on voyait bien qu'il l'aimait et que personne d'autre qu'elle ne pouvait le rassasier de ses plats préférés.

— Chaque fois que tu ouvres la bouche, une question stupide en sort, Jemma, s'était donc contentée de me lancer Anne-May. Je ne suis bien sûr pas obligée de te répondre, mais sache que c'est comme ça que faisait ma mère à La Nouvelle-Orléans. Elle mariait tous les nouveaux d'un coup le premier jour et après ça, elle était tranquille. Sinon, il y aurait une fête pratiquement toutes les semaines, pendant laquelle personne ne travaille. Et puis tout ça coûte cher, non pas que vous l'appréciez, vous la négraille.

Mais bien sûr la vraie raison de ces mariages, c'était pour que les nouveaux s'attachent vite l'un à l'autre et mettent au monde une flopée d'enfants qu'elle pourrait vendre ou exploiter sans pitié.

Il ne faudrait pas que j'oublie d'avertir les nouveaux qu'ils paieraient cher s'ils se faisaient appeler Wilson ou Watson. « Tu m'appartiens », me répétait tout le temps Anne-May, « mais gare à toi si tu prends mon nom. Si on te demande, tu t'appelles Jemma, propriété de Mme Anne-May Wilson Watson, de la plantation Peeler, originaire de La Nouvelle-Orleans, Louisiane ».

Je me redressai, crayon à la main, alors que la première fille descendait, *Cynthia* était écrit en grosses lettres sur une étiquette épinglée à sa robe. Elle s'appellerait désormais Fidelia comme le voulait Anne-May. Une gentille, ça se voyait à son rapide sourire timide, les cheveux attachés autour de la tête comme cinq petits nuages bouffants. Son trait caractéristique était un corps en parfait état de marche, sauf qu'il lui manquait une main, un petit moignon lisse à la place. Je vérifiai quel bras, le gauche, et le notai. Je remarquai autre chose quand elle se tourna : elle portait un bébé d'à peine quelques mois dans le ventre.

Je l'ajoutai à la ligne suivante : « le bébé de Fidelia ». Je retins un sourire et croisai les doigts pour qu'on me laisse m'en occuper comme je l'avais fait avec le petit Toby.

L'homme qui descendit après elle, poussé par le contremaître Caruthers, était son futur mari. Le nom épinglé à sa chemise était *Benjamin.* Il s'appellerait désormais Charlemagne (immédiatement surnommé Charl) parce qu'Anne-May aimait tout ce qui avait trait à la richesse et à la royauté. Il était aussi maigre que Fidelia et avait l'air aussi triste qu'elle semblait gentille. On aurait dit qu'il était frigorifié. Charl avait deux traits caractéristiques : une petite barbe malingre et des oreilles aussi grosses que des coquilles d'huître. Je leur mis *25 ans* comme âge pour tous les deux, je n'en étais pas sûre mais c'était mieux que rien.

Mon cœur se mit à battre plus fort quand la troisième personne descendit : une fille de ma taille, peut-être un peu plus grande, *Sukey* épinglé à sa robe, baptisée Celeste par Mme Anne-May qui trouvait que cela sonnait comme un nom de Louisiane. Elle avait de jolis yeux en amande, de beaux cheveux retenus par un ruban rose et la peau plus sombre que la mienne, comme la princesse éthiopienne que j'avais vue dans un livre de tante Tandy Rose. Je posai ma liste et, collée contre la vitre, vis Ma, Pa et Sally Smith l'entourer avec de grands sourires. Elle rendit son sourire à Ma, révélant une jolie fossette sur chaque joue, et d'un coup, je n'eus plus aucune envie d'avoir une nouvelle amie et pris cette fille en grippe.

C'est alors que Mme Anne-May, toute délicate, descendit l'escalier d'un pas léger. Je lui avais fait des anglaises au fer le matin même et elles tressautaient autour de son visage. Elle portait une robe en soie, à carreaux ambre et brun, que j'avais terminée la veille avec un cerceau de la taille de la baie de Chesapeake.

— Vivement qu'on en ait fini, dit-elle avec son accent du Sud.

Au lieu de son habituel fouet en cuir de vache, la petite cravache noire qui faisait toujours partie de ses habits du dimanche pendait à sa taille fine. Elle souleva sa jupe pour admirer ses propres pieds, chaussés d'une nouvelle paire de jolies bottines du magasin de nouveautés, Smalls and Sons, l'endroit le plus chic de la ville où elle achetait tant de choses qu'ils la livraient dans une brouette. Ma disait que le bonnet le plus simple y coûtait davantage que tout ce que Sally Smith ne pourrait jamais gagner avec ses confitures.

Anne-May fila hors du bureau pour se diriger vers la charrette à l'arrêt dans l'allée de gravier. Elle faillit ne pas pouvoir passer la porte tant le cerceau de sa robe était grand. Une fois dehors, elle frappa ses petites mains lisses.

— Rentrez tous immédiatement dans la maison. Interdit de toucher quoi que ce soit d'autre que vos paquets de vêtements. Dès la fin de la cérémonie, dehors et ouste, là-bas.

« Là-bas », une de ces expressions qu'utilisait Anne-May pour enjoliver certaines choses. Comme si ça pouvait rendre plus agréable une case d'esclaves délabrée au pied de la colline, à côté de la porcherie.

Alors que le reste des nouveaux arrivants descendaient de la charrette, le mari d'Anne-May, Fergus, qui ne voulait pas qu'on l'appelle maître mais plutôt M. Watson sortit de sa bibliothèque comme un escargot de sa coquille. Il n'aimait pas trop les gens. C'était un homme sans charme, le visage aussi long que celui d'Abraham Lincoln et la barbe rayée de deux bandes blanches comme la queue d'un putois. Un jour, j'avais entendu Anne-May dire à sa sœur qu'elle trouvait que les yeux de son mari ressemblaient à ceux des grenouilles qu'il étudiait mais au moins, il nous laissait tranquilles. Ce qu'il préférait, c'était marcher dans la baie, tête baissée, à chercher des crabes morts et des algues qu'il mettait dans sa sacoche en cuir si bien qu'il sentait toujours un peu la marée, ce qui n'était pas mauvais. Bien mieux que de sentir la soupe de pois comme le contremaître Caruthers.

Une fois tout le monde descendu de la charrette, les sept nouveaux entrèrent dans le bureau, l'air inquiet, et je leur tendis leurs vêtements tandis que Pa distribuait les chaussures en cuir avec les chevilles enfoncées dans les semelles en bois qu'il faisait si bien.

Je tendis son tas de vêtements à Fidelia, un joli foulard en coton bleu sur le dessus, et elle se pencha pour murmurer :

— On mange bien ici ?

— Pas assez, mais Sally fait de son mieux pour nous donner du rab en cachette.

— Vêtements d'été et d'hiver ?

— Les deux. En été, chaque fille reçoit une chemise de nuit, ce que tante Tandy Rose appelait une

« nuisette », de la finette toute légère qui m'a pris une minute à coudre. Je ne crois pas m'être trompée pour la taille de ta robe. Et c'est moi qui ai mis la feutrine à l'intérieur des poignets. J'ai fait les dessous, les culottes et le haut avec les sacs de farine les plus doux que j'ai trouvés et j'ai cousu une poche dans la robe juste ici. Tout le monde mérite une poche, tu ne crois pas ?

De près, je ne pouvais m'empêcher de regarder son petit moignon tout lisse. Qu'est-ce qui était arrivé à sa main ? Elle l'avait sûrement perdue dans une égreneuse.

Elle le cacha dans la poche et se pencha si près qu'elle aurait pu m'embrasser.

— Juste pour que tu saches, j'ai entendu le contremaître dire que la guerre avait éclaté. M. Lincoln fait ce qui faut pour nous libérer.

Un frisson de plaisir me traversa de la tête aux pieds et je tournai les yeux vers Ma. Elle regardait tout autour d'elle, comme d'habitude, attentive à dissimuler le moindre signe d'émotion qui permettrait à Anne-May de s'en prendre à elle. Le menton levé haut, les bras croisés sur la poitrine, Ma veillait sur nous tous, son foulard couleur myrtille noué avec un soin tout particulier pour ce jour de bienvenue. Savait-elle pour la guerre ? Elle écarquilla un peu plus les yeux et me lança un regard qui disait tout ça : « Oui, je sais et c'est une bonne nouvelle, mais ne t'emballe pas et nous en parlerons une fois descendus. » Parce qu'un seul regard de Ma pouvait exprimer tout ça.

Ce fut ensuite le tour de la nouvelle fille, Celeste. Je lui fourrai brutalement son paquet dans les mains, contente que la robe soit probablement trop grande.

— T'as quel âge ?

— Seize ans, je crois, plus ou moins.

— Dépêchez-vous ! cria Anne-May depuis la porte du salon.

— Moi aussi j'ai seize ans, mais je connais le jour de mon anniversaire. Le 12 mai.

— J'ai toujours voulu que mon anniversaire tombe en juin, dit Celeste en souriant et en s'approchant, mais je sais pas quand je suis…

D'un seul coup, comme un faucon s'abat sur un écureuil, Anne-May fonça sur Celeste et lui cingla l'épaule si fort qu'elle la fit tomber contre moi.

— J'ai dit de vous dépêcher, dit Anne-May en poussant Celeste dans le salon avec sa cravache. Entre ici. On ne va pas y passer toute la journée.

Celeste se frotta l'épaule, les larmes aux yeux. Elle me fit de la peine – même si elle me volait ma place dans la famille –, mais elle avait tout intérêt à vite s'habituer aux manières de Mme Anne-May.

La distribution de vêtements terminée, Sally Smith plaça les six nouveaux qui allaient se marier deux par deux. Anne-May avait annoncé qu'elle ne voulait pas « de tradition stupide, comme sauter par-dessus un balai, dans son salon qui avait jadis reçu George Washington en personne ». Fidelia et Charl se tenaient avec les deux autres couples, l'air mal à l'aise, tandis que Pa prononçait quelques mots qu'il connaissait de la Bible. Plus je voyais ces deux-là ensemble, plus ils me semblaient faits l'un pour l'autre, le bras de Charl autour de la taille de Fidelia comme pour l'empêcher de tomber, ce qui était peut-être le cas.

— Voilà. C'est fait, s'écria Anne-May, avant même que Pa ait fini de parler et en frappant dans ses mains.

LeBaron Caruthers s'avança dans la pièce pour son discours de bienvenue habituel, les yeux rouges d'avoir trop bu la veille, les semelles cloutées de ses bottes sur le plancher, ses cheveux châtain clair jusqu'aux épaules, gras et flasques comme du linge bouilli.

— Vous allez tous descendre immédiatement dans votre case. Quand la corne sonnera à l'aube demain matin, vous avez tout intérêt à être debout et prêts. Ici dans le Maryland, on travaille par tous les temps, du lever du jour à la tombée de la nuit. Vous recevrez votre allocation le premier vendredi de chaque mois. Six livres de lard, dix livres de farine de maïs et un litre de mélasse.

Les yeux de Fidelia s'écarquillèrent à ces mots parce que la mélasse était le comble même du luxe.

LeBaron continua sa liste de règles en comptant sur ses doigts.

— Et attention, si vous voulez chasser ou pêcher, faudra me demander une autorisation. Et pas question de faire ça la nuit. Vous pouvez oublier toute question d'émancipation. Vous êtes esclaves à vie. Souvenez-vous-en. Les pires feux de l'enfer s'abattront sur les Nègres qui s'attaquent à leurs maîtres.

Il regarda soudain Charl sans raison.

— Qu'est-ce que tu dis, mon garçon ?

— Rien, m'sieur, répondit Charl, le regard fixé au sol.

— Je te tiens à l'œil. Comme je vois les choses, ça coûte un demi-centime de tuer un Noir et un demi de l'enterrer. Faites quoi que ce soit qui déplaise à Mme Anne-May et j'hésiterai pas.

Peut-être parce qu'elle sentait venir la bagarre, Ma se dirigea vers la porte et Anne-May chassa tout le monde d'un geste. Ma et Pa tournèrent les talons et les autres suivirent dans l'allée, traversèrent la pelouse avant de descendre la colline vers la case. Je rassemblai mon courage et m'avançai vers Mme Anne-May.

— Je vais en ville, Jemma.

— Je peux rester ici et nettoyer...

Anne-May se tourna vers moi avec la rapidité d'un serpent qu'on aurait frappé.

— Tu me crois stupide ? Elle m'attrapa le bras et le pinça jusqu'à ce que ça brûle. Tu veux juste rester ici à manger du gâteau. Qui est stupide ?

Je fixai le motif du tapis, de petits losanges.

— Qui est stupide ici, Jemma ?

— C'est moi, madame.

— Enfin une chose que tu as comprise. Après tout, qui a démarré le feu dans la grange.

Je me tins le ventre comme s'il allait tomber.

— Je viendrai en ville, madame.

— Je pense bien. Et si j'entends encore un seul mot sortir de ta bouche stupide, tu passeras un mauvais quart d'heure. La mort de Clementine aura l'air facile à côté. Tu m'entends ? Maintenant va chercher mes gants. Tu viendras en ville avec nous et tu feras le ménage quand nous rentrerons ce soir.

La tête haute pour retenir mes larmes, je courus chercher ses plus beaux gants de dentelle dans la boîte et j'aidai ses doigts à trouver les bons trous avant de retourner en douce à la fenêtre.

Tout en me frottant le bras là où elle m'avait pincée, je regardai le groupe descendre la colline, Ma le bras autour des épaules de la nouvelle fille, Pa les conduisant avec un grand sourire, et j'implorai Jésus de m'accorder n'importe quelle autre vie que la mienne.

4

Anne-May

Peeler, Maryland, mai 1861

À MOINS QUE CE NE SOIT LE VÔTRE, les mariages sont d'un ennui mortel. Surtout ceux des Noirs qui s'unissent en l'absence d'un prêtre. N'étant pas mariés devant Dieu, ils commettent un péché chaque fois qu'ils couchent ensemble et exposent sérieusement leurs âmes aux feux de l'enfer. Pas étonnant qu'ils nous volent et nous trompent à tire-larigot, ils sont déjà condamnés pour l'éternité !

Debout à la fenêtre de ma chambre à l'étage, je finissais de m'habiller pour un de ces simulacres : l'union de nos nouveaux serviteurs à Peeler, la plus belle plantation de tabac de tout le Maryland. Quel plaisir de contempler ma propriété ! Être à seulement vingt-cinq ans, la maîtresse de quarante hectares donnant sur le majestueux Patuxent qui se déverse dans la baie de Chesapeake.

À l'ouest, les champs nus s'étendaient à perte de vue, leurs rangées de buttes bien alignées, comme des fourmilières géantes, dans l'attente que des jeunes pousses tendres de tabac s'y dressent. Difficile à croire, mais notre misérable petit troupeau d'ouvriers agricoles en récoltaient trois mille plants par jour. Le visage collé à la vitre, je regardai vers l'est, les cases blanchies à la chaux et la porcherie en contrebas. Leur puanteur m'arrivait malgré la fenêtre fermée.

Un peu plus loin se dressaient la nouvelle grange à tabac, les écuries et le petit fumoir rond blanchi à la chaux avec son toit noir pointu qui semblait sorti d'un conte de fées.

Je bus une gorgée de liqueur de mûre et appuyai mon diamant contre la vitre pour y graver « Mme Fergus Watson 1861 ». Je souris : la bague avait passé le test, les faux diamants eux n'entaillent pas le verre. Jubal Smalls remarquerait peut-être mon bijou à la soirée caritative. Le beau M. Smalls appréciait la qualité.

— Que fais-tu, Anne-May ?

Je me tournai, moi qui abhorrais être prise par surprise, et vis l'homme que j'avais épousé six mois plus tôt, Fergus.

— Je ne faisais qu'écrire mon nouveau nom, comme toutes les jeunes mariées amoureuses.

Fergus s'approcha et me prit dans ses bras fluets, je dirais même féminins. Dignes d'une jeune fille, lisses et sans poils.

Il m'embrassa dans le cou de ses lèvres tièdes et humides.

— Je suppose que tu as bien mérité cette robe, après avoir confectionné tous ces vêtements pour les Noirs.

— C'est bien vrai.

— Comment ai-je pu avoir la chance d'épouser la plus jolie fille de Louisiane ?

— Je suppose, dis-je en riant, que c'est grâce à ta vie saine et honnête.

Il contempla la propriété et la pelouse qui descendait en pente douce jusqu'au fleuve.

— Toutes ces terres sont si belles vues d'ici. J'espère que Reggie investira bien notre argent pour que nous puissions en acheter davantage. Il te le doit bien, non, c'est ton beau-père.

— Ex-beau-père, je t'en prie. Et Reggie a toujours fait fructifier tous ses investissements, c'est plus fort que lui, donc ton argent et celui de ton père devraient vite croître. Des millions, un jour.

— J'aimerais bien que ça se réalise plus tôt que « un jour », dit Fergus. Comme promis.

Je me dégageai de son étreinte et sortis de ma poche mon flacon à tabac en verre, décoré de roses, le bouchon orné de jade. C'était un cadeau de mon frère, Harry, la seule personne bien de ma famille.

— Pourquoi faut-il toujours parler d'argent avec toi, Fergus Watson ? Tu m'avais promis une vie de divertissement quand j'ai accepté de t'épouser.

Fergus se laissa tomber dans un fauteuil.

— Je veux juste m'assurer que tu auras de quoi gérer la plantation si je pars à la guerre.

Je plongeai la petite brosse dans le flacon et me badigeonnai les gencives de tabac. Une onde de plaisir me parcourut aussitôt les deux bras et je me sentis envahie d'une paix et d'un calme parfaits.

Un bruit de voix me fit me précipiter dans un grand froufrou d'organdi blanc vers la fenêtre qui donnait sur l'arrière de la maison. Le chariot de notre contremaître

LeBaron remontait l'allée de gravier en contrebas. Fergus, debout derrière moi, regarda lui aussi descendre les premiers esclaves. Nous en avions acheté sept cette fois pour remplacer celui qui était mort de la scarlatine et plusieurs tire-au-flanc qui s'étaient enfuis. C'est au printemps qu'il y avait le plus de fugitifs car c'était la saison la plus dure dans les champs de tabac.

Je me penchai pour mieux voir et remarquai qu'il manquait une main à la première. Je me détournai de la fenêtre, sur le point de régurgiter mon thé du matin et je me promis de dire à Sally Smith de lui remettre ses rations où elle voulait, mais pas à l'office avec les autres et de ne lui en donner que la moitié puisqu'elle travaillerait deux fois moins.

— Je sais que tu voulais un plus gros diamant, s'excusa Fergus en m'enlaçant la taille. Comme celui de Harriet Smalls.

Il avait raison, bien sûr. Son esprit scientifique lui permettait de distinguer la vérité. J'aime les diamants, comme n'importe quelle femme. Sinon, pourquoi aurais-je accepté que mon beau-père me donne en mariage au troisième fils du capitaine Watson ? Je connaissais bien la fortune de la famille : argent, diamants et saphirs enveloppés dans du coton et cachés dans toutes sortes de coffres-forts. En retour, Reggie rendait un grand service aux Watson en les aidant à investir leur argent. C'est moi, bien sûr, qui avais apporté le plus grand actif dans ce mariage quand tante Tandy Rose m'avait légué la maison et son contenu.

— Oh, ne dis pas de bêtises, Fergus. Ça me va même si les gentlemen offrent la bague lors de la demande en mariage, pas six mois plus tard. Aucune femme qui se respecte à La Nouvelle-Orléans…

— Tu es dans le Nord maintenant, Anne-May, mariée au maître d'une plantation dans une maison qui…

Un son strident comme un couteau qui crisse me déchira la tête.

— *Ma* maison, Fergus, et tous les domestiques qui s'y trouvent sont à moi. Dieu sait qu'ils valent autant qu'elle.

— Tu ne te sens jamais un peu coupable…

— Je t'interdis d'aborder ce sujet, Fergus Watson. Ma folle de tante ne voulait pas vraiment les affranchir. Je ne ressens pas la moindre culpabilité.

— Tante Tandy Rose n'était pas si mauvaise que ça.

— Oh que si, Fergus, et elle empestait les œufs au vinaigre. Et elle préférait ses Nègres à sa propre famille, bon sang. Laisser ces filles lire ses livres !

— Ce n'est pas que tu les lises toi-même.

Mes tempes se mirent à battre.

— Cela n'a rien à voir, Fergus. Tout le monde sait qu'éduquer les Nègres les transforme en bons à rien.

— Pas la peine de t'énerver, me dit-il, en essayant de me calmer d'un baiser dans la paume de la main. Nous avons une fête qui nous attend ce soir.

— Tu peux venir si tu veux, mais il n'y aura guère que les dames de mon cercle de couture, personne avec qui parler de tes écrevisses et tes palourdes.

— Mollusques. Et j'ai bien d'autres sujets de conversation. Débarrassons-nous de ce mariage.

Une fois la cérémonie terminée, il me fallut encore attendre que Fergus apporte un filet d'huîtres à la cuisine et finisse de bavarder et rire avec Sally Smith.

— Je travaille à en élever de plus petites pour qu'elles soient plus douces. Dis-moi ce que tu en penses, Sally.

La cuisinière souleva le sac qui dégoulinait d'eau répugnante.

— Oui, bien sûr, monsieur Watson. Je vous mettrai aussi de côté ma meilleure gelée de coing, quand ça sera la saison.

— Je ne te mérite pas, Sally.

Dieu merci, Fergus finit par s'en aller. Je n'en pouvais plus d'entendre cette femme immonde lui passer la pommade et j'ai bien cru régurgiter mon déjeuner. Il nous fallut dix minutes de fiacre pour arriver à la petite ville d'Hollywood. Nous étions déjà en retard pour le bal des soldats de Saint Mary qui avait lieu au magasin Smalls and Sons, au profit de nos garçons qui partaient se battre.

Considérer Hollywood comme une ville était bien exagéré. Son nom lui venait de son seul trait distinctif, un énorme houx que personne ne taillait. Ses deux pauvres rangées de magasins, sa petite église sinistre et la route en terre battue trouée d'ornières qui la traversait n'en font guère une ville. Mais c'était mieux que rien pour les plantations voisines et une seule chose la rachetait : le magasin Smalls and Sons où chacun était sûr de passer un bon moment.

Construit par son propriétaire, Jubal Smalls, originaire de Bâton-Rouge, il occupait une maison individuelle en plein milieu de la ville. Ses deux grandes vitrines regorgeaient toujours des plus beaux étalages : des rouleaux entiers de poil de chameau, les chapeaux de femmes parisiens dernier cri et des ombrelles de tous les styles et couleurs. On y trouvait tous les produits de la Louisiane, des représentations de Royal Street aux murs et une étagère de sauces épicées près de la caisse. Une petite vitrine contenait du tabac à priser et tous les accessoires nécessaires : brosses, pipes ainsi qu'un vaste assortiment de jolis flacons et boîtes.

— Amène le fiacre au bout de la rue et ne bouge pas, compris ? ordonnai-je à Jemma après que Fergus m'eut aidée à descendre.

Elle prit les rênes, tête baissée.

— Et je ne veux pas te voir bouder, lui criai-je en la menaçant du doigt, ou tu le regretteras, Jemma.

Je la regardai s'éloigner avec les chevaux depuis le perron de Smalls and Sons.

— Modère-toi avec ton fouet, Anne-May, intervint Fergus. Elle est encore jeune.

— Quand je suis arrivée, je les ai laissés garder leurs noms, bon sang. Jamais un mot de reconnaissance ! Et je leur donne des chaussures, ils sont bien mieux lotis que beaucoup.

— Et sois un peu plus gentille avec la vieille Sally. Elle m'a dit que tu lui avais fait manger la miche de pain qu'elle avait brûlée.

— Rapporteuse. Maman m'a toujours dit : « Tu brûles quelque chose, tu le manges. » Je suppose que les traditions ne veulent plus rien dire.

— Pense un peu à ce que tu ressentirais si...

— Si j'étais venue à la vente aux enchères, j'aurais fait une bien meilleure sélection. Il manque une main à cette Fidelia.

— Ce n'est pas un endroit pour les dames. J'ai trouvé ça horrible, du début à la fin.

— À La Nouvelle-Orléans, on les vend dans la rue, avec les pélicans.

— Nous ne sommes pas à La Nouvelle-Orléans, Anne-May.

— Je ne le sais que trop bien ! Ma ville me manque tous les jours.

— L'esclavage est une pratique barbare. Des êtres humains ne sont pas censés être la propriété d'autres.

— Tu ne peux pas comprendre, Fergus, tu as grandi dans le Delaware. Il faut être strict avec eux. Ma mère…

— Je t'en prie, Anne-May, m'intima-t-il, sa longue main levée. Ne me parle pas d'elle, je veux passer une bonne soirée.

La porte d'entrée s'ouvrit sur une pièce enfumée qui embaumait l'eau de Cologne et le savon au citron typiquement masculin. Les vingt-cinq adultes vivant aux alentours d'Hollywood s'y trouvaient, enveloppés dans ce nuage. Mon amie du cercle de couture, Charlene Tidwell Weed, vêtue d'une nouvelle robe bleu ciel, bavardait avec la maîtresse de maison, Harriet Smalls, une femme terne qui vivait avec son mari Jubal et leurs trois enfants à l'étage.

Un long comptoir occupait presque tout l'espace, décoré pour l'occasion de festons rouges, blancs et bleus. Éclairé par trois suspensions, le magasin était divisé en plusieurs rayons : articles de maison, accessoires pour homme et mon préféré, près de l'entrée, vêtements chics pour dames. Des femmes venaient d'aussi loin que Baltimore chercher les plus merveilleux lainages et soieries, rubans et dentelles belges ou le dernier petit chapeau de paille à la mode, qu'elles payaient en espèces sonnantes ou en faisant du troc.

Fergus partit à la recherche de deux verres de bordeaux et je trouvai Jubal Smalls en train de charmer le groupe de dames qui l'entouraient.

— Les habitantes de Charleston sont réputées pour leur beauté, leur grâce et leur distinction.

— Et celles de Richmond ? demanda la vieille Mme White ?

— Les habitantes de Richmond sont réputées pour leur aversion au travail et leur amour du plaisir, répondit-il avec un clin d'œil.

— Et celles de La Nouvelle-Orléans ? demandai-je.

Jubal se tourna et me fixa du regard.

— Madame Watson. Eh bien, tout le monde sait que les habitantes de La Nouvelle-Orléans sont réputées pour leur goût bien féminin du julep et du champagne.

Jubal, bien au contraire de Fergus, était le genre d'homme séduisant qu'on trouvait à Bâton-Rouge, toujours habillé à la dernière mode, sa canne à pommeau d'or à la main. Il avait un beau front haut, des yeux noirs, enfoncés, une demi-tête de plus que Fergus, de longues jambes et une posture élégante qui mettait en valeur sa large poitrine. Il se départait rarement de son sérieux et chaque habitante d'Hollywood qui parvenait à lui arracher un sourire en éprouvait un sentiment de réussite.

Dans un coin, un petit orchestre à cordes jouait *Soldier's Joy* avec fougue et Jubal me prit la main pour me montrer un pas à la mode. Tandis que nous dansions, il se pencha vers moi, dégageant une odeur boisée enivrante.

— Vous êtes le meilleur danseur de tout Hollywood, monsieur Smalls.

La musique se termina et je sortis mon flacon de tabac pour en déposer un peu sous ma langue.

— Votre choix vous satisfait-il ? Je n'en reçois que de petites quantités de Paris.

— Oh, le Golden-Banded Oco ? Oui, il me plaît beaucoup, monsieur.

— Célèbre pour ses propriétés stimulantes.

— Je trouve qu'il me calme comme aucun autre.

— Alors je vous en remettrai une boîte de côté. Cadeau de la maison.

— *Vous n'allez pas faire une chose pareille**, monsieur Smalls.

* En français dans le texte.

— Si, je ne plaisante pas, madame Watson, et quel plaisir, d'entendre à nouveau parler français. Je croirais me retrouver dans le Vieux Carré.

Je refermai mon flacon de tabac, une main suspendue sous la lumière. Jubal la prit dans la sienne, chaude et douce.

— Quelle belle bague, madame Watson. Un diamant coupé à l'européenne entouré de huit petites pierres. Presque un carat l'un dans l'autre ?

— Je ne pense pas que Fergus apprécierait beaucoup qu'on discute de sa valeur. C'est un bijou de la famille Watson.

— J'ai entendu dire qu'il n'y a pas plus belle maison que la vôtre le long du fleuve, madame Watson.

Je me penchai pour épousseter mon décolleté et sentis ses yeux s'y attarder. J'attendis un instant avant de me redresser et croiser son regard.

— Rien à voir avec les maisons toutes simples de Louisiane, mais son architecture est des plus agréables. Venez quand vous voudrez, monsieur Smalls.

— J'espère que M. Watson ne s'en offusquera pas.

— Il passe le plus clair de son temps dans sa cabane au bord de la rivière. Je plaçai mon petit doigt sous mon nez. J'ai bien peur d'avoir pris trop de tabac.

Jubal me tendit son mouchoir. Comme il me parut doux, mélange de lin et de soie chinoise, blanc comme une colombe, bordé d'une bande, toute simple et masculine, de dentelle irlandaise. J'effleurai du doigt le gros « S » brodé dans un coin et, sans même le porter à mon nez, inspirai le parfum de son eau de Cologne.

— Merci, monsieur Smalls. Je vous le rendrai bien sûr.

— Je serai ravi de cette occasion de vous revoir, répondit-il en esquissant une petite révérence.

Fergus nous rejoignit, me tendit un verre de vin et leva le sien quand je lui présentai Jubal.

— À la libre entreprise, monsieur Smalls. Ma femme me dit que votre magasin est le plus élégant de tout le comté.

— Et l'on me dit que vous avez la plus jolie maison du Maryland, monsieur Watson. Espérons qu'à l'issue de cette guerre, vous en serez encore propriétaires.

— Qu'est-ce qui vous a amené dans le Nord, monsieur Smalls ? La fièvre du coton est-elle finie dans le Sud ? Il me semble que c'est là que se trouve l'argent.

— Nous avons déménagé à Hollywood pour venir en aide au père mourant de mon épouse. Il habitait Leonardtown. Puis nous avons décidé de nous établir ici pour l'instant.

— Les troupes nordistes sont déjà à Washington, dit Fergus en tirant sur son col.

— Chez moi à Bâton-Rouge, ils sont impatients d'en découdre contre ces Yankees, monsieur Watson.

— Je suppose que je suis l'un de ces Yankees.

— Le Maryland était un État frontière aux dernières nouvelles. Votre loyauté pourrait tout aussi bien aller au Sud.

— Eh bien, comme l'armée de l'Union achète la totalité de notre récolte de tabac cette année, ma loyauté va à M. Lincoln.

— Mes clients préfèrent le tabac de Virginie.

Fergus leva son verre pour porter un toast.

— Notre président, Abraham l'honnête en personne, il a goûté notre tabac et l'a déclaré le meilleur pour ses troupes.

— Au moins, ajoutai-je, une main posée sur son bras, tu as assez d'esclaves pour faire tourner la plantation pendant que tu te battras, Fergus.

— À peine, répondit-il en vidant son verre d'un trait.

— Mon mari a honte d'avoir des esclaves, glissai-je à Jubal à mi-voix.

— Pour ma part, je n'en ai que quelques-uns, répondit-il. Je ne veux pas prendre le risque de me faire dévaliser. Il se pencha pour frotter son mollet gauche. Je m'engagerais volontiers, mais une vieille blessure m'en empêche.

— Elle ne semble pas vous gêner pour danser, remarqua Fergus qui se pencha ensuite pour examiner la jambe de Jubal.

— Je serais incapable de faire un kilomètre au pas, monsieur Watson, mais je jouerai mon rôle ici même. Je veillerai sur ces dames.

— Anne-May n'a pas besoin qu'on veille sur elle, répliqua Fergus en posant son verre vide sur le comptoir.

— Bien sûr que non. Comme toutes les femmes originaires de Louisiane, elle est forte et combative.

— Inutile de me vanter les mérites de ma femme, monsieur. Je vois qu'elle a votre mouchoir ?

— Jubal a eu la courtoisie de…

— Rends-le, s'il te plaît, Anne-May.

Je sentis le rouge me monter aux joues.

— Pas question, Fergus. M. Smalls ne faisait rien d'autre qu'être poli.

— Vous n'êtes pas un gentleman, monsieur.

Les deux hommes se foudroyèrent du regard et Jubal recula d'un pas.

— Si cela peut vous rassurer, moi non plus, je n'achète pas de tabac de Highland Plantation.

Fergus m'agrippa la main et me tira vers la porte sous les yeux choqués de l'assemblée.

— Viens, Anne-May.

La moustiquaire claqua derrière nous et Fergus appela Jemma pour qu'elle amène le fiacre devant l'entrée. Il fulmina contre Jubal pendant tout le chemin du retour.

— Je déteste les gens comme lui. Il évite de partir en guerre et promeut les divisions et la malveillance.

Les yeux rivés sur les champs sombres, le mouchoir contre mon nez, je humais son odeur de pin et de clou de girofle et je savais déjà précisément comment je rendrais ce si beau cadeau.

5

Georgy

New York, juin 1861

LORSQUE JE REPRIS CONNAISSANCE, j'étais étendue par terre. Un verre à la main, ma collègue infirmière m'aspergea le visage d'eau avant de me le tendre pour en boire.

— J'avais suggéré une chaise, mademoiselle Woolsey, me dit le Dr Prentiss, dressé de toute sa taille au-dessus de moi. J'ai bien peur que votre constitution fragile et votre orgueil vous rendent inapte…

— Je vous en prie, docteur, m'écriai-je en tentant de me relever, cela ne m'était jamais arrivé.

Le Dr Blackwell arriva, un dossier sous le bras. Le sang me monta au visage à l'idée qu'elle me voie ainsi.

— Mademoiselle Woolsey s'est évanouie pendant que je ne faisais rien de plus que sonder une blessure, annonça le Dr Prentiss.

La doctoresse l'écarta d'un geste et s'agenouilla à côté de moi, sourcils froncés.

— Voici donc l'infirmière devenue la patiente.

— Je ne sais pas ce qui m'est arrivé.

— J'ai failli avoir la même mésaventure à Paris, me glissa-t-elle à l'oreille. Vous devez vous endurcir, mademoiselle Woolsey. Elle se leva et me prit par la main. Debout maintenant.

— Je vous en prie, docteur Blackwell, la suppliai-je en me redressant aussitôt. Ne me déclarez pas inapte.

Elle serra son dossier contre sa poitrine et me considéra.

— Pensez-vous que vous méritez de rejoindre les rangs des premières infirmières de la guerre ?

J'époussetai ma jupe.

— Oui, tout à fait. J'ai travaillé dur pour mémoriser...

— Respirez, mademoiselle Woolsey. Je voulais juste vous voir vous battre. Vous aurez souvent à le faire avec la vie que vous avez choisie, dit-elle en tirant un certificat de son dossier. Mieux vaut avoir des sels sur vous. Parce que vous allez bientôt être une jeune femme très occupée. (Elle me tendit la feuille, sourire aux yeux.) Bienvenue à la Commission sanitaire des États-Unis, mademoiselle Woolsey.

La guerre débuta pour de bon ce printemps-là. New York se mobilisa et des régiments arrivaient tous les jours en route pour Washington. Dès juin, notre maison vivait au rythme des préparatifs, jour et nuit et à l'exclusion de pratiquement toute autre activité. Elle était devenue le QG de tous ceux qui luttaient pour mettre un terme à l'esclavage et préserver l'Union. La première escarmouche entre des troupes du Nord et du Sud venait de se terminer dans l'ouest de la Virginie par une victoire du Nord et les supporters de l'Union jubilaient d'optimisme.

Un matin, alors que j'essayais de m'occuper pour cesser de me demander où l'on m'enverrait pour mon premier poste d'infirmière, j'appelai Margaret et la priai de m'aider à préparer une énorme quantité de sandwichs au jambon et à les emballer dans du papier journal pour les troupes en partance.

À force de faire de la charpie, l'air du salon s'était rempli de peluches et seuls les pans de mousseline qu'on déchirait troublaient le silence. Mère, mes sœurs Hatty et Carry, et moi, nous acquittions de nos différentes tâches en attendant l'arrivée de notre sœur Eliza qui venait de Tioronda, sa résidence dans le nord de l'État de New York. Seule l'idée du grand bal de charité au profit des soldats ce soir-là à l'hôtel Brevoort nous gardait de bonne humeur.

Chacune avait sa place dans la pièce. Nous portions nos robes sans cerceaux, de simples crinolines peu encombrantes. Mère était assise au milieu du salon, devant sa presse à charpie et enrouleur de bandes, bloqués par des étaux à la robuste petite table d'acajou que son oncle, l'amiral Newton, avait fait construire à bord de son vaisseau amiral, le *Pensacola*, cinquante ans plus tôt.

— Nous ne nous préparerons pour le bal qu'une fois que nous aurons chacune rempli un carton de bandes et de chaussettes, nous annonça-t-elle.

Ce qui était jadis notre salon de réception, avec ses canapés bourrés de crin de cheval, était désormais encombré de piles de boîtes pleines d'ouvrages réalisés par des femmes nécessiteuses, formées à la couture à la Maison de l'industrie pour subvenir à leurs besoins. Ces boîtes débordaient d'articles destinés à nos troupes : chemises, culottes, chaussettes, mouchoirs, eau de Cologne et livres. Notre petit bâtard blanc, Pico, que Mary avait dû laisser à contrecœur à Mère quand elle s'était mariée avec Robert Howland, trônait au sommet d'une pile de sous-vêtements en laine et se léchait une patte. Pico avait un don pour la musique : il accompagnait souvent Eliza au piano, et comme tout mâle entouré d'un grand nombre de femmes, il acceptait toute cette agitation avec un grand stoïcisme.

— Faut-il vraiment réduire tous les draps en charpie ? demandai-je.

— En avons-nous vraiment besoin quand une couverture suffira ? répliqua Mère sans lever les yeux de sa presse.

Elle qui ne quittait cette table que pour manger, dormir et lire les nouvelles de la guerre, nous avait ordonné de sortir du grenier des malles qui regorgeaient de vieux trésors de nos ancêtres Newton et Woolsey – épaisses culottes ocre, robes de calicot, jupons de mousseline – tout ce qui pourrait être transformé en charpie. Nous lui avions remis des piles de beau linge de table ancien de la famille Newton, un N élaboré brodé sur chaque serviette et chaque nappe, et nous les déchirions pour en faire des bandages.

Je m'entraînais à faire des pansements sur ma plus jeune sœur, Carry, un exemplaire du *Manuel de pansements, bandages et dispositifs chirurgicaux* emprunté à la bibliothèque de l'hôpital ouvert sur mon genou. Je finissais un grand pansement à quatre plis, une des bandes moelleuses de Mère enroulée autour du bras de Carry, mes revers faits à la perfection.

Ma sœur Hatty était assise à côté de la cheminée et tentait de tricoter une malheureuse chaussette sans cesser de sauter des mailles. Comme l'exigeait Mère pour toutes ses filles lorsqu'elles atteignaient l'âge de vingt-quatre ans, elle revenait d'un voyage en Italie, en pleine forme. Elle y avait accompagné Mary, Robert et leurs enfants.

— Faut-il vraiment que je tricote ? gémit-elle en posant sa chaussette, pour repousser en arrière ses cheveux noirs. Je suis vraiment nulle et Carry, elle, se fait bander par Georgy.

— Tu viens de passer trois mois à l'étranger, rétorqua Mère, à te rendre à des fêtes avec de beaux militaires, ma chère, tandis que Carry était coincée ici à coudre des chemises.

Hatty passait souvent pour la préférée. Voir Mère lui refuser ne serait-ce qu'une petite chose était des plus satisfaisants.

— J'ai passé le plus clair de mon temps à aider Mary avec ses enfants, gémit-elle en défaisant sa chaussette pour tout recommencer. Et où est donc notre frère ? Pourquoi Charley devrait-il être privé de tels plaisirs ?

— Il ramène Frank Bacon de la gare, répondit Mère.

Mes deux sœurs me regardèrent. Je posai la bande enroulée sur mes genoux.

— Frank Bacon est bien capable de venir tout seul ici à pied, Mère, dis-je.

— Il apporte quelque chose de New Haven avant de partir se battre et Charley lui a proposé de l'aider.

— Peut-être une bague avec des diamants, s'exclama Carry, me faisant regretter de ne pas lui avoir bandé la bouche.

— Ce doit sûrement être quelque chose d'extraordinaire s'il a besoin d'aide, remarqua Hatty.

— La seule chose extraordinaire en ce qui concerne le Dr Bacon est son aptitude à marcher sur les ourlets des robes de femmes, dis-je en refermant sèchement mon manuel.

— Cela me semble bien minime pour rejeter un homme, répliqua Mère. Il est certainement dévoué. Et sur le point d'aller se battre. Je t'en prie sois gentille, Georgy.

Hatty jeta sa chaussette et ses aiguilles.

— Les ragots sont-ils permis ? Il a l'impression que tu es le miroir de son âme. Je l'ai entendu le dire à Mary. Quelle tendre histoire !

— Tu l'as déjà refusé une fois, rappela Carry. Peut-être que ce soir, il t'apportera un gage de son amour. Charlotte Benson porte le sien accroché à une chaînette autour du poignet. Si tu acceptes, c'est un préliminaire aux fiançailles.

— Qu'est-ce que c'est ? demanda Mère.

— Tout le monde le fait, Mère, répondit Hatty. Un amoureux transi grave ses initiales sur une pièce de dix centimes à l'effigie de la Liberté.

— En voilà une façon de détruire une pauvre pièce, s'écria Mère en s'écartant de sa presse. Comme si une simple déclaration d'amour ne suffisait pas.

— Je n'accepterai rien de tel de Frank Bacon, dis-je en finissant d'enrouler ma bande. Et je vous en prie, ne l'encouragez pas ou je vous assure qu'il sera déçu.

La porte s'ouvrit soudain et Stanislaw Moritz entra, plié en deux, la malle Goyard d'Eliza attachée sur son dos par une large ceinture en cuir.

— Me voici, Stanislaw Moritz !

— Moritz ! s'écria Hatty, qui s'était levée d'un bond.

Nous étions toutes ravies de voir le domestique d'Eliza et Joe, Stanislaw Moritz von Schulman. Même le petit Pico lui fit la fête et lui sauta dessus tel un chien de cirque pour obtenir un morceau de viande séchée ou de foie déshydraté que Moritz gardait dans les poches doublées de satin de son gilet. Moitié allemand, moitié français, Moritz était d'une extrême gentillesse et nous adorait. Petit mais très musclé, il transportait souvent les gigantesques malles d'Eliza sur son dos comme une fourmi porte une miette trois fois plus grosse qu'elle.

Ma sœur le suivait, vêtue d'une robe de voyage en soie moirée vert pomme, coiffée d'un délicieux petit chapeau de paille laqué d'où pendaient des rubans. Elle tenait un bouquet de lilas aux tiges enveloppées dans du coton.

Je courus à sa rencontre.

— Quel bonheur ! Tu m'as manqué. Il s'est passé tant de choses.

— Te voilà infirmière ! Je suis terriblement jalouse, Georgy. Ma formation s'est limitée à mettre des pansements et tenir des mains.

Je passai mon bras sous le sien et humai son parfum de muguet et d'herbe tendre.

— Est-ce que tu veux toujours essayer de trouver un poste d'infirmière avec moi ?

— Plus que jamais.

— Bien. J'ai arrangé ta formation avec Elizabeth Blackwell en personne et je sais qu'elle t'adorera. Et je dois moi aussi partager mes enseignements avec toi.

— Y a-t-il rien de plus excitant ? s'écria Eliza en me serrant le bras. Le régiment de Joe sera posté près de Washington, à l'ouest d'Alexandria, à Cameron Run.

— Nous pouvons peut-être demander Washington.

— Et suivre Joe ? Ce serait merveilleux, Georgy.

— Ne garde pas Eliza pour toi, lança Mère depuis sa table.

Ma sœur ôta son chapeau d'une main et le tendit à Moritz.

— Vous ne me reprocherez pas une minute de conversation avec ma meilleure amie ? demandai-je.

— Une sœur ne peut pas être une meilleure amie, dit Carry.

— Dans ce cas, si. Et franchement, c'est ma place dans cette famille : meilleure amie d'Eliza Woolsey Howland.

— Est-ce que vous viendrez toutes voir défiler le 16e régiment de Joe ? demanda Eliza. Vous n'en croirez pas vos yeux quand vous verrez le drapeau que je leur ai commandé chez Tiffany. Un beau bleu indigo avec des lettres d'or. Joe dit que ses hommes en sont ravis.

— Où est le célèbre Joseph Howland en ce moment ? demanda Mère.

— J'ai laissé mon cher mari à Washington Square en train de veiller aux derniers détails. Il a demandé un livre de cuisine, incroyable, non ? Pour faire de la bouillie et du ragoût.

Elle tendit les lilas à Mère qui inspira leur parfum.

— Ce sont les derniers de Tioronda.

Moritz disparut avec le bouquet dans la cuisine et Eliza s'assit, faisant gonfler sa jolie jupe bouffante.

— Une guerre glorieuse, dit Carry en ajustant le bandage sur son bras.

— Ils prennent le bateau pour Elizabethport et de là, le train pour Washington.

— Si seulement nous pouvions les accompagner, dis-je.

Eliza repoussa d'un geste doux les cheveux de Mère tombés sur son front.

— Joe me dit que les jeunes gens de Fishkill ont monté une compagnie et font des manœuvres. Ils l'ont appelée la Garde Howland.

— Ils devraient peut-être l'appeler la Garde de Mme Howland, suggéra Mère, levant les yeux de sa presse.

La porte de la maison s'ouvrit soudain et notre frère, Charley, bondit dans la maison, une longue boîte blanche entre les mains.

— Eh oh ! Regardez qui je vous amène.

Charley apparut dans l'entrée avec le Dr Frank Bacon qu'il était allé chercher à la gare. À vingt et un ans, en digne descendant des Newton, la famille de Mère, il était déjà plus grand que Père dont il avait hérité le regard curieux et vif. Dégingandé, les épaules larges, il arborait deux favoris blonds duveteux.

Frank se posta derrière Charley, sa trousse en cuir noir de médecin à la main. Calme, fiable, Frank était un brave type, égal à lui-même. Son manteau bleu de l'armée américaine lui conférait une certaine distinction malgré sa petite barbe de roi ridicule.

Nous nous levâmes pour les accueillir et les deux hommes se découvrirent.

— Comment se porte la splendide famille Woolsey de New York ? demanda Frank.

Aussi discret que son père était haut en couleur, Frank avait hérité bien peu du charisme de Leonard Bacon, le pasteur à la barbe vaporeuse de l'église de New Haven, titulaire d'une des chaires les plus en vue de Nouvelle-Angleterre.

— De la part de Frank, me dit Charley en me remettant la boîte blanche.

J'en soulevai le couvercle pour y trouver deux bouquets de longues roses rouges.

— Merci, docteur Bacon. C'est très gentil. Lui ne me manquera pas, ses roses si, chuchotai-je à Eliza.

— Donne-leur à boire et coupe-les, s'il te plaît, dit Mère à Margaret en me prenant la boîte des mains.

Carry aida Frank à ôter son manteau et révéla un bel uniforme fourni par l'armée, mais probablement altéré par sa charmante mère : veste bleu foncé avec deux rangées de boutons dorés sur le devant, pantalon élégant et bottes noires.

Il s'avança vers moi en tortillant son chapeau.

— Georgy, je pensais que nous pourrions faire le tour du pâté de maisons avant le bal, ce soir. Je suis sûr que tous les hommes de New York voudront t'arracher à moi.

— Mais...

— Pico a besoin de sortir, dit Mère. Vous pourriez peut-être l'emmener avec vous ?

— Excellente idée, dit Frank.

— S'il peut se dépêcher de faire ses besoins, lançai-je en attrapant la laisse après avoir jeté un regard noir à Mère.

Frank me prit le bras pour descendre les marches du perron et nous avions à peine fait dix mètres quand il s'arrêta brusquement.

— Tu te fais peut-être du souci à l'idée que je parte à la guerre, Georgy, mais je te garantis que les médecins ne risquent rien.

— Je ne m'inquiète pas, Frank.

— Je me suis souvent demandé ce qu'il en était de tes sentiments. Quand tu m'as offert ce savon au rhum à Noël, j'avais osé espérer...

— C'était un cadeau entre amis, Frank. La vente profitait aux orphelinats de Carry. L'odeur m'avait plu, un point c'est tout.

— Et je ne t'ai jamais rendu la pareille tant j'étais pris par le travail. Je sais que je n'ai pas été le prétendant le plus assidu et la dernière fois que j'ai abordé la question, je n'avais pas de preuve tangible de mes sentiments...

— Nous en avons déjà parlé, Frank.

Il enfonça la main dans la poche de son pantalon, en sortit une pièce en argent pas plus grande que l'ongle de mon pouce et me la tendit, posée sur sa paume.

Je me penchai pour l'examiner. Un F et un B enlacés y étaient gravés, une jolie petite pièce, vraiment bien réussie.

— Un gage, Frank ?

— Faut-il que je te redise une fois encore quels sont mes sentiments ? Nous sommes faits l'un pour l'autre, Georgy, j'en suis convaincu. Je pensais que tu voudrais bien porter une marque tangible de ma profonde affection.

Je fermai sa main sur son tendre présent.

— C'est charmant, Frank, mais je serais malhonnête si je l'acceptais. Je ne veux pas donner une fausse image de mes sentiments. Et ce n'est vraiment pas le moment de réfléchir à des préfiançailles alors que tu rejoins ton régiment et que j'ai la tête remplie de mes cours d'infirmière.

— Plus tard, alors ? demanda-t-il en fourrant la pièce dans sa poche.

— Ramenons Pico à la maison, Frank. Je vais t'apprendre à tricoter et comme ça, tu nous aideras et nous pourrons aller au bal de bienfaisance plus tôt.

Notre bonne Margaret jongla avec les lacets, boutons et autres attaches tandis que nous revêtions nos plus beaux atours, et nous arrivâmes à l'hôtel Brevoort en même temps que les derniers fiacres. Le Brevoort, un des hôtels les plus élégants de la Cinquième Avenue, se dressait depuis sept ans à deux pas de chez nous, au coin nord-est de la 8e Rue.

Toute la famille s'y rendit à pied, les sept sœurs Woolsey accompagnées de notre frère Charley et de Joe

Howland. Frank Bacon fermait la marche. Nous portions chacun un carton rempli de donations pour les troupes de l'armée américaine. Abby se plaignait d'avoir dû s'acheter de nouveaux gants pour la soirée et Jane ne cessait de nous donner des ordres.

Le trottoir en face de l'hôtel grouillait de gens venus voir les invités arriver. Les voitures roulaient jusqu'à l'entrée de l'hôtel et les dames en jaillissaient, étincelantes de diamants et enveloppées de dentelles, saluées par les cris de liesse des badauds.

Vêtues de nos plus belles robes de soie, châles en cachemire et de plus de faux bijoux que de vrais, nous rejoignîmes le tourbillon d'invités dans la salle de bal. Mary nous avait confectionné à chacune une cocarde aux couleurs de l'Union, rouge, blanc, bleu, comme une cible que nous arborions avec orgueil, épinglée à nos poitrines. Le dais de bannières étoilés, les murs recouverts de soie patriotique, le tout illuminé par deux gigantesques lustres, nous coupèrent le souffle. Nous admirâmes aussi le magnifique drapeau qu'Eliza avait commandé pour le régiment de Joe, accroché avec les autres étendards au mur de la salle de bal, son fond bleu foncé décoré d'un aigle doré au-dessus du blason du régiment.

Nous rejoignîmes le défilé de robes pour nous fondre lentement dans ce bouquet de beauté bruissant, parfumé par la profusion de roses et de lys odorants qui ornaient les tables et les portes, venus des plus beaux jardins et serres de l'Empire State. Nous ajoutâmes nos dons aux montagnes de couvertures, draps, chaussettes et autres fournitures militaires qui s'entassaient, déposées par les invités près de la piste de danse où l'orchestre jouait un quadrille patriotique.

Notre chère mère était au centre de nos attentions, toutes aux petits soins pour elle, à arranger ses rubans et ses manches, chacune d'entre nous désireuse de passer du temps avec elle.

— Toutes ces fleurs devraient être à l'hôpital, dit-elle en regardant les magnifiques gerbes de tulipes et de narcisses.

— C'est une fête, lui répondit Hatty en lui repoussant une mèche sous son petit bonnet blanc. Nous les apporterons demain à Bellevue.

Je fouillai la foule des yeux et reconnus Frederick Law Olmsted, entouré d'un groupe d'admirateurs qui jouaient des coudes pour le rencontrer, leurs flûtes de champagne levées. Il était très célèbre à cette époque, connu pour son travail à Central Park, et les journaux avaient parlé de lui la veille lors de sa nomination à la tête de la Commission sanitaire.

Je tirai Frank Bacon à part.

— Frank, tu connais M. Olmsted. Pourrais-tu avoir la gentillesse de nous présenter ?

— Pour que vous le suppliez, Eliza et toi, afin d'être envoyées en poste à Washington ?

— Nous voulons simplement servir notre pays, Frank, dis-je en me détournant.

— Il est la coqueluche de New York en ce moment. Mais je vais voir ce que je peux faire, dit-il sans quitter Olmsted des yeux, avant de s'enfoncer dans la foule.

Cela prit un moment, mais Frank Bacon finit par revenir vers nous, l'homme du moment dans son sillage.

— Puis-je vous présenter M. Frederick Olmsted du Connecticut. Il part pour Washington.

Vu de plus près, M. Olmsted était un homme mince, presque chauve, une moustache en brosse, et des manières agréables mais directes.

Frank lui indiqua Mère d'un geste large.

— Mme Woolsey. Le cœur de cette splendide famille. Élevée à Cameron Run, en Virginie, par sa tante Ricketts.

— Des farines Ricketts ? demanda M. Olmsted.

— Tout à fait. M. Woolsey était un commerçant de Nouvelle-Angleterre. Il dirigeait sa propre compagnie prospère jusqu'à sa mort prématurée, il y a plus de vingt ans.

— Charles Woolsey de Boston ? Je le connaissais par son excellente réputation.

— Oh, monsieur Olmsted, s'inclina Mère, comme nous nous régalons dans votre parc. Quel triomphe !

— Je voulais en faire un jardin botanique, mais un budget insuffisant m'a contraint à opter pour un parc.

— Pour une fois, me voilà ravie d'un financement inadéquat, monsieur Olmsted, parce que le parc est parfait comme il est. Vous avez dû faire appel à des légions de travailleurs pour mener à bien un tel projet.

— Quatre mille en fait, sourit-il. À l'origine, c'était pour l'essentiel un terrain marécageux.

— Vous avez rencontré Joe et Charley ainsi que Mme Woolsey. Permettez-moi de vous présenter les sœurs Woolsey, poursuivit Frank en se tournant vers nous. Je les connais depuis qu'elles me battaient aux osselets. Je commencerai, si vous le voulez bien, par Abigail.

Abby hocha la tête, serra son châle sur ses épaules et le fixa en clignant des yeux comme si elle était soudain aveuglée par la lumière, elle qui n'avait pas l'habitude d'être au centre de l'attention. Elle tenait de Mère, avec ses yeux bleus perçants et son front altier. Le visage nu, sans l'ombre de rouge ou de poudre, elle avait fini par céder à nos pressions et renoncé au noir pour porter sa seule robe élégante en soie d'un bleu joyeux.

— Abby est l'aînée des Woolsey et la présidente de la Maison de l'industrie où les femmes les plus défavorisées peuvent apprendre un métier. Elles ont déjà équipé la moitié de l'armée de l'Union. Abby préférerait se trouver à Cooper Union au premier rang d'une conférence abolitionniste plutôt que dans un bal. Et ne la défiez surtout pas aux dames, elle y excelle et vous fera jurer de renoncer à jamais à y jouer.

— Jane Woolsey, poursuivit Frank.

Jane fit une révérence, lente et ravissante. Elle avait confectionné elle-même sa robe, la soie pêche presque liquide à la lueur des lustres, couleur qui allait à merveille avec ses cheveux roux.

— Jane tient la comptabilité de l'orphelinat pour les enfants de couleur et y travaille comme infirmière dans leur dispensaire. Le magasin de M. Stewart la considère comme l'une de ses meilleures clientes en bonnets et gants après Mme Lincoln.

Les boucles d'oreilles grenat de Jane se balancèrent et lancèrent leurs feux.

— Porter une garde-robe bien faite est un devoir patriotique, monsieur Bacon. Le gouvernement a besoin des revenus de l'importation de rubans et de dentelle.

— Vous avez raison, mademoiselle Woolsey, sourit M. Olmsted.

— Puis-je vous présenter Mme Robert Howland, Mary pour nous.

Mary avança d'un pas, toute douce et pleine de retenue, le rouge aux joues, et tendit la main à M. Olmsted.

— Je suis honorée de faire votre rencontre, monsieur Olmsted. J'accompagne mes filles à votre parc presque toutes les semaines.

M. Olmsted parut tout à fait séduit, rien d'étonnant puisque Mary était considérée comme la plus jolie des sept sœurs Woolsey, « une fleur dotée d'une âme » comme l'avait décrite un ami. Elle était particulièrement resplendissante dans sa robe bleu volubilis qui mettait en valeur ses épaules blanches, des freesias crème artistiquement arrangés dans ses cheveux noirs.

— Mary assiste son mari, poursuivit Frank, recteur de l'église du Repos éternel sur la Cinquième Avenue. Elle a levé des sommes considérables en organisant ses kermesses. Elle est de plus une peintre et poétesse accomplie.

— Les talents de ces sœurs sont-ils sans fin ?

— Ensuite vient Mme Joseph Howland, Eliza. Son mari, Joseph Howland ici présent, est le cousin du révérend Howland. Notre Joe s'apprête à partir demain à la tête du 16e régiment des volontaires new-yorkais. Eliza veille sur les malades de Fishkill, à Tioronda, leur propriété de l'État de New York.

Eliza s'avança vers M. Olmsted et lui tendit la main. Elle portait sa nouvelle robe en soie lilas, ses cheveux noirs séparés par une raie au milieu en un chignon bas. La lumière fit scintiller le médaillon en or qui contenait une boucle de l'arrière-grand-mère de Joe suspendu à son cou.

M. Olmsted lui prit la main et ne sembla pas pressé de la lâcher.

— Quel présent vous nous avez fait, monsieur Olmsted, dit-elle de sa voix calme mais engageante qui poussait tous ceux qui la rencontraient pour la première fois à se rapprocher pour mieux l'écouter. Quand nous étions à Londres, l'an dernier, on n'y parlait que de votre parc. Vous êtes la coqueluche du continent.

Ce fut au tour de M. Olmsted de rougir.

Frank le prit par le bras.

— Et voici les deux cadettes, toujours inséparables. Hatty, qui revient tout juste d'Italie où elle a charmé tout Venise.

Hatty dans sa mantille noire neuve, yeux baissés, exécuta une gracieuse révérence.

— Et à côté d'elle, sa complice, la plus jeune des sœurs Woolsey, vingt-trois ans, Carry, que vous trouverez presque tous les jours à l'orphelinat pour les enfants de couleur ou à celui de Bloomindale sur la 73e Rue en train de faire la lecture à une flopée de petits. Elle vient de terminer ses études à l'école Agassiz de Cambridge, Massachusetts, première de sa classe.

Carry tendit la main à M. Olmsted qui la secoua d'une manière énergique et paternelle. Elle avait dix centimètres de plus que Hatty et la vieille robe en soie écrue d'Eliza lui allait à merveille après l'ajout d'un volant.

— Nous n'étions que six dans ma classe, mais merci du compliment, docteur Bacon, dit Carry avec une froideur marquée. M. Olmsted, Hatty et moi avons une expérience assez personnelle de Central Park.

— Vraiment ?

— Nous y avons passé des jours à distribuer des tracts pour informer les passants que la première ville construite par des Noirs libres a été rasée pour céder la place au parc.

— Le village de Seneca ? demanda M. Olmsted.

— Trois églises détruites. D'honnêtes contribuables expropriés sans aucune compensation.

M. Olmsted regarda Carry en face.

— Nous avons fait de notre mieux pour reloger ceux qui nous semblaient devoir recevoir notre aide.

— Ils sont encore des centaines à ne pas s'être remis de leur expulsion brutale, insista Carry.

Frank frappa dans ses mains.

— Nous devrions peut-être aller dîner…

— Mais Frank, on dirait que tu as oublié notre Georgy, lui fit remarquer Mary, une main posée sur sa manche.

— Comment ai-je pu commettre une telle omission, s'écria-t-il en se tournant vers moi.

Je tendis la main à M. Olmsted et pris la sienne. Sa paume était chaude.

— C'est un immense plaisir.

— J'avais douze ans, expliqua Frank à mes côtés, quand j'ai rencontré Georgy pour la première fois à un camp de tir à l'arc. Elle menaçait de blesser le pauvre instructeur qui l'avait traitée de frimeuse parce qu'elle avait tiré du premier coup dans le mille.

Il me prit le bras et me regarda dans les yeux.

— La tolérance n'est pas une de ses vertus, dit-il, mais l'extrême gentillesse, si. Et pas question de lui demander de jouer du piano ou de parler d'elle dans son dos…

— Et je viens de finir une formation d'infirmière au New York Hospital, dis-je en me détachant de lui.

— Elle sait soigner une clavicule fracturée, renchérit Carry. Elle a été formée par le Dr Elizabeth Blackwell, la première femme médecin, en personne.

— Elle ne s'est évanouie qu'une fois, ajouta Hatty qui reçut un coup de coude de ma part.

— Monsieur Olmsted, j'ai entendu dire que vous alliez diriger la Commission sanitaire, ce qui signifie que nous aurons l'extrême plaisir de travailler pour vous. Eliza et moi souhaiterions proposer nos services d'infirmières à Washington.

— C'est là que je me dirige. On m'a chargé d'améliorer la vie quotidienne des hommes de l'armée de Lincoln grâce à une alimentation et une hygiène plus strictes.

Eliza me rejoignit aux côtés de M. Olmsted.

— Georgy et moi vous serions des plus reconnaissantes si nous pouvions servir près du régiment de mon mari Joe.

— Ces postes d'infirmières sont dangereux, madame Howland. La Commission en est encore à ses balbutiements et il nous faut du personnel flexible, prêt à servir là où nous en aurons besoin au fur et à mesure de l'évolution sur les champs de bataille. Nous installons nos premières bases à Washington pour l'instant. Le mois prochain, ce pourrait être en Virginie ou sur un navire-hôpital au large du Maryland. C'est la nature de la guerre.

— Nous sommes à votre disposition, monsieur Olmsted, mais un navire militaire serait notre premier choix. Nous ne sommes pas de simples dames de la bonne société, nous venons à vous en femmes d'action, prêtes à travailler dur et à donner sans compter.

— Et si modestes, ajouta Carry.

M. Olmsted se pencha vers nous.

— J'essaierai d'intervenir pour que vous trouviez un poste à Washington, ensuite ce sera à vous de jouer.

J'échangeai un regard ravi avec Eliza, un peu gâché par la gravité des traits de Mère.

— Ne vous en faites pas, Mère, intervint Carry. On dit que la guerre ne durera pas plus que quelques semaines.

Frank Bacon ne me quitta pas de tout le bal et je fus donc soulagée quand les festivités prirent fin. J'allai pouvoir me libérer de sa compagnie et rentrer me coucher, épuisée par toutes ces semaines de formation d'infirmière et le travail de guerre. Je demandai à Frank et Joe d'escorter Mère et quatre de mes sœurs jusqu'à la maison toute proche, tandis que Jane, Charley et moi restions pour aider les organisateurs du bal à répartir les donations dans des caisses afin de les expédier.

Il était presque minuit quand nous prîmes enfin le chemin de la maison. Charley, inspiré par la musique et les discours patriotiques de la soirée, avait décidé de s'engager.

— Je me suis déjà renseigné sur un régiment, annonça-t-il. Joe m'a proposé le sien.

— Le 16e ? demanda Jane. Ils vont partir incessamment sous peu. Tu n'auras pas le temps de te préparer.

— Tu veux juste me garder dans un cocon pendant toute la guerre, répondit Charley en souriant.

— Pas vrai du tout. Tu vas nous ruiner avec ton appétit. Il vaut mieux que ce soit l'armée américaine qui paie ta nourriture.

Jane et moi, avancions bras dessus bras dessous en compagnie de notre frère, ravies de l'avoir pour nous seules. Il était la prunelle de nos yeux, ce que nous sept avions de plus précieux au monde. Après la mort de Père et malgré l'adoration de ses sœurs, il avait quand même échappé à la vanité. Il ne croyait pas que tout lui était dû.

Il n'y avait plus une seule voiture dans les rues et les piétons se faisaient rares. Nous marchions tous les trois de front en chantant un hymne abolitionniste à la mode, un des préférés de Mère.

Ô mon Dieu, nous t'implorons
Que quiconque entrave un frère, renonce à son erreur :
Mais, Grand Vengeur, nous prions
Pour que se repente ce pécheur.

C'est alors qu'une femme seule, noire et menue, s'avança dans notre direction. Le fond de son énorme sac de voyage, presque aussi grand qu'elle, céda juste quand elle arriva à notre hauteur. Son contenu se répandit sur le trottoir, dans un déluge de linge et de vêtements. Charley s'arrêta pour lui venir en aide. Au même moment trois hommes qui marchaient juste derrière nous, nous rattrapèrent.

— Dégage, dit le plus grand à la femme en abaissant sa canne pour nous empêcher de l'assister. On n'aime pas les gens comme toi par ici.

Elle se dépêcha de ramasser ses vêtements, les yeux baissés.

Les trois hommes portaient des manteaux bien coupés, des hauts-de-forme et des cravates élégantes, mais ils empestaient le whisky et, à y regarder de plus près, ils étaient débraillés et certainement ivres.

— Je pense vous connaître. Vous êtes Christian Longworth ? demanda Charley à celui qui tenait une canne.

Charley nous révélerait ensuite d'où ils se connaissaient : cet homme avait fréquenté le même internat que lui, avant de se faire renvoyer pour mauvaise conduite.

— Woolsey. Tu es devenu célèbre depuis l'école. Enfin toi, non, plutôt ta famille de lèche Nègres.

Christian se rapprocha de Jane.

— Vous attirez des éléments dangereux dans de bons quartiers avec vos cocardes et vos chansons unionistes.

— Oui, cette femme m'a tout l'air d'être une crapule. Quelle terrible menace pour des hommes comme vous ! répliqua Jane en se redressant pour lui faire face.

— Le sarcasme ne vous va pas, mademoiselle Woolsey. Et c'est cette mentalité bien-pensante qui attire des flots de Noirs par ici.

— Écartez-vous de ma sœur, monsieur, lança Charley à Christian.

— Je ramasse mes affaires et je file, dit la femme en essayant de soulever son sac cassé.

— Prenez votre temps, la rassurai-je en me penchant pour l'aider.

Christian me foudroya du regard et se pencha vers Jane.

— Vous les abolitionnistes, vous vous croyez si vertueux. Probablement au premier rang des conférences du Dr Cheever. Mais vous savez l'effet désastreux que ça a sur l'industrie ? Vous faites peut-être la une des journaux mais ne vous méprenez pas, le conservatisme se porte très bien ici, dans le Nord et le monde des affaires.

— Maintenu en vie par les profits commerciaux du Sud, dis-je. La Grande-Bretagne se porte bien sans cette honte. Très bien même. Votre famille devra peut-être apprendre un nouveau métier une fois l'esclavage disparu.

L'homme se tourna vers moi.

— Il me semble que dans ce pays la Constitution américaine laisse les États décider.

— Il me semble, à moi, que la guerre s'en chargera, monsieur. Non pas que vous paraissiez avoir l'intention de vous battre ailleurs que dans une vulgaire rixe. Aucun d'entre vous ne porte l'uniforme.

— Votre frère non plus, lui qui aime tant les Nègres.

— Au moins, je me suis engagé, répondit Charley. Je ne suis pas un lâche.

Il se pencha pour venir en aide à la femme qui ramassait toujours ses affaires, mais Christian le poussa à l'épaule avec sa canne et le fit tomber à genoux.

Charley appuya les deux mains sur le trottoir pour se redresser alors que Christian levait sa canne au-dessus de sa tête.

— Maintenant que j'y pense, faisons-en sorte que tu ne puisses jamais te battre, Woolsey.

— Non ! hurlai-je.

Je me jetai sur Christian avec Jane, mais trop tard pour empêcher la chose terrible qui advint ensuite.

6

Jemma

Peeler, Maryland, juillet 1861

À PEELER, EN JUILLET, c'était la fournaise à l'étage et je passais la plupart des nuits debout à éventer Anne-May et M. Watson avec le vieil éventail gris en plumes de paon qui avait appartenu à tante Tandy Rose.

Je ne me suis jamais habituée à dormir loin de Ma, de Pa et de Sally Smith. Je détestais devoir coucher au pied du lit à baldaquin de Mme Anne-May, en chemise de nuit sous ma couverture bleue à carreaux. Plus que tout, je détestais les fois où je ne parvenais pas à trouver le sommeil alors qu'ils essayaient de faire un bébé. Ils oubliaient ma présence et Anne-May n'arrêtait pas de râler contre le devoir conjugal. C'était toujours la même rengaine.

— Pourquoi faut-il que tu me tripotes comme ça, Fergus, je suis fatiguée.

Et lui de répondre : « Mais tu es ma femme. » Puis il finissait par rouler sur le côté, lui ficher la paix et se mettre à ronfler. Alors, elle se frottait toute seule, haletait, le nez dans le joli mouchoir en dentelles de ce type qu'elle a en ville, jusqu'à ce qu'elle se calme et se mette aussi à ronfler.

Le signal pour moi que je pouvais sortir en douce et descendre jusqu'à la case car, une fois que ces deux-là ronflaient, le pire tonnerre de la Création ne pouvait les réveiller. Cette nuit, situation idéale, c'était la pleine lune et le vieux bonhomme là-haut pouvait éclairer mon chemin.

Une couverture sur les épaules, je sortis juste en chemise de nuit. Je dévalai les escaliers recouverts de moquette et m'avançai dans la nuit fraîche, les pieds nus dans l'herbe mouillée, le froid montant jusqu'aux chevilles. Je parvins à la première case et écartai la portière en tissu – une vieille couverture jaune que tante Tandy Rose nous avait donnée après que, fumant la pipe au lit, elle y avait fait un petit trou noir bien net. Chaque fois qu'on l'écartait pour entrer ou sortir, on sentait encore son parfum à la rose trop sucré.

Je trouvai Ma et Pa endormis près du feu encore rougeoyant, Fidelia et Charl dans le lit du coin ; Charl, avait la main sur le ventre de sa femme par-dessus la couverture. Les ronflements de Sally Smith s'entendaient du grenier et j'imaginais Celeste couchée là-haut avec elle.

Je m'approchai du matelas en paille où étaient allongés mes parents. Leurs houes, crottées de boue, reposaient contre la cheminée. Ils avaient travaillé leur lopin à la lueur de la lune. La masure sentait bon, comme un mélange de terre et de savon, et de cette saumure utilisée pour garder lisse la surface du sol en terre battue. Je m'essuyai les pieds sur ma chemise, soulevai la couverture et me glissai tout contre le corps si chaud de Ma. Elle s'appelait en fait Zibeline, un nom qui lui convenait parfaitement car non seulement elle avait une peau extrêmement douce, mais aussi le port d'une grande dame – même aux champs, elle se mouvait avec la noblesse d'une reine.

Comme toujours, elle m'attira à elle et je m'assoupis. Le pin noueux crépitait dans le feu, j'étais chez moi.

Je me réveillai avant l'aube, bien avant le signal car une fois que le cor avait retenti, les occupants de la case s'agitaient comme des fourmis ébouillantées pour filer aux champs. J'avais du mal à quitter ce lit bien chaud près de Ma mais, ce jour-là, je rendais visite à ma sœur jumelle, Patience et tout devait bien se passer. Comme Anne-May se rendait à Leonardtown, la grande ville où arrivait le train, elle m'avait envoyée à Ambrosia, la plantation voisine, pour y apporter une caisse de pommes de terre et en rapporter du tissu pour cette nouvelle robe qu'elle voulait que je lui commence.

Je sortis du lit, m'enveloppai dans ma couverture et restai un long moment à observer Ma et Pa en train de rêver, son gros bras à lui passé sur sa hanche à elle. Puis je m'approchai du lit de Fidelia et n'y trouvai que Charl, les couvertures de son côté à elle repoussées. Je sortis et la vis, pliée en deux près de l'enclos à cochons, agrippée de sa main valide à la palissade en rondins. Elle ne portait que sa chemise et le châle blanc de Sally Smith sur les épaules.

« Ça va plus tarder maintenant », avait annoncé Sally.

Je me rapprochai d'elle.

— Tu n'arrivais pas à dormir ?

— Celui-ci est un battant, répondit-elle de sa belle voix douce dans l'air du matin.

— Je peux sentir ?

Elle me prit la main et la posa sur son ventre. Je sentis un drôle de glissement, comme quand Toby était dans le ventre de Ma. Les larmes me montèrent aux yeux et l'espace de quelques secondes, incapable de parler, je me contentai d'écouter les criquets.

— T'as assez à manger ? Je sais qu'Anne-May a diminué vos rations.

— Y a des soirs où Charl est allé pêcher du brocheton et du poisson-chat. Il en rapporte plein et me les prépare ; ça me permet de tenir.

— LeBaron est au courant ?

— Il ferme les yeux, parce que Charl lui donne le plus gros. Et puis il a un copain qui les revend et ça lui fait des sous.

— Charl lui demande un laissez-passer à chaque fois ?

— Bien sûr que oui. Avec la signature de LeBaron, un X.

Fidelia ferma les yeux et se caressa de nouveau le ventre.

— Je crois que c'est un garçon, Fidelia.

— Appelle-moi Delly, ça me convient mieux. Oui, j'ai le sentiment que c'est un costaud, celui-ci. J'ai déjà eu quatre filles, donc je n'y crois pas trop.

Elle se tut pour écouter le chant matinal des oiseaux.

— Ils disent que quand j'en aurai douze, je serai libre.

— Tu avais quel âge quand tu as eu le premier ?

— Treize ans. D'après mes calculs, tu es en retard de trois ans.

LeBaron émergea soudain à côté de la case, une clé à molette argentée à la main, et nous fit sursauter de terreur.

— Alors ce bébé, on en est où ?

Je me mis entre lui et Delly et pris sa main froide dans la mienne.

— Il est temps qu'il se pointe, dit-il en se rapprochant.

— Ce n'est pas pour tout de suite, dis-je, la main de plus en plus moite dans celle de Delly.

— Toi, tu la fermes, il faut neuf mois pour faire un bébé. D'après mon estimation, elle y est presque.

J'enlaçai Delly et la sentis frissonner comme si un seau d'eau glacée lui tombait dessus.

LeBaron se rapprocha et souleva un pan du châle de Delly.

— Quand c'est le moment, faut que ça se passe dans la grange à tabac, vous le savez tous.

La grange. À la seule mention de ce mot, mon estomac se retourna. Je serrai Delly encore plus près de moi.

— Ça peut se passer dans les champs.

LeBaron laissa retomber le pan du châle et agita l'outil sous mon nez.

— C'est à *elle* que je parle. Et ça se passera où je dis, moi.

Il jeta encore un long regard à Delly avant de s'en aller.

Nous respirâmes enfin et je ramenai bien son châle autour d'elle.

— Il faut que tu te reposes maintenant, tu as encore un moment pour dormir avant la sonnerie.

— Il veut que le bébé naisse dans la grange, dit-elle en se tenant le ventre, c'est pour le prendre.

— LeBaron est parti.

— Il reviendra. Il vient tous les jours vérifier, juste pour pouvoir le vendre. Je connais ça.

— Charl, Pa, ils ne le laisseront pas faire. Sally Smith préférerait mourir plutôt que de voir ton bébé embarqué.

— J'ai déjà eu quatre petites. Je n'ai pas pu en garder une seule. Toujours pareil. « Tu pourras garder le prochain, promis. » Puis ils les vendent et disent à Madame qu'ils sont morts. Elle s'en moque. Elle veut juste que je retourne aux champs. Je préférerais que celui-ci soit vraiment mort plutôt que le laisser partir.

— Dis pas ça.

— Mais si, c'est vrai. Je ne peux plus en donner encore un autre. Tu ne sais pas ce que c'est.

— Quand ce bébé arrivera, envoie Pa me chercher. Tu me promets sur la Bible ?

Delly se contenta de détourner le regard et rentra dans la case. Je l'aidai à se recoucher et la regardai dormir, bien au chaud, le bras passé autour de son gros ventre. Penser qu'elle allait devoir se lever à nouveau et partir aux champs pour transporter du tabac dans son état me rendait malade.

Tout le monde dormait dans la cabane. Je fonçai jusqu'au poulailler et cherchai à tâtons des œufs sous les poules chaudes pour le petit déjeuner d'Anne-May.

LeBaron Caruthers ne mettrait pas la main sur ce bébé, je devais trouver un moyen de l'en empêcher.

Une fois Anne-May pomponnée, les cheveux bouclés et le menton épilé, je l'installai dans la calèche. Je fis les lits, lavai la vaisselle du petit déjeuner, raccommodai un accroc dans le manteau de M. Watson, aidai Sally à plumer un poulet, ramassai toutes les plumes dans la cour, coupai une belle tranche de son pain au maïs, l'enveloppai dans une serviette et la glissai dans la poche de mon tablier ; je remplis une caisse de pommes de terre à cochons, cueillis un des premiers tournesols en fleurs près de la fenêtre de la cuisine, et le posai par-dessus. Il ne me restait plus qu'une tâche avant de partir : apporter de l'eau au champ à onze heures, seul moment de la journée où je pouvais voir ma famille.

Debout sur la véranda qui dominait les champs de tabac s'étirant jusqu'au vaste fleuve, jusqu'à Ma, Pa, Celeste et Delly courbés sur les jeunes plants, j'admirai ce spectacle à couper le souffle, quand soudain LeBaron apparut sur son cheval, le fouet enroulé à hauteur de la cuisse me rappelant d'un coup que tout ça, c'était juste un endroit où nous garder dans nos chaînes et à leur service.

Même de si loin, je voyais étinceler sa flasque de whisky quand il la porta à ses lèvres. Je ne remarquai même pas l'absence de Charl.

Je pris la calebasse, la remplis d'eau fraîche à la pompe, ajoutant en douce un peu de mélasse pour Delly et le bébé, et je me mis à descendre la côte. J'étais à mi-chemin quand Charl sortit de la forêt, et s'avança sur la route, en direction du champ.

Je me retournai vers la véranda et vis M. Watson observer la scène. Chaque matin il faisait la même chose : il partait marcher dans la propriété, le long du fleuve, portant fusil et gibecière au cas où il tirerait un lapin.

LeBaron lui aussi avait dû voir Charl car il galopa soudain jusqu'à lui.

— Où étais-tu, mon gars ? J'ai envoyé Clem te chercher. On dirait que tu as réfléchi à deux fois avant de t'enfuir.

Charl debout sur la route, les mains le long du corps, leva les yeux vers LeBaron.

— Non, m'sieur.

— Alors, tu étais où ?

— Juste à la pêche, m'sieur.

— Tu as un laissez-passer ?

— Signé par vous, m'sieur, et il lui tendit un bout de papier. Voyez, là, votre croix.

LeBaron descendit de son cheval, fouet à la main, les yeux levés vers M. Watson.

— Je ne t'ai pas autorisé à pêcher sur le temps de travail.

Charl baissa le regard vers le document et soudain, sans crier gare, LeBaron déploya son fouet et frappa Charl, l'envoyant valser par terre, la main sur son cou.

En entendant le fouet claquer, Delly se précipita vers Charl mais Ma la retint.

Je laissai tomber ma calebasse et repartis en courant vers la véranda.

— Monsieur Watson, venez, vite.

— Qu'a fait Charl ? demanda-t-il à Sally Smith en observant cette petite scène les yeux plissés.

— Je ne sais pas. Ce n'est peut-être rien qu'un petit spectacle pour vous, m'sieur.

S'avançant sur la véranda, M. Watson héla LeBaron.

— Laissez-le tranquille et renvoyez-le aux champs.

LeBaron ne lui prêta aucune attention, il enroula son fouet et, fixant Charl, s'apprêta à le frapper de nouveau.

— Maintenant vous m'arrêtez ça, cria M. Watson. On ne peut pas se permettre de le perdre à cette époque de l'année !

Charl se releva péniblement tandis que LeBaron ramenait le bras en arrière pour le frapper de nouveau.

C'est alors que M. Watson leva son fusil et tira un coup en l'air. La détonation nous fit tous sursauter, LeBaron inclus.

— Vous retournez tous au travail, hurla-t-il.

LeBaron monta en selle, enroula son fouet et, même à cette distance, la haine se lisait clairement dans ses yeux porcins.

M. Watson nous autorisa à amener Charl à la case pour le soigner. Sally lui pansa le cou, là où il avait été le plus durement frappé et le laissa ensuite se reposer. Pendant ce temps-là, LeBaron, tirant une sacrée tête, faisait trimer les autres deux fois plus.

L'après-midi était donc bien entamé quand je finis par me mettre en route vers Ambrosia, toute tremblante encore d'avoir vu Charl tomber sous le fouet. En chemin, je cherchais de l'ase fétide pour lui en faire une tisane à mon retour. Il me faudrait une demi-heure de marche à travers bois pour aller déposer ces pommes de terre.

Ambrosia faisait la moitié de la plantation d'Anne-May. Plus enfoncée dans les bois, on n'y cultivait pas de tabac, juste de l'indigo transformé ensuite en teinture et vendu ici et là dans le Nord, où on l'utilisait sur la toile denim qui servait aux bleus de travail.

Des arbres protégeaient le sentier du vent venant du fleuve qu'on entrevoyait de temps à autre. C'était une jolie balade, et je ne me pressais pas. Ce jour-là, on sentait à peine ce que tante Tandy Rose appelait la « grande puanteur ». Nom officiel : le marais de Douglasville. C'était de là que montait cette horrible odeur d'eau croupie, restée trop longtemps stagnante. Situé juste au Sud de Peeler, plein de souches déchiquetées et de cyprès en train de pourrir, c'était le genre d'endroit où les serpents s'installent pour fonder une famille.

Encore un peu plus au Sud d'ici, à Butcher's Dock, le boucher de la ville abattait cochons, vaches et vieux chevaux et laissait à Sally Smith les morceaux que personne ne mangeait, panse de porc, pieds et jarrets, de sorte que quand il faisait chaud et que le vent soufflait dans la bonne direction, l'odeur de sang se mêlait à celle du marécage pour constituer la « grande puanteur ». Pa connaissait le coin comme sa poche, c'est là qu'il y trouvait du bois pour faire des meubles. Il y attrapait des rats musqués, des visons et des ratons laveurs et il rapportait à Ma des sabots-de-Vénus, sans jamais s'être fait une seule fois mordre par une vipère cuivrée.

Je marchais depuis à peine dix minutes sur ce sentier quand je vis quelque chose qui me figea sur place ; on n'entendait rien que le bruit des oiseaux qui s'appelaient d'arbre en arbre. Là, attachée par de la ficelle au portail gris qui menait autrefois à la ferme du vieux Burns, il y avait une jolie fleur de tournesol ; un beau nœud complétait le tableau. Cela faisait des années que M. Burns était mort. Était-ce un signe de rassemblement ? D'une fête ?

— Il y a quelqu'un ?

Seules les cigales me répondirent.

Je posai le cageot et, m'essuyant le visage avec le bas de ma chemise, je montai dessus, un pied à chaque bout. Mais je ne réussis à voir qu'une partie d'une vieille grange affaissée.

Je repris le cageot et me remis en route, la peau des mains râpée par le bois grossier, mais dès que je discernai Ambrosia au loin, tout cela n'eut plus d'importance : j'allais voir ma sœur Patience. Il n'y avait pas plus gentille qu'elle ni plus habile à faire de la pâte d'indigo dans tout le Maryland. C'est pour ça qu'elle avait beaucoup de valeur aux yeux de Mme Charlene car chaque plantation essayait d'avoir le bleu le plus vif et le plus pur pour leur toile. Je donnerai à Patience le pain au maïs et rirai un peu avec elle, peut-être verrai-je aussi sa nouvelle case.

— Eh toi, dépêche-toi donc ! m'appela une Blanche, debout dans la véranda à l'arrière de la maison. Elle me fit signe d'approcher, mais on aurait dit qu'elle chassait des mouches. Pas par le devant, espèce d'idiote, par la porte de derrière.

Même de loin, je reconnus la maîtresse d'Ambrosia, Mme Charlene Tidwell Weed. L'une des amies du club de couture d'Anne-May. Encore plus mince qu'elle, si c'était possible ; les cheveux jaunes au lieu d'être teints en marron. Elle portait ce jour-là une robe rouge comme le sang d'un porc qu'on vient d'abattre.

Comme je traversai la cour à l'arrière de la maison, loin d'être aussi jolie que celle d'Anne-May, les chiens de Mme Charlene se mirent à aboyer dans leur enclos près de la grange. Rien que de les entendre, je tremblai sur mes jambes et je ralentis en les voyant sauter contre la barrière en bois, montrer les crocs et baver. LeBaron aimait ces bâtards avec leur grosse tête, si affamés qu'on voyait leurs côtes. Il disait qu'ils venaient du Mexique et qu'ils étaient entraînés à poursuivre les esclaves.

— Je leur donne du pain au maïs et de la viande seulement quand ils attrapent un Nègre en fuite, se vantait-il.

Il leur avait appris à reconnaître l'odeur de chacun d'entre nous au moyen d'une chaussure ou d'une chemise. Après ça, ils pourraient nous flairer de l'autre bout du comté.

— Dépêche-toi ! cria encore Mme Charlene. Pour l'amour de Dieu, sais-tu ce que veut dire « se dépêcher » ? Qu'est-ce qui te prend ?

Je traversai la cour et m'avançai vers la porte de la cuisine.

— Et ne t'avise surtout pas d'entrer, m'ordonna-t-elle de derrière la moustiquaire comme si elle risquait d'attraper le typhus. Pose le cageot juste ici, près de la porte, et file.

J'obtempérai, bien heureuse d'en avoir fini et pressai mes mains couvertes d'ampoules contre mon tablier.

Elle entrouvrit la porte juste assez pour passer le bras et me tendre un seau en métal avec du tissu jaune à l'intérieur.

— Sept mètres de soie et une boîte de boutons. Tu as intérêt à tout bien rapporter à ta maîtresse.

Elle me donna ensuite un gros morceau de ce qui me parut être du lard emballé dans du papier journal. De la graisse en dégoulinait et faisait une tache jaunâtre.

— Tiens, c'est une tranche de lard. Ne va pas la mettre dans le seau pour salir le tissu, tu m'entends ?

Je pris le lard dans l'autre main.

— Oui, m'dame.

— File à la maison avec tout ça. Et pas question que t'ailles importuner ta sœur pendant qu'elle travaille.

— Oui, m'dame.

Je repassai devant les chiens qui hurlèrent de plus belle, sans doute parce qu'ils sentaient la viande. Je repris le chemin par lequel j'étais arrivée et une fois la demeure hors de vue, je revins sur mes pas en direction de la case à mi-chemin du fleuve, là où Patience travaillait l'indigotier. À chaque livraison, c'était le même scénario : Mme Charlene me disait de ne pas aller voir ma sœur, mais j'y allais quand même.

Je trouvai Patience dans le champ le plus proche de la rive, en compagnie de six autres esclaves, toutes coiffées du même fichu bleu. Courbées, elles plantaient les jeunes pousses d'indigotier vert tendre.

Patience me vit et s'avança vers moi avec ce boitillement caractéristique ; on aurait dit un bateau en mer par gros temps. Chaque fois que je la voyais marcher de cette manière, je repensai à cette nuit-là dans la grange. Les flammes s'élevaient devant moi comme si c'était hier, mais je repoussai cette vision.

Mon aînée d'une minute, elle était bien plus petite et avait la peau plus claire, mais pour le reste nous nous ressemblions : elle aimait rire, lire des livres et coudre.

Lorsque Patience m'enlaça, je sentis clairement ses côtes. Elle était maigre à force de travailler si dur à faire tremper les plantes dans de grosses cuves en fer pour en extraire la teinture.

Je lui rendis son étreinte, mes larmes absorbées par le tissu grossier de sa robe. J'étais si heureuse d'être avec elle.

— Laisse-moi te regarder.

Je la repoussai et lui pris les mains, douces et d'un bleu profond jusqu'au poignet à cause de l'indigo. Tache qui ne disparaîtrait jamais.

— Mme Charlene te donne à manger ?

Elle se contenta de sourire et s'appuyant comme toujours sur mon bras, elle me conduisit vers les cases de l'autre côté du hangar où on faisait chauffer l'indigo.

— Il faut qu'on se dépêche. Mme Charlene lâche les chiens à cinq heures. Elle t'a donné du lard ? Mme Anne-May doit être une vraie amie car c'est une sacrée radine, cette femme.

Il faisait frais dans la case. Elle était presque identique à la nôtre, à Peeler, car Pa les avait bâties toutes les deux, deux étages dans l'une comme dans l'autre, mais celle-ci avait un plancher au lieu d'un sol en terre battue. Des murs en planches, une table branlante et des chaises près de l'âtre, un seau d'eau à côté et six gros sacs remplis de feuilles de maïs par terre en guise de lit, de plus petits pour les oreillers, tous teints en bleu indigo. À l'étage, encore des lits. Avec un rien, ma sœur savait rendre l'endroit accueillant et joli. Il y avait des fleurs des champs partout dans des bocaux car chaque jour, elle revenait à la maison en empestant l'indigo, une odeur de petits pois pourris que ces fleurs masquaient.

Je posai mon seau en fer et le lard sur la table et tendis deux lettres à ma sœur.

— Une de moi. J'ai inventé un nouveau code.

Depuis le jour où nous avions commencé à apprendre l'alphabet avec tante Tandy Rose, nous nous écrivions en utilisant toutes sortes de codes, de sorte que Ma et Pa, et de fait toute autre personne, ne pouvaient connaître nos secrets. Caractères inversés de droite à gauche ou de bas en haut, lettres entières à base de dessins. Cela s'était avéré drôlement utile quand Anne-May avait « prêté » Patience à Ambrosia et que nous ne nous parlions quasiment plus que par ces missives.

— L'autre est de Ma, qui me l'a dictée. Tu lui manques et elle veut venir te voir, mais en ce moment Anne-May refuse de lui donner le moindre laissez-passer. Elle a trop peur de la voir s'enfuir et de perdre ainsi sa meilleure ouvrière, après Pa.

Patience frotta la lettre dans sa main, les larmes aux yeux.

— Elle me manque aussi.

— Tiens, ça va te remonter le moral, lui dis-je en lui tendant le tournesol. La première fleur de la saison. Et ne laisse pas les gars manger ces graines, elles sont pour toi.

Patience se leva et mit la tête jaune dans un pot à confiture.

— Grosse pour une première floraison.

— Elle ne sent pas grand-chose, ajoutai-je en m'appuyant contre la table, mais pour sûr, ça rend heureux, tu trouves pas ?

— Je crois bien que ça veut dire autre chose ces derniers temps. Il y en avait un d'attaché à la barrière de la ferme du vieux Burns.

— Je l'ai vu. Sur le portail.

— Et j'en ai vu aussi à d'autres endroits. On dirait comme un avertissement. Ça fait peur.

Un frisson me parcourut, je sentis la sueur qui coulait dans mon dos devenir glacée. Je tremblai.

— Tu veux savoir ce qui me fait peur ? Pa fabrique des couteaux. Il en a dix cachés sous les lattes du plancher en haut.

Patience s'assit.

— Jemma, c'est mal. LeBaron va…

— Pa a dit à Ma qu'on partirait dès que le bébé de Delly sera né, lui murmurai-je à l'oreille. Il ne peut plus supporter de voir encore un enfant grandir ici, qu'il a dit. Alors, on viendra bientôt te chercher. Une nuit quand il pleuvra. Les chiens auront plus de mal à nous suivre.

— Nous tous ensemble ? Il s'en sortirait mieux tout seul.

— Il ne nous laisserait jamais. De plus, il sait comment nous faire traverser le marais et arriver au dock. Après, je ne sais pas.

— Je ne suis pas sûre d'en être capable, Jemma.

— On t'aidera.

— Vous ne pouvez pas me porter tout du long. Et puis… le marais. Je me réveille la nuit avec des suées rien que d'y penser. Les serpents…

— Il faut juste que tu sois forte, c'est tout.

— Oui mais je ne suis pas comme toi, pleine de courage. Parfois je pense que Mme Charlene n'est pas si mauvaise. Pourquoi ne pas rester ici ?

— Tu t'entends parler ? C'est ta jambe malade qui cause. On est les reines des courageuses. Songe à ce qu'on a traversé. Le feu. La mort de tante Tandy Rose. Toi envoyée ici. Nous devons nous battre.

Patience plongea les mains dans le seau d'eau pour essayer de faire partir la puanteur.

— Mme Charlene a bien dit que si le Nord gagne la guerre et qu'on nous libère, elle devra nous renvoyer comme du bétail.

— Raison de plus de partir. Tiens-toi prête.

— Je ne crois pas que je me le pardonnerais si je vous ralentissais et qu'on se faisait tous pincer.

— Eh bien, on ne t'abandonnera pas, mais on ne peut pas rester ici éternellement. Je veux voir le monde. New York…

— Tu arrêtes avec ça ? Qui sait si ça existe vraiment.

— Bien sûr que si. Il y a une bibliothèque où on peut lire n'importe quel livre gratuitement. Pourquoi on devrait mourir ici sans avoir vécu comme les autres ? Je veux avoir des projets, comme l'a dit tante Tandy Rose.

— Tu as peut-être raison.

— Et je veux un nom à moi, complet. Pas juste Jemma.

— Quelle importance ?

— Les gens libres ont tous un nom de famille. Ça veut dire que tu comptes pour quelque chose. Tu le donnes à ceux qui viennent ensuite et eux comptent aussi.

— Si tu vas à New York, tu pourrais revoir Carter.

J'eus soudain le souffle coupé.

— Il est là-bas ? Comment tu sais ?

— Juste des nouvelles qui circulent, répondit Patience en haussant les épaules. Le vieux Daniel a entendu LeBaron dire à Mme Charlene qu'il s'était enfui de chez ses nouveaux propriétaires. À New York, ils pensent.

— C'est vrai ?

— Je crois bien. Tu as reçu d'autres lettres ?

— Non, juste celle-là. À force de l'avoir lue et relue, elle est fine comme du papier à cigarette. Il a très certainement une nouvelle amoureuse maintenant.

— Ma et Pa étaient jeunes quand ils se sont rencontrés.

Patience s'essuya les mains, souleva son oreiller et en tira deux poupées en chiffon.

— À propos de Ma, tu peux les lui donner pour son anniversaire ?

— C'est Pa et Ma, m'exclamai-je.

Elle les avait parfaitement représentés. Pour Pa, elle avait tapé dans le mille : le visage en tissu grossier marron, son manteau bleu indigo, deux boutons noirs de jais pour les yeux, du fil rouge pour la bouche et de la laine bouclée pour sa petite barbe. Il portait même son plus beau gilet du dimanche, blanc aux rayures rouges, avec des boutons en coquillage.

Elle me tendit la poupée qui représentait Ma. Même visage en tissu grossier, des lèvres rouge vif comme une crête-de-coq et un collier en coquilles d'huîtres pareil à celui que Pa lui avait fabriqué, juste en miniature. Elle avait un morceau de vison tout doux en guise de cheveux, portait une robe en calicot et un petit bonnet en forme de pot de fleurs tout comme celui que je lui avais confectionné.

Patience m'observait.

— C'est Sybil qui m'a donné la fourrure, découpée dans la doublure de la cape de Mme Charlene. Qu'en penses-tu ?

Je serrai les poupées tout contre mon cœur.

— Ça va la faire pleurer, c'est sûr. Je voudrais tellement que tu puisses les lui offrir toi-même.

Je me retins de lui dire que la nouvelle fille l'avait remplacée. Je ne voulais pas la rendre triste.

Je glissai les poupées dans mon seau sous la soie pour qu'Anne-May ne les voie pas et coinçai le lard sous le bras.

— Tu ferais mieux de rentrer avant que ces chiens soient sortis. Tu as ton laissez-passer ? s'inquiéta Patience.

— C'est moi qui l'ai écrit. Anne-May s'en fiche. Je fais sa signature mieux qu'elle. Je vais peut-être faire le détour par la ferme du vieux Burns.

— Rentre droit à la maison, Jemma. Je n'aime pas la façon dont LeBaron t'a lorgnée la dernière fois que je suis venue. Il se construit une maison à lui dans cette vieille ferme. Ça ne m'étonnerait pas de lui qu'il t'y enferme et fasse de toi ce qu'il voudra.

— Je me jetterais dans le Patuxent avec des pierres dans mes poches.

— Il faut te faire accompagner quand tu viens ici.

— Il ne recommencera pas. Pas après ce qu'il a essayé de faire à Ma dans la grange à tabac et que M. Watson l'a giflé. Jamais vu un type si dépité. En plus j'appartiens à Anne-May. Il ne touchera pas à sa propriété. Il risque une amende.

— Voyons, Jemma, elle s'en moquera bien si LeBaron te souille. Et le shérif, il n'ira pas non plus lui faire payer d'amende.

— Je peux courir plus vite que lui, n'importe quand.

— LeBaron a ses tactiques. Tu as su que Clementine…

— Je sais tout ça.

Je commençai à marcher et me retournant une dernière fois, j'ajoutai :

Ne t'inquiète pas pour moi. Je sais me défendre. Tiens-toi seulement prête à filer quand Pa donnera le signal. Toi et moi, on va quitter tout ça, partir à New York. On va être libres.

Alors que je disais au revoir à ma sœur, le vent se leva. Je me retournai trois fois jusqu'à ce que je lui promette de m'en aller pour de bon, et aussitôt elle me manqua. Je fis un grand détour pour passer loin des chiens de Mme Charlene et trouvai le sentier du retour. Sans le cageot de pommes de terre, je mis moins de temps et j'atteignis très vite le portail avec le tournesol. Il était désormais ouvert et des voix me parvinrent du chemin en contrebas. Je le franchis et m'avançai un peu. Je découvris une clairière où brûlaient des torches en pin noué ; on aurait dit un campement. Mon cœur fit un bond lorsque j'aperçus un autre tournesol, attaché à un jeune plant près du sentier. Le vent souleva ses feuilles à mon passage.

Je poursuivis mon chemin sur la petite route, mon seau en fer grinçait. Je faisais de mon mieux pour voir à travers les arbres et tenais le lard si serré contre ma poitrine, qu'à travers le papier journal, il devenait chaud et glissant.

Je m'avançai sans bruit jusqu'au bord d'une clairière et les voix me parvinrent, plus sonores. Au loin il y avait la grange du défunt M. Burns, le toit creusé en son milieu comme le dos d'une vieille rosse et à côté, une clairière avec un arbre gigantesque. C'était un sycomore dont les grosses branches noueuses se déployaient, oscillant dans le vent comme une araignée rampante.

Patience avait dit juste à propos de la cabane que se construisait LeBaron, elle paraissait presque achevée. Dans la clairière, les patrouilleurs de LeBaron, à cheval, formaient un cercle autour d'un feu ; ils se parlaient et blaguaient, chacun tenait en main une torche en pin allumée. L'un d'eux porta une flasque à la bouche, puis jeta quelque chose dans le feu. C'étaient les amis de LeBaron, originaires de tout le comté. Ils visitaient les différentes plantations, d'habitude le dimanche, mettaient nos cases sens dessus dessous et nous surveillaient de près. Celui ou celle qu'ils trouvaient sans laissez-passer recevait sur-le-champ trente-neuf coups de fouet.

Un certain Chester, maigre, les jambes arquées, montait le plus gros cheval. C'est lui qui avait retrouvé Clementine et avait rapporté le corps.

« Paraît que LeBaron l'a violée », avait dit Sally Smith.

Un frisson me parcourut. La nuit tomba d'un coup. Je m'en retournai vers la route principale, en priant pour que ces types ne m'aient pas vue.

7

Anne-May

Peeler, Maryland, juillet 1861

LE MATIN OÙ FERGUS ET MOI allâmes chercher ma sœur Euphemia et mon frère Harry à la gare de Leonardtown, il faisait une chaleur d'enfer. Cela n'atténuait pas l'horrible migraine qui me faisait tout voir comme à travers un épais brouillard depuis que j'avais fini mon tabac à priser.

Quand avais-je vu mon frère et ma sœur la dernière fois ? À mon mariage, bien sûr, organisé par tante Tandy Rose ici, à Peeler, il y a huit mois. Grâce à Mama, la cérémonie avait été aussi somptueuse que possible : trousseau fait en France, robe de mariée en dentelle belge, des robes pour le lendemain et le surlendemain également. Une semaine entière de festivités, jour et nuit, avec en point d'orgue un bal dans la nouvelle grange à tabac.

Le train déversa un nombre étonnant de voyageurs pour une petite ville si dénuée d'attraits ; dans la foule, plusieurs hommes en uniforme bleu. Bientôt mon jeune frère Harry descendit, se passant la main dans ses cheveux auburn, vêtu d'un pantalon et d'une veste de voyage décontractés, une besace jetée négligemment à l'épaule. Une onde de pure joie me parcourut. Tout juste âgé de vingt et un ans, un peu plus grand, le visage plus allongé, il avait perdu de sa rondeur d'enfant, mais avait gardé son air de bon garçon au cœur d'or. Il se retourna pour aider Euphemia à descendre du train. Grande et assez quelconque avec sa robe fonctionnelle en calicot, elle cherchait dans la foule une personne connue qui la ramènerait à la maison, tel un chien perdu.

Avec sa démarche masculine, elle arriva vers nous la première et tendit le bras à Fergus qui se plia en deux et baisa sa main gantée d'une mitaine en dentelle.

— J'espère que votre voyage s'est bien passé.

— Avez-vous trouvé le *callinectes sapidus,* à présent, Fergus ? lui demanda-t-elle avec un petit sourire et un léger battement de ses yeux bovins.

En Louisiane, même les femmes les moins attirantes savent flirter.

— Oui. Ça fait plaisir de vous revoir Euphemia, lui répondit-il avec un sourire.

Harry courut vers moi, me prit dans ses bras et me souleva du quai.

— Ma chère Anne-May, alors la vie de femme mariée ?

Comme il me baisait la main, la sensation de brouillard se dissipa.

— Tu m'as manqué, Harry Wilson.

Il m'adressa son immense sourire.

— Toi aussi, Anne-May Wilson Watson.

— Chaque fois que je pose les yeux sur toi, tu as embelli, dit-elle. Vraiment, quelle injustice ! C'est au seul garçon de la famille que reviennent les plus jolis cils. Bon, j'ai prévu plein de choses. D'abord une sortie à Hollywood chez Smalls and Sons, ils ont toutes sortes de…

— Ouh, là, s'écria-t-il en feignant la colère, peut-on laisser à un homme le temps de s'installer ? Tu sais ce que je pense des mondanités. Et puis à ton mariage, j'ai promis à Sally Smith de lui monter une fenêtre.

— Sally Smith peut bien aller au diable. Toi, faire de la menuiserie ? Je veux te nourrir, te montrer la ville.

Il effleura ma manche.

— Respire un peu, Anne-May. On s'amusera bien, tous ensemble.

Rien ne pouvait m'apaiser davantage que cette caresse.

— Eh, il faudra bien que tu manges à un moment, alors…

— Un instant, Anne-May, j'ai une surprise pour toi.

Il se hâta vers sa malle et revint avec une boîte recouverte de tissu, de la taille d'une miche de pain, un rideau de tulle sur le devant et des rubans noués de chaque côté.

— Juste ciel, qu'est-ce que c'est ?

Il dégrafa le haut et en sortit, posée sur sa paume, une petite boule toute ronde de duvet couleur taupe, les oreilles noir roussi.

— Elle vient du Siam et c'est ton cadeau. Je lui ai déjà donné un nom, j'espère que tu ne m'en voudras pas : Sainte Jeanne, comme Jeanne d'Arc. Ça lui va bien, non ? On dit que Jeanne avait les yeux bleus, elle aussi.

— Comme elle est mignonne !

Je voulus la caresser, mais elle cracha en retour comme un serpent et je retirai aussitôt ma main.

— Eh bien, Sainte Jeanne me déteste, c'est sûr.

— Donne-lui du temps, Anne-May. Il reposa le chaton dans son panier. Ces porte-chats font fureur à Paris. Les Françaises se les attachent dans le dos et se promènent en ville avec leur chat.

Il noua les rubans à ma taille et positionna la cage dans mon dos.

— Les Français sont si intelligents, dis-je, heureuse de posséder quelque chose venant de ce pays même si la boîte contenait en réalité un animal, mi-chat mi-cobra.

Harry se tourna vers Fergus pour le saluer et Euphemia tendit les mains vers moi avec ce regard triste qu'elle avait toujours.

— Comment vas-tu, ma sœur ?

— Bien.

Elle ouvrit la boîte et en sortit Sainte Jeanne qui, dans ses bras, se détendit.

— Comment va Mama ? demandai-je.

— Elle t'envoie ce message : quand elle aura reçu l'uniforme de Harry qu'elle a commandé à Shreveport et qu'elle l'aura envoyé, elle aimerait, si ce n'est pas trop te demander avec tous tes bals costumés et tes robes, que tu t'assures qu'il l'ait bien reçu.

Je caressai le chaton sur la tête, mais il me donna un coup de patte.

— Mama m'a écrit, elle pousse Harry à s'enrôler. Cela me fait horreur de savoir qu'il part à la guerre pour la valoriser, elle.

Harry me prit par le coude.

— Je ne pourrais pas me regarder en face si je ne m'engageais pas.

— Encore heureux que Mama ne soit pas venue, Dieu merci, je crois que ce serait une trop grande épreuve.

Euphemia remit Sainte Jeanne dans son panier.

— Elle croit bien faire.

Ma migraine revenait et je risquais fort d'exploser si ma sœur me sortait encore une de ses platitudes sirupeuses. Je me tournai vers Harry et lui pris le bras.

— Allez, mon beau compagnon, en route pour Peeler.

Une fois arrivés à la plantation et après que mon frère et ma sœur eurent terminé de débattre pour savoir qui s'installerait où – Harry voulait qu'Euphemia prenne la meilleure chambre d'amis, celle qui donne sur le fleuve, mais elle insistait pour que ce soit lui qui l'ait –, Harry refusa la fastueuse collation préparée en son honneur. Il but en vitesse une tasse de thé avant de partir avec ses outils vers la case pour monter la fenêtre que Sally Smith lui avait soutirée, sans doute en échange d'un peu de cet opium qu'elle faisait pousser. Une fine mouche manipulatrice, la vieille Sally, elle avait également embobiné mon mari en lui cuisinant son plat préféré – gombo aux huîtres et beignets de maïs. Mais sous ses aspects serviables, ce n'était qu'une grosse hypocrite qui fourguait ses confitures et ses gelées aux gens de la ville et amassait les bénéfices. À coup sûr, Harry et Fergus s'étaient bien fait berner par ses manigances.

Faute de pouvoir exhiber Harry, j'ordonnai à LeBaron de m'avancer le buggy et emmenai Euphemia en ville. Elle avait bien besoin d'être divertie et, pour les jours à venir, ce serait ma croix. Nous emmenâmes Sainte Jeanne, installée entre nous dans la voiture, pour la montrer à Jubal Smalls.

— Fergus a été si gentil de te donner la bague de sa mère.

— Non qu'elle ait accepté de bonne grâce. Il m'a fallu presque une année pour réussir à la lui arracher de son coffre à bijoux. Bon dieu, elle a six bagues, dont un saphir aussi gros que Bâton-Rouge.

— J'ai essayé de dissuader Harry de se battre pour le Sud, mais il a fait son choix. S'il était en vie, Papa ne laisserait pas Mama l'y inciter.

— Je refuse d'aborder ce sujet par une si belle journée, Euphemia. On dit que cette guerre sera bientôt terminée, alors espérons que Harry n'aura pas le temps de partir. Pensons plutôt à nos emplettes et oublions tout ça.

Ce jour-là, il y avait plein de clients chez Smalls and Sons, attirés par la chaleur estivale. Après avoir attaché le porte-chat, j'entrai avec Euphemia pour jeter un coup d'œil au tabac à priser juste au moment où Jubal Smalls sortait à grands pas de l'arrière-boutique.

— Et qui est cette charmante dame, madame Watson ? s'enquit-il, preuve que les hommes de Louisiane sont d'habiles menteurs.

— Ma sœur, Euphemia Anne Wilson. Euphemia, je te présente M. Jubal Smalls, le propriétaire de tout cet établissement. Il vit à l'étage avec sa femme et trois superbes enfants.

— Bel endroit, monsieur Smalls.

— Et regardez ce que mon frère m'a rapporté de Louisiane. (Je me tournai pour lui montrer mon dos.) Ça fait fureur à Paris.

Euphemia en sortit le chaton et le montra à Jubal, comme un boucher exhibe un rôti de porc. Du fond de la gorge, Sainte Jeanne grogna.

Il se courba et, la main sur le cœur, se tourna vers moi.

— Quel adorable petit siamois, hélas je ne peux trop m'en approcher car les chats me font éternuer. Au fait, j'ai mis du tabac de côté pour vous.

— Merci, monsieur Smalls, j'en prendrai deux boîtes si vous en avez assez. Vous les mettrez sur mon compte.

— Une seulement aujourd'hui mais j'en aurai bientôt davantage, me promit-il en prenant la boîte sur une étagère derrière lui et en la posant sur le comptoir en verre. Comment va M. Watson ?

— Bien, merci. Je vous dois des excuses pour son comportement si inconvenant l'autre jour au bal.

— Tout le monde est à cran à cause de la guerre. Il songe sérieusement à s'engager aux côtés du Nord ?

— Je crois que oui. Il considère le 1er régiment du Maryland ou quelque chose comme ça.

— Un régiment ? Et où se regroupera-t-il ?

— Je ne sais pas, difficile de ne pas s'y perdre.

M. Smalls fit glisser un carnet en maroquin rouge de l'étagère.

— Un cadeau pour vous, madame Watson. Vous notez tout dedans, afin que ce soit clair et bien organisé.

— Je ne suis pas trop à l'aise avec une plume.

— Ne vous en faites pas. Les meilleures épouses gardent une trace des exploits de leur mari en voyage ou à la guerre. Les Parisiennes le font. On peut y travailler ensemble pendant son absence. J'ai entendu dire, souffla-t-il en s'approchant davantage, que parmi vos Nègres certains savent écrire. Demandez-leur de prendre des notes à votre place.

Il nous accompagna jusqu'à la porte et nous fit monter dans le buggy. Euphemia, qui maîtrisait parfaitement les chevaux grâce à sa robuste constitution, prit les rênes, comme d'habitude.

— Je vous ferai bientôt parvenir votre mouchoir, propre et repassé.

— Revenez vite, toutes les deux.

Je souris et Euphemia lança le buggy. Quand je me retournai, je vis que M. Smalls nous suivait du regard.

— Sois prudente, Anne-May, me dit-elle, les yeux sur la route. Ce M. Smalls, il ne faut pas lui faire confiance.

— Ne sois pas ridicule.

— À te donner au compte-gouttes ce tabac que tu aimes. Il y avait plusieurs autres boîtes sur son étagère. Pourquoi te dirait-il un mensonge ? Il veut obtenir quelque chose de toi.

J'avais la tête chaude et bourdonnante, je pris la boîte dans mon sac, humidifiai mon doigt, le plongeai dans la poudre parfumée et le frottai sur les gencives.

— Il flirte avec toi d'une façon si inconvenante.

— Tu sais comment sont les hommes en Louisiane.

— Et il ne me semble pas être du genre à donner quelque chose sans rien attendre en retour. Qu'est-ce que c'est que ce carnet en maroquin ? Et puis toutes ces questions au sujet de Fergus. Ça ne va pas.

Le tabac fit vite effet et je me sentis de si meilleure humeur que les bavardages d'Euphemia cessèrent de m'ennuyer.

J'ouvris le carnet relié cuir, le papier vierge blanc et doux, et j'y trouvai un petit marque-page en soie couleur ivoire, une jolie fleur de magnolia brodée sur le haut. Je la caressai d'un doigt, on aurait dit les dessous en dentelles qu'il vendait au magasin.

— Tu as raison, ma sœur, je serai attentive.

Elle avait beau dire, je noterais dans ce carnet tout ce qui me plairait.

Quelques jours plus tard, c'était la kermesse de l'église. Mon Harry conduisait la calèche et moi, assise à ses côtés, je m'apprêtais à exhiber mon superbe frère devant tous les habitants du comté de Saint Mary. Fergus avait emmené Euphemia plus tôt ce matin-là pour qu'elle dispose son panier de célibataire qui serait proposé lors des enchères, l'événement le plus populaire de la kermesse. Ma pauvre sœur avait travaillé dur pour préparer ce repas pour deux, dans l'espoir qu'un enchérisseur se présente. Elle avait cuisiné elle-même du poulet Pilau, le plat préféré de Mama, un pain perdu au chocolat, du thé glacé à la cerise et ajouté les biscuits de Robert E. Lee au gingembre. Quelle hypocrite ! Elle qui penchait manifestement vers le Nord et reprochait au bon général de prendre la tête de l'armée confédérée, elle se goinfrait des gâteaux de Stratford Hall ! Nos provisions de sucre, déjà faibles, en avaient pris un sacré coup, mais si ce repas aidait Euphemia à se trouver un mari et à me débarrasser le plancher, alors cela en valait la peine.

Harry se tourna vers moi et m'adressa un large sourire. Ses cheveux d'un roux profond comme le pelage d'un setter irlandais brillaient au soleil.

— Tu as l'air de bonne humeur aujourd'hui, sœurette.

— Qui ne le serait pas ? À venir ici en calèche, le visage au vent par cette chaude journée, vêtue de ma plus jolie robe en soie bleue et en compagnie de mon magnifique frère. Il faudra que je sorte ma badine pour éloigner de toi toutes les filles bonnes à marier.

— Je deviens trop timide avec les dames. Je préfère taper sur des clous.

— La timidité te va bien, Harry. Tu possèdes tout ce qu'aiment les femmes. Une expression avenante. Un corps jeune. Et il n'y a pas plus gentil que toi dans toute la chrétienté. Papa disait que toi et Euphemia, vous étiez les anges de Dieu.

— Et toi, j'imagine, tu es…

— Le diable, je suppose. En tout cas, c'est ce que dirait Sally Smith.

— J'aimerais que tu leur fasses moins la vie dure.

— Depuis le mariage, tu es leur plus grand ami, mais je ne peux pas être bonne avec eux. Ils me poignarderaient dans mon lit comme ils ont tué Papa si je ne garde pas le contrôle.

Il tendit la main et la posa sur la mienne, et même à travers les mitaines, je sentis sa chaleur.

— Je sais que tu es aussi bonne que nous tous, Anne-May.

— Qu'en sais-tu ? demandai-je, le sourcil levé.

— Tu te souviens quand tu m'as ramené de l'école sur ton dos parce que je m'étais cogné le pied ?

— Tu marchais pieds nus comme un négrillon, et tu avais saigné partout sur ma robe jaune.

Une fois dans la cour derrière l'église, Harry sauta à terre pour m'aider à descendre et, comme je l'avais prédit, les dames s'agglutinèrent autour de lui, mais je pris tout mon temps. Une atmosphère de carnaval régnait. Bras dessus bras dessous, attirant des regards admiratifs, nous fîmes le tour de la kermesse, les stands en bois placés en carré, tout autour d'une pelouse.

Il y avait toutes sortes d'attractions : de grosses diseuses de bonne aventure prédisaient des choses osées, un faux bureau de poste où des clients pouvaient toujours trouver une jeune dame qui s'empresserait de leur écrire des lettres personnelles pour une petite somme. Certains stands vendaient des travaux de couture, des essuie-plumes, et même un arbre couvert de pommes dorées.

Je repérai immédiatement Fergus en pleine conversation avec le poissonnier du comté et en éloignai Harry. Je scrutai la foule des dames du Maryland vêtues de leurs plus belles robes en calicot et de messieurs, dont certains portaient l'uniforme yankee, mais je ne vis pas Jubal Smalls. Harry et moi allâmes admirer la montgolfière que des lances emplissaient d'air chaud ; elle emporterait bientôt d'élégants clients dans le ciel pour voir tout le comté, puis les redescendrait doucement vers la terre.

Dans la salle paroissiale, Euphemia se tenait sur une estrade basse en compagnie d'autres femmes non mariées, les courtepointes qu'elles avaient réalisées pour l'occasion étalées devant elles, un panier pique-nique ouvert posé dessus, son contenu bien visible. Les messieurs glissaient leurs enchères pour remporter le droit de déjeuner avec ces dames dans une petite boîte en châtaignier qui trônait sur une table à l'avant de l'estrade. Chacune avait soigné ses anglaises et portait des dentelles dans l'espoir que l'un des rares célibataires, qui ne soit ni trop décrépit, ni parti rejoindre l'armée, ni souffrant de quelque sorte de maladie, dépose un ticket dans la boîte. Elles avaient sorti leurs plus jolis pendants d'oreilles et s'étaient habillées comme si ce jour-là, il leur était absolument vital de séduire un homme, ce qui était exact.

Euphemia, à leurs côtés, transpirait abondamment et s'éventait. À notre approche, elle referma violemment son éventail.

— Merci d'être venus, je ne crois pas avoir eu encore une seule enchère. Personne n'a même jeté un regard à mon déjeuner.

— Un festin digne d'un roi ! s'exclama Harry. Il est encore tôt pour les enchères.

— Si quelqu'un en fait une, j'espère qu'il n'aura pas le droit d'emporter mon panier, dis-je.

— Non, juste la courtepointe. Et les repas pour lesquels il n'y aura pas eu d'enchères iront aux soldats. Tout ceci n'est qu'une occasion pour exhiber de nouvelles tenues et parler à des messieurs sans être présentées, conclut-elle, les bras croisés sur la poitrine.

— Tu devrais remercier Jésus à genoux de pouvoir parler à un homme sans présentations.

— Je n'aurai pas de proposition, soupira-t-elle les yeux levés au plafond.

— Une foule d'hommes entourent Julia Hammond, lança Anne-May. Elle a vraiment soigné son apparence, on dirait.

— J'ai veillé toute la nuit pour finir ma courtepointe, geignit Euphemia les larmes aux yeux.

— Tu aurais pu te mettre un peu de rouge et pour l'amour du ciel, flirte un peu. Tu n'attireras jamais personne, le regard baissé.

— Je ne veux pas d'un homme que je dois ramener comme un poisson. Je préférerais rester seule.

— Et compter sur moi pour prendre soin de toi dans tes vieux jours ? Pour une fois, pense un peu aux autres.

— Même si toute la paroisse adorerait vous voir vous crêper le chignon, s'interposa Harry, vous avez peut-être besoin d'une pause. Pheme, si tu allais te rafraîchir ? On garde la boutique.

— Un peu d'air me ferait du bien, avoua-t-elle, lissant sa jupe.

Avec un sourire, Harry lui tendit la main et l'aida à descendre de l'estrade.

— Promène-toi et essaie de donner envie aux hommes du comté de Saint Mary de déjeuner en ta compagnie.

Elle lui rendit son sourire et se dépêcha de sortir.

Je pris un formulaire sur la table et le remplis au crayon. Harry regarda par-dessus mon épaule.

— C'est pour Euphemia ?

— Ne t'avise pas de le lui dire, ordonnai-je en le déposant dans la boîte.

Des visiteurs s'attroupèrent bientôt devant l'estrade. Euphemia revint à sa place derrière la courtepointe. Des auréoles noires tachaient sa robe en soie.

— Alors qu'est-ce qui se passe maintenant, s'enquit Fergus qui nous avait rejoints.

— On lit les enchères et les dames s'en vont pique-niquer avec le plus offrant.

— Immoral, non ? L'Église vend des femmes.

— Chut, Fergus, ça commence.

Avec un grand moulinet du bras, le pasteur prit les cartes, les lut et après une pause dramatique annonça :

— Julia Hammond, pour cinquante dollars, ira avec William Parker de California, dans le Maryland.

M. Parker aida Julia à descendre de l'estrade tandis qu'Euphemia et les autres célibataires applaudissaient avec des sourires pincés.

Le pasteur continua sa lecture ; les deux autres femmes remballèrent leur courtepointe et leur panier, puis s'éloignèrent avec les gagnants. Euphemia resta seule sur la scène. Elle me jeta un regard nerveux.

Le pasteur sourit, passa la main au fond de la boîte et enfin en sortit une carte. Euphemia poussa un soupir de soulagement.

— Miss Euphemia Wilson, ce beau dessus de lit et ce poulet Pilau, le plus délicieusement parfumé de tout le comté de Saint Mary, est remporté par M. Fergus Watson d'Hollywood, Maryland pour vingt-cinq dollars.

La foule applaudit, mais Fergus me regardait l'air interrogateur.

— Vas-y, lui dis-je en le poussant en avant, elle attend.

Euphemia eut un sourire de la taille de la Louisiane et tendit le panier à Fergus.

— Je l'avais bien dit, murmura Harry, il y a du bon en toi, Anne-May.

Fergus, la main au creux des reins d'Euphemia la guidait dehors, ils se souriaient.

— Surtout, tu n'en dis rien à personne, insistai-je, tout en les regardant sortir de la salle.

8

Georgy

New York – Washington, D. C., juillet 1861

QUAND M. CHRISTIAN LONGWORTH abaissa violemment sa canne et planta le bout en argent dans la main droite de notre frère, cible parfaite étalée là innocemment sur le trottoir, Charley poussa un cri, puis gémit de douleur. Jane et moi eûmes un mouvement de recul en entendant les os se briser.

Christian prit la fuite, mais avec l'aide de Jane et de la femme au sac de voyage, je ramenai Charley à Brevoort Place où il dut se soumettre à l'indignité de se voir dorloté par toutes ses sœurs. Pire encore, après l'avoir examiné et pansé, Frank Bacon lui annonça qu'il ne pourrait pas s'engager de sitôt.

En fin de compte, cette soirée s'avéra providentielle pour trois raisons : premièrement, la femme au sac de voyage devint une professeure de couture extrêmement appréciée à la Maison de l'industrie d'Abby, une amie chère et une alliée. Deuxièmement, l'horrible M. Longworth fut arrêté par la police, paya une grosse amende et passa deux nuits au poste. Et troisièmement, la blessure de Charley, sans présenter de danger, était assez sérieuse pour l'empêcher de prendre part à la bataille dès le début des hostilités, ce qui évita beaucoup d'anxiété à Mère, pour au moins un court moment de répit.

Abattu, Charley vint tout de même avec nous voir Joe Howland défiler dans Broadway à la tête de ses splendides troupes. Ce matin-là, Frank Bacon était parti aussi et notre frère n'appréciait pas de devoir rester à l'arrière, mais il savait ne pas bouder, du moins quand Mère était là, car rien ne l'agaçait davantage.

C'étaient des kilomètres de drapeaux et une multitude de gens, et soudain, au loin on commença à voir l'éclat des baïonnettes qui approchaient. L'immense foule se fendit en deux et se pressa en arrière sur le trottoir. Le régiment arriva – en premier, le corps d'artillerie puis, compagnie après compagnie, un défilé ininterrompu, tous les visages fixes. Les vivats tonnaient comme le canon, tout le monde criait, agitait des mouchoirs, pleurait et priait.

Puis ce fut au tour du 16e, mené par un jeune porte-étendard à l'air grave qui tenait bien haut le superbe drapeau d'Eliza. Nous entraperçûmes le beau Joe. Il faisait plus jeune que ses vingt-sept ans malgré son pantalon gris strict et sa tunique bleue aux boutons en laiton. Les soldats ne regardaient ni à droite ni à gauche, mais allaient au pas cadencé comme si, à cet instant, ils s'avançaient au cœur de la bataille.

Ils ne mirent pas longtemps à passer, la foule se referma alors sur eux comme la mer après le passage des Hébreux. Je passai mon bras dans celui de Charley et un frisson me parcourut tandis que nous observions aussi longtemps que nous le pûmes les baïonnettes étincelantes et les couleurs effleurées par un dernier rayon de soleil à mesure qu'elles disparaissaient.

Cet été-là, dans le salon alors que Mère, Eliza et moi découpions du tissu pour en faire des chemises, fenêtres ouvertes pour attirer un peu de brise, un télégramme arriva à Brevoort Place. Carry qui passait le plus clair de son temps à rôder près de la porte, prête à sauter sur l'occasion, l'intercepta.

— Georgy, Eliza ! Un télégramme adressé à toutes les deux.

— Apporte-le, Carry.

Elle l'ouvrit et le lut.

« À Mlle Georgeanna Woolsey et Mme Eliza Howland,
Veuillez vous présenter dès que possible à l'adresse du quartier général de la Commission sanitaire à Washington. Consignes supplémentaires fournies à l'arrivée.
Frederick Law Olmsted. »

— Voilà, Georgy, c'est *lancé* ! s'écria Eliza, les yeux écarquillés.

Je lui pris la main.

— Enfin !

— Je n'y survivrai pas, soupira Mère, le regard braqué sur la fenêtre.

À notre arrivée à Washington où devait commencer notre carrière d'infirmière, je m'installai avec Eliza à Ebbitt House, pension de famille commode avec un restaurant. C'était le lieu favori des journalistes de la ville.

— Washington, enfin ! Cette ville célèbre, s'exclama-t-elle à la descente de la calèche, les yeux levés vers la large façade blanche.

— Célèbre pour la poussière !

Je descendis à mon tour pour superviser le déchargement de nos premières malles. Mère devait bientôt nous en envoyer d'autres.

Nous prîmes rapidement nos marques, dehors un vent chaud soufflait dans F. Street et des mouches nous harcelaient, noircissaient les nappes des tables de l'hôtel et se glissaient dans nos bouches pendant que nous dînions. La guerre qui, selon tout le monde, entraînerait une défaite rapide pour le Sud, se poursuivait. Trois mois s'étaient déjà écoulés. Les défaites subies par l'armée américaine à Big Bethel et à Bull Run, où Joe Howland et Franck Bacon avaient tous deux combattu, firent chuter le moral de l'Union. Nous prîmes le deuil quand notre cousin, Theodore Winthrop, l'ami chéri d'Abby, fut le premier gradé à mourir au combat à Big Bethel.

Peu de temps après notre arrivée, Eliza reçut une lettre de Joe envoyée depuis son campement près de Centreville, en Virginie.

« Sur le champ de bataille près de Bull Run,
20 juillet 1861
Chère Eliza,
Notre brigade fait une démonstration de force devant l'ennemi et les combats font rage sur notre flanc droit, à cinq ou six kilomètres de là. Nous voyons d'immenses

masses de troupes et supposons que l'ennemi essaie de nous déborder sur la gauche. Tout indique que ce sera une terrible bataille.

Avec tout mon amour,

Joe. »

Le suspense quant à l'issue de la bataille dura jusqu'au lendemain quand une petite note griffonnée au crayon sur un morceau de papier taché et froissé nous parvint à Washington et nous dit tout.

« Chère Eliza,

Déroute totale à Bull Run. Le 16e est sain et sauf.

Nous prenons une ultime position.

J. H. »

Après ce que Joe avait décrit comme « la défaite la plus complète des forces de l'Union » face à celles du Sud, une rumeur courut dans tout Washington : la capitale tomberait aux mains des Confédérés. Chaque matin au réveil, nous entendions les allées et venues des escadrons à pied ou à cheval, le bruit incessant du tambour dans les rues.

Nous nous réjouîmes de recevoir de la Commission sanitaire notre première assignation. Nous ne fûmes pas affectées, comme nous l'avions espéré, à bord d'un navire-hôpital, mais nous eûmes à organiser un hôpital de fortune au dernier étage de l'antenne locale des Brevets, la guerre ayant interrompu sa construction. Nous travaillâmes intensément pour ce projet et une fois qu'Eliza avait à son tour suivi la formation du Dr Blackwell, nous fîmes fonctionner l'endroit avec des médecins qui ne restaient jamais très longtemps et nous laissaient une grosse part des tâches.

J'étais soulagée que la Commission ne nous envoie pas trop de cas vraiment critiques. Pour l'essentiel, nous traitions des patients atteints de typhoïde, de rougeole ou de malaria, maladies que j'avais appris à soigner durant ma formation avec le Dr Blackwell. Nous avions toutefois notre lot de morts déchirantes, sans que les soldats soient accompagnés par un aumônier, bien trop peu nombreux, faute d'ordre de réquisition du président.

À la pension Ebbitt, Eliza et moi venions de défaire les dernières malles que Mère nous avait fait parvenir lorsque nous reçûmes notre première visite. Nos appartements se trouvaient au rez-de-chaussée et les gens s'arrêtaient souvent en chemin pour bavarder avec nous. Ce qui nous avait tout d'abord profondément choqué – c'était après tout une terrible violation de notre intimité – devint une habitude et toutes sortes de visiteurs venaient nous parler.

Ce mois de juillet était particulièrement chaud et nous laissions la fenêtre ouverte pour faire entrer un peu d'air, les rideaux se balançaient doucement. Nous nous éventions à tour de rôle tout en déballant notre imposante malle noire, surnommée l'Arche, qui nous avait accompagnées pendant tout notre voyage en Égypte, couverte de tous les noms d'hôtels où nous étions descendues, écrits à la craie. C'est alors que la tête et le buste d'oncle Edward s'encadrèrent dans la fenêtre.

— Bonjour, mesdames. On m'a dit à la réception que je vous trouverais toutes les deux ici.

Il portait un brassard noir noué autour de sa manche depuis la mort de Theodore, et un chapeau haut de forme qui brillait au soleil.

— Mon oncle, m'exclamai-je, cela fait grandement plaisir de vous voir, mais ils ne s'embarrassent guère pour indiquer notre chambre.

— Vous aurez tôt fait de vous rendre compte, dit-il en ôtant son chapeau, que Washington est une grande famille unie dans le malheur.

— C'est tellement inattendu, mon oncle ! s'exclama Eliza.

Derrière lui, un régiment arrivait au pas cadencé. Les soldats étaient vêtus d'uniformes en laine et chassaient les mouches. Une miche de pain était empalée sur la baïonnette d'un soldat.

— Les pauvres, s'apitoya Eliza, ils doivent avoir tellement chaud.

L'oncle Edward se retourna et les regarda poursuivre leur marche.

— Ils ont eu de la chance, eux, ils ne sont pas morts à Bull Run. Ils se dirigent vers leur campement au bord du Potomac. Impossible de s'y baigner, cela dit. Ça grouille de serpents.

— Revenez nous faire une vraie visite, mon oncle, proposai-je. Même si ce bavardage par la fenêtre était bien agréable.

— J'ai bien peur de ne pas en avoir le temps. J'ai reçu une invitation ce matin même.

Il tendit trois cartes en papier écru à Eliza qui se mit à les lire en s'éventant.

« Le président et Mme Lincoln ont l'honneur de requérir la présence de mademoiselle Georgeanna Woolsey à une réception, ce mardi à sept heures. »

— Mais c'est ce soir !

— Et il y en a une pour moi aussi, s'exclama Eliza. Comme c'est extraordinaire, mon oncle.

— Il n'y aura pas grand-chose à manger, des biscuits salés et du vin de Bordeaux, parce qu'il serait de mauvais goût d'être trop luxueux alors que nos troupes manquent de tout, mais ça pourrait valoir le spectacle.

— Il fait trop chaud pour se mettre sur son trente et un, dis-je en chassant une mouche de la manche d'Eliza.

Elle me fit face.

— Tu laisserais passer l'occasion de rencontrer M. Lincoln ? Moi j'y vais, aucun doute. Il y aura des gens célèbres et terriblement importants auprès desquels nous devons représenter la Commission sanitaire. Et peut-être pourrons-nous glaner des nouvelles de la guerre qui ne figurent pas dans les journaux.

— Peut-être.

oncle Edward remit son chapeau.

— Nul besoin de beaux atours. Venez comme vous êtes.

— Mon oncle, c'est la Maison-Blanche, s'offusqua Eliza en refermant son éventail d'un coup sec.

— Je passerai vous prendre à six heures et demie.

Bien qu'il n'y eût guère à marcher de notre hôtel à Pennsylvania Avenue, notre oncle avait insisté pour que nous y arrivions en calèche. Il nous fit passer devant le Capitole voisin, décapité, encore en attente du nouveau dôme en fer dont la construction avait été interrompue par la guerre. Des soldats de l'Union faisaient des manœuvres dans les jardins, leurs boutons en laiton luisant au soleil.

— Ces veinards vivent ici, expliqua l'oncle Edward. Dans les sous-sols, il y a vingt fours où l'on cuit le pain pour toutes les troupes de la ville.

J'étais curieuse de voir la résidence du président, cette célèbre Maison-Blanche construite par des esclaves et qui logeait maintenant un homme décidé, semblait-il, à mettre un terme à leurs souffrances.

Eliza et moi portions nos plus belles robes de soie noire, manches en pagode et voiles de deuil. Par les fenêtres de la calèche entrait une petite brise bienvenue.

La longue file de voitures élégantes avançait par à-coups, mais finit par franchir le portail en fer noir et serpenta dans l'allée jusqu'au porche soutenu par des piliers.

— À la réception, ma chérie, m'implora Eliza, tu te cantonneras, s'il te plaît, aux sujets d'ordre général.

Par la fenêtre de la calèche, je jetai un regard aux troupes alignées sur la pelouse. Ils surveillaient un jeune garçon qui jouait là, le fils du président supposai-je.

— Dois-tu vraiment me museler ?

— Est-ce si éprouvant de te contenter d'une remarque sur l'ameublement ou la forme du salon ?

— En fait, oui.

— Un « comment allez-vous ? » fera l'affaire. Georgy, songe que l'oncle Edward a des amis ici.

— Peut-être pourrais-je demander à M. Lincoln qu'il approuve la nomination d'aumôniers pour les troupes ?

— Je préférerais que tu t'en abstiennes. Importuner le chef de l'exécutif par une telle requête passera pour un manque cruel de bonnes manières.

— Fournir à nos hommes le représentant de Dieu pour recueillir leurs dernières paroles ?

— Une lettre suffirait peut-être, Georgy ?

Notre voiture passa sous le vaste portique. Des valets de pied en livrée nous aidèrent à descendre et nous invitèrent à suivre la foule dans un hall immense, superbement moquetté, percé de plusieurs portes majestueuses.

— Ça ressemble un peu à un hôtel délabré, tu ne trouves pas ? me glissa oncle Edward. Pas un seul tableau au mur.

— J'aime assez cette simplicité sévère.

Eliza contemplait une longue paroi en métal et en verre qui coupait la salle sur notre droite.

— C'est pour donner un peu d'intimité aux Lincoln, expliqua notre oncle, tout en tendant son chapeau à un huissier. Isoler leurs appartements des espaces publics. Le pauvre homme, tous les opportunistes de la ville sont là chaque jour pour quémander des aides. Il reçoit tout le monde. Comment trouve-t-il le temps de diriger le pays ?

Sur fond de différentes marches célèbres jouées par l'orchestre de la Marine, il nous guida jusqu'au Salon Bleu. Les visiteurs s'y pressaient déjà : beaucoup d'hommes en uniforme, de dames portant des robes aux couleurs acidulées et des coiffures élaborées. De toute évidence, leurs bonnes avaient passé l'après-midi à tresser des fleurs dans leurs cheveux. Dans la foule, on remarquait aussi beaucoup de robes noires car la guerre avait déjà fait un nombre élevé de victimes.

On ne pouvait s'empêcher de remarquer l'ameublement, tapissé de damas bleu et argent, le bois des fauteuils doré, un tapis bleu et blanc et au mur des tapisseries bleues et dorées.

— Ils ont pris ce nom de Salon Bleu au pied de la lettre.

L'oncle Edward appuya sa main sur l'assise d'un fauteuil.

— Le Congrès a alloué vingt mille dollars pour la décoration. Tu imagines de telles dépenses en temps de guerre, Mme Lincoln qui accroche des rideaux alors que les rebelles sont prêts à entrer dans la ville à n'importe quel moment ?

— On reproche à Mme Lincoln le seul fait de respirer, rétorquai-je.

Mais mon oncle insista.

— Ça fait à peine quatre mois que la famille est là, et elle a déjà dépassé le budget. Elle n'en a même pas parlé au président, et s'est contentée d'envoyer les factures au commissaire des travaux publics.

— Critiquerait-on un homme s'il en faisait autant ? Aucun journal ne publierait cela.

— Viens admirer la vue, dit Eliza en me prenant par la main.

À cause de notre métier d'infirmières, nous n'avions pas emporté de crinolines et ne portions sous nos robes que d'amples jupons, il nous était donc plus facile de circuler dans le salon entre les larges jupes à cerceaux et les crinolines « cage ». Nous effleurions des soies lisses, de l'organza et des châles en cachemire, dans un nuage capiteux d'eau de rose, de muguet et de fumée de cigare. Il n'y avait guère un revers en satin ou un décolleté qui n'arbore un badge ou une rosette aux couleurs de l'Union.

Une fois sorties de la foule, nous admirâmes le panorama depuis l'une des hautes fenêtres, de loin la plus belle qualité de ce salon. Le soir tombait et des ombres s'allongeaient sur les jardins à l'arrière, le large Potomac brillait au loin.

— Quelle vue splendide, s'écria Eliza.

Un rideau plus court attira mon attention.

— Regarde-moi ça, des voleurs de souvenir ont déjà embarqué leur butin.

Eliza se pencha pour examiner la moquette.

— Et ils ont également découpé tout un coin ici.

Notre oncle nous retrouva bien vite et se mit à faire des signes à d'importants officiels comme on hèle un taxi sur Broadway.

— Edwin !

Il attira l'attention d'un homme qui passait à toute vitesse, un homme à lunettes avec un nez comme un petit navet et une barbe grise portée au naturel sans être taillée. C'était M. Stanton, le ministre de la Guerre.

— Monsieur le ministre, puis-je vous présenter Eliza et Georgeanna Woolsey, les petites-nièces de l'amiral Newton.

À ce nom, le ministre marqua une courte pause.

— Un homme bien l'amiral, dit-il.

— Elles travaillent ici pour la Commission sanitaire, lui cria oncle Edward.

— Je pars envoyer un télégramme, dit-il en se hâtant, mais je suis à votre service à tout moment, mesdames.

Il disparut dans la foule. Une femme au visage vaguement familier accourut vers moi.

— Mademoiselle Georgeanna Woolsey ?

— Madame Gibbons ? demanda notre oncle en se redressant.

Je la reconnus alors pour l'avoir vue dans des journaux. C'était Abigail Hopper Gibbons, issue d'une célèbre famille d'abolitionnistes de Philadelphie, les Hopper. Mère et mes sœurs plus âgées la connaissaient car elles l'avaient croisée à l'Institut Cooper. Elles racontaient des histoires remarquables sur elle et son père qui, souvent, affrontaient directement ceux qui kidnappaient les esclaves en fuite.

Sur les illustrations, Mme Gibbons avait l'allure de n'importe quelle autre sexagénaire bien soignée à l'air mélancolique, les cheveux noirs coiffés simplement ; toutefois la rencontrer en chair et en os nous permit à Eliza et moi de découvrir une compagne des plus engageantes avec son intonation quaker, ses façons énergiques et son bagout.

— Je vous ai cherchée partout, mademoiselle Woolsey, déclara-t-elle comme s'il s'agissait du compliment le plus charmant.

— Madame Gibbons, quel plaisir de vous rencontrer enfin. Puis-je vous présenter ma sœur Eliza et notre oncle Edward ? Nous admirons tous le travail que vous et votre famille avez accompli pour la cause.

— Ce que votre père a accompli avec le chemin de fer clandestin a été une source d'inspiration, lui chuchota Eliza. Vous avez le droit d'en parler ?

— Je ne m'en attribuerai pas le mérite, mais j'avouerai simplement que je suis reconnaissante à la nuit.

— J'ai appris qu'il serait bientôt dissout.

— Je crains de ne pouvoir vous en dire plus. Nous sommes l'une des rares organisations à ne pas nous vanter de nos succès, mais je suis fière de notre travail.

— Qu'est-ce qui vous amène à Washington, s'enquit Eliza.

— En vérité, c'est pour vous voir. Votre sœur Jane m'a écrit que vous pourriez peut-être m'aider à obtenir un poste d'infirmière auprès de la Commission sanitaire. Je ne peux plus rester les bras croisés à ne rien faire.

— Nous venons d'arriver, madame Gibbons, mais je suis ravie de…

Elle sortit une carte de son réticule et me la tendit.

— Si vous avez l'obligeance de faire les présentations par courrier, je vous en serais obligée.

— Ne manquez surtout pas de faire la connaissance du président, nous recommanda Mme Gibbons en s'éloignant en hâte. Comme ça, il pourra dire un jour qu'il a rencontré les femmes Woolsey.

Elle disparut aussi vite qu'elle était apparue, sans doute en quête de quelque autre bonne œuvre.

Avant de pouvoir protester, l'oncle nous prit par le bras et nous conduisit vers la petite foule qui se pressait autour du président. On le repérait facilement car il avait une bonne tête de plus que le plus grand du lot.

Oncle Edward se fraya un chemin à travers le cercle des admirateurs qui s'agglutinaient autour de M. Lincoln comme une meute.

— Monsieur le président, puis-je vous présenter mes nièces, Mme Joseph Howland et mademoiselle Georgeanna Woolsey ? Ici présentes à la demande de M. Olmsted pour représenter la Commission sanitaire. Elles ont transformé le bureau des Brevets en un bel hôpital.

Le président se tourna vers Eliza.

— Votre époux serait-il Joseph Howard du 16e régiment de New York ?

— Tout à fait, Monsieur le président, répondit-elle, intimidée.

— Ils ont bien servi à Bull Run. Ah ! si nous avions cent régiments comme le 16e.

— Je lui en ferai part, monsieur.

M. Lincoln tourna alors son regard perçant vers moi et, sa grande main serrant la mienne, j'en perdis ma langue.

— Et vous, mademoiselle Woolsey, comment allez-vous aujourd'hui ? La vie d'une infirmière ?

— Très bien, monsieur, dis-je sans trouver autre chose à dire.

Il se pencha légèrement vers moi et sourit.

— Veuillez m'excuser, je dois passer aux autres invités. C'est comme la queue chez le barbier. Il faut s'occuper de tout le monde.

J'essayai de me concentrer sur ma requête à propos des aumôniers, mais au lieu de cela je n'émis qu'un rire bête, comme le ricanement d'une hyène, incapable de formuler une phrase, même banale.

Il s'adressa à nous deux avec un faux sérieux.

— Vous remarquerez que nos visiteurs ont pris en souvenir de nombreux éléments de la décoration. Ayez la gentillesse de ne découper des échantillons qu'aux endroits où cela ne se voit pas.

Cette phrase nous fit sourire et sous le choc de cette rencontre, nous restâmes à regarder le président se faire aussitôt aborder par une femme qui s'accrochait à son bras et le suppliait de trouver un emploi à son neveu.

— Monsieur le président, juste une chose.

Eliza soupira. Il se retourna et me fit face.

— Lors de nos gardes, nous avons vu des patients mourir, de courageux soldats qui demandent un aumônier, mais sans ordre direct de vous, nous ne pouvons satisfaire leurs souhaits.

— Qui recueille leurs dernières paroles ?

— Nous, monsieur. Ces hommes meurent pour leur pays, ne méritent-ils pas le réconfort qu'apporte un aumônier ? Un enterrement décent ?

Il fixa ses mains un instant et de nouveau croisa mon regard.

— Combien vous en faut-il, mademoiselle Woolsey ?

— Eh bien, une centaine serait un bon début, dis-je après un coup d'œil à Eliza. Pour les hôpitaux ici et aussi pour les hôpitaux de campagne.

— Voulez-vous me faire une faveur ? Écrivez aux services du général Van Rensselaer et demandez-leur de vous donner le nom des aumôniers qui seraient désireux et capables de vous aider.

— Oui, Monsieur le président.

— Vous les obtiendrez, mademoiselle Woolsey. Autre chose ?

— Non, monsieur.

Il était en train de s'éloigner quand soudain, il se retourna :

— Si nous ne gagnons pas ce conflit, avec les sœurs Woolsey dans notre camp, alors je ne suis plus juge des guerres.

9

Jemma

Peeler, Maryland, juillet 1861

APRÈS ÊTRE TOMBÉE SUR CES HOMMES dans la clairière, je repris aussi vite que possible le chemin qui menait à la maison. Les grenouilles entonnaient leurs chants du soir, les arbres se dressaient, immenses et noirs, au-dessus de moi.

J'étais presque arrivée lorsque, sortant de nulle part, quelqu'un me tira par le bras. Mon cœur se figea et je crus tomber, mais parvins à me retourner lentement.

— Monsieur Harry, dis-je, le souffle coupé.

Chaque parcelle de mon corps se détendit de soulagement. C'était le frère d'Anne-May, qui avait été si bon lors du mariage de sa sœur.

— Quand êtes-vous arrivé ?

— Aujourd'hui et j'en suis heureux. Ce n'est pas un endroit pour une jeune dame, Jemma.

— J'étais juste intriguée par...

— Regagnons la maison ensemble. Que dirais-tu si nous demandions à Sally Smith de nous frire un peu de ce lard ?

La présence de Harry durant tout l'été fut un vrai cadeau. Il persuada Anne-May d'autoriser Patience à venir pour l'anniversaire de mariage de Ma et Pa et je l'aidai à apporter toute une brassée de tournesols cueillis dans le lopin de Mme Charlene. On n'avait jamais vu maman plus heureuse que la nôtre quand elle reçut de nos mains ces fleurs aux grosses têtes. Elle nous attira à elle et nous tint serrées comme si elle ne voulait plus jamais nous lâcher.

Avant que les feuilles ne commencent à rougir, Harry et Pa avaient bâti dans la case un escalier, un nouvel enclos à cochons plus grand et une fenêtre vitrée dans le grenier de Sally Smith. Le seul hic, c'était qu'à cause de sa présence, Anne-May se souciait énormément de son apparence et je devais passer une heure de plus à sa toilette, même le dimanche, notre seul jour de repos.

Le jour de l'anniversaire de Ma, il me fallut toute la matinée afin de préparer Anne-May pour la messe. Je gommai son visage, son cou et ses pieds avec du sucre, puis sortis le coffret aux compartiments secrets où elle gardait les crèmes et lotions censées la faire paraître plus jeune. J'en enduisis son visage et ses bras. Ensuite, je mélangeai de l'encre de Chine, de la pâte de clous de girofle brûlés et du charbon de bois jusqu'à obtenir un marron foncé correct et appliquai enfin le tout sur sa chevelure pour masquer leur couleur jaune.

— Jemma, pourquoi suis-je née avec les cheveux blonds, s'exclamait-elle, c'est une monstruosité !

Puis elle me demanda de lui tapoter le visage avec de la betterave rouge, d'emplir un sac en coton de talc de Venise et de lui en saupoudrer les bras et la figure pour cacher ses taches de rousseur et aussi de lui badigeonner les paupières d'huile de ricin. C'est alors, et alors seulement, qu'elle me laissa aller rendre visite à ma famille.

Je courus donner à Ma le cadeau que je lui avais confectionné : un bonnet en forme de pot de fleurs tissé autour d'un vrai pot en argile d'Anne-May que j'avais coloré d'un joli marron clair avec ma teinture de coquille de noix. Ma les appelait des « bonnets récupérés » parce que je les décorais avec mes « roses déchets », des fleurs fabriquées avec les bouts de tissu que je gardais dans un sac spécial. Roses en soie jaune avec des feuilles en organza vert. Œillets roses en flanelle, si réels qu'une abeille essaya un jour de s'y poser.

Ma noua sous le menton les rubans bleus que j'avais récupérés dans la boîte à couture d'Anne-May.

— Merci, Jemma. Tu connais vraiment mes couleurs préférées.

Je donnai à Ma les poupées faites par Patience, ce qui lui tira quelques larmes. Sally Smith lui offrit un nouveau fichu à carreaux jaunes et rouges, qu'elle serra contre son cœur. Puis Pa lui donna une belle croix avec une chaîne, sculptée durant l'été à partir d'un seul morceau de bois. Et Celeste récita un vieux poème qui fit sourire Ma. C'est quand elle la remercia d'un gros câlin que le monstre aux yeux verts de la jalousie pointa sa tête et faillit me submerger. Bras croisés sur la poitrine, je les observais.

— C'est Patience qui devrait être là avec nous, pas une nouvelle. Elle a passé des mois à te faire ces poupées.

Ma me prit par le bras et m'entraîna dehors, puis sur la route.

— Toi et Patience serez toujours mes filles chéries.

Je continuai à avancer, les mains dans les poches de mon tablier.

— Celeste a besoin de paroles gentilles mais tu n'en as pas pour elle, semble-t-il. Je veux que vous passiez un moment ensemble et que tu te montres aimable.

— Je n'ai rien fait, maugréai-je en haussant les épaules.

— C'est bien là, le problème, dit Ma, lissant mes cheveux en arrière. Tu sais que c'est à toi de faire le premier pas. Quand on agit mal, on répare !

Je donnai un coup de pied dans une pierre sur le chemin.

Ma me prit par le bras et se pencha si près que je sentis l'odeur des gâteaux de maïs cuits dans les cendres qu'elle avait mangés ce matin avec Celeste.

— On va à l'église, Jemma. Tu restes ici avec elle et tu trouves une solution.

Ma nous laissa toutes les deux seules dans la case, assises à l'opposé l'une de l'autre, elle sur le petit lit de Delly et moi sur l'escalier. Je gardai les yeux rivés au sol pendant un bon moment.

Celeste tripotait un carré du dessus-de-lit qui s'était détaché.

— Ils sont sympas tes parents.

— Oui, je suppose.

— Moi j'ai pas de famille.

— Ne dis pas *j'ai pas*. Faut dire « je n'ai pas ».

— Sally dit que tu sais lire. Que tu connais ton alphabet.

— Tante Tandy Rose nous a appris avant l'arrivée d'Anne-May. Je me suis aussi entraînée à écrire.

— J'ai failli aller à l'école en Caroline et puis j'ai été vendue.

— C'était comment ?

— Tu as de la chance d'avoir jamais connu ça. Le pire jour de ma vie. À Charleston. (Elle baissa la tête, le menton sur ses poings.) Ils te récurent bien et t'engraissent, puis après les enchères, tu pars, enchaînée, pieds nus et tu n'as plus rien à manger pendant des jours.

— Ils t'ont mise en vente ?

— Oui. Debout, sur une table, avec tous les hommes qui me soulevaient ma robe. J'ai été vendue au pire fermier du Sud pour cueillir le riz. Tu aurais dû voir la tête de ma mère quand elle m'a vue partir. Ils ont aussi pris mes frères, je ne sais pas ce qu'ils font sans moi, dit-elle en reniflant.

— Sally Smith dit que rien que d'en parler, on se sent déjà drôlement mieux.

Elle sortit de sa poche une petite carte blanche.

— Ma m'a donné ça avant qu'ils m'emmènent. Pas ma mère de sang, mais c'est tout comme. Elle s'appelle Alice.

Elle me tendit la carte.

— Tu peux peut-être me la lire, ajouta-t-elle.

— Ben, oui, pourquoi pas ? « Madame Charles Woolsey, 8 Brevoort Place, New York. »

Je dus relire cette adresse deux fois.

— New York. Où tu as eu ça ?

Celeste haussa les épaules

— La dame qui a donné ça à Ma lui a dit que si jamais elle venait à New York, il fallait qu'elle vienne la trouver. Elle avait l'air gentille, de ce que m'a dit Ma.

Nous restâmes un moment à écouter les cochons fouiller dans leur bauge.

— Je me demande ce que c'est Brevoort Place.

— D'après tante Tandy Rose, à New York, ils ont un grand parc où tout le monde se promène dans de beaux habits. On peut se payer des tours dans une petite carriole tirée par des chèvres, et il y a le musée Barnum avec des baleines dans des citernes et un phoque qui parle. Patience et moi, on meurt d'envie d'y aller, mais je suppose que tu peux venir aussi.

— Sûr que j'irai. Et peut-être apprendre à lire et à écrire un peu.

Je pris du papier et un crayon qui appartenaient à Pa.

— Et si je t'apprenais à écrire ton nom ?

— Tu peux ? Apprends-moi à écrire Sukey Celeste, mes deux noms ensemble ? Et ajoute Wilson Watson.

— Pourquoi tu veux le nom de famille d'Anne-May ?

— C'est mieux que rien, dit-elle avec un haussement d'épaules.

Une fois que j'eus montré à Celeste comment tenir correctement le crayon, elle se débrouilla drôlement bien et écrivit son nom dix fois sur la feuille.

— Tu m'aideras à écrire à ma Ma ?

— Et comment !

Celeste se mit alors à pleurer, de vraies grosses larmes, les épaules secouées par les sanglots. Elle s'essuya le visage de ses mains.

— C'est des larmes de joie. Je peux pas croire que je sais *écrire.*

— Et c'est que le début. (Je griffonnai l'alphabet sur la feuille.) Tu dois juste apprendre ces lettres et ensuite tu pourras lire un livre en entier.

— Je n'ai jamais vu un livre de près, m'avoua-t-elle, en essuyant ses dernières larmes avec sa manche.

— Allons en chercher un, proposai-je. Anne-May est à la messe.

— Et si elle revient plus tôt ? s'inquiéta Celeste d'une voix douce.

— Ne t'en fais pas, ça sera pas la première fois.

Je la pris par la main – elle avait la paume rugueuse et entaillée à cause du travail avec le tabac – et je l'amenai en courant jusqu'à la demeure. Là, je lui fis traverser le hall en quatrième vitesse jusqu'à la porte fermée de la bibliothèque. Il nous fallut un moment pour reprendre notre souffle.

— Oh là là, j'ai peur, dit-elle en s'étreignant le ventre.

Je sortis la clé de la poche de mon tablier et la tint en l'air, marquai un temps d'arrêt pour frimer un peu, puis ouvris la porte.

— T'inquiète. Ça sert à ça, les meilleures copines, faire des bêtises.

Elle s'avança jusqu'au milieu de la pièce et promena son regard tout autour des murs couverts de vitrines pleines.

— Oh, tant de livres. Pourquoi ils sont derrière du verre ?

— Pour éviter la poussière. Je dois les garder propres.

— Tous les jours ?

— Presque. Je passe un chiffon avec un vinaigre spécial.

— Je peux en tenir un ?

— Si tu y fais attention.

Je fis glisser un livre. *Villette* de Charlotte Brontë, le titre sur la tranche et l'image d'un couple de Blancs sur la couverture.

— C'est l'histoire de Lucy, une fille qui aime un docteur qui s'appelle John Bretton, mais lui il épouse quelqu'un d'autre.

— C'est vrai ?

— Non, ce sont des histoires inventées mais qui font croire qu'elles sont vraies.

— Ça a l'air triste.

— C'est censé l'être, je pense.

— Je crois que je préférerais une fin heureuse, déclara-t-elle, la tête penchée sur le côté.

Je rangeai *Villette* à sa place et tirai un autre livre, *La Case de l'oncle Tom* de H. B. Stowe.

— Je l'ai déjà lu, je le relirais bien. J'ai beaucoup aimé.

Celeste le prit et en caressa la couverture.

— C'est si beau.

— Tous les livres de tante Tandy Rose sont reliés cuir. Ce qui compte pour Anne-May c'est qu'ils fassent joli. Elle ne lit jamais et surtout pas celui-là, ça parle d'esclaves. Autant de gens l'ont lu que la Bible, d'après Patience.

Je passai la main sur la couverture aux décorations dorées en relief.

— Du gaufrage, ça s'appelle. Je le prends, ajoutai-je.

— Oh, non, Jemma.

— Arrête de t'inquiéter. Ça ne se verra pas. Personne ne va venir ici sauf Miss Euphemia parfois, mais elle remarque pas grand-chose.

Je bougeai les autres livres pour combler l'espace vide.

— Où tu vas le cacher ?

— N'importe où, dis-je en haussant les épaules. Parfois je lis quand je couds et qu'Anne-May fait la sieste, et je le mets dans le placard à linge.

— L'histoire fait peur ? Je donnerai n'importe quoi pour le lire.

— Puisqu'on est meilleures amies maintenant, je vais t'apprendre. Allez, on descend et on commence, lui dis-je en la prenant par la main.

— On va s'attirer plein d'ennuis.
— Ne t'en fais pas. Tu es avec moi, tout ira bien.

De retour à la case, assises à table, le livre posé entre nous, je proposai à Celeste de lui écrire des lettres sur les pages blanches à la fin pour qu'elle les recopie. Le résultat fut rapide, son écriture était presque aussi belle que celle de Patience.

— Eh, j'ai une idée. Je sortis la lettre de Carter que je gardais toujours dans ma poche. Lisons ça ensemble. C'est le seul amoureux que j'ai eu. Tante Tandy Rose l'a vendu car il ressemblait trop à son papa.

— C'est méchant.

À mon tour de pleurer. Pas de gros sanglots, juste quelques larmes silencieuses.

— Elle avait le cœur dur comme de la pierre à son égard. Il ressemblait tellement à son frère, Wilfred, que ça lui rappelait constamment qu'il avait forcé une de ses esclaves, là-bas à la ferme des betteraves.

— Où est-il maintenant ? s'enquit Celeste la main sur la mienne.

— Carter ? Aux dernières nouvelles, en Alabama. Lisons cela et d'une certaine manière, tu entendras sa voix.

J'étalai la lettre entre nous et suivis les mots du doigt.

« Portland, Alabama
Chère Jemma,
Ici à Portland chaque jour tu me manques, mais j'ai trouvé quelqu'un qui m'a promis de t'apporter cette lettre. Si tu la lis, tu peux m'imaginer à la lueur de ma bougie, les yeux clos, à me souvenir de toi et de Patience. J'espère que toi aussi, tu penses à moi. Je sais que tu ne peux pas me répondre, mais tu es

dans mon cœur tous les jours sauf le mardi quand je conduis les porcs en ville et que je ne peux guère penser à autre chose. Voilà tout ce que je peux t'écrire pour le moment. Adresse tes lettres à Plantation Bailey, West Portland, Alabama. Aux bons soins de R. W. Samuels.
Ton très dévoué,
Carter. »

Celeste eut son plus doux sourire.

— Il t'estime, Jemma, et à coup sûr il manie bien la plume.

— N'est-ce pas ? C'est moi qui lui ai appris.

Je repliai la lettre avec soin.

— Je suis certaine qu'un jour tu trouveras un bon garçon, comme lui.

— Merci, Jemma. Tu sais j'étais sacrément jalouse de toi à mon arrivée ici. Je trouvai que tu avais bien la grosse tête dans cette belle demeure avec de si beaux habits, à parler comme une Blanche. Tu connais même la date de ton anniversaire.

— De beaux habits ?

Je lissai le bas de ma robe en calicot autrefois jaune, usé et pratiquement blanc, les fleurs totalement fanées.

— C'est une vieille robe d'Anne-May que j'ai refaite.

Je ne lui parlai pas de la seule autre que j'avais, en coton vert élimé, rapiécée avec n'importe quel morceau de chiffon vert trouvé dans le fourre-tout d'Anne-May, décolorée à certains endroits à force d'avoir été portée. Je la gardais pour plus tard.

— Quand tu es arrivée, j'étais verte de jalousie à cause de tes fossettes.

— Malgré tous tes airs sophistiqués, tu es gentille, conclut-elle avec un sourire.

— Toi aussi. Prends ce livre pour toi, lui suggérai-je en le faisant glisser sur la table.

— Je peux le garder ?

— Apprends à lire avec et ensuite on t'en trouvera d'autres. Mais attention, on change quand on lit des livres, on réfléchit plus.

— Je peux y écrire mon nom ?

— Je suppose.

Elle prit le crayon et écrivit à l'intérieur de la couverture : « Sukey Celeste Wilson Watson », puis lentement elle recopia l'adresse de la carte : « 8 Brevoort Place, New York. »

Je l'observai, fière de ma première élève.

— Attention ! Cache-le bien. Si Anne-May le trouve, je ne sais pas ce qu'elle fera.

À leur retour de l'église, Charl partit en ville, Ma et Celeste allèrent ramasser des mûres. Elles me proposèrent de les accompagner mais je refusai, je voulais rester avec Delly et aider Harry et Pa qui s'étaient installés près du carré de courges pour construire deux portes afin de remplacer les vieilles couvertures qui nous en tenaient lieu.

Pa ponçait tandis que Harry rabotait le bois avec un morceau de fer, pour le rendre beau et lisse. Une bonne odeur de pin se répandait dans l'air. Pa actionnait un vieux soufflet en cuir sur un brasier où il fabriquait des clous.

Il n'avait jamais l'air plus heureux que dans ces moments-là. Quand il n'était pas aux champs, il faisait de la menuiserie. Il avait par exemple construit la cabane où M. Watson faisait ses expériences scientifiques près du fleuve et des dépendances pour Anne-May. Un homme de Leonardtown l'avait un jour payé vingt dollars pour faire un merlin avec lequel fendre des bûches et affirmé que c'était le plus bel outil en bois qu'il avait jamais vu, avec son long manche en acacia bien poli et brillant.

Pa était sacrément fier du fumoir qu'il avait construit pour Anne-May à l'arrière près de la grange. En fait, les Blancs tuaient plus d'animaux qu'ils n'en mangeaient, alors ils y accrochaient la viande et la fumaient pour éviter qu'elle ne devienne rance. De forme ronde aux murs de briques chaulées et au toit pointu noir, il était un peu plus grand et plus haut que notre case. Je n'y suis allée qu'une fois, un jour où LeBaron l'avait laissé ouvert par mégarde. J'y étais entrée par la petite porte et le brasero empli d'un grand tas de bois de pommiers m'avait donné la chair de poule. Des jambons, dans des sacs en jute, se balançaient au plafond. D'après Pa, on n'y voyait même pas à deux pas, tellement la fumée était dense.

Anne-May donnait du papier à Pa et il lui dessinait des tables, des chaises, tout ce qu'elle imaginait. Pa était un peu plus grand que M. Harry ; quand il avait un marteau à la main, un large sourire lui fendait le visage. Son nom, autre que Pa était Joseph, ce qui lui convenait bien vu que dans la Bible Joseph était charpentier. Il avait aussi un troisième nom, Kofi, son vrai prénom, celui qu'on donne aux garçons nés un vendredi en Afrique. Un secret, connu seulement de nous.

Pa avait également un autre secret ; il fabriquait quelque chose d'autre, pendant la nuit près du feu. Je l'ai vu quand il croyait que je dormais : il rabotait les manches en bois, et les lames luisaient, orangées à la lumière du feu. Je l'ai entendu les cacher sous une latte de plancher du grenier de Sally.

Penchées contre la palissade du nouvel enclos aux cochons, nous regardions Sally leur jeter un seau entier de cacahuètes pour les engraisser encore un peu plus avant de les tuer. Les oreilles frémissantes, ils se mirent à fouiller la boue qui éclaboussait leurs soies noires. Puis Sally passa près de moi et de Delly et en glissa une poignée dans notre poche avant de poursuivre son chemin.

Les cacahuètes n'avaient jamais meilleur goût que lorsque nous prenions le soleil, Delly et moi, à regarder Pa et Harry travailler. De petits copeaux en forme d'arabesques s'envolaient des planches, l'odeur forte du fumier se mêlait agréablement à celle du pin. Mais soudain, LeBaron arriva avec son gros copain Clem et trois autres patrouilleurs qui chevauchaient en direction des cases dans un nuage de poussière, les chiens de Mme Charlene sur les talons. Ils portaient leur tenue excentrique, manteaux à l'envers, mouchoirs noués sur la bouche et ces chapeaux hauts et pointus qu'ils s'étaient fabriqués. Clem avait un sifflet aux lèvres et faisait tout un raffut, tout ça pour nous effrayer.

Ils s'immobilisèrent près de l'enclos et restèrent en selle, des bouteilles d'alcool à demi vides à la main, le jour du Seigneur ! Chester et son cou de poulet était là également, arborant la même étoile en argent de pacotille que lui.

— Inutile de jouer aux imbéciles le jour du Seigneur, commenta Harry, levant les yeux de son travail.

— Les Africains ont facilement la trouille, c'est connu. Faut les maintenir dans cette crainte de Dieu, dit LeBaron en se laissant glisser de son cheval. Et puis on fait la fête. Paraît qu'on a encore écrasé ces salauds de Yankees.

Comme LeBaron se tenait près de moi, je pus examiner l'étoile en fer-blanc épinglée à son tricot, « Patrouille de recherche d'esclaves » gravé au milieu. Quelqu'un l'avait fabriquée avec des soins attentionnés et décorée ici et là de petites torsades et fleurs.

Les chiens vinrent nous renifler, Delly et moi, et nous grogner dessus alors que Chester menait ses acolytes jusqu'à notre case. Ils se mirent à farfouiller dans nos affaires, la mine sérieuse.

Les couteaux de Pa. Je me figeai en les entendant marcher à l'étage dans le grenier de Sally. Je regardai Pa, toujours en train de poncer, quelques gouttes de sueur perlaient à son front.

— Vraiment ? dit Harry qui n'avait pas cessé de raboter.

LeBaron porta la flasque à ses lèvres, vacilla et but.

— Mais oui. Lexington, Missouri, le colonel nordiste James Mulligan s'est rendu. On les a mis en fuite, ça, je vous le dis, monsieur. (Il pointa du doigt Pa.) Et quand nous, les rebelles, on aura gagné, vous les Nègres, plus question de foutre le camp.

— Vous et vos patrouilleurs, vous vous enrôlez ?

— À la guerre ? Non, pas demain la veille. Il faut bien qu'on garde vos petits chouchous à l'œil. Et vous ?

— J'ai l'intention de m'engager dans le 1er régiment d'infanterie du Maryland, s'ils veulent bien de moi.

Pa s'arrêta de sabler et le regarda, de la tristesse dans les yeux.

— Non ? Harry Wilson qui se bat aux côtés des rebelles ! Je vous croyais convaincu par la cause nègre.

Harry ôta son chapeau et se frotta le front.

— Je suis plutôt un partisan de l'émancipation progressive.

— Ah, et ça veut dire quoi ? demanda LeBaron, qui donna un coup de pied dans la terre.

— Je voudrais que les esclaves soient libérés peu à peu, et être sûr que ça soit fait correctement.

— Alors pourquoi vous allez vous battre pour le Sud ?

— On dirait qu'on est de retour à la guerre d'indépendance avec cette invasion de la puissance du Nord. Je ne suis pas pour l'esclavage, mais on ne peut pas du jour au lendemain prendre autant de biens aux gens. Cela ruinera la Louisiane.

LeBaron prit une autre lampée et agita sa flasque sous le nez de Pa.

— Tant que c'est eux qui récoltent le tabac et pas moi.

— De plus, Dieu me protégera. (Harry se remit à son travail.) Je choisis de me battre pour ce que je crois. Et vous, monsieur Caruthers, vous croyez en quoi ? Vous saouler et chevaucher avec ces types ?

— Rien à voir avec moi ou mes gars. Je m'engagerais bien mais je ne peux pas m'en aller et laisser Anne-May avec tous ces Nègres.

Dans la case, Chester et les autres rigolaient et plaisantaient, mettaient tout sens dessus dessous et vidaient les feuilles de maïs de nos matelas.

— Pourquoi ravager leur case ?

— On m'a dit que quelqu'un fabriquait des couteaux.

— Et qui donc aurait le temps de faire ça ? demanda Harry avec un sourire.

— Je voudrais bien le savoir, répliqua LeBaron, fixant Pa.

Celui-ci ne quitta pas des yeux la porte qu'il était en train de poncer. Puis LeBaron se tourna et s'avança vers Delly.

— Alors, il arrive quand ce bébé ? C'est pour bientôt maintenant.

Delly passa la main sur son ventre. Je me rapprochai d'elle jusqu'à ce que nos hanches se touchent

— En quoi ça vous concerne ? Faire les bébés, c'est le travail des femmes, pas votre domaine.

— Tout Peeler est mon domaine, répliqua LeBaron en se rapprochant de Harry, doigt pointé.

Harry cessant son ouvrage se redressa, torse bombé.

— De ce que j'ai vu, les bébés n'arrivent pas à date fixe.

LeBaron fit encore quelques pas, poitrine en avant aussi, de sorte qu'on aurait dit deux coqs dressés sur leurs ergots.

— À votre place, Harry, je serais prudent. Quand sa propriété est concernée, Anne-May me soutient toujours.

La voix de Chester retentit du grenier.

— Eh bien, eh bien, regardez-moi donc ce que j'ai déniché.

On l'entendit dégringoler les escaliers, puis sortir de la case en traînant les pieds, un objet caché dans le dos. Il alla le montrer à LeBaron. Un livre.

Lorsque je vis qu'il n'avait pas trouvé les couteaux, mon corps tout entier se détendit… jusqu'à ce je voie de quel livre il s'agissait.

LeBaron l'arracha des mains de Chester.

— On dirait un des beaux livres de Mme Watson. Il le tint à bout de bras et avec lenteur déchiffra : *La…*

— *La Case de l'oncle Tom*, lut Chester par-dessus son épaule.

— C'est un roman, expliquai-je. Une histoire inventée.

— Voyons, voyons, LeBaron ouvrit le livre et le tourna pour nous montrer les illustrations. Il y a des images. De négros libres et heureux.

Chester balança une pierre dans les bois.

— Une sacrée invention, pour sûr !

LeBaron passa le doigt à l'intérieur de la couverture.

— Et ça écrit ici, c'est quoi ?

Chester regarda de plus près.

— « Sukey Celeste Wilson Watson. »

D'un coup violent, LeBaron referma le livre.

— Bon, maintenant, on sait à qui ça appartient. Cette nouvelle fille, Celeste, elle s'est mise dans de beaux draps à voler un livre comme ça et prendre le nom de famille de Mme Anne-May, en plus.

— C'est moi qui le lui ai donné, ce n'est pas sa faute insistai-je.

Il me regarda les yeux à demi plissés.

— Je ne sais pas ce qu'Anne-May pourrait bien faire si elle l'apprenait, hein, Jemma ?

Quand Harry s'en fut reparti avec LeBaron, Pa se tourna vers moi.

— Tu as mis Celeste en danger, Jemma. Fini les livres maintenant et tu ne la quittes pas d'une semelle les jours à venir. Si LeBaron lui cherche des noises, tu viens me trouver. Même chose pour toi, Delly. On sait très bien pourquoi M. Caruthers s'intéresse tant à la santé de ton bébé. Quand tu sens qu'il arrive, tu appelles à l'aide, faut un signal. L'union fait la force.

Pa entra précipitamment dans la cabane et en revint avec une vieille conserve de haricots, à moitié ouverte. Il alla ramasser des pierres sur le chemin, en remplit la boîte, puis revint vers le feu et passa le tison rougeoyant tout autour du couvercle. Il souffla dessus, puis s'approcha de Delly et le lui tendit.

— Attention, c'est encore très chaud.

— Qu'est-ce que c'est ? lui demanda-t-elle avec son joli sourire.

— Secoue-la.

Elle s'exécuta et les pierres roulèrent dedans.

— Non, dit-il les bras croisés sur la poitrine. Secoue-la *vraiment.*

Elle l'agita de toutes ses forces et fit un tel boucan que la vieille truie se réveilla dans l'enclos avec des grognements.

Riant à gorge déployée, Pa la félicita.

— Voilà, c'est l'idée, ma fille. Et n'hésite pas à l'utiliser. On accourra tous.

Ses yeux s'embuèrent de larmes et elle détourna le regard en direction du fleuve.

— Ça me fait chaud au cœur.

— Une chose est sûre, conclut Pa tout en reprenant son travail, LeBaron Caruthers ne touchera pas à ce bébé, pas tant que je suis en vie.

Un jour que j'aidais Sally à écosser des petits pois, Anne-May vint me trouver. Elle glissa vers moi sur la table un joli carnet en cuir rouge et une liasse de lettres nouées par un ruban rose.

— Prends ce carnet et recopie dedans ces lettres.

Elles venaient toutes du frère de M. Watson, un nordiste, qui racontait une bataille en Virginie où il combattait. Il disait que la situation n'était pas très bonne pour le Nord et donnait tous les détails des forts en construction autour de Washington afin de stopper l'avancée des rebelles sur la capitale. Quand j'eus fini, Anne-May me fit porter le carnet à ce terrible M. Smalls. Ça me fendait le cœur de savoir que le bon M. Watson ignorait que sa femme livrait tous les secrets de son frère à ce serpent si perfide.

Je songeai même à balancer ce livre dans les bois et prétendre qu'il était perdu, mais Anne-May me battrait ou dirait à LeBaron de me faire dévaler la colline dans son tonneau de tabac avec les clous à l'intérieur, ou pire encore. J'envisageai aussi de me frapper la main avec un marteau pour ne plus pouvoir écrire. D'après Harry, certains soldats le faisaient pour ne plus combattre. Mais je me dégonflai, je n'allai pas abîmer ainsi une main parfaitement valide.

LeBaron ne parla pas de *La Case de l'oncle Tom* et garda le secret si longtemps que j'en vins presque à oublier comment il nous tenait.

Un jour, par une chaleur accablante, je partis en direction d'Ambrosia, une boîte en carton pleine de poussins pour Mme Charlene serrée contre mon ventre. Mes pieds nus tapaient sur la terre dure du sentier. Les poussins pépiaient, passant leur bec orangé par les trous d'aération et je respirai à fond l'odeur de la fin de l'été, herbe desséchée et chèvrefeuille. Comme j'avais de la chance d'avoir une sœur et désormais une amie, Celeste. J'espérais que nous pourrions passer un bon moment ensemble toutes les trois après l'église, si Mme Charlene était d'accord.

Même à cette distance de Peeler, j'entendais Ma chanter dans le champ de tabac, entraînant avec elle Delly, Pa, Celeste et Charl dans *Old Virginia Never Tires* avec les paroles qu'elle avait inventées.

Un geai bleu était posé sur un rameau de pacanier,
Il me fit un clin d'œil et moi à lui,
Je ramassai une pierre et le tapai sur la patte
Il dit tu ferais mieux de ne pas recommencer.

Son chant me fit mal aux tripes car elle chantait essentiellement lorsqu'elle était triste. Ce geai était bien sûr Anne-May qui était bien trop bête pour s'en rendre compte. À inventer ces chansons, Ma se sentait un peu mieux, c'était sa façon de résister.

Je sentis le martèlement des sabots sur la terre avant de l'entendre. Je me retournai et, plissant les yeux dans le soleil, je vis LeBaron sur son cheval.

— Je voudrais que tu sois gentille avec moi, Jemma.

Je fis volte-face et me remis à marcher, le nez baissé sur le sentier devant moi.

— Je vais te le demander poliment maintenant, cria-t-il et je veux que tu réfléchisses longuement à ta réponse avant de la donner. Même si je n'ai pas besoin de ta permission.

Je continuai d'avancer, les mains moites sur la boîte en carton.

— Je veux que toi et moi, on se fasse une petite promenade, peut-être qu'on parlera un peu.

Je trébuchai sur une racine et faillis laisser tomber les poussins, mais me redressai à temps.

LeBaron poussa sa jument encore plus près jusqu'à ce qu'elle me souffle quasiment dans le cou. J'entendais les taons qui lui tournaient autour.

— J'attends une petite faveur en retour, Jemma. T'es aussi mauvaise que ta Ma à me manquer de respect. Il s'appuya sur l'encolure de son cheval. Je te lance une invitation et pas de réponse, c'est pas bien.

J'avançai toujours, sans un mot, me disant simplement en moi-même : « Je préférerais marcher sur un serpent que de te toucher. »

— M. Watson ne sera pas là tout le temps pour vous protéger, si c'est ce que tu crois. LeBaron tira sur les rênes pour arrêter sa monture. Je te donne une dernière chance pour changer d'avis.

J'accélérai et j'eus enfin un peu de vent frais sur le visage. Je jetai un coup d'œil en arrière. Il était toujours là, sur son cheval, le visage aussi rouge qu'une écrevisse, mais je poursuivis mon chemin.

— Tu connais le mot regret, Jemma ? cria-t-il dans mon dos. J'espère, parce que je te jure que tu vas le regretter.

10

Anne-May

Peeler, Maryland, septembre 1861

PAR UNE CHAUDE JOURNÉE D'AUTOMNE, Fergus et Harry s'en allèrent à la guerre, Fergus au nord dans son uniforme bleu ciel avec les volontaires du 1er régiment d'infanterie, Harry au Sud pour rejoindre le 1er régiment d'infanterie de l'armée confédérée. Il portait sous le bras le cadeau de Mama, sa veste butternut, un jaune orangé. Nous étions dans un État frontière et donc pas les seuls à voir les membres d'une même famille combattre dans des camps opposés ; et ça ne rendait pas les choses plus faciles. Je mourais d'envie de demander à Fergus de rester aux côtés de mon frère pour le protéger mais au lieu de cela, arrivés à la bifurcation, ils se séparèrent.

Avant leur départ, dans la cuisine, Harry avait embrassé Fergus comme un frère, ce qui avait fait couler une larme, peut-être sincère, à Sally Smith. Harry et Fergus n'avaient jamais été proches, mais on ne pouvait s'empêcher de ressentir de l'émotion à les voir se quitter, sachant qu'ils combattraient dans des camps ennemis.

— J'espère te revoir bien vite, lui dit Fergus.

— Pas trop vite, répondit Harry avec un sourire. Tu es un trop bon tireur.

Harry avait passé la matinée à dire au revoir à ses amis de couleur en bas de la colline plutôt que d'accepter une vraie fête de départ avec ses proches.

Fergus, lui, passa la matinée à me farcir de recommandations. Nous étions assis dans la salle à manger autour de la table étincelante, Sainte Jeanne endormie dessus, cette surface brillante était son lieu de prédilection. Après presque deux mois passés à vivre avec moi, elle me laissait finalement la caresser sans me mordre, ce que je considérais comme une victoire.

Fergus posa brutalement son bloc-notes sur la table. J'avais la migraine à la seule pensée d'une leçon de maths.

— Puisque les investissements faits par Reggie n'ont pas fourni les résultats attendus, je te laisse, j'en ai peur, avec des fonds bien insuffisants. Je t'enverrai ma solde et cela devra nourrir tout le monde. Tu auras la récolte de l'an passé et la nouvelle, sèche au printemps et prête à la vente aux enchères. Mais dès avril, tu vas devoir t'occuper des nouveaux plants.

— Harry et toi serez sûrement de retour avant.

— Fais bien en sorte que Joseph et Zibeline plantent les graines dans la grange quelques semaines après Noël, comme d'habitude. Puis qu'ils les transplantent dans les buttes, et pour les feuilles, les secondes viennent d'abord…

— Mon Dieu, Fergus, ça n'a pas de sens.

— Il m'a fallu une journée pour apprendre tout ça, Anne-May.

— Mais toi tu as été à l'école. Moi, tout ce que j'ai appris, c'est à faire de la couture.

— Fais attention, c'est tout. Souviens-toi qu'il faut désherber soigneusement et que tu dois écimer chaque plant afin que les feuilles prospèrent et vérifie que tout soit vermifugé.

— Fergus, je suis incapable de toucher ces vers.

Je ressentais une douleur lancinante à la tête et cherchai à tâtons ma tabatière. Jemma l'avait-elle mal rangée ?

— Il faut attacher les feuilles aux tuteurs, puis les faire sécher dans la grange. Ensuite les trier, mettre en paquets et les emballer dans les cageots. LeBaron les enverra à New York.

Il déplia une carte sur la table.

— Bon, il faudra planter du maïs dans ces champs. Quant aux cochons, considère-les comme de l'argent déposé à la banque. Vends-en cinq à la fois en cas de besoin urgent ou dis à Joseph d'en tuer un, seulement quand tu…

Pourquoi n'avais-je pas écouté Mama quand elle me disait que la vie sur une plantation était si difficile ? Je regardai le fleuve au loin. *Comme ce serait agréable de se laisser dériver jusqu'à la baie, loin de…*

— Mais tu m'écoutes, au moins, Anne-May ? J'ai laissé les brosses en argent de mon père dans le tiroir du haut, si en dernier recours, tu dois mettre quelque chose en gage. Et ne laisse pas ce chat attaquer mes tortues. Et arrose mes terrariums…

— Tu sais bien, Fergus, que je n'aime pas aller dans ton bureau. Ce lézard...

— C'est un caméléon, Euphemia m'a promis de lui donner des criquets. Juste une tasse d'eau une fois par semaine dans chaque terrarium. Tu peux bien faire ça, non ?

Après le départ de Fergus et Harry, la ferme sembla d'abord fonctionner presque toute seule. Je m'occupai à faire l'inventaire de ma garde-robe, je devais choisir quoi porter au Harvest Ball de Leonardtown et il m'apparut vite évident que je manquais cruellement d'une nouvelle robe.

Chez Smalls and Sons, les vitrines ne proposaient plus la mode la plus élégante ; la guerre ne durait que depuis quelques mois, mais déjà M. Smalls avait du mal à importer les meilleures étoffes et autres articles de couture. Il ne leur restait que sept mètres d'une soie de Chine grise qui coûtait vingt-cinq dollars, et qui, compte tenu de mon maigre budget, finirait vraisemblablement très vite sur le dos de Mme Charlene Tidwell Weed.

Une semaine après le départ des hommes, arriva une lettre de Fergus, son écriture ronde reconnaissable entre mille.

« Ma très chère Anne-May,

J'ai souvent pensé à toi durant notre voyage à Phillipsburg. On m'a confié la charge d'une compagnie. J'ai le rang de capitaine, et mes hommes semblent heureux de suivre mes ordres. L'un d'eux est un ancien camarade de Harvard ; il était dans le même cours de chimie que moi, incroyable, non ? Ma première tâche a été de garder un vieil entrepôt près de la gare où est stocké du matériel très important (crois-le si tu veux, mais ton botaniste de mari doit surveiller une poudrière réelle). Je ne peux t'en dire plus, car mes ordres me sont donnés de façon sporadique, mais crois bien que je t'aime et... »

J'allai trouver Jemma et lui tendis le carnet rouge.

— Recopie-moi cette lettre, juste la partie sur le train.

— Oui, m'dame.

— Et soigne ton écriture. Allez, vite.

Tandis que Jemma recopiait, lente comme une limace, j'allai à la cuisine. Cette pièce, séparée du reste de la maison en cas d'incendie, était très satisfaisante, avec sa vue sur la longue pente herbue qui allait jusqu'au fleuve. Malgré tous ses défauts, cette vieille Tandy Rose savait meubler une cuisine : plans de travail en bois robuste et large évier en porcelaine.

Les seuls éléments qui gâchaient la scène étaient ces pots en fonte disséminés dans la pièce. Celui sur le plan de travail près du poêle contenait au moins une centaine de cuillères en bois, qui dépassaient comme des fleurs décapitées. C'était la collection de la vieille Sally Smith. Fergus lui en rapportait sans cesse de nouvelles dénichées au cours de ses voyages, ornées d'un manche sculpté inhabituel ou faites d'un bois rare. Combien de fois était-il entré ici, une main dans le dos, avant de la tendre et de lui offrir une nouvelle cuillère en bois pour sa collection.

— Oh, m'sieur Watson, c'est vous qui l'avez faite de vos mains ? Quel talent, dis donc !

Et c'est comme ça qu'elle le menait par le bout du nez.

Avec l'une de ces cuillères, Sally Smith touillait une marmite de laquelle s'élevait une volute de fumée, sa peau aussi noire que le poêle en fonte. Si ça se trouve, peut-être était-elle en train de fabriquer l'un de ses vieux remèdes africains qu'elle donnait à Fergus à chaque fois qu'il éternuait, au lieu de préparer un dîner correct.

— Tu as de l'argent, Sally ?

Elle se contenta de poivrer sa mixture.

— J'aimerais que tu m'en prêtes. J'ai besoin d'aller faire des courses, de la farine, du savon...

— Notez-le-moi et j'enverrai Charl en ville.

— Tu sais que je ne peux pas écrire depuis ma blessure, dis-je en me massant le poignet gauche.

Elle me lança un drôle de regard.

— Ah, la semaine dernière, c'était votre main droite.

— Tu sais que je n'écris pas bien, Sally. Ne me regarde pas comme ça. Je sais lire, bon sang ! Je choisis juste de ne pas écrire. L'important c'est que nous avons besoin d'acheter du riz...

— Y a dans l'arrière-cuisine un tonneau de riz en parfait état, même pas entamé.

— Bon, si tu ne m'avais pas si grossièrement interrompue, j'allais aussi te dire que je devais acheter du tissu pour confectionner des manteaux d'hiver pour vous tous.

Sally posa une marmite dans l'évier avec fracas.

— Vous savez pourquoi j'économise.

— Je t'ai déjà *dit* que je ne vendrai pas cette fille pour tout l'or du monde. De plus, elle ne vaut pas la peine qu'on dépense de l'argent pour elle, Sally. Affranchie, elle ne durerait pas plus de cinq minutes. Elle est trop bête.

— Elle sait son alphabet, elle.

Ma tête allait exploser.

— Ton affaire de confitures est illégale, Sally. M. Watson peut fermer les yeux mais moi, si je dis un mot au shérif...

Sally se dandina jusqu'au cellier. Je regardai par la fenêtre en attendant.

— Réponds-moi encore avec insolence et ça me donnera une furieuse envie de te vendre.

La voix assourdie de Sally monta de l'office.

— Si vous le faites, madame Anne-May, M. Watson sera sacrément en colère.

— Il survivra très bien. Ton impertinence passe peut-être avec M. Watson mais, ne l'oublie pas, c'est à moi que tu appartiens. Il est grand temps que tu te souviennes de ta place dans cette maison.

Elle revint les yeux baissés comme il faut, une liasse de billets à la main.

— Je n'ai que vingt-cinq.

— Ça ira pour maintenant, dis-je, en les lui arrachant. Un mot à qui que ce soit et demain, tu es partie.

Euphemia et moi nous rendîmes en ville, j'achetai les sept mètres de soie gris tourterelle et quelques babioles. Jubal Smalls n'était nulle part en vue, il n'y avait que sa domestique Doreen avec ses quatre garçons accrochés à ses basques, comme toujours. Nous allâmes ensuite chez le vieux Dr Gardener ou plutôt chez sa veuve Beulah Bickford Gardener, qui accueillait notre cercle de couture.

Avec son large porche précédé d'un jardin où poussaient ses roses d'automne, les tournesols et digitales, c'était une des plus belles maisons d'Hollywood, ce qui ne voulait pas dire grand-chose. Euphemia et moi entrâmes et prîmes directement notre place autour de la courtepointe « Vol d'oies » qui serait mise aux enchères pour les soldats et que nous avions aux trois quarts achevée.

— Mon neveu Philippe a fini par envoyer une lettre, annonça la veuve Gardener.

— N'est-il pas dans le régiment de mon Fergus ?

— Exact. Il dit qu'ils sont en marche pour la vallée de la Shenandoah.

Mon esprit vagabonda à la mention d'une bataille. Tant que Harry n'y combattait pas, ce n'était pour moi que des noms déroutants. Et pour rendre les choses plus compliquées encore, le Nord et le Sud leur donnaient des noms différents.

Je rêvais du souffle frais d'un éventail, mais la veuve n'avait plus qu'une servante, la vieille Bitty May, totalement infirme. Mme Gardener avait libéré les autres et les avait envoyés au Nord après la mort de son mari qui avait contracté le typhus en allant soigner un des esclaves à Ambrosia.

La vieille Bitty posa une tasse de thé près de moi d'où dépassait un morceau de papier. Je scrutai son visage et ne vis aucun signe de compréhension, juste cet air bête qu'ont tous les Nègres. Je soulevai la tasse et lus : « Mon amour, rejoins-moi à l'office. J. »

Je m'excusai et, sous l'œil attentif d'Euphemia, je quittai la pièce. Dans le garde-manger, je trouvai Jubal, appuyé contre un tonneau de farine, en train de fumer un cigare.

— Vous écoutez aux portes, méchant homme.

— Je livre simplement de la farine à une pauvre vieille femme.

— Qui aurait peut-être reçu de son neveu quelques secrets sur le Nord ?

— Je me suis dit que vous apprécieriez un petit cadeau.

Il glissa une boîte de tabac Golden-Banded Oco dans ma poche.

— Je retire ce que j'ai dit, Jubal, vous n'êtes pas méchant.

Il passa un doigt le long de mon corsage et tira doucement sur un des boutons en jais.

— De bien jolis boutons

— Je les ai trouvés dans un petit magasin de La Nouvelle-Orléans

— Venant d'Angleterre, très vraisemblablement.

Il continua de jouer avec ce bouton, le roulant entre le pouce et l'index.

— Connaissez-vous tout ce qu'il y a à connaître dans ce monde, Jubal ?

Tout à coup le bouton se détacha avec un petit bruit sec, il me le tendit.

— Mille excuses, madame Watson, on dirait que je ne connais pas ma force.

— Je ferais mieux d'y retourner, dis-je en le glissant dans ma poche.

— Vous avez le carnet ?

— Ça se pourrait.

— Allez, dit-il avec un sourire.

— Qu'est-ce que vous en faites de toutes ces informations ? Vous les vendez ? On pend les traîtres, vous savez, et moi, je tiens à mon cou.

— Moi aussi, poursuivit-il en caressant ma gorge, c'est juste entre nous.

Je sortis le carnet de ma poche et le lui tendis.

— J'ai fait recopier ça par mon esclave.

— Sans blague ! Il le fourra dans la poche de son manteau.

— Jemma est stupide, mais elle saura très bien cacher ce carnet. Les Nègres sont passés maîtres en l'art de voler et de garder des secrets.

— Je vous le redonnerai quand j'aurai fini.

— Il n'y a pas beaucoup d'informations sur la guerre. Fergus remplit ses lettres de poésie et de science plus que de faits militaires. Et si vous ne les partagez avec personne, alors pourquoi les voulez-vous ?

Il m'attira soudain tout contre lui, pressa doucement ses lèvres contre les miennes et m'embrassa. Un long et lent baiser. Je le repoussai, ma main contre sa poitrine avant de la glisser sous sa chemise et de caresser sa peau chaude. Il m'embrassa plus passionnément.

Me tenant toujours serrée, il détacha ses lèvres des miennes.

— Votre bouche a le goût du Golden-Banded Oco, délicieux.

Je m'écartai et lissai ma robe, tout mon corps tremblait.

— Vous devriez prévenir M. Smalls.

— Ce ne serait plus aussi drôle, non ? Il y a plus d'informations à glaner, Anne-May. Allez, retournez là-bas et trouvez d'autres choses.

— Peut-être que oui, peut-être que non, m'amusai-je.

La tête me tournait un peu. Je me dépêchai de sortir de l'office, et de reprendre ma place près de Charlene. Elle leva les yeux de son ouvrage.

— Où étais-tu tout ce temps ?

— Au petit coin, je me sentais un peu patraque.

— Ça doit être tout ce tabac que tu prends. Charlene se pencha davantage : tu empestes le tabac et tes mains tremblent.

De l'autre côté de la table, Euphemia me lança un regard noir.

— Et tu as perdu un de tes boutons en jais.

Je lui souris.

— Désolée d'interrompre la conversation, dis-je. On en était où au sujet de la vallée de la Shenandoah ? Dites-moi tout, cet endroit m'a l'air particulièrement fascinant.

11

Jemma

Peeler, Maryland, octobre 1861

QUELQUES MOIS ÉTAIENT PASSÉS depuis que LeBaron m'avait menacée des pires horreurs si je n'étais pas gentille avec lui. L'été laissa la place à l'automne, la vie suivait son cours. Je me persuadai qu'il avait tout oublié. Je n'avais qu'une hâte : assister au conciliabule clandestin organisé par Pa ce soir-là, mais l'après-midi n'en finissait pas. Depuis qu'Anne-May prisait du tabac à longueur de journée et multipliait les visites à M. Smalls, elle était devenue plus difficile que jamais. Elle me chicanait sans cesse et n'arrêtait pas de se plaindre alors que debout derrière sa chaise, je chassais les mouches qui l'importunaient avec un éventail en plumes de paon.

— Mon dos me démange, Jemma. Je voudrais bien savoir pourquoi tu m'as fait couler un bain aussi chaud ce matin ?

C'était pénible bien sûr, mais j'en oubliais presque les terrifiantes menaces de LeBaron.

Je réussis enfin à ce qu'Anne-May s'endorme et filai aussitôt assister à la réunion clandestine. Il faisait très sombre dans la case. Sally, Ma, Pa, Celeste et moi étions assis autour de la petite table en pin qu'il avait fabriquée, à la faible lueur d'une chandelle. Il ne fallait surtout pas que les patrouilleurs voient que nous étions encore debout après l'extinction des feux de neuf heures. La nuit était notre jour à nous, le seul moment où nous disposions d'un peu de liberté.

Toutes sortes d'odeurs se mêlaient dans la case, la délicieuse soupe au gombo de Sally et l'ase fétide qui séchait devant le feu. Pa me prit sur ses genoux comme toujours – même si j'en avais passé l'âge – car j'aimais m'appuyer contre sa poitrine et sentir les battements de son grand cœur.

Ma portait son foulard rose préféré, noué haut sur ses cheveux. Quand Anne-May était arrivée à Peeler de Louisiane où le foulard était obligatoire pour les esclaves, elle l'avait imposé à toutes les femmes. Avant, nous le mettions pour travailler, seulement si nous en avions envie. Nous n'avions désormais le droit de porter des chapeaux que le dimanche. Ma savait qu'Anne-May voulait juste nous rabaisser, mais rien que pour la contrarier, elle le prenait comme un défi et rendait ses foulards les plus attrayants possible avec des nœuds élaborés qui changeaient tous les jours.

Sally Smith, elle, n'en portait jamais. Elle se couvrait la tête de sacs à sucre écrus récupérés en cuisine, adoucis à force de lavages, qui lui donnaient une odeur sucrée bien personnelle.

Le solide petit escalier chaulé menant au grenier, avec une corde lisse suspendue au mur en guise de rampe, me rappela douloureusement M. Harry. C'était lui qui l'avait construit.

Charl descendit les marches. Il portait un vieux manteau de M. Watson, en laine brune de qualité, ajusté par Delly. C'était une habile couturière, malgré son unique main et même si Ma devait lui enfiler les aiguilles.

— Delly a fini par s'endormir, dit-il en s'asseyant à côté de Ma.

— Tant mieux. La pauvre, travailler aux champs, enceinte jusqu'au cou !

— Mon arrière-arrière-grand-mère Fari est arrivée d'Afrique, avec un bébé aussi, ici même sur la pelouse de Peeler, en 1720, à bord de la *Généreuse Jenny*, dit Sally.

Ma lança un coup d'œil à Pa qui disait clairement : « Et voilà qu'elle recommence. »

— Le vieux capitaine Smith, à qui les Peeler ont racheté la maison, l'a échangée contre vingt-neuf draps. Le prix le plus élevé des quatre-vingt-neuf esclaves à bord de ce navire, parce qu'elle venait d'une famille royale.

Ma n'en pouvait plus d'entendre cette histoire, mais moi, je l'aurais écoutée cent fois sans me lasser.

— Elle te ressemblait ?

— Bien plus grande que moi et des cheveux jusqu'ici. Les hommes s'arrêtaient dans la rue pour la regarder passer, sidérés par tant de beauté.

— Avant de commencer, dit Pa qui s'assit un peu plus droit, j'voudrais donner à Jemma un petit quelque chose que je lui ai fait pour la récompenser. Sculpté dans du bois de cerf.

Je me redressai, gonflée de fierté.

— Pour toutes ces semaines à faire la lecture à la maman aveugle du pasteur Kearn, dans la sacristie, pendant que nous autres avions le plaisir d'assister au service. (Il me tendit une croix en os pas plus grande que mon pouce, parfaitement sculptée.) Elle a de la chance que tu lui lises si bien les Évangiles, Jemma.

Ma me sourit et je me tournai pour serrer Pa dans mes bras, me sentant un tout-petit peu coupable parce qu'en fait j'aimais bien passer du temps avec Mme Kearn. J'échappai comme ça à la messe et puis elle demandait à sa servante de me faire une boisson gazeuse à la fraise à chaque fois que je disais que Pierre était mon apôtre préféré. En vrai, c'était Thomas, le seul à avoir le bon sens de ne pas accepter qu'une personne ressuscite sans mener sa petite enquête. Je caressai la croix.

— Merci, Pa.

Il nous en montra une autre, identique.

— Celle-là, je la garde. Ça sera notre lien. Où que nous allions, toi et moi, on l'aura toujours en commun.

Celeste me sourit, visiblement heureuse pour moi.

— Bon, maintenant, quelqu'un a des nouvelles à partager ?

Pa posa la question de son ton formel, acquis dans sa jeunesse lorsque tante Tandy Rose l'avait prêté à un avocat de Leonardtown.

— LeBaron a fini par m'enlever le bloc quand M. Watson l'a disputé, annonça Charl.

Après avoir été humilié devant M. Watson, LeBaron avait forcé Charl à marcher avec un bloc de bois enchaîné à sa cheville pendant des jours. Pire encore, il l'obligeait à porter la chemise de Delly aux champs mais ça, Charl refusait d'en parler.

— J'ai aussi entendu la sœur d'Anne-May dire que les rebelles pensaient envoyer des esclaves se battre pour le Sud, mais ils ont changé d'avis. Et LeBaron se vantait d'une autre défaite pour Lincoln. Un endroit qui s'appelle Ball's Bluff. Beaucoup d'hommes se sont noyés dans une rivière là-bas.

— Rien d'autre ? demanda Pa.

— Eh ben, Anne-May m'a raflé vingt-cinq dollars de ma cagnotte durement gagnés, se plaignit Sally Smith. Un emprunt, qu'elle a dit. Pour nous faire des manteaux. Vraiment ? Et acheter du riz. Non mais quel toupet cette femme !

— Personne ne mange de riz là-haut, dit Ma.

— C'est quoi ces gens qui mangent pas de riz ? Il ne sont pas normaux.

— Ne lui donne pas un sou, la prochaine fois, conseilla Pa.

— Elle m'a menacée de me vendre.

— Toi ? rit Ma. Cache mieux ton argent la prochaine fois.

— J'en ai caché dans chaque boîte du garde-manger. J'ai aussi entendu de jolis ragots.

Je tendis l'oreille. Sally était toujours la mieux informée grâce aux autres cuisinières qui venaient lui acheter ses confitures.

— La vieille Bitty May de la veuve Gardener dit qu'Anne-May a claqué son argent chez Smalls and Sons pour s'acheter de la soie. Vous vous rendez compte ? En pleine guerre en plus. Et, au cercle de couture, Jubal Smalls a envoyé une note à Anne-May pour lui donner rendez-vous dans l'office. Il l'a appelée sa chérie.

— Ils se sont embrassés ? demandai-je.

— Bitty dit qu'ils y sont restés très longtemps.

Celeste dissimula un sourire sous ses doigts.

Ma me jeta un regard inquiet. Tous les jours, Pa et elle devaient faire le travail de six esclaves pour maintenir la plantation à flot et gagner assez d'argent pour qu'aucun d'entre nous ne soit vendu. M. Watson parti, les galipettes coûteuses d'Anne-May avec Jubal étaient une menace pour notre petite famille et Ma n'y pouvait rien.

— Autre chose ? demanda Pa.

— Est-ce que je suis la seule à avoir remarqué ce tournesol attaché à la barrière sur le chemin d'Ambrosia ? demandai-je, les mains jointes sur la table. J'en ai vu d'autres aussi, tout le long du chemin qui mène à l'arbre araignée. Qu'est-ce que ça veut dire ?

— Aucune idée, répondit Ma.

— En Caroline du Nord, d'où je viens, expliqua Charl en serrant son manteau autour de lui, y en a plein, attachés à un arbre ou un poteau, tous les endroits dangereux pour nous.

— Un avertissement ? dit Ma. De la part de qui ?

— N'importe qui, dit-il en haussant les épaules. Surtout d'autres esclaves comme nous, qui savent de qui se méfier. Il y a aussi des Blancs qui en mettent.

— Je dois aller à Leonardtown demain chercher les noix d'Anne-May, dit Pa. Je m'informerai.

— En attendant, poursuivit Ma en nous regardant Celeste et moi, si vous en voyez, ne vous approchez pas.

Pa se pencha et me changea de genou.

— Point suivant : je propose d'aller à Fort Monroe pour nous présenter comme contrebande à l'armée américaine, peut-être au tout début de l'année.

— C'est quoi la contrebande ?

— Tous ceux d'entre nous qui se rendent aux soldats de l'Union sont considérés comme de la contrebande et protégés par l'armée.

— L'an prochain ? demanda Charl. Encore deux mois entiers ?

— LeBaron ne nous cherchera pas pendant les vacances de Noël. J'espère que de là, on pourra aller à New York.

Je vibrai à ces mots : New York. Je croisai le regard de Celeste, ses yeux écarquillés.

— Nous devrions nous battre, dit Charl. Nous mutiner. C'est ce qu'ils ont fait dans les îles.

— Je fabrique des couteaux en cachette, chuchota Pa.

— Des couteaux ? s'écria Charl en faisant tressauter la chandelle d'un coup de poing sur la table. Ils comprennent que la poudre et les boulets.

— Nous ne pouvons pas leur mettre la puce à l'oreille, reprit Pa. Il faut être patients.

— Patients ? Delly va accoucher d'un jour à l'autre. Je ne peux pas être patient. Je ne supporte plus d'être jugé par des Blancs : si tu la fermes, t'es sournois ; tu restes aux champs, t'aimes être un esclave ; tu t'enfuis, c'est que tu es un fainéant ; tu chantes, t'es comme un gosse ; tu fronces les sourcils, t'es insolent. On ne peut pas gagner. Notre seule option, c'est le Canada.

— Plus bas, Charl, avertit Ma. Tu vas réveiller Delly.

— Est-ce que tu peux nous dire c'qui est arrivé à sa…, demanda Sally.

— Main ? dit Charl. Je ne suis pas sûr qu'elle voudrait…

Ma leva les yeux vers l'escalier. Delly se tenait là, dans sa chemise, la main soutenant son ventre, enveloppée dans la courtepointe que Sally avait faite pour le bébé. Elle s'assit sur la deuxième marche et serra le tissu autour de ses épaules.

— Je veux bien vous raconter, mais ce n'est pas une jolie histoire pour de jeunes oreilles.

— Nous ne sommes plus des enfants, répliquai-je.

— Très bien, dit Delly, les yeux baissés sur ses pieds nus. Tout a commencé en Géorgie, à la naissance de mon bébé, le troisième en trois ans.

— Garçon ou fille ? demanda Ma.

— Une fille, sourit Delly. Tout de suite une bonne petite, elle est venue au monde facilement. Déjà à un jour, ça se voyait qu'elle était douce et mignonne avec ses yeux brillants. J'ai essayé de la cacher. Je savais bien que, comme toujours, M. Fisher, le spéculateur viendrait. Il l'emporterait pour la vendre cent dollars. C'est bien ce qui s'est passé. Je lui ai dit qu'elle était morte, mais il a mis toute la case sens dessus dessous. Il a fini par la trouver dans le tiroir où je l'avais mise. Il l'a prise et il est monté sur son cheval, en la tenant sous le bras comme un pain. Je lui ai couru après en l'implorant : « Je vous en prie. Je donnerais ma main gauche pour garder mon enfant. » Il a ri. « J'aimerais bien voir ça qu'il a dit. Ça vaudrait alors peut-être le coup de laisser ce joli bébé ici. »

J'ai couru jusqu'au billot où j'avais bien dû aider deux cents poulets à rencontrer leur créateur, j'ai pris la hache et je me suis coupé la main, net. Je l'ai laissée sur le billot. Vous pourriez dire que je suis folle mais non, j'avais les idées claires. J'aurais fait n'importe quoi pour garder cette petite fille. J'avais la tête qui tournait, mais j'ai couru derrière lui pour le rattraper : « M. Fischer ! » J'ai levé le bras, qui dégoulinait de sang. Il a arrêté son cheval, s'est tourné sur sa selle, m'a regardée en face. Il a incliné son chapeau d'un côté pendant une longue seconde, puis il s'est retourné et a repris son chemin.

On n'entendait plus que les grillons qui chantaient.

— J'ai été recousue par le docteur des animaux en ville et plus personne n'y a fait allusion. Mais je pense tous les jours à elle, ma petite fille qui ne sait pas à quel point je la voulais. Je ne pense pas que je pourrai renoncer à un autre bébé, dit-elle en se levant pour remonter à l'étage. Donc vous me pardonnerez si je fais ce que je dois faire quand M. LeBaron viendra et si je rends celui-là à Jésus.

J'essayai de faire en sorte que les poules pondent davantage pour qu'Anne-May m'envoie à Ambrosia. Comme ça, je pourrais voir Patience. Ça marcha parfaitement. Elle m'ordonna le lendemain de livrer douze œufs frais à Mme Charlene. Sur le chemin, je pensais à LeBaron, qui me poursuivrait sûrement comme il avait si souvent couru après Ma, même si j'étais bien moins belle qu'elle. Ce n'était qu'une question de temps avant qu'il réussisse à me faire toutes les cochonneries qu'il voulait et je veillais à m'enlaidir autant que possible.

J'arrivai à Ambrosia, brûlant de voir Patience, mais la domestique de Mme Charlene, Sybil, une petite maigrichonne que je détestais, aussi noire que moi mais se croyant pourtant la meilleure amie de Mme Charlene, m'accueillit à la porte de service avec la mauvaise nouvelle.

— J'espère que tu ne comptes pas voir Patience. Elle est dans le champ de l'ouest aujourd'hui.

— Très bien, répondis-je en posant mes œufs dans la véranda.

— Je l'ai dit à Mme Charlene, tu sais. Comment que tu vas la voir en cachette à chaque fois. Elle m'a dit que je peux lâcher les chiens quand je veux quand tu es là, à cause de ça.

— Qu'est-ce qui t'a rendu si gentille, Sybil ?

— Tu ferais mieux de filer, répondit-elle avec un sourire amer. C'est l'heure de les nourrir et je ne voudrais pas devoir laisser la porte de leur enclos ouverte.

Sur le chemin du retour, après avoir imaginé dix bonnes façons de me venger de Sybil, je repensai à Delly qui nous avait avoué qu'elle était prête à tuer son propre enfant. Comment pouvait-elle même oser dire ça tout haut ? Ma avait dû penser au petit Toby et comment il était mort.

Quand j'arrivai à l'entrée de Peeler, d'où l'on voyait les dépendances, j'aperçus des masses de fumée grise qui sortaient de la cheminée du fumoir. Ma et Sally se tenaient tout près de la petite maison blanchie à la chaux et tournaient en rond, pliées en deux, se tordant les mains de désespoir.

Ma se précipita vers moi, les larmes aux yeux.

— Jemma, c'est affreux.

— Quoi ?

Je m'avançai vers le fumoir quand Sally me rejoignit.

— Tu ferais mieux de pas regarder, petite.

— Dites-moi, criai-je en courant, suivie par Ma.

— Après le départ de Pa pour Leonardtown, LeBaron est allé voir Anne-May avec un livre que Celeste aurait pris et où elle aurait écrit son nom.

— J'ai tout entendu de la cuisine, poursuivit Sally. LeBaron lui a dit : « Regardez l'adresse qu'elle a écrite dans ce livre. Quelque part à New York. C'est probablement là qu'ils vont tous quand ils s'enfuient. » Anne-May y a jeté un coup d'œil et poussé une colère comme je n'en avais jamais vue. Elle a foncé ici. Elle hurlait et jurait tant qu'elle en bavait de rage. Elle a poussé Celeste dans un coin et s'est mise à la fouetter.

Ma faisait les cent pas, les mains serrées sur sa poitrine.

— Anne-May l'a battue à mort. Ensuite, elle a dit à LeBaron : « Faites ce que vous voudrez à cette sale Négresse voleuse. » Il lui a fait des choses horribles et en plus elle a tout regardé.

— Puis, il a allumé le feu dans le fumoir a dit Sally qui chuchotait maintenant. Celeste savait ce qui allait se passer et elle a essayé de s'enfuir. Mais LeBaron l'a enfermée dedans et lui a encore fait Dieu sait quoi, elle n'arrêtait pas de hurler. Les patrouilleurs de LeBaron attendaient dehors, sur leurs chevaux.

— Il faut qu'on la tire de là, criai-je.

— LeBaron a dit qu'il nous tuerait si nous y mettions les pieds. Il est ivre mort dans sa baraque, la clé accrochée à un anneau au mur.

Ma essaya de me retenir, mais je fonçai vers la baraque de LeBaron, un infâme tas de planches appuyé contre la grange à tabac. LeBaron était endormi sur le matelas en coutil bleu taché de partout, complètement saoul, une bouteille de whisky vide par terre et des assiettes sales dans l'évier. Un rai de lumière fit luire les reflets argentés de la clé suspendue au mur près de lui.

J'ouvris un peu plus grand la porte qui grinça. Je tressaillis, mais LeBaron dormait toujours profondément, bouche ouverte. Je m'avançai lentement. Ça empestait la souris morte et les mouches se régalaient d'un noyau de pêche jeté par terre.

Je soulevai la clé du crochet aussi doucement que possible, puis sortis à toute vitesse sans prendre le temps de refermer la porte pour me précipiter au fumoir. Sally et Ma étaient sur mes talons.

J'enfonçai la clé dans la serrure. Mes doigts tremblaient tellement que je pus à peine la tourner.

Quand j'ouvris la porte, une puissante vague de fumée déferla et nous fit tousser toutes les trois. J'entrai en agitant le bras et cherchai Celeste des yeux. Les bûches luisaient encore, incandescentes. Deux échelles étaient appuyées au mur pour descendre les jambons. Rien sur le sol de terre battue.

Je me tournai vers Ma, soulagée.

— Elle n'est pas là.

Sally et elle entrèrent derrière moi et la cherchèrent à leur tour à travers la fumée.

— Seigneur, qu'a-t-il fait ? s'écria Sally, les yeux levés vers les poutres du plafond.

Je restai figée, Ma à mes côtés, à contempler Celeste suspendue là-haut par une corde autour de la taille, avec les jambons. Elle ne portait plus rien d'autre que ses sous-vêtements confectionnés dans des sacs à sucre, les bras ballants. L'épaisse fumée nous faisait tousser, mais avec l'aide de Ma et Sally, je pris l'échelle. Il me fallut un temps fou pour dénouer la corde. Elle était pendue là, les yeux fermés, la bouche ouverte. Je lui caressai le dos mais elle ne reprit pas connaissance.

— C'est moi, Celeste !

Je réussis enfin à la détacher et à la déposer dans les bras de Ma et Sally qui la ramenèrent à toute vitesse dans notre case. Sa respiration sifflait horriblement et bien que recouverte de tous les édredons, elle était secouée de violents tremblements.

— Les poumons, il n'y a pas plus dur à soigner, soupira Sally. Mais je vais essayer la vigne de Judée pour sa peau.

Je m'approchai du lit et m'assis doucement sur le bord. Celeste frissonnait sans cesse et j'aidai Sally à la recouvrir de feuilles, puis de draps mouillés réduits en lambeaux.

Ma garda le feu allumé aussi longtemps qu'elle put avant de s'assoupir. Je restai auprès de Celeste pour changer les compresses et essorer le sang dans une bassine. Il lui arrivait de reprendre brièvement conscience.

— Jemma, finit-elle par me dire d'un filet de voix pendant la nuit.

— Doucement. Repose-toi.

— Je vais peut-être avoir besoin de vomir.

— J'ai la bassine. (Je repoussai ses cheveux de son front, les caressai. Ils empestaient encore la fumée.) J'aurais dû m'attendre à ce que LeBaron trouve ce livre. Quelle idiote j'ai été de te laisser y écrire quelque chose.

— Mais non. Mon heure est venue, c'est tout. Sûr qu'Anne-May était furieuse. Elle n'arrêtait pas de me demander si j'allais m'enfuir d'ici pour aller à New York. Mais je n'ai pas dit un mot. C'est ça être amies, non ? (Elle se tut un instant.) Et Jemma, à partir de maintenant, je veux que tu évites à tout prix LeBaron.

— Je le fais déjà. Il pue tellement, qui voudrait s'en approcher ?

— Je veux dire : faut que tu ne sois jamais seule, me dit-elle les yeux encore plus tristes.

— Qu'est-ce qu'il t'a fait, Céleste ? lui demandai-je, soudain frigorifiée.

— Je pense que tu sais. Elle détourna le regard. Je ne peux pas dire, c'est trop mal.

Je pris sa main froide dans la mienne.

— Serre ma main s'il t'a fait ses trucs d'homme dans le fumoir.

— C'est trop horrible, je ne veux pas y repenser.

— Je sais. Mais juste pour cette fois, dis-moi, Celeste. Ensuite, nous n'aurons plus à en parler.

Elle baissa les yeux sur sa main et serra la mienne autant qu'elle le put avant de me regarder. Ses yeux se remplirent de larmes et les miens aussi.

— Je suis si désolée, Celeste.

— J'ai résisté du mieux que j'ai pu. Je ne veux juste pas qu'il te fasse la même chose.

Je frottai sa main glacée jusqu'à ce qu'elle se réchauffe.

— Tais-toi maintenant et ne pense qu'à te remettre. Tu ne peux pas m'abandonner sans amie pour lutter contre lui.

Elle se tut une minute.

— Je veux te donner ma carte.

— Je ne peux pas la prendre.

— Elle est là, sous le matelas. Si je m'en vais, tu la garderas. Inutile que LeBaron mette la main dessus.

J'écoutai avec elle le crépitement du feu.

— Ton Pa va me faire un cercueil ?

— Il sera mort et enterré bien avant toi, Celeste.

Elle se tut si longtemps que je pensai qu'elle s'était rendormie.

— J'aurais bien voulu connaître ma date d'anniversaire pour ma pierre au cimetière.

— Eh bien tu sais quoi, je pourrais aller dans la maison et consulter le gros registre d'Anne-May pour y voir ta date de naissance.

— Tu ferais ça ? demanda Celeste en essayant de sourire.

— Pourquoi pas ? J'ai la clé. Anne-May dort.

Celeste réfléchit une seconde ou deux.

— Je t'en serais très reconnaissante.

— Attends-moi ici. Ça risque de me prendre un moment.

Je sortis de la cabane et m'avançai un peu dans l'allée avant de m'arrêter. Je levai les yeux vers les étoiles dispersées dans le ciel et implorai Jésus de veiller sur ma seule amie, elle qui n'avait rien fait de mal, juste écrit son nom.

Après avoir passé un bon moment dehors, je rentrai dans la cabane et me rassis à côté d'elle au bord du lit.

— Bonne nouvelle, Celeste. Tu ne vas pas y croire, mais j'ai vu ta date de naissance écrite dans ce registre.

— T'es sûre que c'était la mienne ?

— Juste à côté de ton nom, noir sur blanc, la ligne en dessous de celle de Delly. Et elle tombe en juin, incroyable non ?

— Juste comme je pensais, dit-elle avec un petit sourire.

— 26 juin 1845, écrit noir sur blanc.

— Un jour heureux, dit-elle en roulant lentement vers moi.

— Tu as seize ans, comme moi.

— J'ai tellement froid, Jemma.

Je soulevai l'édredon et m'étendis contre elle comme nous le faisions toujours Ma et moi. Je me collai doucement à elle pour la réchauffer et m'endormis avec elle, ma meilleure amie.

Celeste fut enterrée à côté de la douce Clementine. Ma, Sally et moi versâmes toutes les larmes de notre corps. Malgré mes efforts pour la réchauffer toute la nuit, au matin, elle était froide. Sally et Ma la soulevèrent du lit et l'enveloppèrent dans une couverture. Pa commença à construire son cercueil dès qu'il rentra, son visage baigné de grosses larmes. Il lui fit aussi une belle croix en bois, sa date de naissance en juin gravée au tison, qu'il plaça près de sa tête. Il prononça quelques mots de la Bible puis, debout, nous chantâmes tous les hymnes appris à l'église.

Sally Smith s'essuya les yeux et regarda la tombe.

— Qu'est-ce qu'on va mettre sur sa croix qu'elle emportera au ciel ? Qu'est-ce qu'elle faisait le mieux ?

Je sortis le crayon de Pa de ma poche et le posai sur la pierre.

— Elle écrivait drôlement bien, même si elle venait tout juste d'apprendre.

Ma y ajouta un petit panier en paille.

— Sûr qu'elle savait remplir un panier de fruits rouges.

Je m'attardai longtemps encore, répugnant à abandonner mon amie en terre et je me demandai si ça servait à quelque chose de prier pour son âme. C'était bien sûr ma faute si Celeste avait été tuée, à cause de cette idée stupide de lui apprendre à écrire son nom, mais Dieu me semblait diaboliquement décidé à nous priver de tout ce que nous avions de bon : le petit Toby, Clementine et Celeste. Je n'avais plus que Delly, Charl et ma famille, Ma, Pa, Sally et Patience.

Quand je racontai à Ma et Sally ce que LeBaron avait fait à Celeste avant sa mort, Ma fut encore plus anéantie. Sally me mit en garde en me prenant le bras.

— LeBaron est le diable incarné, pas micux qu'un cochon en chaleur. Et je prie Jésus qu'il ne te surprenne pas toute seule avant notre départ de ce maudit endroit.

J'avais du mal à ne pas penser à la triste fin de Celeste, d'autant plus que je devais vivre sous le même toit qu'Anne-May, celle-là même qui l'avait tuée et qui faillit me tuer moi aussi, avec la même cravache, le lendemain.

— File à l'office. Trente coups. Ça t'apprendra à avoir appris à écrire à cette fille.

— Oui, madame, mais…

— Trente-cinq pour t'ôter l'envie de répondre. Entre là-dedans et baisse ta robe, tout de suite.

J'allai à l'office et déboutonnai ma robe jusqu'à la taille. J'attendis, les mains appuyées à l'étagère bordée de dentelle en papier, les doigts agrippés au joli tissu rouge dont Sally les recouvrait. Anne-May prit tout son temps. Elle savait bien que l'appréhension de la douleur à venir était presque aussi cuisante que les coups de fouet.

Elle finit par arriver avec sa cravache. Son chat prit la poudre d'escampette quand elle commença à me frapper le dos de toutes ses forces. Ça, ajouté à la douleur d'avoir perdu Celeste, me fit souffrir plus que jamais. Je retins ma respiration et priai pour qu'elle cesse, mais Anne-May redoublait d'énergie.

— Tu aurais aussi bien pu tuer cette fille de tes mains quand tu lui as donné ce crayon. La remplacer me coûtera cent dollars.

Au septième coup, je sentis le sang dégouliner jusqu'à ma ceinture. La tête appuyée contre le rebord de l'étagère, je respirai à fond l'odeur de muscade et de farine et me mordis les lèvres pour ne pas crier, sinon je récolterais juste des coups supplémentaires. J'essayais de me concentrer sur mes bons souvenirs de Celeste : ses fossettes, les histoires qu'elle racontait à propos de ses petits frères, mais le fouet ne cessait de me ramener au moment présent.

Sally fit tout un tintamarre avec ses casseroles, pour manifester sa colère. Puis elle s'arrêta à la porte de l'office. Mes yeux se remplirent de larmes de douleur et de honte, surtout de honte, à l'idée que Sally me voie comme ça.

— Je m'arrête à vingt, finit par dire Anne-May.

Elle prit un torchon pour essuyer sa cravache, puis la bouteille de vinaigre sur l'étagère. L'odeur terrible se répandit dans la pièce quand elle l'ouvrit. Sally savait ce qui venait.

— Madame Anne-May, vous ne trouvez pas qu'elle a assez souffert comme ça ?

— Encore une de tes insolences et la prochaine fois ça sera ton tour.

J'eus beau me préparer, quand le vinaigre gicla sur mon dos, j'en eus le souffle coupé. Comme si je sentais à nouveau chaque coup, mais deux fois plus fort.

Anne-May me tendit la bouteille de vinaigre et le torchon taché de mon sang.

— Maintenant reboutonne-toi. Je suis complètement épuisée. Je vais me reposer, attaque les vitres du salon.

Je pris le torchon et la bouteille, remis ma robe par-dessus les entailles brûlantes, le dos en feu mais la tête haute pour qu'aucune larme ne coule de mes yeux.

Je me rendis dans le salon et versai du vinaigre sur le torchon maculé de sang. Je commençai à essuyer une vitre, vidée, le dos brûlant, puis j'y appuyai le front.

Je me transportais loin de cet endroit, volais au-dessus des arbres, vers le nord, vers New York, et ce grand parc à l'herbe fraîche si verte que je pouvais la sentir, puis ce musée avec le phoque, ces rues bondées où je pourrais me perdre. M'enfuir d'ici, ne serait-ce qu'une minute, me fit du bien.

Puis tout à coup, je sentis quelque chose, levant la tête, je vis Ma de l'autre côté de la fenêtre, debout dans la véranda. Elle était venue des champs, presser sa main contre la mienne, juste séparées par un carreau de verre. Ses yeux étaient aussi pleins que les miens et elle hocha juste la tête, avec cette expression qui disait : « Moi aussi Celeste me manque et ce que Mme Anne-May vient de te faire est un péché et je t'ai dans mon cœur et nous partirons d'ici même si je dois y laisser mon dernier souffle », parce qu'elle était capable de dire tout ça d'un seul regard.

Ma s'éloigna, mais je laissai la main contre la vitre le temps de la regarder retourner tout là-bas dans les champs. Quand je repris mon travail, je me tenais un peu plus droite, sûre que nous partirions d'ici.

À la première occasion qui se présenterait.

Le lendemain, Anne-May vint me voir pendant que je lavais le sol de l'entrée. Le dos me brûlait plus que jamais. Elle se pencha, sortit son carnet rouge de sa poche.

— J'ai une lettre qu'il faut que tu recopies ici, chuchota-t-elle.

Je pouvais à peine la regarder tant je la haïssais. La dernière chose que je voulais était d'écrire dans ce carnet mais elle demanderait sans doute à LeBaron de me mettre dans le fumoir, moi aussi, si je refusais. À quoi ça servirait ? LeBaron. Comment Dieu avait-il pu assembler un tel ramassis de méchanceté ? Comment l'avait-il laissé faire ça à Celeste, la plus gentille fille qui ait jamais existé, incapable de se fâcher avec qui que ce soit ? La triste vérité était que nous ne pouvions pas compter sur Dieu pour nous protéger, pas un d'entre nous.

Mes yeux se remplissaient de larmes tandis qu'assise par terre dans la pénombre de l'office, en évitant surtout d'appuyer le dos contre le mur, je recopiai un autre long récit dans ce carnet, tiré mot pour mot de la lettre de M. Watson.

« Ma très chère Anne-May,

Toujours à garder les chemins de fer, ici, à Annapolis. Une rumeur circule parmi les hommes, nous allons bientôt partir pour Winchester, Virginie. Aussi fier que je sois de ma dextérité avec tout ce qui vit et se cultive, reconnue de tous, mon commandant croit en ma capacité à réussir à faire exploser des choses et m'a confié, à moi seul, la responsabilité d'un pont qui doit être défendu à tout prix pour contraindre les rebelles à faire un grand détour... »

Mon dos me brûlait tellement que j'avais du mal à me concentrer sur les lettres et j'écrivais aussi lentement que possible pour bien les former. Je me torturais en pensant à Celeste, c'était moi qui lui avais appris à écrire et donc moi qui l'avais tuée, ma seule véritable amie.

Cet après-midi-là, Anne-May m'envoya à Hollywood apporter le carnet à Jubal Smalls. Il faisait vraiment chaud pour un mois d'octobre et, à chaque pas, la sueur qui ruisselait dans mon dos ravivait les entailles du fouet malgré le cataplasme de Sally Smith. M. Watson et Harry partis, je passais mon temps à me tourmenter : pour Pa qui cachait des couteaux, pour l'arrivée du bébé. Je faisais des cauchemars où je me voyais pendue aux longues branches du sycomore, pour trahison à cause de ce carnet.

J'atteignis la véranda de Smalls and Sons morte de soif. Une veste d'homme élégante et quelques fusils trônaient dans la vitrine. Les trois enfants Smalls, qui n'avaient rien de petits contrairement à leur nom de famille, gros et roses comme des cochons, y jouaient aux osselets. Celui qui était presque aussi grand que moi cracha à mes pieds quand je passai.

— Foutus Nègres. Faudrait quand même qu'ils savent se comporter devant ceux qui leur sont supérieurs.

— Sachent, dis-je.

— Qu'est-ce que t'as dit ?

— Sachent, pas savent.

La domestique de M. Smalls, Doreen, vint à la porte, suivie de deux de ses quatre petits. M. Smalls faisait trimer ses esclaves et même les enfants devaient travailler.

— C'est l'heure de venir faire vos devoirs, cria-t-elle aux enfants Smalls.

Ils se levèrent en donnant des coups de pied pour m'envoyer de la poussière dans la figure.

Doreen sortit sur la véranda et me sourit.

— T'es ici pour voir M. Smalls ?

J'acquiesçai. C'était une amie de Ma donc je savais que je pouvais lui parler ouvertement.

— Mme Anne-May m'a envoyée.

— Méfie-toi de lui, tu m'entends ? me chuchota-t-elle à l'oreille. Et je sais que t'aimes la limonade. Terrence va t'en apporter.

Doreen rentra dans la maison et peu après, mon préféré de ses fils sortit avec un verre, glacé à voir les gouttelettes dessus, qui ressemblaient à de la sueur. Terrence avait deux ans de moins que moi, c'était un garçon gentil, mûr pour son âge.

— Tiens, Jemma. Juste comme tu l'aimes.

Je n'avais jamais vu une limonade aussi parfaite, bien jaune. J'eus l'eau à la bouche rien que de la regarder.

— C'est moi qui l'ai faite. J'ai appris à Ma comment retirer les pépins avec un nouveau presse-citron que j'ai fabriqué.

— Tu es mon chouchou, Terrence.

Il m'adressa un sourire timide et murmura derrière sa main :

— C'est parce que je te file des bandes de réglisse que je pique dans la vitrine de bonbons.

J'allais boire la limonade quand M. Smalls apparut à la porte et chassa Terrence d'un geste.

— Jemma, c'est toi ?

Il sortit et me prit le verre.

— Eh bien, merci ! dit-il.

Je serrai les dents et le regardai boire ma parfaite limonade d'un trait. Il posa le verre vide sur une marche de la véranda.

— Tu veux entrer ?

— Non, m'sieur.

— Tu prends du tabac à priser ?

Je secouai la tête.

La plupart des gens trouveraient M. Smalls bel homme, avec son ton enjôleur et son accent du Sud. Moi, il me donnait la chair de poule. Il avait quelque chose qui me rappelait un serpent que j'avais vu une fois attraper un bébé lapin, le serrer dans ses anneaux et lui lécher lentement la tête, avec délectation, avant de se déboîter la mâchoire pour avaler la pauvre petite bête en une bouchée.

— Tu m'as apporté le carnet ? me chuchota-t-il.

Je le lui tendis, les yeux baissés.

Il le souleva d'une main.

— Qu'est-ce que tu penses de tout ce qu'il y a là-dedans ?

Je ne répondis pas.

— Anne-May est gentille avec toi, Jemma ?

Quel esclave aurait la bêtise de répondre sincèrement ?

Je donnai un coup de pied dans la poussière avant de hocher la tête.

— Oui, m'sieur.

— Tu connais le mot « loyal », Jemma ?

J'acquiesçai.

— Les gens qui ne sont pas loyaux s'attirent des ennuis. Tu comprends ? Comme ton amie ? J'ai entendu dire qu'elle ne s'est pas laissé faire.

Je reculai d'un pas. Comment en savait-il autant ? Il se rapprocha encore.

— J'ai un secret pour toi.

Je ne bougeai pas.

— Tu connais LeBaron Caruthers ?

J'acquiesçai encore.

— Il te trouve drôlement mignonne.

Je regardai autour de moi pour voir si quelqu'un écoutait.

Il s'accroupit devant moi.

— Je lui ai loué du terrain. Un hectare de la ferme du vieux M. Burns que je viens d'acheter, sur la route d'Ambrosia. Je lui ai vendu le bois qu'il utilise pour se construire sa nouvelle petite maison. Un si joli coin, bien tranquille.

Je commençai à m'éloigner pour rentrer.

— Donc pas un mot, compris ? Ou sinon, je ferai tout pour lui faciliter la vie et qu'il puisse amener une jolie jeune fille chez lui.

Sans m'arrêter, je jetai un rapide coup d'œil derrière moi. Il me suivait du regard, debout, et souriait comme un serpent.

— Parce que c'est là que finissent les filles déloyales, Jemma.

12

Georgy

Washington, D. C., décembre 1861

Un matin tôt, on frappa à la porte d'Ebbitt House. C'était M. Olmsted accompagné de son aide de camp, M. Knapp, un homme modeste qui, nous l'apprîmes par la suite, était son second auprès de la flotte.

— Bonjour, mesdames. Veuillez excuser ma hâte – je dispose de peu de temps –, mais je voudrais vous offrir à toutes les deux une position dans notre compagnie, à bord du navire-hôpital *Wilson Small.*

J'osai à peine échanger un rapide coup d'œil avec Eliza.

— Oui, monsieur Olmsted. Ce serait un grand honneur.

— Un des bateaux qui remontent à New York ? demanda Eliza.

— Non, vous serez chargées du transfert des blessés sur les bateaux qui les amèneront dans le nord mais vous, vous resterez ici, sur votre navire de base le *Daniel Webster 1.*

Je sortis un petit carnet et un crayon de ma poche.

— Quelles seront nos responsabilités ?

— Dans un premier temps et ce jusqu'à Noël, il vous faudra vous assurer que le *Wilson Small* est fin prêt : remplir les réserves, préparer le linge, faire les lits des patients. À votre retour, après les fêtes, vous seconderez les chirurgiens, trouverez un moyen d'empêcher les vols de vin, d'alcool et autres objets de valeur. Vous veillerez au confort de vos patients et serez, en règle générale, toujours disponibles pour le Dr Robert Ware et ses collègues. Vos quartiers ne seront ni élégants ni spacieux.

— Compris, monsieur, dis-je, tout bien noté.

— Et ces positions ne sont pas dénuées de risque grave. C'est une chose de lire des nouvelles de la guerre dans le journal, une autre d'aller se mettre dans l'œil du cyclone.

Je saisis la main froide d'Eliza.

— Et quand devons-nous nous présenter, monsieur Olmsted ?

— Immédiatement ? demanda-t-il après un rapide coup d'œil à M. Knapp.

— Bien sûr.

Dès le départ de M. Olmsted et M. Knapp, il ne nous resta qu'à prendre nos sacs de voyage et à y fourrer nos affaires en vrac, nos sous-vêtements mélangés avec nos robes et nos capes. Fini le temps des bagages bien ordonnés. Nous embarquions pour l'œil du cyclone.

Le capitaine du *Wissahickon* accepta de nous prendre à bord pour rejoindre notre navire. Le remorqueur descendit le Potomac en soufflant. Debout sur le pont, le vent froid nous fouettant le visage, nous regardions défiler à perte de vue les champs de tabac des plantations qui longeaient le fleuve. Les légions d'esclaves pliés en deux dans les champs, même en ce mois de décembre glacial, nous rappelaient avec acuité la justesse de notre combat pour mettre fin à ces pratiques.

Tout semblait paisible sous le pont du *Wilson Small*, des lits au carré, les sons d'un service rondement mené, des murmures lugubres et quelques gémissements. Mais je sentais le changement dans l'air.

Ce calme ne durerait pas longtemps.

La veille de Noël, il y eut une pause dans la guerre qui nous permit de retourner passer quelques jours dans notre petit appartement au rez-de-chaussée d'Ebbitt House. Les piles de fournitures que nous avions quémandées pour l'hôpital s'entassaient dans les coins. J'installai sur une planche de récupération posée sur deux tréteaux, une cuisine digne de l'hôtel de Vendôme à Paris, pourvue d'une théière et d'une cafetière ainsi que d'un réchaud piqué dans les réserves de la Commission sanitaire et d'un vieux grille-pain trouvé à côté des poubelles de notre résidence.

Moritz rendait visite à des amis à Baltimore et Joe, retenu par la campagne militaire, ne pouvait pas quitter Camp Franklin en Virginie. Ce fut donc seulement vêtues de nos robes d'intérieur, un châle sur les épaules, que nous préparâmes notre repas de Noël. C'était dur de savoir Joe si proche, à Alexandrie, sans pouvoir lui rendre visite, mais au moins nous étions toutes les deux. À genoux devant notre table improvisée – deux caisses recouvertes d'une nappe –, Eliza me passa un par un les délices soigneusement nichés dans des copeaux de bois envoyés par Mère : du pain aux dattes enveloppé de papier paraffiné, un petit pot de confiture d'orange recouvert d'un morceau de calicot découpé aux ciseaux crantés et un sac en toile de jute rempli de café.

— Buvons à notre réussite. Nous sommes parvenues à embarquer sur un navire-hôpital ! dis-je en levant notre verre de porto servi dans un pot à confiture.

— Quel banquet, s'exclama Eliza en déballant une boîte de sardines. Bien trop pour nous deux, Georgy.

— Est-ce que nous ne méritons pas de nous faire un peu plaisir pour Noël ?

On frappa à la porte et Eliza se précipita pour ouvrir.

— Si c'est le réceptionniste avec encore un autre paquet...

Mais c'était son mari. Elle lui prit les mains avant de se jeter dans ses bras.

— Oh, Joe. Tu as fini par venir.

On ne pouvait voir Joseph Howland sans être frappé par son air de noblesse et tous les Woolsey rayonnaient de fierté devant le si beau couple qu'ils formaient.

Physiquement, il n'était ni robuste ni large d'épaules, et ne semblait pas fait pour le métier de soldat. Mais l'éducation qu'il avait reçue des meilleurs maîtres avait renforcé sa constitution et développé un esprit d'une grande intelligence. Ses cheveux d'un blond de miel, ses yeux bleus limpides et son beau visage chaleureux avaient contribué à le faire aimer de tous. Le 16e régiment de New York l'idolâtrait.

— Je savais depuis des jours, mais je voulais garder la surprise. (Il tendit à Eliza un paquet enveloppé dans un linge qui embauma aussitôt la pièce de gingembre.) Je suis désolé, mais je n'apporte pas de cadeaux, juste ces gâteaux typiques d'Alexandria.

Eliza défit le linge et découvrit du pain d'épice grossièrement découpé en forme de deux chevaux caracolant aux oreilles disproportionnées.

— Oh, Joe. Mère a gardé de merveilleux souvenirs d'enfance de ces gâteaux.

Joe entra dans la pièce.

— Et je vous apporte aussi les bons vœux et la ferveur des hommes du 16ᵉ, et de Old Scott, bien sûr.

— Tu as parcouru tout ce chemin à cheval ? demanda Eliza. Il me semble parfois que tu aimes cet animal encore plus que nous.

Je me précipitai pour prendre le chapeau de Joe.

— Tu ne pouvais pas nous faire de plus beau cadeau que ta présence. Et tu arrives juste à temps pour le festin. Café ou porto ?

— Café, s'il te plaît. Joe s'agenouilla avec nous devant notre petite table. Désolé de ne pouvoir vous offrir un repas plus élégant.

Eliza plaça devant Joe l'une des tasses en porcelaine qu'elle avait fait envoyer de Tioronda et lui versa du café.

— C'est tout ce que nous désirions, n'est-ce pas Georgy ? Mère nous a envoyé ce petit banquet de Noël.

— Je suis juste ravi d'échapper au mauvais café et aux flageolets !

— Nous sommes quand même bien loin de notre Noël en Italie, remarqua Eliza. Quel beau voyage !

C'est en silence que nous revint le souvenir de ce souper tardif avec les amis de Mère, au domaine de Malabaila di Canale, les Alpes en toile de fond, les tables ployant sous les chapons et les poissons farcis, le délicieux panettone et les bouteilles de barolo sorties sans compter des vieilles caves. Puis, Joe avait demandé Eliza en mariage, debout sous la neige qui commençait tout juste à tomber, et j'avais promis de garder le secret.

— Tu te souviens quand Eliza s'est foulé la cheville et que les *carabinieri* ont dû la porter jusqu'à la maison ?

Joe découpait une sardine avec un couteau et une fourchette.

— Impossible de s'en débarrasser une fois que tu as ouvert la bouteille de porto et que tu t'es mise à chanter, Georgy. Pas vraiment les policiers les plus zélés. Ils auraient tous été ravis de pouvoir t'enlever ce soir-là.

Je tendis l'assiette avec le pain de dattes à Joe.

— Peux-tu nous dire ce qui se prépare sur le front ?

— J'ai reçu des ordres scellés sous pli, Georgy, et je ne te dirais rien même si je le pouvais. Tu le découvriras bien assez tôt sur les navires-hôpitaux.

— Les frères Winthrop racontaient tous leurs faits de guerre dans leurs lettres.

— Écrire aux siens est différent, Eliza. La lettre est à l'abri, entre les mains d'un être aimé.

— Le général McClellan a ses raisons de vous garder en Virginie, au bord du fleuve, dis-je.

— Tu veux bien me passer le beurre, répondit Joe.

— Camp Franklin est l'endroit idéal pour attendre et se préparer à attaquer Richmond. On ne pourrait pas infliger de pire coup aux Confédérés que leur prendre leur capitale, non ? Ça mettrait tout de suite un terme à la guerre.

— Tu ferais un bien meilleur général que McClellan, Georgy, dit Joe en souriant.

— C'est en substance ce qu'a dit M. Olmsted, ajouta Eliza en se reversant du porto. Je le cite : « Georgy, si on lui en donnait l'ordre, prendrait le contrôle de toute la flotte, l'armerait et l'approvisionnerait avant de lancer ses hommes contre l'ennemi bien mieux que n'importe quel marin d'eau douce de ma connaissance. »

— Il me faut faire des progrès en géographie si je suis sur le point de devenir général.

— Eh bien, je t'explique en deux mots, dit Joe, en tendant sa main. Si tu penses à la péninsule comme à une grosse moufle verte entourée d'eau, le haut vers le Sud, Richmond leur capitale juste à côté, à l'ouest… Si le général McClellan décidait d'attaquer en faisant remonter les deux fleuves par ses troupes et qu'il y avait des blessés, les navires de la Commission sanitaire devraient les acheminer jusqu'à la mer et les hôpitaux du Nord, puis revenir. Tu peux voir à quel point ce serait dangereux et pourquoi Olmsted ne voulait pas vous embarquer sur ces bateaux.

Eliza tendit une serviette à son mari.

— Pour nous, le 16e est notre régiment, Joe. Nous voulons être le plus près possible et soigner les blessés.

— Vous ne vous rendez absolument pas compte de ce qui se passera sur ces bateaux, toutes les deux. Vous avez soigné des cas de rougeole et de malaria, du travail important, certes, mais rien à côté d'un navire-hôpital. Je préférerais vous savoir en sécurité à New York, mais je dois faire confiance au bon M. Olmsted et croire qu'il fera tout pour vous protéger. En attendant, je vais vous dire le peu que je sais.

— Ne nous embobine pas, Joe.

— Comme toi avec le pauvre Frank Bacon ? Il t'inonde de compliments et de présents et tu daignes à peine sourire à ses plaisanteries.

— Je ne suis pas sûre que nous soyons compatibles.

— Eh bien, répliqua Joe qui s'installa plus confortablement, il a risqué sa vie pour notre pays et il vient demain à Washington avec l'intention de te rendre visite. Fais preuve de gentillesse, le jour de Noël, avec un homme si dévoué à l'armée américaine.

— Bien sûr, je serai des plus aimables, Joe. C'est un ami cher.

Eliza me versa du thé et la vapeur fit friser les boucles sur son front.

— Il se pourrait qu'il mette un genou à terre cette fois, Georgy.

— J'espère bien que non. Le mariage est une telle entrave. En plus, Frank ne me considère vraiment pas comme une égale. Il lui arrive parfois de ne pas écouter un mot de ce que je lui dis.

— Dans ce cas, libère-le, Georgy, répondit Joe. Il t'adore et je souffre de voir un ami fidèle traité à la légère.

À son arrivée le jour de Noël, Frank Bacon nous annonça qu'il voulait se rendre aux baraquements de « F » Street, pour voir ce qu'on appelait la « contrebande », les esclaves fugitifs venus y chercher protection. Ce n'était pas sa première visite en tant que médecin et il nous décrivit leurs multiples besoins physiques et psychologiques.

Comblées par le colis d'Abby et Mère qui était rempli de couvre-lits moelleux, de mouchoirs neufs, de bonbons à la menthe enveloppés dans du papier paraffiné et de petits coussins en coutil à rayures bleues faits par Carry, il nous sembla dans l'esprit des fêtes de partager notre bonne fortune avec les résidents de ce camp.

Les baraques grises et basses n'étaient pas loin d'Ebbitt House et j'y accompagnai Frank après la messe de Noël. Une majorité de femmes et d'enfants ainsi que quelques hommes plus âgés étaient assis sur leurs lits ou rassemblés près du feu. Je passai avec Frank d'une personne à l'autre, proposant des soins médicaux. Difficile d'examiner ces gens, arrivés jusqu'ici, patients et pleins d'espoir, sans se demander si le président Lincoln ne leur rendait pas un très mauvais service en les envoyant livrer leur propre combat sans protection.

— Georgy, est-ce que tu as une épingle de nourrice ? me demanda Frank, à genoux devant un enfant dont il bandait le pied.

J'en sortis une de ma poche et la lui tendis.

— Je me pose des questions, Frank. Nous pouvons soigner leurs maux mais après, quel avenir pour eux ? Ces mères, ici, avec leurs enfants, comment vont-elles assurer le quotidien ?

— Va me chercher de la teinture d'iode, Georgy.

Je lui passai le flacon.

— Tu as entendu ce que je te demandais, Frank ? Et si nous leur enseignions les soins de base ?

— Le gouvernement s'occupe d'eux.

— Ce n'est pas ainsi que je conçois la liberté.

— La plupart de ces femmes ne savent pas lire.

— Ça peut se régler. Qu'en penses-tu ?

— Tiens ça, m'ordonna-t-il en me tendant une bassine sans lever les yeux.

Un jeune homme de couleur s'approcha de nous, habillé comme un gentleman, d'une veste en laine peignée grise et d'une cravate à motif cachemire.

— Je me présente, je m'appelle Nathan. Je souhaitais vous proposer mon aide.

Frank le regarda avec attention, puis lui tendit la main.

— Enchanté, Nathan. Votre aide sera la bienvenue.

J'étais fascinée par les beaux yeux de Nathan. Ourlés de cils noirs. Ils étaient d'un vert-bleu vif, la couleur d'une mer en colère.

— J'habitais chez un médecin dans le Sud, dans le comté de Saint Mary. J'ai été affranchi après sa mort et j'ai décidé de venir soigner ces gens qui en ont tant besoin.

— Voilà qui est tout à votre honneur. Cet enfant a une blessure infectée au pied, expliqua-t-il à Nathan qui s'était agenouillé devant le garçon.

— Teinture d'iode ?

— Oui. Mais les bandes qu'on a envoyées ici sont…

— Trop larges, monsieur, effectivement. Je vais les couper pendant que vous mettez la teinture.

Ils travaillèrent tous les deux en silence.

— Excusez-moi, docteur, demanda Nathan. L'étiquette sur votre sacoche dit « Nanterre, France ». Vous y êtes allé ? Le médecin pour qui je travaillais dans le Maryland m'a dit qu'on y avait fait de sérieux progrès médicaux.

— Oui, j'y suis allé et j'ai bien l'intention d'y retourner dès que cette guerre sera terminée. Les Français ont des années d'avance sur nous.

Frank et Nathan firent le tour de la pièce. Ils s'arrêtaient ici et là pour interroger les patients potentiels et je les suivais, leur passant les bandes et les bassines quand ils me les demandaient. Un homme se présenta avec une dent en mauvais état, le visage crispé de douleur.

Frank appuya l'abaisse-langue dans la bouche ouverte du malheureux.

— Il faut l'arracher.

— On pourrait peut-être essayer de la poudre d'alun ? suggérai-je.

— La carie est très profonde, dit Nathan après avoir lui aussi regardé la dent.

— Le Dr Blackwell nous a enseigné que la poudre d'alun peut non seulement réduire la douleur considérablement, mais aussi arrêter le processus de décomposition. C'est une action à court terme digne de considération, non ?

Frank poursuivit sans me répondre et se pencha pour étudier le patient suivant, en discutant avec Nathan.

Après deux heures passées à bander, inciser et prescrire du bouillon de bœuf, cuisiné par mes soins, nous terminions la visite tandis que les habitants du baraquement se préparaient pour la nuit.

— Que diriez-vous d'une position rémunérée, Nathan ? demanda Frank. Comme mon assistant.

— J'en serais ravi, monsieur.

— Cela sera parfois dangereux. Je me trouve souvent sur le front.

— C'est entendu, monsieur.

— Je pars bientôt pour Fort Monroe. En attendant, nous trouverons un médecin pour vous remplacer ici. Ça vous convient ?

— Tout à fait, monsieur.

— Bienvenue dans l'armée américaine, Nathan, lui dit Frank en lui serrant la main.

Les enfants dormaient, la tête dans le giron de leurs mères, quand nous unîmes tous nos voix pour entonner doucement *Allez le dire sur la montagne.* L'hymne emplit doucement la pièce.

Le jour du Nouvel An, juste avant de repartir pour Fort Monroe, Frank Bacon me raccompagna à Ebbitt House. Il se tut, soudain plus raide encore que d'habitude.

— C'est bien que Nathan ait accepté de partir avec toi, dis-je pour meubler le silence.

— Ce sera une bénédiction. Je manque tout le temps d'aide là-bas. Envisagerais-tu, un jour, de te joindre à nous ? Une tente de l'armée américaine n'a rien à voir avec Ebbitt House, mais nous avons nos petits réconforts.

— Quelle offre généreuse, Frank, mais premièrement j'ai une nouvelle mission à bord d'un navire-hôpital. Deuxièmement, tout Washington serait horrifié d'une situation aussi inconvenante. Selon les lois sociales les plus strictes, nous ne devrions même pas nous promener ainsi, non accompagnés.

— Il y a un moyen d'y remédier.

— Frank…

— Je pense que tu te doutes de ce dont je voudrais discuter avec toi.

— Encore, Frank ?

— Cette fois-ci, j'ai pris la liberté de consulter ta mère et ton oncle Edward. Ils m'ont donné leur bénédiction. Quand j'en ai parlé à ma mère, elle a pratiquement bondi jusqu'à son coffre pour me donner la bague de sa mère. Il tapota la poche de sa veste.

— Pas le rubis.

— Ils ressentent la même chose que moi, Georgy. Comme je te l'ai déjà dit, je t'aime depuis notre enfance. Mère a laissé entendre qu'elle aimerait un mariage à New Haven et une réception chez nous. J'espère que tes sentiments ont changé envers moi. Sinon, je te promets de ne plus jamais aborder ce sujet.

— Je me suis toujours imaginée me marier à Brevoort Place.

— Père préférerait que la cérémonie ait lieu dans son église.

Nous étions presque arrivés à l'hôtel quand je m'arrêtai et me retournai.

— Frank, tu sais que j'ai beaucoup d'affection pour toi, mais je veux plus que tout un vrai partenariat, d'égal à égal.

— Je te considère comme mon égale à bien des égards.

— Mais tu ne me le montres pas. Je dis Brevoort Place et tu m'imposes New Haven. Rien que la semaine dernière, tu as ignoré ma proposition de former ces anciennes esclaves aux soins de base.

Il chassa l'idée d'un geste.

— Des broutilles.

— Tu as aussi ignoré mon idée pour la dent cariée. Nathan et toi avez adopté une ligne de conduite commune sans même prendre en considération mon expérience ou mon opinion.

— Mais nous connaissons la médecine, Georgy.

— Et moi, non ? L'enseignement d'Elizabeth Blackwell fait de moi une interlocutrice valable. Est-ce que je ne mérite pas d'être écoutée à l'égal de Nathan ? Je veux une relation comme celle de mes parents. Ils se consultaient sur tout.

— Mais c'est aux hommes de prendre l'initiative dans la plupart des choses.

— Je préfère ne jamais me marier que d'être rabaissée chaque jour.

— Donc, je te rabaisse ?

— Tu ne comprends pas. Je suis prise au piège d'une situation difficile. Ma mère a tenu à me donner une excellente éducation, mais sans m'offrir d'autre exutoire que les bonnes œuvres ou élever des enfants, c'est à moi de découvrir où exercer mes qualités. Je pense l'avoir trouvé dans mon travail d'infirmière.

— Tu désires sûrement avoir des enfants comme toutes les femmes ?

— Je ne sais pas, Frank. J'aimerais ressembler davantage à Mary, qui se satisfait de son allégeance à son mari et d'enfanter tous les ans, mais moi, j'aime ma vie vagabonde. Je ne suis peut-être pas faite pour le mariage.

— Donc tu choisirais le célibat ?

— Je veux vivre différemment : voyager librement une fois la guerre finie, explorer des destinations lointaines, comme le Pérou et l'Afrique, ouvrir une école d'infirmières où les femmes apprendront à bien s'occuper des patients, m'épanouir dans ma propre carrière, faire les choses à ma façon.

— Tu cherches peut-être ainsi à compenser la douleur causée par la mort de ton père.

— Quelle idée ridicule !

— C'est pourtant évident : une fuite pure et simple. J'ai vu ce phénomène chez des soldats que j'ai soignés. Si une personne ne confronte pas ses problèmes, son psychisme cesse de se développer. Tu ne pleures pas, Georgy.

Frank essaya de me prendre la main, mais je la retirai.

— Je pourrais en dire autant de toi, Frank.

— Est-ce que tu t'approches jamais des blessés dans ton service ? Eliza me dit que tu préfères t'occuper des repas ou organiser les stocks plutôt que d'avoir le plus simple contact avec les hommes.

— Donc, je suis mentalement déséquilibrée parce que ma sœur et moi préférons nous partager les tâches ? m'exclamai-je, les mains sur les hanches.

— Après la nouvelle de la mort de ton père, ta mère a eu toutes les peines du monde à t'arracher à cette plage. Sept ans, un si jeune âge pour subir une telle épreuve. Tu dois voir…

— Je me déclare indigne de toi, mes problèmes sont bien trop graves. De toute façon, tu es incapable de me traiter comme ton égale.

Frank essaya encore de me prendre la main, mais je ne le laissai pas faire.

— Georgy, je t'en prie.

— Excuse-moi d'être directe, mais cette conversation m'a convaincue que je ne pourrai jamais éprouver de sentiments amoureux pour toi.

Frank me regarda dans les yeux.

— Je reconnais que ce n'est pas la réponse que j'avais espérée.

— Je suis sincèrement désolée, Frank. Mais tu auras toujours une place dans mon cœur, comme un ami cher.

Il recula d'un pas.

— Au moins, désormais, je suis fixé, Georgy. Je ne te poserai plus la question.

Il me regarda une dernière fois, inclina son chapeau et partit vers Fort Monroe.

13

Jemma

Peeler, Maryland, Noël 1861

DOUZE COUPS SONNÈRENT À L'HORLOGE de la cheminée de la salle à manger. C'était le jour de Noël et, debout derrière la chaise d'Anne-May, j'avais un mal fou à me retenir de taper du pied pour que sa sœur et elle se dépêchent de finir et me laissent dévaler la colline pour retrouver Ma, Pa et, si le bon Dieu le voulait bien, un petit bébé à peine né. Cet enfant s'était si bien habitué à être dans le ventre de Delly, il était devenu si gros, qu'elle avait l'air prête à exploser.

Anne-May m'avait déjà empoisonné la moitié de la matinée avec son horrible cadeau de Noël, me faisant lui brosser les cheveux et les poils de son chat avant de me raconter par le menu chaque page de son triste album de souvenirs.

C'était le seul jour de l'année où notre famille pouvait se réunir. Même Anne-May savait que la tradition exigeait qu'on nous laisse nous reposer le jour de Noël, après déjeuner. Quelques flocons de neige voltigeaient devant les fenêtres.

Les deux sœurs étaient assises à la longue table que j'avais cirée le matin même. De pauvres abeilles avaient dû travailler dur pour qu'Anne-May puisse voir son visage aigre s'y refléter. Ce qu'elle appelait la salle à manger était une grande pièce toujours glaciale en hiver, même si je jetais une bûche dans le feu toutes les cinq minutes. Cela n'avait pas l'air de déranger Sainte Jeanne, couchée sur la table, totalement indifférente à Anne-May. Quand Sally Smith était venue sur le pas de la porte et avait vu la chatte manger dans l'assiette de sa maîtresse, puis s'étendre de tout son long, elle avait juste secoué la tête.

Je me tenais derrière la chaise d'Anne-May, juste comme elle l'aimait, raide comme un soldat. Je portais mon tablier blanc amidonné sur ma robe verte. De temps à autre, elle me tendait une petite assiette avec un bout de poulet dont elle ne voulait pas et me faisait signe de sortir le manger dehors, dans le froid, comme si elle me faisait une grosse faveur. Je me contentais de le jeter par terre pour les corbeaux.

Elle restait assise à table à chipoter sa nourriture, et à se disputer avec sa pauvre sœur sur des questions d'argent. Elle lui reprochait violemment de ne pas mieux surveiller leurs achats de sucre. Ça me mettait mal à l'aise d'autant plus qu'elle dépensait sans compter pour son cher tabac à priser et le poisson de Sainte Jeanne. Elle qui mangeait moins qu'un perroquet avait soudain un œil de lynx et vérifiait les stocks de nourriture, mesurant chaque gramme de sucre et de farine.

Elle avait même appris combien il en fallait pour faire dix-huit biscuits, chacun aussi large qu'une paume de femme.

Elle ignorait que Sally ne cuisinait jamais mieux et plus que pour notre famille le jour de Noël. Elle nous avait préparé une quantité astronomique de ses fameux gâteaux cuits sous la cendre que nous mangerions avec de la gelée et toutes sortes de petites douceurs concoctées avec le sucre chapardé à Anne-May tout au long de l'année. Notre seul regret serait l'absence de ma sœur, Patience, puisque Mme Charlene interdisait à ses esclaves de quitter Ambrosia le jour de l'anniversaire du Seigneur et les remettait au travail le lendemain même. M. Watson, lui, avait décrété une bonne fois pour toutes que nous étions dispensés d'aller dans les champs de tabac ou d'effectuer des tâches ménagères pendant presque toute la semaine de Noël, mis à part Sally en cuisine. Cela ne veut pas dire que nous pouvions nous croiser les bras à ne rien faire, nous devions quand même tisser et tricoter les gants d'Anne-May et nous occuper des animaux.

Dès qu'une heure sonna à l'horloge, je me rendis aussi calmement que je pus dans la cuisine, défis mon tablier, l'accrochai dans l'office et arrachai presque la porte de ses gonds pour dévaler la colline comme si j'avais le diable aux trousses. Je ne sentais même pas le froid tant j'étais heureuse.

Mais dès que j'ouvris la porte et entrai dans la case, je sus que ça n'allait pas du tout : il n'y avait pas de feu dans la cheminée, Delly était assise sur son lit, les yeux rivés sur un paquet sur ses genoux, Sally Smith à ses côtés, Ma et Pa le visage grave.

— Qu'est-ce qui s'passe ?

Ma détourna les yeux.

— Viens t'asseoir, Jemma, me dit Pa. L'enfant est mort-né. Charl est allé demander à LeBaron de creuser un trou.

— Non, m'écriai-je, totalement dévastée.

Sally s'essuya les yeux du dos de la main.

— Un garçon.

Je m'approchai de Delly.

— Mort-né ou c'est elle qui l'a tué, demandai-je, les yeux embués de larmes.

— Ne dis pas ça, Jemma, intervint Ma. Delly est folle de tristesse.

— C'est vrai ? demandai-je à Delly. Je ne vois pas une larme. Tu devrais avoir honte, tuer ton enfant le jour de Noël.

Elle serra le bébé plus fort et évita mon regard.

— Il est né dans la nuit. J'ai dû me retourner et l'écraser.

Elle me tendit l'enfant et je le pris dans mes bras. Une couverture enveloppait un beau petit, les mains croisées sous son menton comme s'il dormait, la peau bleutée comme l'avait été celle de la douce Clementine. Je touchai sa menotte glacée.

— Je suis désolée, Delly.

LeBaron arriva sur le pas de la porte en soufflant sur ses mains pour les réchauffer et en tapant des pieds comme s'il avait froid.

— Où il est ce bébé ?

Charl le suivit à l'intérieur et vint s'asseoir à côté de Delly sur le lit.

Je me tournai vers LeBaron, l'enfant dans les bras.

— Il est mort.

Une larme glissa le long de ma joue jusqu'à mon cou.

— Je veux voir de mes yeux.

Je m'avançai vers LeBaron et écartai la couverture pour lui montrer le visage de ce pauvre petit, encore plus bleu à la lumière qui entrait par la porte.

— Mort dans la nuit.

LeBaron se pencha, le regarda de près avant de se redresser.

— Je ne l'enterre pas. Le sol est gelé. Vous avez qu'à vous en occuper.

Il enfonça les mains dans ses poches, se retourna et sortit. Charl alla à la porte et le regarda s'éloigner. On n'entendait que mes sanglots de plus en plus violents.

Dès que LeBaron fut assez loin, Charl referma tout doucement la porte et se tourna vers Sally Smith.

— Il est parti.

Aussitôt, ils se levèrent tous d'un bond. Jamais un groupe de gens éplorés n'avait repris vie aussi vite.

Sally Smith me prit l'enfant des bras et le posa sur la table.

— Dépêchez-vous !

Delly et Charl bondirent du lit et l'entourèrent avec Ma et Pa. Sally ouvrit la bouche du malheureux bébé et y versa quelques gouttes d'une eau rouge.

— Mettez une bûche dans ce feu, ordonna-t-elle.

Delly se tenait droite, les yeux rivés sur le bébé, le visage empreint d'une terreur effroyable.

— Ça ne marche pas, Sally.

— C'est à Dieu d'en décider maintenant.

Sally enveloppa le bébé dans la couverture et le donna à Delly. Nous retînmes notre souffle pendant une longue minute, puis elle tâta la main de l'enfant.

— Je crois qu'il se réchauffe. Touche, Charl.

— Je le sens, moi aussi, dit-il après avoir vérifié.

Tous réunis autour du bébé, nous vîmes se produire l'un de ces grands miracles dont Dieu a le secret : l'enfant finit par prendre une légère inspiration et émettre un petit miaulement de chaton, sa peau perdait déjà sa couleur bleue.

Ma me prit la main et nous nous regardâmes avec un mélange de choc et de bonheur.

— C'est grâce à Jésus ! m'écriai-je.

Le bébé agita les bras et un petit pied s'échappa de la couverture.

Ma retint un sanglot en regardant Delly et Charl contempler le garçonnet.

— C'est grâce à Sally. Elle a utilisé de la belladone pour le plonger dans un sommeil profond, mais temporaire. Elle l'a ranimé avec un tonique.

Sally vint caresser la joue du bébé d'un doigt.

— J'ai vu faire ça là où on cultive le riz. C'est risqué si on se trompe de dose, faut savoir le faire.

— Pourquoi vous ne m'avez rien dit ?

Sally me frotta le dos.

— Il fallait que tu verses des larmes sincères pour tromper LeBaron.

Je m'agenouillai aux pieds de Delly et me mis à m'extasier devant le bébé. Chacun de ses gestes me faisait sourire et Ma le regardait aussi heureuse. Pensait-elle à son petit Toby ?

— Comment s'appelle-t-il ? demanda Sally.

Delly regarda Charl.

— Kofi est un beau nom, vous ne trouvez pas ?

Nous étions tous ravis. Pa déglutit et regarda autour de lui, au bord des larmes.

Sally Smith entonna l'hymne qui célèbre la naissance d'un enfant, *Laissez-nous rompre le pain ensemble.* Ma battait la cadence sur la table pour nous tous.

Notre petit groupe chanta doucement, protégé du vent glacial par les deux belles portes de Pa, un bon feu dans la cheminée et tout à la joie de ce moment si heureux.

Je passai la semaine de Noël à aider Charl et Delly à s'occuper du bébé. Sans le son de la corne pour nous réveiller le matin, nous pouvions tous dormir après l'aube, moi dans le grenier avec Sally Smith.

Kofi était un bébé sage, qu'on entendait peu. J'installai dans son couffin les poupées de Ma contre lesquelles se blottir et je lui fis un oiseau en papier qu'il aimait fixer comme si c'était une chose extraordinaire. Charl le suspendait parfois au-dessus de lui avec un rameau de bois courbé et une ficelle. Je pensais beaucoup à Carter et je me demandais où il était. Je me disais que si nous devions nous revoir un jour, lui aussi aimerait Kofi parce qu'il avait un faible pour les enfants. Même enfants, nous jouions au papa et à la maman avec des poupées, il bordait nos bébés dans leur lit et les embrassait bien tendrement sur la tête. Mais j'étais trop occupée à dorloter le bébé avec Delly pour beaucoup penser à un presque amoureux du passé.

Heureusement que Kofi était plutôt tranquille parce que nous vivions tous dans la terreur que LeBaron revienne, trouve ce petit garçon en parfaite santé et l'emporte.

Un matin, au réveil, une boîte apparut dans notre case, à côté de la cheminée. Nous la regardions tous immobiles jusqu'à ce que Ma s'agenouille, l'ouvre et en tire une bonne couverture en laine et un minuscule bonnet tricoté.

— Qui est au courant de l'existence de cette naissance à part nous ? demanda-t-elle à Sally qui haussa les épaules.

— C'est Patience qui l'a déposée, dis-je.
— Bien sûr, répondit Ma en regardant le feu.

Pa fit le croquis d'un petit cercueil qu'il fabriqua pour le faux enterrement du bébé. Charl et lui prirent le tisonnier et une pelle pour creuser un trou près des tombes de Clementine et Celeste. Ça leur prit longtemps parce que le sol était vraiment gelé.

Pendant que les adultes faisaient tout un numéro et enterraient un cercueil vide, je m'occupai de Kofi. Je le couchai près de la cheminée avec ses poupées dans le berceau fabriqué par Pa. Il regardait son oiseau en papier et je me mis à penser à Celeste qui l'aurait tant aimé et à ma sœur Patience qui ne le verrait peut-être jamais.

Plus tard dans la semaine, nous étions toutes dans le bâtiment où se trouvait le métier à tisser pour faire nos travaux de couture. Nous débordions d'amour pour notre précieux Kofi. Mon rôle était de faire en sorte qu'il soit toujours content et ne pleure jamais pour que LeBaron ne l'entende pas, un vrai défi quel que soit le bébé, même le plus sage.

De tous les bâtiments construits par Pa à Peeler, c'était mon préféré. C'est là que nous tissions tout ce qui servirait à la plantation et à la ferme à betteraves de M. Watson : le homespun et la finette, les nappes, couvre-lits, serviettes, et coussins d'Anne-May, les vêtements pour travailler aux champs. C'est là qu'étaient faits les édredons, les gants d'Anne-May au crochet et les chaussettes tricotées de M. Watson.

C'était une petite pièce douillette, au plafond bas, avec une cheminée assez grande pour qu'on puisse s'y tenir debout, une table en chêne fabriquée par

Pa trônait au milieu, un gros coffre banc ancien dans un coin. D'un côté, loin du feu qui lui donnait trop chaud, Ma était assise devant un vieux métier à tisser énorme, ses mains passaient et repassaient la navette et ses pieds dansaient sur les pédales, la sueur perlant à son front.

Elle fabriquait une nappe pour la table de la cuisine d'Anne-May, un tissu rêche, tacheté, que nous appelions entre nous seulement « à poux ». Personne n'était plus habile que Ma dans la région, elle pouvait produire n'importe quel tissu : mousseline, homespun, lainage, tout ce que vous voudrez. Elle n'utilisait que des teintures naturelles comme le jus de kaki ou l'écorce de noyer. Elle me donnait les petits bouts de fil qui restaient sur le métier et je les utilisais avec les chutes de tissu pour fabriquer mes fleurs de pacotille.

Assises à table, Delly et Sally étaient concentrées sur leurs travaux. Delly brodait d'une main des pâquerettes le long d'une taie d'oreiller qu'elle avait faite et Sally tricotait des chaussettes à envoyer à M. Watson, l'index toujours crochu à force de tout le temps se piquer avec les aiguilles.

La pièce embaumait le miel et la fumée de cèdre, je m'y sentais bien, chez moi.

J'étais assise en tailleur sur le rebord de la cheminée en pierre, le derrière au chaud. Je pliai des nappes, des serviettes et des châles à apporter à la grande maison. Le petit Kofi était à côté de moi, dans le couffin de jonc que lui avait fabriqué Pa. Je faisais écran au feu pour qu'il n'ait pas trop chaud et s'il s'agitait, je plongeais mon petit doigt dans un verre de miel réchauffé par les flammes et le lui donnais à sucer afin que Delly puisse travailler en paix. J'aimais sentir ses petites gencives dures se serrer sur mon doigt.

Je venais de changer sa couche en finette, pas plus grande qu'un mouchoir de dames, et je l'avais posée à côté du feu pour la laver plus tard. Un enfant heureux qui ne pleurait que lorsqu'il avait faim.

— Il grandit, vous ne trouvez pas ? demanda Delly.

Le lendemain de sa naissance, Sally avait apporté la balance de la cuisine en cachette dans la case. Il pesait presque deux kilos et demi.

— Je n'ai jamais vu de bébé plus heureux, dit Sally en échangeant un regard avec moi.

Je savais qu'elle pensait à ce qui nous obsédait tous. Que lui arriverait-il quand Delly retournerait aux champs ?

— Il m'a souri ce matin après la tétée, dit Delly.

— Il est trop petit, remarqua Ma. C'est que des gaz.

Delly noua un fil d'une main.

— Je te jure sur dix bibles, il a souri.

— C'est normal, dis-je, on est tous fous de lui et on n'arrête pas de lui faire des risettes.

— Qu'est-ce qui va se passer quand tu retourneras travailler ? demanda Sally.

Delly chassa sa question d'un geste comme s'il s'agissait d'une mouche.

— On verra à ce moment.

— On ne pourra pas toujours le cacher, poursuivit Sally en regardant Ma.

Le silence nous enveloppa, rompu seulement par le bistanclaque du métier à tisser.

— Je suppose que notre Seigneur y pourvoira, conclut Sally.

Je sentis un courant d'air froid et LeBaron apparut sur le pas de la porte. Pétrifiée, je jetai aussitôt un châle de laine sur le couffin. Dehors, deux de ses chiens sautaient pour atteindre la fenêtre et gémissaient.

LeBaron ferma la porte et fit le tour de la pièce de ses yeux porcins.

— Je suis venu réparer le métier.

Rien que le voir me mettait en rage. Je devais détourner les yeux et serrer les dents de toutes mes forces pour ne pas penser aux horreurs qu'il avait faites à Celeste.

— Je m'en suis déjà occupée, lui répondit Ma en se tournant à peine vers lui, concentrée sur son ouvrage.

LeBaron sourit et s'approcha du métier.

— Regarde-moi ça, t'es si habile, Zibeline.

Il effleura sa nuque d'un doigt, mais Ma continua à travailler.

— C'est vrai, dit Sally de la table.

Kofi s'agita un peu sous le châle dans son couffin. Je plongeai le doigt dans le miel et le lui donnai à sucer.

— Tu as besoin de quelque chose, LeBaron ? demanda Ma.

Les chiens grattaient à la porte. Il frotta son menton mal rasé.

— Je crois qu'on a encore un fugitif. De la ferme de betteraves. Il s'approcha du coffre et en souleva le couvercle. Vous n'auriez pas vu quelqu'un ?

Je jetai un coup d'œil sous la couverture pour m'assurer que Kofi respirait toujours.

— Absolument personne, dit Ma.

LeBaron flaira l'air, comme un de ses chiens.

— Y a une drôle d'odeur ici.

Je roulai la couche en boule et la glissai derrière moi. Ma indiqua Sally.

— C'est juste notre bonne vieille Sally. Tu sais, elle a des gaz avec l'âge.

— Sale bonne femme, dit LeBaron en clignant de l'œil.

— La saleté, toi, tu connais, marmonna Sally.

— Attention à ce que tu dis, Sally. M. Watson n'est pas là et tu pourrais bien trébucher et te faire mal, tu es si vieille.

Kofi lâcha mon doigt, roucoula et je toussai pour couvrir le bruit.

— Tu es malade ? me demanda LeBaron en s'approchant de moi.

Kofi s'agita dans son couffin, une jambe levée, et donna un coup de pied au châle. Je frissonnai de terreur, incapable de regarder LeBaron en face pour voir s'il l'avait remarqué ou non.

— Je crois que Jemma a la grippe, dit Ma.

— Ou c'est peut-être bien la fièvre, dit Sally. Nous l'avons toutes.

LeBaron recula d'un pas.

— Ne vous approchez pas de moi, alors. J'attrape facilement les maladies.

Les chiens, à force de gratter contre la porte, l'ouvrirent d'un coup et se précipitèrent à l'intérieur, en bavant. Le premier courut au métier à tisser et le deuxième droit sur le pot de miel posé sur le foyer à côté de moi pour y plonger sa longue langue rose.

Couverte de sueur froide, le souffle coupé, je vis le premier chien foncer sur le couffin et le pousser du mufle. Le deuxième finit le miel, rejoignit l'autre à côté du panier, et se mit à flairer sous le châle.

Je lui donnai une tape pour le chasser et il chercha à me mordre.

— Tu as fait mal à mon chien ? demanda LeBaron.

Je ramenai le panier contre moi mais gardai les yeux sur la cheminée.

— Il a mangé tout le miel.

L'autre chien prit le châle dans sa gueule et commença à le tirer, mais je m'y accrochai comme dans un tir à la corde silencieux.

LeBaron se dressa à côté de moi et baissa les yeux sur le panier.

— Qu'est-ce que tu caches là-dedans ? T'as volé de la nourriture à Anne-May ?

Juste à ce moment, une voix parvint de dehors.

— On a une piste, LeBaron !

— J'arrive, Clem, lança LeBaron par-dessus son épaule en se dirigeant lentement vers la porte. Rappelez-vous bien : cacher un fugitif est aussi grave que s'enfuir, même châtiment.

Il n'avait pas besoin de nous expliquer lequel : sa méthode personnelle était de marquer au fer rouge sur la poitrine un « F » pour fugitif. Je ne l'avais vu faire qu'une fois, au vieux John-William, à Ambrosia, mais il ne demandait visiblement qu'à recommencer.

— Oui, monsieur, dit Ma, les yeux sur le couffin.

LeBaron porta deux doigts à sa bouche, siffla, puis cria pour appeler ses chiens qui plongeaient déjà leurs mufles dans mon panier.

Je crus que mon cœur allait exploser.

— Eh… cria LeBaron. Il revint, attrapa un chien par la peau du cou et le tira jusqu'à la porte. Le deuxième suivit et une vague de soulagement me submergea quand je les vis tous sortir.

Sally se leva pour regarder par la fenêtre.

— Il est à cheval, les chiens sur ses talons.

Ma, Delly et Sally se précipitèrent sur le couffin, je tirai le châle et découvris Kofi qui mâchonnait son poing à sa manière adorable de bébé, en pleine forme.

Delly poussa un grand soupir et se frappa la poitrine de la main.

— Il va bien.

— Eh ben dis donc, s'exclama Sally, bras croisés.

Et c'est là qu'un sourire rayonnant, franc, apparut sur le petit visage du bébé.

Le lendemain matin, je me réveillai tôt et descendis les marches de la case à pas de loup pour aller voir Kofi. Je passai à côté de Ma et Pa endormis, le feu éteint depuis longtemps. Mais le couffin posé à côté de la cheminée était vide, le lit de Charl et Delly aussi. Je me rapprochai et vis qu'elle l'avait fait comme tous les jours, mais j'y aperçus quelque chose qui me fit frissonner de terreur.

Juste une vieille fleur de tournesol fanée posée là sur la couverture.

14

Anne-May

Peeler, Maryland, Noël 1861

Le matin de Noël Jemma vidait mon pot de chambre quand je lui tendis son cadeau, emballé dans un torchon de cuisine retenu par une ficelle. Il faisait chaud devant le feu et je pensais qu'elle apprécierait un instant de repos. C'était Noël après tout. Comme ma chambre était jolie à cette époque de l'année, une fois que Jemma avait décoré la cheminée avec du houx et tellement fait briller le trophée de Père que toute la pièce s'y reflétait. Sainte Jeanne, assise sur mon lit, se faisait les griffes sur mon oreiller en satin.

Jemma posa le pot et se figea, les yeux sur son cadeau.

— Merci, madame Anne-May.

— Eh bien, ne reste pas comme ça à le regarder comme une sotte.

Jemma dénoua la ficelle et découvrit la brosse à cheveux.

Je la lui pris des mains et passai le pouce entre les poils.

— C'est du sanglier. Tu vois ? Ces poils noirs viennent d'un cochon. Il n'y a pas mieux pour garder les cheveux soyeux.

— Pas pour les miens.

— Voyons ce n'est pas pour les tiens, mais pour les miens. Je me suis dit que ça te faciliterait la tâche. Je lui rendis la brosse. Et tu peux commencer tout de suite. Je déjeune avec Euphemia et je veux paraître à mon avantage même si je n'ai pas une robe correcte à me mettre.

Je m'assis dans mon fauteuil et à chaque long coup de brosse de Jemma, je sentais les poils de sanglier me frotter le cuir chevelu le plus agréablement du monde.

— À quoi sert cette théière, mademoiselle Anne-May ?

— C'est un trophée très important. Je l'ai gagné avec mon papa. Une compétition de tir au pigeon.

— Pourquoi il y a le nom de Harry dessus ?

— Il y a le sien – et pas le mien – parce que j'ai pris sa place. C'était un tournoi pour pères et fils, mais Harry était souffrant. Papa nous faisait souvent ramasser les oiseaux qu'il abattait, Harry et moi, mais lui ne supportait plus, il disait qu'il se sentait mal chaque fois que papa prenait sa carabine.

— Mais pas vous.

— Moi aussi je détestais ça, entendre le coup de fusil et voir tomber ces jolies colombes. Une fois il y en avait une qui avait encore le cœur qui battait ! J'ai pleuré comme un bébé, tout le temps qu'elle a mis à mourir dans mes mains.

— Les colombes sont bien douces.

— J'aurais fait n'importe quoi pour être proche de papa. Je m'imaginais que c'étaient des corbeaux. Il m'a appris à tirer dès que j'ai pu tenir un fusil. À dix ans, j'étais bien meilleure que Harry. Que papa même, il faut le reconnaître. (J'indiquai le lit d'un geste.) Va me chercher mon album sous le lit.

Jemma se précipita et revint avec le gros volume vert, « Souvenirs », imprimé en lettres dorées sur la couverture. Je l'ouvris à la page d'un article qui y était collé.

— Papa était si fier que nous soyons tous les deux dans le journal. Maman était furieuse ! Elle disait que les dames respectables ne doivent y figurer que pour leurs bonnes œuvres. Papa, lui, était ravi.

Je tournai la page et tombai sur une image découpée dans *Godey's Magazine* d'un mannequin vêtu d'une robe en soie à la jupe ornée de roses depuis le milieu de la taille jusqu'à l'ourlet.

— C'est la robe de mon premier bal. Maman l'a faite faire à Paris. Mon premier amoureux, Chase William, a dansé avec moi toute la soirée. (Je caressai d'un doigt le carnet de bal d'où pendait un gland rose, le nom de Chase William écrit au crayon dans chaque case.) Il n'a pas laissé un seul autre garçon s'approcher de moi. Tout bonnement scandaleux.

— Et pourquoi vous l'avez pas épousé ?

— Je n'ai pas eu le droit, voilà pourquoi. Papa nous aurait donné sa bénédiction, Chase venait d'une bonne famille de Louisiane. Mais il était déjà mort à l'époque et mon beau-père, Reggie, pensait que la famille de Fergus était plus riche. Maman lui obéissait au doigt et à l'œil. Chase William a eu le cœur brisé pendant exactement cinq minutes, puis il s'est consolé en épousant sa cousine. Ils ont des jumeaux qui lui ressemblent comme deux gouttes d'eau, tu te rends compte ?

Jemma tira la brosse un peu trop vite et les larmes me vinrent aux yeux.

— Arrête immédiatement.

— Oui, madame.

Je la chassai d'une tape de mon éventail.

— Zou. Laisse-moi tranquille et va aider Sally à préparer le déjeuner de Noël. Je ne sais pas pourquoi tu me fais toujours parler du passé. C'est bon pour personne.

La seule chose positive de ce Noël fut une lettre de mon frère Harry, reçue juste avant que le bureau de poste ferme pour la semaine des fêtes. Je l'avais déjà ouverte avant même de remonter dans le fiacre.

« Ma très chère sœur,

C'est avec un cœur reconnaissant que je prends la plume pour t'adresser ces quelques lignes et te communiquer que je suis toujours au royaume des vivants. Nous avons pris nos quartiers à Centreville, en Virginie. Nous passons notre temps à faire des manœuvres sous le commandement expert du colonel George Stewart, fervent adepte de règles sanitaires strictes qui nous gardent tous en excellente santé. Nous jouons souvent au football avant la parade du soir. Je n'ai pas encore participé aux combats, bien que beaucoup d'entre nous soient encore remplis d'un orgueil colossal pour leur victoire à Manassus (Bull Run pour les nordistes). J'espère que ce moral florissant nous portera de succès en succès. Je ne crains qu'une chose : me retrouver face à Fergus, lui qui se bat pour l'Union, mais j'ai foi en Dieu qui nous évitera cette confrontation. J'ai fait l'acquisition d'une assurance vie pour couvrir les frais de détention et t'éviter le fardeau des préparatifs au cas où je viendrais à

périr. Mais grâce au courage de mes camarades et à la présence du colonel Stewart à nos côtés, ce document sera peut-être inutile. Réponds-moi par retour de courrier et dis-moi comment vont les choses. Embrasse Euphemia de ma part et dis à Joseph de remettre du mastic sur les clous de la fenêtre de Sally Smith maintenant que l'hiver arrive.
Ton frère qui t'aime tendrement,
Harry Wilson.
P.-S. : J'ai trouvé ce poème au camp et j'ai pensé que tu en aimerais une copie. »

« Jour de pluie au camp »,
Anonyme

C'est une soirée triste et solitaire.
Le sol gorgé d'eau, détrempé,
ne renvoie nul écho des pas
de la sentinelle dans sa ronde monotone.

La bannière bleue étoilée de Dieu
Ce soir n'est pas déployée ;
Assurément il n'a pas déserté
Ce monde las qui guerroie.

Je scrute la nuit,
Et affluent les rêves :
Le vent qui souffle vers le nord
Apporte mon cœur à la maison.

Mis à part la mention de la fenêtre de Sally Smith, c'était une lettre magnifique et je la relus au moins toutes les heures, le son de la voix de mon cher Harry résonnant dans ma tête.

Le repas de Noël fut sinistre sans les hommes, avec pour seule compagnie Euphemia et Sainte Jeanne, étalée sur la table comme toujours. Elle avait beau être une bête magnifique, elle était restée menue, pas plus grande qu'un gros chaton. Mais j'avais beau la gaver de ses poissons préférés, elle compensait sa petite taille par une hostilité démesurée envers moi.

Avec la guerre, le coût de tout ce qu'il fallait dans une maison s'était envolé et l'argent envoyé par Fergus ne durait guère. Au moins, tante Tandy Rose avait six bouteilles de bon sherry dans sa cave. Je parcourus la salle à manger des yeux en me demandant ce que je pourrais bien vendre. Jubal achèterait peut-être le miroir doré. Il était hors de question que je me sépare des vases de Sèvres bleus qui ornaient le manteau de la cheminée.

Je fis signe à Jemma de nous verser encore du sherry.

— Nous pourrions vendre quelques cochons.

— Fergus a dit de ne le faire qu'en cas désespéré. Nous en avons besoin pour manger.

— Son épingle à cravate en or, dans ce cas ? Ou les chandeliers de Tandy Rose.

Euphemia refusa le sherry que lui proposait Jemma.

— Mais ils sont dans notre famille depuis…

Je posai ma fourchette.

— Eh bien, dis-moi donc comment nous ferons pour nous nourrir et nous habiller, nous et tous ces Nègres. Quand est-ce qu'on pourra vendre le tabac au marché ?

— Pas avant février.

— Tu pourrais quand même accélérer les choses.

— Il faut qu'il sèche, Anne-May. Et je crains bien que le toit de la grange fuie en cas de grosses pluies. Mais je n'ai pas besoin de grand-chose pour me nourrir et m'habiller.

— Il faut que tu manges. Et nous consommons beaucoup trop de sucre dans cette maison.

— Tu en utilise bien deux cents grammes à chaque fois que tu te nettoies la figure, bon sang !

— Est-ce que tu as vérifié les reçus comme je te l'ai demandé ? Quand est-ce que nous avons acheté du sucre pour la dernière fois ? De la farine ?

— Je ne sais pas trop, répondit Euphemia, tête baissée.

— Pour l'amour de Dieu, Euphemia, je ne te demande pas grand-chose. C'est si dur de tenir les comptes à jour ?

— Je fais ma part du travail du tabac et la tienne, s'exclama Euphemia, le rouge aux joues. J'aide Zibeline avec tous les plantons et je veille sur le bureau de Fergus puisque tu refuses d'y mettre les pieds. Je passe la moitié de la journée à empêcher ta chatte d'entrer dans la cage des grillons. Et je pense qu'elle a mangé une des salamandres de Fergus.

Sainte Jeanne détourna les yeux.

— Et si tu apprenais à lire et à écrire, poursuivit-elle, tu pourrais peut-être te mettre à tenir une partie des comptes.

— Je sais lire, me défendis-je. C'est juste écrire que je ne fais pas trop bien. Maman n'a pas eu le temps de m'apprendre.

Euphemia beurra son second biscuit.

— Tu passes tout ton temps à te pomponner alors qu'il y a plein d'autres choses que tu pourrais très bien faire. As-tu jamais pensé à démarrer une famille avec Fergus ?

— Nous le ferions bien s'il en était capable. Je ne crois pas qu'il tire à balles réelles, si tu vois ce que je veux dire.

— Peut-être que si tu mangeais davantage et que tu défaisais un peu ton corset. Maman dit…

— Ça suffit avec Maman. Ou je te renvoie chez elle puisque personne d'autre ne veut de toi.

— Très bien, capitula Euphemia, les yeux rivés sur son couteau.

Je mis gracieusement une aile et un gésier sur une assiette que je donnai à Jemma, debout derrière moi, une faveur en ce jour de Noël.

Euphemia s'essuya la bouche avec sa serviette, avec une délicatesse étonnante chez une femme de sa taille.

— Tu tires aussi bien que moi, Anne-May. Tu devrais venir à la chasse avec moi. J'ai eu un lapin ce matin. Je l'ai donné à Sally pour leur repas.

— Ils mangent mieux que nous, c'est incroyable. Je suis sûre que la famille de Jubal Smalls déguste bien plus qu'un maigre poulet. Je devrais peut-être lui demander un emprunt.

— Tout le monde parle de vous, tu sais, Jubal et toi. Pas étonnant. On le voit rarement à l'église.

Je pris une longue gorgée de sherry.

— Il n'aime pas tous ces Nègres qui y viennent.

— Ils sont assis au fond et ne dérangent personne.

— Est-ce que je n'ai pas le droit d'être amie avec un homme, Euphemia ? Cette ville est vraiment trop petite.

— Une femme mariée qui se montre avec un homme qui a lui-même une femme et des enfants, ça va mal finir.

— Je ne vois pas beaucoup d'hommes se précipiter pour te rendre visite. Soyons francs, tu n'as pas le sou et encore moins de charmes naturels.

Euphemia tourna les yeux vers la cheminée.

— Désolée d'être si cruelle, Pheme. Ce sont ces soucis d'argent qui me dépriment. Tu as, euh… de jolis yeux. Et tu sais que je t'envie ces cheveux noirs. Mais tu pourrais au moins essayer de te mettre un peu de rouge aux joues.

Euphemia lissa ses cheveux en arrière.

— Les célibataires sont un gibier craintif. Quand ils sont convaincus qu'on leur ment, ils risquent d'imaginer bien pire. Si un homme me rejette parce que je ne me maquille pas, soit. De plus, la beauté ne paie pas les factures.

— C'est la seule devise qui me reste.

— Méfie-toi de Jubal, ma sœur.

— Utilise les outils dont tu disposes, j'utiliserai les miens.

Pendant que les Nègres paraissaient et fêtaient leur petit Noël terne, j'amenai Euphemia en ville avec moi. Mon cercle de couture fêtait Noël chez Smalls and Sons. Je portais ma robe en soie grise, mon petit manchon de fourrure blanc et sur la poitrine, l'épingle en or de Fergus décorée d'une mouette aux yeux en rubis. Puis je mis le joli petit chapeau confectionné par Jemma, orné de charmantes fleurs réalisées avec des chutes de tissu ce qui se rapprochait le plus de la haute couture française au Sud de New York.

La vieille veuve Gardener posa sa main veinée de bleu sur mon bras.

— Quel joli chapeau, Anne-May. Est-ce que c'est Jemma qui te l'a fait ? (Elle s'intéressait comme toujours davantage à mes serviteurs qu'à moi.) On jurerait que chacune de ces petites fleurs est vraie, avec leurs pétales et leurs étamines en tissu.

— Oui, c'est Jemma qui l'a fait.

— Et est-ce que Sally Smith a encore de sa gelée ? Je passerai peut-être en prendre après les fêtes. Le Dr Gardener en raffolait.

Craignant une nouvelle leçon sur la beauté d'Abraham Lincoln, je présentai mes excuses et laissai Euphemia et la veuve Gardener plongées dans leur tête-à-tête. Elles étaient devenues de grandes amies depuis que ma sœur s'était jointe à notre cercle de couture en juillet.

Après avoir cherché partout Jubal, je le trouvai dans le fond de son magasin, près de sa réserve.

— Comment allez-vous, monsieur Smalls ? J'aimerais vous acheter encore du tabac, mais j'ai besoin que vous me fassiez crédit.

— Totalement épuisé, désolé, madame Watson.

Je défis l'épingle avec la mouette et l'enfonçai dans le revers de sa veste.

— Joyeux Noël, monsieur Smalls.

Il baissa les yeux sur le petit oiseau doré et sourit.

— Eh bien, si ce n'est pas le plus charmant cadeau que j'ai jamais reçu. Il me prit la main et me tira dans la réserve. Je dois vous montrer quelque chose.

Une fois entrés, il ferma la porte à clé et alluma une bougie qui fit apparaître une table en bois au milieu de la pièce et une pile de boîtes contre le mur.

— Je ne peux pas être ici avec vous, Jubal. Vous le savez. Ouvrez la porte.

Il jeta l'allumette sur le sol sale.

— Vous savoir ici, à cette fête, c'était trop pour moi, Anne-May. Je n'arrête pas de penser à vous.

— Votre femme…

— Elle ne parle de rien d'autre que ses bonnes œuvres et ne me laisse jamais m'approcher d'elle sous prétexte que ce n'est pas le bon moment du mois. Je sens que je vais devenir fou dans cette maison.

Il me prit par la taille et m'embrassa lentement, comme le font les hommes du Sud, un long baiser, langoureux et passionné. J'inspirai profondément cette délicieuse odeur de terre, d'allumette soufrée et de son eau de Cologne à l'orange épicée.

Il mit une main sous ma jupe et me caressa tout comme il le fallait sous mes sous-vêtements soyeux. Il ne fallut pas longtemps pour que je me retrouve le dos contre la table, ses baisers redoublant de fougue. Le bruit de la fête nous parvenait à travers la porte.

— Jubal, je vous en prie, sortez la langue de ma bouche.

Jubal appuya ses lèvres tendres contre mon oreille.

— Venez dans ma chambre.

On frappa à la porte. Jubal se redressa et se recoiffa.

— Qui est-ce ? cria-t-il.

— C'est moi, Jubal, retentit la voix de Harriet Smalls. Je dois entrer.

Je me cachai derrière les boîtes pendant que Jubal ouvrait la porte et parlait à sa femme.

— Je ne peux plus faire ça, Jubal, dis-je sitôt la porte refermée. Elle va finir par nous découvrir et le raconter à tout le monde.

— Depuis quand les femmes de Louisiane se soucient-elles des conventions ? me demanda-t-il en soufflant la bougie avant de m'attirer à lui.

15

Georgy

Washington, D. C., mai 1862

« SS Daniel Webster
Mon cher Joe,
Devine où je suis ! Avec Georgy, à bord du *Daniel Webster* [1] que la Commission sanitaire a réquisitionné comme navire-hôpital. Nous descendons maintenant Cheeseman's Creek, et approchons de Ship Point. Quand tu recevras cette lettre, c'est là que nous aurons jeté l'ancre. Samedi après-midi, ces messieurs de la Commission sont venus nous voir et, à notre plus grande surprise, ils nous ont proposé de les accompagner à bord comme infirmières. Ils ne nous ont donné qu'un délai d'une nuit, mais nous avons aussitôt accepté leur offre et nous voilà ! Si tu es encore dans les environs de Ship Point, nous serons tout près l'un de l'autre.

Ta femme qui t'aime,
Eliza. »

Un jour de mai, M. Olmsted vint nous voir à bord du *Wilson Small.*

— La situation militaire évolue rapidement, mesdames, maintenant que nous marchons sur Richmond. Le général Lee va opposer une défense féroce et nous pouvons nous attendre à de lourdes pertes. Pouvez-vous plier bagage et vous rendre sur le *Daniel Webster 1* ?

— Bien sûr, monsieur.

— Madame Howland, vous serez probablement intéressée de savoir que le colonel Howland et ses hommes sont à bord du *Daniel Webster 2* que nous croiserons aujourd'hui dans la direction de Ship Point. Prions tous pour ne pas avoir trop de soldats du 16ᵉ régiment à notre bord.

Un remorqueur nous emmena, Eliza et moi, à notre nouveau navire. Le *Daniel Webster 2* nous apparut juste après l'embouchure de la York River et nous le regardâmes main dans la main, heureuses de nous savoir enfin proches de Joe. Le petit bateau s'amarra aux côtés de notre nouvelle demeure, le *Daniel Webster 1*, un beau vieux vapeur à roue avec deux hautes cheminées noires, U. S. HOSPITAL écrit en grandes lettres blanches sur la structure qui abritait sa roue à aubes. On nous confia à un infirmier qui, tout comme ses dix-neuf collègues, ne nous adressa même pas un salut de bienvenue.

— Le service est en bas, finit par nous dire un jeune infirmier particulièrement peu serviable en nous indiquant l'écoutille sans même daigner nous accorder un regard.

L'escalier raide menait à une salle étonnamment large et haute de plafond, des lits de camp le long de chaque mur, quelques-uns déjà occupés par des hommes malades ou blessés. Le bateau tanguait doucement, l'eau lui léchant les flancs, tandis que les infirmiers chahutaient et jouaient au bras de fer sur le pont, à grand renfort de hurlements chaque fois que les poings s'abattaient sur les couvercles des tonneaux.

Les deux seules infirmières à bord se précipitèrent aussitôt pour nous accueillir : Christine Griffin, une petite femme radieuse aux yeux bleus expressifs et la brune Katharine Prescott Wormeley, une chère amie de la famille, puisque sa mère et la nôtre se connaissaient et s'appréciaient beaucoup. Elles étaient toutes les deux de ces femmes altruistes qui se consacrent à de bonnes causes plutôt que d'appartenir à ces cercles de couture triés sur le volet où l'on brode des sets de table pour le presbytère.

— Ravie de vous voir toutes les deux, nous dit Katharine. De savoir que vous alliez nous rejoindre, cela m'a confortée dans l'idée que notre travail en valait la peine. Il paraît que ce navire sera en première ligne pour l'accueil des blessés.

Issue d'une bonne famille de Newport, Katharine était née en Angleterre comme moi et avait, elle aussi, perdu son père très jeune. Nous avions donc beaucoup de choses en commun et nous nous portions une profonde affection. Si certains pouvaient trouver son physique ingrat, je ne voyais qu'un visage agréable, plein d'esprit et de bonne humeur.

— Nous avons entendu tant de bonnes choses sur vous, intervint Christine. Tu as étudié avec le Dr Blackwell, Georgy ? Et demandé en personne à M. Lincoln de fournir des aumôniers ? Tout le monde en parle.

Elles portaient des vêtements sensés, comme nous, des robes en soie noire sans cerceaux sur de simples jupons. Nous formions à nous quatre notre propre petite armée féminine.

— Nous trouverons le temps de tout nous raconter plus tard, poursuivit Katharine en nous invitant à la suivre. Pour l'instant, nous sommes ravies d'avoir votre aide. Nous avons trouvé ce navire dans un état de saleté repoussant et il n'est toujours pas aussi propre que nous le voudrions. Les infirmiers ne font rien que nous mettre des bâtons dans les roues.

— Évitez-les du mieux que vous pourrez, murmura Christine, bien que ce soit quasiment impossible, ils sont cinquante. La plupart sont d'anciens patients qui servent ici pour éviter de retourner au combat.

Katharine continuait à avancer à grands pas.

— Ces blessés sont arrivés hier, victimes de récentes escarmouches à terre. Trois ou quatre amputations, un lieutenant qui a reçu une balle dans le genou et souffre mille morts, le pauvre, et un jeune garçon de dix-sept ans touché aux poumons.

— Chaque inspiration, dit Christine tout bas, lui arrache un sifflement à travers la blessure. C'est terrible.

Nous suivîmes Christine et Katharine entre les rangées de malades, la plupart endormis dans des draps propres.

— Nous avons aussi plusieurs cas de typhus et de malaria, reprit Christine.

Katharine s'arrêta pour ajuster le bandage d'un soldat.

— Notre journée commence à cinq heures du matin par la distribution des plateaux du petit déjeuner. Ensuite les chirurgiens font leur tournée et nous les aidons à laver les plaies et changer les pansements. Il nous a fallu nous boucher les oreilles ce matin tant les cris de douleur étaient insupportables.

Katharine s'arrêta au pied du lit d'un autre soldat, un jeune garçon qui ne devait pas avoir plus de quinze ans, le bras en écharpe.

— Est-ce que je vais mourir ce soir, m'dame ?

— Voyons, voyons, dit Katharine. Tu descendras du bateau à New York. Surtout mange bien tout à l'heure.

Le tour reprit.

— Ensuite, nous distribuons des mouchoirs propres imbibés d'eau de Cologne, poursuivit Christine. Nous épongeons les blessures par-dessus les bandages, nous les aidons à écrire leurs lettres à leurs proches, et dispensons les médicaments ou le cognac. Il paraît que les quatre-vingt-dix lits seront bientôt remplis donc nous devons préparer ceux qui restent, remplir les armoires à linge. Ensuite, quand nous descendrons à terre, il nous faudra trouver un autre hôpital à dévaliser.

— Nous deviendrons toutes des kleptomanes dévouées, lui assurai-je, bras dessus bras dessous avec Eliza.

— Le combat devrait commencer d'un moment à l'autre à Richmond, dit Christine.

— Dr Ware est notre médecin chef, ajouta Katharine. Il n'a que vingt-six ans, mais il est plein de bonne humeur.

— Le Dr Rogers, lui, murmura Christine, est une autre paire de manches : un vrai fanfaron, plutôt bon chirurgien quand il est sobre, même s'il tient son couteau entre ses dents quand il opère.

— Nous avons entendu dire que ton Joe se bat dans le 16e régiment de New York, dit Katharine à Eliza. Tu sais, j'imagine, que nous avançons presque à leur hauteur au fur et à mesure que nous remontons le fleuve.

— Oui, nous le savons, répondit Eliza. Même si je n'ai pas reçu de lettre de lui depuis des jours. C'est le manque d'information que je trouve insupportable.

— Il paraît que les rebelles pourraient attaquer, dit Christine.

— Je vous en prie, pas la peine de prendre des gants avec nous, dis-je.

— Oui, insista Eliza, toute nouvelle sera la bienvenue.

Katharine nous fit nous rapprocher.

— Eh bien, j'ai entendu le commissaire de bord dire que maintenant que Grant remporte des victoires à l'ouest, Lincoln pousse McClellan à passer à l'attaque et à prendre Richmond. Les prochains jours seront décisifs, si nous arrivons à arracher la ville à Lee. D'après le commissaire, certains de nos hommes sont si proches qu'ils entendent sonner les cloches. Espérons juste que McClellan va enfin se montrer agressif.

— Et conclure la guerre ? demanda Eliza.

— Si nous prenons leur capitale ? Ce sera un coup écrasant pour la Confédération. On dit que c'est au 16e qu'on demanderait de monter à l'assaut en premier.

Eliza me lança un regard sombre.

— Il vaut mieux que nous vous installions vite, il y a beaucoup à faire, dit Katharine en me prenant mon sac des mains. Nous saurons que la bataille a commencé dès que nous recevrons l'ordre de lancer la vapeur pour remonter la Pamunkey River jusqu'à White House Landing et d'y attendre les blessés.

J'enlevai mon chapeau et me mis aussitôt à l'œuvre avec Eliza. À la tombée de la nuit, notre travail collectif avait porté ses fruits et nous étions épuisées, affamées, mais aussi fières de ce que nous avions accompli. De la cale au pont abrité, les sols étaient récurés et cirés, chaque lit de camp fait au carré, muni d'un couvre-matelas réglementaire, d'une couverture militaire et d'un oreiller bien rembourré dans sa taie amidonnée. J'avais rempli l'armoire à linge de piles de draps ordonnées, de blouses d'hôpital, chaussettes, bandages, charpie et torchons. J'avais inspecté l'infirmerie et je l'avais trouvée bien fournie à l'exception du cognac en quantités insuffisantes. Il faudrait y veiller parce que c'était souvent notre seul anesthésiant.

Puis d'un coup, une meute d'infirmiers descendit l'échelle et s'avança résolument vers les lits vides pour se les attribuer ; certains défirent les draps, d'autres se glissèrent dedans sans enlever leurs bottes, arrachèrent les couvre-matelas, la plupart empestaient le cognac.

— J'espère que vous ne vous êtes pas servi de l'alcool de notre infirmerie, monsieur, dis-je d'un ton mécontent à l'un de ces hommes.

— C'est le Dr Rogers qui nous l'a donné, ricana-t-il. Il en a bu lui aussi.

— Sortez de là avec vos bottes sales, cria Katharine en le chassant du lit, pendant qu'Eliza et Christine en tiraient un autre.

— Ces lits sont pour les blessés qui se sont battus. Allez dans vos bannettes.

Un autre se pencha vers moi, puant le cognac.

— J'ai bien peur de devoir faire un rapport sur vous, monsieur, le menaçai-je.

— On n'a pas besoin de vous ici. Vous avez qu'à le dire à M. Lincoln, ricana-t-il avant de renverser la tête en arrière et de boire nos dernières gouttes de cognac médicinal.

À notre réveil le 31 mai, rien ne nous avait préparées au déferlement de souffrance et de mort qui ne tarderait pas à s'abattre sur nous.

À l'aube, le capitaine reçut l'ordre de remonter la Pamunkey et lança le navire à sa vitesse presque maximale, ses cheminées balayant les branches basses des arbres sur les rives. Debout sur le pont, juste avant White House Landing, en Virginie, l'ancienne demeure de Martha Washington nous apparut, une petite maison blanche sans prétention qui se dressait au sommet d'une pelouse verte descendant en pente douce jusqu'au fleuve. Un flot de blessés se trouvaient sur les berges herbeuses.

Dr Ware nous rejoignit sur le pont et j'admirai ses yeux bons, bien espacés, et son sourire vif.

— Les Confédérés ont attaqué hors de Richmond. Lee a pris le flanc gauche de McClellan près de Fair Oaks Station. Les pertes sont massives des deux côtés. Les blessés arrivent au dépôt de chemin de fer. Nous descendrons à terre pour voir ce qui s'y trouve.

Une fois l'ancre jetée dans la baie, des barques à rames nous amenèrent vers la rive, l'air brûlant et lourd. Au fur et à mesure que nous approchions du rivage herbeux, je vis les masses d'hommes déposés là par les secouristes, de plus en plus nombreux, hurlant de douleur, atteints de toutes sortes de blessures graves. Dès que notre barque accosta, notre petite troupe se précipita vers eux, mais c'étaient des trains entiers qui se retrouvaient là, abandonnés, et ce déferlement nous déborda vite. Des flots d'hommes échouaient là, morts ou vifs, les uns entassés dans des wagons à bestiaux, d'autres amenés par ambulance ou sur des civières montées sur des chevaux, et la rive fut bientôt pleine. Des soldats jetaient les blessés ici et là, et les malheureux hurlaient à l'agonie et appelaient à l'aide.

C'était la première fois que je voyais des blessures reçues sur le champ de bataille, certaines infligées par des baïonnettes et des sabres. Mais pour la plupart de ces blessures, il s'agissait d'une de ces balles de plomb coniques connues sous le nom de balles Minié qui s'aplatissaient au contact de la chair et faisaient éclater les os, créant des plaies purulentes qui exigeaient presque toujours une amputation.

Notre équipe transporta les blessés jusqu'à notre hôpital de campagne sur la rive. Beaucoup avaient des blessures ouvertes d'où sortaient des os, leurs cas presque désespérés. Chaque brancard qui passait semblait amener des hommes aux plaies plus horribles que les précédentes : un soldat qui avait perdu les deux jambes, bandé à la va-vite, un autre, la mâchoire inférieure arrachée, les os du cou et les dents mis à nu.

— Nous en sommes déjà presque à quatre-vingt-dix, annonça le Dr Ware. Ceux qui ont les meilleures chances de survie. Nous lèverons l'ancre au plus vite.

— Nous pouvons en embarquer davantage, docteur, intervins-je.

— Pas le temps. Le risque est trop grand de nous faire prendre ici sans défense. Aucun d'entre nous ne survivrait.

Je suivis le Dr Ware et le Dr Rogers dans cette marée hurlante de blessés. Au fur et à mesure qu'ils sélectionnaient les cas chirurgicaux à admettre, j'inscrivais leurs noms dans mon carnet que je portais attaché à la ceinture. Ils choisissaient ceux qui pourraient être amputés, mais laissaient les cas désespérés mourir dans l'herbe, ces malheureux à la poitrine déchiquetée par les balles, éventrés, leurs tissus mous exposés et enflammés, la septicémie déjà engagée.

De retour à bord, les lits se remplirent des blessés graves. Nous respirions à travers nos mouchoirs parce que la puanteur des plaies suppurantes faisait vomir les plus fortes d'entre nous, même les plus expérimentées.

J'aidais à coucher les malades dans leurs lits et l'air résonnait du son des hommes qui appelaient leurs aimées et gémissaient de soif, de faim et de douleur.

Le Dr Ware se précipita vers nous alors que je changeais le pansement du moignon d'un soldat amputé de la jambe avec l'aide d'Eliza.

— Est-ce que vous avez déjà assisté à une amputation, Georgy ?

— Oui, une fois, pendant ma formation à New York, docteur. Mais de loin.

— Et vous, Eliza ?

— Non, docteur.

— Le Dr Rogers a besoin d'aide. Je lui ai dit qu'il vous faudrait peut-être un peu d'instruction. Il pourra tout vous expliquer au fur et à mesure.

Nous avions à peine acquiescé que le Dr Ware s'éloignait déjà et nous cria par-dessus son épaule :

— Il opère sur le pont avant !

Le Dr Rogers travaillait dans l'espace ouvert mais bas de plafond à l'avant du bateau. Pas rasé, le tablier maculé de sang, il se tenait à côté d'un jeune homme couché sur la table habituellement réservée aux repas de l'équipage, totalement éveillé et retenu par des infirmiers, dont l'un d'eux lui rasait le haut du bras. La boîte en bois contenant ses instruments était ouverte sur la table à côté de lui. Un rayon de soleil pénétra par l'écoutille et fit luire leur métal argenté.

Je m'approchai, mais ne vis rien qui montrât que l'homme avait besoin d'une amputation.

— Eh bien, vous voilà, ce n'est pas trop tôt, dit le Dr Rogers. On lui a donné son cognac. Ça aide le chloroforme à prendre effet.

Je compris vite que l'odeur de cognac ne venait pas seulement du patient, mais aussi du Dr Rogers et de ses infirmiers.

— Ware me dit que vous n'avez jamais assisté à une amputation, mais aujourd'hui vous allez apprendre du meilleur. J'en ai fait des centaines.

— Où voulez-vous que nous nous installions, docteur ? demandai-je.

— Vous allez toutes les deux administrer le chloroforme. L'une d'entre vous se place au bout de la table et forme un cône avec cette serviette. L'autre en verse une cuillère goutte à goutte.

— Je vous en prie, non, implora l'homme. Je suis fermier à Quincy. Je ne pourrai pas labourer avec un seul bras.

Eliza prit place avec moi au bout de la table. Il nous fallut contourner une pile de membres tranchés, certaines jambes encore chaussées ou bottées. Je posai la main sur l'épaule indemne de l'homme qui me regarda.

— Je vous en prie, madame, ne les laissez pas.

— Il faut que vous restiez en vie pour revoir votre famille.

Je formai un cône avec la serviette et Eliza y versa tout doucement le chloroforme. L'homme s'agita de plus belle et se débattit.

— La serviette ne veut pas rester en cône, docteur.

— Faites de votre mieux. C'est juste le chloroforme qui l'agite comme ça.

Le patient finit par se calmer et le Dr Rogers ne perdit pas une minute. La durée de sédation du chloroforme variait donc plus les chirurgiens opéraient vite, mieux c'était. Il attacha un tourniquet en haut du bras.

— Une fois le tourniquet en place, je m'occuperai de la blessure, ce qu'on appelle une amputation primaire avec une hémorragie incontrôlée.

— Je ne vois pas d'hémorragie, docteur.

— Il y a une blessure de balle dans l'articulation, mademoiselle Woolsey.

— Une blessure superficielle.

— Tss tss, mademoiselle Woolsey. Vous allez apprendre du meilleur. Si vous vous sentez défaillir, éloignez-vous de la table.

— Il faudrait peut-être consulter le Dr Ware.

— Il est lui-même en train d'opérer, me chuchota un des infirmiers.

— Maintenant que j'ai comprimé l'artère principale contre l'os, infirmière, rétractez la peau.

Le médecin brandit son couteau.

— Voyez ce petit couteau d'amputation Liston, c'est le meilleur outil de ma trousse. Je fais une incision circulaire tout autour du bras et à travers le muscle jusqu'à l'os.

J'échangeai des regards sombres avec Eliza. C'était répugnant de voir le bras parfaitement sain d'un honnête homme ainsi sacrifié pour satisfaire l'hubris d'un autre.

— Maintenant il faut davantage rétracter la peau, infirmière, pour permettre de scier l'os ainsi, avec une scie à os commune. Vous assisterez à de nombreuses amputations pendant votre permanence en chirurgie. Avec ça, l'os sera vite coupé.

Tandis qu'il sciait, j'épongeais le sang avec une serviette propre. Cramponnées au bord de la table, Eliza et moi nous nous forcions à calmer notre colère et à étudier sa méthode.

Après quelques coups de scie, le bras du jeune homme se détacha et le Dr Rogers le jeta sur la pile. Il était clair qu'il n'y avait pas assez de peau ni de tissu pour recouvrir l'os. J'appuyai la serviette fermement sur la blessure.

— Docteur Rogers, on nous a appris à l'école d'infirmière, qu'il fallait laisser une quantité bien plus grande que nécessaire pour recouvrir…

— Je m'en suis laissé bien assez. (Il se tourna vers moi tout en enfilant son aiguille.) J'ai nettement l'impression que vous vous prenez pour un médecin, mademoiselle Woolsey. D'abord, vous vous permettez de mettre en doute la nécessité de cette amputation.

— Je suis convaincue qu'on aurait pu sauver son bras. Vous avez sacrifié ses moyens de subsistance à votre propre vanité.

Son visage tourna au rouge pourpre.

— Et ensuite, vous mettez ma technique en doute. Je suppose que vous raconterez tout ça dans ce petit manuel de soins infirmiers que vous rédigez.

— Comment savez-vous…

— Les infirmiers savent tout, mademoiselle Woolsey.

— Ils ont fouillé dans mes affaires ?

— Je crois bien qu'ils ont trouvé votre traité amusant.

— Si cela vous intéresse, sachez que c'est une entreprise sérieuse. J'écris ce manuel pour l'école que je voudrais ouvrir un jour, afin de former des infirmières. Et, oui, j'y couvrirai les techniques chirurgicales appropriées.

— Un manuel pour infirmières ? (Il étouffa un gloussement.) Il ne manque plus que ça.

Il reprit soudain son sérieux.

— Mais quelques jours d'école d'infirmière ne vous autorisent pas à mettre en doute dix ans d'expérience chirurgicale, reprit-il. Quand j'aurai fini, vous accompagnerez ce patient à son lit. Et je ne veux plus jamais vous revoir à ma table d'opération.

Les patients installés pour la nuit, je m'endormis assise, ma sœur à mes côtés, toutes deux la tête posée sur nos bras croisés. Nous grappillons ces quelques moments seulement pour être sûres de pouvoir nous occuper des cas les plus graves. La majorité des hommes faisaient constamment appel à nous. Ils étaient si courageux, si jeunes et stoïques. Nous veillions sur eux pendant la phase la plus critique de leur rétablissement, nous leur donnions à boire un mélange de lait et de cognac ou un petit morceau de viande à sucer. Des malheureux mouraient tout autour de nous.

Cette nuit-là, le navire bougea soudain, tiré par un petit remorqueur de chaque côté. Nous battions en retraite au plus vite, redescendant le fleuve jusqu'à l'endroit d'où nous pourrions transférer nos blessés sur les bateaux qui les amèneraient vers le nord.

Je montai sur le pont pour respirer un peu d'air alors que nous nous éloignions. Sur la rive, une bonne centaine d'hommes à l'agonie nous suivaient des yeux, les cas désespérés abandonnés là, encore en vie. J'avais le cœur brisé de les laisser là, mais j'étais aussi soulagée de n'avoir encore reconnu aucun visage du 16e régiment parmi eux.

16

Jemma

Peeler Plantation, Maryland, avril 1862

TROIS MOIS APRÈS LA DISPARITION de Delly et Charl avec le bébé, ils me manquaient toujours terriblement. La découverte de la fleur de tournesol sur leur lit nous parut signifier qu'il fallait cacher leur fuite soudaine. LeBaron ne découvrit leur absence que le jour de notre reprise du travail.

J'étais en bas avec Sally quand LeBaron se précipita dans notre case avec Chester et les chiens de Mme Charlene. Il les laissa flairer partout et je fermai les yeux de toutes mes forces en espérant qu'ils ne soulèveraient pas les lattes du plancher où Pa avait caché ses couteaux.

LeBaron, ivre de rage et les yeux fous, secoua la poignée de son fouet à la figure de Sally Smith.

— Si je découvre que tu les caches, sorcière noire, je veillerai moi-même à ce que tu sois pendue à une branche de ce sycomore.

La disparition de Delly, Charl et Kofi empira la situation à Peeler. Ma et Pa avaient du mal à assurer tout le travail de la plantation à eux seuls, je leur donnais un coup de main quand je pouvais. Puis une partie de la récolte prit l'eau dans la grange, ce qui ne pouvait arriver de pire, et Ma craignait jour et nuit qu'Anne-May soit la ruine de Peeler. Tante Tandy Rose était de nature frugale et pouvait même en rire. Elle avait rebaptisé la route qui menait de la ville à Peeler, Moneysunk Road*, tant cette grande propriété coûtait cher à entretenir. Mais tout le monde savait qu'Anne-May jetait l'argent par les fenêtres. Un jour, ce printemps-là, elle décida de vendre dix cochons d'un coup, sans raison, puis se précipita chez Smalls and Sons y dépenser tout ce que cela lui avait rapporté. Même les cochons trouvaient l'idée stupide et quand les gars de Leonardtown vinrent les chercher en poussant de grands cris, les animaux refusèrent de quitter leur enclos. Les porchers durent leur coudre les paupières pour que les pauvres bêtes finissent par aller tranquillement au grand abattoir.

Rien d'étonnant donc à ce que j'attende avec impatience la prochaine réunion clandestine de Pa ce soir-là. Anne-May ne décolérait pas d'avoir perdu Charl et Delly, deux bons travailleurs, et pour nous punir, elle ordonna à Sally de donner notre bouillie de maïs aux cochons qui restaient. Mais en fin d'après-midi, elle était déjà passée à autre chose et m'ordonna de lui faire une

* La route du gouffre financier.

nouvelle robe ce qui m'aida un peu à oublier mon estomac qui gargouillait.

À cause de la guerre, il était difficile de trouver de jolis colifichets et des fanfreluches pour orner les vêtements. C'était un miracle qu'Anne-May se soit procuré de la soie. Elle me dit de récupérer la vieille robe qu'elle avait donnée à Ma et d'utiliser le tissu noir pour les embellissements, mais c'était celle que Ma mettait à la messe et il était hors de question que je la lui reprenne.

À la place, je dénichai une vieille robe vert menthe en bombazine d'Anne-May, le vieux parapluie de M. Watson qui s'était retourné un jour de tempête, et je découpai le tissu noir pour faire de jolies bandes qui orneraient la jupe et demandai à Pa de faire des boutons à partir du manche en os que je cousis sur la patte à l'avant.

Après une heure à l'ouvrage, mon esprit se mit à vagabonder et je pensai au coffret à bijoux d'Anne-May qui contenait les boucles d'oreilles de Ma. Je me levai et m'en approchai, une boîte en cuir bordeaux foncé, doublée de velours noir. Je l'ouvris et regardai les bijoux bien rangés. Anne-May m'avait fait la leçon sur chacun de ces bijoux et m'avait aussi avertie des châtiments qui m'attendaient si un seul venait à manquer.

Je sortis une des boucles d'oreilles en améthyste et la tint devant la fenêtre. Les pierres violettes brillèrent. Tante Tandy Rose les avaient données à Ma après la chose terrible qui s'était produite dans la grange à tabac quand nous, les enfants, étions en train d'y jouer. Tandy Rose l'avait fait pour la réconforter et Ma s'était sentie un peu mieux.

Mais la vieille dame n'était pas enterrée depuis une heure quand LeBaron raconta à Anne-May qui venait juste d'arriver que Ma avait ses boucles d'oreilles. Elle l'envoya aussitôt retourner toute notre case à leur recherche. Ma finit par les lui donner en lui disant qu'il ne pourrait pas lui retirer l'estime de tante Tandy Rose. Il l'avait frappée de toutes ses forces en pleine figure du manche de son fouet et le métal avait laissé une petite demi-lune sur le menton de Ma. Chaque fois que nous voyions ces pierres pourpres se balancer aux oreilles d'Anne-May, scintillant si joliment, je sentais la colère de Ma.

La voix d'Anne-May me parvint des escaliers. Je laissai retomber les boucles d'oreilles sur le velours et refermai le couvercle.

Elle entra dans la pièce, et me regarda méfiante.

— Qu'est-ce que tu fabriques ?

— Je viens juste de finir votre nouvelle robe, c'est tout.

— Tu fouinais là-dedans, hein ? me demanda-t-elle en ouvrant son coffret à bijoux.

— Non, madame.

— Les bijoux ne sont plus rangés comme avant. Descends à l'office.

— Je jure sur la Bible que je ne...

— N'invoque pas le nom du Seigneur en vain. Tu descends à l'office ou tu veux que je te fouette ici deux fois plus longtemps.

Ce soir-là après qu'Anne-May se soit endormie, épuisée de m'avoir battue, je rejoignis les miens dans la case. Pa me fit asseoir à table pendant que Sally, dans tous ses états, m'enduisait le dos d'une flopée de remèdes et tamponnait mes blessures avec du coton imbibé de tisane de camomille.

— J'ai un nouveau plan, déclara Pa.

Ma faisait les cent pas et à la lueur de la chandelle les larmes brillaient dans ses yeux.

— Je n'en peux plus de tes plans, Kofi. Combien devons-nous encore endurer ? Je ne resterai pas un jour de plus. Je traverserai la rivière à la nage, ça m'est égal, je ne veux plus voir ma fille souffrir encore comme ça. En plus, ce n'est qu'une question de temps avant que LeBaron lui mette la main dessus et lui fasse les horreurs qu'il a faites à Celeste. Je l'amènerai moi-même à Fort Monroe si nécessaire.

Pa tendit encore du coton à Sally.

— J'ai un nouveau plan, bien mieux que Fort Monroe. Nous allons à Point Lookout, un camp de l'armée de l'Union est installé pas loin d'ici, sur la péninsule. Il y a un camp de contrebande là-bas, ils nous prendront.

— Qui t'a dit ça ? demanda Sally Smith.

— Un affranchi du magasin de Leonardtown où j'achète ma peinture. Il dit qu'il suffit d'y arriver. Ils donnent du travail à tout le monde, payé. Il y en a qui embarquent sur des bateaux pour le nord.

— Moi ça me va, dit Ma, assise à mes côtés. Mais le plus tôt sera le mieux.

— Comment on fait pour y arriver ? demandai-je.

— Faut passer par les marais. Jemma, tu dois prévenir Patience.

— Les marais ? s'exclama Sally en serrant les lèvres.

Mes mains se mirent à trembler rien qu'à cette idée.

— Il n'y a pas d'autre moyen, Pa ? Patience a peur des serpents et les chiens me connaissent trop bien.

— On ne peut pas prendre la route principale. Tu ne sais pas de quoi t'es capable tant que tu y es pas obligée, Jemma.

Ma me prit la main.

— Nous nous en sortirons, dit Pa, les yeux graves. Nous sommes proches de la liberté, je le sens.

17

Anne-May

Peeler, Maryland, avril 1862

UN MATIN, ALORS QUE J'ÉTAIS ASSISE dans la salle à manger en compagnie d'Euphemia et du chat, qui s'en prenait violemment aux boules en chenilles des rideaux, je songeais à me rendre en ville voir si Jubal avait reçu du tabac. J'étais à court et le bourdonnement dans ma tête devenait assourdissant. Nous entendîmes soudain un bruit de roues sur le gravier. En nous précipitant dans la cour, nous vîmes un chariot conduit par deux hommes coiffés d'un chapeau haut de forme, le teint frais et un air jovial assez déconcertant pour des gens de cette profession. Il y avait un cercueil en métal gris à l'arrière.

Euphemia s'appuya de tout son poids contre moi.

— Fergus.

Je la repoussai et me recoiffai. Les deux employés mirent pied à terre et s'approchèrent.

— Désolés, madame, d'apporter de mauvaises nouvelles. Nous avons une livraison pour Mme Anne-May Wilson Watson.

— En personne.

— Où pouvons-nous mettre le corps ? Il nous faudra deux tréteaux pour poser la bière.

— Fergus Watson ? Oh, mon Dieu !

Je reculai d'un pas. Fergus, mort, quelle horreur ! Et tellement inattendu. Je le reconnaissais bien là : me laisser ainsi sans argent avec une plantation à gérer.

— Emmenez-le dans le grand salon, j'imagine. C'est ce que nous avions fait pour tante Tandy Rose. Il donne sur le fleuve et offre l'une des plus jolies vues du Maryland, messieurs.

Euphemia tira un mouchoir de sa manche.

— Fergus adorait ce fleuve.

— Combien vous dois-je ? demandai-je aux employés. Nous ne sommes pas bien riches, je le crains.

— Pas un centime, madame, il a prépayé, il avait dû sentir que son heure était venue.

— Oh, Fergus, s'exclama Euphemia. Il était si prévenant.

Une fois dans le salon, elle commença à larmoyer. Typique.

— Arrête-moi ça ! lui ordonnai-je, en la secouant par le bras. Enfin, bon sang, on dirait que c'est toi qui étais marié à Fergus. C'était son heure, c'est tout. Dis à Joseph de démonter la porte et d'apporter deux tréteaux pour le cercueil et demande à Zibeline et Jemma de venir pour la toilette.

Les croque-morts me suivirent.

— Il a demandé qu'un liquide lui soit injecté dans tout le corps, pour tenir pendant une semaine, plus peut-être, sans qu'il se décompose.

— Quel réconfort de vous entendre dire cela, ironisai-je.

Quand Joseph eut posé la porte sur les tréteaux et que Zibeline et Jemma furent arrivées, les hommes apportèrent le cercueil et le posèrent sur cette table de fortune. Je ne supportais pas la vue de cette boîte en zinc gris-bleu ressemblant de façon si morbide à un corps. Large aux épaules, elle était surmontée d'un petit coffre réfrigéré dans le même matériau.

— Signez-moi ces documents et nous emporterons la bière une fois que la dépouille sera en place.

L'un d'eux enleva la boîte réfrigérée, révélant ainsi le couvercle et l'inscription écrite dessus à la craie : *Harold Wilson. Livrer à Mme Anne-May Wilson Watson, Peeler, près d'Hollywood, Maryland.*

— Je ne comprends pas, dis-je en reculant d'un pas.

— Je vous ai dit qu'il avait prépayé. Il avait acheté tout le forfait.

— Je répète, je ne comprends pas. Ce n'est pas mon mari, Fergus Watson ?

— Non, c'est Harold Wilson. L'adresse est écrite. Écoutez nous avons d'autres transports à assurer et il nous faut la boîte.

— Bien sûr.

J'étais incapable de dire autre chose, un vide vertigineux s'empara de moi, comme si je regardais dans un gouffre. Euphemia me saisit le bras.

— Oh, non, pas notre Harry, et elle se mit à hurler.

Les hommes ouvrirent le dessus du cercueil avec une pince-monseigneur, puis le posèrent sur le côté.

— Voulez voir le corps ? Il a été préparé selon le contrat, et c'est un monsieur, présent sur le champ de bataille, qui a fait le nécessaire pour l'envoyer ici.

Les jambes tremblantes, je m'avançai et vis mon frère, mon petit frère si beau. Bouleversée, je les regardai le soulever dans son uniforme.

— Il a fallu lui changer la chemise. Un coup en pleine poitrine. On ne s'en sort jamais vivant. La balle l'a traversé. Il n'a pas souffert, ça c'est certain.

Comment ce corps pouvait-il être celui de Harry, si froid, si blanc ? On aurait cru qu'il dormait, mais ses lèvres étaient cernées d'un horrible bleu et personne ne dort ainsi, la bouche entrouverte, les bras le long du corps.

La chatte sauta sur le sofa et regarda Harry. Mes yeux s'emplirent de larmes. Sainte Jeanne le reconnaissait-elle ?

Euphemia grimpa à l'étage quatre à quatre et s'alita tandis que Zibeline, Sally et Jemma, entrées discrètement, têtes baissées, chacune avec une bassine à moitié remplie d'eau et des chiffons propres, se mirent au travail. Elles lui ôtèrent son uniforme, veste et pantalon, et recouvrirent ses parties génitales d'une serviette, puis le frottèrent une dernière fois. Sally avait préparé ses habits sur le sofa comme si, d'un instant à l'autre, il allait se lever et les mettre.

Je m'entendis dire d'une voix très lointaine : « Lavez-le bien. »

Zibeline se contenta de faire oui de la tête. Le bruit de la porte arrière de la maison nous fit toutes sursauter et une voix résonna dans la maison.

— Est-ce vrai ? Où est mon fils ?

Je ressentis une douleur vive et soudaine, comme un coup de poignard.

Ma mère.

— Bonjour, Mama, vous êtes venue vite

Zoretha Wilson Stickman fit son entrée. Elle évoquait un petit frelon maigrichon, coiffée d'une sorte de béguin noir et vêtue d'une des trois robes noires en bombazine qu'elle avait fait faire récemment, pressentant une telle occasion.

— Je venais d'arriver chez la cousine Sissy à Baltimore quand j'ai appris la nouvelle. Je ne peux toujours pas y croire. Non, pas mon Harry !

— Si, Mama, c'est la réalité.

Je reculai et la laissai passer, une forte odeur de gardénia dans son sillage. Elle ôta ses gants, un doigt après l'autre.

— Je dois donc les enlever moi-même ? J'avais oublié combien vous êtes arriérés ici.

— Jemma est occupée, maintenant.

Elle s'avança près du corps et le regarda.

— Mon garçon, elle tendit la main pour lui caresser l'épaule, mais la retira aussitôt.

— Où est l'impact ? demanda-t-elle à la ronde.

Je repris place à côté de Harry et désignai sur sa poitrine, presque au milieu, l'horrible trou bordé de rouge.

— Ici, Mama.

— Soulevez-le.

Jemma et Zibeline se regardèrent, interloquées.

— Soulevez-le, j'ai dit. Dieu tout-puissant, qu'est-ce que vous avez ?

C'est à peine si je pus les regarder essayer de redresser Harry, comme s'il était assis, mais son pauvre corps blanc-gris était bien trop raide et Mama dût se plier en deux pour voir son dos.

Elle se redressa avec un petit sourire bizarre.

— C'est ça, je le savais. La sortie de la balle est bien plus grande que l'entrée. Il est mort en brave, frappé de plein fouet, il ne fuyait pas.

— Viens Mama, Zibeline doit finir de préparer le corps pour que les gens puissent venir le voir une dernière fois.

Comme si elle la voyait pour la première fois, Zoretha regarda Zibeline

— Fais-les sortir d'ici.

— Elles doivent terminer, lui expliquai-je en essayant de la pousser dehors.

— Hors de question qu'elles touchent à mon garçon. Va chercher ta sœur.

— Mais Mama, Euphemia se repose. La mort de Harry l'a brisée.

Zoretha prit une grande inspiration et dit d'une voix égale :

— Tu me sors ces chiennes de Noires à l'instant, ou je prends un fusil dans ce placard et je les tue toutes, tu m'entends ?

Zibeline et Jemma sortirent en hâte, abandonnant mon frère, nu, sur la table de fortune.

— Tu ne dis pas une prière pour Harry, Tu l'as à peine regardé.

— Chaque chose en son temps, Anne-May, je dois d'abord m'installer. Je prends ta chambre, j'ai besoin de la vue pour me calmer.

— Tu te moques bien de Harry. Tu lui as envoyé cet uniforme pour ta propre gloriole. Il est mort par ta faute et tu t'en moques !

Mama s'approcha, les yeux brillants de larmes, et me donna de petits coups dans la poitrine d'un doigt tremblant.

— Ne t'avise pas de remettre en cause l'amour d'une mère pour son fils. Dès le jour de sa naissance, il a été mon rayon de soleil, bien plus que vous n'avez jamais pu l'être, vous les filles, et jamais je n'aimerai quelqu'un autant que lui. Il était bon, gentil, un baume pour mon cœur, heureux d'être aux petits soins pour moi, plus comme votre père que comme vous. Tu lui feras faire sa toilette et je le verrai ce soir, comme il faut, avec les autres invités. Fais monter mes malles et dis à Sally d'apporter du thé dans ma chambre.

L'exposition du corps de Harry touchait presque à sa fin quand Fergus revint en ambulance, amputé d'une jambe.

Euphemia se précipita dans la cour où deux ambulanciers le sortaient de la voiture sur un brancard.

— Fergus ! s'écria-t-elle, tu nous as tellement manqué.

— J'espère que les frais de l'ambulance sont déjà payés, Fergus, car nous n'avons pas un sou vaillant, sifflai-je en la suivant.

Là, sur l'aire de retournement en gravier, l'employé ôta la couverture, révélant le moignon dont l'extrémité saignait encore à travers le pansement. Il tendit une feuille à Euphemia.

— Il faut changer le pansement du capitaine et désinfecter la plaie à l'iode deux fois par jour.

Je me détournai, sur le point de rendre mon petit déjeuner, tandis qu'Euphemia écoutait les consignes médicales tel un chien de pointage à l'arrêt. Les employés aidèrent Fergus à se lever et calèrent une béquille sous chaque bras.

— Merci ce sera tout, soldat, dit-il, puis, aidée par Euphemia, il se tourna vers la maison et se dirigea vers la porte.

— Je ne sais pas si tu es au courant, Fergus, mais Harry est mort. Le corps est à l'intérieur, dis-je, mes yeux s'emplissant de larmes.

— Nous avons combattu sur le même champ de bataille, Anne-May. C'est moi qui ai veillé à faire respecter ces dispositions.

— Comment ça s'est passé ?

— Je n'en suis pas certain. Je sais que nous nous battions contre son régiment…

— Et tu y es allé tout de même ? Tu aurais pu refuser de te battre contre ton propre beau-frère, et fuir.

— Les déserteurs, on les fusille, Anne-May. J'ai essayé de le chercher.

— Pourquoi tu ne l'as pas sauvé, Fergus ? Tu sais combien il m'était précieux, explosai-je, les bras croisés à la taille.

— J'ai fait tout mon possible, Anne-May, et j'ai même eu de la chance de pouvoir être sûr que le corps soit bien ramené à la maison. Souvent, ces assureurs abandonnent les morts.

Je suivis Euphemia qui soutenait Fergus.

— Tu m'avais promis de le protéger.

Il se tourna vers moi, le regard éteint.

— On ne pouvait protéger personne.

Euphemia l'aidait toujours à avancer, mais le bout de ses béquilles s'enfonçait de temps en temps dans le gravier meuble.

— Il n'avait rien à faire dans cette guerre ridicule. C'était un gentil.

— Et moi, je ne le suis pas ? Je n'aurais jamais imaginé qu'on puisse réserver un si mauvais accueil à un soldat blessé. Moi aussi, j'ai été proche de la mort, Anne-May.

— Eh bien, Fergus, ici la vie a aussi été difficile pour nous. Je veux que tu saches que Sally Smith nous a volés de façon éhontée. Ton épingle de cravate en or, par exemple, elle l'a prise et vendue. Elle a de l'argent caché partout à l'office. Tu devrais vraiment songer à t'en débarrasser, dès que possible. Jemma a causé des problèmes, elle aussi.

— Comment s'est passée la vente du tabac ?

— LeBaron n'a rien eu à proposer. La récolte de l'an passé a pris l'eau à cause d'un trou dans le toit.

Fergus s'immobilisa net.

— Alors, nous n'avons aucune avance pour l'année ? Pourquoi n'as-tu pas demandé à LeBaron de grimper sur le toit et de le réparer ?

— Joseph a pris une échelle, il y a travaillé avec clous et marteau, mais impossible de faire sécher les feuilles pour la vente.

— J'aurais dû savoir que je ne pouvais pas compter sur toi, Anne-May. Et maintenant, si tu veux bien permettre à un homme de rentrer dans sa propre maison en paix.

Je laissai passer cette demi-vérité, c'était ma maison ! Un mouvement à l'étage attira mon attention. Je levai les yeux vers la fenêtre de ma chambre et y vis Mama, son voile noir sur le visage, tirer le rideau d'une main et regarder Fergus froidement et avec dégoût avant de reculer dans l'ombre.

La petite quantité de tabac que Jubal fit déposer à mon intention ne me fut d'aucun secours pendant les obsèques de Harry. Lors de la messe, Mama pouvait à peine se tenir tranquille, comme si elle était assise sur des braises. La cérémonie terminée, elle alla vers le cercueil et resta là à le caresser d'une main.

— Mon garçon. Il est aux côtés de Dieu désormais, dit-elle en se balançant au rythme d'un chant qu'elle seule entendait.

La veillée, les visites, tout avait été très pénible pour elle, avec ces gens, qu'elle connaissait à peine, venus d'autres plantations du comté de Saint Mary.

De retour à la maison, elle s'assit, comme si elle était l'hôtesse, à côté de la veuve Gardener et, tout en lui proposant la carafe de liqueur à la mûre, elle lui dit que son mari avait été bien bête de soigner les Nègres et qu'il avait mérité de mourir.

— Et vous brûlerez en enfer, car vous soutenez les Yankees, poursuivit-elle.

Elle se leva et raconta à qui voulait bien l'entendre que dans le Maryland, Lincoln n'avait obtenu que mille voix sur trente mille.

Puis elle fit du gringue à Jubal, malgré la présence de Mme Smalls pendue au bras de son mari, mal fagotée et plus pâle que jamais.

— Si l'on mettait ensemble tous les hommes séduisants de Louisiane, Jubal Smalls, ce serait vous, avec votre mine si plaisante et vos manières qui le sont encore plus. Pas étonnant que toutes les femmes de cette ville soient absolument folles de vous.

— Et je n'ai jamais posé mon regard, murmura-t-il en se penchant, sur une femme aussi accorte que vous, Zoretha.

L'affection qu'il lui montrait devait sans doute tenir aux achats qu'elle avait faits la veille dans son magasin, un châle noir en cachemire et des pendants d'oreilles en jais. D'excellente humeur, Jubal déambulait dans ma maison, posant des questions sur chaque petite chose tandis que Fergus le dévisageait depuis son fauteuil près de l'âtre.

— Quand cette bâtisse a-t-elle été construite ? s'enquit-il.

— Vous souhaiteriez peut-être y emménager ? ironisa Fergus.

Jubal, en connaisseur, étudiait les vases de Sèvres bleus.

— Ça se pourrait.

Mama le suivait comme un chien de chasse sur une piste.

— Si seulement Anne-May vous avait rencontré avant Fergus, déclara-t-elle sans faire le moindre effort pour baisser la voix.

Harriet Smalls se tourna vers Mère.

— Vous pleurez la mort de votre fils, je le comprends, mais c'est de mon mari dont vous parlez.

— Si vous voulez le garder, vous feriez mieux de soigner votre apparence.

Y avait-il l'ombre d'un sourire sur le visage de Jubal ? Comme Mama se penchait vers lui, son verre de liqueur s'inclina et se renversa sur sa jupe.

— Je vois bien la façon dont vous regardez ma fille, et moi également. Les garçons de Louisiane chérissent leur mère.

Avant que Mama ne finisse par offenser tous les habitants d'Hollywood, je l'envoyai se coucher tandis que Jubal et sa femme se dirigeaient vers la porte d'entrée. Il se retourna, me sourit et je sus, à ce moment précis, que je pouvais l'avoir quand je le voulais.

Un jour avant que Mama ne se rende chez sa cousine Sissy à Baltimore, nous partîmes en mission en ville. Habillées en noir de la tête aux pieds, un voile en résille sur le visage, nous conduisîmes la calèche jusqu'à la poste d'Hollywood avec toute une cargaison de chaussettes d'homme.

— Fergus et toi, vous allez avoir un bébé ? me demanda Mère, le regard sur la route.

— Pas sûr que ce soit d'actualité.

— Peut-être est-ce mieux ainsi, dit-elle après un instant de réflexion. Il y a toujours le risque que l'enfant préfère Fergus.

— Pensez-vous que je serais une bonne mère ?

Elle inspecta la petite pochette jaune ornée de perles qu'elle avait toujours avec elle et qui contenait ses pilules, son peigne et ses pots à parfum.

— Je crois que j'ai oublié mon rouge à joues à la maison.

— Vous n'êtes pas très douée pour changer de sujet, Mama.

— C'est tout juste si tu montres de l'affection à ce chat, Anne-May, alors un enfant…

— Allons, n'aimeriez-vous pas un adorable bébé ?

— Tu ferais une mère passable, j'imagine.

Nous nous arrêtâmes devant le petit bâtiment minable de la poste. L'endroit évoquait une tombe, hermétique, sans air ; pour tout meuble, une chaise et un petit bureau et, assis derrière, un homme chauve à lunettes. Me vint alors soudain la vision du corps sans vie de Harry, allongé dans le salon le premier soir. Je pris une profonde inspiration.

Nous étions venues expédier aux troupes les trois boîtes de chaussettes que nous avions tricotées au cercle de couture, à nous en user les doigts. J'avais objecté à la veuve Gardener qu'on devrait penser aussi aux troupes confédérées, mais elle avait fait parvenir à Euphemia une liste rédigée au crayon de son écriture tout en boucles avec uniquement les adresses des troupes de l'armée américaine. Des lieux dont je n'avais jamais entendu parler : Kernstown, Newton, tous en Virginie. C'est naturellement à Euphemia qu'elle avait demandé de s'occuper des envois, ces deux-là ne se quittaient plus, mais ma sœur s'était alitée avec ses poudres anti-migraine. La faute, peut-être, à Mama et à ses harcèlements et provocations expertes. À moi donc de faire le boulot.

Je tendis la liste au receveur des postes.

— La plupart des gens apportent leurs paquets prêts à être envoyés, bougonna-t-il et il copia les adresses sur chaque paquet avec une telle lenteur qu'une queue commença à se former derrière nous.

— La plupart des receveurs ne sont pas arrogants avec les clients, rétorqua Mama.

Arès cinq bonnes minutes, il termina enfin, écrivant *Strasburg, Virginie*, puis il posa le stylo.

Mère souleva son voile noir. Ses joues étaient d'une pâleur grise depuis qu'elle portait le deuil, comme si à force de s'apitoyer sur notre cher Harry, elle tentait d'être aussi livide que lui. Sa peau était parfaite malgré ses quarante ans passés à force de dormir toutes les nuits avec de fines tranches de bœuf cru sur le visage.

— Les rédacteurs de la Constitution ont mis moins de temps à l'écrire, dit-elle avec une certaine ironie.

Le receveur ôta ses lunettes.

— Vous pouvez vous dispenser de cette attitude de sudiste et retourner d'où vous venez.

Mama se pencha par-dessus le bureau.

— Vous ne portez pas ce hideux uniforme de nordiste, à ce que je vois.

— C'est un établissement du gouvernement américain et je n'y tolérerai aucun langage perfide, madame.

Mère, levant les yeux au ciel, me regarda et articula silencieusement le mot « con ».

— Mon fils a été tué par ceux-là mêmes qui porteront ces chaussettes.

— Peut-être était-il du mauvais côté, rétorqua le receveur sans lever le nez.

— Peut-être le mauvais pays, siffla Mère, les lèvres serrées.

— La loi est claire, je peux vous faire emprisonner pour pensées déloyales, paroles ou actions injustifiées.

— Et le droit à la liberté d'expression ?

— Ce pays est en guerre, madame, et vous vivez dans un État frontière. Cette liberté n'existe pas ici.

— Pas plus que des élections honnêtes, rétorqua Mama, vous bourrez tous les urnes ici.

— Je redoute que ce soit pire encore si l'Union se désintègre, dit-il avec un haussement d'épaules. En tout cas à votre place, je serais prudente. L'armée a bouclé des gens à Point Lookout pour moins que ça.

— Où est-ce ? demanda-t-elle, jetant un œil par la fenêtre.

Le receveur termina d'écrire l'adresse d'un expéditeur avec une fioriture.

— Juste au Sud d'ici, au bout de la péninsule de Point Lookout, dans les maisons d'une flopée de richards qu'ils ont transformées en camp. Il y a une prison pour les rebelles, contrebandiers, traîtres et espions. Et ils les pendent par les pouces là-bas.

— Tout de même pas les dames, dis-je, l'estomac retourné, lissant mes cheveux en arrière d'un geste mécanique.

Le receveur colla le dernier timbre.

— À ce qu'on dit, ils en ont quatre là-bas. Des traîtres à l'Union. Des espionnes qui apportaient assistance et réconfort à l'ennemi.

Il me tendit la liste d'adresses que, une fois sortie avec Mama sur le porche, je froissai et roulai en boule.

— Bon débarras. Espérons que la veuve Gardener est satisfaite.

Mama me prit la boule des mains, la lissa.

— Il y a bien quelqu'un avec qui tu peux partager ces adresses, Anne-May, chuchota-t-elle en se penchant vers moi, quelqu'un qui pourra en faire bon usage. Ça indique où se trouvent les troupes yankees. Fais-le pour ton frère, pour lui rendre justice.

— Certainement, Mama, dis-je en la lui prenant des mains.

Cet après-midi-là, je glissai la liste dans mon carnet en maroquin rouge et envoyai Jemma en ville. À coup sûr, Jubal serait content.

Mon Harry, glacé dans le sol, le liquide d'embaumement encore frais dans les veines, méritait d'être vengé.

18

Georgy

À bord du Daniel Webster, juin 1862

« Chère mère,
Notre flotte de navires-hôpitaux a fait route vers Fort Monroe. Nous sommes coupées de toute communication avec l'armée et l'élément qui nous y tient le plus à cœur : Joe. Les bruits courent que le 16e avance vers un lieu appelé Gaines Mill et s'attend à un combat majeur avec le général Lee. Eliza et moi sommes à cran. Un messager à cheval vient d'annoncer que la cavalerie de Stoneman a harcelé les sudistes jusqu'à ce que nous puissions enfin lever les amarres sans risque. La chose la plus intéressante a été le mouvement des esclaves. Lorsque la fuite imminente des Yankees s'est sue, ils ont accouru de tout le comté, vers le fleuve, chargés de meubles, poêles, vieux

chapeaux et ballots, sans paraître anxieux ou excités. Il y avait plein de place pour eux sur le pont des navires de ravitaillement. À bord de l'un de ceux que nous avons dépassés, il n'y avait semble-t-il que des femmes vêtues de leurs robes les plus gaies et coiffées de turbans éclatants. Elles allaitaient paisiblement leurs bébés et chantaient des cantiques alors qu'on entendait tonner les canons au loin. Le jour de leur délivrance était arrivé et elles acceptaient ce changement avec un grand calme.

Votre fille aimante,

Georgy. »

En route pour Fort Monroe, les blessés continuaient d'affluer. Nous luttions et faisions de notre mieux pour soigner les terribles blessures jusqu'à ce que Christine, atteinte de la malaria, soit évacuée avec les blessés rapatriés au Nord. Je contactai M. Olmsted qui nous envoya de l'aide en la personne d'une jeune et jolie novice des Sœurs de la charité.

— Mademoiselle Woolsey ?

Je me retournai et vis dans l'encadrement de la porte une novice, à peine une jeune fille, les yeux bruns brillants.

— Je suis sœur Marguerite. Je suis venue avec deux autres sœurs qui sont déjà reparties car il n'y a pas de chapelle à bord. Mais moi, je suis décidée à rester si vous voulez de moi.

— Et comment, ma sœur, lui dis-je en lui prenant la main. Désolée qu'il n'y ait pas de lieu de prière sur ce navire.

— Ce service tout entier sera ma chapelle, m'assura-t-elle en souriant.

Cet après-midi-là, nous eûmes les pires cas à traiter, ainsi que six décès et trois amputations aux côtés du Dr Rogers qui nous battait froid depuis mes commentaires sur son travail.

Pour sœur Marguerite, ce fut le baptême du feu. Elle prit en charge le linge et s'avéra être un atout charmant, d'une volonté d'acier.

Nous cherchions constamment des visages connus issus du régiment de Joe. Tout en redoutant de voir des membres du 16e, nous voulions aussi des nouvelles du front. Nous finîmes par en trouver un : le porte-étendard. Allongé dans son lit, il était si jeune, et tellement maigre qu'on pouvait lui compter toutes les côtes, le pauvre. Il avait été blessé par balle à l'œil et cela lui faisait un trou béant au visage qu'il fallait panser toutes les heures. C'était un miracle qu'il soit en vie. Devenu notre chouchou, nous lui donnions en douce plus de friandises et de lait.

— Vous nous aviez fait faire notre drapeau, dit-il à Eliza qui lui tenait la main. Il a été sacrément endommagé ces derniers jours.

— Vous l'avez porté avec bravoure, j'en suis certaine, le rassura-t-elle, tout en lui repoussant les cheveux sur son front.

— Comment va le colonel Howland ? demandai-je.

— Le colonel s'est battu avec un si grand courage, il chevauchait à la tête de ses hommes. Il est resté en selle jusqu'à ce que… Le garçon nous regarda à tour de rôle.

— Je ne peux pas continuer, madame. Ce n'est pas bien que vous appreniez ça de ma bouche.

— Je vous en prie, soldat.

— Eh bien, j'ai vu Old Scott, son cheval, attaché à un arbre. Ils ont emmené le colonel dans l'une de ces nouvelles ambulances, le visage aussi gris que votre manteau. Ça me rend malade, mais je ne suis pas sûr qu'il s'en soit sorti, madame.

Pour cesser de penser au sort de Joe, Eliza écrivit des lettres à la famille et, quant à moi, une fois mon service fini, je mis la dernière main à mon manuel. Il contenait des chapitres sur le traitement des blessures, l'hygiène et le régime adéquat, avec notamment les recettes préférées des patients, boisson au lait, au rhum et à la framboise, clafoutis aux cerises et le bouillon de bœuf de Mère. Je le concevais comme un projet de programme pour l'école d'infirmières que j'ouvrirais un jour. Après une nuit entière passée à écrire à m'en engourdir la main, j'avais enfin deux copies de mon manuel.

Le lendemain matin, j'en donnai une à l'assistant du Dr Rogers, un certain St. Pierre, à la mine aigrie, qui croisait rarement le regard des infirmières.

— S'il vous plaît, assurez-vous que le docteur ait bien ce livre entre les mains car il a exprimé le désir de le lire. Et soyez gentil, faites-le circuler parmi vos collègues.

— *Manuel de soins infirmiers* ? lut-il sur la couverture.

— Il contient tout ce qu'il faut savoir sur ce métier.

— J'en informe le docteur, répondit-il avec un sourire. Je suis certain qu'il y prendra grand plaisir.

La nuit suivante, Eliza et moi passâmes notre temps à somnoler sur une chaise, réveillées par les appels des hommes qui demandaient une compresse froide ou un verre de cognac pour soulager la douleur. À minuit, sœur Marguerite fit ses visites, s'arrêtant ici et là pour aller chercher une tasse de lait ou écouter l'histoire d'un soldat incapable de dormir.

Nous venions juste de nous assoupir lorsque, d'une gentille pression sur l'épaule, sœur Marguerite nous réveilla et nous vîmes l'homme que nous redoutions le plus de voir : le capitaine Holland du 16e régiment de New York, au garde-à-vous.

— Madame Howland, un message du champ de bataille.

Alors que nous nous levions de nos chaises avec lenteur, Eliza chercha ma main.

— Je ne pourrai pas faire face seule.

Le capitaine Holland se tenait droit, le regard fixant un point devant lui.

— Le colonel Howland a été blessé, madame, il est en route, en ambulance.

— La nature de sa blessure, monsieur ? demanda-t-elle, me serrant la main plus fort.

— Il me fait dire que c'est une blessure légère, madame.

— Merci, capitaine.

Un silence s'installa, une question restait en suspens.

— Légère, capitaine, vraiment légère ?

À la lueur d'une bougie, on vit une larme briller dans l'œil du capitaine.

— Après que le colonel Howland a été désarçonné, Scott, son vieux cheval, l'a veillé. Il s'essuya l'œil de sa manchette. Je n'ai pas d'autres nouvelles à vous transmettre, madame Howland.

Il se dirigea vers les escaliers, puis soudain s'arrêta et se retourna.

— Merci pour tout ce que vous et votre sœur, vous avez fait pour nous, madame.

— Je vous en prie, ce n'est rien, capitaine, lui dit Eliza, une main sur sa manche.

— Notre régiment a été plus que chanceux d'être aux ordres du colonel Howland. Il n'y a pas eu plus brave que lui devant l'ennemi.

Les brancardiers arrivèrent avant l'aube, avec Joe sur une civière. L'un d'eux s'avança vers Eliza, ôta son képi et la salua.

— Nous venons de Gaines's Mill, madame Howland, le colonel Howland requiert des soins immédiats.

Nous transférâmes Joe dans un lit. La mâchoire pendante, il semblait inconscient. Pour le bien de ma sœur, j'essayai de ne pas laisser mon visage exprimer le choc ressenti. Nous avions déjà vu ce gris-vert si particulier sur le visage des soldats. Chaque fois, nous avions tiré le drap sur les corps.

Eliza s'agenouilla au chevet de son mari et lui prit la main.

— Joe, c'est moi. Il ne réagit pas, me dit-elle, les yeux sombres.

— Marguerite, allez chercher le Dr Ware, ordonnai-je.

Elle s'éloigna à toute vitesse. Le brancardier se rapprocha.

— Notre chirurgien regrette de n'avoir pu accompagner le colonel Howard. Il croule sous le nombre des blessés, il a pensé que c'était mieux de laisser le Dr Ware retirer la balle et pratiquer tout autre acte chirurgical.

— La nature de la blessure ? demandai-je, une main sur la joue froide de Joe.

— Le colonel Howland a mené la charge avec ses hommes sous le feu ennemi, il a été touché à la cuisse, mais il a continué l'assaut, malgré l'air épais de mitraille. Il a perdu beaucoup de sang.

— Merci, brancardier.

— Si vous voulez bien m'excuser, dit-il en saluant, nous devons nous occuper d'autres patients.

Le groupe se hâta vers les escaliers au moment où revenait Marguerite, le Dr Rogers et trois infirmiers dans son sillage.

Même de là où je me tenais, je sentis qu'il empestait le brandy.

— Marguerite, voulez-vous faire venir le Dr Ware pour le colonel Howland ?

— Ware a reçu l'ordre de débarquer, annonça le Dr Rogers sans même prendre la peine de me regarder. Il se tourna vers le brancardier. Les circonstances de la blessure ?

— J'ai pour mission de faire mon rapport au Dr Ware, répliqua l'homme, revenant vers nous.

— C'est moi le responsable ici et votre rapport, c'est à moi que vous le faites.

— Blessure à la cuisse, monsieur. On n'a pas trouvé la balle. Inflammation sévère. Cela remonte à quelques jours, mais le colonel a tenu à achever la bataille, en selle.

— Ah, alors une mort glorieuse, rétorqua le Dr Rogers, les yeux baissés vers Joe.

— Complications dues à la malaria. Le chloroforme que nous avons administré ne fait plus effet, mais nous en manquons tous.

— Comme nous ici.

Le Dr Rogers écarta la couverture. La jambe de Joe apparut : le pantalon avait été découpé et une bande plâtrée lui recouvrait la cuisse. Rogers l'ôta d'un coup, révélant une blessure noire sur laquelle on avait appliqué de l'iode, du pus suintait autour de la plaie, enflée et enflammée.

Eliza poussa un cri qu'elle réprima, une main sur la bouche. Nous avions vu d'innombrables blessures de la sorte, peu guérissaient.

Le Dr Rogers rejeta la couverture sur Joe

— Il fait une septicémie. Portez-le sur la table.

— Georgy, non, m'implora Eliza.

— Nous allons attendre le Dr Ware, m'interposai-je, les mains serrées à la taille pour les empêcher de trembler.

— Le Dr Ware est à une heure d'ici, rétorqua-t-il, après une volte-face chancelante, et c'est moi qui décide. Cet homme a une blessure purulente qui se putréfie. Plus vous attendez, plus vous augmentez les chances d'une issue fatale.

— Vous êtes ivre, docteur, Mme Howland et moi-même ne vous laisserons pas l'opérer.

— Eh bien, vous êtes de vraies imbéciles ! L'amputation ne suffira peut-être pas à lui sauver la vie. Si rien n'est fait, alors il mourra à coup sûr.

— Il ne bougera pas de ce lit, tonnai-je.

— Très bien. Il se tourna vers les infirmiers. Je ne vois pas pourquoi nous ne ferions pas notre devoir ici. Préparez ce patient et escortez ces dames dehors.

Les ambulanciers arrachèrent Eliza à Joe.

— Non, docteur Rogers, je vous en supplie, je dois rester à ses côtés.

Sœur Marguerite essaya de s'accrocher au cadre du lit, Eliza et moi nous débattîmes mais leur poigne était ferme et ils eurent tôt fait de triompher et de nous traîner vers les escaliers.

— Couteau courbe d'amputation de Wood, expliqua Rogers à ses assistants, en leur présentant la lame.

19

Jemma

Peeler, Maryland, juin 1862

NOUS ÉTIONS DÉBUT JUIN et après un printemps sec, je me demandais chaque nuit si ce serait celle du départ jusqu'à ce qu'un dimanche Pa nous informe que nous partirions le lendemain. Nous irions à Point Lookout et nous nous livrerions en tant que « marchandises prises à l'ennemi ». Une décision sensée car je voyais le dessous des feuilles et la pluie arrivait.

— On passe par le marais ?

— Pas d'autre solution, me dit Pa. Prie pour qu'il pleuve fort. Les chiens auront du mal à nous pister.

Le lendemain avant de pouvoir aller prévenir Patience, j'eus beaucoup à faire : nourrir les poules, laver et étendre les draps, finir la nouvelle coiffe de

Mme Anne-May. Et ce fut seulement ces tâches terminées qu'elle m'autorisa à partir livrer ses œufs à Mme Charlene.

Je portais ma robe verte en coton, mon plus joli chapeau avec des rubans couleur lilas qui, selon Anne-May, ne convenaient pas à son teint, et, armée de la vieille boîte en fer pleine de pierres de Delly, je fis route vers Ambrosia annoncer la bonne nouvelle à Patience.

Ma travaillait dans le champ le plus proche de notre case, tandis que Pa était à l'intérieur.

À mon passage, Ma me fit un geste de la main ; ses lèvres disaient : « Dépêche-toi de revenir. » Mais ses yeux disaient : « Ce soir nous serons libres. »

De nouveau, je dépassai le vieux portail gris, auquel était attaché un des premiers tournesols de la saison. J'essayai de ne pas regarder le sycomore aux branches comme de longues pattes d'araignée qui se dressait dans la clairière. À mesure que je me hâtais vers Ambrosia, la boîte me glissait des mains. J'allai directement à la hutte de ma sœur et lui laissai un message sous son oreiller : on part ce soir pour le nord. Ensuite, je me dépêchai de rentrer pour préparer mes affaires.

Sur le chemin du retour, de gros méchants nuages noirs s'amoncelaient, il faisait de plus en plus sombre et je courus pendant quasiment tout le trajet. J'étais presque arrivée au portail de la ferme de Burns quand LeBaron sortit des bois sur son cheval comme un diable de sa boîte. Je m'étranglai de peur.

— T'as ton laissez-passer ?

Je voulus faire un pas de côté, mais il mit son cheval en travers du chemin.

— Tu ne comprends pas quelle est ta place ici, Jemma. Quand je te demande ton laissez-passer, je veux une réponse.

Il descendit de cheval et s'approcha.

— Ça ne sera pas si pénible. Une fois détendue.

Je reculai, tout mon être empli d'effroi. Le même sort que Celeste.

— Non...

— J'y arriverai, Jemma, de toute façon, dit-il le bras tendu vers moi. Tu ferais mieux de pas faire d'histoires.

Je secouai ma boîte de pierres aussi fort que possible, le bruit résonna à travers les arbres.

— Tu préfères la manière forte ?

Il me prit par le bras et me traîna sur le sentier jusqu'à sa cabane tandis que je continuais à secouer ces pierres si bruyamment qu'il finit par me prendre la boîte et la balancer dans le bois.

Je me débattis tant et plus que j'en perdis ma coiffe, mais au bout d'un moment il parvint à m'entraîner dans sa baraque qui sentait encore le pin. Il n'y avait pour tout meuble qu'un lit en fer et une chaise volée à Anne-May. Il me bascula sur le lit et d'un seul coup défit son ceinturon. Je lui donnai des coups de pied et de poing, mais il réussit à passer la main sous ma robe et à descendre ma culotte jusqu'à mes genoux.

Soudain, la porte s'ouvrit. Ma entra hors d'haleine et se mit à lui bourrer le dos de coups.

— Laisse-la.

Il se redressa et s'approcha d'elle.

— J'ai tout pouvoir ici, tu le sais.

Je remontai ma culotte.

— Prends-moi à sa place, tu veux quelqu'un qui s'y connaît. Pas une enfant.

— Ah, sourit LeBaron, il était temps, Zibeline. Si tu m'avais fait cette offre il y a longtemps, mes désirs seraient satisfaits et cette gamine ne me tenterait pas.

Ma me lança un bref regard entendu.

— Eh bien, LeBaron, toi et moi, on n'a jamais eu l'occasion de parler.

— Ah, dit LeBaron, un grand sourire aux lèvres, tout en s'approchant, ça c'est une idée, viens t'asseoir et on va causer.

Avec un infime mouvement de tête, Ma me fit signe de me lever.

LeBaron s'approcha d'elle et lui ôta son châle d'un geste lent.

— Alors, mademoiselle Zibeline, on va finir par s'entendre.

— Laisse-la partir. Je me sentirai plus à l'aise si on est juste tous les deux.

— Je ne suis pas idiot. Elle ira droit voir son Pa et lui racontera tout, et alors, on en sera où ?

— Son Pa est parti en ville.

Nos regards se croisèrent, le mensonge était gros. Pa réparait le tiroir de la commode d'Anne-May.

Quand je vis LeBaron commencer à embrasser Ma dans le cou et à la tripoter de partout, je crus que j'allais vomir ma soupe. Je restai là, indécise, les mains serrées comme des poings.

Puis LeBaron prit son vilain vieux ceinturon, en passa un bout autour de la colonne de lit et attacha l'autre au cou de Ma.

— Je ne vais pas prendre le risque que tu décampes.

Le regard apeuré de Ma croisa le mien. Alors seulement, je sortis en trombe et courus jusqu'à Peeler. J'y trouvai Pa agenouillé devant la commode d'Anne-May.

— LeBaron a coincé Ma dans sa cabane.

En un éclair, il s'était redressé et dévalait la colline. Il dépassa le fumoir et fonça vers la cabane de LeBaron.

Je le suivis aussi vite que possible et arrivai juste au moment où il entrait. Le temps que je pénètre dans la pièce, il avait plaqué LeBaron contre le mur et lui avait mis son couteau sous la gorge. Ma m'attira à elle.

— Ne la touche jamais plus, hurla-t-il en le poussant violemment sur le sol.

LeBaron resta là un moment à se frotter le cou, une haine intense dans ses yeux de porc.

Il ne leur fallut pas longtemps avant de venir chercher Pa. Ils se pointèrent à notre case juste avant le soir, LeBaron et quatre de ses patrouilleurs, tous à cheval. LeBaron avait sa grosse matraque noire et les autres tous types de gourdins, plus horribles les uns que les autres. Chester traînait une longue chaîne, épaisse, comme celles qu'ils utilisent pour tracter les grumes ; rien que de la regarder, mon sang se figea. Ma avait bien essayé de convaincre Pa de raconter sa version des faits à M. Watson ou à Anne-May, mais ils étaient introuvables. Pa, les mains attachées dans le dos par l'un des hommes de LeBaron, ne put même pas tenter de s'enfuir.

Les hommes coururent partout dans notre petite case. L'un d'eux descendit du grenier, un couteau à la main.

— Eh les gars, regardez-moi donc ce que j'ai trouvé. Il doit bien y en avoir une vingtaine. Et on dirait qu'ils se préparent à se faire la malle.

Cette découverte leur tira des cris de joie. Ils brandirent les couteaux sous le nez de Pa et le traitèrent de salopard.

Après lui avoir passé la chaîne autour du cou, ils le traînèrent sur le sentier en direction d'Ambrosia. Pa se tourna vers nous, les yeux empreints d'une tristesse et d'une peur terribles. Ma les suivit, implorant LeBaron de la prendre à sa place. Accompagnée de Sally Smith je courus à la maison.

— Monsieur Watson ! hurlait Sally. Venez vite ! LeBaron a attrapé Joseph et il va le tuer.

Partout, dans la maison, au bord du fleuve, nous beuglions son nom, mais personne ne vint. Persuadée qu'ils allaient emmener Pa à la cabane près du sycomore, j'y entraînai Sally. Elle tomba sur la route et je fis demi-tour pour l'aider.

— Ne t'occupe donc pas de moi.

Mais je lui dis de prendre appui sur moi et je m'arrêtai fréquemment pour qu'elle reprenne son souffle.

Le temps que nous arrivions là-bas, ils avaient installé Pa sur une petite estrade faite de quatre tonneaux recouverts d'une épaisse planche. LeBaron se tenait tout près, un balai à la main. Ils avaient serré davantage la chaîne autour du cou de Pa et l'avaient jetée par-dessus une des branches de l'arbre. Pa avait toujours les mains attachées dans le dos.

Ma s'était jetée par terre, en larmes, en proie à des convulsions insoutenables. Je cherchai M. Watson du regard sur la route. Il avait toujours eu beaucoup de considération pour Pa, il viendrait à coup sûr le sauver.

LeBaron prit le manche à balai et poussa Pa au bord de l'estrade.

— Non ! hurlai-je.

Je me précipitai, mais Sally me retint en essayant de me cacher les yeux. En vain, je vis LeBaron pousser Pa.

20

Georgy

À bord du Daniel Webster, juin 1862

JUSTE AU MOMENT OÙ, poussées sans ménagement par les aides-soignants du Dr Rogers, nous arrivions à l'échelle du *Daniel Webster*, Frank Bacon la descendait en hâte, sacoche de médecin passée à l'épaule.

— Docteur Rogers, vous n'opérez pas ; les brancardiers m'ont informé, vous allez m'abandonner ce cas et me laisser ces infirmières.

— Je suis le chef ici, dit Rogers en se redressant, et vous êtes sous mon autorité.

— Et moi le Dr Francis Bacon, médecin en chef des *Provisional Brigades* et vous allez vous retirer, monsieur, avec vos assistants.

Je n'avais jamais été aussi contente de voir Frank. Le devant de sa tunique bleue était noirci de sang, comme taché par du thé à la myrtille. Ses cheveux bruns avaient poussé, ils tombaient sur son col et sur son front.

— Et qui vous a donné ces directives ?

— Moi et le Dr Ware, répondit Frank, le blanc de ses yeux brillant dans la quasi-obscurité. Son arrivée est imminente.

Le Dr Rogers s'en alla, mais non sans lancer une bordée de jurons et en agitant un doigt menaçant dans notre direction.

— J'irai me plaindre directement auprès d'Olmsted.

— La balle a-t-elle été enlevée ? demanda Frank en s'approchant du lit.

Je le rejoignis aussitôt, trop heureuse de le voir prendre la situation en main.

— À Gaines's Mill, le médecin de l'armée a jugé bon d'attendre qu'on l'enlève ici.

Eliza s'agenouilla auprès de son mari et lui prit la main.

— Il lui a sans doute sauvé la vie, mais la malaria complique les choses.

— Est-ce qu'on l'emmène en salle d'opération ? Sœur Marguerite peut nous assister.

— Non, il ne faut pas le bouger, mais je ne vois rien dans cette obscurité. Apportez toutes les lampes dont vous disposez. Des pansements et trois bassines d'eau propre plus une petite table.

— Nous n'avons pas de chloroforme, Frank, ni brandy d'ailleurs. Juste un peu de quinine.

Sœur Marguerite apporta une table et Frank y déballa son matériel médical.

— J'ai apporté tout ce dont j'ai besoin.

Franck se dirigea vers la tête de lit et vit que Joe ne réagissait quasiment pas. Il lui repoussa les cheveux du front en un geste d'affection d'une grande tendresse.

— Tu as traversé bien des épreuves, Joe. La balle est toujours logée dans ta cuisse et nous allons la retirer. Tu dois te reposer.

Je rapportai une lampe à pétrole de la cambuse, la posai près du lit et montai la flamme qui projeta l'ombre de Frank sur le mur, éclairant sa mine grave, ses yeux de la couleur d'un thé fort, et les poils noirs de sa barbe de trois jours.

Le regard braqué sur Joe, il lui déboutonna rapidement sa tunique et je l'aidai à la lui enlever. Elle libéra une odeur de chevaux, de poudre et d'air nocturne. Les joues toujours creusées par les ombres, Franck remonta ses manches, puis tendit à Eliza une bouteille de chloroforme et un rectangle en métal de la taille d'un savon avec, à un bout, deux dents.

— Il faut découper son pantalon et, vous, sœur Marguerite, vous lui enlèverez ses bottes. Eliza, tu restes à son chevet et tu lui administres le chloroforme grâce à cet inhalateur. Lentement. Régulièrement. Ça le maintiendra dans une sédation légère. Georgy, trouve une cuvette et aide-moi. Sœur Marguerite, si vous voulez bien adresser vos prières les plus ferventes au Tout-Puissant, on a besoin de toute l'aide qu'on peut trouver.

Tandis que sœur Marguerite apportait les vêtements de Joe à la lingerie, j'étalai un drap propre sous sa jambe et Frank commença à sonder la plaie.

— Peut-être a-t-elle traversé la jambe ? demandai-je.

— Approche la lampe. Il est essentiel que nous trouvions la balle car si on la laisse à l'intérieur, cette blessure ne guérira jamais.

Avec son écarteur en argent, Frank sonda doucement les profondeurs de la plaie.

— Elle a sans doute entamé l'os ici, mais où est cette foutue balle ?

Sœur Marguerite réapparut soudain, une botte à la main.

— Docteur Bacon, j'étais en train de nettoyer les bottes du colonel Howland et voici ce que j'ai trouvé dans l'une d'elles. Je me suis dit que ce devait être important.

Elle tendit une main où était niché un plomb informe de la taille d'un pouce masculin. Frank souleva la balle dans la lumière, l'examina et son regard croisa le mien, les yeux mouillés de soulagement.

— Comment une balle peut-elle causer une telle blessure et se retrouver dans sa botte, je ne le saurai jamais, conclut-il avec un sourire. Merci, sœur Marguerite. Et j'imagine que nous devons aussi remercier notre créateur. Je pense que l'on peut refermer maintenant.

Subjuguée, je regardais Frank travailler avec des mouvements gracieux. Il frotta la blessure avec un tampon imbibé d'iode, sutura la plaie avec du fil métallique et la recouvrit en alternant des couches de notre meilleure charpie et de collodion, solution sirupeuse qui formerait une pellicule adhésive, une fois sèche.

Frank observait Joe endormi et lui prenait le pouls à intervalles réguliers, deux doigts sur le poignet, la mine toujours sombre. Puis il fit le tour d'autres patients, s'arrêtant ici et là pour éclairer le visage d'un malade, lui toucher le front en cas de fièvre ou lui dire un mot gentil. J'avais toujours souhaité que Frank soit plus comme son père, spontané et charismatique, mais cette nuit-là, je le considérai d'un œil neuf et jugeait sa force tranquille plus attirante que les manières grandiloquentes de son père.

Joe se réveilla avant l'aube ; le mélange de quinine et de whisky que Frank lui fit boire ramena lentement des couleurs à son visage. Eliza lui cala un oreiller sous la tête et sans relâche nous le réconfortions de toutes les façons possibles.

— Je ne peux pas vacciner Joe contre la variole avant qu'il ne recouvre ses forces, nous expliqua Frank, mais Eliza et toi, oui, et je vous le recommande.

— Tu as apporté le nécessaire ?

— Je l'ai toujours avec moi. Un vaccin à base de variole des vaches, de l'armée américaine, à l'état pur.

— C'est dangereux ?

— Ça l'est davantage de soigner des soldats ici sans être vacciné. Le public est devenu négligent et la variole est de retour.

— Tous les soldats doivent pourtant être vaccinés.

— Avec l'afflux de troupes sur le champ de bataille, un grand nombre ne le sont pas.

— Je ne suis pas prête à...

— Georgeanna, en tant qu'infirmière de la Commission sanitaire, tu dois toujours l'être. *Semper paratus.*

— Bien, on procède comment ?

— Il nous faut un endroit tranquille. La cambuse, ça ira.

Une fois dans la cuisine, Frank referma la porte et posa sa trousse sur le plan de travail.

— J'ai besoin que tu dénudes ton bras.

Je soutins son regard un long moment, puis mis la main dans le dos pour déboutonner ma robe.

— Tu te souviens quand tu as essayé de vacciner Mère et qu'elle s'est enfuie.

Frank sourit et se tourna pour se laver les mains et rincer son scalpel dans l'évier.

— Ta chère mère croit que le café soigne l'asthme.

Je baissai le haut de ma robe, exposant mon bras au froid de la pièce, puis la ramenai sur ma poitrine. Frank se retourna et en voyant ma peau nue, il eut une expression étrange sur le visage, puis il versa un peu d'iode sur un morceau de charpie.

— Ça va faire une sensation de froid, là, me prévint-il avant de tamponner le liquide glacé sur le haut de mon bras.

— Tu sais, selon le Dr Rogers, tes idées sur ces petites bestioles qui causent les infections sont des élucubrations insensées. Pour lui, la fièvre, c'est Dieu qui purifie la plaie.

— Ces petites bestioles, comme il les appelle, sont effectivement mortelles. En France, ils utilisent de l'acide phénique pour les éliminer et ils ont découvert que cela empêche l'inflammation et la progression de la maladie. Si seulement je pouvais m'en procurer. Cela donnerait de meilleures chances de guérison à Joe. Maintenant, détourne le regard, Georgy, me conseilla Frank, le scalpel à la main, je vais faire trois incisions dans le bras et introduire une petite quantité de sérum dans chacune d'elles.

— Je veux regarder. Pour connaître la procédure.

Après une courte hésitation, il fit trois incisions nettes et inclinant la bouteille de sérum, il en appliqua un peu sur chacune. Comme il plaçait un carré de charpie sur les incisions et m'entourait le haut du bras d'un pansement, je me sentis prise de vertige et perdis l'équilibre, mais Frank me retint par le bras. Il leva la main comme pour caresser mes cheveux, mais sembla se raviser et arrêta son geste.

— Tu ne te sens pas bien ?

Je le fixai, si proche de moi, et respirai son odeur, mélange de savon de rasage et d'iode. Je vis soudain mon corsage baissé et le relevai sur mon épaule. Frank me fit pivoter et reboutonna ma robe.

— Juste un peu de brandy et ça ira. Le bras sera peut-être douloureux pendant quelques jours, mais ce n'est rien comparé à la variole.

— Tu as une main sûre, Frank Bacon, tu devrais peut-être songer à faire carrière en médecine.

— Il faut que je parte, déclara-t-il, les yeux toujours fixés sur sa mallette, je te laisse le nécessaire au cas où Eliza choisirait de se faire vacciner plus tard. Joe doit rester au lit trois jours complets, voire plus s'il l'accepte. Il y a de grands risques que la balle ait abîmé l'os, donc pas de poids sur cette jambe et que personne ne touche le pansement – laissez ça au Dr Ware. Avec les points de suture et le collodion, c'est étanche. Il saura juger quand il faut le retirer. Donnez-lui de la quinine toutes les deux heures. Si d'ici à la fin de semaine, vous notez une réelle amélioration, je suggère que vous l'accompagniez à New York. Le bon air de Tioronda fera baisser la fièvre, mieux que ces marécages, et, poursuivit-il en se rapprochant, la situation ici est chaque jour plus dangereuse. Lee s'avère être un atout incroyable pour les Confédérés et il n'hésitera pas à tirer sur nos navires-hôpitaux s'ils se mettent en travers de son chemin.

— Frank, tu ne peux pas rester ? Je mourais d'envie de lui prendre la main. Une fois que les visites du matin sont faites, on pourrait prendre le thé.

— On m'attend à terre, mais le Dr Ware doit revenir ce matin, dit-il en sortant de la cambuse vers l'escalier. Qu'il me contacte si l'état de Joe empire.

— Je reste, dis-je derrière lui, même si Eliza et Joe s'en vont. Tu ne reviendras pas nous voir ?

— Je crains que non, on a besoin de moi ailleurs.

— Frank, au sujet de notre conversation à Noël, je…

— Au revoir, Georgy. Il souleva son chapeau et me salua. Que Dieu te bénisse.

Joe se remit lentement, un jour il allait mieux, l'autre il rechutait. Je restais à son chevet avec Eliza et essayais de le divertir en lisant les lettres envoyées de la maison. Celles d'Abby, toujours pleines d'informations éclairées sur le général nordiste George McClellan, étaient les préférées de Joe.

« Chère Georgy,
La « prudence » du général McClellan sur le champ de bataille a ruiné le pays. Cette politique est trop coûteuse. Nous sommes déjà en faillite. Stewart's et Lord & Taylor ont commencé hier à rendre la monnaie à leurs clients en timbres-poste. Carry a reçu une petite enveloppe timbrée à cinquante cents en échange de quelque produit, qu'elle a à son tour utilisée pour payer un bout de ruban chez Aitkin & Miller's. Voilà, c'est comme ça et sans commentaires ! oncle Edward ne décolère pas. Je donnerais tout ce que j'ai si cela mettait un terme à cette guerre, et en prime, à l'esclavage.
Bien affectueusement,
Ton Abby. »

Peu après, Eliza et Joe quittèrent le *Daniel Webster* et transbordèrent toutes leurs affaires sur un autre navire pour leur long voyage jusqu'à Tioronda. Ce fut un au revoir doux et amer : je savais que Joe serait finalement en sécurité, mais tous deux me manqueraient terriblement.

Je n'eus guère le temps de m'appesantir sur tout cela car le flux des blessés ne tarissait pas et les infirmiers faisaient tout ce qu'ils pouvaient pour déconsidérer les infirmières. L'équipe chargée du linge ne venait pas, ils forcèrent les serrures de l'armoire à alcool et volèrent du brandy à usage médical, malgré les nombreuses plaintes adressées au Dr Ware qui faisait de son mieux pour les ramener à la maison.

Pour ne pas craquer, et pour partager les connaissances que j'avais acquises avec le Dr Blackwell, je commençai une série de cours de soins infirmiers avec Katharine Wormeley et Marguerite, mes toutes premières étudiantes. J'installai trois chaises dans le magasin à alcool, un endroit douillet pour un premier cours, avec un plan de travail et des bouteilles carrées, alignées derrière des lattes en bois afin de les empêcher de se renverser par gros temps.

J'étais au milieu de ma conférence sur les techniques de bandage lorsque la porte s'ouvrit violemment : apparut alors le dénommé St. Pierre qui se planta là, l'air anormalement joyeux.

— Désolé de vous interrompre, mesdames, mais je suis porteur d'un message du quartier général. Et pour soigner son effet, il fit une pause. Toutes les infirmières doivent immédiatement quitter les lieux et prendre un vapeur en direction du Nord. Vos services ne sont plus requis et seront assurés par une équipe supplémentaire d'infirmiers que le Congrès vient d'autoriser.

— C'est impossible. M. Olmsted est-il au courant ?

— Il me l'a annoncé en personne et lui-même se prépare à partir. M. St. Pierre jeta trois livrets jaunes sur le plan de travail. Et j'ai pensé que vous seriez heureuses de savoir que le ministre de la Santé a préparé un manuel de soins pour la nouvelle équipe.

J'en ramassai un et lus *Manuel d'infirmerie,* par le Dr Winslow Rogers.

— Le nouvel opus du Dr Rogers. Notre bible à nous tous, infirmiers.

— Mais, m'exclamai-je en feuilletant les pages sous le regard de Katharine, c'est la copie exacte du texte que j'ai envoyé au Dr Rogers.

— Il y a là les recettes les plus fameuses de Georgy, ses diagrammes pour le bandage, intervint Katharine Wormeley, son programme complet !

— Tout ce que je sais, reprit le soldat avec un haussement d'épaules, c'est que vous partez ce soir, mesdames. Et n'oubliez pas de nous laisser la clé de cette salle. On ne va pas manquer de célébrer votre départ comme il se doit.

21

Jemma

Peeler, Maryland, juin 1862

LeBaron nous laissa détacher Pa. Ma et Sally lui tenaient les pieds tandis que, dans le noir, je montais dans l'arbre, l'écorce du sycomore était humide et glissante. *Mon Dieu faites que Pa soit en vie, au moins encore un peu,* ne cessai-je de me répéter. Je lui parlais : si tu m'entends, Pa, tiens bon. Il me fallut un temps fou pour détacher cette chaîne, mais je la sentis finalement qui se desserrait et je laissai son corps retomber.

Je me hâtai de descendre, Ma pleurait allongée sur Pa. Je posai ma joue sur sa poitrine à l'écoute d'un battement. Je glissai la main sous sa chemise et sentis que sa peau refroidissait. Et là, les mains dans la boue, je fus prise de haut-le-cœur. J'avais l'impression de tomber dans un puits sans fond, et personne pour me rattraper.

— Je t'en prie, Pa, répétai-je plus de dix fois, comme si ça pouvait le ramener à la vie.

Il nous fallut joindre nos forces à toutes les trois pour ramener Pa à la maison dans la nuit en le traînant dans la boue. Nous étions en larmes, ne sachant plus ce qui était la pluie, ce qui était nos sanglots, comme si Dieu pleurait avec nous.

Cette nuit-là, après avoir essuyé la boue et lavé son corps, nous veillâmes Pa, allongé sur son lit, la peau luisante à la lueur du feu. Quand j'eus épuisé mes larmes, la haine se mit à vite enfler en moi, noire et froide.

Le lendemain, avant le dîner, Sally Smith et moi attendions qu'on nous emmène, assises dans le chariot du spéculateur mené par deux chevaux. J'avais réussi à cacher la croix de Pa avant que l'homme nous lie solidement les pieds et les mains avec une ficelle grossière qui nous entaillait la peau.

Dans l'allée en gravier devant la demeure, les chevaux piaffaient, prêts à partir, et nous, nous attendions. Sally pensait que M. Watson viendrait peut-être nous aider. J'observais les fenêtres à l'étage et vis les rideaux de la chambre bouger. Était-ce lui ? Pourquoi nous vendre ? Je me sentais vide. Je jetai un regard vers notre case. Pa y était toujours, allongé raide. Qui l'enterrerait et dirait les prières sur sa tombe ? Lui ferait une boîte en pin ? Le spéculateur arriva, il balança mon sac en tissu à fleurs à côté de moi, puis grimpa sur son siège. Ma travaillait dans le champ le plus éloigné ; je ne pouvais en détacher mon regard, folle d'espoir à l'idée qu'elle puisse venir me dire au revoir.

Il commençait tout juste à pleuvoir quand Mme Anne-May sortit de la maison et s'avança jusqu'au chariot.

— Pourquoi devons-nous partir ?

— Si on a perdu Joseph, c'est à cause de toi. C'était un de nos meilleurs travailleurs. Fergus pense que tu vas nous attirer plus d'ennuis ; quant à Sally… elle sait ce qu'elle a fait.

— Je n'ai rien fait, rétorqua Sally en détournant le visage.

J'avais beau avoir pleuré toutes les larmes de mon corps, je sentis en monter de nouvelles.

— Pourquoi vous n'avez pas aidé mon Pa ? Il a tout fait pour vous.

— Où tu as mis ce carnet, Jemma ? demanda Anne-May en s'approchant de moi.

Je ne répondis pas, fixant ses boucles qui commençaient à se détendre sous la pluie. Elle avait sans doute dû les faire toute seule ce matin et le fer n'était pas assez chaud.

— Le carnet rouge. Que tu apportais à M. Smalls.

— Avec vos espionnages ?

— Parle moins fort, grinça-t-elle, un œil vers le spéculateur. Tu l'as ?

— J'suis sûre que ça intéressera les journaux.

— Dis-moi tout de suite où il se trouve, m'ordonna-t-elle, main tendue, paume vers le haut.

— Il est là où je le range toujours, dis-je, indiquant la maison du menton, quasiment à la vue de tous.

La pluie se mit à tomber plus dru, éclaboussant le sol en planches de la carriole.

— Hue ! cria l'homme à ses chevaux et la voiture s'ébranla.

— Où est-il, Jemma, précisément ? insista Anne-May qui commença à nous suivre.

Puis, sortie de nulle part, Ma arriva en courant. Plus vite que jamais malgré ses pieds nus et les flaques qui l'éclaboussaient. Les cheveux retenus par son foulard bleu vif.

Les chevaux se mirent au trot et Ma suivit, mais bientôt notre allure fut trop rapide et elle s'immobilisa, juste devant Anne-May.

— Ne perds surtout pas espoir, Jemma, tu m'entends ? me cria-t-elle, les mains en porte-voix. Bats-toi !

Alors que la carriole cahotante nous emmenait, Sally et moi, dans l'obscurité de plus en plus profonde vers un endroit inconnu, je fus incapable de répondre quoi que ce soit. Je l'entendis, mais j'étais juste trop sonnée pour réagir.

DEUXIÈME PARTIE

22

Georgy

Portsmouth Grove, Rhode Island, 1863

APRÈS AVOIR ÉTÉ REMERCIÉE sans autre forme de procès l'été précédent et remplacée à bord du *Daniel Webster* par des infirmiers, je me retrouvai à la maison à Brevoort Place, heureuse de voir que peu de choses avaient changé, à part l'ajout d'une belle carte de Virginie dans le grand salon afin que nous puissions ainsi suivre le mouvement des troupes. Mère l'avait accrochée sous le tableau de la Vierge au-dessus du canapé où nous avions coutume de lire les nouvelles. J'étais plus déterminée que jamais à ouvrir ma propre école. Sans d'ailleurs que mes sœurs m'aident vraiment à poursuivre ce but ni me traitent avec le respect que je méritais car le retour à la maison ravivait toujours le vieil ordre hiérarchique de l'enfance.

— Brève carrière d'infirmière mais éminente, dit Jane, non sans ironie, à mon arrivée.

Je demandai au porteur de monter ma malle à l'étage par l'escalier principal, puis posai sur le tapis du salon un filet plein de mes pots d'apothicaire.

— Tu ferais mieux, me dit Abby tout en m'aidant à me défaire de mon manteau et de mon chapeau, de ne pas laisser ton bocal de sangsues dans la salle à manger.

— Dans la cuisine, alors ?

Beaucoup de choses s'étaient passées depuis mon retour du front, y compris une sorte de victoire pour les nordistes à la bataille d'Antietam l'automne précédent près de la frontière entre le Maryland et la Pennsylvanie. En une journée de combat, plus de vingt mille soldats avaient été tués ou blessés. Lincoln avait remplacé le trop prudent général McClellan par le général Ambrose Burnside, et les partisans de l'Union espéraient qu'il mettrait rapidement fin à la guerre. Nous priions pour que nos hommes soient hors de danger. Mon frère Charley, dont la blessure à la main était presque guérie, travaillait auprès de la New York City Home Guard, à recueillir des livres pour les soldats. Il rouspétait auprès de qui voulait bien l'entendre et clamait son désir de s'enrôler, que Mère contrecarrait avec toutes sortes de projets de bienfaisance, ne faisant que retarder l'inévitable.

Dans leur beau domaine de Tioronda, Joe se remettait peu à peu grâce aux soins d'Eliza, mais il déployait tout de même des efforts inlassables pour retourner au combat. Frank Bacon servait toujours dans le même régiment, mais depuis que j'avais rejeté sa demande en mariage, ce qui me pinçait de temps à autre le cœur de regret, il ne pouvait plus vraiment compter comme un de nos hommes. Plus que tout je souhaitais de nouveau me jeter dans la mêlée et me donner corps et âme à l'exercice du métier d'infirmière.

Comme les batailles se succédaient, sans victoire décisive ni pour le Nord ni pour le Sud, les blessés ne cessaient d'affluer. Notre vieille amie, Katharine Wormeley, écrivit que M. Olmsted lui avait demandé de diriger un nouvel hôpital de l'armée à Portsmouth Grove dans le Rhode Island. Il avait proposé de nous nommer, ma sœur Jane et moi, infirmières en chef et même si Jane se tracassait pour tout un tas de petites choses, je donnai notre accord, si heureuse d'avoir l'opportunité de passer l'hiver là-bas et d'être finalement de nouveau utile.

Nous arrivâmes à Portsmouth Grove plus tôt que prévu. Les salles d'hôpital, hautes de plafond, étaient glacées, la machine à laver le linge était en panne et les matelas en coutil bleu des soixante lits métalliques étaient nus. Nous eûmes tôt fait d'allumer un feu dans chaque âtre et quand les patients arrivèrent, les lits avaient été faits et une bonne odeur de poulet rôti flottait partout.

Plus tard dans la semaine Katharine vint nous voir tandis que nous changions les draps du matin.

— J'ai reçu une drôle d'invitation pour un bal à Newport.

Elle me la tendit, imprimée à l'encre dorée sur de l'épais papier cartonné écru.

BAL EN BLANC, VILLA SEACREST
NUMBER ONE BELLEVUE AVENUE.
NEWPORT, RHODE ISLAND.
SEPT HEURES.

Nous avions vu à Newport de prestigieuses demeures, mais de loin, sans jamais y pénétrer.

— Pourquoi avons-nous été invitées ? demandai-je.

— Pas la moindre idée, répondit Katharine, glissant le carton dans sa poche, mais j'imagine que c'est une soirée de charité pour les troupes.

— J'ai envie de dire que nous en faisons déjà beaucoup, fit remarquer Jane, secouant un drap blanc repassé de frais, on se croirait au Moyen Âge ici, à laver le linge à la main.

— On pourrait peut-être lever des fonds pour tout ce dont nous avons besoin, suggérai-je.

Jane lança en l'air le drap qui retomba sur le lit en ondulant, gonflant sa chevelure rousse autour de son visage comme un halo.

— On peut vendre des poèmes de Mary, j'en ai de nombreuses copies.

— Et qui peut refuser un don à Katharine une fois qu'elle a tendu sa sébile ? On aura les fonds pour une nouvelle machine à laver avant la fin du bal, assurai-je.

Le soir venu, après avoir demandé à d'autres infirmières de nous remplacer et emprunté la calèche branlante de l'hôpital, Katharine, Jane et moi arrivâmes à la Villa Seacrest à l'heure indiquée.

Visible à plus d'un kilomètre de distance, Seacrest se dressait sur la sélecte avenue Bellevue. C'était une vaste résidence d'été en ossature bois avec de nombreux pignons et lucarnes, une large véranda qui entourait toute la maison et une porte cochère travaillée où s'engageait à cette heure un flot d'élégantes calèches.

Nous prîmes notre place dans la file et, comme nous nous approchions peu à peu, Katharine eut un cri de surprise lorsqu'elle vit les toilettes élaborées des autres invités : les dames descendaient de leur calèche, émergeant de dessous des couvertures en fourrure, vêtues d'organza et de soie blancs dernier cri, des diamants à leur cou. Les hommes portaient redingotes et uniformes de cérémonie. À mesure que les hôtes entraient, des valets de pied noirs, seulement en bras de chemise et culottes, s'occupaient des chevaux.

Jane qui, comme toujours, s'était proposée pour mener la carriole encouragea le cheval.

— Tous les invités sont habillés en blanc, dit Jane. Pourquoi est-ce que soudain je me sens comme le parent pauvre ?

— Nous sommes ici pour leur soutirer de l'argent, on ne peut pas paraître trop prospères, insista Katharine.

Nous entrâmes dans une pièce si vaste que tout le rez-de-chaussée de Brevoort Place aurait pu y tenir. Un large escalier courbe s'élevait sur notre droite. Nous regardions, incrédules, le centre de l'atrium ouvert aux éléments et les statues dorées de jeunes femmes nubiles, disposées ici et là et décorées de guirlandes de fleurs blanches.

— Ils ne sont pas avares en dorures, dit Katharine en souriant.

— Le mauvais goût ne paraît jamais aussi mauvais que lorsque l'on croule sous l'or, conclut Jane éberluée.

Comme nous n'avions fort heureusement pas de toilettes sophistiquées à rajuster et que nous étions parfaitement capables d'ôter nos gants nous-mêmes, nous évitâmes la visite au vestiaire des dames.

Des valets en livrée nous tendirent un carnet de bal imprimé sur du papier collé blanc au bord écru, « Seacrest Ball » écrit en lettres dorées alambiquées. Un joli petit crayon y était attaché par une cordelette en soie. Chaque page, intitulée *Ordre des danses*, contenait le programme : *Grande marche. Polka. Valse.*

— Vingt-cinq danses ? s'étonna Jane, la soirée va être longue.

— Regarde, lui dit Katharine, désignant le bas de la page, les messieurs doivent payer cinq dollars par danse.

— Jane, tu commences avec les poèmes et Katharine, tu prends ta sébile, je vais chercher notre hôte.

Un bruit de trompette indiqua le début des festivités. Aussitôt un gentleman de grande taille demanda à Jane si elle voulait lui accorder cette danse, mais bien décidée à vendre les poèmes de Mary, elle l'écarta d'un geste de la main. Katharine s'enfonça dans la foule, agitant sa boîte à aumônes et sollicitant des dons.

Je venais de m'éloigner à la recherche de notre hôte quand soudain Frank Bacon apparut devant moi, en train de rajuster ses manchettes. Il avait l'air particulièrement en forme, rasé de près, vêtu de son uniforme dont le bleu indigo foncé rehaussait le bleu de ses yeux.

— Hello, Georgy.

— Oh, Frank ! dis-je en me sentant rougir. Mon Dieu mais que fais-tu donc ici ? Abby m'a dit que tu avais été réaffecté à un hôpital en Louisiane.

— Permission de vingt jours pour rendre visite à ma mère qui, depuis mon arrivée, se sent tout à coup bien mieux. Et toi, comment te retrouves-tu ici ?

— Jane, Katharine et moi sommes infirmières à Portsmouth Grove.

— Ta mère a dû être désolée de te voir partir. Comment va-t-elle ?

— Un peu tendue. Dans sa dernière lettre, elle me raconte qu'un pasteur venu pour le thé serait parti avec de l'argenterie des Woolsey dans les poches, mais elle a été vite soulagée lorsqu'elle a vu Margaret en train de faire briller les cuillères manquantes.

Frank eut un large sourire. Ce cher vieux Frank.

— Ah, ta chère mère, j'aurai toujours de l'affection pour elle.

— Et qu'est-ce qui t'amène ici depuis le Connecticut ?

— Attends, dit-il en se tournant vers le centre de la salle, ils vont lâcher la surprise.

Il y eut un roulement de tambour et tous les yeux se tournèrent vers une boîte recouverte de satin blanc au centre de la pièce.

— Qu'est-ce que c'est, Frank ?

Un homme en souleva le couvercle et libéra une grande volée d'oiseaux blancs dans les airs. Il y eut des ah et des oh extasiés parmi les invités quand tous ensemble les oiseaux s'élevèrent et s'échappèrent par le toit ouvert.

— Magnifique, mais c'est peut-être pousser un peu loin le thème du blanc.

— On ne leur donne ni eau ni graine depuis mardi pour qu'ils ne souillent pas la foule.

— Comment sais-tu tout ça ?

La musique s'amplifia voluptueusement, c'était une valse.

— Une danse, peut-être et nous pourrons en parler ? proposa-t-il en m'offrant sa main.

Nous dansâmes une valse, son bras autour de ma taille était à la fois agréable et familier.

— Tu t'es entraîné, Frank.

Le visage au niveau de son épaule, je pouvais difficilement ne pas sentir son odeur particulière, mélange de crème à raser au rhum et de café.

— Oui, effectivement, dit-il avec un sourire.

— Désolée, mais je ne suis pas en blanc.

— J'ai du mal à t'imaginer en robe de soie blanche, Georgy. Et puis tu portes le plus joli costume qui soit ici, celui d'infirmière de l'armée américaine.

— Alors, Frank, qu'est-ce qui t'amène ici ? Tu dois venir à l'hôpital. On aurait bien besoin de ton aide. Mais on ne pourra t'offrir ni glace ni boudoir pour le thé, car c'est plutôt spartiate.

— Je ne suis ici que pour une nuit…

— Ne me fais pas languir, Frank, sur la raison de ta présence ici. J'en imagine déjà tout un tas. Une riche tante est morte et t'a laissé une fortune. Le médicament qui soignera quelque maladie effroyable se trouve à Narragansett Bay.

— En fait, un peu des deux.

— Ah, dommage, j'ai cru d'abord que tu avais fait tout ce chemin pour me voir.

La musique s'arrêta et tout le monde applaudit.

— Cela ne risque pas, Georgy. Il est arrivé beaucoup de choses récemment.

— Frank, au sujet de Washington. Je ne sais pas ce qui m'a pris de dire…

Une femme aux cheveux bruns qui portait une robe saumon élaborée, avec un décolleté bas qui dégageait ses épaules, orné d'une profusion de fleurs et de nœuds vint soudain se tenir aux côtés de Frank. Elle avait les cheveux coiffés avec la raie au milieu et une fine tresse passée en boucle sous l'oreille. Elle tenait un éventail en soie rose et lames d'ivoire à la main droite, montrant ainsi qu'elle n'était pas mariée. Elle passa la main dans le creux du bras de Frank qui hocha la tête vers elle.

— Georgeanna, puis-je te présenter mon assistante, mademoiselle Bethada Barnett.

— Assistante ? Je reculai d'un pas.

Frank et elle échangèrent un regard.

— J'ai mis une annonce, à laquelle mademoiselle Barnett a répondu. Je n'en reviens pas d'avoir eu tant de chance, elle a beaucoup d'expérience.

Ma première impulsion fut de m'échapper, mais malgré tout je restai et je fis un petit salut à mademoiselle Barnett. Non sans une certaine satisfaction, je constatai qu'elle avait, à y regarder de plus près, des traits légèrement équins.

— Enchantée.

— Frank m'a parlé de vous toutes, les sœurs Woolsey, dit-elle après m'avoir saluée en retour. (Elle se pencha et me chuchota, écarquillant les yeux.) Difficile cela dit de s'y retrouver avec vous sept.

— Prenez des notes, mademoiselle Barnett, suggérai-je.

— J'ai soigné les blessés en Louisiane et vu toutes sortes de blessures possibles. Je trouve que s'occuper des malades est si gratifiant.

— Et comment vous êtes-vous retrouvée à cette soirée ? demandai-je.

Un serveur en redingote passa avec des verres de champagne posés sur un plateau en argent et Frank en saisit un.

— Ma tante, Mme Cherie Barnett, est notre hôtesse. Mon oncle est mort récemment. Du typhus, pense-t-on, et ma tante a très envie d'investir une partie de ses biens, considérables, dans la recherche médicale. Elle a convié le Dr Bacon à venir partager ses recherches en matière de prévention des maladies.

— Quelle chance pour toi, dis-je en me tournant vers Frank. Et en prime, tu peux admirer une flopée de statuettes en or qui rempliraient un musée.

Il but son champagne à petites gorgées. Bethada joua avec le médaillon qu'elle avait à son cou.

— Mademoiselle Woolsey, comme c'est curieux que vous ayez choisi de ne pas porter de blanc, c'était pourtant précisé sur l'invitation.

— Ma sœur et moi ainsi que notre amie Katharine Wormeley qui nous a accompagnées, sommes infirmières à Portsmouth Grove. Et nous sommes venues directement de l'hôpital. Et vous aussi avez choisi de négliger le blanc.

— Un choix délibéré de notre part à ma tante et à moi : nous voulions sortir du lot dans cette mer de blanc, être les seules à porter de la couleur. La voici qui arrive dans sa robe bleue.

Une femme s'avançait dans la foule, comme un vapeur fend les eaux salées de la mer, bousculant les invités qui se retournaient pour chercher la cause de ce dérangement. On avait l'impression que Mme Barnett était une version exagérée de sa nièce, enfouie sous une montagne de coton et de mousseline de soie bleu layette, avec au cou des diamants aussi gros que des balises.

Bethada offrit une coupe à sa tante que celle-ci repoussa d'un geste de la main.

— Ma tante, nous parlions justement de tout l'intérêt que vous portez aux recherches du Dr Bacon.

— Rien ne me résiste quand je veux quelque chose. Et j'ai demandé au Dr Bacon de devenir mon médecin personnel.

— Tu quitterais l'armée, Frank ?

— Rien de tout ceci n'est confirmé.

Bethada prit une flûte de champagne du plateau.

— Il la quittera dès que la guerre sera finie, bien sûr. En attendant, ma tante continuera à organiser des bals pour soutenir les troupes.

— Celles du Nord ou du Sud ? demandai-je.

— La décision m'appartiendra, répondit Mme Barnett.

— Votre mari a fait fortune dans le coton ?

— Entre autres choses. Je ne me mêle pas des affaires de feu mon mari.

— Vous devez bien savoir que les industries Barnett sont la deuxième manufacture la plus importante de coton du pays. Un produit de l'esclavage.

— Et en quoi cela peut-il vous concerner ?

— Cela devrait concerner tout le monde, dis-je. Je suis tout à fait concernée par vos valets de couleur, dehors, en manches de chemise…

— Ah ! Une abolitionniste, je vois. Si noble et altruiste. Nous espérons lever cinq mille dollars ce soir. La meilleure façon de soutenir la cause. L'argent. Son regard se durcit soudain. C'est bien pour cela que je préfère ne pas avoir de gens qui tentent de profiter de ce bal pour récolter de l'argent.

— Est-ce de moi dont vous parlez, madame Barnett ?

— Je préférerais que votre sœur – Jane, n'est-ce pas ? – n'assiège pas mes invités avec ses poèmes.

— Ce sont les poèmes de ma sœur Mary. Jane ne demande qu'un cent l'un, dis-je, bras croisés.

— Une femme qui tire de l'argent de ses écrits ? Elle jeta un coup d'œil à Frank. Est-ce ainsi qu'on élève les dames aujourd'hui ?

— Les Woolsey sont très connues à New York. Ce sont des femmes estimées de tous, dit Frank en souriant.

— New York ! s'exclama Bethada. Qui voudrait y élever une famille ?

— Les troupes adorent les poèmes de Mary. L'un d'eux a même inspiré un tableau de Winslow Homer.

Mme Barnett s'éventa, faisant danser ses boucles sur son front.

— Je veux que ce bal soit l'occasion de se détendre et de s'amuser. Si votre mademoiselle Wormeley emplit son carnet de bal, cela lèvera des fonds pour soutenir les troupes, mais je refuse qu'elle agite sa sébile sous le nez de chaque invité. Non qu'elle croule sous les propositions, cela dit.

— Madame Barnett, dis-je en reculant d'un pas, je ne supporterai pas qu'une amie proche soit décriée de la sorte. Nous essayons simplement de solliciter des dons pour avoir une nouvelle machine à laver, l'hôpital…

— Et moi, j'essaie tout bonnement de divertir mes hôtes. Peut-être vos amies peuvent-elles poursuivre leurs efforts en ville demain sur la place. Si vous voulez bien m'excuser ?

Elle s'éloigna, suivie de Bethada qui jeta un regard éloquent à Frank.

— Je vais dire à Jane et Katharine que nous devrions nous en aller, déclarai-je, lissant mes gants.

— Écoute, Georgy…

— Je comprends, Frank, ce n'est pas n'importe quel homme qui peut résister à ce genre de femmes.

— Ses intentions sont bonnes.

— Il y a eu une époque où tu faisais la quête sur Union Square. Tu sais que les industries Barnett ont gagné des millions de dollars sur le dos des esclaves en vendant du coton ? Comment un capitaine de l'armée américaine peut-il s'associer à une telle entreprise ? Ton père consacre tous ses sermons à lutter contre ce système.

— Je suis simplement ici en tant qu'invité. Est-ce mal de prendre cet argent et de lutter contre la maladie ?

— Tu as Bethada avec toi, Frank. Parée de toutes sortes de bijoux, fruits du travail d'esclaves. Je croyais mieux te connaître.

Je me détournai, mais il me retint par le bras.

— Tout ça, c'est peut-être parce que tu regrettes d'avoir refusé ma demande en mariage.

— C'est tout le contraire, Frank, jamais une décision ne m'a plus satisfaite, affirmai-je, en me dégageant d'un coup vif.

23

Jemma

Hagerstown, Maryland, juin 1863

NOUS NOUS RETROUVÂMES, Sally et moi, à Hagerstown, dans le Maryland, avec un nouveau maître, le malingre M. D. W. Swift, « photographe d'art », comme l'indiquaient les cartes que je distribuais dans la rue et que la plupart des passants jetaient à la poubelle. Et quel art ! Des photos de bébés morts auxquels je devais donner un air endormi, et un portrait de chaque soldat qui passait. Confédérés ou Unionistes, c'était le même prix.

Cela faisait un an que nous étions à Hagerstown et nous en étions arrivées à la conclusion que la ville n'avait rien à voir avec New York City. Beaucoup de gens s'affairaient dans des rues bourrées d'ornières et de grands bâtiments bordaient Main Street, mais la plus grande attraction était une girouette : un soldat allemand perché au-dessus du toit de Market House que tout le monde regardait bouche bée. Je n'en voyais pas grand-chose car je travaillais presque toute la journée sous l'œil de Mme Swift, sauf quand je transportais la glace depuis la glacière ou faisais un rare voyage au marché.

Ce jour-là, un jour glacial pour un mois de juin, M. Swift m'avait postée devant le studio à distribuer ses cartes à quiconque en prendrait. Je me tenais au milieu de la rue, là où les calèches passaient à vive allure. Le vent soulevait autour de mes genoux l'une des vieilles robes en coton de Mme Swift, trop grande pour moi. J'avais mal commencé la journée, j'avais rêvé que Pa était encore en vie et, au réveil j'avais compris que c'était faux. Et le fait d'être là dans cette rue me mettait de très mauvaise humeur.

Je tendis une carte à un homme avec un haut-de-forme, qui m'envoya un crachat sur l'une de mes chaussures trop étroites aux semelles éculées que le neveu de M. Swift ne pouvait plus porter.

Je proposai une carte à une femme qui se dépêcha d'éloigner ses gamins comme si j'avais le typhus. La bonne odeur du pain au maïs de Sally s'échappait de la cuisine et flottait dans l'air. Mon estomac gronda. Il n'y avait rien à attendre de cet endroit. Même le pain de Sally m'était interdit.

Mme Swift m'appela depuis la porte.

— Jemma, rentre. On vient d'avoir une grosse commande. Un régiment entier.

— Oui, madame Swift.

Mme Swift était bâtie d'un bloc massif qu'aucune crinoline ne pouvait cacher, avec des bras comme des polochons attachés par du fil de fer. Alors qu'un coup de vent trop fort pouvait renverser son mari, elle avait le physique d'un hercule de foire. Je lui bouclais les cheveux tout comme elle le voulait et on aurait dit qu'elle avait sur la tête de grosses saucisses espagnoles.

Je retournai à la chambre que je partageais avec Sally pour mettre ma tenue de travail. La pièce était un ancien office, avec deux lits serrés l'un contre l'autre, des étagères tout autour, l'odeur de farine et de vanille imprégnée dans les murs. Mon sac de voyage en tissu était posé sur mon lit. J'enfilai une paire de pantalons élimés, et reprisés au derrière, dont le neveu Jim ne voulait plus. M. Swift aimait que je m'habille ainsi durant les séances. Comme ça, je pouvais grimper partout dans son salon, debout sur des tables, ses lampes tenues en hauteur ou suspendues au plafond avec une plaque métallique pour lui donner plus de lumière.

Au moins cela faisait passer le temps plus vite.

Quand j'entrai dans la cuisine, Mme Swift était en train de passer et repasser un rasoir droit sur un cuir à affilage. Sans un mot, elle me poussa sur une chaise. Je crus d'abord qu'elle voulait me couper la gorge, ce qui ne serait pas pour me déplaire. Au moins, Ma, Pa et Patience ne me manqueraient plus.

Sans autre forme de procès, Mme Swift me passa ce rasoir sur le crâne. Elle n'y mettait aucune douceur et me coupa vilainement.

— Arrête de bouger. Vous, les Nègres, vous gigotez tout le temps.

Elle avait décidé que le dimanche était un bon jour pour me tondre comme un mouton, le seul jour où, normalement, Sally et moi pouvions faire ce qui nous plaisait.

Mme Swift me rasa un côté de la tête et m'entailla l'oreille.

— J'ai trouvé un cheveu dans le bain révélateur, je suis certaine que c'est le tien.

Sally Smith qui essuyait un plat entra dans la cuisine.

— Je veux bien le faire et comme ça, vous pouvez vous asseoir et prendre votre petit déjeuner.

— Pour que tu puisses mettre la main sur mon rasoir et nous faire du mal ? Non, merci, je te dis non. J'ai bien envie de te revendre, Jemma, car tu n'es pas la travailleuse qu'on nous avait promise, toujours l'esprit absent, occupé ailleurs. Tu n'as même pas fait ce bonnet en dentelle noire que tu m'avais promis. Quand on t'a achetée à M. Watson, il n'avait pas dit que tu causerais des problèmes.

— C'est à M. Watson que vous m'avez achetée ? demandai-je. Mais c'est à Mme Anne-May que j'appartiens.

— Aucune différence, répliqua-t-elle, me repoussant sur ma chaise sans ménagement. On garderait bien Sally, M. Swift, il ne peut pas se passer de son pain de viande au maïs et de sa gelée de coing. Moi, je ne mange pas de ça, trop de lard. Elle passa la main sur son gros ventre. Je garde la ligne en bougeant et en priant constamment.

Sally avait déjà mis sur pied son commerce de confitures. Tout Hagerstown se pressait à la porte de son arrière-cuisine pour acheter surtout celle aux coings.

Mme Swift fit toute une comédie pour bien replier son rasoir et nous ordonner de fermer les yeux de peur qu'on voie dans quelle poche elle le fourrait, puis elle rejoignit M. Swift à la table du petit déjeuner.

— Il faut que tu manges quelque chose, Jemma, me dit Sally.

— Laisse-moi t'aider à te préparer pour aller à l'église, répliquai-je.

Je n'étais guère désireuse de discuter de cette douleur aiguë qui me serrait le ventre parce que Pa, Ma et tous ceux que Dieu m'avait pris me manquaient et que ça me coupait l'appétit. Parler ne faisait qu'empirer les choses.

Une fois dans notre chambre, j'aidais Sally à mettre son plus beau jupon crinoline, puis debout sur le lit, les feuilles de maïs dans le matelas craquant sous mes pieds, je lui passai sa plus jolie robe par-dessus la tête, celle en soie noire que j'avais faite à partir d'une des vieilles tenues de Mme Swift.

— Viens à l'église avec moi, me proposa Sally tout en ajustant sa jupe.

— Non, l'église c'est fini pour moi. Je lui posai son bonnet sur la tête, le fameux bonnet de dentelle noire fait pour Mme Swift, que j'avais fini par offrir à Sally car il mettait si bien son visage en valeur. Une fois que Dieu m'a pris Pa, pour moi, c'est fini. Il n'a même pas eu le droit à une boîte pour l'enterrer.

— Peste contre ceux qui ont fait ça, mais pas contre Dieu.

— À vrai dire, je préférerais dormir.

— Ton Pa est mort, et alors. C'est bon pour personne de se rabougrir et de mourir.

— L'église n'aidera pas, dis-je en lui nouant les rubans sous le menton. En plus, ce pasteur, il ne parle que des esclaves qui doivent obéir à la loi sinon Dieu nous punira. J'en ai assez. De toute façon, ce matin on a deux morts et après, des soldats viennent se faire tirer le portrait.

— Le jour du Seigneur ?

— Le Seigneur il y a longtemps qu'il m'a tourné le dos.

— Ne blasphème pas, Jemma.

— Il me punira pour ce que j'ai écrit dans le carnet d'Anne-May.

— Tu te fais encore un sang d'encre pour ça ?

— Tu l'as entendue avant notre départ. Elle a dit qu'elle me traquerait partout pour l'avoir.

— Cette femme est incapable de voir ce qui est sous son nez. Tu es désormais à des kilomètres et des kilomètres.

— Anne-May obtient ce qu'elle veut. Et selon la loi, c'est toujours elle qui me possède si c'est M. Watson qui m'a vendue.

— Même si elle te trouvait, M. Swift ne te rendrait pas et avec moi ici elle ne peut pas te faire de mal. Elle va juste devoir se passer de ce foutu carnet.

Sally me prit la main et me la serra fort. Après des années passées à pétrir la pâte à pain et à carder la laine, sa peau était très douce.

Je lui tendis son sac à main du dimanche, le bleu marine avec la poignée cousue dessus et elle le passa à son bras. Elle se pencha près de moi, si près que je sentis l'odeur du sucre dans ses cheveux.

— J'aime bien là où tu l'as caché, chuchota-t-elle. Impossible que quelqu'un l'y trouve. Drôle, en plus.

Elle sortit et, secouée par de grands rires, elle laissa la porte arrière de la cuisine claquer derrière elle. Je ne pus que sourire moi aussi, en repensant à ma cachette. Pas moyen qu'Anne-May trouve ce carnet.

24

Anne-May

Plantation Peeler, Maryland, juin 1863

UNE ANNÉE APRÈS AVOIR ENTERRÉ HARRY, de sombres pensées m'assaillaient toujours, je me repassais ce jour terrible où il était arrivé dans cette boîte. Je dormais à peine. Fergus faisait du boucan jusqu'à point d'heure lorsqu'il montait dans sa cabane laboratoire ou en descendait. Et le chagrin pesait sur ma poitrine comme un éléphant. Puis, un matin, deux hommes se présentèrent dans notre cour et sans Jemma pour les faire déguerpir, je me réveillai au bruit de leurs poings martelant la porte.

Euphemia arriva en bas juste avant moi, ramenant son peignoir autour d'elle, telle une modeste jeune fille, comme si on pouvait avoir une quelconque envie, même vague, de la regarder. Je lui trouvai quelque chose de changé. Sa chambre se trouvait juste à côté de la chambre d'amis où dormait Fergus. Se rendaient-il des visites, ces deux-là ? Ce n'était pas le genre d'Euphemia même si elle était suspendue aux lèvres de mon mari.

Les deux hommes se tenaient à la porte, silhouettes dessinées par la lumière crue du matin. Ils ôtèrent leur chapeau melon à l'unisson. Le plus âgé des deux était mince avec une barbichette de Méphisto. L'autre ressemblait à un bébé attardé qui aurait revêtu le manteau et le pantalon de son père. Ses cheveux blonds et fins en boucles clairsemées que n'importe quelle mère couperait et garderait précieusement noué par un ruban de satin bleu.

— Madame Fergus Watson ? demanda l'homme à la barbichette.

— Oui, et voici ma sœur Euphemia.

— E. J. Allan, madame, et mon adjoint, le détective Todenhofer.

Il me tendit une carte de visite. Je la lui arrachai des doigts : *Pinkerton National Detective Agency*. À la seule lecture de cette carte, ma tête me fit mal. Je la passai à Euphemia.

— Que pourriez-vous bien vouloir de nous, monsieur Allan ? Mon mari invalide dort à l'étage.

— Nous le savons et j'espère que le capitaine Watson va bien. C'est pour vous que nous sommes ici, madame Watson. Vous êtes l'unique propriétaire de cette maison ?

— Ma foi, monsieur Allan, vous me semblez bien informé, n'est-ce pas ?

— On nous paie pour ça, madame Watson. Missionnés par le gouvernement américain.

— Vous êtes donc des gens importants, déclarai-je, inclinant la tête et souriant.

— Nous venons de rendre visite à une certaine Mme Beulah Gardener, Myrtle Street, à Hollywood.

Le goût acide de la nausée me monta à la gorge.

— Une femme si charmante.

— Nous nous sommes renseignés au sujet d'un envoi de paquets contenant chacun… il regarda ses notes… douze paires de chaussettes faites chez elle.

— Je ne vois guère ce que ça a à voir avec moi.

— Elle nous a rapporté que vous aviez envoyé ces paquets.

— Ce n'était pas toi, Euphemia ? lui demandai-je en me tournant vers elle.

— Mme Gardener nous a dit avoir confié à votre sœur une liste d'adresses, mais c'est à vous qu'elle a donné les colis à envoyer. Une conversation avec le receveur, un certain Donald Wetstone, nous a confirmé que vous et votre mère avez finalisé cet envoi. Il avait un souvenir bien précis de votre mère. En fait, il l'a même qualifiée de, il lut son papier, « force perturbatrice ».

— Cette description s'applique bien à ma mère. Mais monsieur Allan, quel est le problème ? Vous inquiétez toutes les femmes du Maryland qui ont servi leur pays en envoyant des chaussettes ?

— Vous avez peut-être entendu parler de la bataille de Sitlington's Hill ?

— Il y a tellement de batailles ces temps-ci, dis-je en chassant une mouche de la manche d'Euphemia.

— Elle a eu lieu l'an passé et il y a tout de même des choses troublantes à son sujet.

— Ah, détective, et *quoi* donc ? l'interrogeai-je les yeux écarquillés.

— D'après le commandant, personne ne savait que ces soldats étaient là, postés dans les bois de McDowell, en Virginie. L'armée s'était donné beaucoup de mal pour garder cette opération secrète : les soldats n'avaient pas le droit d'envoyer des lettres chez eux et ils étaient arrivés sous le couvert de la nuit. Pourtant, ils se sont retrouvés pris en embuscade par Stonewall Jackson et ses hommes. Trente-quatre soldats ont été tués.

— Quelle honte, monsieur Allan.

— Au cours de notre enquête nous avons pu déterminer que votre paquet de chaussettes a été le seul courrier à parvenir dans cette zone. Donc, les seules personnes à avoir eu connaissance de la position de ces troupes en dehors du personnel militaire c'est vous, votre mère, Mme Gardener et le receveur. Maintenant, vous me corrigez si je me trompe, mais le vieux M. Wetstone ne donne pas l'impression d'être le genre d'homme à transmettre des secrets militaires. Il nous a assuré en fait qu'il se ferait tuer pour M. Lincoln. Nous avons aussi parlé à Mme Gardener qui nie tout méfait. Elle est aussi amenée à croire, au vu de certains de vos commentaires, que vous êtes sympathisante de la cause sudiste.

— Je ne vois pas où vous voulez en venir, monsieur Allan.

Il sortit une paire de menottes de sa poche.

— Vous voulez bien vous tourner, madame Watson ?

— Je vais chercher Fergus, s'exclama Euphemia, paniquée.

— Réflexion faite, monsieur, dis-je en m'approchant pour lui effleurer le bras, j'ai quelque chose à vous dire. Aussi pénible que ce soit à admettre…

— Nous n'avons pas toute la journée, madame.

— Je regrette car c'est une tache terrible sur notre famille, mais…

— Madame Watson…

— Ma mère, Zoretha Wilson Stickman, devient vieille et ne se souvient peut-être pas de tout. Elle a pu faire passer, je ne sais comment, cette liste aux rebelles. Après la mort de son fils au combat contre l'armée américaine, eh bien, elle souffre de nostalgie aiguë.

— Où pourrions-nous la voir ?

— Je crains qu'elle ne soit partie chez sa cousine Sissy à Baltimore. Si elle a déjà regagné sa maison, alors vous la trouverez au 6 Chartres Street à La Nouvelle-Orléans, en Louisiane.

25

Georgy

New York, juin 1863

En juin, après la fermeture de l'hôpital de Portsmouth Grove, je me réinstallai à Brevoort Place. Je n'étais plus stimulée par mon travail et chaque jour j'attendais les journaux. Joe était à Tioronda avec Eliza où il se remettait de sa blessure, et comme j'avais coupé les ponts avec Frank Bacon, nous avions perdu nos correspondants de guerre les plus fiables. Les journaux et les lettres de mes sœurs devinrent alors tout notre horizon.

« Hôtel Américain
Litchfield, Connecticut
Chère Georgy,
Nous accueillons avec plaisir l'arrivée d'un temps plus doux dans ce joli bourg de Litchfield et suivons

avec grand intérêt le développement du 19e régiment recruté dans ce comté ; toutes les petites villes envoient leur vingt, trente, cinquante combattants, rassemblés par ces minuscules miettes blanches nichées dans les plis des collines. Ils défilent chaque jour sous nos fenêtres en chemin vers le campement. Presque tous les jeunes hommes de Litchfield sont partis, fermiers, employés des magasins, choristes… Qui va s'occuper des récoltes de l'an prochain ? Qui va ensemencer ? Ils comprennent très bien ce vers quoi ils se dirigent ; la maladie, la mort, la tombe anonyme d'un soldat ordinaire…
Avec affection, ta sœur,
Jane. »

Quand ma présence ne fut plus nécessaire dans le Rhode Island, le retour dans la solide maison de ville en briques de Mère avait été bien agréable, mais après des semaines passées à partager une chambre avec ma sœur Carry et à distribuer des doughnuts et des bandes dessinées à l'hôpital Bellevue, je n'avais qu'une envie : être de nouveau au cœur de l'action. Notre frère Charley, lassé de travailler avec la garde civile de New York, s'était organisé pour s'enrôler ; il allait s'en aller du jour au lendemain et j'espérais être affectée près de lui. J'en fis la demande auprès de M. Olmsted et écrivit au Dr Blackwell, mais sans réponse. J'essayais d'occuper mes journées à faire du porte-à-porte avec Carry, en quête de quinine car à cause d'une pénurie sévère, les troupes mouraient près des marécages du Maryland. Ce fut une tâche éprouvante et nous ne récupérâmes aucune bouteille.

Par une chaude matinée de juin, un coursier nous apporta un message de Carry écrit à la va-vite depuis son lieu de travail, l'asile pour orphelins de New York, où elle passait son temps à faire œuvre de charité, souvent avec six enfants dans les bras et sur ses genoux.

« Georgy,
S'il te plaît viens immédiatement. Dans notre service tout entier les patients sont rongés par la fièvre. La situation est des plus critique.
Carry. »

Je filai en calèche à l'asile, à huit kilomètres de New York. C'était une vénérable institution dirigée autrefois par la femme d'Alexandre Hamilton, Eliza. Située sur la 4e Rue ouest, elle était installée aujourd'hui dans une demeure à côté de Bloomingdale, jolie zone rurale au nord de la ville, nommée d'après le vieux village hollandais de Bloemendael qui signifiait « vallée des fleurs ».

Le chauffeur de Mère força l'allure de la calèche sur la longue allée qui menait à la massive demeure en pierres, de style gothique. Ses flèches semblables à des minarets brillaient au loin. La bâtisse donnée par un homme d'affaires prospère côtoyait plusieurs autres résidences colossales de riches new-yorkais qui y passaient les week-ends ou l'été. Elle était magnifiquement située sur le haut d'un terrain en pente douce le long de l'Hudson, de superbes saules pleureurs s'y balançaient dans le vent, tout cela hors d'atteinte des miasmes du choléra et du typhus qui planaient sur New York.

Quand la calèche s'arrêta devant les marches, j'aperçus quelques enfants âgés d'un à seize ans environ. Ils étaient bien mis avec leurs habits de seconde main propres et leur coupe au carré typique de l'orphelinat de Bloomingdale.

Je fendis la petite troupe et montai les escaliers de pierre à la hâte, ma trousse d'infirmière à la main.

— Tu vas partir, toi aussi ? s'interposa une jeune fille.

— Que veux-tu dire ? lui demandai-je en me baissant vers elle.

— Le docteur est venu et reparti. Il a dit qu'il ne pouvait rien faire pour eux.

— Il y a toujours quelque chose à faire, affirmai-je et je repris mon chemin.

Carry m'attendait à la porte d'entrée en chêne, elle portait à chaque hanche deux petits jumeaux blondinets aux joues couvertes d'un érythème infectieux.

— Dépêche-toi, Georgy, tout le service a attrapé quelque chose. Un docteur est venu, mais il est reparti aussi vite.

— Quels sont les symptômes ?

— Essentiellement de la fièvre. Dans la salle des filles, les plus jeunes.

Nous nous précipitâmes dans cette salle qui avait autrefois servi de salle à manger, le plafond voûté et les murs lambrissés de noyer offraient un contraste saisissant avec les sobres rangées de lits en fer. Dans chaque lit, reposait une petite forme enveloppée d'une couverture. La grande cheminée était noire. Carry confia les jumeaux à une fille plus âgée qui se tenait près de la porte.

— On en a trente. Trop mal en point ce matin pour se lever.

— Dieu du ciel, Carry, comment est-ce arrivé ?

— Aucune idée. C'est venu soudainement.

— Elles sont allées quelque part ?

— Pas récemment, répondit-elle, en remettant des mèches de cheveux derrière ses oreilles. Juste une excursion la semaine dernière, quand il faisait si chaud.

— Et où ?

— Au nord, pour voir le nouvel aqueduc.

— Près des marais.

— Oui.

Carry s'avança vers le lit le plus proche et posa sa paume sur le front d'une patiente aux cheveux noirs, son corps si minuscule sous la couverture.

— Voici Constance. Son père est allé au ciel à Bull Run et sa mère nous a quittés juste le mois dernier, morte de la grippe. Constance a seulement huit ans, elle est très courageuse. C'est la préférée de Mme Peabody.

Huit ans. Juste un an de plus que lorsque j'ai perdu Père.

— J'ai terriblement froid, mademoiselle Woolsey, dit Constance, les yeux levés vers Carry.

— Elles se sont toutes réveillées ce matin avec des frissons et de la fièvre.

Une belle femme élancée, vêtue de noir de la tête aux pieds, entra dans un froufroutement de soie.

— Que se passe-t-il ici ? demanda-t-elle, l'air austère.

— Madame Peabody, ces petites se sont réveillées ce matin avec des frissons et de la fièvre.

— Et on ne m'en a pas informé ? Je vis quasiment à côté, que diable !

— J'ai d'abord pensé à appeler ma sœur Georgeanna. Elle est infirmière à la Commission sanitaire.

— Et où est le médecin ?

— Georgeanna Woolsey. Je fis un pas en avant et lui tendis la main. J'ai travaillé à bord des navires-hôpitaux.

Mme Peabody fit comme si elle n'avait pas vu ma main et s'approchant du lit regarda Constance.

— Oui, je connais bien la Commission, mais vous n'avez pas le droit de traiter la maladie. Nous attendrons le docteur.

— Le Dr Simpkins est venu, expliqua Carry, mais il a dit qu'il ne pouvait rien faire pour elles.

— Madame Peabody, dis-je, vous ne trouverez pas un médecin dans tout New York qui négligera ses patients militaires pour venir aussi loin au nord de la ville. Je suis certaine de pouvoir soigner vos pensionnaires.

— Vous avez une haute opinion de vous-même, mademoiselle Woolsey.

— Elle a été formée par le Dr Blackwell elle-même, intervint Carry.

— Hum, et elle a appris essentiellement à préparer des bouillons de bœuf et écrire des lettres aux soldats, d'après mes informations.

— Non, madame Peabody. La doctoresse m'a enseigné bien plus. Oui, c'est vrai, nous nous engageons à rendre la vie quotidienne des soldats plus agréable, mais je sais aujourd'hui traiter un grand nombre de problèmes, réduire des fractures, soigner les maladies, les fièvres, qu'elles soient intermittentes, éruptives ou continues.

Je déboutonnai les poignets de ma robe et remontai mes manches

— D'ailleurs, j'envisage d'ouvrir une école d'infirmières.

— Je n'ai jamais entendu telle hérésie, dit-elle avec un petit geste d'exaspération de la main.

— Seulement pour des femmes. Vos petites protégées, quand elles auront atteint un certain âge, pourraient peut-être y postuler et obtenir leur diplôme.

— Et attraper la variole ? Sans parler de la mort de leur réputation. Ces filles seront couturières, pas infirmières.

Je pris une couverture au pied du lit de Constance et la ramenai sur elle.

— Je suggère que nous nous occupions du traitement. D'abord allumer un grand feu pour lutter contre les frissons, puis une couverture de plus par enfant.

— Comment savons-nous ce dont elles souffrent ?

— J'ai d'abord soupçonné le typhus.

— Mais, enfin, nous ne sommes pas ici dans un établissement de dernière catégorie, infesté de punaises, s'exclama Mme Peabody, se redressant de toute sa hauteur.

— Le typhus peut frapper partout, madame, mais je ne pense pas que ce soit le typhus, plutôt la malaria.

— Comment pouvez-vous en être si sûre ?

— J'ai vu de nombreux cas de typhus et de malaria dans les hôpitaux de Washington et à bord des navires-hôpitaux. En cas de typhus, la fièvre s'accompagne de rougeurs, de maux de tête et de toux. Ces patientes ne présentent que de la fièvre intermittente et des frissons. Ce qui indique la malaria. Elles l'ont sans nul doute contractée lors de leur excursion de la semaine dernière. Cependant, nous n'avons pas de quinine, la pénurie est trop aiguë dans tous les hôpitaux. Des soldats meurent chaque jour, faute de quinine.

— Je ne les laisserai pas souffrir, déclara Mme Peabody, tenant la main de Constance. J'ai consacré ma vie à ces enfants.

— Alors, faisons preuve d'ingéniosité. Avez-vous de la térébenthine dans vos placards ?

— Très vraisemblablement.

— Carry, tu m'en rapportes et nous en frotterons la poitrine des petites. C'est un bon substitut à la quinine. Et près de la rivière, il y a bien des saules ? Faites couper des branches et qu'on les apporte aussitôt. Nous en ferons de l'infusion de saule et nous la mélangerons à du whisky, ce ne sera pas aussi efficace que la quinine, mais cela fera passer la fièvre dans ces petits corps.

Mme Peabody envoya deux valets de pied chercher des branches de saule. Toutes les trois, nous passâmes la nuit entière à aller de lit en lit, à chanter des berceuses, à frotter de la térébenthine sur la poitrine des petites filles et à leur donner à boire un peu d'eau de saule, jusqu'à ce que nos douces protégées dorment profondément.

Ce ne fut qu'une fois le soleil levé au-dessus de l'horizon que nous prîmes un moment de repos près du lit de Constance. Mme Peabody vint nous retrouver, une couverture pliée sur le bras.

— Je dois admettre, mademoiselle Woolsey, que vous êtes assez douée.

— J'ai effectivement un certain talent pour ce métier, répliquai-je, les yeux plantés dans les siens.

— On pourrait appeler cela de la vanité.

— Est-ce mal de reconnaître le talent quand il est mis au service des autres ? Accuse-t-on un homme de vanité s'il reconnaît un don pour le droit ou la banque ?

— Je n'ai jamais vu de médecin doué faire preuve de fausse modestie, ajouta Carry.

— Je dois vous laisser, dis-je en me détournant pour préparer ma trousse, je suis désolée de ne pas correspondre à votre image de la femme idéale, mais j'espère, madame, que ces enfants vont bien se remettre.

— Attendez, s'il vous plaît, me retint-elle, la main tendue, avec un regard pour Constance endormie dans son lit. Je suis peut-être un peu rétrograde. Je tiens tant à ces enfants, j'en deviens parfois trop protectrice.

J'échangeai un regard avec Carry.

— Je vous dois des excuses, à toutes les deux, et je vais réfléchir à comment vous récompenser. (Elle lissa la couverture au pied du lit.) Attendez-vous à recevoir très vite mes remerciements à New York.

Le lendemain de mon passage à l'orphelinat, notre frère Charley se prépara à quitter Brevoort Place pour s'enrôler et partir au combat. Assises dans la salle à manger, Mary et ses filles triaient des livres pour les soldats, et nous faisions tout notre possible pour nous occuper l'esprit et ne pas penser au fait que notre précieux frère allait partir. J'entrais et sortais sur mes patins à roulettes d'intérieur, prenant des cartons dans le hall d'entrée pour les apporter à Mary. Notre petit chien, Pico, couché à ses pieds, s'éloignait rarement d'elle, comme à son habitude quand elle nous rendait visite.

Que c'était bon de passer du temps avec « Ma Mary » comme je l'appelais depuis que je savais parler. Elle tenait sur ses genoux Georgeanna, sa fillette d'un an, toute potelée, et aidait Una, 3 ans, Bertha 4, et May, 9, à trier des livres. Les enfants emplissaient bruyamment différentes boîtes étiquetées « Grands auteurs », « Bandes dessinées », « Périodiques ».

Je tirai une caisse de livres sur le sol de la salle à manger.

— Tu dois vraiment faire du patin aujourd'hui, Georgy ? Ça ne va pas arranger l'humeur de Mère.

Je soulevai ma jupe pour montrer un patin attaché à ma bottine au moyen de sangles en cuir.

— Tu devrais vraiment essayer, Mary. Je vais du salon à la salle à manger en huit secondes.

Cette pièce avait abrité nos moments les plus heureux. À la chaleur d'un bon feu, avec l'argenterie de la famille Woolsey, la nappe blanche posée sur une épaisse feutrine, la pièce avait toujours attiré les invités. Ajoutez les célèbres haricots blancs de Norwich préparés par Mère et la perspective d'une stimulante partie d'échecs avec elle, qui durait souvent jusqu'après minuit, et à coup sûr les hôtes revenaient. Aujourd'hui, avec les caisses de ravitaillement pour les soldats et celles de livres empilées sur la table, elle semblait petite et confinée ; des souvenirs de la mort de Père sur tous les murs.

Mary porta la main à son ventre et devint toute pâle. Je tirai une chaise vers elle.

— Tu ne te sens pas bien ?

— Un peu la tête qui tourne.

— Bébé numéro cinq ?

— Peut-être. Tu imagines ?

Lorsque nous étions enfants, Père s'était régalé avec ses sept filles. Nous marchions à quatre pattes sur le tapis du salon, jouions à cheval sur son dos, et les enfants de Mary auraient été traités pareil. Comme il aurait aimé May, si douce, et la petite Bertha avec son rire si spontané et si clair. Et Una si semblable à sa mère. Elle avait des yeux étonnamment bleus et des manières douces et légères. Et bébé Georgy qui, lorsque je la tenais, posait sa tête délicatement sur mon épaule, si potelée avec ses fines boucles dorées. Elle était – aimais-je à penser – la plus douée des quatre et condamnée à être gâtée par moi à vie, ne serait-ce que pour son prénom.

Mary aida May à choisir une boîte pour y déposer son livre.

— Quel cadeau du ciel ce serait un cinquième !

— Mary, quatre c'est peut-être assez. Tu t'épuises avec les paroissiens de John, tes filles, et Mère que tu aides ici. Et on devrait d'ailleurs lui dire que Charley peut faire ses valises lui-même. Il a vingt-trois ans.

Ce matin-là, Charley avait reçu confirmation que sa blessure à la main était guérie, à la satisfaction du chirurgien militaire, et qu'il était affecté à l'armée du Potomac et devait s'y présenter aussitôt. Panique pour Mère qui, afin de le préparer au combat, retourna toute la maison et empaqueta une tonne de choses. Il s'engageait au beau milieu de ce qui, d'après les prévisions, serait le pire conflit de la guerre. Le général confédéré Lee avait sévèrement battu l'armée américaine à Chancellorsville, en Virginie, au Sud de Washington et nous avions entendu dire qu'il avançait à marche forcée vers le nord, sur le point d'atteindre et d'occuper la Pennsylvanie, visant sans nul doute à envahir notre capitale.

Mère passa dans le salon à la hâte, sa coiffe blanche de travers.

— Où est la couverture de Charley ?

— Dites-lui de la trouver tout seul, répondis-je tout en glissant un autre livre dans une caisse.

— Reposez-vous un moment, Mère, conseilla Mary, une main tendue vers elle. Ce n'est plus un enfant, il peut le faire lui-même.

— Je vous ai entendues chères sœurs, dit Charley avec bonne humeur. Vous refuseriez une couverture à un soldat ?

Il venait de faire irruption dans la pièce, vêtu du nouvel uniforme que Mère lui avait confectionné, assorti d'une élégante tunique bleu marine avec double rangée de boutons en laiton piqués sur la poitrine.

La vue de notre petit frère en habit de lieutenant nous coupa le souffle. Il avait l'air si sûr de lui et si martial que c'est à peine si nous le reconnaissions.

— Oh Georgy, dit-il en s'arrêtant net, tu as fait les sandwichs ?

— Comme promis, mais ils ne te seront donnés que lorsque j'entendrai un « merci ».

— Sans trop de viande ? Les gars ne les aiment pas trop épais.

— Tu devrais vraiment rester ici avec la garde civile. Ce sera très difficile pour Mère.

— Mais moins pire que d'avoir un lâche pour fils.

— Mets au moins un morceau de papier dans ta poche avec ton nom et ton adresse, au cas où…

— Que tu es morbide, Georgy ! Je dois être un simple secrétaire pour le général Meade et je verrai donc sans doute peu d'action réelle, sauf si tu prends en compte la correspondance avec le banquier.

Mary lui apporta la couverture et nous l'aidâmes à l'accrocher sous son sac à dos. Mère lui tendit une montre en or.

— C'était l'une des montres de ton père. Je veux que tu emportes quelque chose de lui.

— Ne pleurez pas, Mère. Il glissa la montre dans la poche de son manteau et déposa un baiser sur sa joue. Je serai de retour pour Noël, vous verrez.

Il attrapa les sandwichs que j'avais emballés dans du papier journal. Les petites grimpèrent sur des chaises et tendirent leurs joues pour qu'il les embrasse. Puis, réunies sur le perron, nous le regardâmes partir. Mary et moi étions sur les marches, Mère entre nous deux, le bébé dans ses bras, les filles plus âgées de Mary à nos pieds.

— Cela fait si longtemps qu'il en rêve.

Mère le regarda s'éloigner, les traits tirés.

— J'ai beaucoup donné pour cette campagne, mais dois-je aussi donner mon fils ? Votre père n'aurait pas voulu cela. Si seulement il était encore en vie, il aurait trouvé un moyen de l'arrêter. Il aurait usé de son influence et arrangé un poste plus sûr pour lui. Personne ne savait dire non à votre père.

— Charlie est comme Père, *têtu*, et vous l'avez élevé pour qu'il devienne un homme courageux. Nous devrions être fiers qu'il n'ait pas voulu éviter l'enrôlement en payant trois cents dollars.

— Je ne sais pas comment je vais faire face à l'inquiétude.

Alors que Charley était en route pour rejoindre l'armée du Potomac, j'essayai de ne pas penser aux innombrables blessés que j'avais veillés et à la facilité avec laquelle ces pauvres êtres s'étaient éteints, leur main glissant de la mienne.

Avec Mère et Mary, je passai les deux semaines suivantes à rendre visite à tous les foyers de New York en quête de vêtements en bon état pour les troupes que nous charrions ensuite à la Maison de l'industrie pour Abby. C'était autrefois un endroit calme où des femmes dans le besoin, de toutes sortes d'origines, cousaient tranquillement pour gagner leur vie. Avec notre sœur à la barre, c'était devenu un centre de distribution pour les dons de fournitures militaires, réglé comme une horloge suisse.

Charley nous avait envoyé une courte missive dans laquelle il mentionnait son départ pour Gettysburg en Pennsylvanie. Dès la fin juin, Jane traquait les pauvres vendeurs de journaux pour avoir chaque jour le journal. Nous regardions rapidement les colonnes, avides de nouvelles de la Pennsylvanie, mais nous en trouvions peu. Quand Carry apporta un télégramme de l'oncle Edward de Washington disant que la bataille avait commencé, que le premier jour de combat avait été plus qu'intense et que les rapports qu'il avait obtenus ne prévoyaient pas de fin rapide à la bataille, Mère se leva et appela Margaret pour qu'elle lui apporte son manteau.

— Mon Charley… Je dois tout de suite me rendre là-bas.

— Cela fait moins d'un mois qu'il est parti, fit remarquer Harriet, la forçant à se rasseoir, vous devez vous calmer et de plus on ne vous autorisera pas à aller sur le champ de bataille, ma chère, même si vous vous battriez bien mieux que certains de ces généraux.

Un matin, tandis que Mère et Margaret s'occupaient des enfants, je partis avec Mary donner les caisses de livres à la Maison de l'industrie. Nous entrâmes dans cette petite maison en bois sur la 16e Rue, en quête de notre sœur. Quel endroit douillet et satisfaisant ! En 1854, Abby avait aidé à lever des fonds et acheté pour la somme de seize mille dollars cette ancienne résidence et l'avait transformée en une ruche d'activités de bienfaisance.

Nous jetâmes un œil dans une salle de classe où de jeunes filles, de couleur et blanches, de six à seize ans, suivaient le cours de broderie dispensé par Lucy Locker. C'était censé les préparer à subvenir à leurs besoins grâce à un revenu régulier. Il y avait dans le hall foule d'hommes et de femmes qui ne cessaient d'aller et venir et nous bousculaient. Chaque pièce était bourrée de cartons qui montaient jusqu'au plafond, étiquetés « Chemises », « Casquettes protège-nuque » et « Viande en conserve ». J'aimais tout particulièrement la boutique de cadeaux. Un magasin bien rangé, guère plus grand que notre office, où les élèves vendaient leur production soigneusement cousue : supports de fer à repasser, essuie-plumes, robes de femme et peignoirs masculins, tout au bénéfice de la cause.

Il y régnait comme une odeur de progrès, bois de cèdre, cartons d'eau de Cologne aux épices et sacs à dos militaires en cuir. Tout cela en partance pour le terrain, où j'avais hâte de me retrouver.

— N'est-ce pas stimulant ? dit Abby qui se précipitait vers nous. Nous attendons deux palettes de casquettes protège-nuque, parfait pour éviter les coups de soleil aux soldats.

Puis elle se précipita à la boutique cadeaux pendant que Mary et moi déposions nos livres. Mary en sortit un de sa caisse, un petit livre vert à la couverture marron estampée en lettres dorées, *Merry's Book of Birds.*

— Cela me rappelle Frank Bacon, dit-elle. Il aime tant les oiseaux.

— Eliza t'a dit qu'il avait une nouvelle dulcinée ?

— Oui, elle y a fait allusion, je crois, mais elle n'a pas dit grand-chose. On sait que tu n'aimes pas trop qu'on en parle. Tu regrettes de lui avoir dit non à Washington ?

— Peut-être un peu.

— Frank a été un ami si proche de la famille. Tu ne le voyais peut-être que comme ça, presque comme un frère.

— Oui, mais dans le Rhode Island, je l'ai vu sous un jour nouveau. Plus ouvert, plus favorable à l'égalité entre les hommes et les femmes. Je pris un air nonchalant. C'est là que j'ai rencontré sa nouvelle amie.

— La compétition engendre parfois un renouveau d'intérêt. Mary me lança un regard inquisiteur. Et j'ai appris qu'il n'avait plus la barbe. Un facteur essentiel, peut-être ?

— Ça a pu améliorer ses chances.

— Je sais, Georgy, que tu as parfois du mal à être proche des gens, après l'avoir tellement été avec Père.

— Oui, mais aujourd'hui il m'arrive de regretter Frank.

— Il n'est pas trop tard pour le lui dire, me conseilla Mary, en posant sa main douce sur la mienne.

Soudain, il y eut un grand remue-ménage à la porte d'entrée et une femme à l'allure familière entra à grandes enjambées, suivie d'une phalange de valets de pied en livrée qui portaient des caisses et s'apprêtaient à les déposer dans le hall.

— Où puis-je trouver Georgeanna Woolsey ?

— Et qui la cherche ? demanda Abby en allant à sa rencontre.

— Madame Peabody ! m'exclamai-je.

— Pourquoi une telle surprise, dit-elle, invitant d'un grand geste de la main le flot de valets à entrer. Je vous ai dit que j'apporterai un cadeau.

— Franchement, j'avais oublié. Madame Peabody, je vous présente mes sœurs, Mary et Abigail. Mary dirige ce…

Elle eut à peine un regard pour mes sœurs qui se tenaient coites, abasourdies par la gigantesque ziggourat de caisses dans le hall.

— Vous n'oublierez pas ça, vingt-quatre boîtes de la meilleure quinine sur le marché.

— Quinine Johnston, lut Abby penchée sur une caisse. C'est la marque qu'ils ont à la Maison-Blanche.

— Où diable avez-vous trouvé tout ça ? Le ministre de la Santé lui-même ne sait pas où s'approvisionner correctement.

Mme Peabody croisa les bras sur sa poitrine.

— J'ai lourdement insisté auprès d'un certain voisin pour avoir les caisses qu'il stockait. Il espérait les revendre à profit une fois le besoin devenu urgent, le scélérat. Quand vous avez dit qu'il y avait une pénurie, j'ai su aussitôt que c'était la meilleure façon de vous exprimer ma reconnaissance pour votre action envers mes filles.

— Et comment vont-elles ?

— Non seulement chacune d'elles a survécu, mais elles prospèrent grâce à vos soins, mademoiselle Woolsey, et à ceux de votre sœur. Je n'ai pas coutume de distribuer des chèques avec largesse, mais je vous donne aujourd'hui celui-ci, Georgeanna, afin de créer cette école d'infirmières dont vous avez si bien plaidé la cause. Ma banque l'honorera, conclut-elle en me remettant une enveloppe.

— Je ne sais quoi dire.

— Eh bien, dit Abby en prenant l'enveloppe et en me la tendant, cette journée est mémorable : notre Georgy est sans voix !

— Dites-moi juste que vous établirez la meilleure école d'infirmières jamais vue à ce jour. Et que vous ferez en sorte que les pensionnaires de l'asile pour orphelines de New York seront parmi vos premières diplômées.

À ces mots, Mme Peabody sortit, toujours aussi théâtrale, nous laissant à peine le temps d'intégrer tout ce bonheur incandescent. Puis, nous nous fondîmes dans une seule étreinte.

— Quel beau jour ! s'exclama Mary. La quinine que nous voulions et de quoi démarrer ton école, Georgy.

— Quelle est la somme inscrite sur le chèque ? s'enquit Abby.

J'ouvris l'enveloppe, les mains tremblantes.

— Cinq cents dollars.

Je défaillis presque.

— Je n'ai jamais vu un aussi beau cadeau, dit Mary, le souffle coupé.

Je fixai le chèque, presque paralysée de joie.

— Tout ça, c'est grâce à Père.

— Père a été notre sauveur, approuva Abby qui avait pris le chèque de mes mains et l'examinait, mais tu dois tout ça à Mme Peabody.

Je le lui repris et le fourrai avec l'enveloppe dans ma poche, puis toutes trois, nous commençâmes à transporter la quinine dans la réserve.

— M. Olmsted ne va-t-il pas en avoir une attaque quand il verra toutes ces bouteilles ? s'amusa Abby.

Tout à coup, Mère, sans bonnet ni châle, fit irruption dans le hall, nous cherchant des yeux, paniquée. Posant nos caisses, nous courûmes à sa rencontre.

— Que se passe-t-il ?

— Venez vite, mes filles.

Elle reprit son souffle, portant la main à la poitrine, ses yeux bleus luisaient de larmes.

— Calmez-vous, Mère, dis-je.

Elle tenait une enveloppe jaune que nous reconnûmes toutes comme celle qui contenait un télégramme.

— Ça vient d'arriver.

— Qu'est-ce qui est écrit ? demanda Abby.

— Je ne sais pas, mais c'est sûrement au sujet de votre frère et je ne peux pas me résoudre à l'ouvrir. Tiens, Georgy.

— Maman, ce n'est sans doute rien du tout, la réconforta Mary, le bras passé autour de son épaule.

Je déchirai l'enveloppe et lus, essayant de chasser tout tremblement de ma voix.

« Charles blessé. Si vous venez à Gettysburg, faites-le-moi savoir. »

Je levai les yeux vers Mère.

— C'est signé Frederick Olmsted.

— Rien de plus, s'inquiéta Mary qui m'arracha le télégramme des mains.

— Georgy, me dit Mère en m'agrippant le bras, toi et moi devons partir immédiatement.

26

Jemma

Hagerstown, Pennsylvanie, juillet 1863

Les Swift étaient d'excellente humeur ce matin-là : ils avaient deux réservations lucratives le même jour. Comme beaucoup de photographes, une bonne partie de leurs revenus venait des photos mortuaires. Avec la guerre et la maladie leurs affaires étaient florissantes. Une photographie coûtait cher et, la plupart du temps, ce n'était que lors de la mort d'un être cher que la famille dépensait de l'argent pour préserver son souvenir. Mon travail consistait à donner au défunt l'air le plus vivant possible.

— Passez par-devant, cria M. Swift aux hommes qui portaient le petit cercueil d'osier. Deux enfants, ça se voyait à la petite taille.

La maison des Swift se dressait dans la rue principale de la grande ville de Hagerstown, au coude-à-coude avec d'autres commerces. Il y avait au rez-de-chaussée un salon, où les photos étaient prises, une salle à manger et une cuisine ainsi que la chambre que je partageais avec Sally. Les deux Swift eux dormaient à l'étage dans le même lit, même si Madame débordait largement sur sa part du foncier.

Les parents suivaient le petit cercueil. Les hommes le posèrent sur la table du salon et quand ils soulevèrent le couvercle, la terrible odeur de l'embaumement – mercure et arsenic – se répandit dans la pièce. La porte d'entrée, ouverte sur la rue poussiéreuse, permettait à la brise chaude d'emporter un peu de la puanteur. Le parfum des biscuits au caramel de Sally Smith en train de cuire aidait aussi un peu.

J'installai le salon comme d'habitude : une toile de fond élaborée, le canapé en velours où s'assiérait la mère, le support en métal pour l'aîné des enfants. Au moment de se faire rémunérer, M. Swift appelait ces photos des « memento mori », ce qui veut dire « souviens-toi que tu vas mourir ». Pour moi, c'étaient juste des photos de morts prises pour que leurs proches ne les oublient pas.

— La facilité avec laquelle tu t'occupes de ces pauvres défunts me trouble Jemma, me dit un jour Mme Swift qui avait bien trop peur de prononcer le mot « mort ». Les toucher ne te fait rien.

Elle avait raison. J'en avais tant vu ! La douce Clementine, Harry, Celeste, Pa. Après ça, arranger ces deux petits ne me faisait pas grand-chose. Au moins, la dernière personne à les toucher le ferait avec douceur.

M. Swift prit les photos. Une fois les enfants remis dans le cercueil en osier, leur mère s'effondra dessus, en proie à des sanglots déchirants. C'est à ce moment que Mme Swift faisait ses meilleures affaires : elle leur vendit un second cercueil pour garantir que « chaque petit monterait au ciel sans le moindre doute » et deux cadres à photos vraiment exceptionnels, ornés d'anges sculptés comme si Jésus en personne se penchait sur eux, tout ceci à des prix astronomiques.

Dès que les Swift eurent empoché leur argent et que le cercueil fut reparti, une compagnie de soldats vint se faire photographier. Ils étaient au moins une trentaine à entrer dans le salon, la plupart bien coiffés. Ils chahutaient comme une portée de chiots ! Ils firent asseoir dehors leurs cuisiniers noirs et les civils qui les accompagnaient.

Les Swift négocièrent le prix avec leur chef et un garçon dégingandé aux cheveux roux dressés comme une crête-de-coq, la courroie d'un gros tambour marron à l'épaule, vint me voir et pointa son doigt sur ma poitrine.

— Rends-nous service et mets l'uniforme de notre tambour pour la photo. Nous avons perdu Eddie à Fredericksburg et tu dois avoir sa taille.

Il m'avait pris pour un garçon avec mon crâne rasé et mon pantalon. Je pris une voix un peu plus grave :

— J'sais pas comment…

— J'm'appelle Raymond Gleason, au fait, et le type qui parle à ton patron, c'est le major Ellis. C'est lui le chef. Nous, on est le 14e régiment du Connecticut. Les noix de muscade. Il nous faut juste un garçon qui mette la chemise et le pantalon avec la raie et qui pose avec le tambour et les baguettes tenues comme ça. Ce n'est pas bien dur.

J'allai dans le cagibi pour passer les vêtements, puis Raymond me glissa la courroie du tambour par-dessus la tête pour qu'il soit appuyé contre ma taille.

Je m'aperçus dans le grand miroir et compris pourquoi on me prenait pour un garçon : je n'avais que la peau sur les os et j'étais aussi chauve qu'un oisillon.

Je sortis du cagibi en fourrant la chemise dans mon pantalon.

— Comment il est mort, Eddie ?

— Pris une balle dans la tête. Il a rien senti. Nous avions un sac pour deux donc j'ai récupéré ses affaires. Les rebelles visent les tambours parce qu'ils donnent la cadence, ce qui fait avancer la compagnie. Surtout quand ils ont la peau aussi noire que toi.

— C'est difficile ? De battre le tambour, j'veux dire ?

— Tu dois marcher à côté de nous quand nous avançons, et battre le rythme pour nous garder au même pas. Puis, sur le champ de bataille, chaque ordre du major Ellis a son propre roulement de tambour.

Il frappa une suite de petits coups.

— Celui-là veut dire « regroupez-vous ici ». Celui-là « en avant » quand nous marchons. Et mon préféré, le long roulement qui veut dire « à l'attaque ».

— Ma mère jouait du tambour. Ça a l'air facile.

— Ça ne l'est pas du tout. Quand on n'a pas besoin des tambours pour transmettre les ordres, on leur donne un autre boulot. Brancardiers pour amener les blessés à l'infirmerie.

— Deux rangs pour la photo, messieurs, cria M. Swift.

Raymond sorti une casquette de son sac.

— Tiens, mets ça. La mienne appartenait à mon vieux. Il la portait quand il a été tué à Fredericksburg. Il est tombé juste à côté de moi.

Il me mit la casquette sur la tête et l'arrangea.

M. Swift s'agita jusqu'à ce que les soldats forment deux rangs parfaits et rapprocha du groupe son gros appareil photo dans la boîte en bois posée sur un trépied.

Mme Swift se précipita avec la plaque en verre humide qu'elle avait préparée et à laquelle elle ne laissait personne toucher. Son mari enfonça la tête sous le tissu noir de son appareil.

— Ne bougez pas, maintenant. Personne ne respire pendant dix secondes.

Une fois la photo prise, Sally Smith sortit de la cuisine et se tint à côté de moi, une assiette de biscuits au caramel tout juste sortis du four. Les soldats s'agglutinèrent autour de nous, chacun en prit un et la remercia poliment.

Elle sourit en regardant l'assiette presque vide.

— Je n'ai jamais vu mes biscuits s'évaporer aussi vite. C'est pareil avec ma bouillie de maïs. Elle disparaît si vite qu'on a à peine le temps de la voir. Sûr qu'elle vous cale. Pas besoin de manger autre chose de la journée.

— Et le pâté de pigeon ? demanda le major en fendant le cercle. Vous savez le faire ?

Sally sourit et fit mine d'y réfléchir une minute.

— Avec ou sans les gésiers ?

— C'est sa spécialité. Elle en faisait un tous les dimanches pour M. Watson quand nous habitions Peeler. Il l'aimait avec un peu de beurre sur le dessus pour rendre la croûte bien croustillante.

— Comment vous appelez-vous, madame ? demanda le major.

— Sally Smith, monsieur.

— Et ce tambour ?

Sally me jeta un coup d'œil avant de baisser la tête.

— Euh, dis-je en me creusant les méninges à la recherche d'un nom de garçon.

— Tu ne sais même pas comment tu t'appelles ? me demanda le major, sourcils froncés.

— Jem, m'sieur.

Le major se redressa et appela ses hommes.

— Nous emmenons ces deux-là avec nous. Tout le monde dehors.

Les hommes sortirent en masse par la porte d'entrée et Sally attrapa mon sac en tissu à fleurs qu'elle avait déjà préparé avec nos affaires et laissé au pied de l'escalier.

— Tu y as mis la croix de Pa ?

— C'est ce que j'ai mis en premier.

— Tu avais tout manigancé, dis-je en la suivant dans la rue, le tambour battant agréablement contre ma hanche.

— Juste le pouvoir des biscuits, rien de plus.

J'essayai le roulement de marche que Raymond m'avait montré, presque le plus facile, et le tambour résonna, bien plus fort que je ne m'y attendais. Les hommes eurent vite fait de prendre le pas.

Mme Swift nous courut après, ses bras gras agités comme des ailes de chauve-souris.

— Eh, c'est ma propriété ! hurla-t-elle en m'agrippant plus fortement qu'un faucon se saisit d'un lièvre.

Raymond prit le tambour en bandoulière, et m'arrachant à Mme Swift, il me souleva pour me jeter sur son épaule. Les soldats rirent de le voir m'emporter comme un sac de navets et crièrent à Mme Swift :

— Ces deux-là sont désormais de la contrebande !

L'un d'eux lui jeta une pièce au passage et elle se baissa pour la ramasser.

— Cinq centimes ? s'écria-t-elle. Elle m'a coûté presque cent dollars !

Les hommes continuèrent à avancer et au bout d'un moment Raymond me reposa par terre.

— Tu es officiellement engagé dans l'armée américaine, Jem, mon garçon. Veille bien sur cet uniforme, il appartient à Abraham Lincoln.

— Promis, dis-je, plus heureuse que je ne l'avais été depuis longtemps. Où allons-nous ?

Il me regarda avec un sourire dans les yeux.

— J'espère que tu aimes l'action. On va dans une ville qui s'appelle Gettysburg.

27

Anne-May

Peeler, Maryland, juillet 1863

Un matin, Fergus me convoqua dans son bureau, une espèce de cellule sinistre, aux murs recouverts de lambris en chêne, différents modèles de tabatières en bois ou en métal entassées sur les étagères pour lui permettre d'étudier la concurrence. J'évitais cette pièce comme la peste à cause des terrariums en verre qui s'y trouvaient un peu partout, chacun contenant une sorte de lézard visqueux ou de crabe qui risquait de jaillir à tout moment de derrière un rocher. Ça empestait les escargots morts, mais Euphemia, dépourvue de toute sensibilité féminine, adorait y passer du temps et surtout balancer des criquets devant toutes les bestioles de mon mari.

— Oui, Fergus ?

Je me tenais sur le pas de la porte, Sainte Jeanne à mes pieds. Il était assis à son bureau, ce qui restait de sa jambe posé sur un haut tabouret. Euphemia était en train de malaxer l'extrémité de son moignon nu.

— Entre, Anne-May.

Il était de bonne humeur. Rien de tel qu'un massage pour ragaillardir un homme. Je ne bougeai pas.

— Tu sais que je ne supporte pas de voir tous ces soins que te prodigue Euphemia. Ça me donne la nausée.

Il caressait un presse-papiers en verre qui contenait une araignée poilue.

— Je veux te parler de ce qui se passe dans le monde, à commencer par la proclamation de l'émancipation.

— Ça remonte à janvier dernier. Tu sais, moi aussi ça m'arrive de lire le journal.

— Alors tu dois savoir que les troupes noires ont officiellement le droit de se battre et que les esclaves ont été affranchis dans les zones de rébellion.

— Dans quels États, par exemple ?

— Tous ceux du Sud où on se bat. Mais pas dans le Maryland.

— Pourquoi donc ?

Je regardai Sainte Jeanne entrer furtivement dans la pièce, hors de portée du regard de Fergus.

— La loi ne s'applique pas aux États frontière comme le Maryland. Tu viens pourtant de dire que tu étais informée.

Les larmes me vinrent aux yeux, ma vue se brouilla et toute la pièce baigna soudain dans une espèce de vert terrarium.

— Inutile d'être coupant, Fergus.

— Tous les domestiques se sont enfuis, sauf Zibeline. Tu étais au courant ?

— Ils ne frappent pas à ma porte pour me raconter leurs histoires, Fergus.

— Eh bien, tant mieux pour eux s'ils sont partis. J'espère qu'ils seront tous bientôt libres et j'affranchirai Zibeline dès que nous aurons rentré le tabac.

— Elle m'appartient, Fergus. Tu n'en as pas le droit.

— Et plus question d'acheter des esclaves. J'en ai fini avec cette cruauté. Et comme tu nous as privés du revenu du tabac pour cette année, nous devrons tirer ce que nous pourrons de cette plantation, avec l'aide de Zibeline si elle choisit de rester une fois rémunérée, ainsi que quelques ouvriers agricoles empruntés à Ambrosia. Mais il faudra qu'Euphemia et toi aidiez aux champs.

Un grincement strident s'éleva dans ma tête, comme du verre contre de l'acier.

— Moi, aux champs ? Il est hors de question que je m'abaisse ainsi, Fergus. Je suis la maîtresse, ici !

— Tu as dépensé sans compter. Si tu veux te mettre quelque chose sous la dent, il faudra que les choses changent.

— Je suis absolument épuisée, Fergus. Et il me faut une bonne qui s'occupe de moi. Je n'ai plus une robe propre à me mettre.

— Ta sœur n'a pas besoin d'une bonne pour s'habiller.

— Elle s'habille n'importe comment.

Fergus frappa son buvard du plat de la main.

— Je t'interdis de critiquer Euphemia. C'est elle qui mène cette propriété sans aucune aide de ta part.

Ma sœur gardait les yeux baissés sur le moignon de Fergus qu'elle pétrissait comme de la pâte à pain.

— Et où sont mes brosses en argent ? voulut-il savoir.

— Pas la peine de hausser le ton, Fergus. Dès que tu es parti, les domestiques ont pris tout ce qu'ils voulaient. Ce n'est pas vrai, Euphemia ?

— Pas que je sache, dit-elle en déposant de la pommade sur un morceau de tissu.

— Qu'as-tu fait de l'argent de la vente des porcs ? Freddie Fairchild m'a dit qu'il t'a vue chez Smalls and Sons en train d'acheter du tabac et de la soie.

— Une femme doit bien s'habiller, enfin Fergus. C'est moi qui suis la maîtresse ici.

— J'ai entendu dire que c'est toi qui as pris l'argent des confitures de Sally Smith. Je l'ai vendue parce que tu m'avais dit qu'*elle* volait.

— Tu fais plus confiance à Freddie Fairchild qu'à moi ?

— Et Jemma. Elle causait soi-disant des ennuis, elle courait après LeBaron selon toi... Mais tu ne m'as jamais dit que LeBaron avait tenté de les violenter, elle et Zibeline, dans sa cabane et que c'est pour ça que lui et ses hommes ont tué Joseph. Il a fallu que ce soit Euphemia qui me le raconte.

Je foudroyai ma sœur du regard, mais elle ne fit que m'ignorer.

— Et mon épingle à cravate en or ? Freddie m'a dit qu'il y en a une identique en vente chez Smalls and Sons.

— Tu m'as dit de la donner en gage si j'avais besoin d'argent. Et je n'ai jamais touché à l'argent de Sally, c'est elle qui nous volait notre sucre pour faire de bons petits plats aux Nègres alors qu'Euphemia et moi, nous mourions de faim. Ce n'est pas juste.

— Tu ne fais que mentir, Anne-May. Es-tu même capable de démêler le vrai du faux ? Tu ferais mieux de commencer à me dire la vérité et à te mettre au travail.

Si nous ne pouvons pas payer nos impôts, nous perdrons cette maison.

— Si j'avais voulu m'abîmer la peau dans un champ de tabac, j'aurais pu le faire avec quelqu'un qui me traiterait bien.

— Comme le noble Jubal Smalls ? Tout le monde parle de vous. Tu es ma femme et il est grand temps que tu commences à te comporter comme telle. Sinon tu n'as qu'à partir vivre chez ton ex-beau-père. Soutire-lui de l'argent puisqu'il a pris tout le nôtre.

— Reggie l'a investi, heureusement pour nous, Fergus.

— Nous n'en verrons jamais un centime. Je lui ai écrit cinq lettres et je n'ai reçu aucune réponse. Il est clair qu'il nous a poussés à nous marier uniquement pour ça, pour mettre la main sur mon héritage.

Je sortis de cette pièce puante et montai m'allonger poursuivie par les cris de Fergus.

— Tu seras demain dans les champs ou j'appellerai le shérif Whitman pour qu'il t'y traîne ! Les souhaits d'un mari comptent encore pour quelque chose dans le comté de Saint Mary.

— Essaie donc, Fergus ! répliquai-je.

Je grimpai l'escalier quatre à quatre, Sainte Jeanne bondissant à mes côtés. Quand j'arrivai sur le palier, je remarquai avec satisfaction qu'elle tenait un des précieux bébés crabes de Fergus dans sa gueule, on voyait encore les pattes et les pinces de la créature qui s'agitaient.

Je me baissai pour caresser sa tête de velours et la complimentai tout en adressant un remerciement silencieux à mon frère Harry pour son cadeau.

Fergus mit sa menace à exécution et à neuf heures le lendemain matin, le gros shérif Whitman vint m'escorter jusqu'à la grande colline en pente douce où se trouvaient les champs de tabac. Il s'excusa tout du long et je jouai le jeu. Si j'y restais juste assez longtemps, je pourrais ensuite m'enfuir pour aller prendre un bain rafraîchissant, puis filer en douce rendre visite à Jubal en ville.

Coiffée de mon plus grand chapeau de paille, je détonnais dans ce champ aux côtés d'Euphemia et Zibeline ; celle-ci me jetait des regards haineux. La chaleur faisait déjà s'élever un nuage de vapeur au-dessus des panaches verts.

— Je n'ai rien contre travailler dur, dis-je en me penchant sur une rangée. Ce sont les vers que je ne supporte pas. Tu sais à quel point je les déteste, Pheme.

— Nous devons tous mettre la main à la pâte maintenant, Anne-May. Moi non plus, je n'aime pas tuer ces bestioles.

Plus le soleil montait dans le ciel, plus mon dos me faisait souffrir à force de me courber pour attacher des sacs en papier aux plantes et récolter ainsi les meilleures graines. Je n'osais pas regarder sous les feuilles de peur de voir une de ces créatures abominables, la chenille à tabac cornue.

— Fergus adore me voir ici, humiliée, dis-je en me redressant pour me frotter le dos.

— Si nous ne récoltons pas les graines, me répondit Euphemia en se tournant vers moi, il n'y aura pas de tabac l'an prochain.

Dotée, je me demande bien pourquoi, d'une capacité rare à repérer ces horribles chenilles vertes qui, cachées entre les feuilles, échappaient aux yeux des autres, j'en aperçus une particulièrement grasse, de la taille du pouce d'un géant, en train de se laisser glisser vers le pied de la plante.

— Oh mon Dieu, pitié ! Il y en a une énorme, Euphemia, viens t'en occuper.

Elle me tendit le sécateur.

— Il faut que tu le fasses toi aussi, Anne-May.

— C'est tout bonnement au-dessus de mes forces. Les couper en deux m'est impossible, je suis bien trop sensible.

Zibeline fonça sur moi, m'arracha le sécateur des mains, sectionna la chenille et jeta l'outil par terre avant de retourner à son travail.

— Pas la peine de prendre de grands airs, lui criai-je en le ramassant précipitamment.

Je ne voulais surtout pas me faire poignarder dans le dos.

— Fergus, s'écria Euphemia tout sourire. Comme tu marches bien malgré ce terrain difficile.

Fergus descendait la pente en boitillant sur sa jambe de bois, appuyé sur sa canne d'un côté, tenant une liasse de papiers de l'autre.

Je m'essuyai le front de ma main libre.

— Il était grand temps que tu viennes nous aider.

— Je suis enfermé à faire les comptes. C'est comme ça que j'ai découvert que tu avais dépensé plus de cent dollars chez Smalls and Sons cette année, Anne-May.

— J'y achète du homespun pour les vêtements de Zibeline.

Cette dernière me foudroya du regard.

— Et aussi pour ceux d'Euphemia.

— Je n'ai pas eu de nouvelle robe, répliqua ma sœur sans cesser de travailler.

Fergus agita les reçus dans ma direction.

— Tu as acheté surtout du tabac et des chapeaux à ce que je vois. Tu pouvais le faire avant que Reggie escroque ma famille. Mais désormais chaque centime compte, grâce à toi.

— Je vais en ville, dis-je en jetant le sécateur par terre.

Fergus m'agrippa le bras.

— Non, tu restes ici et tu travailles.

Je me dégageai et partis à grands pas vers la maison.

— La dernière fois que j'ai vérifié, c'était mon nom qui figurait sur l'acte de propriété de cette plantation. Donc, je ferai ce que je veux. Non que tu puisses me courir après de toute façon.

— Tu vas voir Jubal ? me cria-t-il en clopinant derrière moi. Il paraît que vous faites de l'espionnage ensemble. Tu sais ce qui arrive aux espions, hein, Anne-May ? On les pend !

— Ça te plairait bien, non ? lui dis-je en me retournant. Tu aurais ma maison. Pheme et toi, vous pourriez en faire à votre guise.

Euphemia ne leva pas les yeux des plantes.

— Je ne te reconnais même plus, Anne-May, dit Fergus en s'avançant vers moi. Quand es-tu devenue aussi hargneuse ?

— Le jour où tu n'as pas risqué ta vie pour aider mon frère.

— Je me dis parfois que j'aurais mieux fait de mourir ce jour-là.

— Eh bien, voilà enfin une chose sur laquelle nous sommes d'accord, Fergus Watson.

Le tonnerre grondait et il tombait des cordes, la nuit la plus terrifiante de ma vie.

J'étais seule au salon devant le foyer éteint, lovée sur le canapé dans un coussin moelleux à regarder la foudre zébrer le ciel. Euphemia et Fergus, eux, dînaient dans son infâme laboratoire, à cataloguer et faire Dieu sait quoi aux lézards et aux crabes. Je passais en revue mes plus belles possessions : suspendu au-dessus de la cheminée, le miroir doré d'inspiration chinoise où se reflétaient le fleuve sombre illuminé par les éclairs et les hauts vases de Sèvres bleu céleste posés sur son manteau.

J'entendis soudain claquer la porte de la cour et Zibeline apparut, sa robe en calicot trempée, un fagot de bois sous le bras.

— Zibeline, tu arrives juste à temps pour me brosser les cheveux.

Elle laissa tomber le bois dans le panier.

— M. Watson m'a fait fendre le reste du bois pour le garder au sec. Il veut que je nettoie la cheminée.

— On n'y a pas allumé un feu depuis deux mois et il y a encore de la cendre. Il faut que tu mettes les bouchées doubles, Zibeline.

— Je suis aux champs de l'aube à la tombée de la nuit. Ensuite je dois raccommoder et préparer le dîner.

Zibeline prit la petite pelle en fer, s'agenouilla devant le foyer et commença à ramasser les cendres et à les mettre dans le seau en métal.

Je me redressai sur le canapé.

— Demain, je veux que tu nettoies ces vases bleus. Ils sont couverts d'au moins deux centimètres de poussière. C'est une honte.

— Tante Tandy Rose disait que ces vases venaient d'un lieu de mauvaise vie avec ces femmes à moitié nues peintes dessus, dit-elle tout en continuant à travailler.

— Non mais, tu as la langue bien pendue ce soir ! Ces vases sont des trésors de la famille Peeler, mais seuls les plus raffinés d'entre nous peuvent apprécier leur beauté. On ne peut pas s'attendre à ce qu'une femme d'une extraction aussi basse que toi puisse apprécier des « objets d'art ».

Zibeline se leva, essuya la pelle sur son tablier et me regarda sans rien dire.

— Allez, file maintenant, dis-je en la chassant de la main.

Elle s'avança lentement d'un pas, la pelle à son côté et me fixa, immobile.

— Oust, je te dis.

Elle finit par parler, si bas que je dus faire un effort pour l'entendre.

— Ça ne vous arrive jamais d'avoir des remords pour tout ce que vous avez fait ?

— Tu as sifflé du cognac ou quoi ?

Elle se rapprocha encore, la main serrée sur le manche de la pelle.

— Détruire la lettre qu'avait écrite Tandy pour nous affranchir. Faire tuer mon Joseph. Je pense que vous y avez pris du plaisir.

— Allez, repose cette pelle maintenant, dis-je en me déplaçant un peu sur le canapé.

— Torturer cette pauvre fille dans le fumoir, vendre Jemma et Sally. Ça vous a plu quand nous avons perdu notre petit garçon ?

— C'est ta Jemma qui a mis le feu.

— C'était un accident, dit-elle en s'approchant encore. Quelqu'un a renversé une lanterne dans la grange.

— Une bêtise de Jemma.

Elle fit encore un pas.

— Ne t'approche pas plus, Zibeline.

Elle s'arrêta.

— Au moins, elle, elle sait écrire. N'allez pas croire que je ne suis pas au courant de ce foutu carnet où vous lui avez fait recopier ce que vous espionnez. Tout ça finira par vous retomber dessus.

— Et toi, tu n'as jamais su te montrer reconnaissante. J'ai gardé ton infirme de fille et je l'ai prêtée à Ambrosia alors que j'aurais dû la vendre.

— Quelle générosité !

Je lissai la soie du coussin.

— J'ai une nouvelle qui pourrait t'intéresser.

— Quoi ? me demanda-t-elle après un temps.

— LeBaron est venu me voir l'autre jour.

Zibeline attendit, lèvres serrées.

— Comme ça, sans raison, il m'a posé une question vraiment étrange. « Madame Anne-May, que diriez-vous de me vendre votre Patience ? »

Zibeline agrippa encore plus fort le manche de la pelle.

— Arrête immédiatement. Ose me toucher, et crois-moi, si tu penses que ton Joseph a souffert…

— Quelle bonne chrétienne ferait une chose pareille à une brave fille qui ne vous a jamais dit un mot de travers ? Je vais aller voir M. Watson.

J'examinai mes mains.

— Vous m'appartenez tous, quoi que puisse s'imaginer Fergus. Et j'ai bien envie de dire oui à LeBaron. J'aurais bien besoin de cet argent, franchement.

Comme si elle était possédée par le diable, Zibeline fonça sur la cheminée et balança la pelle sur mon vase en porcelaine turquoise. Il explosa comme un œuf creux en un million de morceaux et je levai les mains pour me protéger de la pluie d'aiguilles de verre fracassé qui s'abattait sur mes épaules nues.

— Ce sont des vases du XVIIIe siècle, hurlai-je, le cœur battant à tout rompre. Je vais appeler le shérif Whitman.

Elle s'approcha de l'autre vase.

— Non, non, arrête ! l'implorai-je.

Zibeline réduisit le second vase en miettes, puis revint se tenir devant moi, la pelle toujours à la main, me dominant de toute sa taille.

— Tu vas le payer, Zibeline, m'écriai-je en me dressant.

— Un jour je vais partir d'ici et quand ça arrivera, la terre s'ouvrira et engloutira toute cette plantation sous vos yeux et vous vous retrouverez sans rien.

J'ôtai des éclats de verre de mes cheveux.

— Je suppose que c'est un sortilège de Nègres que tu viens de me jeter.

La pelle qu'elle avait lâchée tomba dans l'âtre avec un grand bruit et elle se frappa les mains pour épousseter la suie.

— Oui, madame, c'est une malédiction de Nègres et elle va pas tarder à se réaliser.

Elle se dirigea vers la porte et se retourna, ses yeux sombres fixés sur moi.

— Vous allez voir ce que vous allez voir.

Il me fallut des jours pour me remettre de l'attaque terrifiante de Zibeline contre mon salon. Je ne reçus pas la moindre consolation de la part de ma sœur et aucun soutien du faible Fergus qui refusa de la punir parce que c'était notre dernière domestique. Il osa même me dire que j'avais eu de la chance qu'elle ne s'attaque pas directement à moi avec sa pelle et il m'interdit d'en parler à LeBaron. Fergus savait que les patrouilleurs, eux, ne toléreraient pas cette insubordination.

Plus tard dans la semaine, je me rendis avec Euphemia à notre cercle de couture et arrivai chez la veuve Gardener dégoulinante de sueur. Tout le comté de Saint Mary n'était qu'un immense bain de vapeur et ces marais abominables empestaient comme jamais.

Je me serais bien passée de faire de la couture avec ce troupeau de vieilles oies par une telle canicule, mais j'espérais que Jubal passerait comme il le faisait si souvent pour glaner quelques informations à transmettre à ses contacts. Depuis le départ de Jemma, ma toilette laissait à désirer : je n'avais plus personne pour me limer les ongles, me laver les cheveux tous les jours, sans parler de nettoyer mes vêtements.

Les conversations interminables de ma sœur et Fergus à propos de ses écrevisses m'avaient donné la migraine. Je me languissais de Jubal et mourais d'envie de lui raconter tout ce qui s'était passé. Il m'apporterait peut-être du tabac ou quelque jolie babiole pour me remonter le moral après tant de tristesse et cette chaleur éprouvante. Il savait que je serais là et ferait de son mieux pour me contacter.

Le salon de la veuve Gardener, fenêtres closes et bas de plafond, ne laissait pas entrer le moindre filet d'air. Tout le monde s'assit autour de la table et sortit son ouvrage, des mouchoirs qui devaient uniquement être envoyés aux troupes de l'armée américaine comme l'avait bien précisé la veuve Gardener. Je sautais des points exprès dans mes ourlets à l'idée que ces horribles soldats yankees allaient se moucher dedans.

— Qu'allez-vous mettre pour le bal de charité ? demandai-je en espérant orienter la conversation sur un sujet intéressant.

— Ma vieille robe écossaise marron, répondit Charlene.

— Moi je mettrai ma robe en soie grise, dis-je.

— Celle avec les galons noirs ?

— Exactement. Vous ne trouvez pas que le noir, bien utilisé, met en valeur et donne du chic à une robe ? C'est si français. Ils ont un sens inné de la couleur, ça se voit dans toutes ces bagatelles qui enjolivent leurs magasins. Ils peindront toujours n'importe laquelle de leurs petites boîtes avec deux couleurs si bien assorties que les regarder est un régal.

— Alors que les Anglais choisiront deux couleurs qui jurent et ne font que nous écorcher la vue, abonda Charlene.

— Toutes mes excuses, dit la veuve Gardener sans lever les yeux de son ouvrage. Je sais qu'on étouffe un peu, mais j'ai fermé les fenêtres pour empêcher les mouches d'entrer.

Depuis qu'elle avait affranchi ses domestiques, il n'y avait plus personne pour nous éventer et chasser les mouches.

— Ne vous en faites pas, répondit Euphemia sans cesser de coudre, des auréoles sombres sous les aisselles. Je souffre pour nos troupes qui doivent se battre par cette chaleur. Avez-vous des nouvelles de votre neveu, Beulah ?

— J'ai reçu une lettre qui disait qu'il était en marche vers Gettysburg.

— Où est-ce ? demandai-je.

— En Pennsylvanie, me dit Beulah Gardener comme si elle s'adressait à un enfant. Tout près de Hagerstown, à peut-être six heures au nord de la frontière du Maryland.

— J'ai entendu dire que les Yankees utilisent des crânes de Confédérés pour y boire leur sangria, dis-je.

— C'est LeBaron qui t'a dit ça ? me demanda Euphemia avec un bref coup d'œil. Fais attention à tes sources. J'ai entendu dire que les Confédérés font des baguettes de tambour avec les tibias des Yankees.

— Pas la peine de prendre parti, mesdames, intervint Charlene. Il y a des gens pleins de bonnes intentions des deux côtés.

La veuve Gardener laissa tomber son ouvrage et se redressa.

— Ah oui ? Un côté s'est lancé dans une insurrection armée et a trahi l'Union, uniquement pour préserver son droit de s'approprier des êtres humains et d'en tirer profit. Où sont les bonnes intentions là-dedans ?

Charlene lécha son fil et le passa dans une aiguille.

— Que ça vous plaise ou non, il semblerait bien que le Sud soit en marche vers la victoire. (Elle me sourit.) Selon le *Richmond Enquirer*.

— En fait, Charlene, c'est tout le contraire, répondit Euphemia en se versant une tasse de thé. Grant a encerclé la ville de Vicksburg et Pemberton ne devrait pas tarder à se rendre. Grant s'apprête à prendre le contrôle de tout le Mississippi ce qui donnera un avantage majeur au Nord.

— Vous ne lirez pas ces nouvelles dans l'*Enquirer*, poursuivit la veuve Gardener. Ce journal claironne les victoires du Sud et minimise ses défaites.

— Il donne rarement le point de vue du Nord, abonda Euphemia en faisant un nœud avec une délicatesse étonnante chez une femme aussi costaude.

— J'y ai lu un article sur la pendaison de cette espionne confédérée qui a été découverte, répliqua Charlene.

Ma gorge se serra, mais je continuai à coudre.

— Apparemment, elle récoltait des informations sur la guerre auprès de son mari, capitaine chez les Yankees, et les revendait au Sud. Elle a aussi donné des pâtés empoisonnés aux troupes nordistes et tué un jeune soldat du Maine.

— Propagande ou vérité, qui sait ? demanda la veuve Gardener. Tous ces garçons qui meurent. C'est une honte effroyable.

À ces mots, je sentis un vent brûlant hurler dans ma tête et je revis Harry, comme s'il était encore vivant, devant moi. Bien fait pour ces Yankees qui mouraient empoisonnés. J'aurais tant voulu revoir le sourire de mon frère.

— Je ne me sens pas très bien, dis-je en me levant. Vous permettez que j'ouvre un peu ?

Je soulevai avec difficulté la fenêtre à guillotine et entraperçus la tête d'un homme, ses cheveux noirs étincelants au soleil. Jubal.

Je m'excusai en prétextant que je devais aller au petit coin et me précipitai par la porte de derrière jusque dans le jardin où il était en train de fumer la pipe.

— Vous êtes passé maître dans l'art d'écouter aux portes, Jubal Smalls. Pourquoi ne m'avez-vous pas envoyé un petit mot ?

Il haussa les épaules. Il avait le visage hâlé de quelqu'un qui a travaillé en plein air.

— M'avez-vous apporté du tabac, Jubal ? Je pourrai vous payer dès que Fergus se sera calmé à propos de toutes ces histoires d'argent.

— Je n'en ai pas, Anne-May. Savez-vous ce que c'est que de faire fonctionner un magasin en temps de guerre ?

— Vous venez juste de faire une grosse livraison ici, non ? (Je me rapprochai.) Vous avez entendu ce qu'a dit Beulah Gardener à propos de son neveu ? Je crois que toutes leurs histoires de guerre vont me rendre folle.

— Notez tout cela dans votre carnet, me dit-il, reculant d'un pas. Vous êtes censée la faire parler de son neveu, plutôt que bavarder à propos de Paris.

— Il faut que ça ait l'air naturel, Jubal. Vous avez entendu ce qu'a raconté Charlene à propos de cette espionne ? La veuve Gardener m'a regardée droit dans les yeux à ce moment-là. Sans parler du fait que des agents de Pinkerton ont débarqué chez moi l'autre jour pour me poser des questions sur les chaussettes que j'avais envoyées aux troupes et m'ont accusée d'avoir donné leur localisation à l'ennemi. Il a fallu que je jette Mama à ces loups.

— Il valait mieux ça que les laisser nous soupçonner. Je subis des pressions de très haut aussi. Le shérif me reproche de ne rien lui avoir mis sous la dent depuis trop longtemps. Si je ne peux pas lui donner de nouvelles informations, il menace de ne plus faire affaire avec moi.

— Je vous ai dit ce que j'avais appris sur les chemins de fer et où j'avais envoyé les chaussettes. Tout est écrit dans ce carnet.

— Ça les a satisfaits, mais ils veulent du nouveau. Et où est-il donc ce carnet ? Ça fait un bon moment que Jemma est partie. Vous ne l'avez pas encore trouvé ?

— C'est bien l'ennui, Jubal. Jemma m'a dit qu'elle l'avait laissé à un endroit évident, mais j'ai cherché partout. Elle m'a menti, cette méchante fille, et impossible de le trouver. J'ai même fouillé la grange à tabac et le fumoir. Je pourrais regarder dans le laboratoire de Fergus.

— Vous me donnez toujours des excuses pour ne pas l'avoir encore retrouvé.

— Dieu sait ! Elle l'a peut-être emporté avec elle.

— Ce carnet contient toute notre histoire, siffla Jubal, les poings serrés. J'y ai dessiné des cartes, Anne-May.

— Du calme, Jubal. Je vais encore chercher.

— S'ils m'attrapent, je suis mort et ma famille ruinée.

— Et moi ?

— Ça ne sera pas joli non plus.

— Venez à la maison un de ces jours. Fergus va chez le médecin mardi prochain. Passez. Nous nous amuserons un peu et ensuite, nous trouverons ce carnet.

28

Georgy

Gettysburg, Pennsylvanie, juillet 1863

ONCLE EDWARD NOUS TROUVA UNE VOITURE qui nous emporta, Mère et moi, folles d'inquiétude, de Baltimore à Gettysburg, poursuivies toute la nuit par la lune. Les remugles du champ de bataille nous accueillirent bien avant notre arrivée en ville. Il nous fallut vingt-quatre heures à lentement cahoter sur des routes congestionnées pour faire ce trajet qui en temps normal en prend quatre.

— Mesdames, annonça le cocher assis devant nous dans le noir, je vous amène au camp de la Commission sanitaire installé près du dépôt ferroviaire, à un kilomètre et demi de Gettysburg.

— Pourquoi ne pas l'avoir dressé plus près de la ville ? demanda Mère.

— Impossible, madame. Ils auraient bien voulu mais les rebelles ont brûlé le pont de chemin de fer. (Nous passions justement devant ses restes calcinés, un trou noir dans la nuit.) Vous voyez ? C'est tout ce qu'il en reste. Ça prend du temps à reconstruire.

Mes yeux se perdirent dans l'obscurité. La lune était tout aussi pleine la nuit où Mère et moi étions allées chercher Père à la gare. J'avais à peine six ans. J'étais assise entre eux deux sur le siège moelleux de la voiture, choisie entre toutes mes sœurs pour faire ce voyage seule avec mes parents en récompense d'avoir appris un nouveau morceau de piano.

— Elle nous poursuit, avais-je dit à Père en indiquant la lune, le visage enfoui dans les grands plis de son manteau en laine très doux.

Il m'avait enveloppée de son bras robuste, soufflé son haleine chaude sur mes mains serrées dans les siennes.

— Elle ne pourra jamais t'attraper.

Il m'avait tenue ainsi pendant tout le trajet jusqu'à l'East End de Boston où nous habitions alors et j'avais passé tout le voyage, assise entre mes parents, dans un cocon vibrant de bonheur absolu, à l'abri de la lune.

Je me demandais comment cela aurait été d'avoir Père avec nous cette nuit, un baume pour l'âme, lui qui s'empressait toujours de corriger les torts et cherchait à tout voir sous le jour le plus positif et humoristique possible.

Mère entrouvrit la fenêtre et la bouffée d'air chaud me ramena à Gettysburg.

— De toute façon, monsieur, dit-elle, je suis sûre que le gouvernement des États-Unis fait tout son possible pour venir en aide aux blessés.

— Il n'y a que la Commission sanitaire à s'occuper d'eux. Après deux jours de combats infernaux, la file d'ambulances et de brancards fait plus de deux kilomètres de long. Les blessés arrivent des infirmeries de campagne, nuit et jour. C'est le chaos.

— Mais je suis sûre qu'ils s'empressent de les mettre dans les trains pour les emmener loin d'ici.

— Il n'y en a que deux par jour. La ligne n'a qu'une voie et pas de plaque tournante donc les trains reviennent de Baltimore en marche arrière.

— Tout du long ? Ça doit leur prendre un temps fou ! dis-je.

— Au moins nous avons des trains modernes, reprit Mère.

— Rien que des wagons à bestiaux, le plancher encore couvert de bouses de vache. Ils jettent de la paille par terre et y déposent les blessés. Et il n'y a pas d'eau à bord. Des brigades postées tout du long sur les rivières apportent à boire aux blessés.

— Les malheureux.

Penchée par la fenêtre, j'observai les champs qui défilaient. Je vis des masses de soldats et de chevaux morts, des chariots renversés, baignés au clair de lune bleuté. Une longue crête se dressait dans l'obscurité.

— Pourriez-vous accélérer s'il vous plaît ? La vie de mon frère est en danger. (Des tentes blanches se détachèrent dans la nuit.) Je vois un campement là-bas, Mère.

— Ferme cette fenêtre, Georgeanna, m'ordonna-t-elle en tirant sur mon bras.

— Vous êtes sur un champ de bataille, madame, me mit en garde le cocher en se retournant. Il pourrait y avoir des tireurs d'élite par ici.

Je pris la main de Mère, froide contre le cuir noir de la banquette. De l'autre, elle tenait un mouchoir contre son nez.

— Quelle horrible odeur !

— L'odeur de la guerre, m'dame. Ils ont utilisé autant de chaux vive que possible, mais ça fait deux jours qu'on se bat ici avec des pertes terribles. Vous avez de la chance, il y a une accalmie. Vous auriez dû voir ce qui se passait ici aujourd'hui, le métal pleuvait, un enfer. Ça reprendra demain.

— Ils vont quand même enlever les morts du champ de bataille, m'écriai-je.

— Non, m'dame. Ni le temps ni les ressources pour retirer tous ceux qui sont tombés. Il y a plein de malheureux encore en vie. Écoutez bien et vous les entendrez gémir dans les champs au Sud de la ville. Ils ont essayé d'en enterrer un aujourd'hui et il s'est réveillé juste au moment où la terre lui tombait dessus. (Le cocher indiqua la crête d'une main.) Nos soldats sont sur cette colline. Il y a de grandes chances que le général Lee leur balance toutes ses forces demain.

— Je n'en peux plus, Georgy, s'écria Mère, les mains jointes sur ses genoux. Pourquoi ai-je laissé ton frère...

— Nous sommes presque arrivées.

Je tâtai une fois de plus dans ma poche le télégramme que nous avions reçu de M. Olmsted. Tout sauf penser à Charley. Quand il était bébé, nous nous battions toutes les sept pour nous occuper de lui, tant et si bien que ses pieds touchèrent à peine le sol avant ses deux ans. Après la mort de Père, il était devenu tout pour nous.

La voiture ralentit à l'approche du camp, une série de tentes près du dépôt ferroviaire. Les gémissements et les cris déchirants des blessés et des mourants nous parvinrent. Mère se précipita dans la première tente et je la suivis. Bien qu'il soit minuit passé, elle était illuminée par des lampes à huile et grouillante de soldats en uniforme et de médecins qui allaient d'un lit à l'autre pour s'occuper des blessés.

Nous nous précipitâmes vers un soldat aux longs favoris bien fournis, assis à une table couverte de papiers.

— Désolé, mesdames, mais pas de demandes de renseignements avant demain matin. Nous devons nous occuper des blessés et ne pouvons pas nous interrompre toutes les cinq minutes. Vous êtes les cinquièmes à débarquer comme ça ce soir, sans compter les badauds et…

— Mon fils, Charles Woolsey, est blessé, interrompit Mère.

Le jeune homme jeta un coup d'œil à sa liasse de feuilles.

— Non, pas de Woolsey parmi les blessés.

— Pouvez-vous vérifier à nouveau ? insista Mère. C'est Woolsey avec un « e ».

— Nous avons enregistré cent soixante-trois blessés aujourd'hui rien qu'à ce poste, madame. Excusez-moi si je n'ai pas le nom de votre fils en tête.

— Nous avons reçu un télégramme. Mon fils est l'aide de camp du général Meade.

— Meade ? Nous avons son adjudant ici.

Mère posa son sac sur la table.

— Dieu merci. Pouvons-nous lui parler, s'il vous plaît ?

— Je serais ravi de vous organiser une entrevue avec lui, madame, mais voyez-vous, il a pris une balle dans la poitrine et n'est plus de ce monde. Il a rejoint le reste des soldats de Meade qui sont tombés. Ils sont tous derrière la tente en attendant qu'on puisse les enterrer. Soixante malheureux.

— Et aucun Charles Woolsey ne figure parmi eux ?

— Je n'ai pas eu une seconde pour mettre mon travail à jour, madame, mais ils ne nous sont arrivés qu'à la nuit tombée. Nous avons mis leurs possessions dans des sacs, quelques-uns avaient leur nom écrit sur des bouts de papier ou leurs disques d'identification dans la poche. La plupart n'avaient rien. Revenez demain.

— Nous verrons chacun d'entre eux ce soir, insista Mère en se redressant, pour nous assurer que mon fils n'est pas parmi eux. Je suppose que vous avez une mère et comprenez qu'elle serait en proie au plus grand chagrin dans une telle situation ? C'est Frederick Olmsted en personne, de la Commission sanitaire, qui nous a appelées ici, donc notre présence est justifiée, je vous en prie, monsieur, continuez.

— Eh bien, pourquoi n'avez-vous pas commencé par mentionner M. Olmsted ? Je suis le soldat Trembley. Je suppose que je pourrais vous accorder un peu de temps. Mais va falloir faire vite.

— Je vais aller voir, dis-je à Mère.

Elle me prit les mains, les siennes aussi froides que les miennes malgré les gants.

— Je dois venir, moi aussi ? demanda-t-elle.

— Il faut que vous restiez ici au cas où quelqu'un apporterait des nouvelles de Charley.

Elle acquiesça, lèvres serrées.

Je suivis le soldat hors de la tente et retins un cri en voyant le nombre de corps étendus là, dans toute la cour éclairée par la lune.

— Combien sont-ils ici, soldat ?

— Des centaines. Il y en a encore six mille sur le champ de bataille et dans les infirmeries. Les hommes de Meade sont là. Si vous avez de la chance, il sera reconnaissable. Certains ont été carrément décapités. Si on ne peut pas les identifier, ils vont à la fosse commune.

Il éclaira un soldat étendu par terre avec sa lampe.

— C'est lui ?

Je me penchai pour regarder le visage terriblement jeune, yeux ouverts, lèvres écartées, ses cheveux blonds collés au front par le sang. Je sentis monter une vague de nausée et pressai mon poing contre ma bouche.

— Non, ce garçon n'a pas plus de quinze ans.

— Il y en a qui en ont à peine treize, répondit le soldat en haussant les épaules. Ils mentent sur leur âge. Allez, encore cent cinquante-neuf.

— Mon frère, Charles, avait vingt-trois ans. Grand. Il portait une des montres gousset de mon père.

— En or ? Une belle ?

Je nouais les doigts à ma taille pour les empêcher de trembler.

— Oui.

— Et un sacrément bel uniforme aux boutons élégants.

— Vous l'avez vu ici ? demandai-je, les larmes aux yeux.

Le soldat se remit en marche en balançant sa lampe.

— Suivez-moi.

Il s'arrêta, la posa pour prendre un sac en papier tout contre un corps.

Était-ce Charley ? Difficile à dire dans la pénombre. Peut-être la même taille.

— Ce sont ses effets, me dit-il en me tendant le sac.

Je sentis le poids de la montre à gousset, lourde et froide dans ma main.

— Bon, plus vite on arrache le pansement, mieux c'est, je veux dire, faut pas traîner. Rapprochez-vous pour mieux voir. Et ne vous évanouissez pas, je vous en prie.

— J'étais infirmière sur les navires-hôpitaux dans la campagne de la péninsule, monsieur.

— J'ai vu des hommes adultes tomber dans les pommes ici, répondit-il avec un haussement d'épaules. Vous êtes sûre que vous ne voulez pas le seau avant de regarder ?

— Ne perdons pas davantage de temps, monsieur, dis-je les genoux tremblants.

Le soldat leva sa lampe vers le visage et je m'effondrai contre lui, accrochée à son bras.

— Je vous en prie, soldat Trembley, puis-je voir la montre ?

29

Jemma

Gettysburg, Pennsylvanie, juillet 1863

Nous sommes arrivés à Gettysburg vers minuit, quand les combats de la journée s'étaient calmés. Nos soldats marchaient au pas et en rangs, ils tiraient un gros canon noir et des masses de munitions. Des groupes de familles, de serviteurs et d'aides de couleur, certains libres, mais pas tous, nous suivaient. La lune brillait donc on voyait distinctement les piles de morts qui recouvraient les champs, mais, surtout, on sentait leur odeur. Rien ne se conserve par cette chaleur.

Nous avancions au rythme de mon tambour et je me disais que c'était drôlement plus facile d'être un garçon, comme une vache dans un troupeau : je me fondais dans le groupe. Personne ne me regardait de travers si j'avais envie de cracher, jeter une pierre ou m'asseoir les jambes écartées. Il fallait que j'aille au petit coin en douce ou dans les bois, mais dans l'ensemble, tous ces soldats m'ignoraient, juste comme ça me plaisait.

J'atténuai mes roulements de tambour à l'approche du camp, une petite ville de tentes blanches, quelques feux allumés.

— T'as appris drôlement vite, remarqua Raymond venu marcher à mes côtés.

— Ça sent le bacon, nous dit Sally Smith en nous rejoignant. J'espère qu'ils ont des œufs.

Arrivés à une tente, le colonel donna l'ordre de nous arrêter et je cessai de battre mon tambour. Je m'assis dans l'herbe à côté de Sally et Raymond. J'avais les pieds couverts d'ampoules douloureuses. Les tentes blanches luisaient au clair de lune, il y avait une bonne odeur de tabac et de café. Je venais juste de poser mon tambour quand une espèce de géante à la peau de la même couleur que la mienne, les cheveux enveloppés dans un sac de sucre, fonça hors d'une tente, rejetant le rabat de son bras puissant.

— Ne vous installez pas ici. (Elle indiqua d'un geste un monticule au loin.) Filez là-bas. À la colline du cimetière.

— Eh bien, dit Raymond en se levant. Ça ne promet rien de bon. Vous avez quelque chose à manger ?

— Ouais, mais il faudra faire vite, dit-elle en s'essuyant les mains sur son tablier en toile grossière.

— Et qui êtes-vous, pour oser donner des ordres aux soldats de l'armée américaine comme ça ?

— Mag Palm. J'habite là-bas, derrière la vieille fête foraine. Au début, j'ai cru que vous étiez ici pour me mettre la main dessus et m'emmener dans le Sud.

— Vous n'êtes pas libre ? demanda Raymond en massant sa jambe douloureuse.

— Si, j'ai les papiers qui le prouvent. Mais faut quand même faire attention. Les gens veulent plus que jamais capturer les Noirs pour les revendre à profit à Dixie. Ils ont essayé avec moi.

— Comment ils vous ont attrapée ?

— Ils m'ont attaché les mains, devant mais même ligotée, je me suis battue comme une furie. J'ai foutu un coup de botte où tu penses à un type et j'ai mordu le pouce d'un autre si fort qu'il s'est presque détaché. Ensuite ce vieil estropié de John Karseen est venu à mon secours, il les a roués de coups avec sa béquille et il m'a détachée. C'est là que je suis rentrée chez moi chercher mon meilleur ami, conclut-elle en nous montrant son fusil.

— Je suis ici pour aider en cuisine, dit Sally.

— Tu t'y connais ?

— Quand le major Ellis a goûté son pain à la cuillère, il a dit qu'il l'épouserait s'il n'avait pas déjà une femme, dit Raymond en se levant pour épousseter son pantalon.

— Tu restes avec moi, ma chère, dit Mag en indiquant la tente d'une main.

— Si nous sommes séparées, Jem, me dit Sally en se tournant vers moi, rendez-vous ici, demain à la même heure.

— C'est le plus joli garçon que j'aie jamais vu, remarqua Mag Palm en se baissant pour mieux m'observer.

Sally Smith l'ignora et m'amena à l'écart des autres.

— Tu ne quittes pas le major, tu m'entends ? Il faut que quelqu'un aille aider ta mère et Patience.

— Et si tu n'es pas là à mon retour ? lui demandai-je d'une voix tremblante.

— Si nous n'arrivons pas à nous retrouver, souviens-toi, la vie continue sans moi.

— Non, Sally.

— Ce n'est pas le moment de te mettre à pleurer. Tu es forte et maligne. Tout ira bien.

Elle me serra longtemps dans ses bras. Nous n'avions ni l'une ni l'autre envie de nous séparer. Elle finit par me regarder dans les yeux.

— Souviens-toi, tu n'es peut-être pas la chair de ma chair, mais je t'aime comme si tu l'étais.

Sally suivie sa nouvelle amie vers la tente cuisine.

Alors qu'elles disparaissaient dans l'obscurité, je rejoignis Raymond qui fixait la colline sombre.

— Allons-y, mais avant de monter là-haut, on ferait mieux d'embrasser cette terre pour être sûrs d'y revenir.

Il nous fallut un bon moment pour arriver au sommet de la colline du cimetière et une fois le soleil levé, il y faisait chaud. Nous nous installâmes derrière un mur en pierres bien solide construit par quelque fermier. En bas de la pente raide et rocailleuse devant nous, je voyais des soldats rassemblés autour de nos canons noirs, une vague odeur dc mort s'élevait dans l'air chaud et humide.

Loin, très loin, j'entendis des roulements de tonnerre. Raymond tourna la tête dans cette direction.

— C'est le bruit de la bataille, Jem, mon garçon. Il n'y en a plus pour longtemps. Bientôt, les rebelles vont tourner autour de cette colline comme des mésanges sur une rouelle de bœuf.

Nous attendions derrière le mur, le soleil toujours plus brûlant. Raymond enfonça sa baïonnette dans le sol et y accrocha une couverture pour nous donner de l'ombre. Une odeur de café apportée par la petite brise chaude me noua l'estomac.

Le tonnerre lointain revint, cette fois plus fort, et un frisson me secoua de la tête aux pieds.

— Si tu as la trouille, m'avertit Raymond, les yeux plissés, vaut mieux le dire tout de suite au major.

— Je n'ai pas la trouille. C'est juste que je ne porte pas trop bonheur à ceux qui m'entourent. Presque tous les gens que je connaissais sont morts.

— Je ne crois pas trop à ces pensées magiques et ces histoires de chance, dit Raymond en haussant les épaules. Comme je le vois, tu fais de ton mieux et puis tu meurs quand ton heure est venue. Mange ton biscuit.

— Il grouille de vers.

— Il y a quelque chose qui te rend triste ? Ça peut couper l'appétit.

— Mon Pa s'est fait tuer l'an dernier. Ça me reste toujours en travers.

— C'est dur pour un garçon de perdre son papa. Mais le chagrin est une chose curieuse. Il peut tuer aussi sûr que la grippe. Prends les choses un jour à la fois.

J'écoutai le chant des cigales.

— Je veux juste rester en vie pour revoir Sally Smith. Et ma mère et ma sœur.

— Je n'ai plus que ma mère chez moi dans le Connecticut. Elle est quasi aveugle, mais elle n'a pas dit un mot pour m'empêcher de m'enrôler. J'aimerais rester en vie pour goûter encore au pain à la cuillère de Sally Smith. Et à ses crêpes aussi. Et trouver une jolie fille avec qui m'établir. Que ça et dans cet ordre.

J'arrachai un brin d'herbe et mâchonnai le bout sucré.

— J'ai l'impression que le métier de soldat consiste surtout à attendre.

— Jusqu'à ce que l'attente se termine et alors, tu n'as jamais vu ça. Un officier posté derrière nous nous ordonnera de tirer quand ça sera le moment. Et une fois qu'on commencera à se battre par ici, tu ne quitteras pas le major Ellis d'un pas.

— Il m'a dit que le clairon sonnera ses ordres. Il paraît qu'il y a trop de bruit pour entendre le tambour.

J'ai appris dix roulements différents pour rien. Il a dit que je devais travailler à l'ambulance.

— J'appelle ça le chariot de la mort. Il ne fait qu'amener un mourant à un endroit où il mourra plus lentement.

— Mieux vaut ça que d'être abandonné ici.

— Je suppose, dit-il en haussant les épaules. Il m'indiqua le haut de la colline couvert d'arbres. Tu vois ce chariot avec des brancards des deux côtés ? C'est ça l'ambulance. Baisse-toi le plus possible si tu vas par là.

Une chose noire nous survola à toute vitesse, son ombre passa au-dessus de nous, et atterrit plus haut sur la colline avec un grand fracas qui fit trembler la terre. J'étais pétrifiée.

— C'était quoi, ça ?

Raymond s'agenouilla et arracha son fusil du sol.

— File rejoindre le major Ellis, tout de suite. C'était un boulet de canon et ça ne fait que commencer.

Tout autour de nous, on n'entendait plus que le cliquetis des crans de sûreté ôtés par les hommes qui tiraient leur chien de fusil en arrière et le frottement du métal sur la pierre quand ils appuyèrent leurs armes sur le mur pour viser l'ennemi en contrebas.

Une autre bombe tomba dans les bois tout près. Elle fracassa les arbres et la brise nous apporta une odeur de pin et de poudre.

Je pouvais à peine bouger, le cœur battant à tout rompre, le dos collé au mur de pierres fraîches.

Puis vint un autre coup de tonnerre, et un autre. Au début ils se suivaient lentement comme les gouttes de pluie au début d'un orage, puis de plus en plus vite. Des boulets explosaient dans l'air juste au-dessus de nous, d'autres frappaient le sol et nous aspergeaient d'une averse de terre torrentielle. Les explosions se succédaient maintenant à un tel rythme qu'on n'entendait plus qu'un long rugissement. Le sol résonnait, éventré en de grandes giclées qui s'abattaient dans un bruit sourd. Un obus tomba juste en dessous de nous et envoya voler le fusil d'un homme et son sac à dos avec son bras, dans un geyser de terre et d'herbe.

Un autre fit exploser le chariot de munitions juste derrière nous et un mur de fumée noire s'éleva bientôt aussi haut que les arbres. Un nuage de poudre retomba sur nous, aussi fine que du talc. La terre tremblait chaque fois que notre canon tirait en retour. Les hommes hurlaient parfois de joie quand ils touchaient une cible. La fumée nous enveloppait de plus en plus.

Puis elle s'éclaircit et le silence se fit. Ce qui nous apparut alors sur la colline en contrebas était un spectacle qui me laissa sans voix : une masse de soldats rebelles, leurs drapeaux rouges au vent, nous fonçaient dessus, leurs longues épées étincelantes au soleil.

— Les voilà, dit Raymond. Ils arrivent.

Les rebelles gravissaient la colline d'un pas régulier.

— Ne tirez pas, nous cria un officier dans notre dos.

Mes mains tremblaient si fort que je les gardais sous les aisselles.

— Ils arrivent, Raymond, pourquoi vous ne tirez pas ?

— Faut attendre qu'ils soient assez proches.

— Feu ! hurla enfin l'officier derrière nous et chaque canon, chaque mousquet tira en même temps.

Raymond et les autres hommes le long du mur se collaient aux pierres pour viser. Je me bouchai les oreilles. Je regardai à travers une fente et vis les rebelles continuer à gravir la colline malgré leurs pertes, l'odeur de poudre partout dans l'air.

Raymond rechargeait à toute vitesse. Nos troupes en bleu près des arbres s'agenouillèrent et tirèrent. Je jetai un coup d'œil par-dessus le mur et vis la ligne des rebelles se fracturer au fur et à mesure que les hommes tombaient et s'empilaient les uns sur les autres.

Raymond me tira par le bras.

— Baisse-toi.

Juste à ce moment, j'entendis un sifflement à ma gauche.

— Bon Dieu, s'exclama Raymond. Il tomba à côté de moi, sa tunique ouverte, sa chemise de plus en plus tachée de rouge. Mon chapeau !

— Je vais le chercher.

Je finis par en voir le bord qui dépassait du mur. Je l'attrapai à toute vitesse et le fourrai dans sa chemise.

Deux mains sous les aisselles de Ray, je le tirai le long du mur en pierres, tête baissée, vers l'ambulance. Les balles sifflaient au-dessus de moi, certaines s'enfonçaient dans le tronc des arbres du bois tout proche. Un cheval en fuite passa au galop, puis s'effondra, touché par une balle, il donnait des coups de sabots et hennissait, le sang dégoulinant de son poitrail si horriblement que je dus détourner les yeux. Je m'arrêtai au bout du mur, glacée jusqu'aux os. J'étais presque à l'ambulance. Un infirmier me fit signe de venir, mais j'avais peur de quitter la protection du mur.

— Viens mon garçon, appela-t-il.

Je retins mon souffle et tirai Ray à découvert vers l'ambulance.

L'infirmier se précipita vers nous.

— Tu y es presque.

— Il s'appelle Raymond Gleeson. Sa mère…

Une charge brûlante me frappa le bras et m'envoya valser, face contre terre. Je sentis le goût de l'herbe et mon sang chaud se répandre dans la terre sous ma poitrine. Puis le calme se fit et je glissai lentement dans les ténèbres.

30

Anne-May

Peeler, Maryland, juillet 1863

Il pleuvait le jour où Euphemia emmena Fergus voir le Dr Wentworth à Leonardtown. Jubal arriva à cheval, trempé. Je pris son pardessus. Sa chemise mouillée collait à sa poitrine sous sa veste.

— Pas de domestiques ? demanda-t-il.

— Je n'ai plus que Zibeline et je lui ai donné du travail en cuisine pour que nous puissions être seuls.

— Vous avez une grande cuisine ?

— Plutôt. Derrière la maison, détachée en cas d'incendie.

Il se précipita vers la fenêtre du salon.

Je portais ma robe en soie rose, celle qu'il avait admirée et je m'étais parfumée derrière les genoux. J'avais ordonné à Zibeline de sortir tout le service à thé en repoussé de Tiffany, chaque centimètre orné de roses et de camélias. C'était la seule chose de valeur que cette vieille avare de Tandy Rose avait rapportée de Paris.

Je rejoignis Jubal à la fenêtre et regardai avec lui la pelouse qui descendait en pente douce jusqu'au fleuve indigo.

— Alors que pensez-vous de ma petite maison ?

— Quelle vue époustouflante sur le Patuxent, vraiment exceptionnelle. Regardez, il y a un bateau de l'armée américaine.

— À quoi le reconnaissez-vous ?

Il prit le télescope de Fergus et le pointa sur le fleuve.

— C'est le *Thomas Freeborn* de M. Lincoln. Une canonnière à roue à aubes, elle fait partie de la flottille du Potomac, et arbore le drapeau de l'Union.

— Qu'est-ce que font des bateaux yankees par ici ?

— Six d'entre eux patrouillent la baie et les rivières à la recherche de contrebandiers. Ils coupent les lignes télégraphiques confédérées quand ils peuvent.

— Vous n'allez pas me dire que vous faites de la contrebande, Jubal Smalls.

— Il faut bien avoir plusieurs fers au feu ces jours-ci, Anne-May. (Il referma le télescope d'un claquement.) Le shérif Whitman sera bien content si je lui fais part de ma découverte de ce bateau yankee. Ce sera bon pour notre…, disons, arrangement. Chaque fois que vous serez ici, guettez ces bateaux et signalez-les-moi, vous voulez bien ?

— Pourquoi pas. Vous ne trouvez pas cette vue magnifique, Jubal ?

— C'est de loin la plus jolie maison des deux rives du fleuve. Je m'y verrais bien, un jour.

— Vous voulez dire que vous *nous* y verriez bien.

Il se tourna et caressa ma joue d'un doigt qu'il fit descendre le long de mon corsage. Un frisson me parcourut les bras.

— Bien sûr. Avec toute une troupe d'enfants.

— Garçons ou filles ?

Il réfléchit un instant.

— Autant de garçons que de filles.

— Charlene Tidwell Weed dit que vous vous êtes informé de sa situation fiscale auprès du bureau du shérif. Elle pensait que vous essaieriez de racheter Ambrosia comme vous l'avez fait pour la vieille ferme de M. Burns.

Il me prit la main.

— Oui, je suis à l'affût de propriétés à acheter. Ça peut aider une famille qui n'arrive pas à payer ses impôts. Je ne fais que rendre service aux gens dans le besoin.

— Nous sommes à jour, dis-je en tripotant le bouton de sa veste. Fergus adore la paperasse.

— Vous, bien sûr ! Mais tout le monde n'est pas dans votre cas. Je propose à ces pauvres gens un contrat qui profite aux deux parties. Le shérif Whitman m'aide juste à accélérer les choses. Je lui transmets les informations dont il a besoin pour venir en aide aux troupes sudistes, comme celles inscrites par Jemma dans le carnet rouge, et il me signale les propriétés au bord de la faillite pour que je puisse les secourir.

— Vous êtes un homme bien, Jubal.

— Je vous ai écrit un poème, dit-il en tirant une feuille de papier de la poche de son pantalon.

Je sortis un éventail de ma manche et me rafraîchis.

— Je ne vous aurais jamais cru sentimental.

— Il m'a fallu une semaine pour trouver les mots justes. Il s'intitule « L'amour ne meurt jamais ». Il lut :

« L'amour ne meurt jamais – tel le soleil
Qui, depuis des temps immémoriaux
Poursuit sa course
À travers les phases changeantes de la terre,
Ferme, immuable, et vrai,
L'amour est immortel,
Et vienne la fin des temps,
L'amour ne vacillera jamais. »

Jubal remit la feuille dans sa poche et pressa le pouce et l'index sur l'arête de son nez.

— Ne pleurez pas, mon chéri, lui dis-je en touchant son bras.

— Qui est le chasseur de colombes ? me demanda-t-il en s'approchant du trophée sur le guéridon.

— Mon père. Nous avons remporté cette coupe ensemble. Il nous a quittés.

— Comment est-il mort ?

— Je n'aime pas trop en parler. Mama et lui, une nuit, leurs Nègres les ont attaqués et il n'a pas eu le temps de prendre son fusil. Il a aidé ma mère à s'enfuir indemne, mais ils se sont emparés de lui. J'ai tout entendu de ma chambre, j'avais trop peur pour venir à leur secours.

— C'était un homme courageux, dit Jubal en me prenant la main.

— Une fois les pillards partis, je suis allée à pas de loup dans leur chambre et c'est là que je l'ai trouvé, par terre. Ils lui avaient tranché la gorge, d'une oreille à l'autre, ces impies. Il y avait tellement de sang que ça a détruit un tapis Aubusson de grande valeur. Nous avons dû le rouler et le sortir, Mama et moi, parce que nos dix domestiques s'étaient enfuis cette nuit-là. Ils avaient emporté la brosse en diamants de Mama. Papa les avait toujours bien traités. En fait, je crois que c'est à ma mère qu'ils en voulaient.

— C'est contre ça que nos troupes confédérées se battent, Anne-May, cette sorte de sauvagerie sanguinaire. Mais il faut que nous trouvions ce carnet. Si quelqu'un découvre que j'ai transmis des secrets de l'armée américaine au shérif Whitman, nous pourrions tous finir au bout d'une corde.

— Je découvrirai où il est, Jubal, j'en suis sûre. Même si je dois retourner toute la maison.

— Si vous n'y parvenez pas, il faudra que vous retrouviez Jemma et que vous la forciez à vous dire où elle l'a caché. À qui Fergus l'a-t-il vendue ?

— Un photographe de Hagerstown, elle et sa précieuse Sally Smith. Je commencerai par là.

— Je croyais qu'elles vous appartenaient. Pourquoi avez-vous laissé Fergus les vendre ?

— Vous connaissez la valeur des droits d'une femme par ici.

— Ça m'étonne quand même de Fergus. Il m'a toujours semblé avoir un faible pour ses Nègres.

— Il a pleuré comme un enfant le jour où elles sont parties, mais ça ne l'a pas gêné pour empocher l'argent de leur vente. Il a prétendu que tout a mal tourné la nuit de la pendaison de Joseph, qu'il l'aurait sauvé s'il avait été là.

— Comment se fait-il qu'il ait accepté de se séparer de sa vieille Sally ?

— Je lui ai raconté qu'elle nous volait comme dans un bois. Un petit mensonge de rien du tout pour me débarrasser d'elle.

— Et si elles ont quitté Hagerstown ?

— L'amie de Jemma a écrit une adresse à New York dans un livre, et le nom Woolsey, donc j'irai voir là-bas.

— Il vous faudra de l'argent pour le voyage. J'ai bien peur de ne guère pouvoir vous aider.

— Mon ex-beau-père, Reggie Stickman, habite Washington donc je commencerai par aller chez lui après Hagerstown avant de me rendre à New York si nécessaire.

— Reggie Stickman ? Des industries Stickman ? Il peut vous fournir des fonds.

— Oui. Le seul problème est que j'ai eu des ennuis avec lui. Il lui arrive d'avoir les mains baladeuses. De me toucher à des endroits qui ne sont pas appropriés.

Il m'attira à lui, souleva ma jupe et me caressa entre les jambes.

— Comme ça ?

— Oh, Jubal, je vous en prie. Je ne peux pas respirer.

Il ôta la main et laissa retomber ma jupe.

— Vous trouverez ce carnet.

Je m'appuyai à la table à thé et lui adressai mon sourire le plus aguicheur.

— Je ne voudrais pas que quoi que ce soit vous empêche de devenir propriétaire de la moitié du comté.

— Et si je l'achetais dans sa totalité ? dit-il en me prenant dans ses bras. Je ferai de vous ma reine.

Je sentis mes genoux ployer et heureusement qu'il me tenait ou je serais tombée par terre. Il m'embrassa d'un long baiser profond.

— Montons dans ma chambre.

— À moins que nous tentions quelque chose ici même, me sourit-il.

— Oh le vilain !

Je laissai tomber ma robe à terre et déboutonnai la cage en dessous. Il ne me quittait pas des yeux.

Il ôta son pantalon sans enlever ses longs sous-vêtements en flanelle blanche et s'étendit sur le sofa.

— J'aime cette pièce. Ça vous arrive de le faire avec Fergus ici même ?

Je délaçai mon corset qui rejoignit ma robe.

— Non. Il dort presque toujours dans sa cabane avec ses têtards.

— Qu'est-ce qu'il vous a fait ? demanda-t-il avec un sourire.

Je m'étendis à côté de lui sur le canapé.

— Disons juste que, fort heureusement, ça a toujours été remarquablement bref.

J'entendis soudain une voix qui venait de l'entrée.

— Anne-May ?

— N'entre pas, Euphemia, criai-je en me redressant d'un coup.

Au moment même où elle ouvrait la porte, Jubal s'appuya sur un coude.

— Anne-May... (Elle s'immobilisa, vit la scène et détourna les yeux.) Le Dr Wentworth a été appelé pour un accouchement. Je vais accompagner Fergus dans son laboratoire pour vous laisser le temps à tous les deux de vous ressaisir.

Le lendemain matin, je retournai toute la maison, bien décidée à trouver le carnet de Jemma quoi qu'il en coûte. Je commençai par sortir tous les tiroirs de mon écritoire, puis j'éventrai les coussins du canapé du salon, dans un tourbillon de plumes d'oie, j'allai ensuite à la cuisine où je renversai tous les tiroirs de Sally Smith par terre dans un déluge de cuillères en bois, de tasses en étain et d'argenterie.

— Qu'est-ce qui se passe, Anne-May ? me demanda Euphemia du pas de la porte.

— S'il faut que tu le saches, je cherche ce verre en cristal que j'utilise pour boire mon eau...

— Tu cherches ce carnet.

— Je ne vois pas en quoi ça te regarde.

J'entrai dans l'office où s'entassaient les réserves de fécule de maïs et de farine sur les étagères, un couteau à la main. Je tailladai un premier sac en tissu et un nuage de farine se répandit par terre.

— Je sais bien que tu as transmis des secrets du Nord à Jubal Smalls, Anne-May.

La peur me transperça comme un pic à glace.

— Tu as encore fumé de l'opium de Fergus ?

— Combien de fois as-tu envoyé Jemma en ville avec ce carnet ? Ça n'aurait pas pu être plus transparent.

— Eh bien, notre frère a été assassiné par les Yankees et il se trouve que je venge sa mort. Si tu l'aimais, tu m'aiderais.

— Tu sais qu'on pend les traîtres.

Je pris toutes les boîtes une par une et regardai au fond.

— Tout notre cercle de couture est au courant pour toi et Jubal, à force d'étaler votre histoire d'amour devant sa pauvre épouse. Elle songe bien à vous poursuivre, Anne-May. À impliquer le shérif. Tu ferais peut-être mieux d'aller passer du temps à La Nouvelle-Orléans chez notre mère.

— Tu as peut-être remarqué que nous sommes en guerre. Traverser le pays risque d'être dangereux. Et puis, de toute façon, plutôt mourir.

Je pris une boîte de marante sur l'étagère du haut et l'ouvris avec difficulté ; j'y trouvai une belle liasse de billets de un dollar cachée à l'intérieur.

— Vingt dieux, Euphemia. Cette cachottière de Sally Smith.

— C'est l'argent de ses confitures.

Je sortis les billets et les glissai dans la poche de ma jupe.

— Qu'elle faisait en nous volant de façon éhontée donc, cet argent me revient tout à fait. Et je sais exactement comment le dépenser.

J'allai dans la salle à manger et me dirigeai vers le portrait de tante Tandy Rose. Je l'attrapai par le cadre, le soulevai et ouvris le coffre.

— Il faudra peut-être que j'aille chez Reggie à Washington.

— Anne-May, non. Après la façon dont il nous a abandonnées ?

— Moi aussi, j'en aurais fait de même. En plus, quand on a un beau-père qui possède presque tout Washington, on est gentille avec lui. Au cas où tu n'aurais pas remarqué, Euphemia, nous manquons cruellement d'argent par ici.

J'enlevai ma bague en diamants, la mis dans le coffre que je refermai avant de raccrocher le tableau par-dessus.

— N'y va pas, Anne-May. C'est un escroc. Il a volé les économies d'une vie de la moitié des habitants de La Nouvelle-Orléans et traîné l'autre moitié en justice. Tu vas voyager seule ?

— Eh bien, tu ne veux pas m'accompagner.

— Tu ne m'as pas demandé. Mais non, il faut que je reste ici à m'occuper de Fergus.

— Ne fais pas semblant, je sais bien que ça te plaît de lui frictionner son moignon. Ça m'écœure rien que d'y penser.

— Selon Jeff Davis, on devrait traiter les soldats blessés avec les égards dus aux aristocrates. Toi qui soutiens le Sud, tu devrais écouter le président des États confédérés.

— Et moi, comment devrais-je être traitée ?

— Tu n'as pas combattu, Anne-May.

— Mais j'ai quand même tout perdu. Regarde-moi, les mains couvertes de taches de rousseur. Je suis horrible à voir depuis que Fergus nous a obligées à travailler aux champs. Quel homme m'accordera un regard ?

— Reggie, voilà qui. Il n'y a pas pire que lui, ma sœur. Tu devrais emmener Zibeline pour ne jamais te retrouver seule avec lui.

— Zibeline n'a qu'une envie, me trancher la gorge la nuit. Mais je ne resterai pas longtemps chez Reggie. Si je veux retrouver ce carnet, il faut que j'aille voir Jemma à Hagerstown.

— Oublie ce carnet, Anne-May. Jemma ne le montrera à personne. Elle court autant de risques que toi.

— Jubal le veut et je ne me sentirai pas en sécurité tant qu'il ne sera pas brûlé. Donc je vais la retrouver. Tu t'occupes de Sainte Jeanne ? De toute façon, c'est toi qu'elle préfère.

— Bien sûr. Et que feras-tu si Jemma et Sally ont quitté Hagerstown ? Si elles ont été vendues ? Tu es prête à les suivre n'importe où ? Nous sommes en guerre.

— Si elles sont parties, j'ai une petite idée de l'endroit où je pourrais les trouver. L'adresse inscrite par Celeste dans ce livre : 8 Brevoort Place, New York.

Le lendemain, alors que je me préparais à partir en voyage, une lettre arriva de Hagerstown. Elle venait de la femme du photographe qui me répondait très sèchement que Jemma et Sally n'habitaient plus chez eux. Donc je fis faire ma valise par Zibeline, nouvelle destination Washington, où je ferais escale avant New York.

J'allai d'abord voir Patience à Ambrosia pour lui faire écrire à sa sœur combien elle lui manquait. Je me dis que cette lettre me servirait bien à convaincre

Jemma de revenir à Peeler une fois que je l'aurais retrouvée.

J'arborai mon haut aux couleurs de la Confédération pour le voyage en train jusqu'à Washington et provoquai les soldats yankees que j'y rencontrai. Je ne récoltai en retour que des moqueries, de vilaines insultes à propos du fait que je voyageais seule et des questions sur ma chasteté. Je le faisais pour Harry même si mon pauvre frère aurait sans doute juste souri, effleuré mon bras et dit : « Laisse tomber, Anne-May. »

Washington était une véritable fournaise infestée de taons. Je gardai le mouchoir de Jubal contre mon nez pour me protéger de la puanteur. Je finis par respirer quand le cocher me déposa devant l'imposante demeure de mon beau-père sur K Street. C'était une monstruosité de trois étages en basalte qui occupait une bonne partie du pâté de maisons. Toutes sortes de voitures étaient garées devant. Donner une réception en plein été me sembla bien étrange, ça ne se faisait généralement qu'en automne et au printemps. La guerre avait tout chamboulé.

La nuit tombait et les allumeurs de réverbères étaient au travail quand je descendis. Le cocher jeta de son perchoir ma valise en cuir. Elle atterrit dans une flaque d'eau et éclaboussa ma jupe en soie.

— Belle maison ! Un hôtel ? siffla le cocher.

— Une résidence privée.

Je tirai ma valise hors de la boue, relevai ma jupe et montai les marches de granit. La porte était peinte d'un noir si brillant que je pouvais y voir mon reflet et j'admirai ma taille fine et le bonnet fait par Jemma avec ses rubans de satin bleu roi assortis à mes yeux.

Je sonnai à la porte et attendis, fondant de chaleur dans la brume du crépuscule, sous un drapeau de l'Union qui se balançait paresseusement.

La porte s'ouvrit et un domestique blanc vêtu d'une livrée noire ajustée apparut.

— Puis-je vous aider ?

— Anne-May Wilson Watson, me présentai-je en acquiesçant. Je viens voir mon beau-père, Reginald Stickman.

— Il est occupé, madame. Revenez demain.

Il essaya de refermer la porte, mais je l'en empêchai avec ma valise.

— Dans ce cas, appelez sa femme, Melody.

— M. Stickman reçoit, madame. Ils ne peuvent être dérangés ni l'un ni l'autre. Souhaitez-vous laisser un message ?

— Mon message, le voici. Dites-lui que je vais hausser la voix pour me plaindre de cette injustice si elle refuse de venir immédiatement et que tout ce beau voisinage m'entendra.

— Si vous voulez bien avoir l'obligeance d'attendre ici, répondit le maître d'hôtel en s'inclinant.

Il referma la porte et je sortis un éventail de ma manche pour créer ma propre brise, tout en regardant autour de moi. Comme d'habitude, Reggie dominait le meilleur quartier de la ville, juste à côté d'un parc élégant. Les industries Stickman avaient bien prospéré depuis qu'il avait quitté Mama. Notre pauvre père, un marchand des plus prospères, n'aurait jamais pu rivaliser avec lui. Fergus devait se tromper quand il disait que Reggie avait perdu tout notre argent et celui de sa famille. Il l'avait certainement bien investi pour en tirer le meilleur rendement.

La porte s'ouvrit et une bouffée d'air frais me parvint quand Melody s'avança vers moi.

— Que voulez-vous, Anne-May ?

La pauvre Melody était laide comme un pou. Elle avait un nez de la taille d'un navet, que sa coiffure avec la raie au milieu ne faisait qu'amplifier. Mais son père étant propriétaire de l'autre moitié de Washington, cela avait de quoi faire oublier sa mocheté à Reggie qui pouvait facilement trouver des compagnes séduisantes ailleurs. Melody insistait pour porter des teintes pastel fades qui accentuaient sa peau blafarde, mais elle avait l'habileté d'éviter les simples camées et ces délicats bijoux en or rose en vogue alors. Les diamants éblouissants de vingt carats à son cou garantissaient que personne ne remarquait son visage.

Je refermai mon éventail et le glissai dans ma manche.

— Eh bien, quel charmant accueil, Melody.

— Vous ne pouvez pas débarquer comme ça chez des gens honnêtes, Anne-May.

— J'ai juste besoin d'un endroit où dormir ce soir. Je pars demain pour New York.

Elle se tordit le cou et regarda la rue, à droite et à gauche, avant de me laisser pénétrer.

Je traversai une entrée fraîche et parcourus une vaste étendue de parquet derrière Melody, véritable symphonie de mauve. Je vis des salons décorés en blanc et or, tapissés de satin écarlate et bleu, aux rideaux de fine dentelle et j'entendis les verres qui s'entrechoquaient et les rires des invités derrière les portes closes de la salle à manger.

Elle s'arrêta au pied de l'escalier de service et se retourna.

— Tous les notables de Washington sont ici. Il ne manque que Lincoln en personne. Des sénateurs. Tout cela couvert par des reporters.

— Quand on est capable d'amasser six millions de dollars grâce à la guerre, on a, me semble-t-il, toujours beaucoup d'amis.

— Vous dépendez de la charité de cet homme maintenant, me siffla-t-elle à l'oreille, donc attention à ce que vous dites, Anne-May. Toutes les chambres d'amis sont occupées à cause de cette soirée, mais je suppose que vous pouvez partager le lit de Bridget au troisième étage. Il faudra faire votre toilette dans le couloir.

— Vous êtes si bonne avec moi.

— Jackson vous montrera le chemin. J'apprécierais si vous preniez votre souper en haut dans votre chambre. Et vous serez partie demain matin ?

— Bien sûr, Melody, dis-je en souriant. Je ne voudrais surtout pas déranger.

Jackson m'accompagna à la chambre de bonne où se trouvait un lit défoncé et un miroir fendu au-dessus d'un lavabo.

— Dormez bien, me dit-il avant de sortir en s'inclinant.

Je posai ma valise sur le lit, défis mes affaires et me mis au travail. Je n'avais pas la moindre intention de me coucher de sitôt.

31

Georgy

Gettysburg, Pennsylvanie, juillet 1863

Je retournai à toute vitesse à la tente. Mère s'y frayait un chemin entre une file de brancardiers qui transportaient des hommes sur des civières. La vue de ce jeune soldat que j'avais pris pour mon frère, le visage horriblement mutilé, m'avait dévastée. Mais sa montre gousset portait les initiales du fils d'une autre pauvre mère.

— Oh, ma chère Georgy. M. Olmsted nous a laissé un message. Il semblerait qu'il y ait eu la confusion la plus regrettable. Charley a bien été blessé, mais sans gravité, à la main.

— La même qu'à New York ?

— Oui, c'est incroyable. Une blessure légère qui sera vite guérie. Cette lettre de M. Olmsted nous demandant si nous venions à Gettysburg était juste une question et c'est nous qui en avons déduit que Charley était au plus mal.

— Mère, nous voilà bien ridicules, dis-je submergée de soulagement.

— Mais, me chuchota-t-elle, Charley a déjà rejoint un nouveau régiment en route vers le Sud. M. Olmsted nous invite cependant à rester toutes les deux ici et à travailler comme infirmières. Il y a tant de blessés ! Avec l'aide du Dr Letterman, un hôpital plus grand est en cours d'installation de l'autre côté de la route, là-bas sur la colline. Il faut que nous trouvions à nous loger ici pour l'instant, puis plus tard en ville. Tout ça n'est-il pas des plus imprévus ?

J'acquiesçai, à peine capable d'assimiler le soulagement de savoir Charley sain et sauf pour l'instant.

Mère passa son bras sous le mien.

— Frank Bacon était à Washington quand il a appris pour Charley et lui aussi est venu. Un garde devrait arriver bientôt pour nous accompagner à une tente pour la nuit. Ils disent que nous devons essayer de dormir parce que demain les portes de l'enfer vont à nouveau s'ouvrir.

Le lendemain matin, la sonnerie du clairon nous réveilla et je regardai autour de moi. On nous apprit bientôt que les trains quittaient notre petit groupe de tentes blanches au dépôt ferroviaire deux fois par jour, remplis de soldats en route vers les hôpitaux du Nord. À longueur de journée, d'interminables files d'ambulances se succédaient chargées de blessés. Il leur arrivait de manquer le dernier train sans rien de prévu pour ces malheureux. Notre tâche consistait à veiller sur eux jusqu'au lendemain, les nourrir, les vêtir et leur donner des médicaments, puis quand les trains arrivaient, balayer les bouses de vache des wagons à bestiaux, recouvrir le plancher de paille fraîche, faire monter les hommes et les installer pour le voyage de retour.

Les canons mugissaient doucement au loin. Notre camp consistait en vingt tentes alignées à côté du dépôt ferroviaire, un hangar blanc modeste près d'un quai des plus basiques. Les blessés se trouvaient dans les plus petites tentes alors que les chirurgiens vivaient et faisaient leurs interventions d'urgence dans les plus grandes.

Mère et moi finîmes par trouver la tente qui abritait la cuisine juste équipée pour l'instant d'un réchaud et de chaudrons où des soldats spécialement affectés préparaient la soupe, base de chaque repas, le pain, le bœuf et les légumes.

Nous entrâmes dans une grande tente au hasard : pleine à craquer, irrespirable, elle empestait la maladie, des hommes couchés à deux ou trois par lit. Tout au fond, un groupe de rebelles blessés dans leurs uniformes en grosse toile couleur butternut gisaient à même le sol de terre battue jonché de paille.

Des brancardiers déchargeaient les ambulances dans lesquelles les blessés étaient assis sur des cadavres, trop abasourdis pour s'en préoccuper, avec des plaies à la poitrine et au ventre, des membres broyés ou arrachés, et toutes sortes d'horribles blessures faciales. Il était souvent difficile d'évaluer l'âge des patients, le visage noirci par la poudre à canon. Il y avait tant de journaux souillés, de restes de vieux tabac et d'assiettes en fer-blanc sales un peu partout dans la tente, que nous ne savions pas par où commencer.

Deux médecins, en uniformes bleu marine avec des épaulettes dorées, faisaient leur tournée pour identifier les hommes à opérer. Ils avaient l'air pressé mais je m'approchai de l'un d'eux par-derrière.

— Excusez-moi, docteur. Frederick Olmsted nous a demandé de nous mettre à votre service. J'ai déjà soigné des soldats à…

— Laissez-moi deviner, dit l'homme en se retournant. À l'hôpital du bureau des Brevets de Washington. Je suis votre carrière, si on peut l'appeler ainsi, mademoiselle Woolsey.

Son visage dur anéantit le peu de bonnes dispositions que j'avais pu rassembler ce matin-là. Je reculai d'un pas.

— Mère, permettez-moi de vous présenter le Dr Compton. Il faisait partie du comité de médecins qui sélectionnait les candidates infirmières.

— Oh, les anges de bonté ne cessent d'arriver. Ravi de faire votre connaissance, madame Woolsey. Je connais bien votre fille. Elle a jugé malin d'essayer de donner quelques leçons aux médecins du comité sur le choix du bon outil pour remplir les formulaires, c'est bien ça ?

— Heureuse de faire votre connaissance, docteur Compton. Mon expérience m'a appris que ceux qui auraient le plus à apprendre, en sont rarement conscients.

— J'aimerais beaucoup continuer à bavarder avec vous, mais je suis responsable à moi tout seul de six cents blessés. Rendez-vous utiles et occupez-vous de cette rangée de tentes. Préparez les repas selon nos prescriptions, nettoyez les draps…

— Nous savons quoi faire, docteur.

— Dans ce cas, au travail. Veillez sur ces malheureux du mieux que vous pourrez. Et rappelez-vous, on peut vous convoquer dans la tente chirurgicale à tout moment.

— Pourquoi les hommes dans ce coin ne reçoivent-ils pas de soins ? demandai-je.

— Prisonniers rebelles, dit-il avec un geste dédaigneux. Pas le temps de nous occuper des troupes confédérées.

— Les règles de la guerre ordonnent bien de prodiguer la même considération aux soldats rebelles qu'à ceux de l'Union, non ?

— Nous nous en occuperons quand nous aurons fini avec tous les nôtres. Mais la plupart d'entre eux sont dans un état trop avancé, comme celui-là avec sa jambe gangrenée. Septicémie avancée. Vos soins sont limités, consacrez-les à ceux qui peuvent être sauvés, mademoiselle Woolsey. Et gardez vos forces pour votre domaine de compétences, conclut-il en s'éloignant à grands pas.

— Bienvenue dans l'armée américaine, Mère.

— Reste forte, ma chérie, et n'abandonne pas tes convictions. Parce que comme l'a parfaitement démontré le Dr Compton, la connaissance n'a pas d'autre ennemi que l'ignorant.

Mère et moi nous empressâmes d'ôter nos chapeaux et de nous mettre au travail. Les hommes mouraient tout autour de nous, ne nous laissant même pas le temps de leur dire un mot de réconfort. Ils nous appelaient d'une tente à l'autre, imploraient du punch au lait ou des glaçons, mais les médecins nous interdisaient ces derniers, les réservant à leurs cas les plus graves.

Mère se donnait sans compter, écoutait leurs histoires, les chouchoutait, les nourrissait, distribuait des vêtements et des mouchoirs imbibés d'eau de Cologne. Tous l'appelaient : « Par ici, Mère. », « Voici le seau, Mère. », « Mère est vraiment une femme formidable ! ».

Je préparais des litres de bouillon de bœuf que je versais dans les tasses tendues tandis que Mère allait voir les troupes confédérées. Elle appela un aide-soignant et lui demanda de changer leurs litières de paille et se procura quelques chemises propres qu'elle distribua aux soldats en loques.

Elle devint vite grande amie avec le jeune lieutenant dont le Dr Compton nous avait montré la blessure. Le malheureux était couché à même le sol, son pantalon coupé au-dessus du genou, la jambe horriblement enflammée, la peau bleu-noir. Mère appuya le dos de sa main sur son front.

— Apporte-moi une serviette fraîche, Georgy. Il est brûlant.

À le voir, on aurait dit un jeune garçon, le visage ouvert et innocent, des yeux bleus lumineux et une chevelure blonde qui aurait comblé n'importe quelle fille de Nouvelle-Angleterre.

— Henry Rauch, madame. Du 14e régiment des volontaires de Caroline du Sud. Mon père est pasteur luthérien.

— Et votre mère ?

— Elle est morte quand j'avais six ans. Mais votre voix me la rappelle beaucoup.

Mère lui tapota la main.

— J'ai grandi en Virginie donc j'ai peut-être gardé l'accent. Est-ce que vous pouvez avaler quelque chose ?

Mère implora un oreiller auprès d'un aide-soignant.

— Vous ne devez pas vous attacher à un patient, lui dis-je en la tirant à part. Et vous avez entendu ce qu'a dit le docteur. C'est un cas désespéré. Nous devons nous concentrer sur ceux qui peuvent être sauvés.

— J'apprécie ton expérience, Georgeanna, mais laisse-moi faire les choses à ma façon, me dit-elle en retournant à son chevet.

— Merci, madame, ne cessait de répéter Henry. C'était un bon dîner. Est-ce que vous pourriez me faire un peu de lecture, si ce n'est pas trop vous demander ? Je sais que vous avez beaucoup de vos gars à soigner.

— À mes yeux, vous êtes tous des fils de l'Amérique, lieutenant Rauch. Mon propre fils est parti se battre dans le Sud et j'ose espérer qu'une infirmière sudiste le traiterait équitablement.

Mère m'aida à servir les plateaux-repas et prodiguer nos soins aux hommes. Une fois nos patients pourvus, elle retourna auprès de Henry pour lui lire des extraits de son volume personnel de *La Conduite de la vie* de Ralph Waldo Emerson : « Quand il y a quelque chose à faire, le monde sait comment. »

— Que pensait Emerson de la mort ? demanda Henry.

— Eh bien, il a dit : « Fais ce dont tu as peur et la peur mourra. »

Henry se tut un instant.

— Donc il voulait dire, ne craignez pas la mort, laissez-la simplement venir ?

— Je suppose.

La pluie crépitait sur le toit de la tente, le lieutenant Rauch dormait et nous faisions nos tournées, distribuant aux hommes les repas prescrits par le Dr Compton, changeant les pansements, et faisant de notre mieux pour les réconforter. Mais plus tard dans l'après-midi, Henry s'affaiblit et se mit à crier tantôt des bribes de prière, tantôt des ordres militaires, au fur et à mesure que les leçons de son enfance remontaient à son esprit et qu'il s'enfonçait dans les ténèbres.

Un soldat rebelle, un bras bandé, son uniforme gris trempé par la pluie, entra soudain en courant dans la tente et s'agenouilla à ses côtés.

— Henry !

L'homme ne reçut aucune réponse et se tourna vers Mère.

— C'est mon frère aîné. Je m'appelle Jacob Rauch, madame, soldat dans la compagnie B de Caroline du Sud, prisonnier dans la tente voisine.

— Il ne lui reste peut-être plus beaucoup de temps, dit Mère. Voudriez-vous demeurer ici, avec lui ?

Je lui apportai de la paille fraîche et Jacob s'allongea à côté de son frère. Il ne bougea plus du reste de la journée. À la tombée de la nuit, je m'agenouillai avec Mère auprès de Henry et elle lui prit la main alors qu'il commençait à rendre son dernier souffle.

Le Dr Compton choisit ce moment malencontreux pour arriver.

— Nous avons besoin d'infirmières pour assister les chirurgiens. (Il nous fit signe à Mère et moi de le suivre.) Vous deux, vous ferez l'affaire.

— Comme vous pouvez le voir, dit Mère en se levant, nous réconfortons un mourant…

— C'est sur un soldat ennemi que vous gaspillez des ressources précieuses alors que des soldats de l'Union ont besoin de vous, s'écria le Dr Compton, menaçant.

— Docteur Compton. Nous veillerons à vos besoins dès que ce bon jeune homme aura reçu toute l'attention nécessaire.

— J'arrive, docteur, dis-je en me levant et en époussetant la paille de ma jupe.

Dr Compton sortit à grands pas et Mère retourna auprès de Henry Rauch.

— Je suis désolé, madame, de vous causer des désagréments, dit Jacob.

— La seule chose qui compte, lui répondit-elle, souriante, c'est de bien dire au revoir à votre frère. Je ne doute pas que la grande girouette du temps se vengera un jour du Dr Compton.

Quand Henry Rauch mourut, nous demandâmes un cercueil où le coucher et son frère blessé le veilla toute la nuit. Mère réussit à dormir quelques instants sans pour autant cesser de répondre à toutes les demandes de réconfort alors que je passai des heures à assister les chirurgiens et ne retournai à notre tente qu'au petit matin.

Nous n'avions quasiment pas fermé l'œil à l'approche de l'aube quand les canons recommencèrent à mugir au loin. On emmenait les prisonniers hors du camp et le frère endeuillé vint nous voir avant de suivre ses camarades.

— Merci de vous être si bien occupées de Henry. (Il prit l'insigne en forme de palmier nain qui ornait la casquette de son frère et un bouton de sa veste.) Je n'ai pas grand-chose, madame, mais je veux vous montrer ma reconnaissance.

Mère accepta, les yeux embués de larmes, et elle les tint contre son cœur comme si c'étaient des émeraudes.

— J'écrirai à votre père et je lui dirai que Henry est mort en brave. Un des plus valeureux soldats américains.

Alors que les canons tonnaient de plus en plus fort ce matin-là, nos malades commencèrent à s'agiter. Faite d'une étoffe bien plus résistante que le reste d'entre nous, le manque de sommeil n'avait aucun impact sur Mère. Elle était assise sur une caisse, à l'ombre d'une rangée de morues suspendues, et écrivait une lettre au père de Henry Rauch. J'avais juste commencé à distribuer les bouteilles de punch au lait aux hommes qui s'éveillaient quand Frank Bacon poussa le pan de toile de notre tente et entra.

Il commença à s'avancer entre les lits, s'arrêtant ici et là pour adresser un mot d'encouragement à un patient, desserrer ou rectifier un bandage ou une sangle. Puis il s'approcha de moi, grand et grave, suivi d'un petit entourage.

Je le regardais en me disant que Mary avait eu raison comme toujours : il m'avait manqué, son visage doux et ses yeux perçants. Il portait une chemise blanche, ouverte au cou, les manches remontées révélant ses avant-bras hâlés, sa trousse à la main. Même au milieu de toutes ces souffrances et de la mort omniprésente, il apportait quand même un accent plus optimiste à cette scène. Comment avait-il trouvé le moyen de rester si bien rasé dans cet endroit abominable ?

— Comme je suis heureuse de te voir, Frank, dis-je en me précipitant vers lui.

Il serra brièvement ma main tendue.

— Cela me fait plaisir, à moi aussi. Nous étions basés dans une infirmerie de campagne.

— J'ai tant de choses à te dire depuis notre dernière conversation. J'ai pensé à plein de projets que nous pourrions considérer ensemble.

Nathan, que j'avais rencontré à Washington, vint rejoindre Frank.

— Tu te souviens de Nathan ?

— Bien sûr ! Je lui donnai une poignée de main cordiale. Ravie de vous revoir.

Frank se tourna et prit le bras de Bethada avec douceur pour la conduire vers moi. Elle portait une robe bordeaux avec de jolies manches en pagode ouvertes, les plus coûteuses à confectionner, et une capote à la française semblable à celle que j'avais admirée dans le *Godey's Lady's Book*.

— Et tu te souviens de Bethada ?

— Bien sûr, acquiesçai-je.

Mère s'approcha de Frank.

— Merci d'être venu quand tu as entendu que Charley était blessé.

Il se tourna vers elle.

— Heureusement, je l'ai vu avant son départ. Il transmettait un message au plus fort du combat quand il a reçu une blessure superficielle au poignet, mais il s'en remettra. Charley a même fait une plaisanterie sur l'art incroyable avec lequel il limitait toutes ses blessures à cette main.

— J'ai aidé, moi aussi, intervint Bethada en s'immisçant entre Mère et Frank. Plusieurs médecins m'ont complimentée pour mes bandages.

Frank s'absorba dans sa trousse.

— Nous restons tous les trois quelques jours ici. Il me semble injuste d'être en permission quand nos hommes vivent un enfer.

Bethada sortit un mouchoir de sa poche et le tint sous son nez.

— Tout s'est merveilleusement mis en place. Je me trouvais à Washington pour l'anniversaire de Mère donc je n'ai pas raté un seul bal.

— Pourquoi se priver ? raillai-je.

Mère me lança un regard de reproche.

— Vous avez du mal à respirer, mademoiselle Barnett ? demandai-je.

— Oh, non. Ça sent juste un peu le renfermé ici.

Frank prit le bras de Bethada pour la soutenir et le bracelet en argent qu'elle portait à son poignet étincela soudain.

— On nous a assigné cette rangée, dit Frank. On s'attend à encore plus de blessés aujourd'hui. (Il se tourna vers Nathan.) Il faut que nous installions une nouvelle salle d'opération juste à la sortie.

— Déjà fait, docteur, dit Nathan en se redressant.

Juste à ce moment, deux brancardiers se précipitèrent avec un homme sur une civière, suivis par le Dr Compton.

— Blessé sur la colline du cimetière, appela l'un des infirmiers. Dans un état urgent.

Frank regarda le blessé, le visage noirci de poudre à canon et de sang.

— Prépare-le pour l'opération, Nathan.

D'autres brancardiers entrèrent en courant avec des civières et il nous fallut transférer les malheureux dans les quelques lits de camp ou les litières de paille encore libres.

Mère m'aida à étendre un jeune garçon de couleur.

— Probablement abandonné sur le champ de bataille depuis hier, dit Frank. Qui sait depuis combien de temps il est inconscient. Un tambour à en juger par son uniforme. Ils les recrutent de plus en plus jeunes.

Je déchirai la manche à l'épaule pour révéler une mauvaise blessure.

— Il a l'épaule bien abîmée.

— Occupez-vous d'abord des soldats blancs, ordonna le Dr Compton après un rapide coup d'œil.

— Ce garçon va mourir si on ne le soigne pas. On sent à peine son pouls.

— Passez au suivant, mademoiselle Woolsey !

Frank vint me rejoindre.

— Compton, occupez-vous du blessé à la tête dans la salle d'opération à la sortie de la tente. Je prends ceux qui sont ici.

Dr Compton se précipita dehors et je préparai le garçon pour son intervention. Il était inconscient, la bouche légèrement entrouverte, ses yeux fermés bordés de longs cils. Comme il était maigre. Je lui pris à nouveau le pouls et il me sembla encore plus faible.

— Il faut faire vite, Frank.

Bethada nous rejoignit.

— Le Dr Compton a peut-être raison. Il faudrait donner la priorité aux soldats.

— Vous voulez dire les soldats blancs ? Ce garçon a combattu aux côtés des autres et mérite de vivre autant qu'eux.

— Dégagez ce périmètre, ordonna Frank. Nous allons opérer ici. Enlevez-lui ces vêtements sales. Bethada, s'il se réveille, vous lui administrez du chloroforme. Madame Woolsey, vous lui prenez le pouls. Georgy, tu veux bien m'assister ?

— Mais… commença à protester Bethada.

— Bien sûr, Frank, dis-je.

Nathan apporta deux seaux d'eau savonneuse pour nettoyer les instruments chirurgicaux comme Frank avait appris à le faire dans les hôpitaux français. Il en attrapa un et le posa sur la table.

— Peux-tu m'aider à me laver, Georgy ? me demanda-t-il.

Nathan installa une seconde table d'opération et y déposa la boîte en bois remplie de toutes sortes de flacons de médicaments de Frank. Je me lavai moi aussi les mains et j'étendis une serviette propre où disposer les scalpels, tourniquets et pinces pour ôter les balles.

Je m'emparai d'une paire de ciseaux à bandages dans la trousse de Frank.

— Mère, vite, aidez-moi à couper les pantalons de ce garçon.

Elle tendit le tissu et je découpai le long des coutures. Le pantalon en toile et les sous-vêtements en laine tombèrent et j'échangeai un regard sidéré avec Mère qui arracha le châle de ses épaules et l'étala sur le bas du corps du tambour.

— Docteur Bacon, dis-je en me tournant vers Frank. Je crains bien que notre tambour soit en fait une jeune fille.

32

Jemma

Gettysburg, Pennsylvanie, juillet 1863

À MON RÉVEIL, J'ENTENDIS TANT DE BRUIT et de hurlements que je me crus encore sur le champ de bataille. J'avais mal à la tête. Tout autour de moi dans la tente, des hommes mouraient, certains se calmaient dans leurs derniers moments, d'autres pleuraient ou priaient. Des soldats entraient en courant, criaient des ordres, allaient et venaient avec des morts et des blessés sur des civières. L'homme dans le lit voisin du mien chantait des hymnes religieux aussi fort qu'un prêcheur le dimanche, mais un gargouillement l'interrompit soudain au milieu d'un psaume. On l'emporta et il fut aussitôt remplacé par un autre, plus tranquille.

Les canons tonnaient au loin. J'essayai de m'asseoir, mais une douleur me poignarda l'épaule. On m'avait coupé la manche et bandé le haut du bras pour l'immobiliser. Si Sally avait été là, elle m'aurait trouvé du raisin d'Amérique à mettre dessus et de la laitue sauvage pour la douleur.

Raymond ? Était-il ici lui aussi ?

Je regardai à ma gauche et vis un homme mort, la bouche et les yeux grands ouverts, un vrai festin pour les mouches. En face, se trouvait un soldat qui avait perdu une jambe sous le genou, comme M. Watson.

Le matelas était moelleux et malgré tout ce bruit, je me rendormis. Quand je me réveillai, une dame aux cheveux gris se tenait au-dessus de moi et me fit très peur.

Elle posa une main chaude sur la mienne.

— Comment t'appelles-tu, mon petit ?

Je retirai brusquement ma main, soudain submergée de toutes sortes de craintes. On avait coupé la manche de ma chemise donnée par l'armée américaine. Est-ce qu'on me punirait pour ça ? Est-ce qu'ils allaient dire au vieux photographe et sa femme de venir me chercher ? Anne-May ? Je gardai le silence.

Une autre dame rejoignit la première, blanche elle aussi, les cheveux noirs tirés en arrière retenus par un filet.

— Tu as reçu une balle dans le bras. Une blessure grave qui a nécessité une opération à l'épaule, faite par le Dr Bacon.

Ça me fit sourire, un docteur qui portait un nom de morceau de cochon et elle dut prendre cela comme un signal que j'avais faim parce qu'elle posa un plateau en métal à côté de moi et une tasse en fer-blanc avec quelque chose qui sentait le bouillon de bœuf. Je tournai la tête.

— Tu ne veux pas manger quelque chose ? demanda la femme plus âgée.

La plus jeune s'assit sur un cageot à côté de moi.

— Tu n'as pas de raison de t'inquiéter. Nous connaissons ton secret et, ne t'en fais pas, nous ne dirons rien à personne.

Quel secret ? La dernière fois que j'avais compté, j'en avais au moins trois.

La première femme prit à son tour un cageot pour s'y asseoir tout près de moi et je sentis son odeur de talc qui me rappela tante Tandy Rose.

— Tu es une fille très courageuse d'être allée te battre, me chuchota-t-elle comme quelqu'un qui garde un secret.

Elles me regardèrent toutes les deux, les mains jointes sur leurs genoux.

Je fixai le plafond de la tente blanche.

— Je m'appelle Mme Charles Woolsey, me confia la plus vieille en se penchant vers moi. Est-ce que ce nom te dit quelque chose ?

Je secouai la tête.

Elle ne me quittait pas des yeux.

— 8 Brevoort Place ?

Mes yeux se remplirent de larmes rien qu'en pensant à Celeste.

— La carte.

Mme Woolsey vint s'asseoir au bord de mon lit.

— Ma fille, Georgeanna, et moi travaillons ici comme infirmières et nous devons faire l'inventaire des possessions des soldats. C'est comme ça que nous avons trouvé cette carte dans tes affaires. Puis-je te demander d'où elle te vient ?

— Mon amie.

— Elle te l'a donnée ?

— Oui. Elle s'appelait Celeste. Ou Sukey avant ça.

Mme Woolsey se redressa comme un « I » et regarda Georgeanna.

— La fille vendue à Charleston. Les voies du Seigneur sont impénétrables.

— Je l'ai pas volée. Celeste m'a dit qu'une dame l'avait donnée à sa mère. Elle lui a dit qu'elle aurait une amie à New York si jamais elle arrivait là-bas.

— Bien sûr, dit Georgeanna. Nous te croyons. C'est juste tellement extraordinaire de trouver la carte de Mère, ici, sur toi. Difficile de ne pas croire que nous étions destinées à nous rencontrer.

— C'était ce que Celeste possédait de plus précieux, mais elle me l'a donnée avant de mourir.

— Pardonne-moi d'être indiscrète, mais puis-je te demander comment elle est morte ? demanda Georgeanna.

— LeBaron Caruthers. Il l'a tuée.

— Et qui est-ce ?

— Le régisseur de Peeler.

— Et toi, comment t'appelles-tu ?

Je détournai les yeux.

Mme Woolsey couvrit ma main de la sienne, chaude et douce.

— Tu ne risques rien avec nous, ma chère.

— Jemma, madame.

— Jemma comment ?

— Juste Jemma. Propriété de Mme Anne-May Wilson Watson de Peeler, une plantation près d'Hollywood, dans le Maryland.

— Donc tu as été affranchie ?

— Non, madame. M. Watson m'a vendue à M. Swift de Hagerstown, Pennsylvanie.

— Et comment es-tu arrivée ici ?

— J'ai été enrôlée dans l'armée américaine par le major Ellis du 14e régiment du Connecticut.

Mme Woolsey avait l'air au bord des larmes.

— Tu as traversé tant d'effroyables épreuves.

— Je suis arrivée ici avec ma grand-mère Sally Smith, pas ma vraie grand-mère, mais tout comme. Je l'ai laissée au camp avant de monter sur la colline. Il faut que j'aille la chercher.

Georgeanna souleva mon pansement et regarda en dessous.

— Tu commences à bien cicatriser, l'avantage de la jeunesse peut-être, mais il faut que tu te reposes. Tu pourras bientôt aller retrouver ta Sally Smith. J'enverrai un messager à sa recherche, mais pour l'instant tu dois rester tranquille et manger quelque chose.

Georgeanna m'apporta un nouveau plateau avec une serviette jaune en tissu et un bol en porcelaine plein de bouillon de poulet qu'elle me donna à la cuillère, chacune meilleure que la précédente, et aussi une tartine de pain blanc beurré des deux côtés avec de la confiture.

Je me rendormis et rêvai que Ma, ma sœur Patience et moi traversions une rivière à la nage, vers Sally qui nous attendait sur l'autre rive, ses deux bras robustes tendus vers moi.

Je me réveillai à nouveau, finis par me fabriquer une écharpe avec deux serviettes jaunes et me levai. Mme Woolsey et Georgeanna se mirent dans tous leurs états et essayèrent de me convaincre de me recoucher, mais il y avait tant à faire, des soldats couchés sur la paille qui réclamaient à boire, l'un d'eux pourrait utiliser mon lit. Et puis, je voulais aller voir Sally Smith et je pensais que me rendre utile serait le meilleur moyen d'y arriver.

Mademoiselle Georgeanna revint avec une chemise d'homme et un tablier blanc plié en un joli petit carré.

— Voilà une chemise propre, le plus petit tablier que j'aie pu trouver et un pantalon neuf. Je cherche encore des chaussures à ta taille. Laisse-moi t'aider à te changer.

Elle se pencha pour déboutonner ma chemise, mais je m'écartai.

— Non.

— Tu es pudique, bien sûr, sourit mademoiselle Georgeanna. Nous allons te cacher derrière ce drap, Jemma.

Elle et sa mère tinrent un grand drap blanc autour de mon lit. Je déboutonnai ma chemise à la manche coupée, la pliai et passai la propre, si grande qu'elle risquait de glisser de mon épaule si je ne faisais pas attention, son tissu tout doux contre les marques de fouet de Mme Swift encore un peu douloureuses. Puis j'enfilai le pantalon et attachai le tablier par-dessus.

Je pris un seau en bois de ma bonne main et allai voir mademoiselle Georgeanna.

— Je peux aller chercher de l'eau.

— Seulement si tu ne te fatigues pas.

Un homme de haute taille, la même couleur de peau que moi, s'approcha. Il devait avoir cinq ans de plus que moi et portait un uniforme bleu avec des boutons dorés sur le devant comme tous les soldats. J'avais du mal à distinguer son visage parce qu'il était beaucoup plus grand que moi, mais il avait les plus beaux yeux que j'aie jamais vus chez un homme, blanc ou noir. Ils étaient verts comme du sassafras en automne et j'essayais de me souvenir où je les avais déjà aperçus.

— Je te présente Nathan, me dit mademoiselle Georgeanna avant de se tourner vers lui. Vous voulez bien accompagner notre Jemma à la source ?

Il me jeta à peine un coup d'œil.

— Bien sûr, dit-il avant de se mettre en marche, moi derrière.

— Revenez tout de suite après, nous cria Georgeanna. Il paraît qu'il y a encore des tireurs d'élite rebelles dans les bois.

— Oui, mademoiselle Georgeanna.

Une fois sortie de la tente, je respirai à fond l'air frais bien agréable après la puanteur de la tente. La nôtre était plus grande que les autres et j'en vis encore plein derrière la voie de chemin de fer, plus petites et bien alignées.

Nathan s'éloignait dans la direction du bois.

— La source est là-bas.

Je le suivis à travers les hautes herbes mêlées de plantes sauvages et de papillons qui allaient en butinant de l'une à l'autre. Le seau en bois tapait contre ma hanche. Comme cet endroit aurait été joli sans les cris des mourants et l'odeur de maladie portée par la brise.

Je me retournai et regardai la petite ville au loin, qui miroitait dans la chaleur, le clocher blanc encore dressé, et espérai que Sally Smith m'y attendait quelque part.

— On dirait qu'il faudrait un hôpital encore plus grand, dis-je en le suivant.

— D'après le Dr Bacon, ils en installent un nouveau de l'autre côté de la route. Il s'étendra sur les trente hectares de Wolf Farm. Il paraît qu'il s'appellera Camp Letterman du nom du Dr Letterman. C'est lui qui dirige tout ici.

Je chassai un bourdon.

— Trente hectares, ce n'est pas si grand que ça. La plantation d'où je viens, Peeler, en avait quarante.

Il se retourna et marcha à reculons.

— Peeler ? J'habitais à Hollywood. J'étais l'apprentie du Dr Gardener.

— Tu es un de ceux qui ont été affranchis quand il est mort ? m'écriai-je en m'arrêtant net.

Donc, c'est de là que je connaissais Nathan. Je l'avais parfois aperçu à l'église, il y a longtemps.

Il s'arrêta, me dévisagea pour la première fois, puis se remit en marche avec un haussement d'épaules.

— Je ne me souviens pas de toi.

Je me baissai pour ramasser du raisin d'Amérique.

— Moi non plus.

— Je n'ai vécu là-bas que deux ans.

Nous continuions à avancer sous le soleil brûlant et je m'arrêtais de temps à autre pour ramasser tout un bouquet d'herbes qui pourraient aider les malades : de la bardane pourpre en fleurs, de l'ase fétide vert étincelant, de la laitue sauvage.

— Tu peux te dépêcher ? me lança-t-il tout en marchant à grands pas. On m'attend en salle d'opération.

— T'es médecin ?

— Presque. Je suis l'assistant du Dr Bacon.

— Tu dois être sacrément intelligent.

Il sortit un bonbon à la racinette en forme de tonnelet de sa poche et le suça à même son emballage. La brise m'apporta un parfum de sassafras qui fit gronder mon estomac.

— Assez intelligent pour savoir que tu devrais arrêter de laisser ces Blanches te mener au doigt et à l'œil.

— Qu'est-ce que t'en sais ? demandai-je en me redressant.

— Les Woolsey sont des gens bien, mais méfie-toi. Je les entends te dire de faire attention à ceci ou cela, de t'appeler « notre » Jemma. Très vite, elles te demanderont de vider leurs pots de chambre et tu pourrais aussi bien être encore en train de ramasser du coton. Elles font de grands discours sur la fin de l'esclavage, mais leur papa a fait fortune dans le sucre. J'ai entendu quelqu'un le dire au Dr Bacon. C'est ce qu'on appelle des hypocrites et tu devrais prendre garde.

Je me penchai pour arracher un plant entier de menthe avec ses racines, le portai à mon nez et humai son parfum poivré frais.

— Facile de juger pour toi. Tu es libre. M. Watson m'a vendue loin de ma mère à un vieux grincheux qui prend des photos de morts, même si je ne lui appartenais pas et qu'il en avait pas le droit. Je suppose que j'appartiens encore à Mme Anne-May.

— Ça ne t'interdit pas d'avoir des opinions. Ça ne t'arrive jamais d'être de mauvaise humeur ou triste ? On ne s'en rendrait même pas compte, tu as le visage aussi lisse qu'une planche.

— Je suppose qu'Anne-May n'aimait pas trop que qui que ce soit d'autre qu'elle ait des opinions.

— Je ne m'en souviens pas.

— Elle a dû arriver après ton départ.

Nous étions parvenus à l'orée du bois, près d'une conduite métallique, avec une pompe rouge vissée dessus.

— Je mets de l'argent de côté pour finir mes études, reprit Nathan. À Brooklyn. L'école africaine libre de Williamsburg.

— C'est près de New York ?

— Juste de l'autre côté de la rivière. Faut prendre un bateau.

— J'ai toujours rêvé d'aller à New York. C'est comment ? Il n'y a pas d'esclaves ? C'est décrépit, non, tout tombe en panne, sans personne pour réparer les choses ?

Nathan sourit d'un rare sourire qui révéla ses jolies dents.

— Quelle idée ? New York est la plus belle ville que j'aie jamais vue. De beaux bâtiments, des magasins, des musées. Tu devrais voir l'école où j'apprends la botanique.

— Je ne sais pas ce que c'est.

— L'étude des plantes. Je voudrais travailler la terre, un jour.

Nathan pompa et de l'eau pure jaillit.

Je m'agenouillai et posai mon seau sous le jet d'eau.

— Moi, quand je serai libre, je veux fabriquer des chapeaux.

— Commence donc par te comporter comme si tu l'étais déjà, dit-il en s'agenouillant à côté de moi. Plus de non, « monsieur » ou « madame ». Ne mâche pas tes mots. Sinon tu resteras toujours une esclave stupide incapable de penser toute seule.

— Eh bien, voilà ce que je pense ! m'écriai-je, une main en coupe sous la pompe pour y recueillir de l'eau fraîche et lui en asperger le dos.

Il se leva en riant, plongea la main dans l'eau et tira sur ma chemise pour m'en faire de même. Mais il bondit en arrière comme s'il avait vu le diable en personne.

— Qu'est-ce qu'il y a ?

— Tu sais.

Je tirai sur le col de ma chemise.

— Tu n'as jamais vu le dos d'une fille ?

— Bien sûr que si. Mais jamais dans un tel état.

— Je suppose que le Dr Gardener ne vous fouettait jamais.

— Non, jamais.

Je haussai les épaules ce qui raviva la douleur de mes plaies. Je déchirai un morceau de laitue sauvage et le plaçai sous la langue, soyeux et sucré.

— C'est comme ça. Ils ont aussi tué mon Pa.

Je retournai vers la tente, Nathan derrière moi.

— Eh, laisse-moi porter ça, dit-il en me prenant le seau des mains. Pourquoi acceptes-tu tout ça si facilement, Jemma ? C'est un péché ce qu'on t'a fait.

— Et qu'est-ce que je peux y faire ?

— Parle, voilà ce que tu peux faire. La moitié de New York soutient toujours l'esclavage. Montre ce que cela signifie vraiment au monde entier. J'ai un ami dans un journal.

— J'ai plus la force d'être en colère, Nathan. J'veux juste sauver Ma et ma sœur et aller quelque part où nous pourrons nous tourner vers l'avenir. Peut-être trouver un travail rémunéré.

— Ça aiderait les autres si tu parlais.

Je commençai à redescendre la colline.

— Laisse-moi tranquille, Nathan, tu veux bien ? Laisse-moi juste disparaître.

33

Anne-May

Washington, D. C., juillet 1863

Je trouvai la chambre de Melody que je reconnus sans mal au camaïeu excessif de roses et de mauves, depuis les papiers peints jusqu'au sofa en velours. Elle était située aussi loin que possible de celle de Reggie, sans nul doute à sa requête afin qu'il puisse recevoir plus commodément sa maîtresse du moment dans ses propres appartements.

Je longeai le lit à baldaquin aux soieries ruchées couleur pêche et me retins de m'étendre sur le matelas de plumes recouvert de satin. J'ouvris grand l'armoire qui contenait un nombre infini de robes arborant toutes l'étiquette William, le magasin de mode le plus élégant de Pennsylvania Avenue. Je choisis la robe de Melody en soie crème et l'assortis à mes manchettes en dentelles que j'avais lavées dans le lavabo du couloir de service et fait sécher devant la fenêtre de la mansarde. Melody avait la taille plus épaisse que moi, mais une ceinture de velours marron améliora grandement ma tenue. Me préparer dans une chambre de bonne exiguë n'était pas facile, mais avec l'aide de Bridget, je réussis à m'encadrer le visage de deux jolies anglaises.

La fête battait son plein à l'heure du souper et toutes les pièces du rez-de-chaussée regorgeaient d'hommes en habit et de femmes aux robes plus belles les unes que les autres, un défilé de mode parisienne étourdissant, soie blanche brodée d'orchidées vert émeraude ou rose rubis sur fond crème. Je glanai ici et là des bribes de conversation et captai surtout l'enthousiasme effréné dû aux succès de l'armée américaine à Gettysburg. Mais rien ne pouvait émousser ma joie de me trouver parmi tous ces invités raffinés tandis que je me frayais un chemin dans la foule, effleurant les soies et les velours, inspirant les parfums capiteux de ces hommes et ces femmes.

Je trouvai Reggie près de la cheminée, un verre de bordeaux à la main, un demi-cercle d'hommes et de femmes élégants suspendus à ces lèvres.

— Et je sais de source sûre que ce vieux rebelle de général Lee a mal calculé son coup à Gettysburg. Nos garçons ont envoyé Pickett au diable sur la colline du cimetière.

— Comment connaissez-vous toutes les nouvelles du front, Reggie ? demanda un homme rougeaud.

— C'est moi que les journalistes appellent en premier. Ils m'ont dit que Lincoln vivait pratiquement dans le bureau du télégraphe pendant tout Gettysburg. Ils m'ont envoyé un exemplaire de sa déclaration officielle sur la bataille avant même que les journaux la reçoivent.

Reggie sortit une feuille de la poche de son gilet et lut :

« Le président annonce à la nation que les nouvelles parvenues de l'armée du Potomac, à dix heures du soir du trois juillet, la couvrent des plus grands honneurs, promettent un succès décisif à la cause de l'Union et lui font adresser ses condoléances pour tous les braves qui sont tombés. »

— Enfin une victoire incontestable pour l'Union, s'exclama une femme rousse. Lincoln écrit un discours fleuri, mais j'ai entendu dire qu'il est fou furieux que Lee s'en soit tiré aussi facilement. On aurait pu l'anéantir une bonne fois pour toutes et définitivement remporter la guerre.

— Ça finira par arriver, sourit Reggie en jetant un regard plongeant dans son corsage. Rappelez-vous ce que je vous dis ce soir, cette bataille sera le tournant de la guerre.

Je rejoignis le cercle, baissai un peu plus mon décolleté, me redressai et attendis que les yeux de Reggie tombent sur moi.

— Anne-May ? Viens ici, ma chérie. Si tu n'es pas absolument à croquer ? Je vous en prie, mes amis, ma belle-fille. Jolie comme un cœur, vous ne trouvez pas ?

Il me baisa la main, ses lèvres s'y attardant un peu trop longtemps.

— Ravie de vous revoir, Reggie, dis-je en me libérant. J'aimerais pouvoir vous parler.

— Bien sûr, ma chérie. (Il me prit par la taille.) Mais d'abord je voudrais te présenter à quelques personnes. Voici le célèbre journaliste, Martin Davies, qui écrit pour le *Washington Register.*

— Ravie de faire votre connaissance.

Reggie me conduisit vers la dame rousse.

— Et cette coquine de Mme Demorest qui a inventé le lève-jupe impérial. Tu en as entendu parler ?

— Oh oui, mais je ne l'ai jamais vu.

Mme Demorest tira sur un cordon à sa taille et son ourlet se souleva comme par magie.

— C'est très pratique pour traverser nos rues boueuses. Votre papa en a un tiroir plein que je lui ai offerts, demandez-lui de vous en donner un. Et si vous passez à New York, venez à mon magasin.

— C'est bien possible. Et dites-moi, où habitent les gens les plus huppés ?

— Sur la Cinquième Avenue, bien sûr.

— Connaissez-vous Brevoort Place ? J'ai entendu dire que c'était *très charmant*.

— Oh, oui, tout à fait. C'est là que se trouve l'hôtel Brevoort. Ainsi que les meilleures familles comme les Lanford, les Carson, les Woolsey et les Kepler.

— Woolsey, dites-vous ?

— Une vieille famille de Boston. Des descendants du Mayflower.

— Ces familles de Nouvelle-Angleterre me fascinent. Boston est bien le berceau de toute notre nation. Sont-ils nombreux ?

— C'est Mme Charles Woolsey qui vit à Brevoort Place, une veuve avec sept filles et un garçon. Des abolitionnistes convaincus. Ils refusent même d'acheter du tissu fait avec du coton ramassé par des esclaves.

— Comme c'est admirable.

— Son beau-frère, Edward Woolsey, est souvent ici à Washington pour affaires. Un homme charmant. Si vous vous intéressez tant à l'histoire, je suis sûre qu'il sera ravi de vous parler de sa famille. Melody peut vous présenter.

Reginald me tira à part.

— Viens dans mon bureau, Anne-May.

— J'étais en pleine conversation, Reggie. De plus, vous ne devriez pas abandonner vos invités.

— Je veux juste te donner un de ces lève-jupes dont te parlait Mme Demorest, insista-t-il.

Il me conduisit dans son bureau et referma la porte. L'épais tapis étouffait le bruit de la fête. C'était une vaste pièce, presque aussi grande que la salle à manger et la cuisine de Peeler mises ensemble, les murs et le plafond couverts de lambris en noyer, l'unique fenêtre, fermée par des volets. Il devait s'en passer de belles sur cette chaise longue au fond.

— Reggie, pourriez-vous avoir l'amabilité de me donner un peu de tabac à priser ?

— Depuis quand ne m'appelles-tu plus Papa ?

— Depuis que vous avez quitté Mama, dis-je en admirant les coupes en argent sur le manteau de la cheminée.

Il prit une clé, ouvrit un tiroir de son bureau massif et en sortit un paquet enveloppé dans du papier brun qu'il me tendit.

— Ouvre !

— C'est ce que vous donnez à vos amies ? dis-je en tâtant le contenu. Qu'en pense Melody ?

— En fait, je l'avais achetée pour elle : le rose est sa couleur favorite. Mais je préférerais te la donner.

Je sortis une culotte bouffante rose pâle, incroyablement douce, ourlée de dentelle fine, ouverte là où il fallait, qui me fit rougir.

— Comme elle est jolie. Cependant, je ne peux pas l'accepter, Reggie.

Je lui rendis la culotte, mais il la repoussa vers moi.

— Tu veux dire Papa.

— Cela fait si longtemps que je n'ai rien porté d'aussi ravissant même si personne ne la verra, soupirai-je en effleurant la dentelle d'un doigt.

Il s'approcha et caressa la soie.

— Moi je le saurai. Je veux que tu la portes pour pouvoir y penser, sous ta jupe.

— J'ai besoin d'argent, Reggie, dis-je en m'écartant. Une avance sur les parts de Fergus que vous avez investies pour lui.

Reggie alluma un cigare.

— Oh, cet argent est immobilisé en obligations.

— Vous ne pouvez pas les vendre ?

— Pas maintenant. Elles sont investies dans le Sud. Je vous souhaite que la guerre tourne bien pour la Confédération, mais à voir ce qui s'est passé à Gettysburg, j'ai bien peur que ça se présente mal pour vous, les Watson.

— Mais nous avons besoin d'argent, Reggie. Vous devez savoir que Harry est mort en se battant pour le Sud. Fergus a perdu une jambe dans la même bataille. Et on a eu bien du mal à récolter notre tabac. N'y a-t-il rien à faire ?

— Mets donc cette jolie culotte pour faire plaisir à ton bon vieux Reggie et on verra ce qui est possible, me dit-il avec un sourire.

Je quittai la fête discrètement vers minuit alors que les festivités avaient atteint un paroxysme. Je montai prendre ma valise au deuxième étage, puis retournai dans la chambre de Melody, les cuisses caressées par la culotte soyeuse. Je me précipitai à sa coiffeuse et ouvris sa boîte à bijoux en argent ornée d'une scène pastorale avec des troubadours et des chèvres. L'intérieur en velours vert étonnamment vide ne contenait que quelques bagues et un bracelet bon marché. Je passai une tourmaline rose à un doigt.

Je me retournai quand la porte s'ouvrit derrière moi.

— Bonsoir, Melody.

— Je savais que ce ne serait qu'une question de temps avant que vous montiez ici pour voler, Anne-May. Mais vous avez battu tous les records. Faites immédiatement vos bagages, vous et vos dents tachées et vos manchettes sales.

Prenez ça, me dit-elle en me tendant une liasse de billets pliée, mais ne remettez plus jamais les pieds ici. Je dirai à Reggie que vous avez reçu un message vous demandant de rentrer chez vous d'urgence et que vous avez dû partir sur-le-champ.

— Il y a combien ? dis-je en fourrant les billets dans ma poche.

— Deux cents dollars. Je suis bien trop généreuse, mais vous avez tout intérêt à les prendre.

— C'est un bon début. Mais vous feriez mieux de vous asseoir, Melody. Les choses vont changer ici.

34

Georgy

Gettysburg, Pennsylvanie, juillet 1863

Cette nuit-là, les gros canons se turent et les combats cessèrent à Gettysburg. Le général Lee fuit en Virginie et laissa un tiers de ses hommes morts ou blessés entre nos mains. L'armée américaine avait remporté la bataille, mais on pouvait difficilement parler de victoire.

Sept mille soldats, de l'Union ou confédérés, gisaient morts dans les champs et le travail épouvantable de les enterrer commença le lendemain. Tous les bâtiments de la petite ville et de ses environs abritaient des blessés et nos tentes étaient pleines à craquer d'hommes en proie aux pires souffrances imaginables, beaucoup hurlaient de douleur même après avoir pris de fortes doses d'opium, et nous imploraient de les soulager alors que nous étions impuissants.

Ce matin-là, je profitai d'une courte pause pour décrocher les jumelles en cuivre de la tente et observer le champ de bataille jonché de corps, certains vêtus du bleu de l'Union, d'autres du butternut et du gris de la Confédération. Je les braquai sur l'infirmerie de campagne installée sous un arbre où des brancardiers amenaient les blessés sur des civières et les médecins administraient les remèdes stockés dans un petit chariot ouvert à l'arrière, plein de tiroirs et d'étagères remplis de médicaments. Une ambulance attendait tout près, le cheval grattant l'herbe de son sabot. Je réglai les jumelles pour regarder plus loin les habitants de la ville qui disposaient des cadavres le long des routes pour les enterrer.

— Puis-je te lire la lettre que j'ai écrite au père de Henry Rauch ? me demanda Mère qui m'avait rejointe.

— Bien sûr.

« Cher Monsieur,
Je m'adresse à vous à cette heure, craignant que vous n'ayez pas encore reçu de message quant aux dernières heures de votre fils Henry, lieutenant dans le 14e régiment des volontaires de Caroline du Sud. Nous avons eu le privilège, ma fille et moi, d'être à Gettysburg pendant cette terrible bataille qui a eu lieu début juillet, dont l'issue a causé tant de chagrin dans notre pays entier. Parmi les centaines de malades, blessés et mourants amenés alors dans les tentes de la Commission sanitaire pour recevoir les soins et réconforts que nous pouvions leur accorder, se trouvait ce jeune lieutenant, votre fils.

Il était terriblement épuisé mais s'était si bien repris ce premier après-midi grâce à la nourriture et aux soins prodigués, que nous avions espéré de tout notre cœur qu'il survivrait. Nous nous sommes occupées de lui sans relâche et avons fait notre possible, mais son état a empiré pendant la nuit et le lendemain matin, il était évident qu'il se mourait.

Alors que Henry gisait ainsi, son frère est arrivé, lui aussi prisonnier et blessé. Je suis sûre que ce sera un baume pour vos cœurs de savoir que, même si votre fils est mort entre les mains de femmes de l'Union, il n'aurait pas pu être traité avec plus d'attention et de bonté par les siens. Nous étions là en tant que membres de la Commission sanitaire, pour prodiguer de l'aide et du réconfort à nos soldats qui souffraient, et quand « nos ennemis avaient faim et soif, nous leur avons donné du pain à manger et de l'eau à boire* » et nous les avons vêtus. Vous serez réconforté de savoir que les restes de votre fils ont été placés dans un cercueil, qu'il a été enterré avec un service religieux et sa tombe marquée par une planche où ont été inscrits son nom et son rang. Nous vous saurions gré de nous communiquer que vous avez reçu cette missive.

Jane Eliza Woolsey. »

— Penses-tu que cela apportera un peu de consolation au révérend Rauch ? me demanda Mère.

J'acquiesçai. Quel modèle de réconfort était ma Mère. En à peine quelques jours, elle avait amassé toute une quantité d'insignes de casquette, des boutons de veste, et autres marques de gratitude pour un talent qui me

* Proverbes 25 : 21.

faisait défaut : sa capacité à prodiguer tant d'amour et de consolation aux mourants et aux hommes reconnaissants.

— Je pense que oui, Mère, sans aucun doute. Combien comptez-vous en écrire ?

— Une pour chacun des garçons présents dans cette tente et tombés au combat. Qu'ils soient du Nord ou du Sud.

Cette nuit-là, comme toutes les nuits, les lits étaient rares, à Gettysburg ou dans les parages, et il nous fallait dormir là où on en trouvait. Frank, Nathan et Bethada étaient logés chez la cousine de cette dernière ; une femme généreuse hébergeait Mère et Jemma dans sa ferme, récemment évacuée par des soldats confédérés, et je me portai volontaire pour prendre le seul lit qui restait dans la pension d'une vieille veuve où se réfugiaient les infirmières et les familles venues chercher un mari ou un fils.

— Puis-je vous payer ? lui demandai-je.

— Je ne voudrais pas que ce péché entache mon âme à ma mort, me répondit la veuve. Je vous demande juste de ne pas amener d'hommes à n'importe quelle heure. J'ai le sommeil léger.

Ma chambre au premier étage n'était guère plus grande qu'un placard à balais et je venais de me mettre au lit quand j'entendis un bruit étrange, un choc étouffé. Je crus qu'un oiseau s'était cogné contre la vitre quand il se répéta. Je remontai la fenêtre à guillotine, me penchai et découvris, là dans le noir, le Dr Compton qui s'apprêtait à jeter une nouvelle bande roulée, le bras plié.

— Arrêtez immédiatement, docteur Compton.

— Chut ! me dit-il un doigt posé sur ses lèvres. J'ai un message pour vous.

Je dévalai l'escalier étroit et trouvai le Dr Compton dans le jardin à côté de la maison en train d'arracher un œillet blanc par la racine.

— Je suppose que vous détestez les œillets, me dit-il.

— Une dure journée de soins vous attend demain.

— En symbole d'un nouveau départ, me dit-il en me tendant la fleur.

— Vous feriez mieux de partir, docteur.

— Connaissez-vous même mon prénom ?

Je me tus.

Il tituba un peu et faillit tomber.

— Venez dans la cuisine. Vous empestez l'alcool.

— Je l'ai pas pris dans nos stocks de médicaments, infirmière, promis juré.

— Je vais vous trouver une boisson fraîche, mais ensuite vous devez partir. Une vingtaine de personnes dorment ici, dont une veuve particulièrement difficile.

Je le fis asseoir dans la cuisine et trouvai de la limonade dans la glacière.

— Leonard.

— Leonard qui ?

— C'est comme ça que je m'appelle.

— C'est le dernier prénom auquel j'aurais pensé, lui dis-je en souriant. Je vous voyais plus comme un Harold.

— Vous voulez dire un vil scélérat. C'est un nom de vil scélérat.

Il appuya la tête dans ses mains et je m'agenouillai à côté de lui pour lui donner la limonade.

— Buvez ça. Il faut que vous dessaouliez et que vous retourniez au camp. Vous commencez tôt demain matin.

— Où est votre mère ?

— Elle est logée avec Jemma, en ville.

— C'est une femme bien, madame Woolsey. Les hommes l'estiment au plus haut point.

— Elle a accumulé une collection impressionnante de marques de gratitude de la part des soldats.

— Mais pas vous. Vous les touchez à peine. Ils disent que vous leur frottez juste le visage et sans beaucoup de douceur. Pourquoi ça, Georgeanna ? Vous êtes vraiment un mystère. (Il passa les doigts dans ses cheveux.) Vous m'impressionnez, vraiment. Vous êtes partout, à redresser les torts. Vous apparaissez dans un wagon à bestiaux, une flasque dans une main, une tasse de bouillon de bœuf dans l'autre, vous notez tout dans votre petit carnet noir, pour transmettre les mauvaises nouvelles aux familles.

Le Dr Compton eut une expression étrange, me prit la main pour la baiser, et ses lèvres s'y attardèrent.

— Il faut que vous partiez, docteur Compton.

— Je dois vous dire qu'il m'est pénible de vous regarder, geignit-il, tête baissée.

— Et pourquoi donc ?

— Non, je ne peux pas.

— En parler pourrait vous aider.

— Ma femme, Lucy...

— Oui, docteur, votre femme... ?

— Ma femme avait dix-sept ans quand elle est morte, me confia-t-il en se forçant à me regarder en face. Vous pourriez être sa sœur. Notre fille Bess l'a suivie. Elle avait six mois. Je me suis jeté dans mon travail.

— Je suis vraiment désolée, Leonard, dis-je en le conduisant au canapé dans le salon où je l'aidai à s'asseoir.

— Ça n'aide pas d'avoir toujours le Dr Bacon dans les pattes, avec ses grands airs. À mettre mes compétences en doute.

— Le Dr Bacon a effectivement tendance à se montrer arrogant.

— Il a aussi tendance à ne pas vous quitter des yeux.

— Je vous en prie, docteur Compton. Il faut que vous vous reposiez.

— Je dis la vérité. Malgré son assistante. C'est vous qu'il estime. Et, bien évidemment, vous éprouvez la même chose pour lui.

Le Dr Compton posa la tête sur l'accoudoir du canapé et je fourrai mon châle roulé en dessous.

— Dormez maintenant.

— Tous les deux, vous êtes de foutus idiots. (Il ferma les yeux et commença à s'assoupir.) Le véritable amour ne se rencontre qu'une fois dans sa vie.

Je le regardai dormir, le malheureux. Il avait autant besoin de soins que ses patients. Mais ce qu'il avait dit à propos de Frank et moi me fit réfléchir.

Le lendemain, malgré la fin des combats, les blessés continuaient à affluer et les piles de bras et de jambes ne cessaient de grandir devant la tente où se passaient les opérations chirurgicales.

Nous faisions nos tournées, distribuant les trois repas par jour prescrits par le médecin. Jemma s'était tout naturellement jointe à Mère et moi. Sa blessure à l'épaule guérissait bien grâce aux bons soins de Frank et au fait que Mère la chouchoutait avec du punch au lait et des gâteaux à la crème.

Calme mais jamais silencieuse, douce et gentille avec les patients et toujours prête à aider, Jemma anticipait nos problèmes médicaux et y trouvait des solutions ingénieuses. Elle évoquait rarement le passé, mais mentionnait parfois sa mère et sa sœur, ainsi que l'idée de retourner dans le Maryland pour les amener un jour dans le Nord.

Alors qu'elle partageait sa chambre à la ferme, Mère me raconta qu'elle l'avait trouvée un matin endormie au pied de son lit. Elle lui avait demandé pourquoi et Jemma avait fini par lui avouer que c'était sans doute à cause de l'habitude, parce qu'on l'obligeait à dormir au pied du lit de sa maîtresse dans le Maryland. Mère et moi, malgré notre curiosité insatiable, n'insistions pas pour en savoir plus. Nous nous étions considérablement attachées à Jemma et espérions qu'elle voudrait bien retourner avec nous à New York quand nous quitterions Gettysburg. Elle était encore si jeune et aurait besoin d'aide pour aller chercher sa mère et sa sœur. En attendant elle avait besoin d'être entourée de femmes énergiques et bien intentionnées, ce dont nous avions pléthore à Brevoort Place.

Cet après-midi-là, le Dr Compton se montra coupant avec tout le monde, sa mauvaise humeur était peut-être due à son ébriété de la nuit, mais j'étais bien décidée à le dérider. Je sortis sa fleur de la veille de ma manche alors que nous remplissions les commandes de repas.

— Je porterai votre œillet, Leonard, en marque de simple affection et de collégialité.

— C'est gentil de votre part, Georgy, me sourit-il. Nous pouvons peut-être vérifier les ordonnances ensemble cet après-midi ?

Frank entra dans la tente, suivi par Nathan.

— Docteur Compton, il faut que nous allions à l'infirmerie de campagne pour nous assurer qu'aucun homme encore récupérable n'a été abandonné sur le champ de bataille.

— Vous n'êtes quand même pas sérieux, Bacon ? Nous avons plus de blessés que nous ne pouvons en soigner ici. Il y a encore des francs-tireurs dans les bois. Ils viennent d'en capturer un sur la crête, un sacrément bon, ce sont peut-être des déserteurs. Laissez les brancardiers aller chercher les derniers blessés.

Le Dr Compton sortit de la tente à grands pas et Frank vint me voir.

— Tu as été son assistante pendant qu'il opérait, m'a dit Bethada.

— Contente de savoir qu'elle te rapporte ce que je fais.

— Ce badinage amoureux. Cet œillet. Tout ça pour me blesser.

— Avez-vous suffisamment dormi, docteur Bacon ?

— Tu recommences. Tu m'appelles Dr Bacon alors que tu l'appelles Leonard.

— As-tu fini tes commandes de repas ? demandai-je. Le soldat dont la mâchoire tient par un fil de fer refuse le punch au lait. Il dit que ça lui rappelle son ex-femme.

— Tu détestais le Dr Compton et d'un seul coup ses plaisanteries te font rire comme une idiote. Et vous vérifiez les ordonnances ensemble.

— Il se trouve tout simplement que je le comprends mieux, Frank. Il a terriblement souffert dans sa vie.

— Je suis sûr que c'est un bon raconteur.

— Frank, je sais que nous nous vouons beaucoup d'affection réciproque, mais peut-être pas toujours à la même hauteur. À Newport, j'étais prête à reconsidérer notre association, mais tu avais déjà contracté d'autres liens. Et te voici avec ta nouvelle « collègue ». Le Dr Compton et moi sommes tout simplement bons amis, mais tu ne peux pas me reprocher de rechercher un peu de compagnie alors que tu n'es pas arrivé seul.

— Qui te dit que Bethada et moi ne sommes pas juste amis ?

— Sa façon de s'accrocher à toi.

— Donc tu recherches la compagnie d'un autre homme pour me contrarier ? Tu connais à peine ton cœur d'un jour à l'autre. Au moins Bethada, elle, est constante, me lança-t-il en fermant sa trousse.

— Ne pars pas en colère, Frank.

— Je vais faire mon travail et m'assurer, s'il demeure encore un soldat en vie sur le champ de bataille, qu'on peut le sauver.

— Attends, Frank. Tu as entendu le Dr Compton. Reste jusqu'à ce qu'il n'y ait plus de danger.

— Prépare mes instruments chirurgicaux dans la tente. Et à mon retour, si tu n'es pas trop occupée à rechercher de la compagnie, je te demande de m'assister.

Bethada vint se joindre à Jemma et moi pendant notre visite de l'après-midi et parvint à nous faire constamment perdre du temps par des déclarations intempestives comme « ce punch au lait a tourné » ou, quand on lui demandait d'aller chercher un plateau ou une tasse, à toujours prendre le chemin le plus long, à une allure d'escargot.

La chaleur dans les tentes rendait les blessures des hommes putrides et mettait les nerfs à vif. Jemma apportait de l'eau fraîche dans un seau et en humectait des compresses qu'elle appliquait avec une extrême gentillesse sur le front des hommes reconnaissants.

Notre tournée finie, je repris les jumelles et sortis observer les bois du monticule qui dominait le camp. Ne voyant pas trace de francs-tireurs, je rentrai dans la tente.

Je fouillai dans une caisse pleine d'articles récupérés et y trouvai des bottes que je me souvenais avoir vues aux pieds d'un jeune garçon de Géorgie qui était mort la veille. Les semelles étaient si usées qu'on voyait presque à travers, mais les bottes me parurent pouvoir encore un peu servir.

— C'est presque ta taille, dis-je en les proposant à Jemma.

— Je déteste profiter de la malchance de quelqu'un d'autre, mais je suis heureuse de les prendre, dit-elle en les serrant contre sa poitrine.

Alors que la chaleur avait fort heureusement fait s'assoupir la plupart de nos patients, l'après-midi se traînait et je faisais les cent pas en attendant Frank. Bethada était assise à raccommoder une chaussette, sa jupe en guise de plan de travail.

— Pourquoi n'avez-vous pas accompagné le Dr Bacon à l'infirmerie de campagne ?

— Il m'a dit que ce serait trop dangereux. Voilà ce que j'aime chez Frank. Il est si attentionné. Mais je ne suis pas étonnée qu'il m'estime. Je lui facilite certainement le travail en produisant le bon instrument juste au bon moment.

— Quel talent, Bethada. Vous devriez peut-être poursuivre une carrière de voyante extralucide dans une fête foraine.

Jemma sourit.

— Vous êtes vraiment drôle, Georgy. Pas étonnant que Frank vous admire autant. Ne prenez pas cet air surpris. Il vous considère comme une sœur. Il n'a pas eu besoin de me le dire, je devine les moindres émotions des gens. C'est un don.

Bethada souleva son œuf à repriser et examina la chaussette à la recherche de trous, la tournant ici et là jusqu'à ce que je me rende compte qu'elle le faisait pour attirer mon attention sur le bracelet en argent à son poignet d'où pendait une petite pièce en argent.

Je m'approchai et la saisis entre deux doigts : le gage d'amour de Frank.

— Oh, ça ? Il a insisté pour que je l'accepte. Cela a beaucoup d'importance pour lui parce qu'il considère ces gages comme de véritables symboles d'une profonde affection.

— C'est charmant.

— Voulez-vous le regarder de plus près ? Le travail de gravure est remarquable.

Je l'ignorai et me levai pour reprendre les jumelles. Je sortis de la tente et montai sur la butte de l'autre côté de la route du camp. Je donnai un coup de pied dans un caillou et l'envoyai dans l'herbe. *Pourquoi Frank ne pourrait-il offrir son gage d'amour à qui ça lui chante ? Après tout, je l'ai refusé.*

Les jumelles braquées au-delà des files d'ambulances qui encombraient la route qui menait à l'hôpital, je fouillai le champ de bataille et finis par distinguer Frank et Nathan à l'infirmerie de campagne. Je tournai la mollette pour mieux voir les deux hommes.

— Qu'est-ce que vous voyez ? me demanda Jemma qui m'avait rejointe.

— Frank et Nathan. On dirait qu'une ambulance vient de les quitter.

— À quelle distance se trouvent-ils ?

— Environ huit cents mètres.

Je me concentrai sur la crête voisine et observai lentement les sous-bois, à l'affût de tireurs d'élite qui auraient pu se dissimuler parmi les conifères.

— Je ne vois que des arbres pour l'instant.

Je levai les jumelles et suivis la même rangée d'arbres un peu plus haut. J'aperçus soudain un mouvement qui me fit frissonner. La mise au point me révéla un jeune homme, guère plus qu'un garçon, coiffé du chapeau mou des Confédérés, assis sur la branche d'un pin, appuyé au tronc, le fusil braqué sur l'infirmerie.

— Là, dans l'arbre, dis-je en l'indiquant à Jemma.

Un nuage de fumée grise sortit du canon, suivi quelques secondes après par le bruit du coup de fusil. Je tournai aussitôt mes jumelles vers l'infirmerie où Frank se penchait sur Nathan.

— Mon Dieu, Nathan est touché !

Je laissai retomber les jumelles et partis en courant avec Jemma dans leur direction, d'abord sur la route, puis dans l'herbe, jusqu'au champ de bataille jonché de corps et de chevaux morts. Un autre coup de fusil nous parvint de la même partie du bois et la cavalerie fonça vers les nuages de fumée.

Après ce qui nous sembla une course sans fin, nous arrivâmes enfin à l'infirmerie pour y trouver Frank étendu par terre sur une couverture en caoutchouc, sa chemise blanche ensanglantée, déboutonnée et ouverte. Nathan était accroupi à ses côtés, la main à moitié bandée, et pressait un épais carré de charpie au flanc de Frank.

Un frisson glacial me parcourut.

— Frank !

— Que faites-vous ici, mademoiselle Woolsey ? me demanda Nathan.

Je me penchai, tout essoufflée.

— J'ai vu quand c'est arrivé. C'est vous qu'il visait.

— Il m'a juste égratigné la main. Une balle du même rebelle a fini dans le flanc du Dr Bacon. Il est conscient. Mais son pouls est faible et ses extrémités froides.

— Où est l'ambulance ?

— Partie. De toute façon, les routes sont trop embouteillées. On n'y arrivera jamais.

— Ma trousse, souffla Frank.

Son visage était terriblement gris et pâlissait à vue d'œil. Nathan ôta le carré de charpie pour révéler la méchante blessure par où était entrée la balle et qu'il avait lavée avec de la teinture d'iode. Il se précipita vers la trousse de Frank.

Je m'agenouillai et maintins la charpie appuyée sur la blessure, juste sous les côtes.

— Frank, tu ne peux pas me quitter.

Je sentis que quelque chose se fracturait en moi à le voir ainsi, dans un état si désespéré.

Frank leva les yeux sans parvenir à les fixer.

— Georgy. Je suis content que tu sois venue.

— Bien sûr que je suis venue, Frank, dis-je en repoussant doucement ses cheveux de son front. Comment puis-je t'aider ?

Il ferma les yeux.

— Reste avec moi, Frank. (Je lui frottai la joue.) Tu ne peux pas t'endormir maintenant, Frank. Écoute-moi.

Jemma lui prit sa gourde, y trempa l'ourlet de son tablier et l'appuya sur son front. Il ouvrit les yeux et me regarda.

— Frank chéri, tu te souviens quand nous étions si jeunes et que tu es tombé du grand orme, au camp, et que tu as perdu connaissance ? Je t'ai versé de la limonade sur la figure pour te réveiller et tu t'étais mis en rage parce que ton cou était tout gluant et que ça attirait les fourmis ?

Il réussit à peine à sourire.

Je vérifiai la compresse maintenant imbibée de sang. J'étais pétrifiée.

— Que dois-je faire, Frank ? Le sang…

— Nathan dit qu'il y a une blessure de sortie, murmura Frank en essayant de soulever la tête. La balle m'a traversé de part en part. Je crois qu'elle a abîmé une côte, mais évidemment pas le poumon. (Frank reposa la tête et ferma les yeux sans bouger pendant un long moment.) Tu dois juste enlever les éclats d'os pour éviter qu'ils me perforent le poumon et continuer à appuyer sur la plaie.

— Mais, Frank…

— Tu finis avec une suture en croix. Tu l'as vu faire cent fois, Georgy.

— Je ne me pardonnerais jamais si je te perdais ainsi. Nous devrions peut-être attendre que tu arrêtes de saigner.

— Il faut préparer le chloroforme, dit Nathan qui revenait avec la trousse de Frank.

— Ses pupilles sont dilatées, dis-je. Est-ce qu'on pourrait commencer par lui donner du cognac ?

— Pas le temps. Je l'opérerais volontiers, mais ma main m'en empêche.

— Où sont les autres assistants chirurgiens ?

— Partis avec l'ambulance.

— Prends le scalpel et fouille la plaie, m'ordonna Frank en indiquant sa trousse du menton.

— Non, Frank. Il faut au moins qu'on te donne de l'opium.

— Désinfecte avec du cognac. Et trouve le sirop de collodion. Utilise d'abord le petit écarteur et la pince artérielle pour extraire les éclats…

Les mains tremblantes, je fouillai la trousse bordée de velours rouge de Frank à la recherche du scalpel. Je respirai profondément et le plongeai dans la plaie aussi doucement que possible.

Frank poussa un cri de douleur.

— Doux Jésus !

— Frank, je t'en prie, je ne peux pas te faire souffrir ainsi, implorai-je en m'écartant. Prends de l'opium.

Frank écarta l'idée d'un geste.

— Non, continue s'il te plaît.

Je sondai à nouveau la plaie et lui arrachai un nouveau cri.

— Chloroforme, Jemma. La bouteille blanche. Ajuste un cône sur son nez et sa bouche et verse-le tout doucement. Juste deux gouttes pour commencer.

— Utilise le fil de soie, pas le crin de cheval, gémit Frank en agrippant le bras de Nathan.

Nathan s'agenouilla à côté de Jemma tandis qu'elle administrait le chloroforme. Elle ôta le cône et Frank sombra dans un profond sommeil. Comme il me semblait jeune ainsi endormi, les lèvres entrouvertes. On aurait dit l'adolescent que j'avais rencontré au camp cet été si lointain. Comment pourrais-je passer le reste de ma vie sans lui ?

Je travaillai vite et enlevai sept éclats d'os puis, avec l'aide de Nathan, recousis la blessure avec une suture en croix et finis par du sirop de collodion. Pendant que nous attendions l'ambulance, je m'occupai de la main de Nathan, puis retournai aux côtés de Frank pour surveiller sa respiration difficile.

— Reste, mon ange, dit-il à son réveil quand ses yeux rencontrèrent les miens avant de sombrer à nouveau dans un sommeil béni.

Je me relevai et pris son pouls. « Je vous en supplie », priai-je, « Je ne demanderai jamais rien d'autre de toute ma vie si vous le faites survivre à cette nuit ».

35

Jemma

Gettysburg, Pennsylvanie, juillet 1863

Le lendemain après-midi du jour où Georgy l'avait recousu, l'état du Dr Bacon avait empiré. Nathan et moi avions eu beau récolter la moitié des toiles d'araignée de Gettysburg pour en recouvrir sa plaie – le remède préféré de Sally – il gisait là, dans la tente, aussi gris que de la neige sale, le visage par instants tordu par la douleur. Il était trop mal pour être renvoyé chez lui en train. Voir un homme si bon et dévoué souffrir ainsi était vraiment pénible. Malgré mon impatience de retrouver Sally Smith, je ne pouvais pas partir tant que le Dr Bacon était au plus mal.

Le Dr Compton vint examiner la blessure et affirma que c'était une bonne chose que le pus soit jaune, mais il était évident que le Dr Bacon se mourait.

Georgy le veillait, Bethada, assise de l'autre côté du lit, dormait comme nous le faisions presque tous, le menton appuyé sur son poing.

— Mademoiselle Georgy, vous n'avez pas fermé l'œil de la nuit.

Je n'avais rencontré que peu de femmes amoureuses – ma mère ou Delly –, mais on voyait comme le nez au milieu de la figure qu'elle en pinçait vraiment pour le Dr Bacon à sa façon de le regarder.

— Toi non plus, Jemma. Arrives-tu à lui prendre le pouls ? me demanda-t-elle sans le quitter des yeux. Vois si tu parviens à sentir les battements de son cœur avec deux doigts, comme ça. (Elle effleura son cou.) Je n'y arrive pas.

Je fis comme elle m'avait indiqué.

— Je crois que oui. Faible mais je le sens, madame. J'espère que vous ne m'en voudrez pas de suggérer des remèdes que les miens utilisent dans le Maryland.

Georgy me regarda, les yeux cernés de taches violettes.

— J'ai bien peur que son état soit bien avancé, Jemma.

— Ça a marché quand mon Pa s'est ouvert le bras en coupant des lattes pour une chaise. Sally ne jure que par la racine de bardane. Et l'ase fétide, aussi.

— Qu'est-ce que c'est ? demanda-t-elle en se frottant les yeux.

— Juste des plantes, répondis-je en haussant les épaules. Sally dit qu'on n'a pas besoin des médicaments des docteurs. Le jardin nous soigne encore mieux. J'ai mis du raisin d'Amérique sur mon épaule et vous avez vu à quelle vitesse elle a guéri.

— Des plantes ? s'écria Bethada qui venait de se réveiller. N'importe quoi. En plus, ce qui marche pour les gens de couleur ne marchera peut-être pas pour nous. Le Dr Compton sera…

— Le Dr Compton ne peut rien faire de plus pour lui, Bethada, lui répliqua Georgy en se levant avant de se tourner vers moi. Jemma, peux-tu aller chercher ces plantes ?

Je lui indiquai la cruche posée sur la table d'enregistrement.

— Je pense bien qu'elles sont déjà là. Est-ce que vous avez de la térébenthine ?

— De la térébenthine ? s'exclama Bethada.

Georgy s'approcha de la table.

— Si vous aviez suivi une formation d'infirmière, vous sauriez qu'elle a de nombreux usages. Nous pouvons sûrement en trouver.

Je pris la cruche et la posai sur la table à côté du Dr Bacon.

— Mélangez le jus de cette plante avec de la térébenthine et enveloppez le tout dans un sac en tissu suspendu à sa poitrine. Mettez-lui un collier de digitale et de menthe autour du cou et un peu de laitue sauvage broyée sous la langue contre la douleur. Puis mettez du raisin d'Amérique humide sur la blessure. C'est le meilleur remède de Sally. Ça aspire immédiatement tout le poison.

— C'est ridicule et pourrait bien le tuer ! cria Bethada en se levant. Je vais chercher le Dr Compton de ce pas.

— Il est en train d'opérer, lui dit Georgy en l'attrapant par un bras qu'elle serra fort. Il a demandé à ne pas être dérangé.

— Alors votre mère. Elle verrait certainement que ces inepties…

— Ma mère est en train de l'assister.

— Je refuse de rester là et de voir mon futur mari être traité avec une telle imprudence, cria Bethada en se dégageant.

— Je ne vous retiens pas, Bethada. Jemma, si tu prépares la digitale et la menthe, j'irai chercher la térébenthine. Au travail.

Une fois le Dr Bacon traité, de la térébenthine et de l'ase fétide sur la poitrine, un joli collier de fleurs et de menthe autour du cou, j'attendis avec Georgy. Elle dut repousser Bethada, mais elle ne cessa de le veiller, une boule de nerfs, aux aguets du moindre signe.

Cela prit pas mal de temps, mais quand il finit par se réveiller et reprit un peu de laitue sauvage, je sus qu'il était sur la bonne voie et que je pourrais bientôt retrouver Sally.

Je brûlais d'impatience, assise à l'avant d'un chariot à côté d'un des cochers de l'hôpital, un homme maigre à la longue barbe jaune qui volait au vent par-dessus son épaule. Il devait me déposer près de l'endroit où j'avais vu Sally pour la dernière fois. La jupe en homespun que m'avait trouvée Mme Woolsey laissait passer une douce brise rafraîchissante et me changeait agréablement du pantalon. Les combats avaient cessé et les troupes quittaient la ville comme une fête foraine, mais le moindre bruit me faisait encore sursauter à cause du tireur d'élite qui avait blessé le Dr Bacon.

Nous longions des champs jonchés d'hommes morts, de carcasses de chevaux fumant au soleil, et le cocher porta un mouchoir imbibé d'huile de menthe sucrée à son nez et m'en tendit un sans dire un mot.

— Je vais voir Sally Smith, lui confiai-je à travers le mouchoir. C'est ma grand-mère. Faudrait que vous goûtiez sa bouillie de maïs. Une fois que je l'aurai retrouvée, on retournera à Hollywood, dans le Maryland, pour aller chercher ma mère et ma sœur.

Au loin dans les champs, on voyait des hommes inquiétants fouiller les corps des soldats, même de ceux qui semblaient encore en vie. Ils les dépouillaient de leurs bottes et de petites choses de valeur sans prêter attention à leurs appels à l'aide.

— Qui sont ces hommes ?

— Des pilleurs de champ de bataille, me répondit le cocher d'un geste. Ça fait deux jours qu'ils sont là à voler. Aucun respect pour les morts.

Il finit par me déposer au pied de la colline où j'étais montée avec Raymond, apparemment soulagé de se replonger dans le silence. Debout sur la route de terre battue, le soleil aussi chaud qu'un moule à gaufre sur la tête et la nuque, assourdie par les cigales, je m'abritai les yeux d'une main et contemplai la colline, recouverte de chevaux et de soldats morts comme si Dieu les avait juste jetés là, pêle-mêle.

Il régnait un calme étrange, sans le tonnerre des canons. Seuls quelques enfants jouaient près de la rivière, mais je vis qu'elle était pleine de carcasses de chevaux gonflés et je m'éloignai au plus vite. Tout autour de moi, le sol était jonché d'une multitude de choses ayant appartenu aux soldats : gourdes, boîtes de cartouches en cuivre, boucles de ceinturon, une bible ouverte, humide et bien tachée.

Trois hommes avec des brassards verts erraient parmi les piles de cadavres, s'agenouillaient de temps à autre près d'un homme pour vérifier s'il était encore en vie et dire une prière.

Je trouvai l'endroit où j'avais rencontré Mag Palm quelques jours plus tôt, la plupart des tentes avaient disparu et il ne restait plus que la sienne, entourée de cartons et de déchets. Elle emballait ses ustensiles de cuisine, mais se redressa à mon approche.

— Je peux vous aider ?

— Avec rien qu'un bras, fais au mieux, dit-elle avant de reprendre le travail en silence.

Je chargeai les assiettes et les tasses dans des caisses, dégoulinante de sueur qui me coulait dans le dos et s'accumulait sous mon écharpe.

Mag s'interrompit, se passa une main sur le front et me regarda en plissant les yeux.

— Je t'ai déjà vue par ici ?

— Je m'appelle Jemma. Je suis passée par ici sur le chemin de la colline, là-bas. Avec Sally Smith.

— C'était toi le petit tambour ? J'avais bien dit que tu étais une fille. Elle m'a parlé de toi.

— Elle est encore dans les parages ? m'écriai-je soudain le cœur battant.

— Non, ça fait longtemps qu'elle est partie. Mais elle m'a dit que tu repasserais peut-être.

— Elle ne m'a pas attendue ? demandai-je, les larmes aux yeux.

— Elle ne pouvait pas. Elle a vu sa chance de filer et il fallait qu'elle saute dessus. (Mag regarda autour d'elle.) C'est dangereux de traîner par ici.

— Où est-elle allée ? demandai-je en l'aidant à hisser sa caisse sur son chariot.

Mag recula d'un pas, les mains sur les hanches, des auréoles de transpiration sous les aisselles.

— Désolée, je ne peux pas te le dire.

— Ce n'est pas ma vraie grand-mère, mais elle est tout ce que j'ai au monde en ce moment.

— Ceux qui l'ont emmenée sont des gens bien, mais ils ont des règles strictes. Ce n'est pas qu'ils me disent grand-chose. Le moins j'en sais, le mieux. (Mag grimpa sur son chariot et sa mule commença à avancer.) Monte. Tu peux venir vivre avec moi.

— Je ne peux pas. Faut que j'aille chercher ma mère et ma sœur.

— N'y va surtout pas seule, me dit-elle en commençant à chantonner. Prends garde à toi.

— Il n'y a pas moyen que je voie Sally ? criai-je dans son dos.

Mag s'éloigna sans même un signe de la main et je la regardai partir. Tout à coup mon bras me fit vraiment mal et tous mes soucis me tombèrent dessus.

— Eh, Jemma, me cria Mag qui s'était arrêtée un peu plus loin.

— Quoi ? demandai-je, une main levée pour m'abriter les yeux du soleil.

— Sally m'a dit que tu étais vraiment sa petite fille. Pour de vrai. (Elle marqua un temps.) Je pensais que tu voudrais le savoir.

Mag fouetta sa mule d'un coup de rênes et reprit son chemin. Je restai figée sur la route, sous le soleil brûlant. Sally Smith me manquait tant que j'aurais voulu mourir.

36

Anne-May

Washington, D. C., juillet 1863

MELODY AGRIPPA LE PILIER DE SON BALDAQUIN.

— Je refuse de m'asseoir et vous allez immédiatement remettre cette bague à sa place ou j'appelle Jackson.

J'ouvris son armoire et observai son contenu.

— Je m'en garderais bien à votre place, Melody.

— Qu'est-ce qui vous rend si effrontée ?

— Un cadeau de votre cher mari.

— Quoi ? Dites-le-moi tout de suite.

Je retournai vers elle.

— Eh bien, disons que c'est un article en satin et en dentelle qui laisse les parties intimes totalement exposées aux éléments.

— Mon mari ne ferait jamais une chose pareille, rétorqua Melody, les deux mains sur son ventre. Vous êtes son ex-belle-fille, enfin.

Je m'approchai de son coffret à bijoux et fouillai d'un doigt parmi ceux qui y restaient.

— Il me faudra, bien entendu, la clé de votre coffre-fort, là où se trouvent vos bijoux.

— Vous devez avoir perdu la raison pour suggérer...

— J'ai rencontré un merveilleux journaliste ce soir. Il serait ravi de pouvoir raconter tout ça à la une du *Washington Register*, vous ne croyez pas ? (Je soulevai ma jupe.) « Reginald Stickman offre une culotte obscène à son ex-belle-fille. » C'est le genre de titre qui fait bien vendre les journaux, non ? Je pourrais même lui suggérer d'ajouter « et regarde avec grand intérêt quand elle soulève sa jupe pour l'enfiler ».

— C'est vous qui l'avez achetée, impudente.

— Oh non, Melody, dis-je en laissant retomber ma jupe. Reggie m'a dit qu'il l'avait achetée pour vous, dans votre magasin préféré, ici même à Washington. Le vendeur vous a même écrit un petit mot charmant sur le reçu, suggérant qu'elle vous plairait, vous qui aimez tant le rose. Mais Reggie me l'a donnée, quel homme généreux ! Il m'a dit qu'il voulait penser à moi quand je la porte. Si ça venait à se savoir, vous risqueriez peut-être de vendre certaines de ces jolies choses, sait-on jamais.

— Que voulez-vous, Anne-May ?

— Je veux que vous disiez à Reggie que vous avez soudain changé d'avis et que vous voulez que je reste ici aussi longtemps que cela me plaira, que vous aimeriez me céder votre chambre à coucher parce que je mérite tout le confort après avoir tant souffert de notre regrettable revers de fortune à Peeler, et que vous vous installerez dans une chambre d'amis. Je veux une allocation conséquente, que vous m'ouvriez un compte chez votre couturière et que vous fassiez semblant de m'aimer. Et au moindre signe de froideur de votre part, cette culotte sera à la une des journaux du lendemain.

— Une semaine, siffla Melody, déjà sur le pas de la porte.

— On verra, dis-je avec un sourire.

Elle sortit après avoir refermé la porte d'un claquement sec.

Je défis ma valise, enlevai ma jupe et mon chemisier et sortit de ma cage à crinoline. Juste vêtue d'un corset et de la culotte rose, je me versai un verre de porto, posai ma carte de New York sur la table de chevet et m'étendis sur le lit, où je m'enfonçai dans un nuage de plumes.

Je bus mon porto à petites gorgées et ouvris la carte. À force de plisser les yeux, je finis par la trouver et ne pus m'empêcher de sourire. Une petite rue au nom si charmant : Brevoort Place.

Les jours qui suivirent furent parfaits. Chacun incluait un déjeuner avec mon nouvel ami, Chauncey Bainbridge, un client de Reggie encore plus riche que lui, mais aussi deux fois plus gros. Il me faisait sentir comme la reine de Washington, me couvrant de cadeaux surprises dans de petits coffrets en cuir : une bague en saphir tape-à-l'œil ou une broche avec une perle de culture, babioles qui me plaisaient rarement et que je m'empressais de mettre en gage. Une partie de l'argent me servait à m'acheter tout le tabac à priser que je voulais.

Chauncey m'introduisit dans la bonne société de Washington. Le fait que je sois mariée ne semblait pas le déranger et il ne tenta jamais le moindre geste déplacé, la situation idéale pour moi. Cela forçait aussi Melody à respecter notre arrangement bien qu'elle en haïsse manifestement chaque instant.

Elle vint me voir un jour alors que j'attendais dans un restaurant du Ebbitt House Hotel.

— J'espère que ça ne fait pas trop longtemps que vous attendez Chauncey, ma chère. Il vous envoie ses regrets les plus sincères.

— Il ne vient pas ? J'ai déjà commandé l'agneau.

— Il semblerait qu'il ne viendra pas aujourd'hui, ni plus jamais en fait.

— Ça m'est égal, dis-je en haussant les épaules.

— Voyez-vous, j'ai vu son épouse hier au thé. Elle avait entendu dire par sa domestique qu'on avait vu Chauncey en train de déjeuner avec une femme mariée.

— Qu'y a-t-il de mal à ça ? La moitié de Washington le fait.

— C'est drôle, mais c'est exactement ce qu'il a dit. Ça ne dérangeait pas vraiment son épouse. Elle semblait tout à fait ravie qu'une autre femme supporte son vieux mari.

— Mais alors, que redoute-t-il ?

— Eh bien, je me suis sentie obligée de lui communiquer que cette femme mariée là était l'objet d'une enquête de détectives fédéraux. Jackson m'a dit qu'ils étaient revenus une fois de plus chez moi, aujourd'hui, et qu'ils insistaient encore davantage pour savoir où vous étiez. Je suis sûre que vous comprendrez bien que je me devais d'en informer Mme Bainbridge. Les détectives ont mentionné le mot « espionnage ». Vous êtes au courant ?

Mon carré d'agneau arriva, mais j'avais l'appétit coupé et tremblais de la tête aux pieds à l'idée d'une incarcération imminente. Je chassai Melody d'un geste de la main.

Elle se pencha au risque de tremper les rubans de son chapeau dans mon assiette.

— Vous ne pouvez pas vous cacher dans une armoire chaque fois que la justice frappe à la porte, chère Anne-May. La prochaine fois, je serai là pour leur dire exactement où vous trouver.

37

Georgy

Gettysburg, Pennsylvanie, juillet 1863

LES COMBATS AVAIENT BEAU ÊTRE FINIS, le défilé de blessés continua pendant des jours et les tentes résonnaient des cris angoissés des hommes qui attendaient les trains pour Baltimore.

Alors que nous pensions avoir vu le pire, un nouveau malheureux arrivait sur une civière, la moitié du visage emportée ou les entrailles à nu, luttant pour rester stoïque et ne pas hurler. La dysenterie et la diarrhée chroniques faisaient des ravages et emportaient de loin le plus grand nombre d'hommes.

Une fois le pont de chemin de fer réparé, Mère et moi avions commencé à travailler à l'installation d'un nouveau centre de la Commission sanitaire situé plus près du dépôt ferroviaire de Gettysburg. Nous profitions de nos pauses pour y traîner des chaudrons et des réchauds, mais je passais régulièrement m'assurer que Frank était bien soigné. Bethada s'attachait à lui comme une bernacle et il m'était donc impossible d'avoir un moment d'intimité avec lui. Il se réveilla enfin un matin et je me précipitai dans l'espoir qu'il se souviendrait de nos moments de tendresse à l'infirmerie de campagne. Je pris sa main et lui souris.

— J'espère que tu ne prétendras plus jamais que les médecins ne sont pas exposés au feu de l'ennemi, Frank.

— Content de te voir, Georgy, me dit-il sans me regarder en face.

Sa froideur montrait clairement que, quoi qu'il ait pu éprouver à l'infirmerie, tout s'était évaporé.

— Jemma t'a sauvé la vie, Frank. Nous allions te perdre quand elle a suggéré des herbes et des plantes médicinales.

— Je lui suis immensément reconnaissant et je le lui dirai. Toi aussi, tu m'as aidé. Merci.

Frank tenait le bout d'une bande tendue pendant que je lui refaisais son pansement.

— Frank, maintenant que tu te sens mieux, je me suis dit que je pourrais te parler d'une idée, d'un assez vaste projet que j'envisage.

— Le Dr Bacon est trop faible pour se lancer dans ce genre de conversation, intervint Bethada en lissant la couverture de Frank.

— La balle a frappé son abdomen, pas sa bouche, lui rétorquai-je en la regardant droit dans les yeux.

— Je t'en prie, continue, dit Frank avec un petit geste de la main.

— Les bonnes infirmières nous manquent cruellement, des femmes bien formées et solides. Je suis convaincue qu'il nous faut une école d'infirmières.

Frank inclina la tête et me regarda.

— Selon quel modèle ?

— Je m'inspirerais de l'école britannique de Florence Nightingale et j'y enseignerais une version du programme du Dr Blackwell. J'insisterais tout particulièrement sur les vertus de l'hygiène, d'une bonne alimentation et de la ventilation.

— Mais tu fais déjà tout ça.

— Ces infirmières n'apprendraient pas juste à assurer toutes les corvées de nettoyage, à distribuer les repas des patients et à s'aplatir devant les médecins. Elles pourraient elles-mêmes soigner les malades.

— Des femmes qui donneraient des soins ? s'exclama Bethada, une main sur le front de Frank. Seuls les médecins peuvent le faire, n'est-ce pas Frank ?

— Les femmes en sont tout aussi capables que les hommes, dit-il en repoussant sa main. Mais une telle école nécessiterait des fonds considérables.

— Voici la bonne nouvelle, Frank. Mme Peabody de l'orphelinat de New York m'a attribué une somme conséquente pour…

— Le Dr Bacon doit se reposer maintenant. Je n'ai pas besoin de suivre un cours d'infirmière, je sais déjà comment aider un homme à se rétablir.

— Personne ne me chassera d'ici, surtout pas quelqu'un qui n'y connaît strictement rien.

— Vous pouvez arrêter d'essayer d'impressionner Frank avec vos histoires, Georgy, dit-elle en me prenant par un bras pour m'éloigner du lit. Votre école ne l'intéresse pas.

— Laissez-moi, Bethada, dis-je.

— Ma tante m'a écrit : il lui semble que la santé de Frank pâtit d'être ici et, après avoir consulté Mme Bacon, elle a décidé d'envoyer son wagon personnel, avec à bord son équipe de médecins, qui le ramènera chez ses parents à New Haven. Elle fera elle-même le voyage pour veiller à son déplacement.

— Et Frank en est-il informé ? demandai-je en jetant un coup d'œil à son lit.

— Il lui est même reconnaissant.

— Est-ce vrai, Frank ? Tu as consenti au plan de Mme Barnett ?

— Oui, acquiesça-t-il, et de plus Mme Barnett a organisé un cours de chirurgie pour Nathan à New York. Plus tôt je me rétablirai, plus vite je pourrai reprendre le travail.

— Tu pourrais au moins leur demander de laisser Jemma venir elle aussi à New York. Elle ne veut pas l'avouer, mais je vois bien qu'elle souffre encore. Travailler ici ne va pas améliorer son état de sitôt.

— Je suis sûre que ma tante l'autoriserait, dit Bethada, de nouveau assise au chevet de Frank. Elle peut voyager dans le wagon de queue avec Nathan.

— Mère et moi pourrions t'accompagner à la place de Mme Barnett, Frank, lui chuchotai-je. Tu contracteras une dette envers elle et elle attendra de grosses faveurs en retour.

— Pas la peine de t'apitoyer sur mon sort, Georgy. Je ne sais que trop bien où vont tes sentiments. Si tu pouvais avoir la gentillesse de me laisser maintenant.

J'allais faire des courses avec Mère et Jemma à Fahnestock House. Il nous fallait équiper Jemma pour son voyage et de la soie pour confectionner un drapeau à notre nouvel hôpital. Le magasin n'avait guère de choix, mais compensait par un habile étalage qui le faisait sembler plus important : dans la vitrine de mercerie s'entassaient des bobines de fil Carter blanc, noir ou rouge, des aiguilles Milward et un choix de dés à coudre en argent, chacun plus joli que l'autre : l'un bordé d'une frise grecque, un autre de tournesols.

— Incroyable ! s'exclama Mère. Qui s'attendrait à tant de motifs pour un objet qui sert juste à pousser une aiguille à travers du tissu.

— Faut-il vraiment que j'aille à New York avec les autres ? me demanda Jemma. Il faut que je retourne chercher ma mère et ma sœur.

Je la pris par le bras.

— Nous trouverons bientôt le moyen d'aller les chercher, mais d'abord il faut que tu y ailles pour te remettre complètement. Tu nous manqueras terriblement, tu sais – tu nous es tellement utile ici – et c'est bien le problème. Tu travailles tous les jours et ça retarde ta guérison. Sans compter que tu cours encore un risque ici avec toutes ces canailles qui enlèvent toutes les personnes de couleur qu'ils trouvent pour les ramener dans le Sud.

— Et nous souhaitons que tu saches, intervint Mère, que si tu le désires, tu peux prendre notre nom.

— Oh non, je ne pourrais jamais faire une chose pareille, madame Woolsey.

— Un nom légal complet te serait utile. Nous pouvons instruire un avocat pour qu'il légalise la chose.

— Ce n'est pas ça. Je veux mon nom à moi, un nom que je me choisirai. Ce n'est pas que je n'apprécie pas votre proposition. Je préfère rester juste Jemma pour l'instant.

— Tu as bien raison d'y réfléchir avec soin. Ce nom te restera pour toujours.

— Je veux demander à ma mère et ma sœur avant de décider. Elles auront leur idée là-dessus.

Nathan apparut bientôt et emmena Jemma tandis que Mère et moi allions au comptoir de tissu regarder la haute pile de rouleaux. Une voix familière, reconnaissable entre toutes, nous parvint de l'entrée du magasin.

— Livrez-en vingt à mon wagon, ordonnait Mme Barnett, la tante de Bethada. Nous partons demain matin à dix heures tapantes.

Mme Barnett fonçait dans notre direction, un homme armé d'un carnet et d'un bout de crayon sur les talons. Elle s'arrêta à notre hauteur.

— Oh, mademoiselle Woolsey.

— Je vous présente ma mère, Mme Charles Woolsey. (Mère la salua.) Donc vous ramenez vraiment le Dr Bacon à New Haven.

— Ce coton est du coton Barnett, glissa Mme Barnett à l'oreille de Mère en lui indiquant les rouleaux sur le comptoir. Vous ne trouverez pas mieux. Je serais ravie de demander au vendeur de vous en couper autant de mètres que vous voudrez.

— Nous pensions acheter de la soie, madame Barnett, lui répondit Mère. Nous refusons d'acheter les produits de l'esclavage.

— Ah oui, bien sûr. J'ai lu des choses sur vous, les Woolsey. Toujours à faire de bonnes actions, assister aux prêches abolitionnistes et exhiber vos amis nègres. Vous connaissez les deux qui viennent de sortir ?

— Nous n'exhibons rien ni personne, madame Barnett, dit Mère, raidie. Et si vous voulez bien nous excuser…

— Vous ne faites que jouer la comédie, n'est-ce pas ? demanda Mme Barnett en reculant d'un pas, les yeux écarquillés. Pour bien marier vos filles.

Mère rit et tenta de s'éloigner, mais Mme Barnett nous barra le chemin.

— Oh, soyez honnêtes. Tout ce travail d'infirmières, au milieu des hommes, ne vise qu'à faire remarquer vos filles. Les bons partis sont rares après cette horrible guerre, je peux le comprendre, mais laissez le Dr Bacon tranquille. Il m'a confié qu'il aimait sincèrement ma nièce et avait l'intention de l'épouser, bientôt en fait. Nous allons mener de grands travaux de recherche ensemble, qui changeront le monde. Inutile que vous fassiez échouer ces projets, mesdames.

— Si et quand mes filles se marient ne me regarde pas le moins du monde, répliqua Mère encore plus droite. J'encourage mes enfants à aimer la personne de leur choix.

— Combien cela me coûterait-il d'obtenir que vous cessiez toute interaction avec le Dr Bacon ? De le laisser guérir et se concentrer sur son travail ? Vous êtes veuve après tout, donc vos moyens doivent être limités.

— Vous pouvez utiliser votre argent pour acheter des médecins, des wagons et même des gens, madame Barnett, mais vous, madame, n'achèterez jamais de Woolsey, siffla Mère.

Le lendemain, juste au lever du jour, un lieutenant grisonnant vint nous chercher, Mère et moi, en chariot d'approvisionnement. Il nous amena à notre nouvel hôpital pour notre premier jour de travail. La réparation du pont de chemin de fer nous avait permis de dresser nos tentes sur le terrain idéal, doté d'eau pure et fraîche en quantité illimitée, dans un vaste champ de l'autre côté des rails du dépôt ferroviaire de style italien de Gettysburg. Mais j'avais beau être excitée de prendre ce nouveau poste, je ne pouvais m'empêcher de penser au départ imminent de Frank Bacon. J'avais l'intention de l'intercepter, à l'écart de Bethada, pour le convaincre de nous laisser l'accompagner nous, Mère et moi, plutôt que Mme Barnett.

— Tu entends ? me demanda Mère alors que le bruit des marteaux qui enfonçaient des piquets en fer nous parvenait à l'approche du site. C'est le son du progrès ! La proximité de la ville nous facilitera considérablement le travail.

— Sans compter notre propre cuisine.

J'aidai Mère à descendre du chariot et nous fîmes le tour des tentes où des blessés étaient déjà confortablement installés.

Nous avions passé des jours à tout organiser : nos caisses pleines de chemises et de robes de chambre propres, des chaussettes et des bandages empilés tout le long des murs. Nous avions installé deux réchauds dans la cuisine avec quatre grandes marmites bouillantes toujours pleines de soupe et de café, surveillées par quatre hommes de couleur qui cuisinaient et chantaient à tue-tête à longueur de journée.

Nous avions reçu des dons de tous les États de l'Union. Abby nous avait expédié des cartons de la Maison de l'industrie pleins de chemises moelleuses et de draps propres et la ville de Canandaigua des bouteilles d'eau de Cologne qui réjouissaient le nez et le cœur des hommes.

Je commençai à préparer les plateaux du petit déjeuner avec Mère.

— Ne pensez-vous pas qu'il serait plus sage que Frank passe encore au moins une semaine ici pour guérir ? Nous pourrions le raccompagner à New Haven où sa mère prendra la relève.

Mère posa une tasse en fer-blanc sur un plateau.

— Tu ne t'es pas toujours autant souciée de lui, Georgeanna. Je suppose que c'est à Frank de décider.

— Si j'arrive à l'arracher une minute de Bethada.

— Tu as le droit de lui présenter ton idée, Georgeanna, mais il me semble que Frank a déjà choisi.

Mère et moi fîmes le tour des tentes en distribuant des mouchoirs propres imbibés d'eau de Cologne que les hommes emporteraient avec eux. Mère s'approcha d'un lieutenant du Vermont qui avait perdu ses deux bras et porta délicatement le mouchoir à son nez. Il inspira profondément et lui sourit.

— Ça vaut son pesant d'or ! Et merci d'avoir écrit une lettre aux miens pour moi.

— Je suis fière d'avoir fait votre connaissance, mon garçon, dit-elle en fourrant le mouchoir dans le col du soldat.

Elle se précipita dehors avec moi quand le train entra en gare. La locomotive vint s'arrêter au bout de la ligne, nous dominant de sa masse noire étincelante au soleil, le métal du chasse-bestiaux éblouissant de lumière. Trois wagons de l'armée américaine étaient accrochés derrière, qui servaient encore récemment au transport des animaux. Puis venaient les deux wagons personnels de Mme Barnett, peints en vert émeraude criard, leurs sièges recouverts de tissu raffiné, des rideaux de dentelle aux fenêtres.

Des volutes de vapeur s'échappaient de la cheminée de la locomotive qui poussa les soupirs habituels de tous les trains qui s'arrêtent. Il nous fallut vite balayer le sol des wagons encore couvert de bouses de vache, les recouvrir de paille fraîche et aider les brancardiers à y installer nos patients en les allongeant dans leurs nouveaux lits.

Mère se pencha sur un jeune soldat qui avait perdu une jambe et lui tendit son propre mouchoir parfumé à l'eau de Cologne.

— Gardez le contre votre nez, soldat. Ça devrait faire passer l'odeur de fumier.

— Ça ravive, comme qui dirait, dit-il en inspirant profondément. Merci beaucoup.

Une ambulance aux pans de toile bien fermés arrivait alors que nous descendions du train dans un nuage de poussière soulevé par les chevaux. Je fus ravie de voir Jemma bien reposée, visiblement revigorée, assise à côté du cocher, un bras dans son écharpe jaune. J'avais beau savoir que partir dans le Nord lui ferait un bien considérable, la perdre elle, en même temps que Frank, me semblait doublement pénible.

Nathan et Bethada étaient assis à l'arrière, à même le plancher, de part et d'autre de la civière de Frank. Des brancardiers et la phalange de médecins personnels de Mme Barnett descendirent en toute hâte du premier wagon pour se précipiter à la rencontre de l'ambulance.

— Georgy, appela Jemma. Madame Woolsey.

— Tu nous manqueras terriblement, Jemma, lui dis-je en l'aidant à descendre de l'ambulance, avant de lui tendre une enveloppe. Tu y trouveras de quoi subvenir à tes besoins jusqu'à notre retour.

— Oh, non, dit-elle en la repoussant d'un geste. Je ne peux pas accepter. Je trouverai un emploi rémunéré.

— J'en suis sûre, tu en obtiendras un sans tarder, mais prends ça en attendant. J'y ai aussi mis l'adresse de notre ami le Dr Smith, directeur de l'asile pour les orphelins de couleur qui héberge plus de deux cents petits. Un vrai gentleman, un homme brillant. Va le voir et il te donnera le liniment prescrit par le Dr Bacon pour ton épaule.

— Peut-il me donner du travail ? demanda-t-elle en enfonçant l'enveloppe dans sa poche.

— Il possède une pharmacie et plusieurs autres commerces donc tu n'as qu'à lui demander.

— Attention aux pickpockets à New York, ma chère, l'avertit Mère, ses mains dans celles de Jemma. Nous avons prévenu Margaret, c'est elle qui s'occupe de tout à Brevoort Place, elle te prendra sous son aile.

— Amenez le Dr Bacon par ici, cria Mme Barnett, en costume d'infirmière, depuis la porte de son wagon. Doucement, maintenant.

Les brancardiers soulevèrent la civière de Frank, la descendirent du chariot et se dirigèrent vers le train, Bethada sur les talons.

— Frank... dis-je en m'approchant.

Les brancardiers s'arrêtèrent, mais Bethada vint s'interposer entre Frank et moi.

— Nous sommes en retard et n'avons guère de temps pour les adieux.

Je me redressai de toute ma taille, les mains jointes pour m'empêcher de lui donner une gifle.

— J'ai une question privée à discuter avec le Dr Bacon.

— De quoi s'agit-il, Georgy ? demanda Frank tandis que Bethada s'écartait.

— Je pense que tu devrais rester ici, lui chuchotai-je, encore une semaine au moins. Le temps de te sentir mieux. Ensuite Mère et moi pouvons te raccompagner chez toi à New Haven.

— Je ne voudrais pas t'encombrer d'un tel fardeau, Georgy, me dit-il les yeux tournés vers les wagons.

— Dépêchez-vous maintenant ! cria Mme Barnett.

— Tu n'as pas besoin de partir avec cette femme, Frank, insistai-je en lui prenant la main.

Il se dégagea.

— Comme tu peux l'imaginer, je ne tire aucun plaisir de mon nouveau rôle de patient, mais j'ai besoin de me remettre pour reprendre le combat. Mme Barnett a fait preuve d'une grande considération et d'une extrême gentillesse envers moi, Georgy.

— Veux-tu dire que moi, non ? J'ai essayé Frank. Ce jour dans l'infirmerie de campagne…

— Je suis las de tout ça, Georgy. Il faut que nous y allions.

— Tu ne m'écoutes plus, Frank. C'est comme si tu voulais ta propre mort.

— Je n'arriverai peut-être pas en vie dans le Connecticut, donc ce vœu pourrait bien se réaliser.

Les brancardiers se remirent en marche.

— Réfléchis, je t'en prie, Frank, lui criai-je, mais il ne jeta même pas un regard en arrière.

— Ce ne sera plus la peine de vous inquiéter davantage, me cria Bethada revenue à côté de Frank. Il sera entre les mains des meilleurs spécialistes du pays.

J'aidai Jemma à monter dans le wagon de queue pour y rejoindre Nathan et assistai les brancardiers avec nos derniers blessés. Enfin, le train quitta la gare en marche arrière.

Jemma nous adressa de grands signes par la fenêtre et nos blessés secouèrent les mouchoirs que nous leur avions offerts en criant « Dieu vous bénisse » à Mère et moi.

Quel bonheur d'entendre les remerciements joyeux de ces hommes qui rentraient chez eux propres, pansés et bien nourris ! Mais j'eus beau essayer, je n'arrivai pas à calmer ma rage de voir Mme Barnett nous voler Frank.

Je continuai à faire de grands signes au train qui s'éloignait. La chaleur de la journée montait déjà sur le quai.

— Il vaut peut-être mieux que Bethada et sa tante partent, me dit Mère. Je risquais de commettre un meurtre alors que nous sommes ici pour soigner.

Je lui pris le bras.

— Bethada a monté Frank contre moi. Il a refusé de reconsidérer mon plan de rester ici. J'ai totalement perdu son estime.

— On dirait que tu regrettes d'avoir décliné ses demandes en mariage, Georgy, mais il a tous les droits de tourner la page. Il ne rajeunit pas et, aussi snob et insensible qu'elle soit, Frank a clairement trouvé en Bethada une compagne prête à s'engager à ses côtés.

— Mais elle...

— Lui trouves-tu des défauts pour dissimuler tes propres erreurs ? Elle ne fait qu'agir là où tu ne l'as pas fait.

— Je suis désolée de l'avoir mentionné, Mère.

Elle m'attira tout contre elle.

— Mais une chose est certaine, ma chérie, avec des gens comme les Barnett dans ce monde, tu ne trouveras peut-être jamais l'amour si tu attends qu'il vienne tout seul à toi.

38

Jemma

New York, juillet 1863

MME BARNETT COMMANDA UN FIACRE pour Nathan et moi à notre descente du train à New York. Le spectacle qui s'offrait à moi me laissait constamment bouche bée, les rues tellement bondées que nous pouvions à peine avancer. Je sortis la tête par la fenêtre comme une tortue qui émerge de sa carapace après un long hiver devant toutes ces nouveautés et ces couleurs éclatantes.

Nathan m'avait dit vrai sur le bon état des bâtiments. Ils étaient bien entretenus. Des immeubles hauts se dressaient partout, des restaurants servaient des repas à des tables en plein air sur les trottoirs, tant il faisait chaud à l'intérieur, et les gens mangeaient, parlaient et se battaient. J'en vis de toutes les couleurs de peau, mais surtout des Blancs qui agitaient des éventails en papier, certains tricolores patriotiques. On aurait dit des papillons qui voletaient dans la foule. Les ruelles étaient si pavoisées de drapeaux de l'Union qui se balançaient doucement dans le peu de brise qu'on aurait dit une journée de lessive rouge, blanche, bleue. Il y avait partout des enseignes : « ACADÉMIES DE BILLARD WALLACE & REED. ARTICLES POUR HOMMES VAN BUREN ». Ma préférée disait « LIVRES BON MARCHÉ ». Je n'avais jamais vu autant de voitures différentes, de luxueuses à décrépites, de gens qui s'affairaient en tous sens, faisant parfois ruer les chevaux effrayés.

Mieux que tout, je ne rêvais pas. Patience n'en croirait pas ses yeux. Ma non plus.

— Regarde cette drôle d'ambulance, m'exclamai-je en indiquant ce qui me semblait être un petit wagon de chemin de fer avec des escaliers à l'arrière et des gens assis sur le toit à l'abri du soleil sous des ombrelles. Chaque véhicule arborait un nom différent peint en travers. « 6 centimes Cinquième Avenue. Central Park. »

— C'est un omnibus, Jemma. Un moyen de transport pour ceux qui ne peuvent pas se permettre d'avoir leur propre voiture. J'ai pensé comme toi quand j'ai vu mon premier, l'année dernière à mon arrivée ici. Ils ressemblent beaucoup aux ambulances.

— Je n'ai jamais vu autant de gens si bien habillés. Où dorment-ils tous la nuit.

Nathan essaya de cacher son sourire.

— Dans des bâtiments à plusieurs étages, avec des appartements et des chambres, où ils vivent et font la cuisine.

— Qu'est-ce qu'ils font ? J'espère que je pourrai trouver un travail payé.

— Il y a toutes sortes d'emplois. Certains en ont deux ou même parfois trois. Les gens viennent ici pour faire fortune. Il y a quelque chose comme cent quinze millionnaires qui habitent toute l'année à New York.

Je regardai les gens à la peau aussi foncée que la mienne dans la foule, certains très élégants.

— Est-ce que tous les gens de couleur sont libres ?

— New York a affranchi ses esclaves en 1827. Donc la plupart sont libres, à part les fugitifs.

— Comme moi, je suppose.

— La plupart des gens de couleur habitent à l'ouest de Broadway. Bien sûr, rien à voir avec l'endroit où je vis moi. Plus loin, à Brooklyn. Weeksville. Plus comme une petite ville. Nous avons tout, rien que pour nous : des églises, des écoles, on peut se faire enterrer dans le cimetière de son choix.

— Où est-ce par rapport à ici ?

— De l'autre côté du fleuve. Faut prendre un bateau pour y aller.

La calèche passa devant un gigantesque bâtiment blanc, « BARNUM'S AMERICAN MUSEUM » écrit en travers surmonté d'une masse de drapeaux rouge, blanc, bleu ; un énorme pan de tissu suspendu au sommet, s'agitait dans la brise, Ned le phoque parlant peint dessus, ses moustaches comme de la paille à balais. Devant, sur le trottoir, une douzaine d'hommes blancs marchaient de concert, certains armés de gourdins.

— Pourquoi y a-t-il tant de gens qui cherchent la bagarre ?

Nathan se pencha pour les voir par ma fenêtre.

— Ce sont des voyous irlandais. Évite-les. Ça doit être des manifestants. Les journaux disent qu'ils sont descendus dans les rues au nord d'ici. Certains Irlandais sont contre la nouvelle loi sur la conscription qui rend tous les célibataires sujets à un tirage au sort des appelés.

— Ça ne me dit rien.

— Au bureau du recrutement, ils ont ce qu'ils appellent une roue de tirage au sort, un gros tonneau en bois dans lequel ils mettent des cartes avec les noms de tous les citoyens éligibles. Ils la font tourner avec une manivelle et ceux qui sont piochés doivent partir à la guerre pendant trois ans.

— Et pourquoi sont-ils contre ?

— Parce que, comme tu l'as vu de tes propres yeux, la guerre n'est pas une partie de plaisir. Les riches peuvent éviter de se battre en payant quelqu'un pour les remplacer ou moyennant trois cents dollars.

Mon épaule commençait à vraiment me faire souffrir et je la massai sous l'écharpe.

— Donc les riches ne se battent pas ?

— Si, beaucoup s'engagent volontaires sans y être obligés. Les affranchis de couleur comme moi ne sont pas citoyens donc impossibles à enrôler. C'est pour ça que les Irlandais pensent être les seuls à mourir pour le pays. Certains pensent aussi que les affranchis prennent leurs boulots et du coup, ils nous en veulent.

— Ça aurait drôlement plu à mon Pa, dis-je alors que nous roulions devant un magasin de meubles.

— Mon offre tient toujours si tu veux que mon ami écrive l'histoire de ton Pa. La raconte à tout le monde. Ici, à Weeksville, nous avons un journal qui s'appelle *Freedman's Torchlight* *. Nous parlons de…

La voiture s'arrêta devant le 8 Brevoort Place.

— Contente d'être arrivée. Je ferais mieux d'entrer.

— C'est parfois mieux de parler de ce qui fait mal.

---

* La Torche de l'affranchi.

Nathan m'accompagna jusqu'à la porte d'entrée en haut du perron et je lui tendis la lettre que j'avais écrite dans le train, adressée à Patience, dans notre code favori.

— Peux-tu envoyer ça pour moi ?

« Ma très chère Patience,

Je voudrais de tes nouvelles. Suis triste de ne pas te voir. À quand notre prochaine rencontre ? N'y pensons pas trop.

Je vais bien. Viens-tu voir Ma à Peeler ? Bientôt les digitales, les roses et les œillets nous réjouiront. Te souviens-tu des jeux de notre enfance ? Chercher à tenir bon, voilà tout ce qui compte.

Je t'embrasse tendrement.

Ta sœur tournesol. »

J'avais glissé dans les plis de la lettre une petite fleur de tournesol orange en feutrine que j'avais faite à Gettysburg, le cœur réalisé avec une chute de laine marron, juste de la bonne couleur, utilisée par mademoiselle Georgy pour confectionner des sous-vêtements aux hommes. Patience saurait qu'elle devait prendre le premier mot de chaque phrase pour déchiffrer le véritable message de la lettre et Anne-May, qui n'était guère à l'aise avec la lecture, n'y verrait que du feu même si elle tentait de la lire.

« Je suis à New York. Je viens bientôt te chercher. »

— Je veux bien, mais il y a un prix. Tu dois d'abord accepter ça, me dit Nathan en me tendant un paquet en papier brun pas plus grand que mon pouce qu'il sortit de sa manche.

— Qu'est-ce que c'est ?

J'ouvris le paquet et y découvris un dé en argent, celui qui m'avait tant plu, avec sa frise de tournesols tout autour.

— Je me suis dit que ça te plairait, dit-il en haussant les épaules. Je l'ai acheté au magasin.

— Merci, Nathan, dis-je soudain intimidée et je fourrai le tout au fond de ma poche.

Il actionna une sorte de clé qui fit un bruit de cloche.

— Dépêche-toi d'entrer, dit-il en redescendant les marches.

La porte s'ouvrit sur une fille maigre vêtue d'une robe grise alors que Nathan remontait déjà vite en voiture.

— À bientôt, criai-je dans son dos avant d'entrer dans la maison.

— Il est mignon, dit la fille. Ton amoureux ?

— Je ne sais pas trop, dis-je en regardant s'éloigner le fiacre. Mais il vient de m'offrir un dé à coudre.

— Tu as de la chance. Il y a des hommes pour qui c'est un gage. Il suffit de couper le fond avant le mariage pour en faire une bague.

— Non. Je parie que lui, il n'y voit qu'un dé à coudre.

J'entrai dans la maison, ébahie par toutes les jolies choses dans ce salon, les gros canapés recouverts de beau velours, le miroir doré au-dessus d'une table aux pieds sculptés en forme de canard, comme celle que Pa avait faite. Il aurait aimé cet intérieur, sans fioritures tape-à-l'œil, juste élégant avec ses tapis raffinés et ses rideaux épais aux fenêtres.

J'avais déjà entendu un accent comme celui de cette fille à Leonardtown et je savais qu'il était irlandais. J'étais certaine qu'elle était ce que Charlotte Brontë, dans le livre préféré de Tandy Rose, « Shirley », appelait « une native de la terre du trèfle et des pommes de terre ».

Le plus frappant chez Margaret, c'étaient ses yeux bleus, qui n'avaient pas la pâleur de certains, mais brillaient comme le Patuxent par une journée de juin. Ensuite on remarquait ses taches de rousseur. Je n'en avais jamais vues autant sur une seule personne.

— Je m'appelle Margaret Lynch et je suis la bonne des Woolsey. Il y en a une autre, Mary, mais elle est rentrée chez elle parce qu'elle était trop malade la semaine dernière. Elle reviendra, j'espère, si Dieu le veut. J'ai entendu plein de choses sur toi, surtout des bonnes bien sûr.

Elle essaya de prendre mon sac, mais je ne la laissai pas.

— Comme tu voudras, dit-elle en haussant les épaules. J'essayais juste d'être accueillante et de le porter pour toi.

— Eh bien, qu'est-ce que tu attends ? me demanda-t-elle en se retournant au pied de l'escalier. mademoiselle Georgeanna m'a fait dire qu'elle veut qu'on t'installe dans sa chambre, au premier. Moi, je dors au sous-sol.

— Où sont toutes les sœurs ?

— Eliza, la plus riche, est dans sa propriété de Fishkill avec son mari, un héros qui a été blessé à la guerre, Joseph Howland. Abby, l'aînée, leur rend visite. mademoiselle Mary habite à Astoria, de l'autre côté du fleuve, avec son mari pasteur, qui s'appelle Howland lui aussi. Je crois qu'ils sont cousins. Carry et Hatty sont parties pour Astoria chez leur oncle Edward, il y a à peine une heure. Elles se sont enfuies en hurlant quelque chose à propos des Irlandais qui prenaient les armes. « Comme si c'était pas toujours comme ça ? » je leur ai dit. Leur oncle a envoyé sa voiture les chercher et elles sont parties en criant de « fermer la maison tôt et de veiller à bien verrouiller les fenêtres et les portes ». Je l'ai fait bien sûr même si je ne crois pas qu'il faille se faire de souci.

— Désolée de t'interrompre, mais peux-tu me dire si je risque quelque chose à sortir ? Il faut que j'aille chercher mon médicament à l'orphelinat des enfants de couleur. J'ai vraiment mal à l'épaule.

— Ce n'est pas la porte à côté. Il faut remonter toute la Cinquième Avenue jusqu'à la 44e Rue. Presque trois kilomètres. Les demoiselles Carry et Jane y travaillent de temps en temps, mais elles n'y vont pas à pied, et là, la voiture est partie. Je n'irais pas maintenant à ta place. Il est évident que les Woolsey ont peur de quelque chose si elles ont toutes filé comme ça. Mais si ça ne peut vraiment pas attendre, prends l'omnibus. Tu dois juste aller à la Cinquième Avenue pour l'attraper.

— Il me faut une autorisation ?

— Une autorisation ! Pour circuler en ville ? Et puis quoi encore ? (Elle me glissa deux pièces dans la main.) Pour l'aller-retour. Tu dois t'asseoir au fond, mais tu y seras en deux temps trois mouvements.

L'omnibus était bondé quand j'y montai et allai m'asseoir à l'arrière avec les autres gens de couleur. Il remonta la Cinquième Avenue bordée de maisons plus grandes que la ville entière d'Hollywood. Des voix en colère retentissaient ici et là, au loin, mais je ne vis que quelques petits groupes de gens qui m'eurent tout l'air d'être des voyous.

Le soleil disparaissait quand je descendis à la 44e Rue, devant l'orphelinat des enfants de couleur, un gigantesque bâtiment blanc, tel que je m'imaginais la maison du président Lincoln, haut de quatre rangées de fenêtres, entouré de belles grilles noires.

La chaleur faisait monter une odeur de purin du parc à bestiaux voisin. J'entrai vite et me retrouvai au frais dans une pièce au sol dallé de pierre. Des groupes d'enfants de couleur de tous les âges – des petits qui marchaient à peine à des adolescents presque aussi grands que moi – allaient et venaient, montaient et descendaient un magnifique escalier de pierre bien large, conduits par des dames de couleur en robes noires, avec des tabliers et des cols blancs. Je suivis le panneau qui indiquait le bureau du Dr Smith à l'étage.

Je passai devant une pièce après l'autre remplie d'enfants dont s'occupaient des femmes, salles de classe, dortoirs ou crèches pleines de berceaux. Je crus voir dans l'une d'elles une vingtaine de petits Toby, de beaux garçonnets en bonne santé avec des tabliers bleu clair par-dessus leurs vêtements, qui jouaient sur des chevaux de bois. À la délicieuse odeur de poulet rôti, je devinais qu'il devait y avoir une cuisine quelque part.

J'arrivai enfin au bureau du Dr Smith comme me l'indiqua la plaque sur la porte. Il ressemblait à celui de M. Watson à Peeler, rempli de curiosités comme un canard empaillé sur sa table et une vitrine aussi longue que haute, pleine de flacons de médicaments. Un homme âgé se tenait devant la haute fenêtre et me fit signe d'entrer. Il avait la peau foncée, une moustache noire et des cheveux blancs qui bouclaient autour de ses oreilles.

— Vous êtes le Dr Smith ? J'ai suivi les panneaux.

— Qu'est-ce qui vous amène ? me demanda-t-il gentiment. Il se leva et ouvrit une cave à cigares identique à celle qu'avait M. Watson sur son bureau.

Je lui tendis la feuille de papier que m'avaient donnée les Woolsey.

— C'est vous Jemma, à qui on a prescrit cette lotion ?

— Oui, monsieur. Jemma, propriété d'Anne-May Wilson Watson de Peeler, Hollywood, Maryland.

— Cette ordonnance est écrite par le Dr Frank Bacon de l'armée américaine.

— C'est un ami des Woolsey.

— Et où habitez-vous en ce moment ?

— 8 Brevoort Place. Les demoiselles Carry et Jane Woolsey travaillent ici.

— Des femmes généreuses, toutes les deux.

— On dit que vous hébergez plus de deux cents petits.

— Deux cents soixante-trois exactement. Donc, vous êtes venue chercher une lotion ? Et comment connaissez-vous les Woolsey ?

Je baissai les yeux sur mon bras en écharpe.

— Gettysburg. Elles m'y ont trouvée à l'hôpital.

— Ça vous dérange si je fume ? me demanda le Dr Smith en sortant un cigare de la boîte.

— Faites pas attention à moi, dis-je en haussant les épaules.

Il alluma son cigare et une volute de fumée s'éleva.

— J'aime beaucoup cet arôme. Je dirais que c'est un cubain, à l'odeur. M. Watson, il aimait la fleur d'oranger orientale dans sa pipe.

— Puis-je vous demander comment vous avez reçu cette blessure, Jemma ? reprit le Dr Smith, les yeux baissés sur l'ordonnance.

— Au combat. À la bataille de Gettysburg.

— Mon Dieu ! Les jeunes femmes comme vous ne courent pas les rues. Vous devriez écrire un livre, vous ne croyez pas ? Dr James McCune Smith, me dit-il en me serrant la main. Le Dr Bacon est un bon médecin. Je recommande moi aussi souvent cette pommade.

Le Dr Smith se tourna vers son placard, en sortit un flacon qu'il me donna.

— Elle soulagera immédiatement la douleur. Et pas question de vous faire payer. Maintenant, dépêchez-vous de rentrer. La colère gronde un peu partout en ville.

— Ne vous inquiétez pas pour moi, mais je voulais vous demander, docteur Smith, s'il y aurait un emploi pour moi ici, à l'orphelinat.

— J'ai bien peur que nous ayons tout le personnel qu'il nous faut en ce moment. Je viens juste d'engager un nouvel assistant.

— Je vois. Merci quand même.

Je me tournai, prête à partir.

— Mais attendez, Jemma. Vous semblez vous y connaître en tabac.

— J'ai grandi sur une plantation où il n'y avait que ça. Rempoter. Tourner. (Je reniflai le dos de ma main.) Je suis étonnée de pas avoir gardé l'odeur.

Le Dr Smith sourit.

— J'ai des parts dans un magasin de tabac, de l'autre côté de la Cinquième Avenue, en allant vers l'ouest. Il appartient à un ami et s'appelle « Superior Cigars », mais il vend toutes sortes de tabacs. Il est toujours à la recherche d'employés fiables et compétents. Au début, il vous fera juste balayer et remplir les bocaux, mais les affaires marchent bien et une fille intelligente comme vous pourra y progresser.

— Oh, je ne suis pas intelligente.

— Laissez-moi en juger, mademoiselle Jemma, si vous le voulez bien. Il semblerait que vous sachiez lire puisque vous avez suivi les panneaux qui vous indiquaient où se trouvait mon bureau. Et vous avez un excellent vocabulaire. Beaucoup de gens qui se considèrent éduqués ne sauraient parler d'« arôme » aussi bien que vous. Donc le mot « stupide » n'a pas sa place dans votre lexique. Passez donc à Superior quand le calme sera revenu et dites que vous venez de ma part. Mais pour l'instant, autorisez donc mon nouvel assistant à vous raccompagner chez vous.

— Je peux me débrouiller toute seule, docteur Smith.

— J'insiste, Jemma. C'est le moins que je puisse faire pour une ancienne combattante blessée. Il est déjà en train de monter. Dites-lui que c'est moi qui lui demande de vous accompagner.

J'enfouis le flacon dans ma poche et dévalai les marches en marbre, heureuse d'avoir mon médicament et bientôt un emploi rémunéré.

À mi-chemin, je croisai un homme qui montait et me fit m'arrêter net.

— Carter ?

— Oui ? demanda-t-il en faisant volte-face.

— C'est moi. Jemma. De Peeler.

Je n'avais jamais vu un homme s'illuminer ainsi, d'un sourire aussi resplendissant. Il vint vers moi, me prit par la taille et me souleva pour me faire tournoyer, en plein milieu de l'escalier.

— Dis-moi que je ne rêve pas, Jemma. Je souhaitais te revoir tous les jours.

— Je n'en suis pas sûre moi-même. Ça ne fait même pas vingt-quatre heures que je suis ici.

Je fondais presque de bonheur à contempler son beau visage, ces yeux bruns bridés, cet énorme sourire et cette barbe naissante sur son fin menton.

— Tes mains sont glacées, me dit-il en les prenant pour souffler son haleine chaude dessus.

— C'est juste le choc.

— Anne-May t'a affranchie ?

— Non, dis-je après un regard tout autour de nous pour vérifier que personne n'écoutait. J'ai été enrôlée dans l'armée américaine. Mais elle a toujours mes papiers.

— Moi aussi je suis en fuite. Je viens de commencer à travailler pour le Dr Smith, mais on n'est toujours pas en sécurité par ici. Un de mes amis a juste été tiré de son lit l'autre nuit par des chasseurs d'esclaves et probablement ramené quelque part dans le Sud.

— Personne ne sait que je suis ici.

— Tu ne peux pas en être sûre. Tu dois absolument venir avec moi au Canada, dès que j'aurai fait assez d'économies.

— Je ne sais pas, Carter, dis-je en m'écartant. Faut que je retourne chercher ma mère et Patience.

— Elles sont encore là-bas ? Tu ne pourras pas y aller sans te faire prendre. Elles viendront au Canada quand la guerre aura été gagnée.

— J'ai peut-être aussi trouvé du travail. Je ne peux pas y renoncer.

D'un seul coup un chœur de voix terrifiantes s'éleva dehors. La porte d'entrée s'ouvrit brutalement, une masse énorme de femmes blanches et d'enfants s'engouffra dans l'orphelinat et se mit à tout piller avec violence et frénésie de la cave au grenier. Carter m'entraîna à toute vitesse derrière le rideau d'une fenêtre du hall pendant qu'ils envahissaient tout. Ils entraient dans les pièces, arrachaient toutes les tables d'écoliers et les canapés, jetaient les meubles, les lits d'enfants par les fenêtres et des nuages de draps blancs volaient comme de la neige épaisse avant de tomber dans les mains tendues en dessous.

Le Dr Smith apparut sur le palier en haut de l'escalier, suspendit le drapeau blanc de la trêve sur la balustrade et s'adressa à la foule.

— Je vous en prie, implora-t-il. Vos soucis sont légitimes et doivent être entendus, mais vous ne trouverez ici que des enfants innocents. Ne faites rien d'aussi honteux pour l'humanité que de vous attaquer à une institution charitable dont le seul but est de faire le bien. Ce sera un déshonneur qui entachera à jamais cette ville.

Ses remarques n'eurent guère d'effet sur la populace qui le bouscula pour continuer à piller. Les surveillantes accouraient de partout avec les enfants encore en tabliers de jeu bleus et dévalèrent l'escalier. Nous les suivîmes. Je pris la main d'une fillette qui me regardait terrorisée alors que tous ces gens nous dépassaient à grands pas, chargés de tableaux encadrés, et des petits vêtements des orphelins qu'ils emportaient par brassées quand ils ne prenaient pas carrément les tiroirs entiers. Ils emportaient même l'oiseau empaillé que j'avais aperçu dans le bureau du Dr Smith.

Une grosse femme, une pipe à la bouche, une petite table sous le bras, me bouscula et me fit tomber contre la rambarde en fer. Il y eut un claquement dans ma jambe, une douleur insupportable qui m'obligea à m'asseoir sur une marche.

— Dépêche-toi, Jemma, me cria Carter en me tendant la main.

— J'peux pas marcher. Vas-y sans moi.

Une vitre à côté de la porte d'entrée vola en éclats et quelqu'un jeta un faisceau enflammé dans le hall. Le mur et les draperies prirent immédiatement feu et les flammes montèrent jusqu'au plafond. Carter courut à la fenêtre et arracha le rideau, essaya d'éteindre le feu de ses mains quand une seconde fenêtre explosa, suivie d'un autre faisceau embrasé jeté à l'intérieur, puis un autre. La foule s'acharna tant et si bien que le mur entier s'enflamma.

Carter revint vers moi dans l'escalier.

— Jemma, il faut que tu marches. Il doit bien y avoir deux mille personnes devant l'entrée, à moitié saoules. Nous allons sortir par-derrière. Suis les enfants.

Les flammes grimpaient au mur derrière moi, pareilles à l'incendie de la grange à tabac il y a de ça si longtemps. Je me figeai sur place et inspirai cette même odeur terrible de pin qui brûle. Exactement comme lorsque je n'avais pu retourner à l'intérieur et sauver le petit Toby. Je pressai mon tablier sur mon nez et ma bouche pour me protéger de la fumée.

— Pars, Carter, lui criai-je.

Il me prit dans ses bras et me descendit jusqu'à la porte de derrière. J'enfouis le visage contre sa poitrine alors que la foule de brutes s'écartait tout de même pour nous laisser sortir. Les enfants terrorisés couraient devant nous avec les surveillantes. Des hommes et des femmes agitèrent leurs gourdins et leurs battes et crièrent : « Tordez le cou de ces foutus partisans de Lincoln ! »

Après avoir aidé à évacuer d'autres enfants, Carter me porta jusqu'à Brevoort Place. Il me déposa sur le canapé du salon comme si j'étais en cristal. Margaret et lui barricadèrent la porte avec tous les meubles du salon, sauf le sofa, et nous restâmes là à écouter les bruits des combats terrifiants et des pillages dans les rues.

Une fois le calme revenu, Margaret alla se coucher. Carter resta avec moi sur le canapé à parler, mon pied posé sur ses genoux.

— Tu te souviens quand Tandy Rose t'avait pris à cacher son cornet acoustique ? Elle était folle furieuse.

— Cette femme me haïssait. Chaque fois que je me montrais, elle se cachait les yeux d'une main comme si elle voyait un monstre. « Toi, ne t'approche pas de moi », dit-il en imitant la voix aiguë de Tandy.

— Tu sais, c'est juste parce que tu étais le portrait craché de son frère.

— Je déteste l'idée qu'il soit mon père. Même si une fois, il m'a donné un bâton de réglisse. Je me souviens encore du goût.

— Il est mort, tu sais. Tu te souviens comment Tandy Rose mélangeait de la farine, du poison et de l'eau de mélasse pour tuer les mouches ? Un jour il a bu ça par erreur et je l'ai trouvé raide mort. Il n'était pas descendu pour aller à la messe. Encore tout endimanché.

— Il n'a jamais brillé par son intelligence.

— Ça aurait pu être pire. Wilfred était le seul à être beau dans cette famille. T'aurais pu ressembler à Tandy Rose.

— Oh, avec ces petits yeux cruels et cette bouche en cul-de-poule ? dit-il en riant.

— Ça me tue de penser que Ma et Patience sont encore là-bas.

— Tu es une femme adulte, Jemma. Elles ne s'attendent pas à ce que tu viennes à leur secours. Ta mère a les pieds sur terre. Elle sait que tu dois te protéger.

— Je suppose.

Le sommeil finit par nous gagner et je me réveillai à l'aube sur le canapé, dans les bras de Carter, ses pieds pendant dans le vide. Je le regardai dormir. Il ronflait légèrement, ses belles lèvres pétales de rose à peine entrouvertes. Ainsi, il me rappelait le Carter de mon enfance, quand nous partagions tous le lit de Sally Smith, avant qu'il soit envoyé à la ferme de betteraves.

Quand nous avions six ans, Carter, Patience et moi, nous passions nos journées à courir comme des sauvages dans les champs de tournesol, à voler des petits pois et des carottes dans le jardin de Sally. Nous ne savions même pas que nous étions esclaves. Nous le découvrîmes l'été suivant quand on nous mit tous à travailler dans les champs de tabac.

Il avait un beau visage. Exactement comme dans *Villette*, de John Bretton, le séduisant docteur que Lucy aime tellement et qu'elle ne peut pas avoir : un front large, une belle mâchoire bien carrée et des cils qui feraient la fierté d'une fille.

Je me penchai et embrassai ses jolies lèvres roses, un long baiser lent. Carter ouvrit les yeux.

— Eh bien, en voilà un réveil agréable. Ils ont du café ici ?

— Je t'embrasse et c'est tout ce à quoi tu penses ?

— Il est tôt, Jemma, dit-il en refermant les yeux.

— Il te faudra peut-être un bon bout de temps pour faire des économies. Tu as une amoureuse ?

— J'aime parler une fois réveillé. (Il se tourna sur le dos.) Mais, non, et toi ?

— Juste ce garçon qui s'appelle Nathan. Mais c'est plutôt un ami.

Il s'assit et se frotta un œil encore plein de sommeil.

— Eh bien, vous ne pourrez pas être plus que des amis puisque nous allons filer. Tu as pensé à venir avec moi ? Tu as vu hier soir. On n'est pas en sécurité ici.

— L'idée me plaît bien, dis-je en lui caressant la joue. Il me faut juste un peu de temps.

39

Anne-May

Washington, D. C., juillet 1863

Avec le temps, j'avais perfectionné ma méthode pour échapper aux Pinkerton : en échange d'une bague en opale de Melody, un homme faisait le guet pour moi au parc. Il jetait une poignée de gravier à ma fenêtre chaque fois que les détectives coiffés de leurs chapeaux melons arrivaient devant chez Reggie. La créativité leur faisant cruellement défaut, ils se pointaient toujours vers midi.

Un matin au petit déjeuner, je m'approchai de Melody avant qu'elle ait bu sa sixième tasse de café, manœuvre dangereuse.

— Qu'est-ce que les Pinkerton vous veulent exactement ? me demanda-t-elle. Vous nous ferez tous pendre.

Je pris un morceau de scone.

— J'aimerais inviter Edward Woolsey ici pour le thé.

— Pourquoi donc ? dit-elle en écartant l'idée d'un geste.

— Dites-lui que je me passionne pour la généalogie des vieilles familles de Nouvelle-Angleterre, plus particulièrement celles de Boston.

— Il est marié à une femme très fortunée et tout à fait heureux en ménage. Si c'est son argent qui vous intéresse et que vous espérez lui mettre le grappin dessus, il ne vous accordera même pas un regard.

— Envoyez le maître d'hôtel chez lui avec votre carte de visite.

— Il ne viendra pas. Nous nous connaissons à peine.

— Les hommes adorent pontifier devant les femmes, dis-je avec un haussement d'épaules. Rendez-moi ce service et je vous promets que je partirai pour New York.

Edward Woolsey vint prendre le thé le vendredi suivant, contrairement aux prédictions de Melody, et j'avais mes questions prêtes, bien décidée à en savoir plus sur l'endroit où pourrait se trouver Jemma à New York. Melody avait fait préparer au salon toute une profusion de scones, de fraises grosses comme le poing, de crème épaisse et de biscuits à la pêche, le tout présenté sur des plateaux en argent à étages, autant de choses que les hommes prétendent ne pas aimer mais adorent en secret. Je portais une jolie robe en soie couleur pêche avec ma plus grande crinoline qui mettait bien ma silhouette en valeur. J'étais bien sûr mince, mais le génie de cette mode était qu'elle dissimulait le moindre défaut qui pourrait se trouver entre la taille et les chevilles.

M. Woolsey se révéla bel homme pour son âge, affable, et après un laïus soporifique sur les vertus de Boston, il s'ouvrit plus facilement qu'une huître morte.

— Et où habitez-vous à New York, monsieur Woolsey ? ouvrant mes yeux ronds d'ingénue, penchée vers lui. Votre maison doit être très imposante.

— À Astoria dans le Queens, répondit-il tout en beurrant un scone. Rien de bien imposant, mais sans égal pour sa beauté pastorale.

— Je rêve de découvrir New York.

— La ville vaut le voyage. Mais attention à vos objets de valeur, les voleurs y abondent. New York répugne à pendre ses pires scélérats.

— Et où lui recommandez-vous de descendre ? demanda Melody. Elle souhaiterait partir immédiatement.

— Eh bien, New York est connue pour ses grands hôtels. (Il se pinça les lèvres et fixa le plafond.) Vous pourriez considérer Astor House. Le président Lincoln y a séjourné. Ou l'hôtel Brevoort, un des meilleurs. (Il prit une fraise sur le plateau.) Ma belle-sœur, Mme Charles Woolsey, habite à deux pas.

— Pouvez-vous me montrer où il se trouve sur la carte ?

— Ici même, à l'angle de la Cinquième Avenue et de la 8e Rue, me l'indiqua-t-il d'un doigt élégant.

— Quelle adresse raffinée !

M. Woolsey prit une gorgée de thé.

— Je dois vous prévenir, madame Watson, le Brevoort tend au snobisme.

— Voilà qui ne me déplairait pas pour faire l'expérience véritable du Nord. Pas comme l'hospitalité du Sud.

— Au moins, notre attitude est sincère. Je détecte parfois un peu d'hypocrisie chez les gens du Sud.

— Pas chez moi, j'espère, même si je suis originaire de Louisiane.

— Vous partez bientôt pour New York, madame Watson ?

— Le plus tôt possible, n'est-ce pas Anne-May ? répondit Melody qui sirotait un verre de bordeaux.

— Connaissez-vous des dames de mon âge qui voudraient bien rencontrer une inconnue, monsieur Woolsey ?

— Mes sept nièces sont bien trop occupées par leurs bonnes œuvres de soutien à l'effort militaire, elles travaillent au service de nos troupes ou bien gèrent les dépôts d'approvisionnement. L'une d'elles se trouve encore à Gettysburg avec Mme Woolsey à soigner les soldats.

— Quelles femmes industrieuses ! Sont-elles sympathiques ?

— Oh oui. Leur maison est toujours pleine de gens de toute couleur de peau et de toutes les religions. (Il se pencha vers moi en agitant son couteau à beurre.) Ce sont de farouches abolitionnistes.

— Vraiment admirables, me forçai-je à dire avec un sourire.

— Il y a quelques années, elles sont tombées par hasard sur une vente aux enchères d'esclaves en Caroline du Sud. Quelle abomination !

— Je peux seulement l'imaginer, dis-je en mordant dans une pêche.

— Après avoir parlé à quelques-uns des malheureux qui y étaient vendus, Mme Woolsey et ses filles sont devenues de ferventes abolitionnistes. Elles sont toujours au premier rang des conférences du Cooper Institute à écouter des orateurs comme Wendell Phillips ou le Dr Cheever et à chanter *Suis-je un soldat de la Croix.*

— Je suppose que les Woolsey étendent leur charité chrétienne à nos frères et sœurs de couleur.

— Oh, certainement. Abigail installe des filles de couleur à la Maison de l'industrie où elles font de la couture. La plus jeune, Carry, travaille dans divers orphelinats en ville et plus particulièrement celui pour les orphelins de couleur dont Jane tient les comptes.

— Prennent-elles les plus démunis sous leur toit ?

— Ça ne m'étonnerait pas. Comme je vous le disais, toutes sortes de gens bien fréquentent leur maison, blancs ou de couleur, tous les jours. Colbert, le fils d'esclaves du général Robert E. Lee vit chez leur amie quaker, Mme Gibbons, depuis des mois désormais. Elle l'amène souvent.

— Quelles femmes fascinantes. Je suis impatiente de faire leur connaissance.

— Anne-May, me chuchota Melody, votre calendrier social n'est pas l'affaire de M. Woolsey.

— Vous pourriez tenter le Newcomers Club à Broadway : on y aide les nouveaux arrivants en ville à s'introduire dans la bonne société. Il est tout près de chez ma belle-sœur.

— Quelle est leur adresse ?

— 8 Brevoort Place. On croirait se trouver au quartier général d'un intendant de l'armée américaine à voir la quantité de fournitures militaires qui entrent et sortent de chez elles.

— Numéro 8, dites-vous, demandai-je en déglutissant.

— Je suis désolé de ne pas vous avoir été plus utile, dit M. Woolsey en ôtant la serviette posée sur ses genoux.

— Au contraire, monsieur Woolsey, dis-je avec un sourire. Vous m'avez beaucoup aidée. Je suis si impatiente d'arriver à New York. J'espère parvenir à y retrouver une vieille amie.

TROISIÈME PARTIE

40

Jemma

Point Lookout, Maryland, septembre 1863

Mme Woolsey et Georgeanna revinrent de Gettysburg après les émeutes contre la conscription. Elles me firent garder le lit à l'étage, le pied entouré de glace posé sur des oreillers. Le domestique d'Eliza, Moritz, m'envoya même une petite béquille qu'il avait sculptée pour moi avec un coussinet recouvert de tissu en vichy rouge à caler sous l'aisselle. Je souffrais de ne pouvoir marcher comme d'habitude, mais surtout de revivre cette nuit, l'orphelinat en flammes, les cris et les pleurs des enfants. Cela me rappelait la nuit dans la grange où Toby était mort et la poutre était tombée sur Patience.

Je découvris que les insurgés avaient commis des exactions bien pires que l'incendie et la destruction totale de l'orphelinat, ces brutes avaient mis à sac la ville entière. Ils avaient jeté des pavés dans des vitrines, coupé les lignes télégraphiques, tué les chevaux qui tiraient les autobus qu'ils avaient également saccagés. Georgeanna me lut les journaux qui rapportaient comment ces sauvages avaient poursuivi les gens de couleur dans les rues pour les battre violemment, souvent à mort. Ils avaient incendié la résidence du maire, des hôtels et les bureaux de certains journaux. Quand les manifestants s'étaient approchés de ceux du *New York Times*, les employés avaient tourné leurs mitrailleuses Gatling contre eux et les avaient dispersés. Les émeutes avaient duré des jours, avec au bout du compte plus de cent personnes de couleur assassinées, dont onze par pendaison.

Mais retrouver Carter avait été un miracle et je me repassais la scène en boucle, m'attardant sur son sourire et nos deux corps allongés sur le canapé, collés l'un à l'autre.

Carter, Margaret et moi avions protégé la maison des Woolsey du pillage, mais leur amie, Mme Gibbons, n'avait pas eu cette chance. La populace avait saccagé sa maison, emporté tous ses biens et tenté d'y mettre le feu. Mme Gibbons avait donc demandé à Jane, Georgeanna et moi d'aller dans le Maryland la remplacer le temps qu'elle revienne à New York essayer de remettre un peu d'ordre.

J'étais contente de quitter la ville pour me rapprocher à nouveau de Ma et Patience. Je souriais rien que d'y penser tout en sachant bien que les chances de les voir seraient minimes.

Georgy, Jane et moi arrivâmes dans le Maryland en bateau à vapeur un jour de septembre. Les ponts inférieurs étant réservés aux Blancs, c'est en plein air, du pont supérieur, que nous vîmes notre nouveau domicile à l'arrivée du bateau. L'armée américaine avait établi l'immense camp de Point Lookout tout au bout de la péninsule, à juste une demi-heure de Peeler en voiture. On ne parlait à bord du navire que de la défaite de l'Union à la bataille de Chickamauga, quelque part à la frontière de la Géorgie et du Tennessee, responsable d'à peine un peu moins de morts dans chaque camp que Gettysburg.

Une fois nos affaires déposées au Hammond Hospital, Mme Gibbons nous fit visiter le camp et nous invita même à monter sur la tour de garde pour avoir une vue d'ensemble, pas un mince exploit avec nos longues jupes et ma cheville encore bandée.

Du sommet, nous voyions la pointe qui s'étirait au loin, basse et balayée par les vents, le phare qui se dressait bien plus haut que tous les bâtiments des environs. Les feuillages des bois commençaient juste à prendre leurs couleurs d'automne. Je cherchai tout de suite Peeler des yeux, vers le nord, et j'aperçus un bout de toit qui brillait au soleil entre les arbres. Imaginer Ma dans les champs, Patience tout près, à Ambrosia, ignorant que j'étais si proche d'elles me fit monter les larmes aux yeux.

Le camp était construit en cercle comme les rayons d'une roue. Le vaste quai grouillait d'hommes blancs : certains pêchaient, se baignaient nus dans la mer, débarquaient des tonneaux en les faisant rouler le long d'une planche d'un bateau amarré et d'autres encore transportaient des blessés vers l'hôpital.

Mme Gibbons nous indiqua le paysage d'un grand geste de la main. C'était une quaker et elle parlait exactement comme ceux que j'avais entendus à Leonardtown, de façon encore plus recherchée que les Woolsey, mais sans formules vieillottes.

— Point Lookout. Je vous présente ce qui vous tiendra lieu de maison. Hammond Hospital, bien sûr, un complexe de mille quatre cents lits. Plus loin, vous trouverez des réserves, des écuries et des quartiers supplémentaires pour les officiers, les médecins et les troupes de l'armée américaine. Un petit nombre de prisonniers rebelles sont logés dans la zone entourée de fil barbelé, ainsi que des traîtres à la cause et des espions, dont les nombres devraient croître.

— Et les baraquements près de l'hôpital ? demanda Georgy.

— C'est le camp de contrebande où affluent les esclaves fugitifs en quête de protection. Malheureusement, ces derniers temps, leurs propriétaires viennent souvent les y chercher.

— Mais ne sont-ils pas protégés ? demanda Jane.

— Le général dit qu'ils devraient l'être, mais malheureusement, les soldats de l'Union qui se sont engagés à veiller sur eux se laissent parfois corrompre et les rendent à leurs maîtres contre des espèces sonnantes et trébuchantes.

— Quelle immonde pratique, dit Jane.

— Comme vous pouvez bien l'imaginer, je fais de mon mieux pour les protéger. Le moral a beau n'avoir peut-être jamais été aussi bas, même si nous ne gagnons pas la guerre, nous pouvons en amener autant que possible à trouver la liberté.

— Que pouvons-nous faire pour aider ? demanda Georgy.

— Je vous en prie, soyez à l'affût des esclaves qui cherchent un refuge. Je considère que c'est l'un de nos rôles les plus importants ici. Nous sommes, pour beaucoup, leur seul espoir.

Notre première tâche fut de tout nettoyer de fond en comble, les lits pleins de soldats malades ou blessés. Jane prépara des biscuits à la mélasse, véritable gâterie pour les troupes, avec un pied de table en guise de rouleau à pâtisserie. Ils étaient quand même délicieux.

Je lavai plein d'assiettes assise sur une chaise devant l'évier et fit tout le repassage. J'allai ensuite avec Jane et Georgy nettoyer les quartiers de contrebande voisins. C'étaient des baraquements militaires quelconques, au plafond bas, avec pour seuls meubles des lits de camp. Des gens de couleur s'y entassaient, surtout des femmes et des enfants, qui avaient fui leurs maîtres et venaient de kilomètres aux alentours. Avant de laver les draps avec Jane et Georgy, il fallut les imbiber de kérosène pour tuer les poux. Il me paraissait étrange de me retrouver de l'autre côté, d'aider des gens de couleur à démarrer leur nouvelle vie sans être moi-même officiellement affranchie.

Je me sentais coupable de circuler dans mon uniforme d'infirmière devant tant de femmes pratiquement en haillons. Pour compenser, je refis six robes récoltées par les Woolsey dans leur tournée du voisinage.

Un jour, je passais entre les rangées de lits pour les distribuer ainsi que de l'eau fraîche quand quelqu'un m'appela par mon nom.

— Jemma ? C'est toi ?

Je me tournai et reconnus tout de suite le visage de Sybil, la petite domestique maigrichonne de Mme Charlene à Ambrosia. Elle était allongée sur un lit près d'une fenêtre et la sueur perlait à son front.

— Je pensais bien que c'était toi avec ta façon de parler si arrogante. (Elle m'arrêta d'une main.) Ne t'approche pas trop. J'ai peut-être le typhus. Je crois bien que toutes les punaises du comté de Saint Mary sont ici. (Elle essaya de s'asseoir.) Ça ne va pas, ta jambe ? Tu as l'air bien estropiée.

— Comment es-tu arrivée ici, Sybil ?

— Je suis juste partie d'Ambrosia, comme ça, un matin et je suis venue jusqu'ici à pied. (Elle regarda autour d'elle comme si elle voyait le baraquement pour la première fois.) Je ne sais pas si je ne ferais pas mieux de retourner brosser les cheveux à Mme Charlene.

— Personne ne t'a attrapée ?

— Ils n'ont même pas remarqué que j'étais partie, en tout cas pas à temps pour lancer les chiens. Ça ne va pas du tout pour Mme Charlene. Elle est à deux doigts de perdre la maison, si tu veux savoir.

— Comment vont ma mère ? Patience ?

— Ça fait un bail que je n'ai pas mis les pieds à Peeler, me chuchota-t-elle, donc je ne sais pas pour ta Ma, mais Patience, ça va, je crois. Je déteste te dire ça, mais LeBaron n'arrête pas de venir à Ambrosia pour lui apprendre à faire un truc ou un autre. Comme nettoyer ses bottes et ses fusils. Ça n'a pas l'air de la déranger.

— Bien sûr que si. Elle le hait plus que tout.

— Non, mais regarde comment tu es habillée chic.

— C'est un uniforme d'infirmière. Je travaille pour la Commission sanitaire. Je suis ici pour soigner les soldats blessés.

— Alors tu peux peut-être aider Doreen. Celle qui appartenait à Jubal Smalls ? Elle est tout près avec ses quatre petits, cachée dans les bois, elle a trop peur pour venir ici. Son aîné qui n'a pas quatorze ans, il est blessé à la tête.

— Terrence ? Les larmes me montèrent aux yeux. Un si gentil garçon.

— M. Smalls l'a frappé avec un sac en tapisserie, mais la baguette de métal l'a tapé en plein dans sa pauvre tête, incroyable, et ça lui a fait un trou au-dessus de l'oreille, si affreux qu'on pouvait voir le cerveau. M. Smalls l'a bouché avec du goudron pour empirer les choses. Doreen, elle a pris ses quatre mômes et elle a filé. Je les ai rencontrés en chemin.

— Où se cache-t-elle dans les bois ?

— Pas loin d'ici, juste par là-bas, m'indiqua-t-elle par la fenêtre. Tu ferais mieux de te dépêcher. Le pauvre garçon est aux portes de la mort.

Je parlai à Georgy et Jane de Doreen et elles allèrent chercher une civière. Je le dis aussi à Mme Gibbons qui nous fit remplacer auprès de nos patients, et nous accompagna même si la nuit tombait. Nous étions en septembre et les journées étaient encore chaudes à cette époque, mais la température chutait le soir. Les lucioles brillaient un peu partout et nous aidaient à éclairer notre chemin.

Mme Gibbons ouvrait la marche, dans la direction du bois, une lanterne à la main. Les grenouilles commençaient leur conversation nocturne.

— Je déteste devoir te demander de nous accompagner, Jemma, avec ta mauvaise jambe, mais toi seule peux trouver l'endroit où se trouve Doreen.

Je pris la tête de notre petite troupe, grandement aidée par ma béquille, et les conduisis dans la partie du bois indiquée par Sybil. Après de longues recherches, nous allions abandonner quand une voix douce se fit soudain entendre.

— Jemma ? C'est toi ?

— Doreen ?

Elle sortit des broussailles, Terrence serrée contre elle.

— Mon garçon va très mal, gémit-elle, la souffrance visible dans ses yeux.

Il ne dit plus rien, Jemma.

Georgy nous rejoignit.

— Est-ce que nous pouvons vous aider à l'étendre sur cette civière ? Ensuite nous irons à l'hôpital. Jemma et Mme Gibbons s'occuperont des autres enfants.

Mme Gibbons prit les mains des jumeaux et moi, celle du petit Sam tandis que Doreen étendait Terrence sur la civière le plus doucement possible. Georgy et Jane la soulevèrent doucement et nous reprîmes le chemin d'où nous venions. Juste à ce moment, alors que nous approchions l'orée des bois, des voix d'hommes s'élevèrent tout proches. Je ne les connaissais que trop bien.

— On nous a repérées, mesdames, chuchota Mme Gibbons. Ne bougez pas et laissez-les passer.

— Ils sont quelque part par ici, dit une voix qui s'approchait dans l'obscurité.

— Je peux les sentir, dit une autre voix en riant.

Jubal Smalls et le shérif Whitman débouchèrent du bois et marchèrent droit sur nous.

41

Jemma

Point Lookout, Maryland, septembre 1863

JE ME COLLAI CONTRE UN ARBRE, l'écorce m'entaillant le dos. Jubal Smalls nous dépassa en courant, moi et le petit Sam qui tremblait comme une feuille.

— Pas un bruit, lui chuchotai-je, une main fermement posée sur sa bouche.

Mon cœur se figea quand je vis les yeux de serpent de Jubal étinceler dans le noir, tout près. Il fonça avec le shérif sur Mme Gibbons, Jane et Georgy qui faisaient front, bras dessus bras dessous, pour dissimuler Doreen et la civière.

— Où est mon esclave, celle qu'on appelle Doreen ? demanda Jubal. Je sais qu'elle se cache dans ce bois.

— Nous sommes des infirmières de la Commission sanitaire, messieurs, lui répondit Georgy, glaciale, et nous ramassons des herbes médicinales.

— Il nous faut les chiens, cria Jubal au shérif.

Je n'avais encore jamais vu le shérif Whitman de si près et, cachée derrière l'arbre, je distinguais juste sa silhouette mais à son ventre, c'était sans aucun doute un gros mangeur de bacon.

— Méfiez-vous, mesdames. À votre accent, je vois que vous êtes des Yankees et bien peu familières de cette région. Mais on sait que des esclaves appartenant à cet homme se cachent par ici, donc si vous possédez la moindre information, vous feriez mieux de nous la communiquer.

— Je crois bien qu'un soldat du baraquement B a trouvé une famille qui correspond à votre description, dit Jane.

— Il les a amenés au camp pour les enregistrer, acquiesça Mme Gibbons.

Les deux hommes foncèrent vers le baraquement B. Dès qu'ils y entrèrent, la voie était libre pour nous précipiter vers l'hôpital.

Toute la nuit, les médecins s'efforcèrent de sauver Terrence, mais juste avant l'aube, ils appelèrent sa mère pour qu'elle lui dise au revoir. Je m'occupai des autres garçons avec Jane pendant que Doreen pleura presque une heure sur son fils comme si son cœur allait se briser et le mien aussi. On lui organisa un bel enterrement avec une pierre que j'avais choisie exprès pour lui. Et le lendemain, Mme Gibbons se démena pour permettre à Doreen et ses trois petits de monter discrètement à bord du bateau à destination de Boston. Elle fit aussi effacer leurs noms des listes pour que Jubal Smalls ne sache jamais où elle était allée.

Après la mort de ce garçon, quelque chose se transforma en moi. Soudain tout m'irritait, même des choses qui ne m'avaient jamais dérangée le moins du monde. Mais c'étaient Jane et Georgy Woolsey qui m'énervaient le plus. Alors que jusque-là je les avais laissées tout décider pour moi, cela m'horripilait soudain. Quelque chose de mauvais couvait en moi et explosa la nuit suivante.

— Pose bien ce pied surélevé, Jemma, me dit Georgy alors que Jane et moi la rejoignions dans la bibliothèque où elle était installée à faire de la couture.

— Je suis bien comme ça, Georgy, dis-je en m'asseyant dans un fauteuil moelleux.

Je n'avais qu'une envie, qu'on me laisse en paix, le temps de pleurer la mort du petit Terrence et de penser à Carter et Nathan pour décider lequel je préférais, la seule chose positive sur laquelle me concentrer.

Jane me prit le pied pour le poser sur un coussin.

— Tu devrais nous parler davantage de ce qui te préoccupe, Jemma.

— Je préférerais me taire, là maintenant.

Georgy défit un point.

— Es-tu heureuse ? Triste ? En colère ? Nous ne savons jamais. Jane et moi pouvons nous confier l'une à l'autre alors que tu n'as personne de proche.

— Maintenant que vous le mentionnez, oui madame, voilà une chose qui me fait enrager. J'aimerais beaucoup avoir ma propre sœur avec moi, sauf qu'elle n'est pas disponible, parce que c'est une esclave et qu'elle doit récolter l'indigo.

— Tu dois être bien contente du succès de tes chapeaux, remarqua Jane. Deux infirmières m'ont encore dit qu'elles aimeraient bien en avoir. Tu pourrais leur vendre et faire de bonnes affaires.

— J'aime les offrir, dis-je, bras croisés sur la poitrine.

— Laisse-moi te chercher un livre, proposa Jane, debout devant les étagères. Peut-être *La Petite Dorrit* ? Quelle chance qu'on t'ait appris à lire.

— Je pense que je préférerais *Oliver Twist.* Je l'avais commencé à Peeler et...

— Ça risque de te donner des cauchemars, Jemma.

Elle me tendit *La Petite Dorrit* et je le posai sur le guéridon.

— Je suis montée sur le toit aujourd'hui et j'ai grimpé sur une caisse de pommes pour voir si j'arrivais à apercevoir Peeler.

— J'espère que tu as fait attention avec ta cheville, remarqua Georgy sans lever les yeux de son ouvrage.

— Penser à Ma et Patience si proches alors que je suis assise au chaud devant la cheminée, est insupportable.

— Jane a vérifié les listes de contrebande, reprit Georgy en faisant un nœud avec son fil. Elle n'a trouvé personne de Peeler. Au moins on t'a tirée de cet horrible endroit. Tu pourrais peut-être leur écrire ?

— J'ai déjà envoyé une lettre de New York. (Je m'appuyais aux accoudoirs comme pour me lever.) Mais je lui en écrirai une autre avant qu'il ne soit trop tard.

— Pas encore, me dit Jane en me faisant signe de rester assise.

— Vous voulez bien arrêter, toutes les deux ? demandai-je en haussant peu trop la voix.

Elles se raidirent.

— Que se passe-t-il, Jemma ? me demanda Georgy.

— Aucune importance, dis-je en faisant les cent pas malgré ma jambe. Ça va.

— Tu devrais peut-être exprimer ce que tu as sur le cœur ? Il faut affronter les choses sinon tu resteras bloquée.

— Vous voulez savoir ce que j'ai sur le cœur ? J'ai l'impression d'être un écureuil en laisse. Et permettez-moi de vous dire, personne ne m'a tirée de Peeler. Je me suis sauvée toute seule. Je n'ai pas besoin de la protection de gens comme vous, qui m'appellent « ma Jemma » et décident pour moi. Vous ne voyez pas à quel point vous me blessez en faisant de moi votre chose ?

— Jemma, je t'en prie, dit Georgy en posant son ouvrage à côté d'elle.

Je m'avançai vers la bibliothèque.

— Je lirai ce que je veux, m'écriai-je en regardant les étagères.

— Il y a des gens qui seraient reconnaissants de telles attentions et de tels soins, dit Jane, les mains serrées l'une contre l'autre.

— Je vous remercie de vous soucier de moi. C'est très gentil de votre part. Mais je veux avoir mon mot à dire en ce qui me concerne. Et je veux choisir mes lectures. J'ai vu des choses bien pires que quoi que ce soit dans *Oliver Twist* donc laissez-moi décider. Et si je voulais faire des cauchemars ? Et autre chose, je n'ai pas eu de la chance qu'on m'ait appris à lire. Tandy Rose l'a fait par pur égoïsme, pour que je passe la moitié de la journée à lui lire la Bible. Donc, non, je n'éprouve pas de reconnaissance envers cette femme dont j'étais la propriété, qui me tuait à la tâche et me martelait la tête six fois par jour avec son dé à coudre. N'ai-je pas le droit de lire autant que vous ? Vous m'avez prise sous votre aile et je vous en remercie, mais vous dites toutes une chose et en faites une autre. Vous parlez de protéger les moins fortunés, mais vos sœurs et votre oncle nous laissent Margaret et moi, seules, pour nous défendre alors qu'ils savaient qu'il y aurait des émeutes. Vous refusez d'acheter du coton, mais votre père a fait sa fortune grâce au sucre.

— Notre père était un homme bien, dit Georgy.

— Mais il a gagné son argent sur notre dos.

— Nous essayons de nous racheter, dit Jane.

— Mais que faites-vous vraiment ? Avec vos médailles abolitionnistes, vos visites aux orphelins noirs et vos conférences contre l'esclavage ? La seule chose qui compte, c'est la liberté.

— Je suis désolée, Jemma, dit Georgy. Nous avons essayé d'aider.

— Vous ne m'avez fait que du bien, mais celles qui ont vraiment besoin d'être secourues ce sont ma mère et Patience. Les sortir de là. Maintenant, voilà qui aiderait.

Le lendemain matin, mon explosion de colère derrière moi, je me sentais aussi bien que possible. J'accompagnai Jane et Georgy dans l'ambulance du Hammond Hospital pour récolter des dons à Leonardtown. J'étais assise derrière, tous les pans de toile sur le côté baissés pour ne pas être reconnue, les autres ouverts pour laisser passer l'air.

Le fait que je leur dise ce que j'avais sur le cœur les avait surprises et même blessées, surtout Jane. Mais Georgy m'avait assuré qu'elle était contente que je n'ai pas pris de gants avec elle et depuis ce matin, nous étions redevenues amies.

Nous fîmes notre dernier arrêt en début d'après-midi et reçûmes un carton de chemises d'une femme dont le fils était mort à Gettysburg. Nous étions en train de reprendre le chemin de Camp Lookout quand Georgy se tourna sur son siège.

— Où se trouve Peeler par rapport à ici, Jemma ?

— Pas loin. Il faut traverser Hollywood et suivre Moneysunk Road pendant un bon bout de chemin.

Jane et Georgy se regardèrent.

— Qu'est-ce qu'il y a ? demandai-je, le cœur battant. Vous pensez qu'on pourrait juste passer prendre Ma et Patience ?

Jane ralentit les chevaux.

— On pourrait juste aller dans cette direction et évaluer la situation.

Je jetai un coup d'œil à travers une fente entre les pans de toile.

— Il ne faudrait surtout pas qu'on me voie.

— Est-ce qu'il n'y a pas un régisseur dans ces plantations ? demanda Georgy.

— C'est le même qui s'occupe de Peeler et Ambrosia. Il passe la plupart de son temps à circuler dans les bois à faire je ne sais pas quoi. On pourrait commencer par s'arrêter à Ambrosia et voir si Patience travaille aux champs.

— Et si Anne-May t'aperçoit ? demanda Jane.

— Elle ordonnera à LeBaron de me récupérer. Aucun doute. Je lui appartiens encore. (Je me tus un instant.) Mais j'aimerais tenter le coup.

— Si nous réussissons, ta mère et Patience seront considérées comme de la contrebande à Point Lookout, dit Georgy. Parfaitement légales.

— Je vous en serais éternellement reconnaissante.

Avec un mélange de peur et d'espoir, Jane fit faire demi-tour aux chevaux et prit la direction de Peeler.

Alors que nous avancions en cahotant sur la route, je refermai soigneusement les pans de toile à l'avant et à l'arrière de l'ambulance, pour bien me cacher.

LeBaron. Anne-May. Jubal Smalls. Comme ils sauteraient de joie s'ils me récupéraient.

J'arrangeai les caisses à l'arrière pour ne pas penser à notre nouvelle mission. À voir les maigres contributions, la situation n'avait fait qu'empirer dans cette partie du Maryland depuis mon départ. Je me mis à réfléchir à mon sujet préféré, Carter, et comment ce serait de m'enfuir au Canada avec lui. J'essayai de me le représenter, son sourire si doux, son corps qui m'enveloppait sur le canapé cette nuit-là. Mais qui sait si sa proposition tenait encore ? Je n'avais plus eu de ses nouvelles depuis juillet.

Je me concentrai sur les quatre chemises de homespun qu'une pauvre dame dont le fils était mort à la guerre nous avait données. Je les pliai avec soin. Pa avait les mêmes.

Pa.

Après mon explosion de la veille, il m'était un peu moins difficile de penser à lui sans avoir envie de donner des coups. Que faisait Ma juste en ce moment ? Elle devait être dans les champs de Peeler. Patience était presque certainement à Ambrosia, de retour dans sa case après avoir déjeuné aux champs. Notre plan improvisé était bon et rien que d'y penser, j'avais la bouche sèche comme si elle était pleine de poussière.

Georgy s'arrêterait devant Ambrosia pour parler à Mme Charlene. Pendant ce temps, Jane amènerait boire les chevaux et j'irai chercher Patience.

Il faisait une chaleur à faire lever du pain dans l'ambulance complètement fermée, les pans de toile baissés. Je m'essuyai les paumes sur ma jupe. Jane conduisait, Georgy assise à côté d'elle sur le siège du cocher. L'ambulance était identique à celles de Gettysburg, avec de la place pour coucher deux blessés par terre, même si je ne me souvenais pas avoir jamais été dans une ambulance après avoir été touchée.

J'ouvris la toile qui donnait à l'avant pour écouter Georgy repasser le plan que nous avions concocté.

— Une fois à Ambrosia, Jane amènera l'ambulance à la porte de derrière où j'entamerai une conversation avec la maîtresse de maison, sous prétexte de récolter des dons pour l'hôpital et je tenterai de la persuader de m'inviter à entrer. Jane demandera à abreuver les chevaux et fera le tour par les cases. Une fois sûre qu'il n'y a pas de danger, elle te donnera le signal de descendre pour aller chercher Patience. Dès que vous serez toutes les deux montées, elle reviendra me chercher. Lorsque Patience sera en sécurité, nous ferons la même chose pour ta mère et reprendrons la route de Point Lookout avant la nuit. Nous sommes bien d'accord ?

J'acquiesçai, toute tremblante rien que d'y penser, mi-excitée de revoir Ma et Patience, mi-terrifiée.

— Et si Mme Charlene a déjà lâché ses chiens ? Ils reconnaîtront mon odeur à deux kilomètres.

Georgy chassa un taon.

— Jane s'assurera qu'il n'y a pas de danger avant que tu sortes par-derrière pour chercher Patience.

— Et si Mme Charlene ne vous invite pas à entrer ? Elle a un mari souffrant. Vous pouvez peut-être proposer de lui donner des soins.

— Bonne idée, Jemma. Notre plan est solide, mais il faut laisser de la place à la spontanéité. Maintenant ferme les pans de tissu et attache-les bien.

Mademoiselle Jane avait beau pousser les chevaux à avancer, il fallut un temps interminable pour arriver à Ambrosia et cette ambulance secouait drôlement pour un véhicule censé transporter des malades.

Au fur et à mesure que nous progressions, je jetai des coups d'œil à travers un espace entre la toile et le montant en bois. Une fois entrés dans Hollywood, je vis le magasin Smalls and Sons et tremblai de plus belle. À la bifurcation pour Peeler, l'ambulance prit la route d'Ambrosia, passa la barrière de la ferme du vieux M. Burns. Je fus soulagée de ne pas pouvoir voir la totalité de cet arbre araignée où Pa était mort.

Quand Jane s'arrêta devant Ambrosia, les chiens commencèrent à aboyer et j'en eus des frissons dans le dos. Je respirai à peine. Mme Charlene apparut à la porte de la cuisine, faisant claquer la moustiquaire derrière elle, un tablier par-dessus sa robe, une poêle à frire noire dans une main. Ses cheveux jadis bien coiffés par Sybil, étaient filasse et son chignon à moitié défait. Elle ne portait pas son châle en poil de chameau habituel.

— Qu'est-ce que vous voulez ? demanda-t-elle, méfiante.

Georgy descendit de l'ambulance et j'entrevis son dos.

— Nous venons de Hammond Hospital.

— À Point Lookout ? Vous avez de la contrebande là-bas ? Probablement quelques-uns de mes esclaves, alors que je suis obligée de faire ma propre vaisselle.

— Nous venons récolter des dons, des vêtements un peu usés, peut-être…

— Je n'ai rien. Les temps sont durs, non pas que vous le sachiez, vous, avec vos châles élégants.

— Même les dons les plus humbles pourraient aider nos blessés à l'hôpital.

— Nos blessés ? Vous voulez dire des Yankees. C'est eux qui ont démarré cette guerre.

— En fait, non, madame…

— Et je me retrouve ici avec un mari malade. Il n'a même pas eu la possibilité de se battre.

— Je suis une infirmière expérimentée. Je serais ravie de l'examiner.

— Vous, une infirmière ? Vous m'avez l'air bien trop chic pour faire un tel travail.

— J'ai servi à bord des navires-hôpitaux. Et à Gettysburg. Maintenant à Point Lookout.

— Vous connaissez quelque chose au croup ?

— Oui.

— M. Weed a une mauvaise crise.

— M'autoriseriez-vous à entrer et à l'ausculter ?

Mme Charlene resta une longue minute immobile à observer Georgy, bouche ouverte, la poêle à frire se balançant doucement au bout de son bras.

— Entrez.

— Est-ce que ma sœur peut donner à boire à nos chevaux ? Les pauvres bêtes ont soif.

Mme Charlene lui indiqua d'un geste la direction des cases.

— La pompe est derrière la grange.

Georgy suivit Mme Charlene par la porte de la cuisine et l'ambulance s'ébranla. J'essayai d'apercevoir encore Georgy, mais nous passions déjà à côté de l'enclos des chiens qui n'aboyèrent pas, avant de contourner la grange. Je serrai les mains l'une contre l'autre si fort que j'en eus des fourmis.

J'allais voir Patience. Et Ma aussi.

Jane arrêta l'ambulance devant les cases, je soulevai la toile et sautai à bas de la voiture. Jane m'adressa un regard inquiet et j'entrai dans la case en boitant un peu sur ma mauvaise cheville.

Patience était à l'intérieur, en train de balayer la pièce. Je retins mon souffle, débordante de bonheur, en attendant qu'elle me voie. Quand elle le fit enfin, elle se mordit le poing et se précipita sur moi, aussi vite qu'elle le pouvait malgré sa jambe estropiée. Elle avait l'air absolument terrorisée.

— Jemma. Qu'est-ce que tu fais ici ? Qu'est-ce qui est arrivé à ton pied ?

— Blessée à New York. (Je lui pris les mains.) J'ai tant de choses à te raconter. Je suis à Point Lookout, je soigne les soldats. Nous sommes venues vous chercher, toi et Ma.

— Il faut que tu partes. Tout de suite.

— Que se passe-t-il ?

— Qui sont ces femmes ?

— Mes amies. Elles font semblant de récolter des dons…

— Emmène tes amies et filez. LeBaron est ici aujourd'hui. Dans les champs pour l'instant, mais il doit arriver d'une minute à l'autre. Il vient parler à Mme Charlene d'une transaction.

— Quelle sorte ?

Elle laissa retomber mes mains et se détourna.

— Moi, je suppose.

— Patience ! Pourquoi Mme Charlene ? Tu appartiens à Anne-May.

— Anne-May ne me vendra pas sans son accord.

— Il faut que tu viennes vite, l'implorai-je en la tirant par le bras.

— Non, Jemma, dit-elle en se dégageant.

— Si tu restes ici, LeBaron te fera ce qu'il a fait à Celeste.

— Il ne me regarde même pas. De plus, Mme Charlene le tient à l'œil. Elle m'a dit qu'elle n'arrêtera jamais de me louer.

— Jemma, tu es prête ? appela Jane tout bas de l'ambulance.

— Vas-y, me lança Patience de la porte. C'est ma vie maintenant. Retourne à la tienne ou tu seras de nouveau coincée ici.

— Je ne partirai pas sans toi. Nous allons à New York.

Patience me regarda fixement un long moment avant de me tendre la main.

— Toi, tu n'abandonneras jamais. Alors, d'accord.

Je la tirai dehors, un gigantesque sourire aux lèvres, et l'aidai à monter dans l'ambulance. Mademoiselle Jane fit avancer les chevaux au pas pour aller récupérer Georgy. Patience et moi étions assises derrière et je lui serrais fort la main, le sang me battait aux oreilles.

— Nous rentrons à Camp Lookout, c'est tout près.

— LeBaron est dans les parages avec ses chiens. S'il nous trouve, je saute.

— Nous le devancerons. Mademoiselle Jane conduit à toute vitesse.

— Tu sais comment ça se terminerait. Je ne veux pas te faire retomber dans tout ça, Jemma. Regarde-toi dans ta belle robe d'infirmière avec tes amies blanches. Tu as une chance maintenant. Je peux venir à New York une autre fois, quand la guerre sera finie.

— Et si le Sud gagne ? C'est notre seule chance.

De retour à l'intersection, la voiture ralentit et je compris que mademoiselle Jane ne savait plus quelle direction prendre.

C'est à ce moment que Patience et moi les entendîmes, au loin, mais qui se rapprochaient. Elle me regarda dans la pénombre croissante et serra ses bras autour de sa taille.

Les chiens.

— Prenez à droite, Jane. Rentrons à Point Lookout. Nous irons chercher ma mère une autre fois. LeBaron arrive.

Elle tourna à droite et accéléra. L'ambulance avançait bien quand j'entendis la voix de LeBaron qui nous demandait de nous arrêter. Je m'avançai à quatre pattes avec Patience pour regarder à travers le trou dans la toile.

Clem et lui venaient de la direction opposée, à bord d'un chariot délabré, et nous bloquaient le chemin. Je retins mon souffle quand LeBaron sauta à terre, son fouet comme un serpent noir enroulé dans une main, ses deux chiens préférés à ses côtés. Ils aboyèrent après l'ambulance, courant tout du long comme des fous.

— Où allez-vous, mesdames ? demanda LeBaron.

— Nous rentrons à Hammond Hospital, répondit Georgy d'une voix ferme.

— Qu'est-ce que vous avez là-dedans ? Mes chiens sont drôlement intéressés.

— Rien que des vêtements usés, monsieur.

— On va voir ça. J'aime les vêtements usés. Toi aussi, Clem, non ?

Jane poussa les chevaux à avancer, mais LeBaron resta campé devant l'ambulance et déroula son fouet.

— Vous voyez, on n'aime pas trop les étrangers qui viennent par ici et troublent l'ordre naturel des choses.

— Laissez-nous passer, monsieur, ordonna Georgy.

— Une fois que j'aurais bien regardé ce que vous avez là-dedans. C'est que vous êtes sur une propriété privée et que vous n'en avez pas le droit.

Les chevaux piaffèrent et secouèrent l'ambulance.

— Nous sommes des infirmières de l'armée américaine, monsieur, dit Jane.

— Depuis que vous vous êtes installés à Point Lookout, nous soupçonnons qu'un bon nombre de nos esclaves se sont enfuis dans votre camp de contrebande. Vous nous avez fait perdre un sacré investissement.

— Je saute, me chuchota Patience à l'oreille.

Je lui agrippai encore plus fort la main.

— Ceci est une voiture de l'armée américaine, insista Georgy en haussant le ton, et quiconque entrave son fonctionnement, encourt une amende de deux cents dollars. Excusez ma franchise, mais vous ne me semblez pas le genre de gentleman qui aurait une telle somme à débourser.

Je crus que mon cœur allait exploser hors de ma poitrine quand LeBaron quitta Clem pour s'avancer sans se presser vers l'ambulance en laissant traîner le bout de son fouet dans la poussière de la route.

— Ces chiens sont sacrément remontés. Je suis curieux de savoir ce que vous cachez là-dedans.

— Il va te trouver, murmura Patience. Je me rends. Sinon il te trouvera aussi.

— Non...

— Il te gardera et ce sera encore pire qu'avant.

— Et si nous jetions un coup d'œil, dit la voix de LeBaron qui se rapprochait.

Patience se serra si fort contre moi que je sentis battre son cœur, puis sans faire de bruit, elle alla à l'arrière de l'ambulance. Je lui tendis une main.

— J'y vais, me chuchota-t-elle encore. Si tu m'aimes, tu ne bouges pas.

Elle ouvrit la petite porte d'une poussée de la main, sortit et la referma aussitôt.

— Je le savais ! cria LeBaron. Reviens ici, toi.

Un œil contre la fente, les deux mains sur la bouche, je regardai Patience courir de son mieux dans la direction des bois.

LeBaron la poursuivit et lui tomba dessus au bord de la route comme un boucher abat ses cochons.

Il la tira par un bras et la traîna à son chariot. Elle était couverte de feuilles, des brindilles dans les cheveux.

— Eh bien, regardez-moi ça.

Patience se dégagea.

Les larmes aux yeux, je rampai tout au bout de l'ambulance. Et si je sortais en courant et la lui arrachais ? Les chiens me sauteraient aussitôt dessus.

Il agita le manche de son fouet dans la direction de Jane.

— Je savais bien que vous ne mijotiez rien de bon par ici toutes les deux.

— Ce n'est pas de leur faute, dit Patience. Je suis montée dans l'ambulance sans qu'elles le sachent.

— Donc tu t'enfuirais comme ça et tu abandonnerais Mme Charlene sans personne pour finir l'indigo ? Tu sais ce qu'on fait aux fugitifs ? (LeBaron prit une corde, lui attacha les mains, puis la jeta à l'arrière de sa charrette.) Il faut que je te ramène avant que tu t'échappes de nouveau.

— Cette pauvre enfant n'a que la peau sur les os, elle est visiblement maltraitée ici, lui cria Georgy. Pas étonnant qu'elle veuille désespérément s'enfuir.

— Elle est la propriété personnelle de sa maîtresse, cria LeBaron en remontant dans son chariot. Ce que vous ne comprenez pas, mesdames, c'est que les gens comme elle ne ressentent pas la douleur et la faim comme nous autres.

— Vous aurez des nouvelles des autorités, dit Georgy.

— Dites-leur de contacter le shérif Whitman, dit-il narquois. Il s'en occupera. Clem, laisse-les passer. Maintenant, je vous suggère, mesdames, de décamper de cette propriété privée.

Clem cria « hue » et l'ambulance repartit avec une embardée.

Je regardai à travers la toile. Patience était assise à l'arrière du chariot de LeBaron, la tête haute. Je m'étais sauvée, mais la douleur de la perdre à nouveau, d'abandonner ma sœur adorée, me renvoya dans un trou noir tandis que nous filions vers Point Lookout.

42

Anne-May

Washington, D. C., avril 1864

JE N'ÉTAIS NULLEMENT PRESSÉE DE QUITTER Washington, car, oui, je voulais retrouver Jemma et me rabibocher avec Jubal mais c'était aussi grisant de vivre dans l'opulence. J'essayai de me tenir éloignée de mon ancien beau-père dont les goûts se portaient fort heureusement sur des plus jeunes que moi. Flux constant de filles nubiles qu'il amenait chaque nuit dans ses appartements, parfois plusieurs en même temps.

Par un après-midi de printemps, lorsque Melody me convia à prendre le thé au Willard, l'hôtel le plus huppé de Washington, je fus tout de suite méfiante. Je voyais bien que notre petit arrangement commençait à sérieusement l'énerver. Tout le monde savait que la cuisine du Willard était la meilleure qui soit puisque

Abraham Lincoln y commandait des repas entiers. On y trouvait les toutes dernières commodités : eau courante, éclairage au gaz et toilettes, un ensemble bien plus impressionnant, aux yeux de certains, que la Maison-Blanche.

On nous fit asseoir, Melody et moi, dans la salle à manger, pièce lumineuse, comme soutenue par d'énormes palmiers en pot. Le plafond s'ouvrait en un atrium et les conversations résonnaient sur le sol carrelé. Des hommes et des femmes se regroupaient autour de tables surmontées de plateaux en argent à étages, emplis de toutes sortes de gâteaux et friandises. Les femmes paradaient dans la salle, circulant ici et là et saluant Melody d'un « Comment allez-vous ? », ces mêmes dames de la bonne société de Washington qui systématiquement snobaient Mary Lincoln.

Tout à coup, il y eut du remue-ménage dans le hall d'entrée : les serveurs essayaient de refouler quelqu'un, mais j'eus tôt fait de voir s'approcher, se faufilant entre les tables drapées de lin…

Mama.

— Oh Zoretha, dit Melody, levant le nez, pile à l'heure.

Mama fonça droit sur moi, aussi calme que possible.

— Comment as-tu pu me trahir ainsi, Anne-May ?

— Elle tient ses leçons des meilleurs, ironisa Melody qui signala au serveur de resservir du thé.

— Dès mon retour à La Nouvelle-Orléans, se mit à raconter Mama après avoir déboutonné sa cape en tremblant, ils sont venus me chercher. D'horribles soldats yankees m'ont traînée dans Elm Street, jetée en prison sans aucun change ni petit déjeuner et m'ont gardée enfermée pendant deux semaines.

À y regarder de plus près, Mama n'était pas bien belle à voir : une mite avait dévoré sa cape, et le bord de ses manchettes était gris de crasse.

— Je suis désolée, Mama, mais il fallait que…

— Mon amie Belinda-Jean de Bâton-Rouge a des relations et ils ont pu me faire sortir, mais très vite d'autres soldats sont arrivés à ma porte et m'ont enfermée de nouveau. Au début, je suis restée muette, tu es ma chair et mon sang, n'est-ce pas ? mais quand ils m'ont dit que d'après ta description, j'étais d'âge *avancé*, que j'avais prétendument commis ces actes répugnants et qu'ils ont insinué que je risquais la pendaison, je leur ai finalement dit la vérité. Il m'a fallu un moment pour les convaincre et ils ont fini par me laisser sortir, mais en résidence surveillée pendant des mois. Je ne pouvais même pas me promener dans le parc. Ils ont noté tous les détails que je leur ai donnés au sujet de ton carnet rouge.

— Bon sang, Mama ! m'exclamai-je, le sang battant à mes tempes.

— Et tu jures maintenant ? Le Nord t'a pervertie.

— Je suis adulte et ferai comme bon me semble.

— Il m'a fallu une éternité pour parvenir jusqu'ici. Retards sans fin à cause de cette fichue guerre. Obligée de voyager en seconde à cause de mon peu de moyens.

— Tu aurais pu écrire.

— Je voulais voir ton visage au moment de te dire tout le mal que tu as fait à celle qui t'a donné le jour.

Si les autres convives écoutaient, ils étaient assez bien élevés pour ne pas se retourner et nous fixer bouche bée, toutefois de nombreuses conversations avaient cessé.

— Ça m'a fait du bien de tout raconter à ces soldats, ma chère fille. De leur expliquer que c'est toi qui as passé ces renseignements sur l'emplacement des troupes.

— Tais-toi, s'il te plaît.

— Toi qui possèdes ce petit livre rouge dans lequel tu consignes chaque mot.

— Tu peux baisser d'un ton, Mama. J'espère que tu n'as pas mentionné Jubal.

— Tout, j'ai tout raconté par le menu et ils ont pris des notes, Anne-May, ils ont posé au moins dix questions au sujet de ton carnet. Ils vont envoyer des soldats de l'armée américaine pour t'interroger. D'un jour à l'autre en fait.

— Je nierai tout en bloc. De plus, vivre ici avec Reggie me garantit une protection.

— Tu ne resteras pas toujours chez lui, fille diabolique. Pour moi à partir d'aujourd'hui, tu n'existes plus.

— Eh bien, ça te laisse avec Euphemia.

— Elle ne trahirait pas sa mère pour sauver sa peau, elle !

— Pas étonnant que Père ait été si souvent en voyage à l'étranger. Il te supportait à peine.

— Cet homme, me siffla-t-elle à la figure, les yeux étincelants, était plus prompt à rêver qu'à agir, mais au moins c'était un homme bon. Ne serait-il pas dégoûté par ce que tu es devenue ?

— Comme Père a été dégoûté par toi ? Comment peut-on t'aimer ?

Je me dirigeai vers l'entrée, elle cria dans mon dos.

— Le jour où je t'ai dit que tu ferais une mère passable, j'ai eu tort. Une chatte ferait mieux que toi.

Dans le restaurant, tout le monde la regardait.

— Est-ce un fait ?

— En voici un autre pour ta gouverne, déclara-t-elle d'une voix claire et forte. Ce père que tu défends n'est pas ton père.

Je m'immobilisai et me retournai.

— Oui, tout à fait. Ton vrai papa était un immonde marchand de riz de Philadelphie avec qui j'ai couché dans sa chambre d'hôtel sale juste pour contrarier ma propre mère.

— Tu *mens.*

— Quand j'ai su que j'étais enceinte, je n'avais qu'une envie : me débarrasser de toi, mais un quart de brandy chaque soir n'a pas suffi. Tu t'es incrustée comme une maladie et quand tu as fini par sortir, j'ai tremblé comme une feuille, tu avais les mêmes cheveux jaunes que ce sale type. John Wilson m'a prise en pitié et t'a élevée comme sa fille, mais il ne t'a jamais vraiment aimée comme la sienne.

— Mais alors pourquoi tante Tandy Rose m'a-t-elle légué Peeler ?

— Tu crois que je lui ai fait ce plaisir-là, lui dire que tu étais une bâtarde. Elle n'avait que vous trois comme héritiers. Elle a pensé que tu étais forte, que Harry n'aurait pas l'étoffe, mais clairement, tu ne le mérites pas.

— C'est ce que tu crois, dis-je en redressant mes manchettes.

— Tu peux jouer à la femme riche et cultivée autant que tu veux, Anne-May, à manger des plats raffinés avec l'élite du pays, mais la vérité c'est que tu descends de Yankees pouilleux. Penses-y quand les Pinkerton viendront t'emmener pour retrouver cet infâme carnet.

Je sortis à grandes enjambées du restaurant, vibrante de colère et une fois sur le trottoir, piochai dans ma tabatière. Je regardai à droite et à gauche pour voir s'il y avait des Pinkerton et ne voyant personne, je rentrai à pied chez Reggie.

Il était temps d'aller à New York et de retrouver Jemma.

Et ce foutu carnet.

Le printemps à New York était magnifique et tandis que je marchais dans Central Park, j'attirais les regards admiratifs des promeneurs, comme des promeneuses. Les calèches se pressaient dans les allées, les bateaux aux couleurs vives émaillaient les eaux du lac : c'était un spectacle exceptionnel. Selon un cocher, il devait bien y avoir plus de cent mille personnes dans le parc ce jour-là. Un lieu parfait où réfléchir à ce que m'avait appris Mama de ma fâcheuse naissance. Tentative désespérée de sa part de me faire souffrir.

Je m'assis et tirai de ma poche la lettre que j'avais fait écrire par Patience pour Jemma. Je lui avais aussi fait rédiger l'adresse sur l'enveloppe. Le bon moment de l'envoyer, me semblait-il, histoire de rappeler à Jemma qu'elle manquait cruellement à sa sœur.

Puis, je sortis de la même poche le mouchoir de Jubal, j'y avais fait broder les mots du poème qu'il avait composé pour moi : « *L'amour ne meurt jamais.* »

Le coton était-il encore imprégné de son eau de Cologne ? Je le portai à mon nez et humai ce qui n'était pas encore estompé de son parfum d'épices et de conifère mêlés.

Je flânais sur le large chemin entre des rangées d'ormes d'Amérique, mon flacon à priser en argent accroché à mon cou par une chaîne tressautait contre ma poitrine. Malgré cette terrible guerre, quelle parade de riches ladies yankees vêtues de capes en moire et velours ambre, de visons et de robes en soie brochée dans des magentas foncés et éclatants, des ors et des roses églantine. Comme elles avaient l'air contentes de leur sort, tandis que dans les journaux on lisait plein d'articles sur les belles du Sud réduites à boire de la chicorée et à porter leurs vieilles robes retournées.

Après des mois passés à profiter de l'hospitalité de Reggie et de Melody, j'avais amassé une assez belle garde-robe que je portais avec avantage et, dans ma robe en soie vert émeraude, les épaules couvertes d'une cape en velours noir doublée de zibeline, faite par le fourreur français préféré de Melody, je me coulais bien parmi les Yankees à la mode. J'avais sous ma robe mon nouvel élévateur impérial ; des promeneurs s'arrêtaient et me fixaient comme je levais et abaissais ma jupe à la vue d'une flaque d'eau ou de n'importe quel petit fossé sur le chemin.

Je quittai enfin Washington avec six nouvelles malles grises Louis Vuitton et un beau paquet de dollars glissé dans la poche en soie de la malle à chapeaux. Melody parut véritablement enchantée de me voir partir dans leur voiture pour l'hôtel Brevoort à New York.

À mon arrivée plus tôt dans la journée, malgré mes six malles françaises, l'employé de la réception m'avait traitée de haut.

— Avez-vous les moyens de payer cent dollars la nuit ?

— Bien plus que ça, monsieur, je suis la fille de Reginald Stickman de Washington.

— À en juger par votre accent, vous êtes du Sud. Avez-vous juré fidélité aux États-Unis, madame ?

— Je suis née à La Nouvelle-Orléans et j'y ai été élevée, mais je vis actuellement dans le Maryland. La dernière fois que j'ai vérifié, monsieur, c'était un État de l'Union.

Il pinça les lèvres. Je jetai un regard dans le vaste lobby aux sols en marbre poli et tentures en velours.

— Naturellement, étant à l'origine de La Nouvelle-Orléans, j'ai certaines exigences. Aucune ville n'offre un plus grand choix de divertissements.

— Sans blague ! ironisa le réceptionniste qui s'affairait à remettre en place des papiers.

— Je ne sais pas, monsieur, si vous êtes un disciple de Bacchus, mais il y a là-bas quarante-cinq établissements qui vendent de l'alcool, et les hôtels sont incomparables, donc, bien sûr je suis habituée à ce qu'il y a de mieux.

L'homme ne se montra guère impressionné, mais le personnel me traita avec plus d'amabilité une fois que je commençai à sortir mon *porte-monnaie* suspendu à une chaîne en argent et à distribuer des pièces de cinq dollars en or. Une chambrière déballa mes affaires dans les trois pièces de la suite et je commandai un repas pour deux. Je n'en mangeai que les morceaux de choix et laissai le reste, j'essayai toutes mes tenues et abandonnai mes vêtements par terre où bon me semblait, puis j'ouvris en grand la fenêtre pour aérer.

Une fois lassée de me promener dans Central Park, je cherchai l'adresse que j'avais repérée sur une publicité dans le journal pour l'agence de détectives Bigelow dont la devise « On veille constamment » était imprimée sous le dessin vaguement inquiétant d'un œil unique qui vous fixait.

Après avoir gravi des escaliers à n'en plus finir, je pénétrai dans un bureau miteux derrière une porte en verre sur laquelle étaient peints en doré « S. M. Bigelow, détective privé » et ce même œil troublant. Assis à son bureau en train de manger un bol de crème renversée, se trouvait un homme suant qui ressemblait à un têtard ayant oublié de se transformer en grenouille.

— Qu'est-ce qui vous amène ? me demanda-t-il, levant à peine le nez.

— Anne-May Wilson Watson. Je suis ici à la recherche d'une personne disparue

— Vous êtes du Sud ? Je fais payer tout de suite. De l'argent de l'*Union*.

— Je suis de Louisiane, monsieur, mais je réside maintenant dans le Maryland. La plantation Peeler, vous en avez peut-être entendu parler.

M. Bigelow laissa bruyamment tomber sa cuillère dans son bol et m'accorda toute son attention.

— Vous êtes une belle-de-nuit ?

— Pardon ?

— Vous avez tout l'air d'arpenter nos rues toute seule. Aucune dame bien ne fait ça.

— Sachez, monsieur, que j'ai surpris de nombreux coups d'œil admiratifs dans Central Park.

— Admiratifs, ou abasourdis par cette sudiste dans ses beaux atours qui se promène toute seule ? Ça attirera plus de regards que le phoque du cirque Barnum.

Je pressai contre ma joue une main couverte d'un gant en maille et la trouvai brûlante.

— Si nous pouvions nous en tenir à ce pour quoi je vais vous payer, monsieur Bigelow.

— Noire ou blanche ?

— Je vous demande pardon ?

— La personne que vous recherchez. De couleur ou blanche ?

— De couleur en effet. Une fille du nom de Jemma. Elle m'appartient. Mon mari l'a vendue mais en fait, selon la loi, elle est à moi.

— Et voilà, ça y est ! Encore une esclave en fuite. Ah, qu'est-ce que je ne donnerais pas pour un bon amoureux plaqué.

— Son dernier lieu de résidence est Hagerstown, en Pennsylvanie, mais j'ai de bonnes raisons de penser qu'elle pourrait bien être à New York avec une famille du nom de Woolsey. Au 8 Brevoort Place.

— J'ai entendu parler de ces gens, ils sont tout le temps dans le journal. C'est une adresse chic. Jemma est employée là-bas ?

— Je dois vous mâcher le travail ? J'ai besoin de savoir si elle s'y trouve bien et si ce n'est pas le cas, où elle est. Ce qu'elle fait, *et cetera.* Je suis restée un moment devant cette maison pour essayer de la voir et j'ai joué à la passante, mais j'ai été accostée par un homme de couleur.

— Et quel style vous voulez ? On lui met le grappin dessus et on l'embarque ?

— Je ne...

— Vous voulez qu'on la ramène à la plantation ?

— Vous pouvez faire ça ?

— Je peux tout faire contre des dollars de l'oncle Sam.

— Rien que l'idée de toucher l'argent de l'Union me dégoûte.

— Ah, je pensais bien que vous étiez « une vipère cuivrée », venant du Sud, de Louisiane...

— Les Yankees ont tué mon frère, monsieur Bigelow. Je ne les soutiendrai jamais. Si ça suffit à faire de moi ce que vous appelez une « vipère cuivrée » anti-Lincoln, eh bien parfait !

— Allez, allez, dit le détective en me tapotant la main, moi aussi je les hais. Cette guerre va ruiner notre grand pays, avec tous ces esclaves libérés qui viennent au nord. (Il sourit, révélant un fatras de dents d'une couleur algues marronnasses.) Pas besoin de toucher à cet argent, si vous voulez bien me payer d'une autre manière.

— Ne soyez pas ridicule, monsieur. Comment pouvez-vous imaginer que je m'abaisserais ainsi ?

Je pris mon porte-monnaie, en sortis une pièce d'or frappée de l'aigle américain et la jetai sur son sous-main.

Il la saisit presque au vol et la fourra dans la poche de son gilet.

— Bon début, mais ça vous coûtera cinquante dollars de plus.

— C'est du vol !

— C'est New York, madame Watson, mais comme je vous aime bien, voici de l'info gratuite. L'aînée des Woolsey s'appelle Abigail, elle est quasi quotidiennement dans les journaux pour ses bonnes actions à la Maison de l'industrie. Elle y reçoit des pauvresses, leur enseigne un métier pour leur permettre de gagner de l'argent. Vous êtes une femme, elle vous donnera des renseignements qu'elle ne me donnerait pas.

— C'est où ?

— Sur la 16e Rue. Faites en sorte qu'elle vous prenne en pitié et vous pourrez rentrer dans leur maison, glaner plus d'éléments. Après, si vous voulez des gros bras pour reprendre cette esclave, je suis votre homme. On n'aura qu'à trouver un chef d'accusation quelconque, espionnage ou trahison. Entre-temps, je commencerai à chercher des choses sur cette Jemma grâce à mes sources et si vous voulez la kidnapper et la renvoyer en esclavage dans le Maryland, vous aurez qu'à m'appeler.

43

Georgy

New York City – Fishkill, New York, avril 1864

APRÈS NOTRE TENTATIVE DÉSASTREUSE de sauver Patience, nous repartîmes pour Point Lookout. Jemma, assise en silence, se reprochait la situation désespérée de sa sœur et refusait toute parole de réconfort. Mère envoya une missive urgente à son cousin du tribunal du Maryland, l'implorant d'intervenir pour régler la situation, mais elle ne reçut aucune réponse. J'écrivis à Mme Gibbons, la suppliant d'aider la mère et la sœur de Jemma. J'eus une réponse rapide quoique énigmatique : elle m'assurait être au courant de ce cas et promit de faire de son mieux, mais si ses efforts étaient couronnés de succès, nous n'en serions pas informées et elle s'attendait à ce que notre échange demeure confidentiel. La vie à Point Lookout se poursuivit ensuite sans incident jusqu'au jour où nous arriva une lettre des services du ministre de la Santé.

« Secrétaire d'État à la santé Heger, É. U.
Monsieur,
Le ministre de la Guerre a organisé le transfert de sept cents blessés de Chester, Pennsylvanie, à l'hôpital de Point Lookout.
À leur arrivée, vous congédierez les infirmières et ne garderez qu'une personne appropriée en cuisine pour le régime pauvre et une à la lingerie. Sur ordre.
C. H. Crane,
ministre de la Santé,
États-Unis. »

Une fois de plus, on nous excluait du monde médical, nous, les infirmières. L'indignité d'un tel rejet était profonde. Alors que nous avions pris nos marques et commencé à faire de réels progrès avec nos patients, on nous remplaçait à nouveau par des hommes. Nous savions désormais boucler nos malles en un temps record et alors que nous nous préparions à reprendre le chemin de Brevoort Place, j'étais plus convaincue que jamais de la nécessité d'ouvrir une école pour former une multitude d'infirmières en Amérique. Nous ferions la preuve de notre expertise, deviendrions indispensables et à jamais irremplaçables.

Dès mon retour à Brevoort Place, ma première démarche fut de rendre visite à M. Tempy Green, ami banquier de Mère, et de lui demander un prêt pour créer mon école. Je ne pouvais pas emprunter d'argent à Mère, elle avait un revenu fixe basé sur les investissements que Père lui avait laissés et j'étais trop orgueilleuse pour solliciter Eliza. Quant à l'oncle Edward, il ne pouvait offrir qu'une petite avance, ses actifs étant bloqués dans des bons pour la guerre. Je me retrouvais donc assise devant le bureau en chêne de M. Green, sur une chaise aux pieds bas et au siège profond, conçue sans doute pour mettre ses clients dans une position d'infériorité des plus désavantageuses. C'était un homme petit qui ressemblait à une tortue serpentine aux yeux exorbités, il avait cet air qu'ont de nombreux banquiers, mélange de suffisance et d'affabilité forcée. Il se pencha vers moi, mains croisées sur son bureau.

— Mademoiselle Georgeanna, comme c'est audacieux de votre part de songer à ouvrir une école d'infirmières. Vous comprenez que les avoirs de votre mère sont bloqués en obligations ? Mais je suis heureux de vous accorder les mille dollars que vous me demandez.

— Je vous suis terriblement reconnaissante, dis-je, une main sur la poitrine.

— Naturellement, ses comptes serviront à nantir votre prêt.

— Oh, non, je ne peux pas faire ça.

— Alors, bien sûr comme vous êtes célibataire je ne peux pas vous prêter cet argent. Avez-vous un garant masculin ? Êtes-vous fiancée ?

— Eh bien, non, monsieur Green.

— Comment ? Une femme comme vous, qui n'êtes plus, dirons-nous, toute jeune ? Bien des hommes seraient disposés à vous embarquer.

— Mon oncle Edward a proposé de cosigner une fois la guerre terminée.

Il m'indiqua d'un signe de tête un homme grand près de la caisse.

— Ce qu'il vous faut, c'est un homme bien comme M. Burpee, là-bas. Il se prépare sans nul doute à investir dans une autre propriété dans notre belle ville de New York. Trouvez-vous l'odeur des affaires désagréable, mademoiselle Woolsey ?

— Mon père était négociant, monsieur Green. Mais M. Burpee n'est pas en uniforme, à ce que je vois.

— Des hommes comme lui ne peuvent être sacrifiés sur l'autel de la guerre, mademoiselle. Ses projets maintiennent l'économie de l'Union à flots. Je serais heureux de faire les présentations, mais je dois vous prévenir, plus d'une belle dame a jeté son dévolu sur lui, néanmoins aucune n'a réussi.

— Non s'il vous plaît, monsieur Green, ce serait trop cavalier.

— J'ai conclu trois unions pour des clients assis juste là où vous êtes. Voyons, M. Burpee est membre du même club que votre oncle, il vient d'une bonne famille. Vous connaissez l'adage, il faut trois générations pour faire un gentleman, mais les Burpee ont tout construit en une et sont passés de la troisième à la première classe en moins de temps qu'il ne faut pour le dire. Bien sûr, la famille n'est pas aussi distinguée que la vôtre, issue du Mayflower, mais c'est tout de même un bon parti. Mon petit doigt me suggère de vous le présenter.

— Hors de question, monsieur Green.

— Ma foi, rien ne sert d'être irritable, à moins que vous ne souhaitiez rester demoiselle pour toujours comme Abigail et Jane, les pauvres.

Il leva le bras et fit signe à M. Burpee de venir, comme s'il hélait un omnibus sur Broadway.

— Archie, mon cher, venez que je vous présente.

J'essayai de m'enfoncer davantage dans mon trou moelleux.

M. Burpee s'avança d'un pas tranquille, grand et droit comme un poteau télégraphique, impeccablement mis, les cheveux blond roux, le type d'hommes qui pense être toujours le bienvenu.

— Qu'est-ce qu'il y a Tempy ? J'espère que vous m'avez appelé pour rencontrer cette charmante dame. mademoiselle Woolsey ?

Il me salua, un sourire dans ses yeux bleu pâle, les joues légèrement grêlées.

— Vous vous connaissez ? s'étonna M. Green.

— J'ai lu l'article sur les quelques semaines que Mlle Woolsey a passé à Gettysburg avec sa mère au service de nos troupes. L'illustration était remarquablement fidèle.

— Merci, monsieur Burpee. Je suis en train d'écrire un livre sur mes trois semaines là-bas.

— Si l'on en croit l'article, vous êtes d'une famille très distinguée, dit-il en me prêtant désormais toute son attention. Votre père descend des Howland ? Ils ont possédé certaines des demeures les plus impressionnantes de Nouvelle-Angleterre. Et votre oncle possède la moitié de l'Astoria.

Je jetai un coup d'œil à M. Green qui leva les sourcils comme pour dire « mais ça se passe très bien ».

— Et vous résidez à Brevoort Place en ce moment ? Belle adresse.

— Vous aimez parler d'immobilier, monsieur Burpee ?

— Mes excuses, mademoiselle Woolsey, je suis un homme littéralement possédé par son travail, je le crains, reconnut-il, tout en retirant ses gants. La pierre et les pur-sang, mes deux passions dévorantes.

— Eh bien parfois, je dois l'admettre, je préfère les chevaux aux hommes.

— Quelle sincérité remarquable de votre part, s'amusa-t-il.

— Bien, il faut que je parte, monsieur Green.

— S'il vous plaît, mademoiselle Woolsey, puis-je vous rendre visite à Brevoort ? Je conduis un attelage Brewster avec deux montures assorties, les plus beaux chevaux de la ville. Beaucoup de gens viennent à notre ferme à Lancaster juste pour les admirer.

— Je ne crois pas que ce serait…

— S'il vous plaît, faites-moi cet honneur, mademoiselle Woolsey. J'ai eu une journée éprouvante et cela inverserait la malchance, pour le moment du moins.

— J'imagine que je pourrais accepter une visite.

— Bravo ! s'exclama M. Green, frappant les mains sur son bureau.

M. Burpee me salua et s'éloigna à grands pas vers la porte.

— Mon serviteur vous contactera, assura-t-il par-dessus son épaule, vous serez très heureuse d'avoir accepté.

La raison du succès de M. Burpee dans le monde de l'immobilier devint vite claire : il était impossible de lui refuser quoi que ce soit. Je finis par l'accompagner dans sa belle calèche à Central Park, où nous risquâmes la mort à rouler à tombeau ouvert le long du réservoir, ainsi qu'à l'hôtel Brevoort pour un superbe dîner où il adressa ses remarques à ses amis magnats de l'immobilier et où l'on nous servit du pigeon en compote et des bécasses rôties. C'était un compagnon bien élevé, parfois capable de raconter une belle histoire, mais il buvait du vin tandis que je me cantonnais à l'eau et même si j'essayais d'amener la conversation vers la politique et les enjeux de la partie d'échecs entre les généraux Lee et Grant qui déciderait du sort de notre république, il parlait essentiellement des qualités infinies de ses innombrables maisons et chevaux.

Ce n'était pas le coup de foudre, mais je me consolais en pensant que M. Green était ravi du produit de ses talents d'entremetteur et quand, de temps en temps, je le croisais dans la rue, il m'adressait des sourires de félicitations.

Ce printemps-là, Jemma souffrait encore de sa cheville. Un matin Mère déclara que nous avions toutes besoin d'un voyage à la campagne pour nous remettre. Avec Abby, Carry et Hatty, elle prépara les bagages et prit la route pour Litchfield, dans le Connecticut, tandis qu'accompagnée de Jemma, je pris le train pour le nord de l'État de New York et Tioronda, la maison de campagne de Joe et Eliza.

Assises toutes deux dans le train, nous observions le paysage et les arbres en bourgeons qui défilaient dans un flou couleur émeraude. Nous avions une bonne nouvelle à célébrer, le Sénat avait fini par passer une résolution qui proposait l'abolition de l'esclavage par un amendement à la constitution, et nous l'arrosâmes d'un verre de bordeaux. Même si cette résolution ne comprenait pas les États frontière comme le Maryland et même s'il en fallait encore beaucoup pour que tous les esclaves soient libres, cela faisait du bien de se réjouir d'une victoire, même minime.

Jemma s'inquiétait sans cesse pour sa famille restée dans le Maryland et pendant la plus grande partie du trajet, tels des généraux en temps de guerre, nous élaborâmes diverses stratégies pour délivrer sa mère et sa sœur.

— Je pourrais demander à Nathan de m'y accompagner, mais même avec tous les documents nécessaires, sa sécurité ne serait pas garantie.

— Notre prochaine démarche consisterait peut-être à lancer une campagne épistolaire ? suggérai-je. Mère connaît la moitié des avocats du Maryland.

Au bout d'un moment, perdue dans ses pensées, Jemma regarda par la fenêtre. Je n'eus pas le courage de lui dire que je venais de lire dans le journal qu'à Fort Pillow dans le Tennessee, des troupes confédérées avaient massacré un nombre important de prisonniers de couleur alors même qu'ils imploraient grâce. Il semblait qu'après chaque victoire du camp abolitionniste, nous reculions d'un pas.

Eliza et Moritz nous accueillirent à la gare et nous nous entassâmes dans la berline des Howland, Moritz à l'avant avec le cocher.

Alors que nous traversions la campagne, en route vers la propriété, on aurait dit qu'en cette splendide journée d'avril, le printemps avait embrassé tout Fishkill. Nous vîmes bientôt apparaître au loin Tioronda qui s'étendait au pied du mont Beacon, ce grand contrefort verdi par les premiers bourgeons tendres et plus loin Fishkill Creek dévalant la colline, ruban argenté dans l'herbe printanière. Quel immense patriote avait été Joseph Howland, capable de quitter cet endroit paradisiaque pour aller servir son pays !

Après avoir tourné dans la longue allée, la belle demeure en grès brun se dressa vite devant nous. Je sortis de la berline pour admirer l'imposante maison au toit à pignon au-dessus duquel le drapeau de l'Union se balançait dans la brise.

Eliza nous précéda dans le vestibule frais orné d'un sofa tapissé de soie et d'un miroir passé au vernis japonais. Mère avait envoyé Pico à Fishkill et le petit chien nous accueillit en alternant des sauts et une course après sa queue courtaude.

— Quel bonheur de vivre dans un si bel endroit, déclarai-je.

Jemma admirait les vases bleu et blanc qui trônaient sur la table du hall.

— Ils ont appartenu à la mère de notre mère et ont été rapportés de Chine, précisa Eliza.

Je tendis mes gants à Moritz au moment où Joe, prenant appui sur sa canne, descendait les escaliers recouverts de moquette. Levant ma jupe je courus dans l'escalier et le pris dans mes bras.

— Il n'y a d'habitude que Pico à me faire une telle fête.

— Tu m'as terriblement manqué, Joe. C'est un vrai plaisir de te voir en si bonne forme. Et de voir que pratiquement chaque édifice municipal porte désormais le nom de Howland.

Il avait l'air rétabli après tant de combats et de souffrance.

— Puis-je te présenter notre amie Jemma ?

— Joseph Howland, dit-il la main tendue.

— Quelle belle demeure vous avez, dit-elle en boitillant jusqu'à lui. Elle lui prit la main et le salua en retour.

— J'espère que cette mauvaise cheville vous laissera le loisir de l'admirer. On dirait que c'est vous qui avez besoin d'une canne. On va vous soigner.

Tandis qu'Eliza indiquait à Moritz où placer nos malles et montrait à Jemma le bureau où elle pourrait se reposer et mettre sa jambe en hauteur, Joe vint à la porte et respira profondément l'air frais de la campagne. Au moment où je le rejoignis sur le perron, Frank chevauchait vers nous dans l'allée, ses sacoches médicales battant derrière lui.

— Georgy, j'espère que cela ne te gêne pas que Frank Bacon fasse un arrêt en route pour New Haven pour examiner la cheville de Jemma.

— Étant donné qu'il est quasiment déjà là, je ne vois pas en quoi mon avis change quelque chose, Joe.

Frank poussa son cheval jusqu'au bloc près de l'entrée et mit pied à terre. Un valet d'écurie récupéra la bête. Frank portait semblait-il un nouvel uniforme, toujours une tunique croisée, mais aux boutons en cuivre plus fins, de jolies épaulettes passementées d'or et un beau chapeau Hardee en feutre noir agrémenté d'un panache gris. La généreuse Mme Barnett avait-elle fourni tout cela ?

— J'espère que je ne vous dérange pas, dit-il en levant le nez vers nous, la mine sérieuse.

— Entre Frank, l'invita Eliza qui venait de nous rejoindre.

Il détacha ses sacoches en beau cuir blanc neuf, monta à la hâte les quelques marches et une fois dans l'entrée, ôta son chapeau.

— Quelle belle mine, Georgy ! déclara-t-il en croisant mon regard sans la moindre expression de camaraderie dans son sourire.

Je lui pris son chapeau et le donnai à Moritz.

— Comment ne pas prospérer dans un tel décor ? Tu sembles avoir bien récupéré. Cela fait combien de temps ?

— Depuis Gettysburg, plus d'un an, je pense, dit-il, dépoussiérant son pantalon.

— Des nouvelles de la guerre ? demanda Joe, la main tendue vers son ami. Les journaux nous parviennent ici à une allure d'escargot.

— On dit que le général Sherman a mis les rebelles en fuite. Et j'ai entendu parler d'émeutes de la faim à Savannah.

— Les Confédérés abandonnent peut-être, avança Eliza en lui serrant la main.

— Aucune chance, dit-il en hochant la tête.

— Cela fait plaisir de te voir, Frank. Tu tombes bien. Jemma et moi venons d'arriver.

— Je ne peux rester longtemps, objecta-t-il.

Eliza passa son bras sous le sien et le guida vers le bureau.

— Merci d'être venu, Frank.

— Nathan me dit que Jemma souffre toujours de son entorse de l'été dernier.

Nous entrâmes dans le bureau où Jemma était occupée à coudre, le pied droit allongé sur un coussin que j'arrangeai plus fermement.

— Nous avons maintenu le pied surélevé dans l'espoir que diminue le gonflement.

— Il me semble, dit Frank à Jemma après lui avoir serré la main, que lors de notre dernière rencontre, c'est toi qui t'es occupée de moi avec tes remèdes.

— Je les ai tous essayés, admit-elle avec un sourire, mais aucun ne marche.

— C'est toujours douloureux d'appuyer sur ce pied ?

— Oui.

Frank s'accroupit et palpa la cheville des deux mains. Elle grimaça.

— Je suis désolée de te demander de revivre ce jour pénible, mais comment la blessure s'est-elle produite ?

— Nous étions coincés dans une grande foule, quelqu'un est tombé sur moi et ma cheville s'est retournée. J'ai entendu un bruit sec. Je suis rentrée en boitant, mais le lendemain la douleur était bien pire. Margaret a mis de la glace, mais ça faisait toujours mal.

— Je vois, et là ? Frank palpa plus haut son mollet.

— Oh non, docteur Bacon, cria Jemma, ça fait encore plus mal !

— C'est sa cheville, Frank, dis-je, debout derrière Jemma.

— Je comprends, Georgy, pourquoi tu penses ça. (Il se dirigea vers la table, ouvrit l'une de ses sacoches et en sortit deux attelles en bois dur sculpté et différentes sortes de bandes.) Mais en fait ce n'est pas ça.

Il s'installa près du pied de Jemma posé sur le coussin et mit une attelle de chaque côté de la jambe qu'il fit tenir en enroulant une bonne longueur de bandes tout autour.

— Qu'est-ce que c'est, alors ? demanda Eliza.

— Jemma devra porter ces attelles pendant au moins deux semaines, puis elle pourra peut-être commencer des exercices de rééducation.

— Je ne comprends pas, dis-je.

— C'est d'une fracture terriblement douloureuse, dite de Maisonneuve, dont elle souffre. Une fracture du péroné en spirale.

— Alors ce n'est pas une entorse ? s'étonna Jemma.

— Non, une entorse se serait guérie il y a plusieurs mois. Tu t'es vraiment retourné la cheville de manière traumatique, ce qui a effectivement cassé le péroné, l'os un peu plus haut, et marcher pendant tous ces mois, l'a empêchée de guérir. Tu es très courageuse, Jemma, d'endurer cette douleur quotidienne, poursuivit-il, lui serrant la main. Sans repos, ça ne guérira pas. Tu promets de ménager ta jambe ?

Elle opina. Frank me fit signe de m'approcher.

— Tu veux bien m'aider, Georgy ?

Il me fit asseoir devant lui sur le repose-pieds et se tenant derrière, il m'entoura de ses bras et prit mes mains dans les siennes.

— Place tes mains là, que tu sentes les choses. (Il les posa sur chaque attelle.) Continue d'enrouler la bande.

Garde la tension sans que ce soit trop serré. Immobilise le péroné, mais laisse circuler le sang. Voilà, tu termines.

J'enroulai la bande jusqu'au genou et la coinçai, Frank se releva. Aussitôt la chaleur de son corps me manqua.

— Que ressens-tu, Jemma ?

— Pas de douleur, convint-elle avec un grand soupir, pour la première fois depuis longtemps.

— Au premier signe d'engourdissement au niveau des orteils, il faut desserrer, conseilla-t-il en refermant ses sacoches.

Eliza versa un verre de brandy.

— Elle peut en boire un peu, Frank ?

— Mais oui, bien sûr, Jemma le mérite. Un verre de brandy et les sœurs Woolsey, deux des meilleures infirmières de la Commission sanitaire. Qu'est-ce qu'un patient pourrait vouloir de plus ?

Frank resta à déjeuner. Le cuisinier d'Eliza s'était surpassé. Au menu : perdrix farcies, jeunes pousses de fougères, choux de printemps et une superbe crème anglaise. Quel plaisir de voir qu'enfin Jemma se sentait mieux et d'être avec un Frank Bacon de si bonne humeur !

— Je dois dire que c'est un cadeau que tu nous fais de t'avoir rien qu'à nous, confessa Eliza, lui passant un bol de crème fouettée pour aller avec la crème anglaise. Où est Bethada ce soir ? Elle est d'habitude, eh bien, disons, toujours si présente.

— Elle est partie voir ses parents à Poughkeepsie et moi, je vais à Danbury. Une fois que nous aurons vu ma mère à New Haven, je reprends mon service.

— Il fait tellement beau, Georgy et toi, pourriez peut-être aller jusqu'à la glacière, lui suggéra-t-elle penchée vers lui. J'ai bien peur que nous n'ayons plus de glace.

— Je dois vraiment arriver à Danbury ce soir, je dîne avec un de mes vieux professeurs.

— Cela ne prendra que quelques minutes et tu pourras reprendre la route.

— Je ne peux rejeter une requête des sœurs Woolsey, dit-il en se levant. En outre, un peu d'air me fera du bien.

Je contournai la maison avec Frank et descendis le long des berges vert tendre de Fishkill Creek vers la glacière surmontée d'une construction en bois qui se dressait au loin. Nous avions chacun un seau en chêne à la main.

— Tu te rappelles le jour où Joe et toi, vous vous étiez laissé flotter sur le dos et où Mère vous avait couru après, pensant que vous étiez emportés par le courant ?

— Georgy, écoute, ne te sens pas obligée de me faire la conversation. Je sais que ce doit être embarrassant d'être seule avec moi alors que nous ne sommes qu'amis. Eliza essaie d'encourager une union, c'est évident. N'importe qui aurait pu courir chercher de la glace.

— Mais ce n'est pas du tout embarrassant, Frank. En fait, j'ai beaucoup réfléchi à ce que je t'ai dit à Washington. C'était une période, disons, difficile.

— Tu n'as pas tort, Georgy, mais rien ne se produit sans raison.

Arrivés à la glacière, il ouvrit la porte et me la tint. Je pénétrai avec lui dans la salle sombre et froide où se dressait un mur de glace découpé en gros blocs d'un bleu cristallin.

— J'ai repensé à ce projet dont je t'avais parlé à Gettysburg.

Il prit le pic à glace et se mit à tailler des morceaux qu'il jeta dans le seau.

— Je n'ai guère de souvenirs de cette période.

— Je t'avais expliqué que je voulais ouvrir une école pour les infirmières. Et j'ai réfléchi longuement aux moyens de lever de l'argent pour compléter les cinq cents dollars donnés par Mme Peabody. Ça devrait assurer la gestion d'un endroit où enseigner.

— Que veux-tu de moi ?

— Que tu deviennes mon associé.

— Tu ne parles pas sérieusement, s'écria-t-il en me faisant face.

— À parts égales. Je suggère que nous ayons un comité de conseillers et conseillères car ce n'est qu'en offrant une plateforme correcte aux femmes que les infirmières se feront réellement entendre. Et je suggère New Haven pour y établir l'école. L'immobilier y est moins cher qu'à New York.

— Tu sembles oublier qu'une guerre est en cours.

— Après la guerre. Je le sens, Frank, tout ça va bientôt finir et si nous nous organisons maintenant, nous serons prêts au bon moment. Ce pays aura certainement besoin d'infirmières. Dans les périodes de maladies graves, les familles ont énormément de mal à trouver des soignants compétents. Les épidémies peuvent nous frapper n'importe quand. Qui s'occupera alors des indigents malades ?

— La famille, elle est là pour ça.

— Mais, Frank, il y a des gens qui n'en ont pas. Songe à toutes ces fois où une femme doit consacrer sa vie à un parent malade alors qu'elle n'a aucune formation. Nous éduquerions une armée de femmes, toujours prêtes. *Semper paratus*, comme tu l'as dit. Une année de cours et d'expérience au chevet des malades pour créer un corps d'infirmières disciplinées, noires ou blanches, qui répondrait aux besoins des familles de tous milieux.

Frank coupait la glace en silence.

— Eh bien ? Je me permets de solliciter une réponse, docteur Bacon. Seras-tu mon associé ?

Il se tourna vers moi et jeta le pic à glace dans le seau.

— Autrefois, oui. Je t'aurais suivie n'importe où.

— C'est une proposition professionnelle, Frank.

— Oui et non. Je ne peux pas passer du temps avec toi, Georgy, sans que cela ravive la douleur de notre passé. Je dois dire que ta suggestion me paraît manquer d'égards étant donné la façon dont tu m'as rejeté à plusieurs reprises.

Je posai mon seau et m'approchai de lui.

— J'ai été injuste avec toi, à Washington.

Il soutint mon regard, là dans l'obscurité fraîche et tendant le bras me caressa la joue. Je frissonnai.

— Tu as froid, conclut-il, reprenant le seau et se dirigeant vers la porte. On devrait rentrer.

— Mais, Frank...

— Georgy, mes sentiments se sont portés sur une autre. Je dois prendre en considération ce que dirait Bethada d'une telle proposition. Elle s'est montrée une compagne dévouée et je dois lui rendre cette loyauté.

Je le suivis dehors. Le soleil s'était assombri et ne nous réchauffait guère.

— En outre, Bethada m'a fait une proposition semblable.

— Semblable ? Je m'arrêtai net. Comment ?

— Elle a envie d'ouvrir une école d'infirmières, elle aussi.

— Non, Frank, m'écriai-je, le tirant par la manche, dis-moi que ce n'est pas vrai.

Il ne s'arrêta pas. Je relevai ma jupe et me mis à courir derrière lui.

— Depuis le début, c'est mon projet. Comment tu as pu la laisser me le voler ?

— Elle aussi en a eu l'idée. Je suis sur le point de rejoindre mon régiment et je n'ai aucun temps pour les chamailleries.

— Parlons d'un manque de loyauté ! Tu prends son parti, contre moi !

— Je ne suis lié à toi par aucun contrat, Georgy. Tu ne viens vers moi que lorsque cela t'arrange. Et d'abord, tu fréquentes bien Archie Burpee.

— Et dois-je entrer au couvent après que tu t'es engagé avec Bethada ? Ma relation avec Archie se veut simplement amicale.

— Soyons honnêtes, Georgy. Tu aimes me faire marcher. Tu es presque fiancée et tu espères encore me mener par le bout du nez.

— Je suis venue demander de l'aide à la mauvaise personne, Frank Bacon, ça c'est sûr. L'argent des Barnett t'a semble-t-il aveuglé. Et tous ces cadeaux, comme ce bel uniforme tout neuf et ces sacoches en cuir blanc !

Il s'arrêta net et se retourna.

— Bethada a pu suggérer que j'améliore ma tenue, mais je n'ai jamais reçu un sou de cette famille, qui pourrait bien te donner des leçons en matière d'égards.

— Est-ce si mal de te demander ton aide, Frank, pour une entreprise si louable ?

— Demande à ton Archie, dit-il en se remettant à gravir la colline, il a l'air heureux de te manifester ses attentions.

Nous revînmes à la maison. Eliza nous attendait dans le hall. Frank nous fit des adieux hâtifs et appela le palefrenier. Comme nous le regardions s'en aller au trot dans l'allée, un nuage de poussière derrière lui, Eliza m'interrogea.

— Pourquoi ne lui dis-tu pas, Georgy ?

— Dire quoi ?

— Combien tu tiens à lui. Il est certain que dans d'autres domaines tu ne modères pas tant tes propos.

— La fois prochaine, peut-être.

— Il n'y en aura peut-être pas, Georgy. Frank m'a demandé ce que je pensais de Bethada. Il envisage de la demander en mariage.

— Et ?

— Je lui ai répondu que c'était une femme admirable, mais qu'il en existait une autre qui lui convenait mieux.

— Eliza.

— Il a très bien compris ce que je sous-entendais. Il m'a expliqué que tu l'avais refusé une seconde fois et qu'il avait promis de ne plus t'importuner.

— Il a raison.

— Vous êtes attirés l'un par l'autre depuis que vous vous êtes rencontrés. C'est une chose rare dans la vie.

— Vraiment ?

— Tu ne parles certainement pas de la même manière du pauvre M. Burpee, dit-elle avec un petit sourire, mais tu te crées des obstacles, Georgy, Pourquoi diable ne peux-tu trouver un terrain d'entente avec lui ?

Bras dessus bras dessous, nous le regardâmes disparaître au loin, dans un nuage de poussière.

— Si seulement je savais.

44

Jemma

New York, avril 1864

Au retour de Tioronda, ma cheville allait nettement mieux et je marchais sans souffrir. Je faisais tout de même bien attention à la ménager. Le lendemain, assise à la table de cuisine des Woolsey, je mettais la dernière main à mes « bonnets de récup ». Trois séchaient sur des pots tandis qu'à partir de bouts de tissu, je fabriquais davantage de fleurs.

J'aimais être dans cette grande cuisine et le fait de regarder toutes les allées et venues dans la maison m'empêchait de penser à Patience et à notre sauvetage calamiteux. M'occuper les mains me laissait l'esprit libre d'échafauder plein d'autres plans pour ramener Ma et Patience. Dans ma tête, chaque scène se déroulait avec précision : je descendais dans le Sud, droguais LeBaron et ses chiens, demandais à Nathan de louer un bateau que nous amarrerions près de Peeler. Tous ces projets me rendaient quasiment folle.

Je cousis un narcisse jaune à pois sur le devant d'une coiffe. C'était Ma qui avait baptisé mes créations « bonnets de récup », elle serait fière de savoir que chaque infirmière à Point Lookout en avait voulu un et que j'avais gagné dix dollars en argent de l'Union, que je mettais de côté, de quoi payer mon voyage et aller les chercher, elle et Patience.

— Jemma, tu saurais où est mon fichu beige ? me demanda Georgy.

— Sur le piano la dernière fois que je l'ai vu.

Une fois que ces femmes Woolsey avaient cessé de me mener à la baguette, leur compagnie était agréable. Chacune des sept sœurs me manifestait toutes sortes de gentillesses ce jour-là, passant et repassant pour aider leur mère. Je me sentais coupable d'être si heureuse alors que la situation de Ma et Patience était si désespérée, mais je n'avais jamais tant ri de ma vie.

Au début, les distinguer ne fut pas simple, mais j'inventai un système : à côté de chaque prénom noté sur une feuille de papier, j'avais attaché une petite fleur en tissu.

Abigail passa en hâte, chargée d'une pile de caleçons. Ce jour-là même avec la grippe, elle ne s'arrêta pas de travailler et continua à traîner dans le salon avec Moritz des caisses d'encre pour les troupes. Elle était l'aînée, une femme de forte carrure et peut-être la plus cultivée du lot, même si dans cette maison la concurrence était rude. Elle avait toujours le nez dans un livre. Elle travaillait à la Maison de l'industrie, une sorte de refuge pour sans-abri, et à en juger par ses conversations à table au dîner, elle en était quasiment la directrice. Je lui attribuai une jolie fleur en soie noire car elle ne portait que ses vieilles robes noires qu'elle usait jusqu'à la corde, même quand ses sœurs lui rabâchaient sans cesse de s'en faire une neuve.

Jane, la deuxième, était la plus nerveuse, toujours préoccupée par ceci ou cela. Ce jour-là, suite à un mauvais rapport sur la guerre, elle courait partout dans le salon, agitée comme un oiseau pris au piège. Je lui attribuai une fleur rose clair en tissu fait maison. Elle était si belle dans une robe de cette couleur, avec ses cheveux roux un peu crépus comme ceux de Sally Smith. De toutes, et de loin, c'était elle la mieux habillée, agençant sa mise juste comme il le fallait.

Mary Woolsey Howland était en tout point jolie. Assise en face de moi dans cette grande blouse blanche qu'elle portait lorsqu'elle peignait, couverte de taches de couleur un peu partout. Occupée à dessiner des fleurs sur les rubans de sa coiffe, la petite dernière sur ses genoux, elle faisait penser avec son sourire et ses manières aimables à un faon. Ses poèmes étaient célèbres sans que personne ne sache qu'elle en était l'auteur. Son mari, le révérend Howland, apportait toujours des bonbons au citron en plus pour moi. Leurs quatre petites filles étaient aussi mignonnes que leur Ma. J'attribuai à Mary un liseron bleu ciel car c'était la fleur qu'elle préférait peindre et aussi la couleur de ses yeux.

Eliza, qui avait juste deux ans de moins que Georgy, jouait plutôt bien du piano mais devait suivre sa partition. Pour une dame aussi riche, elle était gentille comme tout et l'amie intime de Georgy. Elle avait un serviteur appelé Moritz qui anticipait tous nos désirs avant même que nous en ayons conscience. Je lui fis une fleur pourpre car c'est la couleur de la royauté et, à mes yeux, elle était une sorte de reine.

Georgeanna était la plus drôle de toutes. Un jour elle avait tellement fait rire mademoiselle Jane que celle-ci avait dû se faire bander la cage thoracique. Elle avait aux pieds ses patins à roulettes d'intérieur et circulait partout trimballant le livre qu'elle avait écrit sur sa vie à Gettysburg. Elle roula jusqu'au piano et tourna la page pour Eliza puis s'en alla. Depuis le jour où sa Ma et elle m'avaient trouvée et offert un foyer, c'était peut-être elle m'a préférée. Elle l'aurait sans doute été de toute façon car elle savait vraiment écouter les gens, heureusement pour son amoureux M. Burpee qui ne parlait que de lui, jour et nuit. Pour Georgy, c'était une rose en soie jaune car le jaune symbolise l'amitié et c'était une vraie amie.

Assise avec Mme Woolsey dans son vieux canapé, venait ensuite Hatty qui tenait des morceaux de foie séché et faisait se dresser leur chien Pico sur ses pattes arrière. Elle suivait constamment Mme Woolsey, comme son ombre, toujours aux petits soins et peut-être la plus généreuse de toutes. Si vous aviez besoin de quelque chose, Hatty se plierait en quatre pour vous l'obtenir. Je lui accolai une rosette en mousseline blanche, pour sa pureté et sa bonté.

Carry, la cadette mais la plus grande en taille, se tenait dans la cuisine avec Margaret et faisait des bonbons au caramel rose, le tordant et l'étirant près de la fenêtre ouverte. Carry connaissait beaucoup d'astuces pour toutes sortes de petites choses. On voyait bien qu'elle n'aimait pas être la plus jeune et elle se plaignait parfois, mais ses aînées refusaient d'entrer dans son jeu. Elle se mettait surtout très en colère parce que son frère ne cessait d'envoyer à la maison des boulets de canon et des éclats d'obus en souvenir du champ de bataille et que leur Ma les gardait et les exposait au bas des escaliers.

— Je vis terrorisée, et si ces projectiles se déclenchent, si la mitraille explose et les boulets font quelque chose de tout aussi déplaisant…

Je l'aidai à les transporter dans la cour, craignant moi-même qu'ils n'explosent à l'intérieur. Pour Carry, je fabriquai une rose rouge vif car son esprit était toujours, semble-t-il, en feu.

Mary s'approcha et se pencha sur la table de la cuisine.

— Prête pour ta deuxième semaine chez Sharp ? murmura-t-elle.

Je me levai, soudain inquiète de ne pas arriver à l'heure au magasin de cigares, un emploi obtenu grâce aux recommandations du Dr Smith. Mary n'avait rien dit à sa Ma car Mme Woolsey n'aurait pas approuvé que je travaille dans un magasin de tabac, étant donné que son église voyait d'un mauvais œil ce qu'elle appelait des drogues de toutes sortes.

— Tu ferais mieux d'y aller maintenant, je finirai.

— Je ne vais pas vous ennuyer avec mon travail.

Mary, qui courait toujours partout avec ses petits et peignait ces images pour la foire, s'était épuisée et des taches violettes lui cernaient les yeux.

— Tu ne peux pas être en retard ce matin, déclara-t-elle, me tirant doucement de mon siège et prenant ma place. Je t'aiderai volontiers à faire ces bonnets d'autant plus que chaque vente aidera un soldat.

Je me hâtai donc de traverser la Première Avenue et de prendre West Broadway. Les magasins devenaient moins chics et plus simples, il y avait quelques écoles et des épiceries hollandaises au rez-de-chaussée des bâtisses. Au-dessus d'un magasin de crinolines, des cerceaux et des jupons pendaient comme des cloches et se balançaient dans le vent.

Quelque part, on jouait du tambour, comme Ma le faisait autrefois et l'odeur d'oignons frits emplissait l'air et, mieux encore, il y avait partout des visages noirs. Entrant ou sortant de magasins et de restaurants, partout où je regardais, c'étaient des personnes de couleur, comme moi. Je devais me retenir car la plupart des vrais New-Yorkais n'accordaient guère de crédit à un grand sourire, mais ma vie était bonne et, hormis le fait que ma famille me manquait, j'étais aux anges : deux hommes se disputaient mon affection. J'avais toujours sur moi la petite croix en os que Pa m'avait donnée et je la frottais entre mes doigts, lui demandant de m'aider à décider.

J'aimais Carter d'aussi loin que je me souvenais, et on était pratiquement frère et sœur. Il était drôle, intelligent et voulait plus de la vie, pas de mal à ça, mais et la famille ? Carter estimait Ma et Patience, mais souhaitait que nous commencions notre vie sans elles. Je me représentais Carter avec ses doux yeux bruns, sa peau lisse couleur chocolat et son beau sourire. C'est sûr, il était plus joli que moi.

Nathan, lui, était plus âgé et ça avait beaucoup d'avantages : il connaissait mieux le monde et avait beaucoup de savoir-vivre. Un peu plus grand aussi et plus sérieux, pas aussi beau que Carter peut-être, mais un visage délicat et ses grands yeux verts. De plus, c'était un soldat, avec ce bel uniforme bleu, tendu sur ses larges épaules, qui lui donnait des points supplémentaires. Il tenait également beaucoup à Ma et Patience, parlerait d'elles des journées entières si je le voulais.

Le temps que j'arrive au 93, West Broadway, je n'avais rien décidé, j'embrassai la croix de Pa et la glissai dans ma poche. Pa m'aiderait à décider.

Quelle excitation de commencer ma deuxième semaine ! pensai-je en regardant la vitrine. « Une belle entreprise, vraiment » avait déclaré Nathan le premier jour où il m'avait accompagnée.

Je franchis rapidement la porte et passai sous l'enseigne, un cigare s'y balançait, si gros qu'un géant pourrait le fumer, avec « CIGARES DE QUALITÉ » écrit au milieu. Nous vendions toutes sortes de tabacs et de bonnes odeurs envahissaient le magasin. Une centaine de bocaux en verre, emplis de réglisse, de rhum, et de miel utilisés pour parfumer la chique, tapissaient deux murs jusqu'au plafond.

La guerre avait fait beaucoup pour répandre l'habitude du tabac et les affaires marchaient bien. Parfois les hommes attendaient sur deux rangées le long du comptoir en chêne, en particulier lorsque tout un régiment entrait. L'ami du Dr Smith, M. Sharp, avait ce qu'on appelle une clientèle mixte, des hommes pour l'essentiel, noirs et blancs. M. Edward Woolsey y achetait ses cigares car selon lui c'étaient « les meilleurs de ce côté-ci de La Havane ». Même le maire s'y fournissait.

J'avais déjà bien réussi. En un jour, j'avais été promue de balayeuse à assistante de comptoir. Logique, puisque j'avais passé toute ma vie sur une plantation de tabac, j'en connaissais un rayon. Et à lui seul, M. Watson en avait cinquante sortes dans son bureau, cherchant toujours à améliorer sa production, et Anne-May aimait son tabac à priser. Je savais déjà que le tabac à pipes s'appelait « part de gâteau » et la chique « corde torsadée ». Je savais deviner ce que choisirait un client avant même qu'il ne le sache lui-même.

— Vous me paraissez être un homme à prendre du *Lone Jack*, avais-je dit à un soldat originaire de Boston qui finit par m'en acheter tout un sac et c'est alors que M. Sharp m'avait envoyée au comptoir pour de bon.

M. Sharp était un homme bon, vieux comme le Dr Smith et aussi noir que Pa mais libre toute sa vie. Ce matin-là, il me paya pour la semaine précédente.

— C'est plus qu'aucun nouvel employé n'a gagné en seulement cinq jours, déclara-t-il en me tendant un beau gros dollar, la moitié provenant juste de pourboires.

Je le glissai dans ma poche avec un sourire jusqu'aux oreilles. J'aurais tellement aimé que Ma voie ça. Lorsque M. Sharp ajouta que j'étais déjà un membre estimé de l'équipe, les larmes me montèrent aux yeux et il eut l'air surpris de voir que ça me mettait dans un tel état. Il faut dire qu'il n'avait jamais été la propriété de personne et surtout pas d'une Anne-May Wilson Watson.

Ce que M. Sharp ignorait c'est que j'avais eu la chance d'apprendre les bonnes manières des Blancs de tante Tandy Rose et chaque fois que les clochettes accrochées à la porte retentissaient et qu'entrait un client, je sortais le grand jeu à coups de « Comment allez-vous ? », pas de « m'sieur » ou « m'dame ». Lorsqu'ils voulaient une feuille spéciale, je répondais : « Mais certainement, nous avons cela, je vais vous le chercher, monsieur », toujours avec le sourire et un petit signe de tête à la fin. « Ce parfum plaît bien aux dames » marchait bien également.

Plus les clients étaient bien habillés, plus ils aimaient le tabac à priser et les cigares. Les simples soldats et les voyous achetaient surtout du tabac à chiquer, la pipe étant le choix des officiers. Je faisais même des blagues « Mieux que de fumer du café » et je récoltais toujours des rires. Ils aimaient aussi écouter les récits de ma vie à la plantation, mais j'évitais prudemment de dire son nom. « Rempli des gros tonneaux de torsades moi-même » et ça me rapportait toujours un demi cent de plus.

Comme je n'avais jamais touché à de l'argent avant de venir à New York, il fallut que j'apprenne très vite. Je savais que j'étais ce que Nathan appelait une hypocrite, à gagner de l'argent d'un produit récolté sur le dos de Noirs comme moi, peut-être même de ma mère, mais je m'imaginais avoir le droit de posséder cet argent autant que n'importe qui d'autre.

Carter passa au magasin ce matin-là, comme il l'avait déjà fait plusieurs fois dans la semaine. Toujours quand j'étais occupée et notamment le jour où tout un régiment attendait trois de front au comptoir, en route pour le combat. Les soldats voulaient faire le plein avant leur départ et m'avaient fait monter et descendre à l'échelle pour leur prendre un peu de ceci, un peu de cela. C'était le moins que je puisse faire pour des gars qui s'en allaient se battre pour ma liberté, que je n'avais pas encore.

— Hé, Jemma, me salua Carter par-dessus les têtes, un sac à l'épaule.

Je me hâtais vers le bout du comptoir, heureuse de le voir.

— Je pars. Pour Ottawa. Tu viens ?

— Je ne sais pas encore, répondis-je, croisant les bras.

— Je crois que si, hélas. Je t'ai vue en compagnie d'un soldat l'autre soir quand je suis venu à la fermeture.

— C'est juste Nathan.

— Ce Nathan avait l'air drôlement content de te tenir le bras.

— Ce n'est pas que ça, Carter, je sais que tu seras toujours là pour moi, mais quand je parle de libérer ma Ma et Patience, je suis sérieuse. Tu n'as jamais eu une famille et tu n'y attaches pas autant d'importance que moi.

— Tu es ma famille.

— Autrefois, peut-être, mais les choses ont changé pour nous deux. Je sais mieux ce que je veux. J'aime la vie ici, j'ai un travail et suis payée, plus d'argent que je n'en ai jamais eu. Et des amis.

— Ces saintes femmes de Nouvelle-Angleterre ? Bien au chaud et contentes d'elles dans cette maison !

— Elles m'ont offert un foyer et donné des sous. Je ne partirai pas avant de les avoir remboursées.

— Tu en auras besoin de l'argent. New York est une ville chère, pas comme le Canada.

— Tiens, dis-je en sortant le dollar de ma poche, je veux que tu le prennes. Tu pourras faire plus de choses avec au Canada, je suppose. Achète-toi des bonbons à la réglisse.

Après un instant d'hésitation, Carter empocha le billet.

— Mais faut que tu sois prudente, Anne-May ne va pas arrêter…

— Je vais tenter ma chance.

Je plissai les yeux et tentai de capter une dernière image de lui debout là, sachant que ce souvenir devrait durer pour le reste de mes jours.

— Écris-moi quand tu arriveras là-bas.

— Oui, promit-il en essuyant une larme du revers de sa manche. Je t'enverrai des bonbons au sirop d'érable.

— Ah, j'espère bien, Carter.

Il s'en alla sans un regard en arrière, je le suivis des yeux et remerciai Pa de son aide. Je retournai travailler en me demandant si j'avais fait le bon choix. J'avais juste chaud au cœur à l'idée que je pouvais enfin décider par moi-même.

Nathan vint me chercher pour me raccompagner à la maison et à en juger par le bonheur que je ressentis en le voyant, je compris que j'avais eu raison de dire à Carter que je ne quittais pas New York. Il me tendit la main et nous partîmes bras dessus bras dessous, comme un vrai couple.

Presque arrivés à la maison, il m'arrêta sur le trottoir.

— Je regrette de ne pas avoir pu passer te voir plus tôt.

— Pourquoi ?

— Le Dr Bacon est venu hier soir à l'hôtel Brevoort pour un patient et j'ai dû sortir pour aller chercher plus de quinine. Je suis passé par ici et c'est là que j'ai vu une femme de l'autre côté de la rue.

— Noire ou blanche ?

— Blanche. Elle avait un air qui ne m'a pas plu et je l'ai abordée. « Avez-vous affaire avec les Woolsey ? » lui ai-je demandé. Elle a eu un mouvement de recul et m'a agressé, criant quelque horreur : « Incroyable, jamais un Nègre ne s'est permis de me parler comme ça. Comment oses-tu m'interroger. Je prends l'air, c'est tout. »

— Comment était-elle ? Mon corps entier se raidit.

— Eh bien, c'est là que je voulais en venir, ce pourrait bien être cette Anne-May dont tu m'as parlé.

— Maigre ?

— Je crois, mais il faisait sombre.

— Des cheveux de quelle couleur ?

— Bruns, pour le peu que j'ai vu sous sa coiffe.

— Nathan, tu ferais un bien piètre détective.

— Un accent du Sud, ça c'est certain.

— De Louisiane ?

— C'était vraiment une sale bonne femme, c'est tout ce que je sais !

— C'est Anne-May, venue me reprendre, conclus-je en frissonnant de partout.

— En tout cas, à partir de maintenant, je vais rester plus près de toi.

— Merci, Nathan, de m'avoir raconté tout ça.

Il attendit que je rentre, puis regardant attentivement des deux côtés de Brevoort Place, je refermai la porte, heureuse de l'entendre bien claquer. Cette maison avait été ma forteresse.

J'écartai un rideau et le regardai s'éloigner dans la rue. Avais-je eu tort de rejeter Carter ? Il avait sans doute déjà parcouru la moitié du chemin jusqu'à Ottawa. Anne-May viendrait-elle ce soir ? Elle louerait les services de quelque marchand d'esclaves pour me traîner là-bas, prendrait mes nouveaux habits, m'obligerait à remettre mes vêtements de calicot et à lui récurer les pieds. Je portai les mains à mon visage, elles étaient glacées. Je fermai la porte à clé et montai me coucher.

Quelle idiote j'ai été de croire que je pourrais vivre longtemps en sécurité !

45

Anne-May

New York, avril 1864

UN APRÈS-MIDI APRÈS UNE PROMENADE tonifiante dans Central Park, je rentrai à l'hôtel Brevoort pour me rafraîchir. Je donnai au portier une pièce en or de cinq dollars pour qu'il continue ses flagorneries. À la réception, on me tendit une enveloppe. Je reconnus le papier à lettres mauve pâle de Jubal, l'adresse de l'expéditeur imprimée en brun fauve sur le rabat, des coloris qu'aucun autre homme de ma connaissance ne savait aussi bien marier.

SMALLS AND SONS
EMPORIUM,
HOLLYWOOD, MARYLAND

« Chère Anne-May,
Puisque je n'ai pas eu le plaisir de recevoir une réponse à ma dernière missive envoyée à Washington, je vous en adresse une autre car à chaque jour qui passe, mon inquiétude grandit. Vous avez dû apprendre que le Maryland grouille de rumeurs au sujet de ce qu'ils appellent les « vipères cuivrées », des espions confédérés au milieu des sympathisants yankees. Dans une tribune parue dans le journal de ce matin, on peut lire que dans le Maryland, ces espions transmettent des renseignements militaires aux puissantes forces sudistes. Pour aggraver les choses, Harriet m'a rapporté qu'un monsieur déclarant être un Pinkerton a commencé des interrogatoires suspects à Leonardtown. Je tiens à souligner les conséquences terribles qu'il y aurait à ce qu'un certain objet, bien connu de nous, soit trouvé et nous incrimine. Je vous conjure de le localiser et de me le faire parvenir ici dans les meilleurs délais afin qu'il ne tombe pas dans de mauvaises mains.
Avec toute mon affection,
Jubal. »

« Toute mon affection ». Il n'avait pas écrit « amour » comme à son habitude.

Alors que je glissai la missive dans l'enveloppe, l'employé se racla la gorge.

— Madame Watson, avez-vous oublié que vous nous devez deux jours de plus ?

— Comment ai-je pu ? m'étonnai-je avec un sourire. Je reviens tout de suite régler mon dû.

Je me rendis à ma chambre pour prendre l'argent dans ma malle à chapeaux, mais ne le trouvai pas. Ne l'avais-je pas dissimulé derrière la doublure ? Je déchirai les doublures de chacune des malles, en jetai chaque vêtement par terre, mais en vain. Glacée, je retournai à la réception sur des jambes tremblantes.

— Monsieur, quelque chose des plus scandaleux s'est produit. On a volé dans ma chambre tout mon argent. Un de vos employés est responsable, j'en suis sûre.

— Ah, vous ne pouvez donc pas régler votre note. Il ouvrit un livre de comptes relié cuir. Rien que votre note de restaurant s'élève à cent dollars.

— J'ai juste besoin d'un peu plus de temps, c'est tout.

Il agita sa sonnette.

— Portier, accompagnez Mme Watson à sa chambre et portez ses malles dans notre box de stockage.

— Comment pouvez-vous faire une chose pareille ? Où vais-je aller à cette heure ?

(Je sortis mon porte-monnaie et le trouvai vide.)

— Entendons-nous, il y a plus grave qu'un défaut de paiement. Il se trouve que les Pinkerton sont venus poser des questions à votre sujet.

— Et alors, quel mal ? Il s'agit sans doute d'une petite enquête ?

— Puis, la femme de chambre nous a informés que la suite était ravagée. Vous avez laissé les fenêtres ouvertes et des corbeaux attirés par toute la nourriture que vous aviez commandée puis laissée, sont entrés et en ont mis partout.

— Je trouverai bien quelqu'un pour venir nettoyer.

— Les fraises ont laissé des taches indélébiles sur notre tapis d'Aubusson. Vous serez peut-être plus à votre aise dans un logement de meilleure catégorie, vous qui venez de Louisiane, et tout le tintouin. Nous garderons vos malles en gage de paiement. Les Pinkerton voudront peut-être les examiner de plus près.

— Mon cher, dis-je penchée sur le comptoir, je ne peux que regretter le concours de circonstances qui me réduit ainsi. Un billet à ordre ne suffira-t-il pas pour le moment ?

Il me glissa une carte. « Monsieur Gerald Minkman, Prêteur sur gages. »

— Cet établissement vous intéressera peut-être. En attendant, portier, escortez Mme Watson dehors. Nous avons besoin de cette chambre pour un nouveau client.

J'arrivai à l'adresse que m'avait donnée M. Bigelow. La Maison de l'industrie était un endroit froid et humide où l'on acceptait des femmes de moralité douteuse afin de leur éviter l'hospice. D'épais nuages noirs n'égayaient guère la scène.

Je me pinçai les joues, levai le bras et sentis mon aisselle. Avais-je l'odeur de quelqu'un qui a dormi dans la rue ? Je garderai mes distances.

En entrant, je tins la porte à une femme qui sortait, une boîte en carton sous le bras.

— Puis-je vous aider ? proposai-je dans mon meilleur accent yankee.

— Vous êtes bien aimable.

Elle déposa sa boîte dans la calèche qui attendait dehors, puis revint. Je lui tins de nouveau la porte.

— Par hasard, seriez-vous cet Abigail Woolsey dont j'ai entendu parler dans les journaux ?

— Oui.

— Permettez que je me présente. Lucretia Frick, du Vermont.

— Heureuse de faire votre connaissance, madame Frick. Quel drôle d'accent vous avez, je n'ai jamais entendu un habitant du Vermont parler ainsi.

— Oh, j'ai grandi au Canada, mentis-je en tressaillant.

— Désolée d'être abrupte, mais je rentre chez moi déposer des dons pour la foire. Avant qu'il ne pleuve, dit-elle avec un regard vers le ciel gris.

C'était une femme charpentée qui avait plus de trente ans et ne portait pas d'alliance. Vêtue d'une robe noire simple, sans même une touche de rouge ou des boucles d'oreilles, elle semblait n'avoir nullement l'intention d'attirer l'autre sexe.

— Laissez-moi vous aider, proposai-je, lui prenant la boîte des mains. Comme je vous saurais gré de pouvoir moi aussi soutenir la cause du bon M. Lincoln.

— Je ne dirais pas non. Tous les portiers sont déjà pris. Venez au bureau avec moi et nous prendrons chacune un carton.

Je la suivis dans une pièce aux murs couverts de haut en bas de rayonnages bourrés de poussiéreux volumes reliés cuir, on n'y avait visiblement pas touché depuis des années ; au milieu, trônait un énorme bureau où s'amoncelaient papiers et livres de compte. Une enveloppe était posée sur un de ces registres à travers laquelle la couleur de l'argent de l'Union transparaissait, *Trésor* écrit sur le devant en lettres rondes.

— J'espère que ce n'est pas trop lourd, me dit-elle en me tendant une boîte.

Comme elle se penchait pour en prendre une autre, je m'emparai de l'enveloppe et la fourrai dans la poche de ma robe.

— Non, pas du tout.

Nous chargeâmes ces cartons dans la calèche.

— Ça ne vous embête pas de me donner un coup de main pour les déballer chez moi ? me demanda-t-elle après m'avoir remerciée une première fois. Ce n'est pas loin d'ici, nous utilisons la maison comme relais pour la foire, et tous nos serviteurs ont proposé leurs services.

— Pas le moins du monde, répondis-je en m'installant sur le siège à côté du sien, je suis très heureuse de pouvoir aider.

Arrivées au 8 Brevoort Place, une assez jolie maison en grès rouge à un jet de pierre de mon ancien hôtel, nous transportâmes les cartons dans un salon de réception aux murs tapissés de caisses et de boîtes. Si l'on excluait une légère odeur de renfermé et des sofas sombres très fatigués, l'endroit était plutôt habitable. Je m'approchai de la carte accrochée au-dessus d'un des canapés, mosaïque de carrés roses et verts qui montraient le siège de la Confédération.

— Oh l'État de Virginie, je ne supporte pas ces rebelles.

— Ma mère est née et a été élevée dans ce grand État, madame Frick.

— Bel endroit, la Virginie.

Je passai un doigt sur le cadre de la carte, de la vraie feuille d'or, semblait-il.

— Quel réconfort de rencontrer des gens pieux dans cette grande ville ! Je suppose que vous souhaitez l'abolition de l'esclavage comme tous les bons chrétiens qui se respectent.

— Bien sûr, madame Frick. Abigail ouvrit une caisse et en sortit une pile de gants de femmes en chevreau. On m'a demandé d'apporter à la foire tous les gants disponibles. Apparemment ils ont tout vendu.

— Laissez-moi vous aider, dis-je en plongeant la main dans la boîte.

— Comment êtes-vous arrivée à New York ?

— Je vivais à la ferme à Nashua et…

— Mais Nashua est dans le New Hampshire, me coupa-t-elle, pas dans le Vermont.

— Ah, j'ai dit Nashua ? Je pensais à – comment s'appelle cette ville ? – *Montpelier.* C'est alors que j'ai entendu parler de la foire pour la Commission sanitaire et je me suis dit que je viendrais aider. D'ailleurs… (Je mis la main dans ma poche et sortis de l'enveloppe un billet.) J'aimerais faire un don à la cause.

— Vingt dollars ? s'exclama Abigail, acceptant le billet. Mon Dieu, madame Frick, vous êtes une vraie patriote. Mon frère vous remercie, il est cantonné à Fort Monroe.

— Votre seul parent dans cette grande maison ?

— Non, j'ai six sœurs également.

— Elles œuvrent toutes pour l'effort de guerre ? Je crois avoir lu quelque chose dans le journal sur votre sœur Georgeanna ?

— Nous sommes fières d'elle. Avec ma mère, en juillet dernier, elle a soigné les soldats à Gettysburg. Elle vient de rentrer de quelques jours passés dans le nord de l'État.

— Se trouver là-bas, aux premières loges du combat, ça a dû être tellement gratifiant, aider ainsi tant de nos hommes dans le besoin. Nous devons éliminer le fléau de l'esclavage, mademoiselle Woolsey, n'êtes-vous pas d'accord ?

— Totalement, madame Frick. D'ailleurs ma mère et ma sœur se sont liées d'une profonde amitié pour une jeune femme qui était esclave autrefois.

— Ah bon, je me redressai, comme c'est aimable de leur part. Comment se sont-elles rencontrées ?

Abigail emballait un tas de gants dans du papier ciré et l'attachait avec de la ficelle.

— Cette jeune femme a été blessée sur le champ de bataille, vous imaginez ? Recrue dans l'armée américaine, prise à un propriétaire d'esclaves en Pennsylvanie.

— Hagerstown ? laissai-je échapper.

Abigail se tourna vers moi, un pli profond entre les yeux.

— Comment le savez-vous ?

— Oh, juste une supposition. C'est l'une des grandes villes du coin, dis-je le cœur battant.

— Oui, certes, convint-elle sans me quitter du regard.

— Et comment s'appelle cette ancienne esclave ?

— Je crains, madame Frick, de devoir partir maintenant. Merci de votre aide. Je pense que j'ai déjà abusé de votre temps.

— Pourrais-je vous demander un verre d'eau et les toilettes ?

— Faites aussi vite que possible, soupira-t-elle. Vous trouverez un cabinet au second. Je vais vous apporter à boire, mais je dois ensuite partir.

— Si vous avez des glaçons, j'apprécierais, Abigail. Transporter ces caisses m'a assoiffée.

Abigail partit à la hâte vers l'arrière de la maison en quête de mon verre d'eau. Je grimpai à l'étage à toute allure. J'allai de pièce en pièce, ouvris des armoires, passai le pied sous les lits en quête du sac de voyage en tissu fleuri appartenant à Jemma. J'avais presque abandonné mes recherches quand je pénétrai dans la dernière pièce, une petite chambre sur le devant de la maison et entrevis sur une chaise ce sac fleuri.

— Madame Frick ? cria Abigail depuis le rez-de-chaussée.

— Un moment ? répondis-je.

J'ouvris le sac et cherchai parmi les chemisiers et des morceaux de tissu. Je vidai à la va-vite le contenu sur l'un des deux lits et fouillai, mais pas de carnet en maroquin rouge en vue. J'ouvris le tiroir de la commode et retournai cartes à aiguilles et bobines, les jetai au fur et à mesure par terre.

— Que faites-vous là ?

Je me retournai et vis Abigail sur le pas de la porte.

— Madame Frick, si c'est bien votre nom, je vous demande de partir sur-le-champ.

46

Georgy

New York, avril 1864

« Brevoort Place, N.Y.C.
Mon cher Edward,
Je suis heureuse que tu reviennes juste à temps pour la foire qui promet d'être l'événement mondain de cette décennie. Tes nièces y consacrent toutes leurs énergies. Mary est très impliquée dans ses compositions pour la partie florale et toutes ces dames sont impatientes de découvrir de nouveaux articles fantaisie. Même Abby se laisse gagner par l'excitation générale, elle coud un magnifique drapeau en soie et tout un tas d'autres petites choses. Georgy vendra ses livres. Mary a eu l'idée de faire des chapeaux de jardinier en paille blanche avec de larges rubans peints de fleurs aux extrémités. Ils sont très jolis et seront

accrochés dans sa tonnelle fleurie. Tout ce qu'elle fait est dans le style floral...
Avec toute mon affection sincère,
Jane Eliza. »

Lorsque nous étions revenues avec Jemma à New York après notre séjour chez Eliza, chaque étage de la maison de Mère bourdonnait d'activités en préparation de la foire pour la Commission sanitaire. La guerre était entrée dans sa quatrième année et le général Grant avait été nommé commandant en chef de toute l'armée américaine. Des accrochages avaient eu lieu dans le Sud-Ouest qui revigoraient le moral des troupes nordistes et nous nous prenions à espérer que la fin de la guerre n'était pas loin.

À New York, la prospérité s'affichait partout de façon criante. L'agréable temps printanier avait rempli hôtels et pensions et il était impossible de ne pas entendre parler de cette prochaine foire dont les bénéfices iraient à nos troupes.

La maison résonnait du bruit d'activités frénétiques et essentielles. Nous toutes, excepté Jane et Eliza, courions partout dans le grenier et emballions de vieilles chaises et bassines pour en faire don. Nous nous étions toutes engagées à participer, chacune à notre manière. Je vendrai mon livre, *Trois semaines à Gettysburg*, dans la salle des auteurs. La fracture de Jemma guérissait bien, elle avait choisi de vendre ses coiffes, devenues exceptionnellement populaires auprès de l'équipe d'infirmières de Point Lookout. Nous avions donc fouillé dans les malles du grenier à la recherche d'autres bouts de tissu qu'elle pourrait utiliser, nous emparant de tous les trésors textiles ancestraux qui n'avaient pas été encore transformés en charpie pour les troupes.

— Une fois que cette foire sera terminée, je m'allongerai, exténuée, sur le canapé et ferai à peine plus que m'éventer, déclara Carry qui tenait un bonnet aplati en l'air.

— Je ferai comme toi, réagit Hatty, avec une extrémité de ma paille plongée dans un cocktail au xérès.

Hatty et Carry étaient les deux plus jeunes, mais durant cette guerre terrible, il leur avait fallu mûrir vite. Autrefois, elles avaient été les plus joyeuses, mais du jour au lendemain elles étaient devenues des jeunes femmes très accomplies, et toutes deux travaillaient de longues heures à Bellevue comme infirmières. Elles approchaient vite de la trentaine, ce vaste Rubicon. Resterait-il encore des hommes en vie une fois ce conflit terminé pour qu'elles s'établissent ?

Je ne me lassais jamais de passer du temps dans ce grenier, car, là-haut, sous cette charpente en bois brut, au-dessus des ormes, tous les soucis s'évanouissaient. Lorsque Mary et Abby nous montraient quelle malle ouvrir, la poussière dansait dans le seul rayon de lumière qui pénétrait en oblique par la haute fenêtre ovale. Nous sortîmes des réserves de mules en satin, de peignoirs et de robes en calicot qui sentaient le camphre.

Hatty en sortit une vieille écharpe tube en satin rose que Jemma prit dans ses mains

— Je peux faire six roses avec ça.

Comme Père aurait apprécié ce petit tableau.

Au fur et à mesure que nous présentions ces morceaux d'étoffe à Jemma, elle les transformait, assise avec une planche posée sur ses genoux, en une petite fleur ou un bourgeon et nous la regardions subjuguées par l'habileté de son geste et la rapidité avec laquelle elle roulait et faisait gonfler chaque bout de tissu en une parfaite petite fleur.

— Dire que tu les fais à partir de chutes inutiles, dit Carry en tendant le bras vers un petit bouquet. Je trouve que les appeler « bonnets de récup » est un vilain terme pour de si belles créations.

Je tins une fleur en mousseline pour que Jemma la noue à la base.

— On part aujourd'hui chez l'oncle Edward, annonçai-je, pour ramasser des coquilles de palourdes à partir desquelles elle fera un cœur au centre de chaque fleur.

— La plage de Père, s'alarma Carry avec un regard à Hatty. Tout ce chemin jusqu'au Queens ? Tu avais cessé d'aller à cette plage pour de bonnes raisons, Georgy…

— Je vais bien, d'accord ? C'est complètement derrière moi. J'avais sept ans quand c'est arrivé !

— C'est un lieu terriblement désolé, tu pourrais peut-être demander à M. Burpee de t'accompagner, suggéra Hatty, ou à ce fidèle Frank Bacon.

Carry sortit de la malle une pile de carrés en tissu rustique grège.

— Il est pris par son amie, dit Carry. On les a vus s'enlacer à Washington Square Park.

— Frank peut épouser qui il veut, rétorquai-je.

— Toujours pas de fiançailles, en tout cas, précisa Carry.

— Je préfère qu'on décide quels accessoires on donne à la foire.

— Subtil changement de sujet, rétorqua Carry non sans une certaine ironie.

— Les vases style chinois, peut-être, proposa Hatty.

— La fierté de Mère ? demanda Abby. N'y songe même pas.

— Il y a toujours le service bleu lavande, dit Hatty avec un signe de tête vers le vaisselier.

— Et on mangerait dans quoi ? demanda Carry.

— Et cet éventail au-dessus de la cheminée ? dit Jemma.

Un ange passa.

— J'ai fait une gaffe ? s'inquiéta Jemma.

— S'il te plaît, Georgy, ne retourne pas à cette plage, insista Carry.

On frappa à la porte, Margaret entra.

— Mademoiselle Georgy, M. Burpee est ici.

À l'idée de quitter cette scène charmante, je fus en partie désemparée.

— Je descends dans un instant, Margaret. A-t-il fait connaître la raison de sa visite ?

— Il a demandé à voir votre mère, mademoiselle. Ils sont dans la bibliothèque.

Toute activité cessa et chacune de mes sœurs tourna son visage vers moi. Abby jeta une jupe dans la malle.

— Tu en fais une tête ! dit-elle. On dirait que le bourreau est arrivé.

Après une bousculade aussi digne que possible, notre petit groupe se retrouva en bas devant la bibliothèque, lieu de tous les événements importants à Brevoort Place. Jemma passa son bras sous le mien tandis que Hatty courut chercher ma trousse d'infirmière. Elle s'empara du stéthoscope et le tint tout contre la porte, aux aguets. Carry, elle, employa la méthode du verre pour écouter à travers le mur.

— Rien, dit Hatty.

Mary prit ma main alors qu'Abby écartait mes sœurs et collait son oreille à la porte.

— C'est Mère. Elle dit… Georgy a toujours su ce qu'elle voulait. (Elle se tourna vers moi.) Et aussi que tu n'es pas facile à vivre.

— Merci, Mère !

Abby pressa à nouveau son oreille à la porte.

— Ils concluent leur rencontre, je crois.

La porte s'ouvrit, révélant Mère et, derrière elle, M. Burpee, les yeux baissés, vêtu d'un gilet et d'une lavallière des plus élégants, des gouttes de transpiration luisant à son front.

— Georgeanna, commença Mère, le regard solennel planté dans le mien, M. Burpee est venu aujourd'hui te poser une question sérieuse.

Mary me serra la main, ses yeux graves braqués sur moi.

— Tu n'es pas obligée d'y aller si tu n'en as pas envie.

— Ça va.

Et sur ces mots, j'entrai dans la bibliothèque, ce sanctuaire aux lourdes tentures et à l'épaisse moquette où le vieux bureau en chêne de Père trônait comme toujours près de la fenêtre. Mes sœurs et Jemma s'entassèrent sur le seuil et nous observèrent.

— Bonjour, mademoiselle Woolsey, commença-t-il, bien que ma conversation avec votre mère ait été des plus amicales, elle n'en a pas moins été éprouvante.

Il sortit une pièce de dix cents de la poche de son gilet et la jeta à Jemma.

— Toi, là, cours me chercher un tonique pour les nerfs.

Jemma attrapa la pièce que Mary lui prit aussitôt des mains.

— Monsieur Burpee, Jemma est notre hôte.

— Oh, dit-il en remettant la pièce dans sa poche, comment aurais-je pu le deviner ?

J'allais refermer la porte, tout à fait consciente que la conversation serait enregistrée et retenue, mot pour mot.

— Je pense que vous savez ce que je suis venu vous demander.

— Peut-être.

— Votre mère me dit que c'est à vous de décider qui vous épouserez et je la rejoins sur ce point. Vous devez savoir que j'ai pour vous une profonde affection. Durant ces mois ensemble, j'ai trouvé que vous étiez une compagne aimable, franche, modeste, facile à vivre et dotée de toutes les qualités nécessaires que j'attends d'une femme. Je crois que nous ferions un couple parfait et après mûre réflexion, j'ai décidé que lorsque nous serons mariés, vous pourrez avoir le bâtiment de votre choix pour ouvrir votre école d'infirmières, jusqu'à l'arrivée des enfants, bien sûr.

— C'est extrêmement généreux, Archie, dis-je, une main sur le bureau de Père pour ne pas chanceler.

Il sortit une boîte en cuir de son manteau et l'ouvrit, révélant une éblouissante fleur en diamants.

— C'est la première bague que Père ait offerte à Mère. Huit diamants taillés en forme de rose autour d'une pierre centrale. Un bijou fait pour être vu à la lumière des chandelles. Mère m'a conseillé de trouver une épouse qui la mériterait et j'ai décidé avec la plus grande détermination que c'était vous.

— C'est une très belle pièce, Archie.

— Mais je dois dire que je n'ai pas la moindre idée de ce que vous ressentez, Georgeanna. Vous ne me montrez guère d'affection, aucun signe de sentiment. Même maintenant, nulle larme de joie à ma demande en mariage.

— J'y suis sensible, mais c'est très soudain. J'ai besoin de temps…

— Je dois dire que la plupart des dames n'hésiteraient pas devant une telle offre. (Il referma la boîte d'un coup sec et la remit en sécurité dans sa poche.) Je pars à Saratoga Springs car j'envisage d'acheter un nouveau hongre et reviendrai dans deux semaines. J'apprécierais que vous me donniez alors votre réponse.

— Certainement, Archie.

M. Burpee me prit la main, la porta à ses lèvres et l'embrassa solennellement, puis sortit à grandes enjambées, laissant la porte ouverte derrière lui, et un flot féminin s'engouffra dans la bibliothèque. Mère, mes sœurs et Jemma m'entourèrent, jupes froufroutantes, dans un nuage d'eaux de toilette à la violette et à la rose.

— Qu'as-tu répondu ? voulut savoir Carry.

— Que j'allais y réfléchir.

— Eh bien, ça, c'est décisif, ironisa Hatty.

— Tout est tellement déroutant, avouai-je en passant derrière le bureau de Père.

— Frank Bacon va s'aliter quand il le saura, prédit Mary.

Carry sauta sur le bureau et s'y assit.

— J'ai été consternée quand il a cru que Jemma était la bonne.

— Qu'est-ce que tu ressens, Georgy, insista Abby.

— Rien, vraiment. C'est une demande flatteuse, j'imagine.

— Tu prends le temps qu'il te faut, ma chère petite, conseilla Mère en caressant mes cheveux.

— Il m'a proposé de choisir une demeure pour mon école, expliquai-je, les deux paumes posées sur le sous-main de Père.

— Sois sûre que c'est lui que tu aimes, Georgy. C'est pour la vie. Il faut que tu le dises à Frank Bacon avant d'accepter, suggéra Mary qui avait pris ma main dans la sienne.

— C'est une très belle offre, déclara Abby. Tu dois l'accepter bien sûr. C'est ce que voudrait Père.

— Ne dis pas ça, Abby, ! m'exclamai-je, me tournant pour lui faire face.

— Quelqu'un le doit, tu ne sembles pas capable d'émotions. J'espère que tu n'attends pas que Frank Bacon quitte sa dulcinée. Ça n'arrivera jamais.

— S'il te plaît, laisse-moi tranquille.

Et à ces mots je me précipitai vers la porte, mais Abby me suivit.

— Tu peux avoir ton école, Georgy. Ne sois pas idiote et ne rejette pas cette demande comme toutes celles qu'on t'a déjà faites.

— Ce que tu peux être cruelle, Abby.

Je quittai la pièce et montai à l'étage d'un pas déterminé.

— Pour une fois, laissez-moi décider ! criai-je.

Après cette visite, je ressentis le besoin d'échapper aux regards inquisiteurs de mes sœurs. Et je décidai, avec Jemma, de ne pas changer nos projets de sortie vers ce que j'avais toujours appelé « la plage de Père », Rockaway Beach, sur la côte Sud de Long Island, le coin préféré de l'oncle Edward l'été.

Une pluie fine tombait alors que Jemma et moi marchions, têtes baissées, à la recherche de coquilles de clams qui s'échouaient souvent sur le rivage, lavées et lissées par les déferlantes de l'Atlantique. Ce jour-là, nous avions la plage pour nous. Consciente peut-être que je devais réfléchir à beaucoup de choses, Mère avait eu la gentillesse de nous envoyer là-bas avec sa calèche et des sandwichs emballés dans du papier journal. Nous prîmes le ferry de Fulton à Brooklyn, puis la route jusqu'à Rockaway.

À l'approche de la plage, je me sentis de plus en plus oppressée. Peut-être, n'étais-je finalement pas prête à revenir. Je relevai la tête et offris mon visage à la pluie, un crachin aurait dit Père.

— Jemma, on devrait peut-être rentrer. Le ciel s'obscurcit.

— On pourrait rester encore un peu ? On dirait que l'orage ne va pas éclater toute de suite.

Je pris une profonde inspiration et l'odeur familière d'air salé m'emplit les poumons.

Père.

Jemma courait devant moi, elle se pencha soudain pour ramasser quelque chose dans le sable et se retourna.

— J'ai trouvé mon premier coquillage !

Je m'approchai et examinai le fragment lisse et laiteux, veiné de pourpre.

— Un beau spécimen.

Jemma le mit dans le sac à cordonnet en soie jaune qu'elle avait confectionné pour l'occasion.

— Mon Pa adorait marcher sur le rivage dans le Maryland. Il trouvait des morceaux de bois flotté et les rapportait à la maison pour en faire des tables et des chaises.

— Où est-il maintenant ? Tu en parles rarement.

— Il est mort il y a deux ans. LeBaron et ses acolytes l'ont pendu.

— Comment, mon Dieu ! m'exclamai-je en m'arrêtant net, Jemma, quelle cruauté barbare ! Comment des hommes peuvent-ils faire ça à d'autres hommes ?

— Pa les avait mis en colère, mais c'est surtout parce qu'ils en avaient envie.

— Je suis vraiment désolée, je n'avais pas l'intention d'être indiscrète.

— Inutile de t'excuser, Georgy. J'ai appris que parler guérissait.

— Comment était ton père ?

Jemma leva les yeux au ciel et sourit

— Comme le meilleur des jours, fois dix ! Il ne possédait pas grand-chose, mais il donnait tout ce qu'il avait.

Nous continuâmes à marcher, le clapotis des vagues et le cri rauque des mouettes et des sternes pour tout bruit.

— Tu venais ici autrefois avec ton père ?

— Oui, c'était notre bout de plage préféré. Aujourd'hui c'est Mary qui y amène ses filles avec leur seau et leur pelle.

Je me penchai pour ramasser un bout de coquillage et le laissai tomber dans le sac de Jemma. Quelle joie d'avoir une amie avec qui partager cette chasse aux trésors si simple.

— Tu as dû passer de bons moments ici à te promener en compagnie de ton père.

— J'ai fait cette traversée en ferry avec lui une centaine de fois et arpenté la plage pour y chercher des trésors, contente de discuter de tout ce qui me passait par la tête. On a trouvé une foule de trésors. Une bouteille de parfum de femme. Des casseroles échouées après des naufrages.

— C'est là que tu as trouvé ce bel éventail ?

— Oh, non. Une certaine Mme Winslow d'Astoria, une connaissance de l'oncle Edward, nous l'a offert à mon père et moi pour avoir sauvé son fils William qui avait nagé trop loin et que l'on croyait perdu.

On s'arrêta au bord de l'eau au milieu de cette baie en demi-lune.

— Nous l'avons trouvé juste à cet endroit et on l'a ranimé. Il réagissait bien sous la pression, mon père.

Il a fait du bouche-à-bouche au pauvre jeune homme et j'ai aidé comme j'ai pu.

— Vous l'avez sauvé ?

— On lui a fait recracher des litres d'eau. Je n'ai jamais vu de parent aussi reconnaissant. Mme Winslow nous a offert cet éventail, avec des baguettes en ivoire, l'une de ses possessions les plus précieuses qui avait autrefois appartenu à une dame d'honneur à la cour de Marie-Antoinette.

— Ça vaut beaucoup d'argent ?

— Pour un collectionneur sans doute, mais pour moi c'est juste une valeur sentimentale. C'est tout ce qui me reste de mon père.

— Carry a dit que tu avais cessé de venir ici pour une bonne raison, laquelle ?

La pluie s'était mise à tomber plus dru et je ramenai les pans de mon manteau autour de moi.

— On va être trempées, Jemma. On devrait vraiment rentrer.

— Ce n'est pas toi qui as dit : « une personne doit regarder les choses en face, ou elle se retrouve bloquée » ? me rappela-t-elle, posant la main sur ma manche.

— Je me rends compte que je sais sans doute bien mieux donner des conseils que les recevoir, admis-je en retirant mon bras, mais je pense vraiment…

— Et si on parlait aussi du Dr Bacon ? Je vois bien que tu as des sentiments pour lui mais tu ne peux pas les montrer. Peut-être à cause de ce qui s'est passé ici ? As-tu partagé ça avec tes sœurs ?

— Non, c'est trop horrible. Je suis incapable de parler de ça avec elles.

— Tu ne peux pas tout garder en toi. Comment est-il mort ?

— Je regrette que nous n'ayons pas pris de montre. Le dernier ferry part à quinze heures.

Jemma s'arrêta de marcher et resta plantée là, bras serrés dans le dos.

— Tu viens ? Je l'engageai à avancer d'un signe de la main.

— Pas tant que tu ne m'auras pas tout raconté.

— On va être frappées par la foudre, répliquai-je, les yeux levés au ciel.

Elle haussa les épaules.

— Bien, puisque tu veux savoir, il est mort à bord du vapeur Lexington qui naviguait dans le détroit de Long Island, la nuit du 13 janvier 1840. Il avait trente-huit ans.

— Et ?

— Père avait voyagé de Boston à New York pour rendre visite à l'oncle Edward qui venait juste de se marier et on l'avait pressé de rester dîner, un grand repas de famille donné en l'honneur de l'événement. Mais Père avait refusé, il voulait absolument rentrer à Boston ce soir-là.

Je me penchai et ramassai un morceau de coquillage dans le sable. Jemma me le prit des mains et le laissa tomber dans son sac.

— C'était une nuit terrible, le mercure était descendu à vingt-trois degrés en dessous de zéro, le détroit empli de glaces flottantes.

Je ne pus continuer, tant la scène était nette devant moi. Jemma me prit par la taille.

— Le bateau était en route, à des kilomètres de la côte quand l'alarme incendie retentit. Le bateau était chargé de balles de coton et le feu avait déjà tellement progressé qu'il n'y avait plus d'espoir de le sauver. Sur l'équipage et les cent quarante-trois passagers, quatre seulement survécurent, Père ne fut pas du nombre. A-t-il été brûlé ou noyé, Dieu seul le sait.

— Ta pauvre Ma.

— Mère nous a caché son chagrin. Trois mois plus tard, le 18 avril 1840, notre frère Charles est né, un fils que son père se serait tant réjoui de voir.

— Pourquoi a-t-il fallu, Georgy, que tu cesses de venir ici après sa mort ?

— Je demandais sans cesse à l'oncle Edward de m'amener ici dans l'espoir d'y retrouver Père et j'avais fini par devenir un peu obsédée par cet endroit. C'était idiot, je suppose.

— Pas du tout.

— D'abord, j'étais très jeune et je croyais que Père reviendrait, échoué ici, et que je le sauverai comme on avait sauvé Willy Winslow, mais à mesure que les années passaient et que je grandissais, j'espérais juste un signe de lui ou du vapeur sur lequel il avait péri. Un jour, j'ai fini par trouver un morceau de porcelaine avec le signe distinctif vert du Lexington écrit dessus et je dormais avec, caché sous mon oreiller. J'ai insisté auprès de Mère pour qu'elle contacte les quatre survivants, mais ils ne se rappelaient personne qui corresponde à la description de Père. Puis, quand j'ai eu seize ans, Mère a dit que je devrais cesser de venir ici. J'y suis tout de même allée un jour en douce, un 13 janvier, jour anniversaire de l'accident et j'ai attrapé la scarlatine. Après ça, Mère m'a interdit d'y revenir et m'a envoyé au pensionnat à Philadelphie.

— La maison te manquait ?

— Cruellement. On m'a diagnostiqué une mélancolie sévère et prescrit de vigoureux exercices et un régime insipide. La nuit je rêvais à Père et je me demandais s'il avait été rejeté sur le rivage sans personne pour le retrouver. Cela me hante encore. Quelles ont été les circonstances de sa mort ? Était-il en vie quand le bateau a coulé ? A-t-il essayé de sauver des gens ? Il me manque si affreusement, Jemma. C'était un homme infiniment gentil, un concentré de bonne humeur, et personne ne me comprenait mieux que lui. Chaque jour depuis qu'il est parti, c'est un coup de poignard au cœur, et je suis la responsable.

— Ce n'était sûrement pas ta faute.

— Mais si, et c'est ça le plus terrible.

Je regardai la mer au loin, des nuages bas s'amoncelaient au-dessus des vagues écumantes.

— Continue.

— L'oncle Edward avait encouragé Père à passer la nuit, mais s'il a voulu absolument revenir à la maison c'était à cause de mon récital de piano. Il avait dit à son frère qu'il ne le raterait pas. C'est moi qui avais insisté. Qui l'avais supplié en fait.

— Tu ne peux pas te le reprocher.

Mes yeux s'emplirent de larmes brûlantes.

— Et si je n'avais pas été une petite fille si gâtée et si je n'avais pas tant insisté pour ma propre vanité ? Et s'il était resté cette nuit-là à New York et avait voyagé ensuite dans de meilleures circonstances ? Il serait encore avec nous aujourd'hui. Mère n'aurait pas perdu son seul et unique amour. Nous aurions tous notre précieux père.

Jemma m'attira à elle et je pleurai sur son épaule trempée.

— La, la, me dit Jemma en me tapotant le dos. N'est-ce pas bon ?

La pluie s'abattit sur nous et je sanglotais de tout mon corps.

— Je ne me débarrasserai jamais de cette terrible honte.

— Je pense que tu t'en es déjà libérée, me rassura-t-elle en me serrant plus fort.

Et pour une fois, je ne repoussai pas quelqu'un.

Le lendemain matin au réveil je me sentis différente, neuve avec un esprit plus dispos et une énergie toute nouvelle. Je balançai mon sac à dos à l'épaule puis, avec douceur, pris dans mes bras la vitrine qui contenait l'éventail sur le manteau de la cheminée, et l'emportai hors de la maison.

C'était le jour d'ouverture de la foire et l'on aurait cru que tous les New-Yorkais se pressaient dans cette grande bâtisse sur la 14e Rue, près de la Sixième Avenue. Les écoles étaient fermées et des hommes avaient tiré les volets de leurs bureaux pour se promener entre les stands où toutes sortes d'objets imaginables étaient exposés au public avec faste. Il y avait donc un tourbillon de gens, de drapeaux et de guirlandes, et flottait dans l'air l'odeur du pop-corn et des bonbons au caramel.

La foire occupait trois salles distinctes : celle des armes et des trophées, celle des peintures et le vieux magasin de brocante où les vitrines étaient pleines de cygnes empaillés, d'artéfacts égyptiens, d'un morceau du vieux cerisier que Washington avait abattu et de six cents autres bizarreries.

Mon éventail sous verre serré contre ma poitrine, je me pressai vers la galerie de peintures, fendant une immense foule de visiteurs bien mis qui déambulaient dans les pièces hautes de plafond, envisageant des achats. On entendait partout le frou-frou des robes en soie de ces dames qui se frôlaient et l'hymne *La Bannière étoilée* qu'un orchestre militaire interprétait avec fougue.

Je finis par atteindre la galerie. C'était de loin la salle la plus prestigieuse, avec ses murs tapissés de tableaux de maître donnés pour l'occasion et des objets de la guerre dans de petites vitrines. Je posai mon éventail sur le comptoir devant un petit homme tout rond qui avait un très léger accent allemand. Mon visage se reflétait dans les verres de ses lunettes.

— Je souhaite faire don de ceci pour la cause.

Il se pencha pour regarder l'éventail de près

— Est-ce...

— Oui, il a été utilisé à la cour de Marie-Antoinette.

— Comment puis-je lui attribuer une valeur ? Il devrait être dans un musée. Et comment puis-je savoir qu'il vous appartient ?

— Collé à la base, il y a un article sur mon père Charles Woolsey et la façon dont il a sauvé la vie d'un jeune homme. Cet éventail est la récompense d'un parent reconnaissant. Mon père me l'a légué et le moment est venu pour moi de m'en séparer.

— Vous devez en être bien triste.

— Terriblement, monsieur, mais on doit affronter les choses si l'on veut aller de l'avant.

— Votre offrande est très appréciée, mademoiselle Woolsey.

Je partis à la hâte, allégée d'un poids. J'avais très envie de m'arrêter partout et d'examiner chaque salle, mais j'étais en retard pour ma mission : signer les exemplaires de mon livre *Trois semaines à Gettysburg*.

Je passai très vite dans le grand hall, dépassai l'énorme temple, couvert de plantes foisonnantes, égayé par des fleurs et portant les noms des batailles que l'on célébrait : Gettysburg en fleurs rouges, Antietam en bleu et blanc, Roanoke en jaune. Je résistai à l'envie de m'y attarder et de respirer les odeurs sucrées car l'endroit était aussi luxuriant qu'un fourré tropical qui débordait de lys, d'orchidées, d'oiseaux chanteurs et de papillons.

Tapotant mon sac, je sentis une liasse de papiers, les copies du nouveau et très populaire poème de Mary, *Extinction des feux* que Mère avait fait imprimer sur du papier à lettres aux couleurs patriotiques, rouge et bleu sur fond blanc. Bien que Mary ait publié ce texte de façon anonyme et que les gens pensaient que c'était un soldat à l'agonie qui l'avait écrit, les familiers de notre cercle connaissaient le véritable auteur et étaient en fait fiers.

Je passai vite devant la salle des armes et trophées, remontant ma jupe pour éviter qu'elle ne soit piétinée. L'attraction centrale de la foire se trouvait là : reliques et butins de chacun des champs de bataille. On suffoquait dans cette salle tant il y avait foule, les gens étaient avides de voir les épées, les fusils et les étendards, reliques des quatre guerres de l'histoire américaine, y compris les restes d'un drapeau porté à la dernière bataille de Bull Run.

Je dépassai le stand envahi de clients où, aidée de Mary, Jemma vendait ses bonnets. Je regardai alentour cherchant à voir Frank Bacon. Serait-il présent ? Viendrait-il, comme Carry l'avait prédit, à la table où je signerais des dédicaces ? Libérée d'une certaine façon par ma conversation avec Jemma sur la plage, j'avais très envie de le voir et de partager tout cela avec lui. Comme il est difficile d'y voir clair quand on est dans l'œil du cyclone.

Lorsque j'arrivai enfin à la salle des livres et des dédicaces, j'étais hors d'haleine et j'y trouvai une jolie file d'attente qui serpentait depuis la table où s'amoncelaient mes livres. J'y pris place et disposai les poèmes de Mary, un centime la feuille. La première personne dans la queue, une jeune femme en habits de soie, comme sortie tout droit du *Godey's Lady's Book*, me tendit un livre.

— S'il vous plaît, dédicacez-le à Joanna. En lisant votre livre, mademoiselle Woolsey, j'avais l'impression d'y être, sur le champ de bataille. Je prendrai un poème également. Nous avons perdu mon frère à Gettysburg et il a envoyé ce poème à ma mère avant de mourir.

La queue avançait rapidement et ce fut bientôt le tour de mon beau-frère, le révérend Robert Howland.

— Je suis venu, dit-il en se penchant sur la table, te demander une faveur, Georgy. Mary t'écoute. Peux-tu la convaincre de ralentir.

D'un geste de la main, j'invitai un homme derrière Robert à s'approcher et j'ouvris le livre pour le signer.

— J'ai essayé Robert, nous avons tous essayé.

— Je crois que comme tes sœurs contribuent tellement à l'effort de guerre, elle se sent obligée d'en faire autant.

— Mais elle élève quatre filles. Si ce n'est pas une contribution…

— Je ne peux pas l'attacher, Georgy, murmura-t-il en se penchant davantage, elle s'est évanouie hier et même avec les sels les plus forts, nous avons eu du mal à la ranimer.

— Le Dr Flynn dit qu'elle va parfaitement bien, mais tu as ma parole, Edward, une fois que tout ceci sera terminé, nous la forcerons à s'aliter. Mes sœurs s'occuperont des enfants et tu seras aux petits soins pour elle. Qu'en penses-tu ?

Robert hésita un instant, mais prit congé. Je dédicaçai encore beaucoup de livres, chacun ajoutant dix centimes à la cause.

Je poursuivais ma tâche quand une nouvelle personne s'avança vers la table. Frank Bacon.

— Eh bien, Frank.

Je ne pus réprimer un large sourire. Il se dressait au-dessus de moi, habillé en civil, curieusement plus attirant que jamais vu sous cet angle, un peu pâle, une nouvelle tristesse dans le regard.

— Je suis venu acheter deux exemplaires.

J'ouvris un livre à la page de titre.

— Mais Abby t'a envoyé le livre.

— Oui, je l'ai lu et l'ai fort apprécié. Bethada et sa tante ont demandé à en avoir des exemplaires. Tu voudrais bien les signer ?

— J'ai beaucoup pensé à toi aujourd'hui, Frank. Je viens d'avoir une épiphanie très extraordinaire. Pourrions-nous nous retrouver quelque part pour en parler ?

— Je crains de ne pas avoir beaucoup de temps. Bethada remplit mon agenda.

— Tu es là en permission ?

— Un congé bref de l'armée. Cette guerre ne se terminera peut-être jamais. J'ai recommencé à voir des patients, pour un temps.

— Une patiente essentiellement, ai-je entendu dire.

— La tante de Bethada a un passé médical complexe. J'ai vu ton éventail dans la galerie des peintures. Tu le mets aux enchères ?

— Oui, Frank. Je crois que Père serait heureux que le profit aille à la cause.

La tristesse s'accentua dans son regard. Je tendis une main vers lui, qu'il ignora.

— Tu as l'air en forme, Frank. Tu as fait du chemin depuis Gettysburg.

— Toi aussi, ça fait plaisir de te voir en auteur publié. Que n'es-tu capable de faire, Georgy ? Tu es libre maintenant de devenir une fois de plus nomade.

— Je dois avouer que mon cœur est resté sur la Pamunkey.

Mon visage s'empourpra au souvenir de notre vaccination à bord du *Daniel Webster.* Avait-il remarqué mes joues rouges ? Comment avais-je pu ne pas comprendre, alors, la profondeur de mes sentiments ? Il s'efforça de sourire.

— Il me semble que c'était il y a des millions d'années.

— On parle de fiançailles entre toi et Bethada, dis-je en signant le deuxième livre.

— Ah, la fabrique à potins, ironisa-t-il, les yeux tournés vers la foule.

— Tu connais Bethada depuis pas mal de temps maintenant. Ta mère est contre ?

— Tu as vraiment une façon troublante de voir les choses, Georgeanna Woolsey, mais je ne peux pas rester célibataire toute ma vie et elle me paraît aussi bien qu'une autre.

— Eh bien, voici une éclatante déclaration d'attachement.

— Et toi ? J'entends dire que le bon M. Burpee circule dans Brevoort Place avec son attelage Brewster et ses merveilleux poneys.

— Il faut que nous ayons une conversation rien que tous les deux, Frank. Peux-tu passer à la maison ?

La femme qui attendait derrière lui tendit le cou, mécontente.

— Pourriez-vous aller un peu plus vite ?

— Je suis très pris, Georgy, répliqua-t-il en se passant la main dans les cheveux. La moitié des New-Yorkais ont la grippe. Mais tu sais que je débattrai toujours de tout ce qui te tient à cœur.

— Frank, je dois te parler de cette révélation incroyable à laquelle je suis parvenue et à quel point je me suis trompée sur…

Apparue soudain à ses côtés, comme par magie, Bethada glissa son bras sous le sien.

— Regardez-vous, en plein tête-à-tête. Georgy, la célèbre auteure.

Elle prit un livre dans la pile et examina la couverture, tête penchée sur le côté.

— Un nombre infini de gens – de vrais génies littéraires parmi eux – me disent que je devrais écrire un livre, mais je leur réponds que je suis déjà si occupée par mes œuvres de charité, je n'ai guère le temps de m'asseoir et écrire. Ma tante et moi allons bientôt recevoir Stanton en personne, le ministre de la Guerre.

— Aborderez-vous les profits que les industries Barnett continuent à faire avec le coton ?

— Les puissants attirent la critique. Bethada regarda derrière elle dans la foule. Vous avez vu ? Les huîtres ne sont qu'à trente centimes la douzaine à la Knickerbocker Kitchen. Et on peut acheter des tickets pour décider qui de Grant et de McClellan est le meilleur général, et, incroyable, c'est McClellan qui mène.

— Eh bien, alors, vous devez vous y précipiter.

— Je déteste devoir écourter les choses, décréta-t-elle, rejetant le livre sur la table, mais le pied de ma tante la fait de nouveau souffrir et elle doit rentrer.

— Au revoir, Georgy, dit Frank.

— S'il te plaît, un instant. Robert se fait du souci pour Mary qui est terriblement fatiguée.

Frank se retourna vers moi.

— Elle travaille trop dur pour la foire ?

— Oui. Mère a demandé au vieux Dr Flynn de l'examiner, mais il l'a déclarée en bonne santé.

— Ce pourrait être une autre grossesse ?

— Peut-être.

— Nous devons y aller, mon ami, insista Bethada qui le tira par la manche.

— Au revoir Frank, dis-je en essayant de sourire.

Bethada l'éloigna, mais il se retourna.

— Je vais faire de mon mieux pour passer voir Mary.

— Elle est au stand des chapeaux avec Jemma.

Bethada continuait d'avancer. J'ouvris le livre suivant, prête à le signer tout en regardant Frank s'en aller au loin, puis disparaître, englouti par une foule de manteaux noirs.

47

Jemma

New York, avril 1864

VERS LA FIN DE LA PREMIÈRE JOURNÉE, la foule se fit encore plus dense, les becs de gaz furent allumés et tous les New-Yorkais vinrent en masse, aussi compacte qu'un essaim d'abeilles. La vue de tous ces gens me fit espérer que le Nord gagnerait cette guerre terrible et il ne serait plus alors question de liberté ou d'esclavage. Je serais réunie avec Ma et Patience.

Georgy avait fait en sorte que j'aie le meilleur stand pour vendre mes bonnets. II y avait un comptoir qui m'arrivait à la taille sur lequel étaient posées nos têtes présentoirs, chacune coiffée de l'une de mes créations. Après notre bonne crise de larmes sur la plage la veille, Georgeanna avait changé d'une façon étonnante : elle s'activait, heureuse comme un poisson dans l'eau, visage radieux, riant de temps à autre aux plus petites choses.

Debout à mon stand, je crus voir Anne-May dans la foule et faillis m'étrangler, mais je me calmai rapidement. Jamais elle ne mettrait les pieds dans une manifestation au profit des troupes nordistes.

Mary vint depuis son propre stand, une tonnelle de fleurs où elle vendait toutes sortes de nouveautés pour le jardin – ses chapeaux blancs en paille faisaient fureur. Elle m'aida tout en s'occupant de ses quatre filles, May, dix ans, Bertha, cinq, Una, quatre et bébé Georgy, juste deux ans, dans ses bras. Elle avait l'air pâle, le regard un peu vitreux, mais par ailleurs bien décidée à promouvoir mes chapeaux comme s'il s'agissait de la chose la plus importante au monde. Les bonnets se vendaient vite et à dix-sept heures, j'avais gagné quarante-cinq dollars pour le Trésor public. Il ne m'en restait plus qu'un, pour enfant avec des roses en calicot couleur corail.

— Tu les as presque tous vendus, c'est remarquable, me dit Mary, profitant d'une accalmie. (Elle me tendit une enveloppe.) S'il te plaît, accepte ceci. C'est l'argent des bonnets que tu as vendus à la foire paroissiale, j'ai oublié de te le donner.

— Dix dollars ? Ce devrait être pour l'Église.

— Garde-les, tu les as gagnés et plus encore.

— Merci Mary. (Je lui passai un bras autour de la taille et à travers le tissu de sa robe, je sentis ses côtes dans son dos.) Merci, c'est parfait. Mais tu devrais peut-être te reposer, je m'occuperai des enfants.

Elle se pencha et sourit.

— Plus tard, Jemma. Une fois que nous aurons vendu le dernier chapeau, je prendrais volontiers une limonade.

Toute la journée, j'avais cherché Nathan dans la foule, dans l'espoir de pouvoir déambuler dans la foire et peut-être aller voir le stand botanique ensemble. Je sentis en moi une petite décharge lorsque je finis par le repérer qui se promenait en direction de la sortie. Une femme à son bras. Je me dressai sur la pointe des pieds pour mieux voir son amie vêtue d'une robe en tissu écossais qui ressemblait à du taffetas. Je m'affaissai comme un ballon qui perd son air et observai Nathan qui lui replaçait son châle en cachemire sur les épaules.

— Jemma, va voir les expositions. Je surveillerai ton stand. Quitter le mien me fera du bien.

— Non, je vais rester, répondis-je en regardant le couple s'éloigner d'un pas vif, têtes rapprochées, pris par une conversation sérieuse.

Une dame aux yeux de grenouille, toute vêtue d'un blanc crémeux s'approcha avec sa petite fille. Mary se dirigea vers elle.

— Bonjour, madame Caldecot. Cela fait plaisir de voir que vous soutenez la foire.

Elle salua Mary d'un vague geste de tête, le regard sur le dernier bonnet qu'elle souleva du présentoir en bois.

— Vous en voulez combien ?

— Cinq dollars, répondit Mary qui ne perdait pas le sens des affaires.

Mme Caldecot le plaça sur la tête de sa fillette et noua le ruban blanc.

— Très élégant.

Elle sortit son porte-monnaie de sa poche et tendit à Mary une pièce en or de cinq dollars.

— Ces bonnets viennent-ils de France ?

Mary accepta la pièce et la déposa dans notre caisse.

— Non, c'est moi qui les fabrique, dis-je, m'étant avancée.

Elle me regarda comme si elle me voyait pour la première fois et son visage pâlit.

— Toi qui les fais ? Avec tes mains partout sur le tissu ?

— Jemma donne forme à ces coiffes en les mettant sur des pots de fleurs, puis elle fabrique les fleurs à partir de bouts de tissu trouvés ici et là. Une bonne manière de réutiliser les choses.

La femme fourra sa bourse dans sa poche, arracha le bonnet de la tête de sa petite et le jeta sur le comptoir comme si elle avait été piquée par une guêpe.

— Rends-moi mon argent immédiatement. Toi et tes semblables, vous êtes une vraie plaie.

Je me tournai l'air interrogateur vers Mary qui s'avança vers la femme.

— Elle ne veut plus faire cet achat à cause de ta couleur de peau, Jemma, n'est-ce pas, madame Caldecot ?

— Qui sait les saletés que cette Négresse a collées dessus. Vous me redonnez mon argent tout de suite ou je contacte les autorités de la foire.

— Tenez, dis-je en lui tendant sa pièce.

— Pose-la ici, ordonna-t-elle en indiquant le comptoir du menton.

Je l'y plaçai et elle s'en saisit. Mary me tendit bébé Georgy, prit la coiffe, la plaça sur la tête de sa petite Bertha et noua le ruban sous le menton.

— Elle m'a l'air parfaitement en forme et en bonne santé.

— Vous pouvez peut-être accepter que cette vermine touche votre enfant, mais moi, j'aime ma fille.

— J'insiste pour que vous présentiez des excuses à Jemma, dit Mary.

— Ce n'est pas nécessaire, Mary, Mme Caldecot ne comprend pas ce qu'on enseigne à l'église, c'est tout. Dieu ne fait pas de favoritisme.

Mme Caldecot resta immobile une longue seconde, puis s'éloigna du stand.

— Retourne au Liberia, cria-t-elle par-dessus son épaule.

— Jemma, bravo, s'écria Mary, tout sourire. Tu as trouvé l'argument imparable !

— C'est juste ce que je ressens, dis-je avec un haussement d'épaules.

Mary s'accrocha au comptoir.

— Je suis vraiment désolée, Jemma, ce n'est pas...

Puis, soudain, elle glissa au sol, sa jupe en corolle autour d'elle.

— Mama ! hurla Bertha. May et Una accoururent et se jetèrent sur leur mère.

Le bébé dans les bras, je m'agenouillai et d'une main pris le pouls de Mary.

— Appelez un médecin ! criai-je à la foule. Elle respire à peine.

48

Anne-May

New York, avril 1864

J'errais dans les rues de New York presque toute la nuit. Vers minuit, bloquée par une soudaine pluie torrentielle, je m'assoupis dans l'entrée d'une salle où se jouait un spectacle de cabaret avec des filles nues. Quand je me réveillai, je me remis à marcher, me rongeant les ongles au sang. Comment allai-je me payer les services de M. Bigelow et en plus le billet de train pour rentrer à Peeler quand tous mes fonds se résumaient au liquide que j'avais volé à la Maison de l'industrie ? Pire encore, ma fiole à tabac était presque vide et mes mains tremblaient. À l'évidence, j'étais devenue dépendante.

Dès le point du jour, je retournai à l'agence de détectives Bigelow et le trouvai à son bureau en train de manger un sandwich à l'œuf tout en lisant ce magazine vulgaire pour hommes, *Trotter's Tales.*

Je me penchai davantage et examinai la page couverte de gravures de femmes en tenues plus que légères, beaucoup dans des positions athlétiques. L'une d'elles avait une lampe sur la tête.

— Ça vous plaît ? s'enquit M. Bigelow qui m'avait surprise à regarder.

— N'est-ce pas un peu tôt pour ça ? dis-je en me redressant.

Il sourit largement, des reliefs d'œuf sur la bouche, et laissa le magazine ouvert.

— On dirait que ça ne va pas fort tout à coup ?

— Si vous voulez la vérité, j'ai été brutalement virée de mon hôtel hier soir par un hideux Yankee. Mais comment le savez-vous ?

— Vous portez la même robe qu'hier.

— Quel détective vous faites !

— Écoutez, vous pouvez continuer votre bonhomme de chemin, mademoiselle Louisiane. Je ne compte plus les affaires à traiter.

— Certes, vous avez l'air submergé. Qu'avez-vous trouvé pour la mienne ? Je suis rentrée chez les Woolsey à Brevoort Place, j'ai repéré le sac de Jemma, mais pas de carnet. Moi, j'ai pénétré dans cette maison, vous ne pouvez pas en dire autant.

Il se pencha sur son sous-main et appuya son poids considérable sur ses avant-bras.

— Mes sources s'accordent toutes pour dire que les sœurs Woolsey travaillent en ce moment même à la foire pour la Commission sanitaire.

Je m'installai sur le canapé sans me soucier d'élégance, ma jupe toute gonflée autour de moi.

— J'aurais pu vous en dire autant ! Il y a des prospectus pour cette maudite foire sur tous les poteaux télégraphiques. Écoutez, il faut accélérer le rythme de cette enquête car je ne peux pas me permettre de rester plus longtemps. Si je dois passer une nuit de plus ici, il faudra que je trouve un hébergement.

— Vous pouvez prendre ce canapé. Mais ça aura un coût...

— Que voulez-vous de plus ?

— Peut-être, suggéra-t-il avec un haussement d'épaules, que ces jolies mains pourraient être mises à profit.

Il sourit.

— Vous toucher de façon charnelle ? Je ne crois pas, monsieur Bigelow. Je me levai et lui tendis le liquide de l'enveloppe. Ça devrait couvrir vos frais.

— Il y a à peine cinquante dollars, déclara-t-il après avoir passé les billets en revue, il faudra compenser d'une autre manière.

— Vous n'êtes pas le type d'hommes que je fréquente d'ordinaire, monsieur Bigelow.

— C'est de la poésie qu'il vous faut, à vous autres femmes du Sud ? *L'amour ne meurt jamais... il est comme le soleil qui depuis des temps immémoriaux poursuit sa course.*

Je reculai, saisie d'une vive douleur à la tête, comme de l'air froid sur une dent gâtée.

— Diable ! Où avez-vous appris ce poème ?

— Juste là, dans le courrier du cœur du *Trotter's Tales*. Selon l'auteur, une fois mémorisé et bien récité, ça ouvre les cuisses d'une femme plus vite que jamais.

— Mais (je retins un sanglot), Jubal m'a dit qu'il l'avait écrit pour moi.

— Je ne sais pas qui est ce Jubal, en tout cas c'est un bon gros menteur. (Le détective tapota ses genoux.) Ne pleurez pas, venez donc vous asseoir ici. Un petit baiser ? Ce sera un bon début.

Une immense foule indisciplinée se pressait à cette foire yankee. Des centaines de couples mal élevés se pavanaient dans le grand hall, parés de leurs beaux habits, confectionnés avec du tissu produit par le travail des esclaves.

Hypocrites.

La moitié des comptes en banque avaient été engraissés par le commerce avec le Sud. C'est à peine si je pouvais supporter la vue de ce drapeau de l'Union suspendu au plafond, qui se balançait dans les courants d'air et me narguait. Ce même drapeau avait-il flotté au-dessus de mon Harry lors de sa mort sur le champ de bataille ?

J'avais le sentiment que ma tête allait éclater à force d'entendre tant de grossiers accents du Nord, et je mourais d'envie d'avoir même la plus petite pincée de tabac. J'examinai la carte que l'on m'avait donnée à l'entrée. Que cette foire était gigantesque ! Imprimé en haut de la carte s'étalait un message : « NOTRE BUT : LEVER UN MILLION DE DOLLARS POUR LES SOINS ET LE BIEN-ÊTRE DE NOS TROUPES. » Et les troupes sudistes ?

Je suivis d'un doigt crasseux la liste des volontaires dans les différents stands à la recherche des Woolsey. J'y trouvais une Mary Woolsey au stand des modistes et une Georgeanna dans la salle des auteurs. J'étais curieuse de la voir. Jemma était peut-être avec l'une d'elles ?

Mes pas m'entraînèrent d'abord dans un endroit appelé Knickerbocker Kitchen où l'on servait gratuitement des cocktails au cognac et j'en bus trois de suite, l'estomac vide, puis je fis le tour des stands.

Je marquai un arrêt pour étudier un objet particulièrement répugnant : l'« aigle chevelu, » un pygargue à tête blanche empaillé, posé sur un globe et surmonté d'une couronne faite avec les cheveux du président Lincoln et de vingt autres sénateurs éminents. Je me détournai, sur le point de vomir – était-ce l'effet de l'aigle ou du brandy ? – et partis à la recherche de la salle des auteurs.

J'eus tôt fait de la trouver. Un monde fou faisait la queue pour parler avec l'auteure et une pancarte écrite à la main et collée à la table annonçait : « GEORGEANNA WOOLSEY – *TROIS SEMAINES À GETTYSBURG.* » Je m'avançai pour examiner la femme qui avait pris chez elle ma Jemma. Un peu plus âgée que moi, les cheveux coiffés avec une raie au milieu et soigneusement ramenés en arrière dans une résille en soie grise. Rien à redire de son physique qu'un peu de rouge à joues ne saurait améliorer. J'attendis dans la queue une éternité et arrivai enfin à la table.

— Voudriez-vous une dédicace personnalisée ou simplement que je signe ? demanda-t-elle après avoir ouvert un livre.

— Juste une signature, s'il vous plaît, répondis-je, me tenant à la table.

La salle s'était mise à tourner, les effets du cognac sans nul doute.

— Vous étiez à Gettysburg ? Comme c'est excitant ! La Knickerbocker Kitchen sert des cocktails gratuits, vous savez.

— Vous êtes *ivre*, madame.

— Vous avez *raison*, madame, dis-je en lui lançant un regard oblique. Vous aimez prendre de grands airs, n'est-ce pas ?

— Je dois vous demander de vous écarter.

— Réflexion faite, je ne veux de toute façon pas lire votre livre, vous êtes tous des agresseurs, à toujours vous vanter de vos bonnes actions.

En colère et sous l'effet de l'alcool, je me laissai porter par la foule et me retrouvai devant un stand appelé « Lettres et Documents » où, semblait-il, tout ce que New York compte de viles créatures s'attroupaient pour regarder, béats, une poignée de feuilles de papier à lettres jaunissantes étalées ici et là, la plupart datant de la guerre d'indépendance.

Je m'avançai vers l'une d'elles placée juste à côté d'une photographie sur plaque d'étain de cet arrogant général Grant. Les gens s'agglutinaient autour, tout excités par quelques mots sur une page. La lettre avait été exposée sur une écritoire portable avec à côté une bouteille d'encre et la plume même utilisée par Grant. Je me rapprochai et renversai la bouteille sur la lettre, une grosse tache noire imbibant la page, à ma grande satisfaction.

Un homme recula comme s'il avait reçu un coup.

— Qu'avez-vous fait ?

— Ce n'est pas moi, dis-je, après un regard à droite et à gauche.

La femme qui se tenait à ses côtés se pencha en avant.

— Je vous ai vu faire, affirma-t-elle.

— C'est ma manche qui l'a touchée, peut-être, je suis terriblement désolée.

Un homme au torse massif, coiffé d'un chapeau melon se faufila jusqu'à notre cercle ramassé.

— Je suis le détective Todenhofer. Que se passe-t-il ?

— Elle a souillé la lettre du général Grant, dit l'homme au chapeau haut de forme, un doigt accusateur pointé sur moi.

Ce détective avait un air familier.

— Madame Watson, je pense ? Je vous ai rencontrée dans le Maryland, dans votre charmante demeure. Avec le détective Allan.

Je reconnus l'homme aux traits de bébé et aux boucles blondes qui n'avait pas dit un seul mot le jour où ils étaient venus m'arrêter. Quelle surprise de noter désormais sa voix forte et profonde !

— Vous êtes en état d'arrestation, déclara-t-il, un pas vers moi.

Il fit signe à son second qui vint me mettre les mains dans le dos sans grand ménagement.

— Vous plaisantez.

— On vous a suivie, ici à New York. Inquiets de vos allégeances.

Le détective me passa les menottes et me conduisit hors du grand hall comme une vulgaire voleuse.

— Ma manche a dû frôler cette bouteille, expliquai-je encore, tout en marchant. Envoyez un télégramme à M. Jubal Smalls à Hollywood, Maryland. Il vous enverra de l'argent pour ma caution.

— Gardez votre salive pour les autorités de Castle Williams.

Durant la traversée jusqu'à la petite île sinistre où se trouvait la prison pour les soldats confédérés, le vapeur bondissait sur les vagues, ce qui n'arrangeait guère mon état d'ébriété et je fis beaucoup d'efforts pour ne pas vomir. Le détective Todenhofer et moi étions assis sur le pont et, Dieu merci, ce fut rapide et nous eûmes tôt fait d'aborder Castle Williams, étrange forteresse circulaire dont la façade était percée de trois étages de fenêtres. Un autre drapeau de l'Union flottait au-dessus, battant furieusement dans le grand vent.

— Seize cents prisonniers rebelles y sont détenus, précisa le détective.

Rien qu'à penser à ces braves gars du Sud enfermés là-dedans, des gars comme mon Harry, les larmes me montèrent aux yeux.

— Vous vous débrouillez bien pour échapper aux autorités. Il nous a fallu un bout de temps pour vous retrouver à l'hôtel Brevoort.

Je ne répondis rien, l'écume mouillant les dernières traces de ma poudre pour le visage.

Le détective Todenhofer se leva et considéra la forteresse.

— On l'a surnommée la cloche à fromages, à cause de sa forme circulaire.

Je regardai toujours droit devant moi.

— Vous pouvez décider de ne rien me dire, mais vous avez intérêt à être réglo avec l'armée américaine. Sinon, ils pourraient vous garder enfermée aussi longtemps que ça leur chante. Vous devriez voir les prisonniers, tous des Confédérés. Il y a une épidémie de rougeole en ce moment. L'avez déjà eue ?

— Non, dis-je en hochant la tête.

— Je n'aimerais pas voir cette jolie peau que vous avez, gâtée par ces boutons. Trois en sont déjà morts. Tant pis.

— Pas étonnant, les conditions doivent être déplorables.

— Les gardes tirent sur les rats qu'ils donnent aux prisonniers en échange des bijoux qu'ils fabriquent. Sinon, eh bien, ce sont les rats qui mangent les prisonniers.

— S'il vous plaît, détective, je ne me sens vraiment pas bien.

Nous atteignîmes un petit dock où, au moment de débarquer, le bateau tangua. Le long de la rive, des soldats de l'Union en rangs, alignés face à la baie, s'étaient rassemblés. On joua un chant funèbre et à l'ordre donné par un officier un homme, mains liées, sortit du fort. Il alla jusqu'au centre du groupe et s'agenouilla sur une boîte en bois.

— C'est un cercueil sur lequel il s'agenouille ?

— Non, c'est l'exécution d'un espion, répondit Todenhofer, après un regard à cette triste scène.

Un frisson me parcourut.

— Il a été pris en train de transmettre des ordres de mouvements de troupes à Jeff Davis en personne.

Aux ordres d'un officier, toute une rangée de soldats fit feu et l'homme tomba en arrière sur le sol.

Mes genoux tremblaient d'avoir assisté à cet acte barbare. Le détective me fit pénétrer dans le fort où nous accueillit une vague de puanteur. Nous empruntâmes un étroit passage en pierres. À gauche il y avait une cour sur laquelle donnaient trois étages de cellules sécurisées et sur ma droite des rangées de cellules. Chacune offrait un tableau de la souffrance humaine, plus pitoyable l'une que l'autre. Au bruit de nos pas, des hommes émaciés s'approchèrent et agrippèrent les barreaux de leur cellule.

— Dieu vous bénisse, madame, de l'eau, s'il vous plaît, on a besoin d'eau, supplia une voix à l'accent du Sud.

— D'où êtes-vous, soldat ?

— De Bâton-Rouge, m'dame. Peter Clausen. Vous pouvez écrire à ma mère ? Lui dire que je suis ici ?

— Allez, avancez, m'ordonna Todenhofer, me prenant par le bras.

— Mon frère est mort pour la Confédération, m'écriai-je en me dégageant d'un coup sec, et mon cœur saigne pour ces hommes.

Il me fit pénétrer dans une salle seulement meublée d'une chaise. Je m'y assis, et après une attente interminable pendant laquelle un des mouchards de Todenhofer passa, deux officiers de l'armée américaine dans leur uniforme bleu foncé entrèrent.

— Anne-May Wilson Watson ?

— C'est moi. Et j'ai besoin d'une boisson fraîche. Je crois que selon la loi, j'ai droit…

— De La Nouvelle-Orléans, en Louisiane, résidant maintenant à la Plantation Peeler, Hollywood, dans le Maryland, c'est bien ça ?

— Oui, monsieur, répondis-je avec un sourire que je voulais aussi charmant que possible.

— Avez-vous transmis des secrets de l'armée américaine aux Confédérés ?

— Certainement pas.

— Selon nos sources, vous avez partagé des renseignements sur l'emplacement des troupes de l'Union.

— Voyons, pourquoi ferais-je une chose pareille ? Mon mari a perdu sa jambe en se battant pour l'Union, messieurs. Nous gérons une plantation de tabac qui fournit l'armée américaine. Je n'ai pas le temps de courir partout à passer en secret des informations dans des carnets. Vous avez tout bonnement la mauvaise personne.

— Je n'ai pas parlé de carnets, madame Watson.

Mon estomac se retourna.

— Euh, tout ça est si choquant…

— Votre mari, le capitaine Watson, vous a-t-il envoyé des lettres indiquant son campement près du dépôt ferroviaire de Phillipsburg ?

— Il m'a écrit beaucoup de lettres.

— Avez-vous divulgué son emplacement ?

— Y a-t-il un avocat dans cet endroit abominable ?

— Avez-vous informé du passage d'un navire de la marine américaine, le *U.S.S. Thomas Freeborn,* repéré depuis votre maison sur le Patuxent.

— Si vous avez des preuves de mes crimes, alors j'aimerais les voir. Non que les Yankees n'aient pas mérité tout ce qui leur est arrivé d'horrible. Messieurs, mon frère est mort aux mains des Nordistes. Un homme bon qui, de sa vie, n'avait jamais fait de mal à personne, tué d'une balle dans le cœur, son cher cœur.

— Vous serez enfermée ici, annoncèrent-ils en se levant, jusqu'à nouvel ordre.

— Non, dis-je la main tendue, s'il vous plaît, attendez.

— L'officier de garde va vous emmener en cellule.

— En cellule ? Il doit y avoir erreur. Comment puis-je corriger ce malentendu ?

— Nous savons parfaitement que des renseignements sont transmis à quelqu'un de haut rang chez les Confédérés. Nous serons heureux de mettre de côté vos transgressions en échange de votre aide. Dites-nous qui nous devons surveiller pour trouver les coupables plus haut placés.

— Je serais peut-être capable de coopérer à condition que vous m'offriez, vous aussi, quelque chose.

Les deux hommes échangèrent un regard.

— Rendez-moi mon bien. Mon esclave en fuite, du nom de Jemma, résidant au 8 Brevoort Place à New York.

49

Georgy

New York City, avril 1864

JEMMA ARRIVA EN COURANT AU STAND où je dédicaçais mes livres et se planta devant moi.

— Viens vite ! C'est Mary.

— Oh Jemma ! m'écriai-je en me levant aussitôt.

— Elle a perdu connaissance à notre stand. Deux médecins présents dans la foule sont venus du grand hall. Ta mère a demandé au Dr Flynn de venir nous retrouver à Brevoort Place.

Je pris mon manteau et laissai en plan les gens qui faisaient la queue.

— Tu as prévenu les autres ? Je vais envoyer un messager à Tioronda pour faire venir Eliza.

J'arrivai près de Mary au moment où les secouristes chargeaient le brancard dans l'ambulance. Je lui saisis la main.

— Nous sommes là, Mary chérie.

— Rien qu'une chute maladroite, prétexta-t-elle, le visage tourné vers moi.

— Il faut que tu te reposes maintenant.

Je la regardai dans l'attente d'une réponse, mais elle avait déjà replongé dans l'inconscience. Je montai avec Jemma dans le véhicule et nous nous agenouillâmes de part et d'autre du brancard.

— Vous ne pouvez pas rester ici, déclara le chauffeur.

— Elle a eu un choc sérieux à la tête et doit rester sous surveillance constante.

— Vous êtes médecin ?

Je posai la main de Jemma sur la couverture au niveau de la poitrine de Mary.

— Nous sommes infirmières de l'armée américaine, ajoutai-je et je dois vous demander de rouler prudemment. C'est notre sœur, nous tenons tant à elle.

La pluie tombait dru aux carreaux tandis que nous déménagions, Abby et moi, le lit de Mary à la bibliothèque, juste à côté du salon. Abby partit ensuite avec les filles au presbytère, afin que Robert puisse rester au chevet de sa femme. Mère la veilla également la majeure partie de la nuit et son vieil ami, le Dr Flynn, un homme aimable, dégingandé, à la chevelure blanche comme du parchemin et aux manières rassurantes du Midwest passa régulièrement et fit ce qu'il put. À tour de rôle, mes sœurs et moi remplacions Robert et Mère au chevet de Mary. Pico montait la garde devant la porte et se dressait à chaque fois que quelqu'un sortait comme s'il attendait des nouvelles.

Peu après le lever du jour, Mère et le Dr Flynn sortirent de la bibliothèque. Carry se précipita dans la chambre de la malade pour la veiller à son tour.

— Elle va mieux ? demandai-je.

Mère tenait dans les mains le châle rose de Mary. Le médecin posa sa trousse sur le sofa et Margaret l'aida à passer son pardessus.

— Mary se repose. Nous avons fait tout ce que nous pouvions pour l'instant.

Des larmes brûlantes me piquèrent les yeux. Nous pourrions la perdre, tout comme nous avions perdu Père. Je m'approchai.

— Il y a certainement quelque chose de plus à faire, docteur.

— Ce pourrait être de l'œdème. Respiration difficile. Un pouls très bas. Je limiterai les sédatifs vers la fin, qu'elle puisse prononcer ses dernières volontés plus clairement.

Il se dirigea vers la porte, mais je le suivis.

— Ma sœur aura tout ce qui pourra l'apaiser.

— C'est comme la famille le souhaite, bien sûr.

— Et comment pouvez-vous parler de dernières volontés, docteur ? Êtes-vous en train de renoncer ? On doit pouvoir faire plus. Elle se plaint d'avoir la fièvre ?

— Oui.

— Alors ce n'est pas de l'œdème, n'est-ce pas ? Vous devez réfléchir encore avant d'établir ce diagnostic

— Je repasserai une fois mes visites à l'hôpital terminées.

— Vos visites, m'écriai-je en faisant les cent pas dans le salon, vous laisserez notre sœur bien aimée mourir tandis que vous déambulez dans vos services pleins d'hommes atteints de la malaria ?

Mère me prit la main et me la serra très fort.

— Georgeanna, reprends-toi.

— Mary est stable pour l'instant. Je reviendrai dans trois heures, promit-il après avoir pris sa sacoche noire.

— Nous devrons faire venir Frank pour avoir un deuxième avis, je le crains, dis-je en m'approchant du bureau de Mère.

— Comme vous voudrez, mademoiselle Woolsey.

Le Dr Flynn prit congé, Mère retourna aux côtés de Mary et j'écrivis en urgence une note pour Frank.

« Cher Frank,
S'il te plaît, viens aussitôt à Brevoort Place. Mary est tombée gravement malade. Le Dr Flynn craint de l'œdème, mais je n'ai aucune confiance en son diagnostic. Dans l'attente de ta réponse,
Affectueusement,
Georgy. »

J'appelai Margaret qui arriva aussitôt.

— Portez ce billet tout au bout de Broadway, au numéro 17, avec la plus grande diligence.

Elle partit en hâte. Jane vint me serrer dans ses bras.

— Frank Bacon saura quoi faire pour sauver Mary.

Mais les heures passèrent. Nul signe de Frank. Jane, postée devant la chambre de Mary, me tomba dessus dès que j'en sortis après avoir changé les draps.

— C'est incroyable, où est Frank ? Lui qui aime tant Mary.

Carry, le visage bouffi et rougi par les pleurs incessants, vint me trouver.

— Pourquoi refuserait-il de venir ?

— Margaret a peut-être remis ton mot à la mauvaise adresse ? s'interrogea Jane.

J'envoyai donc un deuxième billet, plus urgent et cette fois par coursier professionnel, celui-là même dont

Mère avait utilisé les services pour expédier les documents d'enrôlement de Charley.

Notre frère qui ne savait encore rien de la maladie de Mary. Il serait effondré.

À midi, l'état de santé de Mary avait empiré. Si seulement Abigail avait pu être à nos côtés. C'était notre roc, elle nous aiderait à trouver une solution, mais elle gardait les enfants au presbytère.

Lorsque j'entrai dans la chambre, les rideaux étaient tirés et Mary dormait. Dans l'air flottait le parfum sucré de l'opium. Robert, agenouillé à son chevet en manches de chemise, priait.

— Robert, s'il te plaît, viens boire au moins un peu de thé.

— Elle est tout pour moi.

— Repose-toi maintenant.

— Tu n'as pas dormi toi non plus, remarqua-t-il, levant vers moi des yeux injectés de sang.

— Tu oublies que mon travail d'infirmière m'a habituée à cette vie, le rassurai-je, une main passée dans son dos.

Il sortit et me laissa Mary à moi seule. Je pris place à ses côtés sur le lit, la taie d'oreiller que je venais de changer était brodée de liserons. Je lui tins la main. Elle reposait là, si pâle et si paisible, sans que le bruit de l'horloge ne rompe ce maudit silence puisque personne n'avait songé à la remonter. Chacune de ses filles lui avait envoyé une de ses possessions préférées, le petit cheval en vichy d'Una était coincé dans le haut de la couette.

Je tâtai son front, brûlant. J'essorai une serviette humide propre et la posai sur son front.

Mary se retourna et me regarda, les yeux vitreux, le visage enflammé et gonflé.

— Tu es si bonne, Georgy. Est-ce que les filles viendront ?

— Pour les petites, pas avant que la fièvre ne tombe.

— Et Frank ?

— D'un instant à l'autre. Eliza arrive en toute hâte, avec Joe. Moritz t'apporte du saule blanc et des forsythias en quantité. Jemma leur a donné une liste d'herbes médicinales et de plantes faciles à trouver en cette période de l'année qu'ils te rapporteront pour faire ses remèdes.

— Beaucoup de tracas, tout ça.

Je lui repris la main, toujours si brûlante et mes yeux s'emplirent de larmes.

— Comment va ton mal de tête ? Je mouillai à nouveau la serviette.

— Pire, Georgy, hélas.

— Tu as mangé les biscuits comme je l'avais conseillé ?

— Je ne peux rien avaler, je suis désolée.

Le Dr Flynn avait beau dire, c'était la fièvre typhoïde. Combien de fois avais-je vu ces symptômes chez mes patients à bord des navires ? Douleurs abdominales. Courbatures terribles dans tout le corps. Bon nombre de fidèles de Robert y avaient succombé et cela faisait des semaines qu'elle devait la couver, mais elle avait courageusement tenu bon. Pourquoi n'avais-je pas agi alors ?

— Ne t'excuse pas, ma Mary.

— Je regrette de ne pas avoir accompli plus de choses dans cette vie. Vous êtes toutes si talentueuses.

— Du calme, maintenant.

— Je n'ai jamais soigné des soldats comme toi et les autres. Même Mère l'a fait.

— Tu as composé de si beaux poèmes. Tu as un vrai talent pour avoir ainsi saisi les épanchements spontanés d'un soldat à l'agonie. Ce poème nous survivra à tous et il a déjà consolé tant de gens. Mon livre fait bien pâle figure en comparaison.

— Cela vaut peut-être mieux que le monde continue à penser que c'est un homme qui l'a écrit, dit-elle, lissant la couette.

— Pour maintenant, peut-être, mais le moment venu, nous le clamerons à la face du monde et chacun connaîtra la plus douée des sœurs Woolsey.

— J'ai demandé à Mère de rédiger une lettre pour chacune de vous, à lire plus tard, mais tu m'aideras aussi, Georgy ? me dit-elle, serrant ma main plus fort. Je veux écrire une lettre à Mère et à chacune de mes filles, qu'elles liront quand elles auront seize ans. L'âge le plus tendre pour écouter les conseils d'une mère, tu n'es pas d'accord ?

Je repoussai ses cheveux en arrière. Elle me désigna du doigt le secrétaire.

— May étant l'aînée sera peut-être la première à se marier. On commence par elle ?

— Mais ce n'est pas la peine, Mary, tu seras là…

— Georgy, s'il te plaît, ne faisons pas semblant. Pas toi. (Elle me fixa longuement.) J'ai besoin que tu m'aides, sœurette.

— Alors ce sera fait, ma chérie.

À mesure que j'écrivais sous la dictée de ma chère sœur les conseils les plus aimants et les espoirs d'une mère à ses filles, j'avais le plus grand mal à suivre les lignes. Les larmes inondaient mon visage.

Une fois Mary endormie, je laissai Hatty faire son tour de veille dans la chambre. Lorsque j'en sortis et pénétrai dans le salon, Jane bondit.

— Il y a quelque chose qui ne va pas. Frank aurait dû déjà être là. Pourquoi n'est-il pas venu ?

— Je ne sais pas, Jane.

— Je vais aller le chercher en personne, s'écria-t-elle, la main déjà tendue vers son manteau.

— Non, s'interposa Jemma. Laissez-moi y aller. Vous restez ici avec Mary. Je ne reviendrai pas sans le Dr Bacon.

50

Jemma

New York, avril 1864

LORSQUE J'ARRIVAI CHEZ LA TANTE DE BETHADA, tout au bout de New York, bien après huit heures, les cieux s'ouvrirent. Comme je descendais de la calèche, je m'aperçus, et ce malgré l'obscurité, que cette demeure était quatre fois plus grande que celle des Woolsey sur Brevoort Place.

Je sonnai. Un serviteur blanc m'ouvrit et j'entrai dans le grand hall. Parquets partout et lumières au gaz vacillant sur les murs. Mon cœur cognait fort dans ma poitrine, mais à la vue de la vieille sacoche du Dr Bacon sur la table du hall, je sentis une onde de chaleur dans mes bras.

Mademoiselle Bethada entra.

— Et que voulez-vous ?

— Mademoiselle Georgy a envoyé deux messages. Sa sœur Mary est gravement malade et…

— Qu'est-ce que cela à voir avec moi ?

— Elle a appelé le Dr Bacon pour voir si…

— Il s'occupe en ce moment de ma tante et ne doit pas être dérangé.

— S'il pouvait juste passer rapidement…

— Il vient de rentrer de New Haven et a besoin de se reposer. Les soins du Dr Flynn devraient être plus que convenables.

— Ah, vous avez donc *bien* reçu les messages de Georgy. Sinon comment seriez-vous au courant pour le Dr Flynn ?

— Et quand bien même ? Le Dr Bacon ne va pas très bien et ne peut pas être à la disposition de toute personne qui sollicite de l'aide.

— Mary est son amie. Comment pouvez-vous empêcher qu'il soit prévenu de sa maladie ?

— Allez, dit-elle en me poussant vers la porte, allez la soigner avec vos remèdes de gens de couleur.

— Ayez pitié, mademoiselle Bethada, Mary Woolsey a quatre petites filles.

— Je ne supporterai pas que des gens de votre espèce s'adressent à moi par mon prénom.

Le Dr Bacon pénétra dans le hall à son tour.

— Depuis combien de temps Mary présente-t-elle des symptômes ? demanda-t-il.

Il baissa ses manches de chemise et un serviteur l'aida à enfiler son manteau noir.

— Depuis hier à la foire, docteur. Elle a une mauvaise fièvre maintenant. Mademoiselle Georgy vous a envoyé des messages ici, restés sans réponse.

— J'étais parti, mais je suis de retour depuis assez longtemps pour les avoir reçus normalement.

Il prit sa sacoche sur la table. Bethada s'avança.

— S'il te plaît, Frank, reste.

— Tu as intercepté du courrier qui m'était adressé ?

— Ne t'en va pas, le supplia-t-elle. Il est très tard et l'humidité est mauvaise pour ta poitrine.

Frank se dégagea. Elle serra davantage son châle contre elle.

— Ne te fâche pas, Frank. J'ai pensé qu'il valait mieux ne pas te déranger. Je vais venir avec toi.

— Tu en as déjà fait assez, Bethada. (Il me prit par le bras.) Dépêchons-nous, Jemma.

51

Georgy

New York, avril 1864

JUSTE UN PEU AVANT NEUF HEURES, le Dr Flynn sortit de la bibliothèque.

— Elle nous a quittés.

Il me sembla que le monde explosait. Je m'accrochai à Carry, elle à moi, et je lui caressai les cheveux.

— Georgy, dis-moi que ce n'est pas vrai. Elle qui a écrit de manière si éloquente sur la mort, partie rejoindre Père si jeune.

Je m'avançai vers le portrait de Père, le décrochai du mur, approchai le verre froid contre ma poitrine et pleurai. Comme c'était injuste d'avoir perdu notre Mary ! Pourquoi n'avais-je pas songé à l'éloigner de la paroisse de Robert ? À la forcer à se reposer ? Soudain, la foire, Frank, Archie Burpee, plus rien ne comptait. Tout semblait futile.

Margaret descendit du grenier avec une boîte en carton pleine de mousseline et crêpe noirs que nous avions utilisés pour pleurer la mort de notre cousin Theodore Winthrop. Elle se signa.

Le Dr Flynn se hâta vers la porte d'entrée et enfila ses couvre-chaussures.

— Votre mère refuse de quitter Mary, malgré les exhortations répétées du pasteur Howland. Elle refuse aussi tout calmant. Laissez-lui du temps, mais il ne faut pas que les enfants rentrent.

Après l'arrivée de M. Sharpton, l'employé des pompes funèbres, Jane et moi menâmes Mère à l'étage pour qu'elle se repose. Elle éclata en sanglots à plusieurs reprises dans l'escalier.

— Ces pauvres petites, répétait-elle. Perdre leur mère chérie.

Eliza arriva peu après, suivie par Moritz, les bras chargés de dahlias. Elle m'embrassa tendrement et je reposai ma tête sur son épaule lisse.

— Ta Mary, dit-elle en s'essuyant les yeux. Frank Bacon n'a rien pu faire ?

— Il n'est jamais venu.

J'avais énormément de mal à respirer, je sentais comme une enclume sur la poitrine.

— Pauvre Mary, Dieu n'aurait pas pu ravir une âme plus pure et tendre.

Eliza pénétra dans la bibliothèque pour se recueillir sur le corps de Mary. Les petites arrivèrent peu après, dans des habits gris sombre ce qui s'approchait le plus de la couleur du deuil. Elles s'installèrent dans le salon, les mains jointes sur les genoux, l'air très adulte. Bertha dans les bras, je songeai à la lettre qu'elle lirait seulement dans onze ans. Elle posa sa petite tête contre ma poitrine.

— Maman était très fatiguée et a dû rejoindre Dieu. Peut-être lui dira-t-elle qu'il lui faut revenir pour nous, tante Georgy ?

Avant que je ne puisse répondre, la porte d'entrée s'ouvrit et Jemma entra en refermant son parapluie, suivie de près par un Frank Bacon trempé. Il posa sa sacoche sur la table du hall et secoua la pluie de son manteau.

— Où est Mary ?

J'échangeai un coup d'œil avec Eliza, nous étions incapables de croiser son regard.

— Que s'est-il passé ? s'écria Jemma qui se précipita vers moi.

Jane sortit en trombe de la salle à manger, s'avança vers Frank et lui donna une gifle magistrale.

— Jane ! m'exclamai-je.

— Comment as-tu pu alors qu'elle avait tellement besoin de toi ?

Frank resta parfaitement immobile. Je me levai et tendis Bertha à Jemma.

— Mary nous a quittés il y a plus d'une heure. On a fini par convaincre Mère de se reposer.

Frank s'assit à la table de Mère, fixant ses mains. Jane le suivit et vint se tenir à ses côtés, le dominant, bras croisés sur la poitrine.

— Elle t'aimait tellement et aurait fait n'importe quoi pour toi. Où étais-tu ?

Il la regarda, sa joue écarlate d'avoir été giflée.

— En vérité, là où Mary m'avait demandé d'être.

— Tu étais chez Bethada Barnett.

— Non. Je suis parti chez mon oncle à New Rochelle hier soir pour voir ma mère à propos de quelque chose d'urgent et ne suis rentré que ce soir.

— Et qu'y avait-il de si urgent ?

— En fait, c'était sur ordre de Mary qui m'a fait jurer de garder le secret.

— Si tu avais été là, tu aurais pu la sauver.

Je m'avançai vers Jane et lui pris la main.

— Mary avait la typhoïde, tu le sais aussi bien que moi, et il n'y avait rien à faire.

Jane et Jemma emmenèrent les enfants dans la salle à manger et Frank s'approcha.

— Je suis tellement désolé de ne pas avoir été là pour ta chère Mary.

Je l'enlaçai et le serrai tout contre moi, si fort que je sentis le battement de son cœur à travers sa chemise et respirai son odeur de savon à raser et de café.

— Ne me quitte pas, Frank.

Il me rendit mon étreinte et embrassa ma tempe.

— Jamais.

Après la mort de Mary, le cœur lourd, il nous fallut sortir nos éventails de deuil et bijoux en jais, et coudre des mouchoirs à liseré noir. Jane fit imprimer les faire-part de décès et les fit remettre en main propre à la moitié de Manhattan. Elle reproduisit aussi le poème de Mary, *Extinction des feux*, à distribuer pendant la messe, les mots étrangement prémonitoires.

Éteignez chaque feu sur terre
C'est l'ombre de Dieu qui tombe
Enténèbre les murs, nous enferme
« Il fait nuit » disent les hommes
Quand, si proche, Il occulte la lumière.

Nous fîmes tout notre possible pour ne pas penser à notre chère sœur, allongée dans la bibliothèque sur une table réfrigérée, entourée de cent bougies. Robert, son mari, pria à ses côtés des heures durant et quitta rarement la pièce.

Jemma se révéla une amie précieuse pour toute la famille, toujours présente. Instinctivement, elle comprenait qu'il ne nous fallait qu'un peu d'aide avec des travaux d'aiguille ou une oreille pour nous écouter parler de Mary car elle aussi avait aimé notre sœur. Et elle pensait sans doute à la sienne encore dans le Maryland, car la perte d'un être cher souvent amplifie celle d'un autre. La mort de Mary me rendait plus décidée que jamais à réunir Jemma et Patience.

Avec Nathan, Jemma aida Frank à récupérer ses affaires chez Bethada, y compris son uniforme. Il dormait chaque soir sur le sofa rembourré grossièrement en crins de cheval. Je chargeai Margaret de communiquer à M. Burpee que je ne l'épouserais pas et me fiançais à un autre. Information qu'il reçut, d'après ce qu'on me rapporta, avec un net manque de désarroi.

Frank me consolait énormément et j'aurais seulement aimé que Mary nous voit réunis. Quel plaisir de le retrouver chaque matin en train de prendre son café dans la salle à manger, écoutant parfois les histoires de Mère à propos de Mary, draps et couvertures pliés comme à l'armée au-dessus du piano.

Un matin, j'entrai dans la pièce et le trouvai assis à la table, un feu tout juste allumé dans la cheminée. Il se leva à mon arrivée.

— Bonjour, Georgy.

— Je suis tellement désolée, Frank, qu'on ne puisse pas te loger mieux. Peut-être pourrais-tu aller à l'hôtel Brevoort ?

Il avait un air agité et regardait fréquemment derrière moi, en direction de la cheminée.

— Qu'est-ce qu'il y a ?

— Tu es d'habitude si observatrice. J'hésite à te le dire.

— S'il te plaît, parle, Frank, le suppliai-je, après avoir pris ses mains dans les miennes.

— Regarde sur le manteau de la cheminée.

Je me retournai et m'approchai. J'y vis mon éventail à sa place habituelle, enfermé dans sa vieille vitrine. La lumière du feu ajoutait une lueur rosée à la scène pastorale dépeinte sur la soie.

— Oh, Frank, Père serait ravi.

Frank m'enlaça et me tint serrée contre lui.

— Il a fallu que je me batte avec une douairière autrichienne pour l'emporter, mais cela vaut tout l'or du monde.

52

Jemma

New York, avril 1864

Le jour des obsèques de Mary et de son enterrement au cimetière de Greenwood à Brooklyn, je fis tout mon possible pour aider les Woolsey. J'essayais de donner l'exemple aux filles de Mary, si courageuses, et de ne pas pleurer moi-même. J'aidais Hatty à orner la maison de Mary, le presbytère et Brevoort Place de voiles de crêpe noir très fins et à en couvrir fenêtres, miroirs et tableaux, tout comme nous l'avions fait avec Ma lors du décès de tante Tandy Rose.

Je cousis des coiffes de deuil noires pour Mme Woolsey et toutes les sœurs, des passementeries noires pour les habits des filles plus âgées et un ruban noir pour bébé Georgy. Pauvre petite ignorant tout de ce qui était arrivé à sa merveilleuse mère. Cela faisait du bien de rester active car ainsi je pensais moins à Mary et à combien elle me manquait. Et je m'inquiétais moins de savoir Anne-May dans les parages. Je portais à mon majeur le dé que m'avait offert Nathan et de temps à autre montaient à ma conscience des pensées le concernant.

C'est durant la cérémonie que la petite Bertha souffrit le plus. Incapable de dire au revoir à sa mère, elle courut derrière le corbillard qui emportait le corps au cimetière. Puis, la pauvre enfant dut dire un mot à chacune des personnes venues présenter leurs condoléances. Je l'occupai donc en lui proposant de m'aider à faire des biscuits et des gâteaux de funérailles. Lorsque Nathan passa après la messe et qu'il tendit la main à Bertha, elle la serra d'un air si sérieux et doux que je vis, chose rare, ses yeux s'embuer.

Le lendemain, toutes les conversations se firent à voix basse et calme. Mme Woolsey mit sa pendulette à l'heure triste de la mort de Mary et toutes les petites la contemplèrent.

— Si nous l'avançons, est-ce qu'elle reviendra en vie ? demanda Bertha.

Le lendemain, une lettre arriva pour moi, adressée à Brevoort Place et signée de la main de Patience. Dès que j'eus un moment, seule, je déchirai l'enveloppe et des pétales séchés de tournesol en tombèrent.

« Chère Jemma,
Ne crois pas ne pas nous manquer ! Tant de choses se sont produites depuis ton départ avec Sally.
Viens juste d'apprendre la tragique nouvelle qu'hier Mme Charlene a perdu Ambrosia à cause de sa mauvaise récolte d'indigo et de ce qu'elle n'a pas payé les impôts.

Pas gêné, M. Smalls est venu, et l'a acheté.
Ta Patience qui t'aime tant. »

Je m'assis pour mieux réfléchir à tout ça. Étrange, cette lettre si courte, sans être datée. Oui, bien sûr c'était l'écriture de Patience, mais il y avait quelque chose dans la façon dont c'était formulé qui ne lui ressemblait pas. Je cherchai tout code possible. Est-ce qu'un mot sur deux construisait une phrase secrète ? Non. Je la lus à l'envers, pas plus de succès. Anne-May l'avait sans nul doute obligée à l'écrire pour me forcer à revenir, mais j'étais étonnée que Patience n'ait pas saisi la possibilité de coder sa missive.

Je mis la note de côté et me couchai alors que Georgy finissait sa toilette. Pourquoi Patience écrirait-elle une lettre si étrange ? Elle y avait ajouté des pétales de tournesol. Une sorte de mise en garde ?

Et puis tout à coup je compris. Je repoussai mes couvertures et saisis l'enveloppe sur la table de nuit. Le premier mot de chaque paragraphe ? L'un de nos premiers codes préférés que nous utilisions pour cacher nos pensées d'enfants à Ma.

Je fis glisser mon doigt le long des phrases et fus parcourue d'un frisson : « Ne viens pas. »

Un jour, Nathan me rendit visite au 8 Brevoort Place. J'avais passé une bonne partie de la journée à guetter Anne-May et c'était donc bien agréable de sortir, même si je savais qu'il me faudrait lui dire que ça n'allait pas marcher entre nous, puisque je l'avais vu avec une autre fille à la foire.

— Envie de prendre l'air ?

— Pour faire quoi ?

— J'ai acheté de la friture, répondit-il.

Il se tenait debout à la porte et une bonne odeur de poisson émanait d'un sac en papier taché de gras. Il avait une minuscule miche de pain sous le bras.

Margaret, les yeux exorbités, me tendit mon manteau et par gestes m'exhorta de bien me rappeler le livre, *Règles de bonne conduite*, que nous avions lu ensemble.

Nous marchâmes vers Broadway un moment, dépassant deux cochons sauvages roses qui déambulaient sur le trottoir.

— C'est un rendez-vous galant ?

— Je suppose. Si tu aimes ce genre de choses.

Je le poussai pour l'éloigner de moi.

— Faut garder les distances, la largeur d'une miche de pain, quand on se promène sur les boulevards.

— Comme dit mon frère, sourit-il, les bonnes manières, c'est très bien parce que c'est gratuit.

Je levai le nez vers lui et admirai ses yeux verts.

— Je ne savais pas que tu avais un frère.

— On a été séparés quand M. Gardener m'a acheté. Il s'est enrôlé dès que ça a été possible dans un régiment noir.

— Comment il t'a retrouvé ?

— Par la veuve Gardener, répondit-il avec un haussement d'épaules. J'ai bien envie de m'engager moi aussi. Ces troupes sont cantonnées à Point Lookout.

— Tu quitterais le Dr Bacon ? Il retourne bientôt au combat. Il a besoin de toi plus que jamais.

— Il comprendrait si je partais. À cette heure, un homme doit se battre pour ce qui est juste.

Plus loin sur le trottoir, nous trouvâmes un tas de chaises pliantes en fer entremêlées. Nathan en tira deux, les installa côte à côte et nous nous assîmes. Il ouvrit son sac dont s'échappa une bonne odeur de poisson et m'en offrit.

— Pas vraiment un rendez-vous galant, je suppose.

Je tirai sur un morceau de poisson d'où la friture pendouillait.

— Hum, ce poisson est incroyablement exquis.

— Tu as un sacré vocabulaire, Jemma, ces temps-ci, dit-il, amusé.

Nous restâmes un moment sans parler à regarder passer des gens de toutes sortes. Il rompit un morceau de pain et me le tendit.

— Tu veux de la sauce au vinaigre ?

— Ah non, merci ! Je ne supporte pas l'odeur. Anne-May m'en badigeonnait après avoir fini avec le fouet.

— Content de voir que tu as des opinions.

— Eh bien je vais t'en donner une, d'opinion : je crois que tu as une autre amie. (Je penchai la tête en arrière et avalai encore un morceau de poisson.) Je t'ai vu avec une dame à la foire.

Il ne leva pas les yeux. Je sortis le dé de ma poche et le posai sur son genou.

— Donc, j'ai jugé bon de te rapporter ça.

Nathan continua de manger, le dé en équilibre instable. Je m'essuyai les doigts sur le sac en papier.

— Vous aviez l'air bien amis tous les deux.

— Tu sais, tu m'as plu dès que je t'ai vue à l'église.

— Tu as dit que tu ne te souvenais pas de moi, rétorquai-je, lui lançant un regard oblique.

— Bien sûr que si ! (Il chassa une mouche du sac.) Et je me rappelle aussi ta Ma. Je trouvais que toi et ta sœur, vous étiez aussi jolies qu'elle.

— Et mon Pa ?

— Il était grand, j'avais un peu peur de lui, j'avoue.

— Je me souvenais de toi aussi. J'aimais tes yeux.

— Alors, tu ferais bien de garder ça. Il me fourra le dé de nouveau dans ma main. Ça veut dire qu'on est fiancés et qu'on va se marier, tu sais.

— Ça me dit vaguement quelque chose. On serait censé découper le fond en argent et l'ôter pour en faire une alliance.

— Et toi, tu en penses quoi ?

— Je m'étonnais de pas t'avoir entendu en parler. Et puis, il est difficile d'être sérieuse avec un homme qui se promène une autre femme à son bras.

— Cette dame avec laquelle tu m'as vu est Mme Tompkins, ma professeure de botanique.

— Comment tu la connais ?

— Son père a contribué à la création de Weeksville, et maintenant c'est la première principale noire d'une école de New York. Elle me donne des cours du soir et aussi charmante qu'elle soit, elle est mariée.

J'époussetai un peu de friture de ma jupe et songeai que j'étais sacrément heureuse que Nathan n'ait pas, comme le dirait Margaret, un « engagement ailleurs. » Après avoir fini le poisson, Nathan froissa le sac.

— Alors, la fois prochaine, nous ferons ça correctement, avec de vraies serviettes.

Il déballa un bonbon à la menthe et le fourra dans sa bouche.

— J'imagine, acquiesçai-je avec un sourire. Mais j'ai l'impression qu'Anne-May veut que je rentre dans le Maryland. Ça ne sera pas facile de sortir pour un rendez-vous galant quand je ramasserai du tabac. Je la sens qui rôde autour d'ici.

— J'ai des économies, murmura-t-il penché vers moi, je pourrais lui faire une offre.

— Tu ferais ça ?

— Bien sûr.

— C'est gentil de ta part, mais Anne-May ne me vendra jamais. De plus, ma mère et ma sœur sont encore là-bas. Je peux les aider à s'en sortir, les emmener au Nord.

— Demandons au Dr Bacon d'envoyer quelqu'un d'officiel pour les sauver. Mais promets-moi que tu ne te feras pas la malle ? Cette guerre broie les gens et ils font n'importe quoi. Impossible de dire ce qui se passera si tu retournes là-bas.

Je glissai le dé dans ma poche et tout à coup, comme ça, il m'embrassa en plein sur la bouche. Lui rendre son baiser fut facile, sa bouche avait un goût de menthe, de tabac et de ce poisson incroyablement exquis. Je me reculai et soupirai.

— Pourquoi t'as fait ça ?

— Juste voulu faire tout mon possible pour m'assurer que tu resteras, dit-il avec un sourire.

Le lendemain, aux alentours de midi, alors que debout dans le salon j'observais la rue et que je me repassais le baiser si exquis de Nathan, on frappa à la porte. Margaret alla ouvrir et je reconnus aussitôt la voix de cette femme. Nulle surprise donc quand vous-savez-qui entra dans la maison.

— À qui ai-je l'honneur ?

— Je suis Anne-May Wilson Watson, de Louisiane et d'Hollywood dans le Maryland. La plantation Peeler, vous en avez peut-être entendu parler.

À l'idée qu'Anne-May soit là sur le perron, je crus que mon cœur allait exploser hors de ma poitrine. Je cherchai un endroit où me cacher.

— Non, madame, répondit Margaret.

Puis j'entendis une voix d'homme.

— Mme Watson est venue récupérer son bien.

— Revenez peut-être la semaine prochaine, cette maison est…

Je me déplaçai sur la pointe des pieds pour jeter un œil par l'entrebâillement de la porte et je vis Anne-May à côté d'un homme petit et gros, dont la chaîne de montre à gousset se balançait à chacune de ses paroles.

— Je suis le détective Karl Bigelow de l'agence Bigelow. (Il tendit sa carte à Margaret.) Et ce sont des Pinkerton. Nous avons un mandat d'arrêt pour une fille de couleur du nom de Jemma. Mme Watson est ici présente pour l'identifier.

— Il n'y a personne de ce nom, ici, dit Margaret avec assurance, un regard rapide dans ma direction.

Anne-May poussa Margaret et entra, suivie des trois hommes.

— J'exige de voir la maîtresse de maison.

Je restai derrière la porte. L'un des agents qui marchaient après Anne-May et M. Bigelow, était de taille moyenne et avait une longue barbe blanche. L'autre, si grand, dut se courber pour entrer.

C'est alors que mademoiselle Jane et Georgy arrivèrent.

— Qu'est-ce que c'est que tout ça, Margaret ? demanda Georgy.

— Ils veulent Jemma, répondit-elle d'une voix tremblante.

— Elle a enfreint la loi et doit payer, s'écria Anne-May, sous le nez de Georgy.

L'homme à la barbe blanche s'avança, liasse de documents à la main.

— Samuel Cash, détective de l'agence Pinkerton. Nous avons des ordres et devons appréhender immédiatement la personne en question et la ramener dans le Maryland.

— Puis-je voir ces papiers, dit Georgy, la main tendue.

Le dénommé Samuel Cash les lui tendit. Pétrifiée, je commençai à avoir du mal à respirer.

— Mais, dit Georgy après en avoir pris connaissance, selon ce document elle est accusée d'espionnage.

Mère entra, accompagnée d'Abby, les épaules couvertes du châle écarlate en poil de chameau que lui avait offert Mary.

— Je croyais vous avoir intimé l'ordre de partir et de ne jamais revenir, dit Abby à Anne-May.

— Comment ? Elle a déjà été chez nous ? s'enquit Mère. Mais que se passe-t-il ?

— Je suis Anne-May Wilson Watson de la plantation Peeler, à Hollywood et ces détectives sont ici au nom de la loi pour arrêter Jemma et la reconduire dans le Maryland où elle devra subir les conséquences.

Abby vint se planter sous le nez d'Anne-May.

— Je voyais bien que vous étiez une menteuse immorale, mais je pensais que vous n'étiez qu'une voleuse sous un nom d'emprunt et pas une sale esclavagiste.

— Vous étiez dans la queue à la foire pour la Commission sanitaire, se souvint tout à coup Georgy qui se rapprocha d'Abby. Depuis combien de temps vous nous espionnez ?

— N'a-t-on pas droit au respect de la vie privée ? s'indigna Carry. Vous dites que vous venez ici pour faire respecter la loi, mais vous l'avez enfreinte en entrant chez nous sous de faux motifs.

— Cacher des criminels est passible de…

Menton dressé, elle ne put terminer sa phrase car je sortis de ma cachette derrière la porte.

— C'est moi que vous recherchez.

Georgy vint aussitôt se poster à mes côtés. Anne-May se précipita pour me prendre la main.

— Oh, Jemma, ma chère, quand j'ai entendu que le gouvernement te poursuivait pour espionnage, je n'en suis pas revenue. (Elle se rapprocha encore.) Une fois qu'ils t'auront ramenée, je me battrai bec et ongles pour toi. Et à ta sortie de prison, tu pourras venir à la maison et voir ta sœur et ta mère. Elles t'attendent. Je surprends de temps à autre ta mère qui regarde la route, l'air terriblement mélancolique.

— Je n'ai pas espionné, c'était vous Anne-May.

— On réglera tout ça dans le Maryland, s'interposa M. Bigelow, mais pour le moment vous feriez mieux de prendre vos affaires.

Je ne bougeai pas et Georgy m'entoura les épaules.

— Sans toi, je n'ai pas été bien, prétendit Anne-May, mains tendues. Regarde, je me suis rongé les ongles au sang, tant j'étais inquiète.

Mme Woolsey se redressant de toute sa taille s'approcha d'Anne-May.

— Madame, cette maison est en deuil. J'ai perdu une enfant bien-aimée et n'en perdrai pas une autre.

— Mes condoléances, madame, dit Anne-May qui l'examinait froidement, mais il vous faudra vous débrouiller sans celle-ci.

— Ceci est une affaire qui concerne le gouvernement, madame, intervint le grand Pinkerton.

— Je suis infirmière de l'armée américaine, déclara Georgy venue se tenir à côté de sa mère, et Jemma a également servi son pays. Assurément j'ai des…

Le détective à la barbe blanche sortit des menottes de sa poche.

— Nous avons ordre d'obtenir une reddition immédiate. (Il se tourna vers moi.) Allez chercher vos affaires.

— Je contacterai M. Lincoln en personne, dit Mme Woolsey, et le ministre Stanton également.

— Faites donc, dit M. Cash, en attendant, nous suivons les instructions.

Comme dans un rêve, je commençai à gravir les marches. À travers les barreaux de l'escalier, Carry jura de lutter contre cette injustice. Georgy me suivit dans ma chambre où je préparais mon sac.

— Nous avons d'autres options.

Je sortis de l'armoire la robe de voyage en alépine noire que je m'étais confectionnée. *Pourquoi n'avais-je pas suivi Carter ?*

— Nous ferons appel à Washington, me promit-elle tout en m'aidant à déboutonner ma jupe. Mère fera jouer ses relations.

Je ne disais pas grand-chose de peur de craquer et de me mettre à pleurer.

— Je laisse ma tenue d'infirmière.

Je sortis mes bras de ma veste et enlevai ma chemise. C'est alors que Georgy vit l'état de mon dos, tout zébré de cicatrices.

— Oh, Jemma, dit-elle comme si elle allait pleurer.

— Ça va, Georgy.

Je passai ma robe noire par la tête.

— Non, ça *ne va pas.* Tu ne peux pas retourner là-bas.

— Je sais prendre soin de moi.

— Sors par la fenêtre, et je te rejoindrai dans le jardin, suggéra-t-elle. On enverra Margaret chercher le juge Winthrop.

Je me remis à préparer mes affaires

— Je refuse de m'enfuir, Georgy.

— Il y a une histoire de corruption, là-dessous, je le sens. Imagine, toi accusée d'espionnage.

— Je ne suis pas coupable, mais ça ne fait rien. Ils gagnent toujours.

Lorsque je finis par la persuader de boutonner ma robe, je descendis pour me livrer aux agents. Mme Woolsey et les six sœurs se tinrent par le bras et firent cercle autour de moi.

— Le moment est venu. Laissez-moi partir tranquillement.

— Jemma, finissons-en, cria Anne-May depuis la porte.

Je m'avançai, mais Jane me tira en arrière et me serra tout contre sa poitrine.

— Comment les gens peuvent-ils être si cruels ? Notre pays a été fondé sur la liberté.

L'un des détectives me tira loin de Jane et fit claquer les menottes autour de mes poignets.

— On va se battre, Jemma, me promit encore Georgy, me serrant le bras.

Je jetais un regard derrière moi pour voir une dernière fois le 8 Brevoort Place, les femmes Woolsey, le bon Pico à leurs pieds, son petit bout de queue battant le sol, toutes en larmes de me voir partir.

— Mademoiselle Georgy, criai-je, dites bien à Nathan que je serais restée si j'avais pu.

53

Georgy

New York, avril 1864

LE LENDEMAIN DU JOUR où les Pinkerton ramenèrent Jemma dans le Maryland, je m'installai à la table de la salle à manger et me mis à rédiger des courriers pour le compte de Jemma. La pièce était sombre à cause du tissu noir qui couvrait la fenêtre. Allongé sur la banquette, la tête posée sur le rebord, Pico, encore triste de la mort de sa maîtresse, examinait sans grand enthousiasme la ruelle et la rue en quête de chats.

J'ajoutai une lettre, bordée de noir, de plus à ma pile déjà substantielle. Je sollicitai l'aide de toute personne d'importance à Washington et suppliai que les accusations d'espionnage contre Jemma soient cassées.

Frank et Nathan firent irruption dans la pièce. Ils revenaient tout juste du New Jersey où ils avaient passé quelques jours à vacciner des troupes. Frank avait l'air en meilleure forme que jamais, une nouvelle lumière brillait dans ses yeux. Quel plaisir, à chacune de nos retrouvailles, de goûter ce sentiment encore tout neuf de notre amour partagé.

Frank ôta son calot et Nathan fit de même.

— Je viens de recevoir ton message m'apprenant que Jemma avait été emmenée. Je suis venu tout de suite.

— Mes sœurs et moi avons toutes envoyé lettres et télégrammes à nos connaissances susceptibles de nous aider. Mère aussi et elle est allée au *New York Times,* mais ils l'ont refoulée.

— Joe ?

— Il a contacté le ministre Seward en personne. J'ai envoyé un télégramme à Lincoln. Pas encore de réponse.

— Il est occupé à mener la guerre, j'imagine, dit Nathan.

— Ce serait plus facile dans n'importe quel autre État, mais le Maryland a un pied dans l'Union, un pied dehors. Lincoln ne va pas vouloir faire de vagues.

— Mais Frank, Jemma a souffert de manière vraiment terrible là-bas. Jane et moi avons rencontré le contremaître. Il est d'une cruauté inimaginable.

— Anne-May est de Louisiane et là-bas les gens traitent leurs esclaves brutalement, expliqua Nathan. J'ai le sentiment que Jemma ne retournera pas à son ancienne vie si facilement.

Frank alla à la fenêtre et observa la rue tout en grattant l'oreille de Pico.

— Et si on sollicitait l'aide de la tante de Bethada ? Qu'en penseriez-vous ?

J'échangeai un regard dubitatif avec Nathan.

— Oh, Frank, non.

— Malgré tous ses défauts, elle a le bras long.

Penser à ce personnage haut en couleur me fit frémir.

— Cela vaut sans doute la peine, Frank, mais tu peux imaginer combien ce serait embarrassant…

— Quoi faire sinon ? Si on se contente d'attendre que des hommes d'importance prennent fait et cause pour elle, peut-être que rien ne se passera.

Soudain Nathan se redressa droit comme un « I », l'air sidéré.

— Que se passe-t-il ? demandai-je inquiète, une main sur la manche de son manteau.

Son visage s'illumina d'un immense sourire.

— Quel abruti je suis !

— Quelque chose cloche ? demanda Frank.

— Non rien, répondit-il. Il claqua son calot sur sa tête.

— Tu peux partager ta révélation, Nathan ? On a vraiment besoin de bonnes nouvelles, dis-je.

— Je sais exactement à qui on peut demander de l'aide. Pourquoi n'y ai-je donc pas pensé avant ? (Il se dirigea vers la porte et se retourna.) Mais on ferait mieux d'y aller tout de suite. La situation peut dégénérer très vite à Peeler.

54

Jemma

Point Lookout, Maryland, avril 1864

À NOTRE ARRIVÉE PAR BATEAU à Point Lookout où, en septembre de l'année précédente, Jane, Georgy et moi étions venues en tant qu'infirmières militaires, je baissai la tête. Les détectives me firent descendre du bateau, mains toujours attachées dans le dos et m'amenèrent vers une calèche qui nous attendait pour aller à la prison de Leonardtown. Bien qu'Anne-May ait insisté pour nous accompagner, ils m'avaient gardée la nuit à New York tandis qu'elle prenait le train, petite bénédiction. Au moins, elle n'était pas là à me parler tout le temps. Sinon, j'aurais peut-être supplié ces hommes de me tirer une balle ici même.

Après avoir goûté à la liberté puis s'en être vue privée ainsi, le retour était difficile. Je me sentais vidée, comme si j'avais fait tomber un panier de myrtilles et qu'elles avaient roulé partout, incapable de les récupérer toutes. Ils m'avaient au moins laissé tenir dans mes mains la petite croix en os de Pa durant le voyage. Ça me faisait du bien de le sentir ainsi proche de moi.

Les détectives m'aidèrent à monter dans la calèche et nous prîmes place dans l'habitacle confiné. Tous deux me faisaient face et au moment du départ, il y eut une embardée qui les força à s'accrocher aux poignées. Ils n'étaient pas très loquaces, mais je jacassais tout de même tant j'avais les nerfs à vif.

— J'étais infirmière ici autrefois, j'en ai vu de la gangrène.

Ils se contentèrent de se tenir aux poignées et de regarder par la fenêtre.

J'eus tout le temps durant le voyage de les examiner. Le vieux ressemblait tout à fait à Rip Van Winkle, le héros de l'histoire que j'avais lue à Tandy Rose six cents fois parce qu'elle était courte et qu'elle aimait le chien. Le moins vieux ressemblait au capitaine Achab de *Moby Dick*, avec ses cheveux noirs en broussaille et ses yeux de fou, brandissant le poing vers le ciel.

Ils devaient sans doute être tous deux contents de me larguer bientôt à Peeler.

Peeler. Ma respiration s'accéléra. Rien qu'à la pensée de devoir être de nouveau l'esclave d'Anne-May, j'eus envie de sauter de la calèche.

Sa badine en noyer blanc. Dormir au pied de son lit.

Je me forçai à songer à Ma et Patience. Ce retour avait beau être une calamité, ma peau me picotait de partout à l'idée de les revoir. Je sortirai de prison, d'une façon ou d'une autre et trouverai le moyen d'écrire à Georgy. Après tout, elle avait serré la main à M. Lincoln.

Peut-être qu'il apporterait son aide.

Nous dépassâmes les baraquements de contrebande de Point Lookout où quelques anciens esclaves allaient et venaient. Ils vivaient là sous la protection de M. Lincoln et je crevais d'envie. Il n'y avait pas si longtemps, j'en avais aidé à s'échapper et voilà que j'étais à nouveau ici, de retour à la case départ. Anne-May obtenait toujours ce qu'elle voulait.

Bientôt nous prîmes la route qui menait à Peeler, dépassant Smalls and Sons. Il n'y avait qu'un mannequin présentoir nu dans la grande vitrine. Pour un mois d'avril, il faisait chaud et les gamins de Jubal Smalls jouaient sur le perron, ils avaient bien grandi depuis la dernière fois, mais ils étaient toujours gros. Ce qui était étonnant vu qu'ils avaient un Pa et une Ma si maigres.

— Eh, attendez, la prison est dans Leonardtown. Ce n'est pas le bon chemin.

Mais ni l'un ni l'autre ne m'écouta.

Sur Moneysunk Road, le vent se leva. Nous dépassâmes le hangar à tabac, la cahute de LeBaron, le fumoir se dressait toujours, fier et sans remords, les mottes de terre bien alignées des champs de tabac, désespérément immuables. J'essayai de me forcer à ressentir de la joie, à me remémorer les moments heureux avec ma famille, ou Celeste ou Carter, mais rien d'agréable ne venait. Je cherchai Ma des yeux, mais il n'y avait pas âme qui vive. La demeure était encore loin.

Quand la calèche s'arrêta dans l'allée qui menait à la maison, les roues crissant sur le gravier, je n'eus pas vraiment l'impression d'être de retour, ce n'était qu'un intermède entre ici et mon autre vie. Le lieu était toujours beau, mais il avait désormais un air triste. Dans les parterres, les crocus essayaient de pointer leurs têtes à travers le mouron des oiseaux de l'an passé. Quelqu'un avait étendu à sécher des draps miteux qui se balançaient un peu dans la brise, et le chéneau au-dessus de la porte s'affaissait, complètement pourri. Pa n'était plus là pour le réparer.

Pa.

Anne-May vint à notre rencontre dans la cour, à l'endroit même où Delly, Charl et Celeste étaient descendus d'un chariot il y avait si longtemps.

Le capitaine Achab me détacha et m'aida à mettre pied à terre, sa main douce sur mon poignet. On n'a pas les doigts calleux quand on livre des esclaves en fuite ! J'avais gardé la croix en os de Pa dans ma main.

— Hum, il était rudement temps que vous arriviez, s'écria Anne-May qui venait de la maison.

Rip Van Winkle tressaillit au son de sa voix.

— Il est déjà midi et je n'ai rien de prêt pour le déjeuner, se plaignit-elle, envoyant d'un coup de pied une pierre dans le massif.

— Pourquoi suis-je là, Anne-May ?

Les détectives lui firent signer un papier et partirent ensuite sans traîner. Il ne restait plus que nous deux dans la salle à manger. Elle s'était préparé du thé, une première aussi loin que je me souvienne, et elle avait plié, mal, ma vieille robe retouchée en calicot jaune et un fichu blanc qu'elle avait posés sur la table, une badine en noyer toute neuve à côté. Je fixai ce bout de tissu blanc et détestais immédiatement l'idée de devoir me l'attacher sur la tête.

— Retire cette coiffe, Jemma. Tu es ici parce qu'il n'a jamais été question de t'envoyer en prison. J'ai joué ce petit jeu là pour te ramener ici, alors vas-y et change-toi.

— Ici ?

— Dépêche-toi, on n'a pas tout notre temps.

J'ôtai mon bonnet, déboutonnai ma robe. Je crus vomir en enfilant ma tenue d'esclave, ce calicot usé sur les épaules. Je fourrai ma petite croix dans la poche de la robe. Au moins, je portais un peu de Pa avec moi.

Anne-May prit ma robe en soie noire et la tint en l'air par les épaules.

— Ça me fera un deuxième choix. Tu peux commencer les retouches, juste un petit rentré et un volant au niveau de l'ourlet. Je pense que ça m'ira bien, pareil pour les jupons, mais il faudra bien les aérer, qu'ils ne sentent pas ton odeur.

Je restai là, les poings serrés le long de mon corps.

— Quoi d'autre ?

— Ces bottines que tu portes, elles sont bien. Trop petites pour moi, j'imagine, à moins de les détendre.

Je la fixai et me demandai ce que ça ferait de la fouetter avec cette badine. Elle appellerait LeBaron à la rescousse en moins de temps qu'il ne faut pour le dire.

Elle me tendit le fichu que je rejetai sur la table.

— Non, je ne porterai pas ça.

— Tu le porteras et tu vas te dépêcher.

— Fouettez-moi au sang si vous voulez, mais je ne le ferai pas. Je suis une autre personne maintenant.

— Tu veux dire gâchée ?

Elle me considéra une longue minute, puis se tourna et d'un geste de la main, me congédia.

— Cesse ces jérémiades, file chez Mme Charlene et rapporte-moi des œufs. Mes poules ont cessé de pondre. Il faut que je me prépare pour aller en ville.

Pendant un moment nous restâmes en silence, à écouter les chouettes dans les arbres.

— Où est ma mère ?

— Zibeline est partie il y a longtemps, répondit-elle, un vague geste en direction de la fenêtre.

Mes yeux s'emplirent de larmes et je dus me tenir à la table pour ne pas tomber.

— Où ?

— Dieu sait où, avec cette façon que vous avez, vous les Nègres, de disparaître.

— Vous devez savoir, insistai-je.

— Non, je te le jure. LeBaron avait même sorti les chiens et il est allé à Point Lookout pour voir, elle n'était nulle part.

— Mais vous avez dit que Ma m'attendait.

— J'ai juste raconté ça pour que tu reviennes ici sans faire d'histoires. Jubal veut ce carnet. Tu vas nous faire pendre, je le crains.

Je me séchai les yeux du revers de la main.

— Il est caché et bien caché !

Anne-May se pencha pour attraper son fouet.

— Faites ce que vous voulez de moi, mais je ne vous dirai rien. Vous allez me mettre ça sur le dos puisque c'est moi qui ai écrit pour vous.

Anne-May se cala dans son fauteuil et joua avec une cuillère à thé en argent ternie d'un noir-bleu, constatai-je avec plaisir. Pas facile de tenir une maison toute seule.

— Où est Patience ?

— Faudra que tu demandes à Mme Charlene. Vas-y maintenant, que tu puisses rentrer à temps pour préparer le repas, nettoyer la cuisine et commencer le travail sur cette robe. Je pars à Hollywood, mais je serai bientôt rentrée et j'aurai faim, alors ne lambine pas. Et ne va pas imaginer que tu peux t'enfuir à Point Lookout. Désormais LeBaron a ses hommes qui patrouillent sur cette route maintenant que Sybil est partie.

Je sortis de la salle à manger et jetai un coup d'œil dans la vieille cuisine indépendante de la maison. Cela me fit songer à Sally. Comme ce poêle noir semblait nu sans elle.

En chemin pour Ambrosia, je passai par nos cases. La porte que Pa avait construite était entrouverte. Cela faisait à peine deux ans que j'étais partie, mais cela me parut bien plus petit que dans mon souvenir, la houe de Pa était toujours appuyée près de la cheminée, le vieux lit de Delly dans le coin. Le tout était recouvert d'au moins un centimètre de poussière.

J'allai vers la table où, semblait-il, Ma avait laissé l'assiette de Pa et une coquille d'huître à sa place pour ne pas l'oublier. Je passai mon doigt sur l'intérieur lisse de la coquille et la lumière accrocha quelque chose de blanc près de son assiette : c'était la petite croix, la même que celle qu'il m'avait sculptée. Je la pris et la mis dans ma poche avec la mienne.

Je me dépêchai de sortir et d'aller à notre petit cimetière – juste après l'enclos aux cochons –, où étaient alignées les tombes de notre douce Clementine, de Celeste et de Pa. Et aussi celle, vide, de Kofi. Devant la pierre tombale de Pa la terre était affaissée, sans doute parce qu'il avait été enterré sans cercueil et sur cette pierre, quelqu'un avait posé un vieux marteau. Ma ? Voir sa tombe tout affaissée comme ça me fit trembler de colère. Comment LeBaron avait-il pu oser nous voler notre Pa, un homme si bon, et nous voler aussi la douce Clementine et Celeste ?

Je pris la jumelle de ma croix en os et la fichai dans la terre devant la pierre.

— Voilà, Pa, j'ai pensé que tu serais content de récupérer la tienne. (Je me relevai et écoutai les oiseaux dans les arbres.) Et je veux que tu saches que quand tu m'as dit « Tu ne sais pas de quoi tu es capable avant de devoir le faire », c'était sacrément vrai. Je suis sortie d'ici. Et j'en ai presque sorti Patience. Mais ce n'est pas fini. On partira, tout comme tu l'as voulu.

Je courus jusqu'à Ambrosia, bien décidée à libérer Patience. J'espérais aussi qu'elle en saurait plus au sujet de Ma. Je tirerais ma sœur de cet enfer, même si je devais tuer quelqu'un.

Je passai devant le vieux portail qui menait au sycomore où ils avaient pendu Pa. C'est tout juste si je pus regarder dans cette direction, le vieux tournesol était toujours accroché là, rien qu'une tige grise et desséchée désormais. Je discernai rapidement Ambrosia, masse imposante et noire dans les arbres.

En courant, je fis le tour de l'enclos des chiens, vide, fonçai jusqu'aux cabanes où l'on travaillait l'indigo et entrai dans la case de Patience qui, comme le reste, avait été vidée et laissée balayée et propre. Je repartis à toute vitesse vers la cuisine et y pénétrai, la main moite sur la moustiquaire que je retins pour l'empêcher de claquer. Je n'étais jamais allée dans cette cuisine auparavant, je la trouvais d'une saleté immonde, tas de serviettes souillées empilées sur le plan de travail, au-dessus de la glacière une pile de vaisselle prête à s'effondrer.

— Qui va là ? Une voix de femme me parvint du fond de la maison. Harry, c'est toi ?

Un coup de fusil partit, la balle percuta la glacière et fit s'entrechoquer les assiettes. Je sursautai terriblement.

— Ce n'est que moi, madame Charlene, criai-je d'une voix tremblante, Jemma, de Peeler.

— Viens ici, tu entends ?

— Oui, mais ne tirez plus.

Je suivis la voix jusqu'à un grand salon sur le devant de la maison. Les volets étaient fermés alors même que les fenêtres devaient sans doute donner sur le fleuve. Mes yeux s'habituèrent à l'obscurité et je vis Mme Charlene en robe d'intérieur, les cheveux défaits sur ses épaules, blancs aux racines. Assise sur un fauteuil, elle gardait le fusil sur ses genoux. Ça empestait, comme dans le plus sale des lieux d'aisances.

— Je croyais que tu étais Harry, venu m'emprunter une scie.

— Le frère de Mme Anne-May ? Il est mort et enterré depuis deux ans, Mme Charlene.

Ses yeux se perdirent dans le vague et elle porta les doigts à ses lèvres.

— Ah, oui. Tu sais que tu n'as pas le droit d'entrer ici.

— Je cherche ma sœur.

C'est à ce moment que j'entendis un chien grogner, je me tournai et le vis, tapi près du canapé.

— Il ne te fera pas de mal. Quelqu'un a essayé de l'empoisonner, alors je le garde avec moi à l'intérieur.

— Vous voulez que je le sorte ? Je crois qu'il a fait ses besoins sur le tapis.

— Comment tu trouves la maison maintenant que t'es de retour ?

— Pareille.

— Menteuse !

Je relevai ma jupe et m'approchai, naviguant avec précaution entre les tas de crottes par terre.

— On a perdu la maison, tu sais, m'expliqua-t-elle, penchée en avant sur son fauteuil. Je n'ai plus qu'une semaine avant de devoir vider les lieux.

— Je suis désolée, m'dame.

— Jubal Smalls nous l'a volée. J'aurais dû deviner quand il a essayé de m'embrasser qu'il avait des vues sur cette maison. L'année dernière quand les cochenilles ont ravagé notre récolte d'indigo, on n'a pas pu payer les impôts. Ça a tué mon mari. Jubal est venu et a arraché l'acte notarié des mains de mon mari mourant. Anne-May l'a sans doute aidé, cette vipère.

Je piétinai sur place et tentai de ne pas respirer dans cette puanteur tandis que nous écoutions ensemble le tic-tac de la pendule sur la cheminée.

— Savez où est ma mère ?

— Ça fait un bail que Zibeline est partie.

— Où ? demandai-je, les yeux emplis de larmes.

— Il y a eu des rumeurs, dit-elle. Mais on ne sait jamais vraiment.

— Patience ?

— Tu ne l'as pas vue ? dit-elle, l'air étonné, les yeux levés vers le plafond.

— Où est ma sœur, madame Charlene ?

Elle tendit une main décharnée vers moi.

— Tu peux rester et me coiffer ?

— Patience. Où est-elle ? insistai-je après m'être avancée.

— J'ai dû renoncer à elle, avoua-t-elle, les doigts crispés sur sa poitrine. Je n'ai rien pu faire d'autre. Je ne pouvais plus la louer à Anne-May.

— Où est-elle ?

Mme Charlene se couvrit la tête de ses bras et pleura de la façon la plus pitoyable qui soit.

— Ne me hurle pas dessus. Elle est vendue, bon sang.

— Au marchand d'esclaves ?

— Non. Il a prétexté qu'il ne pouvait pas en tirer un bon prix parce qu'elle est estropiée.

— Si vous ne me dites rien, alors Dieu m'est témoin…

— C'est le contremaître de Peeler qui l'a achetée. Il lui avait déjà appris à préparer le gibier, à nettoyer ses fusils, alors autant l'acheter m'a-t-il dit.

Je saisis le dossier du fauteuil, le velours chaud sous ma main tremblante.

— Anne-May a vendu Patience à LeBaron ?

— Aujourd'hui même. Il a juré ses grands dieux qu'il ne lui ferait aucun mal. Il m'a dit qu'il l'avait marquée d'un « F » à la poitrine car il le fallait. Les fugitifs doivent être punis.

Je courus hors de la cuisine, Charlene criait dans mon dos.

— Ça ne m'a pas plus, cette histoire. Elle est comme une fille pour moi, et si gentille.

Je courus comme si j'avais le diable aux trousses jusqu'au portail de la ferme du vieux Burns. Je ne ralentis que lorsque j'arrivai sur le chemin menant à la cahute de LeBaron. Je restai là, en silence, à observer l'endroit. La cabane n'avait pas changé, les bardeaux étaient juste plus gris et, à force d'avoir été piétinée, l'herbe alentour avait laissé la place à de la terre nue. Le silence régnait, j'entendais juste le bourdonnement d'un taon qui tournoyait autour de ma tête et les couinements lointains des porcs que les bouchers abattaient près du dock.

Je me rapprochai en douce et me cachai derrière un arbre, mais soudain mon cœur se mit à cogner : LeBaron sortait sur le porche, fusil de chasse à la main. Il glissa une balle à l'intérieur, se laissa ensuite choir sur ce vieux fauteuil en bambou qui avait appartenu à Anne-May et se mit à faire briller le fusil avec un chiffon.

Je retins mon souffle lorsque, tout à coup, Patience sortit à son tour de la cahute tenant un merlin par son long manche, le gros fer vers le bas, et se prépara à fendre une bûche d'acacia. Elle ôta son vieux pull, les bras nus dans sa robe. Je ne pouvais détacher mes yeux de sa poitrine et de la cicatrice : un gros « F » imprimé dans sa chair.

Elle fendit proprement la bûche en deux. Le bois sauta et éclata sous le choc.

Comme elle allait de nouveau lever sa cognée, je m'avançai de derrière l'arbre.

— Patience, m'écriai-je, ma voix résonnant dans la clairière.

Elle me regarda de l'autre côté de la cour, posa l'outil et s'essuya les mains sur son tablier.

— Viens vers moi, dis-je la main tendue.

Elle regarda LeBaron.

— Ne bouge pas, ordonna-t-il après avoir pris son fusil sur ses genoux. Ah, de retour… bienvenue, mademoiselle Jemma !

Je fis de nouveau signe à Patience de venir vers moi, mais elle était transformée en statue, telle la femme de Loth.

LeBaron épaula et me tint en joue.

— Tu te rappelles cet endroit ? Cet arbre où ton vieux père est mort.

— Patience, viens vers moi.

— Oui, ton papa n'a pas traîné. Pas une tête de mule, comme sa fille.

— Patience, l'exhortai-je les mains tendues, tu peux le faire.

— Tu n'es peut-être pas au courant, mais elle m'appartient maintenant. L'encre est encore humide sur l'acte de vente. Une Négresse adulte, voilà ce qui est écrit. Mais tu peux la remplacer si tu veux.

Je marchai vers Patience, mes chaussures silencieuses sur la terre. LeBaron tira et la balle effleura l'herbe à côté de moi.

— Viens, Patience.

— Toi et moi, ça remonte à loin, Jemma. Tu m'as déjà vu rater un coup ? La prochaine fois sera la bonne. Je dirai au Shérif Whitman que tu es morte en m'infligeant de graves blessures.

Il rechargea son fusil et me mit de nouveau en joue.

— En fait, ce serait drôle de juste te blesser et de te finir lentement.

Je reculai vers le sentier.

— Je vais trouver Anne-May et tout lui raconter.

— Oh, mais fais donc, Jemma.

Il se rassit, reposa son fusil sur ses genoux et recommença à le faire briller. Patience reprit le merlin et se remit à travailler.

— Tu le regretteras, LeBaron.

Il se leva et s'avança vers moi.

— Qu'est-ce que je t'ai dit ? Dégage.

Je lui fis face et m'arrêtai.

Aussi calme que la brise, Patience s'avança derrière lui. Des deux mains, elle tenait l'outil par le manche.

— J'ai dit : *dégage*. Qu'est-ce que t'attends, Jemma ?

— Que tu meures.

Il se tourna à la dernière minute, sentant peut-être une présence derrière lui. Patience fit tournoyer le merlin et le frappa avec le bout en fer à l'arrière du crâne.

LeBaron tomba en tournant sur lui-même, s'abattit sur le sol dans un nuage de poussière, face contre terre. Après, un grand silence s'installa. Même les porcs près du dock s'étaient tus.

Je m'approchai en courant, inspectai LeBaron dont les cheveux à l'arrière de la tête étaient emmêlés et poisseux de sang noir-rouge. Je m'agenouillai, lui pris le poignet et lui tâtai le pouls. Je ne sentis qu'un faible battement. Puis, du bout de ma bottine, j'essayai de le faire rouler, craignant presque qu'il ne se relève d'un bond et nous étrangle.

— Il est mort ? demanda Patience d'une voix larmoyante.

— Pas encore.

Elle jeta le merlin qui tomba avec un bruit sourd.

— Tu l'as bien eu, Patience, lui dis-je, les jambes encore toutes tremblantes. J'ai toujours su que tu étais forte, mais là tu as frappé un sacré coup.

Elle frissonna, comme si quelqu'un venait de lui jeter de l'eau glacée dans le dos.

— On ferait mieux de bien cacher son corps pour gagner du temps.

55

Anne-May

Peeler, avril 1864

À MON RETOUR DE NEW YORK, après le voyage en train depuis les enfers, durant lequel je dus écouter les gens du Nord se quereller au sujet de la petite femme boulotte d'Abraham Lincoln pour savoir si oui ou non elle avait un quelconque sens de la mode – la réponse étant un non catégorique –, je filai droit sur Peeler pour me préparer à voir Jubal au magasin.

Au moment où je retrouvais mon chat, et essayais de le faire sortir de dessous le canapé, les hommes arrivèrent avec Jemma. Au moins, elle était venue habillée d'une robe en soie décente cousue par les sœurs Woolsey avec de jolis points bien faits. Je comptais bien me l'approprier, mon article de contrebande à moi.

Je l'envoyai chercher des œufs à Ambrosia pour le dîner, allumai un feu dans la cheminée de ma chambre et me refis une beauté du mieux que je pus sans la moindre aide. Je me poudrai le visage, les aisselles, cachai mes racines avec du charbon et me bouclai les cheveux. Ma tête cognait. En mal de tabac, je me versai le reste de cognac à la mûre, et regardai d'un œil critique l'offre vestimentaire décevante proposée par mon armoire.

Je choisis une robe en soie rose qu'avait jadis admirée Jubal et tentai, au moyen d'une brosse en soies de sangliers, d'éliminer la crasse qui bordait le bas des manches et le décolleté. Je sortis mon diamant du coffre et le remis à mon doigt, accrochai mes boucles d'oreilles en améthyste et m'aspergeai d'eau de Cologne.

Je conduisis moi-même jusqu'à Smalls and Sons dans notre seul buggy encore en état de marche. Enfin, avec deux rayons cassés à une roue. Je portai régulièrement le mouchoir de Jubal à mon nez pour me rappeler son odeur. Il se précipiterait vers moi et me prendrait dans ses bras, c'était sûr. Je ne l'avais pas vu depuis neuf mois. Je l'interrogerai sur ce poème qu'il m'avait soi-disant écrit et il me donnerait une réponse satisfaisante.

Une excuse, au moins.

Alors que je m'approchais du magasin, je notai, garée devant, une élégante calèche. Un Noir en livrée brossait la crinière du cheval. J'entrai, annoncée par les clochettes au-dessus de la porte. Jubal se tenait derrière sa vitrine en tête à tête avec une cliente, à laquelle il vendait du tabac à priser, un deuxième boy tout proche au garde-à-vous. C'était une toute jeune femme à l'air délicat que je connaissais vaguement, elle avait la peau fraîchement nettoyée et juste un soupçon de rouge et quelle belle robe elle portait ! De la laine d'un magenta profond et une crinoline parfaite qui faisait paraître sa taille si fine. Le valet lui recouvrit les épaules d'une cape en vison comme elle s'apprêtait à sortir.

Elle sourit et salua Jubal qui lui tenait la porte.

— À la prochaine, Jubal.

Il lui fit un geste de la main, puis commença à réorganiser ses pots de tabac dans la vitrine. C'est à peine s'il leva le nez à mon approche.

— Ah ? C'est le retour du fils prodigue.

— Si c'est une référence biblique, vous savez que je ne les comprends pas. On dit que les gentilshommes du Sud accueillent leurs dames avec…

— Où étiez-vous ? demanda-t-il, refermant sa vitrine d'un claquement sec.

— Vous avez du tabac ? Je pourrais…

— Qu'est-ce qui vous a pris si longtemps ?

— Du calme, Jubal. Je vous ai dit où j'étais. Washington. Et je vous ai envoyé une lettre de New York !

— Vous feriez mieux de m'annoncer que vous avez retrouvé Jemma.

— Eh bien, pour une fois, oui, il se trouve que j'ai de bonnes nouvelles à ce sujet. Vous avez du Golden-Banded Oco ? Je me sens un peu mal fichue après ce voyage en train.

— Anne-May, où est-elle ?

— Je me suis donné un mal fou pour la retrouver. Vous ne croiriez pas toutes les horreurs que m'ont infligées les Yankees ; on m'a volé l'argent que Reggie m'avait donné…

— Elle est de retour ?

— À l'instant. Avec l'aimable contribution de subtils détectives du Nord. Je l'ai fait reconduire sous ordre de justice.

— Comment ?

— J'ai dû leur concéder quelque chose, avouai-je, les yeux fixés sur le tabac dans la vitrine.

— Qu'avez-vous fait, Anne-May ?

— Je leur ai juste dit que j'avais travaillé avec un groupe qui pourrait avoir accepté des informations.

Jubal me prit par les épaules et me secoua, faisant rebondir mes anglaises contre mon visage.

— Vous êtes folle ?

— Ce n'est pas nous qu'ils veulent, Jubal. Ce sont des gens plus importants qui les intéressent.

— Vous n'êtes qu'une idiote, je vais devoir me cacher ou poster un guetteur sur la route. Lors de leur dernière visite, j'ai dû me terrer dans l'armoire de ma femme, comme un chien. Je me demandais pourquoi ils avaient cessé de rôder dans le coin. Ils voulaient d'abord vous coincer pour ensuite bâtir leur accusation.

— Ils m'ont assuré que tout irait bien une fois qu'ils auront attrapé le chef. Puis l'affaire se tassera.

— Ils n'ont pas la plus petite preuve hormis ce carnet et s'ils le trouvent, ils m'emmèneront à la prison de Leonardtown et me pendront, Anne-May. Et vous aussi.

Je fis quelques pas vers lui et vins poser ma main sur sa poitrine.

— Je comprends, ne vous inquiétez pas.

Il me repoussa et je tombai contre un tonneau.

— Vous avez intérêt ou je leur dis que c'est vous qui m'avez demandé si je voulais les adresses de ces troupes yankees et que j'ai dit non. Et comment vous êtes allée les vendre ailleurs. Le shérif Whitman sera de mon côté.

— Mais, Jubal, tout ça, c'était votre idée.

— Parce que vous croyez que je vais mourir pour vous ? J'ai des enfants.

— Mais vous disiez éprouver des sentiments…

Il s'écarta, puis me fit face de nouveau, et me donna de petits coups de son doigt pointé sur moi.

— Je n'ai jamais dit ça.

— Que je serais votre reine.

— Les choses changent, Anne-May.

Je mis mes mains sur mon estomac pour retenir la bile.

— Vous voulez vous débarrasser de moi pour me prendre ma maison.

— Non, bien que vous puissiez à peine l'entretenir. Fergus n'a pas payé les impôts ce dernier trimestre.

Ma tête bourdonnait, je m'assis sur un tonneau.

— Le poème. Il n'est pas de vous. Tout ça, c'était un mensonge. Cette femme dans le magasin il y a un instant…

— Personne…

— Je la connais. Camille Tourand des Six Ormes. Vous voulez sa propriété à elle aussi. Vous avez celle de Charlene. Bientôt ce sera la mienne, puis la sienne. Un plan si parfait.

Jubal voulut me prendre la main, mais je la retirai.

— Vous êtes fatiguée, Anne-May. Rentrez chez vous et cherchez ce…

— Ça suffit avec ce foutu carnet, Jubal.

Lorsque je sortis du magasin, les horribles clochettes tintèrent. Je montai dans mon vieux buggy et filai en direction de Peeler, étouffant mes sanglots, la brise séchait les larmes sur mon visage. Je pris de la vitesse, le vent dans les cheveux. À mi-chemin de la maison je laissai mon mouchoir voleter, puis le lâchai sans même regarder où il allait tomber, perdu dans la nuit noire.

56

Georgy

Point Lookout, Maryland, avril 1864

L'arrivée à Point Lookout se fit en bateau à vapeur, nous avions hâte, Frank, Nathan et moi, de pouvoir demander au personnel de l'hôpital et au frère de Nathan de l'aide pour Jemma.

Frank et moi étions assis face à Nathan. Notre voyage avait été assuré par M. Olmsted lui-même après l'avoir informé du plan de Nathan et sollicité son aide.

Nathan examinait la rive par le hublot du vapeur.

— Le commandant de mon frère est le colonel Draper. Peut-être devrions-nous demander à le rencontrer d'abord ?

— Alonzo Draper ? demanda Frank.

— Tu le connais ?

— Par la presse. C'est un abolitionniste originaire du Massachusetts. En tant qu'officier de l'Union, il a recruté un régiment avec des gens de couleur. Il a réussi à démasquer un grand nombre de sympathisants confédérés et ils ont fini par prendre le commandement de l'endroit.

Durant la majeure partie du voyage, Frank me tint la main. Il portait sa redingote bleu foncé et avait coincé son colt dans sa ceinture.

Nathan avait passé le voyage plongé dans une revue de botanique. Il avait belle allure dans son uniforme de simple soldat, avec sa veste bleue et des bottes en cuir d'un éclat sombre à force d'avoir été poncées. J'avais très envie de sonder ses sentiments à l'égard de Jemma, mais ne le fis pas car c'était, me semble-t-il, un homme discret. Il devait certainement lui être très attaché pour risquer ainsi sa sécurité avec un tel dévouement.

Le quai de Point Lookout avait subi beaucoup de transformations, notamment la construction de cellules de fortune pour enfermer les soldats rebelles gardés par les troupes noires.

Je conduisis Frank et Nathan au bureau et l'on nous amena bientôt au colonel Draper, le nouveau commandant du camp. Debout, près de la fenêtre, il examinait ses troupes.

Frank et le colonel se saluèrent.

— Capitaine Frank Bacon, mon colonel. Puis-je vous présenter mademoiselle Georgeanna Woolsey et mon assistant, Nathan, dont le frère Joshua sert dans vos rangs.

— Colonel Draper. Nathan fit le salut.

— Votre frère est un homme bien, lui dit-il en lui rendant son salut.

Le colonel portait bien son uniforme, ses yeux sombres brillaient intensément dans les plis de son visage.

— Je suis une grande admiratrice, mon colonel, de votre soutien aux ouvriers lors de la grève des fabriques de chaussures en Nouvelle-Angleterre. Et aussi de votre commandement des troupes noires.

— Merci, mademoiselle Woolsey, que puis-je pour vous ? J'ai du mal à imaginer ce que vous voulez dans cet endroit perdu.

— J'y ai séjourné l'an passé comme infirmière militaire.

— Beaucoup de choses ont changé depuis. Nous avons eu un afflux très important de prisonniers rebelles. Ils sont surveillés par le 36e régiment d'infanterie. Je n'ai jamais vu de si courageuses troupes. Prêtes à servir avec honneur.

— Nous avons une faveur à vous demander, dit Frank.

— Une de nos amies… commençai-je, m'approchant du colonel. Une de nos amies était une ancienne esclave à la plantation Peeler non loin d'ici avant de venir vivre libre avec nous à New York. Elle a soudain été ramenée là-bas sur ordre fédéral. Mme Anne-May Watson prétend récupérer son bien.

— Et vous venez chercher mon aide ?

— Nous vous en serions extrêmement reconnaissants.

— Désolé, mais je crains hélas que ce ne soit pas de mon ressort. De plus, c'est le Maryland ici, un État de l'Union. Nous devons jouer très fin.

— Mais, colonel, nous venons de loin, je vous en prie, réexaminez son cas. C'est une personne de grande valeur qui a servi l'Union avec dévouement.

— Ce n'est pas ma décision. Je n'ai le pouvoir d'annuler un ordre fédéral que dans des circonstances extrêmement limitées.

— Nous n'avons pas d'autres recours, insista Frank.

— J'aimerais que les choses soient différentes, croyez-moi. (Le colonel balança son livre sur le bureau.) Si vous vous dépêchez, vous pourrez attraper le vapeur qui repart à New York.

57

Jemma

Peeler, Maryland, avril 1864

NOUS TIRÂMES LEBARON VERS LES TAILLIS derrière la cahute et entreprîmes de couvrir les traînées de sang du mieux que nous pûmes, avec des branches de pin.

— Nous devrions aller chez Anne-May, peut-être qu'elle nous cachera. Après tout, je lui appartiens encore, et je ne vaux rien si je suis morte.

— Je n'arrive plus à penser clairement, Jemma.

— Il est arrivé à ses fins avec toi ? m'inquiétai-je en l'attirant à moi.

— Non. Je lui ai dit que j'avais la fièvre et il s'est tenu à distance et, la semaine dernière, j'ai dit que j'avais le pian.

— Tu es maligne.

— Ils verront le sang et vont le trouver, Jemma, s'écria-t-elle toute tremblante. Ils vont venir le chercher.

— On l'a bien caché, ils ne vont pas le trouver avant un moment. En attendant, il faut garder notre calme. Mme Charlene m'a dit que Ma était partie. C'est vrai ?

— Oui, il y a longtemps.

— J'espérais que Charlene avait tout inventé, dis-je en me sentant devenir toute molle.

— Un soir, Ma m'a fait savoir qu'elle m'attendait près de la route qui va à Hollywood, prête à s'enfuir avec moi, mais Mme Charlene m'a retenue toute la nuit et le temps que j'arrive au point de rendez-vous, Ma était partie. Il paraît qu'on aurait trouvé quelqu'un dans la « grande puanteur » qui pourrait bien être Ma. Trop décomposée pour la reconnaître.

— Chaque semaine, ils trouvent des corps là-bas.

Patience s'essuya les yeux avec l'ourlet de son tablier.

— Elle est morte, Jemma.

— Je ne peux pas le croire, on la retrouvera, lui promis-je. Mais pour l'instant il faut réfléchir. Comment filer d'ici sans argent pour le train ?

— Je sais où Mme Charlene cache de l'argent pour les courses et elle a complètement oublié où.

Des voix nous parvinrent de plus loin dans les bois. Clem et les autres patrouilleurs.

J'attirai Patience à moi et sentis son cœur cogner contre le mien.

— Retrouve-moi sur la route d'Hollywood. Dans une heure.

Je courus à toute allure jusqu'à Peeler où je trouvai Anne-May assise à sa grande table ancienne, le regard perdu dans le feu, les manches de sa robe rose souillées sur les bords, le violet de ses boucles d'oreilles scintillant à la lumière des flammes. C'est à peine si elle me regarda.

— Va attiser le feu, Jemma.

— J'ai besoin de votre assistance, Anne-May, vite.

— Assistance. Tu as une façon bien sophistiquée de parler maintenant que tu as vécu avec ces misérables yankees. Elles sont très vulgaires, tu sais, à exprimer leurs opinions comme ça en public. Pas étonnant que la plupart d'entre elles ne soient pas mariées.

Je vérifiai dans la pièce s'il y avait des cachettes possibles au cas où Clem viendrait me chercher.

— LeBaron a été blessé.

— Blessé, comment ? demanda-t-elle, le visage soudain tourné vers moi.

— Sérieusement. J'essuyai mes mains moites sur ma jupe.

— C'est toi qui as fait ça ? Elle regarda de nouveau le feu.

— Pas toute seule. Patience.

— Et maintenant tu as besoin de moi.

— Je dirais qu'on a besoin l'une de l'autre. Patience et moi, on va essayer de retrouver notre Ma et, ensuite, on ira quelque part où on peut être ensemble et libres. Je vais vous dire où est ce carnet, mais avant, je veux deux choses et je les veux tout de suite. D'abord, votre aide pour partir d'ici avec Patience et deuxièmement je prendrai ces boucles d'oreilles pour Ma.

— Oh, mais tu reviens ici toute véhémente et exigeante ! Je n'ai jamais entendu une telle…

— Quand tante Tandy Rose les a données à Ma, elle a dit que ça ne compensait pas la perte d'un enfant. Et ce jour où vous avez ordonné à LeBaron de les reprendre, ce fut comme si Toby mourait de nouveau.

— Ce n'est quand même pas ma faute, hein, si tu as mis le feu et fait l'imbécile au lieu de surveiller ton petit frère.

— J'en ai fini de porter le poids de cette culpabilité. Vous pouvez me répéter mille fois que je suis stupide, mais c'est faux et puis, c'était un accident. Chaque jour qui passe, mon frère me manque. Patience ne s'en souvient pas mais c'est elle qui a renversé cette lanterne. J'ai essayé de l'empêcher de rentrer pour tenter de le sauver, mais elle y est allée quand même.

— Tu m'as fait perdre deux biens rentables. Cette poutre tombée sur Patience a diminué sa valeur de moitié. Tu as de la chance d'avoir au moins sorti ta sœur en vie.

— Comment pouvez-vous être à ce point sans cœur ? Vous savez ce que c'est que de perdre un frère.

Anne-May regarda vers le feu, avec, dans l'œil, ce qui ressemblait à une larme. Elle fixa les flammes une très longue minute.

— Je m'en vais, annonçai-je en me tournant vers la porte.

— Pas avant de me dire où est ce carnet.

— Les boucles d'oreilles, Anne-May, dis-je, la main tendue.

— Tu ne trouveras peut-être jamais ta mère pour les lui donner, tu sais.

Elle resta immobile un si long moment que je crus qu'elle avait eu un étourdissement, puis avec la lenteur d'un escargot elle détacha une boucle d'oreille, puis l'autre et les posa sur la table.

— Elles n'ont jamais convenu à mon teint. Maintenant, où est ce carnet ?

Je ramassai les boucles et les glissai dans la poche de ma robe.

— Dites-moi d'abord comment vous allez nous aider à fuir…

Soudain, des voix en colère nous parvinrent de la cour.

— Ils ont trouvé LeBaron, m'exclamai-je, regardant partout dans la salle à manger. Je peux me cacher dans l'office.

Mais avant de ne pouvoir faire le moindre pas, la porte de la cour s'ouvrit avec fracas et les amis de LeBaron entrèrent en se bousculant, Clem à leur tête, armés d'une petite massue et d'un fouet enroulé à la main, le fusil prêt à tirer.

Anne-May vint se tenir entre Clem et moi.

— Madame Watson, il faut que vous nous la remettiez, dit Clem, elle a de sérieux ennuis avec la loi. Elle a attaqué LeBaron.

— Comment savez-vous ce qui s'est passé s'il est mort ? demanda-t-elle, le menton dressé vers le haut.

— Il ne l'est pas encore, mais presque, là-bas chez lui, le crâne salement fendu. C'est évident qui a fait ça. C'est son esclave et celle-ci. D'un coup de merlin.

— Elles m'appartiennent, Clem, désolée pour LeBaron, mais elle représente un investissement considérable…

— Emparez-vous d'elle !

Clem fit signe à ses gars qui me saisirent par les bras.

— Où l'emmenez-vous ? cria Anne-May.

— Désolé pour votre investissement, madame, mais on parle de meurtre et on s'est dit que ce qui valait pour leur papa là-bas, à côté du sycomore, c'est bon pour elles. Il y a des femmes qui apprécient ce genre de spectacle, mais vous feriez mieux de rester ici, madame Watson, raffinée et sensible comme vous êtes.

Lorsqu'ils me traînèrent dans la cour, je me débattis, mais ils m'avaient lié les mains et passé une grosse corde autour du cou de sorte qu'ils pouvaient me tirer par saccades. La corde me brûlait la peau. Avec un grand rire, Clem héla le type qui me tenait.

— Eh, bon Dieu, Jimmy, ne nous la tue pas avant d'arriver là-bas.

— On a apporté la même chaîne que pour ton père, me susurra Clem à l'oreille, les lèvres si proches de mon visage que je sentais son haleine pleine de whisky.

Plus nous avancions sur le chemin vers Ambrosia, plus j'avais peur. À la seule pensée de l'arbre araignée, je sentis mes bras et mes jambes ramollir et je priai pour que Patience ne soit finalement pas venue à notre rendez-vous.

58

Anne-May

Peeler, Maryland, avril 1864

PEU DE TEMPS APRÈS QU'ILS AVAIENT EMBARQUÉ Jemma, j'étais dans la cuisine fouillant l'office pour la énième fois lorsque Euphemia fit irruption.

— Anne-May ? Tu es là ?

— Ah Pheme !

— Tu es revenue ?

Elle portait la même vieille robe noire, un nouveau châle en tricot couleur ivoire autour des épaules. Elle promena son regard dans la pièce.

— Cet endroit a bien besoin d'un coup de propre. Tu ne peux pas vivre que de conserves.

— Ça fait plaisir de te voir, ma sœur. Je te ferais bien du bœuf Wellington, mais nous n'avons que du riz et des vieilles patates, et puis trop d'amidon, c'est mauvais pour la silhouette.

— Tu cherches encore ce carnet, n'est-ce pas ?

— Jemma refuse toujours de me dire où il est. Jubal est fou de rage.

— Jemma est de retour ?

— Aujourd'hui même. Je l'ai récupérée chez des femmes du Nord qui la cachaient à New York.

Euphemia me regarda de haut, l'air peiné.

— Comment as-tu pu la ramener ici, Anne-May ?

— Ne monte pas sur tes grands chevaux. J'ai le droit, elle m'appartient. Mais Clem et ses hommes viennent de l'emmener. À la ferme du vieux Burns.

Euphemia serra son châle plus étroitement.

— Mon Dieu, Anne-May. Et pourquoi ?

— Elle et sa sœur ont sérieusement blessé LeBaron, il est inconscient à ce qu'elle m'a raconté.

— Pourquoi n'as-tu rien dit ? Tu dois faire quelque chose.

— Pour l'amour de Dieu, calme-toi.

Euphemia faisait les cent pas dans la cuisine.

— Ils vont la tuer, tout comme la douce Clementine. Celeste.

Elle se tourna et son châle glissa de ses épaules, révélant une grossesse bien avancée. Je m'agrippai au plan de travail.

— Eh bien, ma sœur, j'imagine que tu n'as pas eu de mal à te servir de mon mari.

Elle regarda par la fenêtre et passa sa main sur son ventre.

— Il est de Fergus, si tu t'interroges.

— Je me doutais bien que ce n'était pas avec le shérif Whitman. Les liens sacrés du mariage ne veulent plus dire grand-chose, je suppose.

— Je suis désolée, Anne-May.

— La vérité, dis-je en rejetant ses excuses, c'est que je ne peux pas le voir en peinture.

Elle baissa les yeux vers son ventre distendu.

— Je me demande ce qu'en pensera Mama.

— Je parie que c'est une fille. On dit que les filles te volent ta beauté.

Euphemia ramena son châle sur ses épaules.

— Je viendrais bien avec toi, mais je ne peux pas laisser Fergus dans sa cabane trop longtemps. Son état s'est dégradé et il a du mal à bouger.

— Il est suffisamment capable de bouger pour te le mettre ce bébé dans le ventre.

Euphemia rougit et posa une des assiettes Wedgwood de tante Tandy Rose dans l'évier.

— Tu dois filer là-bas et arrêter Clem et ses hommes. Au moins, protège ta propriété.

— Comment suis-je censée faire ça ? Il doit y avoir au bas mot six patrouilleurs.

— Tu as un fusil. Montre-leur qui est le chef. De plus, Jubal pourrait y être. Et si Jemma lui dit où est ce carnet et que tu n'es pas là pour connaître la cachette ? Il te trahira aussitôt. Il dira que c'est uniquement toi qui as écrit tout ça.

— Je suppose que tu as raison. (Je me levai.) Ta grossesse te rend drôlement plus futée, tu sais ça, Euphemia ?

59

Georgy

Point Lookout, Maryland, avril 1864

LE COLONEL DRAPER nous raccompagna, Nathan, Frank et moi à la porte.

— Je suis désolé de ne pouvoir vous être plus utile. Croyez-moi, j'aimerais vous aider.

Je me tournai vers lui.

— Jemma a été employée ici, elle a soigné les soldats avec nous. Est-ce que ça fait une différence ?

— Était-elle ici à titre officiel ? demanda le colonel.

— Eh bien, non.

— Mais elle a combattu à Gettysburg, précisa Nathan.

Le colonel s'arrêta et lui fit face.

— Un instant, vous avez dit qu'elle avait combattu pour l'armée américaine ? Comment est-ce possible ?

— Un régiment est passé près de Hagerstown et ils l'ont emmenée avec eux. Le commandant Ellis.

— Du 14e Connecticut ? Ils l'ont engagée ?

— Oui, répondit-il.

— Pourquoi ne l'avez-vous pas dit avant ?

— Je ne comprends pas, colonel.

— Cela signifie qu'elle est contrebande officielle de l'armée, donc notre propriété, expliqua Nathan avec le sourire, et nous avons absolument le droit de la récupérer en tant que telle.

— Effectivement, conclut le colonel, nous ouvrant la porte. Je vous envoie une compagnie de fusiliers. Prêts à partir ?

Nous approchions de Peeler, Frank conduisait une calèche à quatre places qui appartenait au camp. Joshua, le frère de Nathan, menait les vingt fusiliers du 36e régiment noir. Ils nous suivaient à cheval en deux lignes parallèles. Cela avait été un vrai plaisir d'assister aux retrouvailles des deux frères après tant d'années de séparation. Joshua ressemblait à Nathan en légèrement plus petit, les yeux noirs et la même franchise.

Tandis que nous roulions dans la longue allée qui menait à la plantation, je tenais fermement la lettre signée par le colonel Draper, la cire à cacheter rouge à peine refroidie. Comme nous dépassions les dépendances, les champs de tabac et les granges où Jemma avait grandi esclave et où son père avait été assassiné, je fus submergée par une profonde tristesse.

Nous fîmes halte dans une allée de gravier circulaire. Une femme de haute taille ouvrit la porte et resta sur le seuil, ramenant son châle sur ses épaules.

— Que puis-je pour vous ?

— Nous cherchons Jemma. Elle vient de revenir ici, n'est-ce pas ? Je suis Georgeanna Woolsey et voici le capitaine Bacon. J'ai en ma possession un document qui exige sa libération.

— Elle n'est pas ici.

— Je vous mets en garde, madame, le colonel Draper de Point Lookout l'a signée en personne.

Elle s'avança, l'air inquiet.

— Je suis Euphemia Wilson. Jemma a été emmenée par des voyous qui ont l'intention de la maltraiter sérieusement. Ma sœur vient de partir les rejoindre.

— Pouvez-vous nous indiquer l'endroit ? demanda Nathan.

— La vieille ferme de Burns, sur la route d'Ambrosia, dit-elle avec un geste en direction des bois.

— Je connais l'endroit, s'exclama Nathan.

Accompagné de son frère et des autres fusiliers, il partit en trombe dans une gerbe de gravillons.

Euphemia fit un nouveau pas vers nous et pour la première fois depuis le début de notre conversation, je vis à son gros ventre qu'elle était sur le point d'accoucher.

— Je vous accompagne.

Frank l'aida à monter dans la calèche.

— Le capitaine Watson peut se débrouiller tout seul un moment. Nous devons aller au plus vite pour Jemma, monsieur. Je crains que ce ne soit déjà trop tard.

60

Jemma

Peeler, Maryland, avril 1864

Alors que Clem et les patrouilleurs me traînaient jusqu'à la ferme du vieux Burns le long du sentier envahi par les herbes, j'aperçus sur le portail le tournesol desséché, toutes les graines tombées de son cœur. Un jour, quelqu'un avait essayé de nous dire combien cet endroit était dangereux. Si seulement je l'avais écouté.

Le cavalier me fit avancer d'un coup sec tiré sur la corde, le sang poisseux à l'endroit où elle m'entaillait le cou. La cabane de LeBaron apparut bientôt, l'arbre araignée juste derrière et mon corps se glaça. Jubal Smalls était déjà là, il sortit de la cabane, une tasse en argent à la main.

— Eh bien, mademoiselle Sophistication revient ! J'ai vu ce que tu as fait à LeBaron.

Clem et ses amis s'attroupèrent et je ressentis une bouffée de soulagement : Patience n'était pas là.

— Il vient tout juste de rendre l'âme, ici. Mais pas avant de nous avoir dit ce que toi et ta sœur, vous avez fait. Tu ne t'attendais tout de même pas à t'en sortir aussi facilement, hein ? Ce n'est pas comme ça que ça marche ici, princesse.

— Où est ce carnet ? me dit-il, un ton plus bas.

Ils vaquaient tous à leurs tâches comme si de rien n'était : Clem hissait la grosse chaîne et édifiait la même petite estrade que celle bâtie pour Pa.

— Quel carnet ?

Jubal haussa les épaules.

— Tu ferais mieux de commencer tes prières, ma fille.

Il prit la chaîne des mains de Clem et la jeta par-dessus une branche, puis attacha l'autre bout, lourd et froid à mon cou. C'était exactement ce que Pa avait ressenti sous cet arbre. Je le revis, les mains attachées dans le dos, serrées. Des larmes brûlantes me piquèrent les yeux. Tout à coup, Ma me manqua terriblement. Avec son calme et son doux sourire. Si, quelque part, elle était en vie, à coup sûr elle pleurerait lorsqu'elle saurait que j'étais morte de la même façon que Pa.

Est-ce que je manquerais à Nathan ?

Des villageois commencèrent à affluer dans la clairière avec ce regard intrigué qu'ont les gens qui découvrent un nouvel endroit. J'en reconnus quelques-uns. L'assistant du receveur des postes. Les bouchers du dock, l'un portait encore son tablier jaune luisant. Deux dames de Leonardtown, que j'avais vues chez Smalls and Sons. Pourquoi étaient-ils tous là, si loin de chez eux ? La réponse à cette question me coupa soudain le souffle.

Ils étaient venus pour une pendaison.

Tout à coup, un autre cheval s'avança sur le sentier, traînant quelqu'un derrière. Tout un groupe d'hommes suivait, ils riaient et criaient.

— Lève-toi et marche, espèce de fainéante.

— Patience !

Je voulus aller vers elle, mais la chaîne me retint. Je me tournai vers Jubal.

— S'il vous plaît, non, pas elle.

— Il paraît qu'elle a tué un Blanc, dit-il en riant avant de boire une nouvelle gorgée de sa tasse.

Je ne tenais plus sur mes jambes.

— S'il vous plaît, elle ne peut pas marcher.

— Où est le carnet, Jemma ?

Les patrouilleurs tirèrent Patience dans la clairière, la corde attachée à sa taille, sa robe tachée et élimée d'avoir frotté par terre.

— Vous la laisserez partir ?

Jubal dessina un « X » sur sa poitrine avec un doigt.

— Parole de gentilhomme.

Je réfléchis une longue seconde. Les hommes poussèrent Patience de l'autre côté de l'arbre et apportèrent une autre chaîne qu'ils jetèrent par-dessus une branche. Clem roula un tonneau en guise d'estrade.

— Laissez-la d'abord partir, et puis je vous le dirai.

Jubal ajusta la chaîne autour de mon cou, avec la désinvolture d'un homme qui fait son nœud de cravate.

— Ma patience a des limites, princesse.

— Vous mentez, vous ne laisserez pas Patience s'enfuir, pas avec tous ces gens qui sont venus au spectacle.

Il sourit et se pencha tout près de moi. Je sentis l'alcool préféré d'Anne-May, du bourbon, dans son haleine.

— Eh bien, c'est le risque que tu prends.

— Vous avez toujours menti. J'espère qu'ils vont le trouver, ce carnet.

— Ce n'est pas très malin de dire une chose pareille avec une corde autour du cou. Mais juste pour te prouver combien je suis délicat, tu vas choisir qui part en premier.

La foule commençait à grossir. Les gens se saluaient comme si c'était un jour ordinaire. On sentait l'excitation monter comme la fois où le cirque était de passage à Leonardtown, juste avant le numéro avec les lions.

— Bon, dit-il avec un haussement d'épaules, ta sœur partira la première.

Soudain, Anne-May émergea des bois et s'avança vers nous à grandes enjambées, son fusil de chasse à la main.

Jubal s'envoya les dernières gouttes d'alcool de sa tasse.

— Mais voyons qui vient là, on dirait bien la petite chasseuse de colombes.

— Que faites-vous ici, Jubal ?

Clem lui tendit un balai qu'il prit avant de se tourner de nouveau vers Anne-May.

— Vous venez regarder ou non ?

— La pendaison n'est pas humaine, pas comme ça. Elles vont juste s'étrangler.

— C'est deux pour le prix d'une aujourd'hui, Anne-May et les gens sont venus pour le spectacle. Mais vous avez ma permission de tirer sur l'une ou l'autre si elles dansent trop longtemps. Les maigres sont parfois trop légères et ne meurent pas tout de suite. (Il se tourna vers moi.) Pas comme ton gros père, j'ai entendu dire que dans sa clémence, le Seigneur l'avait vite emporté. Même pas besoin de lui tirer sur les pieds.

Clem serra la chaîne autour du cou de Patience qui poussa un cri.

— Je t'aime, Patience, hurlai-je.

Patience regarda le sol puis moi, les yeux brillants, trop accablée pour parler.

Les patrouilleurs s'écartèrent de moi et de Patience tout comme ils l'avaient fait avec Pa avant de le pousser et se mêlèrent au groupe des badauds.

Jubal s'éclaircit la gorge.

— Les amis, vous êtes venus ici pour voir la justice rendue et c'est ce que fait une communauté pour se purifier de ses éléments obscurs. De graves blessures ont été infligées à l'un des nôtres, LeBaron Caruthers, un brave homme qui a bien servi Hollywood.

Jubal fit un pas vers Patience qui se tenait le menton dressé, les mains attachées dans le dos. Elle paraissait une si petite chose avec cette énorme chaîne autour du cou.

— On ne croirait pas que cette gamine puisse faire autant de mal, mais ça prouve juste le pouvoir du mal dans l'âme nègre.

Jubal attrapa l'extrémité de la chaîne et tira, Patience suffoqua.

— Aidez-nous, suppliai-je le regard tourné vers Anne-May.

Jubal éclata de rire.

— Elle vous aidera pas, elle ne se soucie que de sa petite personne. Et puis, c'est ce qu'on appelle une accro au tabac. Et notre petite accro a renoncé à tout, y compris à son estime de soi. Pas vrai, Anne-May ?

Jubal alla se placer juste derrière Patience et du bout de son manche à balai la poussa plus près du bord de l'estrade. La foule d'une seule voix poussa des « oh ! » et des « ah ! ».

— Non, Anne-May ne vous aidera pas. Elle n'est même pas capable de garder son mari, et encore moins des secrets.

Il poussa Patience plus près encore du vide.

Je détournai les yeux, c'était trop dur de voir mourir ma sœur et je scrutai les visages dans la foule, certains tout sourire, d'autres excités, puis je vis un peu à l'écart un visage noir qui ressemblait à celui de Nathan. J'essayai de crier, mais la peur étouffa ce cri dans ma gorge.

Jubal continua de pousser Patience, elle n'avait plus que ses orteils sur l'estrade.

— Non, Anne-May ne vous aidera pas, reprit Jubal, car elle-même a de sacrés problèmes avec la loi, à cause de ce carnet…

Tout à coup, un coup de feu retentit et tout se figea tandis que Jubal s'affaissait, un trou rouge parfaitement rond transperçant son cœur perfide.

61

Georgy

Peeler, Maryland, avril 1864

EUPHEMIA NOUS INDIQUA LE CHEMIN le long de cette route que nous avions empruntée, Jane et moi, des mois auparavant, avec l'ambulance.

— C'est juste ici. Je crains qu'ils ne pendent Jemma comme ils ont pendu son père. Pourvu que nous n'arrivions pas trop tard.

Au bout de la route, nous descendîmes de la calèche et suivîmes Euphemia le long d'un sentier à travers bois jusqu'à une vieille grange et une clairière dominée par un vieux sycomore énorme.

Jemma et sa sœur se tenaient sur des estrades en bois grossières, de lourdes chaînes enserrant leur cou, l'autre extrémité jetée sur les branches de l'arbre. La femme qui s'était arrangée pour entrer chez nous à New York était là aussi, un fusil à la main, pointé sur la petite scène sous l'arbre.

Frank sortit son pistolet juste au moment où Anne-May tirait sur l'homme à côté de Patience. Le recul la fit tomber. Joshua et ses hommes en bleu firent face à la foule, baïonnettes étincelantes au fusil, tandis que Nathan courait vers Jemma et la détachait. Frank et moi nous précipitâmes vers Patience.

L'homme à terre appela : « Harriet ! »

Une femme s'élança hors de la foule, hurlant : « Jubal ! »

Frank alla s'agenouiller près de l'homme et au bout d'un petit moment, le déclara mort.

Joshua s'adressait à la foule.

— Dispersez-vous immédiatement ou nous tirons. Les survivants seront aussitôt emmenés à la prison de Point Lookout.

Quelques poings se dressèrent et des insultes fusèrent contre la compagnie des fusiliers, mais la foule se dispersa très vite dans les bois. Joshua et ses hommes menèrent les sœurs dans un coin d'herbe où elles se laissèrent choir.

Jemma tendit vers moi une main tremblante.

— Ah, Georgy, tu es venue.

Les deux sœurs s'étreignirent et Frank s'occupa de leurs blessures du mieux qu'il put sans sa trousse de soins.

Euphemia s'avança vers Patience et Jemma. Compte tenu de son état, je dus l'aider à se mettre à genoux près d'elles dans l'herbe.

— J'ai quelque chose de merveilleux à vous dire, mais peut-être avez-vous besoin de temps avant…

Les deux sœurs échangèrent des regards et se prirent par la main.

— S'il vous plaît, madame, commença Patience, on voudrait savoir.

Euphemia baissa les yeux sur ses mains jointes.

— Je voulais vous le dire depuis un moment déjà, mais les gens avec lesquels je travaille ont des règles strictes.

— Qu'est-ce que c'est ? demandai-je avec impatience.

— J'ai récemment eu la chance d'apprendre où est votre mère. Elle vous envoie un message, elle veut que vous la rejoigniez toutes les deux.

62

Anne-May

Peeler, Maryland, avril 1864

JE NE FUS PAS SI EFFRAYÉE que ça d'être enfermée à Point Lookout. Ce n'était pas vraiment une prison, juste une tente blanche dans un enclos grillagé gardé par des soldats nègres. Fergus m'avait promis de se débrouiller pour me trouver un avocat. Maintenant qu'il allait être père, il était presque aimable envers moi.

La première nuit que je passais là-bas, j'entendis les gardes pousser des hurlements et des exclamations. Je sortis voir ce qui se passait.

— Il y a un énorme incendie, plus au nord, me dit l'un d'eux.

J'observai la lueur jaune contre le ciel noir. Ma maison, c'était cela bien sûr. De si loin, je sentais l'odeur de ma belle demeure qui brûlait.

Je me précipitai vers un garde.

— C'est ma maison, mon chat est dedans !

Pour toute réponse, il s'éloigna.

Le lendemain, le colonel m'expliqua que l'armée américaine avait inculpé Jubal d'espionnage à titre posthume et me considérait comme complice. Bien que soumise à des poursuites, je fus libérée sous caution.

Euphemia vint me chercher et me ramener à la maison dans le buggy.

— C'est ma maison qui a brûlé hier, n'est-ce pas ?

— Oui, j'étais dans la cuisine en train de me faire du thé. J'ai compris que les hommes de LeBaron étaient là quand le thé dans la tasse s'est mis à trembler, sous le martèlement des chevaux tout autour de la maison. Les patrouilleurs à cheval ont éclairé l'intérieur de la maison, ils hurlaient le nom de Jubal et disaient que tu avais choisi les Noirs plutôt que les Blancs.

— La vengeance de Jubal, j'imagine.

Je ne ressentis rien à prononcer son nom, comme les coquilles d'escargots vides de Fergus.

— Ils ont d'abord mis le feu au salon en y balançant une bouteille de gaz par la fenêtre. J'ai vu le portrait de tante Tandy Rose s'embraser, des flammes orangées léchaient tout le mur. J'ai pris un seau d'eau, mais ça n'a guère fait de différence. D'autres hommes sont passés à l'arrière de la maison et ont lancé une autre bouteille par une fenêtre en haut.

— Assez, Euphemia, dis-je, levant la main.

Elle se tourna vers moi, les yeux emplis de larmes.

— J'ai couru à l'étage, mais ai dû faire demi-tour, la fumée était trop intense. Je suis sortie dans la cour au moment où ils s'en allaient. Dix minutes plus tard, la partie supérieure s'effondrait et, très vite après, ce n'était plus qu'un tas de cendres calcinées, avec quelques poutres qui dépassaient.

— Sainte Jeanne était-elle à l'intérieur ?

— Je ne sais pas, Anne-May. J'ai essayé de la chercher, mais tout a brûlé si vite.

— Merci ma sœur d'avoir essayé, je tapotais sa main libre et le cheval continua de trotter vers la maison.

Cet après-midi-là, je me baignais dans le fleuve. Ma crinoline abandonnée sur la rive, j'entrai dans l'eau dont la fraîcheur me purifia. Je regardai vers la colline, oubliant un instant que la maison avait disparu. J'observai la fumée portée par le vent depuis les braises, puis je me rhabillai et partis me préparer à dîner dans la cuisine, seule partie encore debout.

Près du poêle, je contemplai la bague que Fergus m'avait donnée il y a si longtemps. Je la fis glisser de mon doigt, la passai autour du manche d'une cuillère en bois et l'y laissai pour Euphemia. Ce n'était que justice si elle allait porter cette croix.

Je fouillai dans les cartons et boîtes de conserve que j'avais déjà retournés pour chercher de la nourriture, mais il ne restait pas grand-chose, juste du riz. Je fis bouillir de l'eau et, plongeant une tasse en fer-blanc dans les grains nacrés, je rencontrai quelque chose de dur. J'y enfonçai la main et en ressortis le carnet en maroquin rouge.

Je m'installai par terre en tailleur et le feuilletai, songeant à Jubal et à son obsession pour ma maison. Bien sûr, Jemma l'avait caché là où personne dans cette famille n'aurait songé à regarder.

Déambulant dans les ruines carbonisées de la maison, je trouvai des braises qui se consumaient et posai le carnet dessus. Elles ne furent que trop heureuses de s'enflammer, l'odeur de cuir brûlé curieusement purificatrice. Quel plaisir de le voir partir en fumée, dernière preuve de mes sottes actions pour Jubal.

Une fois le riz cuit, j'emportai mon bol et une cuillère jusqu'à la case blanchie à la chaux en contrebas. J'y allumai un feu du mieux que je pus, laissant la porte entrouverte pour que la fumée s'échappe, et je mangeai le riz, assise à la table. Tandis que le soir tombait, je laissai le bol sur la table et grimpai au grenier. Je m'allongeai sur le matelas nu, les feuilles de maïs craquant sous mon poids.

J'entendis soudain du bruit en bas, la cuillère heurtant du verre, mon cœur se mit à battre follement. Puis, me parvint un bruit très doux qui s'approchait et je sentis un corps souple me sauter sur le torse.

Ma Jeanne ! Sa fourrure couleur taupe toute roussie, un parfum de riz sur son haleine de chat. Elle trottina un moment en rond avant de se poser sur ma poitrine, et commença à se lécher une patte.

Nous attendîmes toutes deux la tombée complète de la nuit, regardant dehors par cette fenêtre à quatre vitres, que Harry avait posée pour Sally Smith tant de mois auparavant. Il l'avait peinte d'un gris tourterelle et avait bien mastiqué les clous.

Alors que le croissant de lune baissait dans le ciel, une étoile comme fixée à l'une de ses pointes, je m'endormis profondément et rêvai à mon magnifique frère.

63

Georgy

Brevoort Place, New York, juin 1864

J'ÉPOUSAI FRANK BACON un jeudi soir à Brevoort Place. Son père, le révérend Leonard Bacon, officia, assisté de notre cousin Theodore Dwight Woolsey, président de Yale. Mère avait tenu à égayer la maison de roses de juin et de longues guirlandes. Carry et Hatty avaient entassé toutes les chaises de la maison dans le grand salon. Les filles de Mary avaient confectionné des couronnes de fleurs pour tout le monde. Tous, amis et connaissances de la famille, vinrent déguster des fraises et de la génoise, sauf notre chère Jemma. Elle était prise par d'importantes affaires avec sa sœur.

Katharine Wormeley joua *Notre Dieu est une puissante forteresse* accompagnée des hurlements de Pico, assis à côté d'elle. Les filles de Mary prenaient leur rôle de demoiselles d'honneur au sérieux, prêtes à jeter une pluie de pétales de rose sur le tapis du salon.

Mary. Comme elle aurait aimé ces fleurs et toutes ces décorations si belles !

— Chante bien fort, dit Mère à Hatty. Quand vous chantez, c'est comme si vous priiez deux fois.

— Mais j'ai oublié les paroles.

— Contente-toi de répéter « pastèque », la rassura Mère, tout le monde n'y verra que du feu.

Abby et Jane se sentaient obligées de mener tout le monde à la baguette. Ce fut malgré tout une plaisante soirée.

— Je crois que tout le monde apprécie ce mariage, s'exclama Abby, même la mariée.

Les parents de Frank nous offrirent la clé d'une spacieuse maison à New Haven, avec un étage entier que je pourrais utiliser pour l'école d'infirmières.

Alors que le révérend Bacon et moi nous nous tenions dans la salle à manger, prêts à en sortir et à avancer le long du couloir jusqu'au salon, Mère insista pour me mettre une lettre dans les mains.

— Je l'ai écrite sous la dictée de Mary le soir de sa mort. Elle voulait qu'elle soit ouverte aujourd'hui.

« Ma très chère Georgy,

Tu es maintenant unie à Frank Bacon. J'espère que tu ne m'en veux pas trop d'être intervenue pour toi et de lui avoir dit ce jour-là à la foire combien tu avais d'estime pour lui et que le sentiment que tu ressentais était de l'amour et ne pouvait être pris pour de l'amitié, mais que tu étais trop fière pour le lui dire. Il protesta d'abord, car tu n'es pas la seule, sœurette, à te montrer têtue, mais il finit par céder et me promit de partir aussitôt redemander son rubis à sa mère.

Je lui ai juré de ne pas divulguer mon ingérence alors, s'il te plaît, ne lui en veux pas de ne t'en avoir rien dit. Il l'a fait au service d'une amie et Dieu en soit loué car le monde a presque failli rater un couple qui le changera.

Bien que je sois très loin, j'espère que tu penseras à moi de temps à autre lors de tes journées si chargées et que tu garderas cette lettre tout contre ton cœur comme un gage durable. Et garde aussi, s'il te plaît, un œil bienveillant de tante sur mes filles et rappelle-leur que je suis toujours avec elles en toi et dans les six autres merveilleuses femmes Woolsey.

À toi, pour toujours,

Mary. »

N'était-ce pas typique de Mary d'avoir envoyé Frank en mission pour moi alors qu'elle avait si terriblement besoin de ses soins ?

Je séchai mes larmes, glissai la lettre dans mon missel et le révérend, Mary et moi nous avançâmes dans le couloir.

64

Jemma

Bethlehem, Connecticut, juin 1864

On aurait dit que la moitié des arbres étaient blancs de neige ce jour de printemps dans le Connecticut, les cornouillers en pleine floraison se balançaient dans la brise tandis que Patience et moi roulions dans la belle calèche que Georgy avait louée pour nous.

Il faisait froid pour un mois de juin, mais alors que nous entrions dans la petite ville de Bethlehem, nous brûlions d'impatience. Nous dépassâmes deux ou trois bâtiments carrés qui faisaient face à la place du village, de petits nuages de fumée s'élevaient de leurs cheminées et des drapeaux de l'Union flottaient au-dessus de la mairie. Cette ville me tira un sourire intérieur, on aurait dit quelque endroit inventé sorti d'un livre où jamais rien de mal ne se produit. Patience et moi n'arrêtions pas de sourire car nous avions appris que le Maryland était sur le point d'abolir officiellement l'esclavage. Et même si des batailles faisaient encore rage, parfois très violentes comme celle autour de Richmond où les attaques de l'Union ne réussirent pas à déloger le général Lee, nous étions encouragées par la nomination du président Lincoln à un second mandat.

— Comme Pa serait heureux de nous voir ici, s'exclama Patience tout en observant ce paysage qui lui semblait trop beau pour être vrai.

Le cocher fit « oh là » et les chevaux s'arrêtèrent devant une grande auberge peinte en jaune, en hauteur sur une butte. « La Taverne de l'oiseau », nous cria-t-il. J'ouvris la porte de la calèche et humai le parfum de l'herbe de juin, du chèvrefeuille et de l'espoir.

Enveloppées dans nos châles, nous descendîmes, moi la première, puis j'aidai Patience avec le marchepied. Je pris sa main froide dans la mienne, nous étions trop abasourdies par l'intensité de ce moment pour dire grand-chose.

— On passe par la porte de service ? demandai-je au cocher.

— Entrez tout simplement par la porte de devant, madame, répondit-il avec un petit signe de tête.

Nous prîmes le chemin qui montait à la petite colline herbue et poussâmes la lourde porte d'entrée pour pénétrer dans un vestibule et un couloir puis, sur la droite, dans une salle avec un bar tapissé de bouteilles d'alcool et sur la gauche une cheminée en pierres où brûlait un bon feu, un parfum de tourte et de volaille dans l'air.

Ma se précipita vers nous, les yeux luisants.

— Mes filles, s'écria-t-elle.

Elle nous étreignit fort et nous embrassa tour à tour, sur une joue, puis sur l'autre. Elle sanglotait tant que nous dûmes l'installer sur une chaise. C'étaient des larmes de bonheur, mais mêlées à ces larmes elle pleurait l'absence de Pa, de Celeste et du petit Toby.

Puis une autre personne arriva. Un immense sourire me fendit le visage : Delly ! Un enfant la suivait timidement. Kofi, notre bébé miracle. Il m'arrivait désormais à la hanche et portait les poupées de Ma et Pa, une dans chaque bras. D'après ce que je voyais de lui, à demi caché dans la jupe de Delly, il n'était toujours pas avare de sourires.

— Tu te rappelles Kofi ? me demanda Delly. Il se prépare à aller à l'école de l'autre côté de la route.

Kofi me tendit la poupée fabriquée par Patience à l'image de Pa. *Pa.*

Je serrai Delly si fort qu'elle pouvait à peine respirer.

— Et si vous voyiez Charl dans sa redingote, nous dit Ma, il dirige l'écurie de Mme Bellamy de l'autre côté de la rue.

— Comment êtes-vous tous arrivés ici ? s'enquit Patience. On n'a pas voulu nous en dire plus.

— Ils aident encore du monde, donc pour l'instant ça doit rester entre nous. Mais la vieille veuve Gardener et mademoiselle Euphemia, avec leurs soutiens, ont fait fuir Delly, Charl et le bébé. Ce sont elles qui ont apporté à la case le bonnet tricoté et la couverture pour le petit. Cela faisait longtemps qu'elles conciliabulaient en douce avec Delly.

— Nous sommes restés à six endroits différents avant d'arriver ici. On ne voyageait que la nuit et ça nous a pris deux mois.

— Et toi, Ma, comment es-tu partie ?

— Mme Gibbons, l'amie des Woolsey, a travaillé pour moi avec Euphemia. Je suis partie de Butcher's Dock en bateau, tard dans la nuit.

Ma serra Patience tout contre elle et lui embrassa le haut du crâne.

— J'avais presque perdu l'esprit, je m'étais mise à casser des choses dans la maison, alors Euphemia m'a calmée et conseillé de partir avant que LeBaron et ses gars ne s'en prennent à moi. Je t'ai attendue, Patience, aussi longtemps que j'ai pu, mais finalement j'ai dû m'en aller ou je me faisais attraper. Te laisser là-bas, ça a été la décision la plus dure de ma vie.

— Et Sally ?

— Tu te souviens de Mag Palm ? Sally nous a raconté que vous vous êtes rencontrées à Gettysburg. Elle a aidé Sally. L'a fait descendre jusqu'au moulin à Rock Creek et se cacher dans la fosse sous la roue dentée. Quand finalement elle est arrivée ici, on n'avait jamais vu quelqu'un de plus heureux, tout sourire devant le poêle, fabriquant ses confitures, des files d'attente de gens qui voulaient en acheter. Mag, plus tard, écrivit à mademoiselle Euphemia et la rassura sur le sort de Sally.

— Où est-elle maintenant ?

— Nous allons t'emmener la voir.

Tous les cinq, le petit Kofi me tenant la main et celle de Patience, nous traversâmes la rue, poussâmes le portail dans le mur de pierres, puis remontâmes la pelouse vers la grande demeure blanche des Bellamy. Nous longeâmes la maison, les granges immenses et silencieuses, puis coupant à travers un verger, arrivâmes à un autre mur de pierres. Nous franchîmes l'échalier en bois et traversâmes la forêt jusqu'au moment où le petit Kofi voulut être porté, je le pris avec moi et l'installai sur ma hanche.

— On y est presque, dit Ma.

Nous passâmes le long d'un champ de tournesols qui fleuriraient bientôt.

— Pourquoi y avait-il tant de tournesols laissés ici et là autour de Peeler ?

— Euphemia nous a expliqué que c'est un symbole du chemin de fer clandestin, un signe de danger. Elle et la veuve Gardener les attachaient partout sur le chemin où on pouvait avoir des ennuis. Ça nous a aidés, Charl et moi, à aller jusqu'à Butcher's Dock sans encombre. Leurs amis nous ont ensuite récupérés là en bateau.

Devant nous se trouvait une clairière et, à mesure que nous approchions, je vis des pierres tombales, comme autant de vieilles dents qui dépassaient.

Je posai Kofi par terre et pris la main de Patience. Ma nous conduisit vers une pierre isolée à l'écart des tombes des Blancs, en lisière de forêt, avec l'inscription « Sally Smith ».

Ma sortit une cuillère de sa poche et la posa sur la tombe.

— Elle est partie paisiblement. Elle avait une belle chambre à l'étage de la taverne, à côté de la mienne, avec une grande fenêtre.

Delly posa sa cuillère sur la pierre à côté de celle de Ma.

— Tu aurais vu ça, tout Bethlehem qui défilait le matin pour le petit déjeuner, dit Delly. Célèbre pour sa gelée de la liberté, « faite comme cela me chante », s'amusait-elle.

Devant sa tombe, je lui murmurai une petite prière, elle, ma grand-mère.

Nous revînmes en silence par le même chemin quand soudain Patience me donna un coup de coude.

— Regarde qui est là !

Nathan se tenait de l'autre côté de la route près de l'entrée du cimetière, chapeau à la main.

— On y va, on vous retrouvera plus tard, déclara Ma, prenant Kofi dans ses bras.

Nathan et moi avançâmes chacun l'un vers l'autre pour nous retrouver au milieu du sentier.

— Comment es-tu arrivé ici ?

— À cheval. Je suis venu te voir.

Je devins soudain toute timide tandis que nous nous remettions à marcher.

— Quels sont tes plans ?

— Je ne sais pas encore. Je suis à la taverne depuis quelques jours. Ma main blessée ne va guère mieux, donc je ne peux pas vraiment retourner jouer ni au soldat ni au docteur.

— On dirait que les gens de cette grande demeure auraient bien besoin d'un bon docteur pour ces pommiers.

— J'ai déjà dit à Mme Bellamy que je pourrais m'occuper de son domaine. Elle a proposé une paie meilleure que celle de l'armée.

Nous marchions à travers les bois à présent et les feuilles mortes craquaient sous nos pas.

— Tu es contente d'avoir vu ta mère ?

— Le plus beau jour de ma vie, lui répondis-je avec un grand sourire.

— J'ai pris le nom du bon Dr Gardener. Juste par politesse, j'ai écrit à sa veuve pour lui demander et elle a accepté.

Je pris un bâton et le traînai derrière moi dans les feuilles.

— J'ai pris le nom de « Strong », et Patience aussi.

Nathan me regarda, la mine sérieuse.

— « Jemma Strong. » Cela te va bien, dit-il avec le sourire.

Nous arrivâmes en vue de la maison au moment où le soleil descendait à l'horizon et où les vaches revenaient à l'étable dans un concert de meuglements.

— Accepterais-tu de prendre mon nom, Jemma Strong ?

J'avançai toujours, donnant un coup de pied dans une pierre isolée.

— Jemma Strong Gardener. Ça sonne bien, n'est-ce pas, monsieur Gardener ?

Je marquai une pause, des mésanges chantaient dans le pré.

— Je dois encore m'habituer à ne pas être « juste Jemma ». Il me faudra peut-être du temps pour y réfléchir.

Alors que Nathan me prenait la main et me faisait passer par le portail blanc pour rentrer à la Taverne de l'oiseau, j'eus un grand sourire. J'étais enfin libre. Et le monde nous appartenait.

NOTE DE L'AUTRICE

Écrire *Le tournesol suit toujours la lumière du soleil* a été une expérience douce-amère parce que je savais que ce serait le dernier volume de ma trilogie consacrée à l'incroyable famille de Caroline Ferriday, les Woolsey. J'ai découvert ces femmes en 2000 pendant mes recherches sur la vie de Caroline dans les archives qu'elle a laissées à la Bellamy Ferriday House and Gardens de Bethlehem, dans le Connecticut, inspiration de mon premier roman, *Le lilas ne refleurit qu'après un hiver rigoureux.*

Caroline chérissait ses ancêtres et avait conservé avec soin les vieilles photos de la famille Woolsey, les divers souvenirs et, source essentielle pour ce livre, les lettres que sa grand-tante Eliza Woolsey Howland avait compilées avec tant d'amour.

Il m'est difficile d'exprimer le sentiment que j'ai ressenti en tenant les lettres que ces femmes ont écrites il y a plus de cent ans. J'en suis arrivée à reconnaître l'écriture de chaque sœur, ainsi que celle de leur mère, à force de lire leurs missives foisonnant d'histoires de la guerre de Sécession, que ce soit à propos des navires-hôpitaux, de la bataille de Gettysburg ou de la vie quotidienne à New York. Hélas, l'incendie d'un entrepôt en a détruit un grand nombre, tout comme le mobilier de Mme Woolsey mère et toute la correspondance envoyée par Charles Woolsey pendant son service militaire ; heureusement des centaines ont survécu. Beaucoup de celles que j'ai incluses sont reproduites mot pour mot, ou juste modifiées pour les raccourcir. La lettre que Mme Woolsey mère envoie à la famille du soldat confédéré, Henry Rauch, m'a été communiquée par un de ses descendants et se trouve dans sa presque intégralité.

Pour quiconque souhaiterait en lire davantage, beaucoup ont été magnifiquement reproduites dans le livre *My Heart Toward Home, Letters of a Family During the Civil War** de Georgy et Eliza Woolsey. C'est un charmant pendant au roman *Le tournesol suit toujours la lumière du soleil.*

Quand j'ai découvert au cours de mes recherches que le tournesol signalait un danger pour le chemin de fer clandestin, j'ai su que je tenais le motif de mon troisième roman à propos de la famille de Caroline Ferriday. Mes seules autres certitudes étaient que je voulais raconter cette histoire du point de vue de la grand-tante de Caroline, Georgeanna Woolsey, et de ceux d'une jeune esclave sur une plantation et de sa maîtresse.

Puis j'ai rencontré Kathy Kane.

J'assistais à un événement de la Bellamy Ferriday House and Gardens quand j'ai engagé la conversation

* Mon cœur tourné vers la maison, lettres d'une famille pendant la guerre de Sécession.

avec Kathy. Je lui ai raconté que je commençai à esquisser un roman sur la guerre de Sécession et Kathy a partagé avec moi des aspects fascinants de l'histoire de sa famille, à propos de ses arrière-arrière-grands-parents qui avaient été esclaves sur la plantation de tabac Sotterly dans le Maryland. Kathy n'a pas tardé à m'envoyer un trésor d'informations sur ses ancêtres et à m'assurer qu'ils seraient mes guides et m'inspireraient dans mes recherches. Lorsque mon fils Michael et moi-même avons visité l'ancienne plantation, aujourd'hui transformée en musée, voir les noms des ancêtres de Kathy dans les registres des esclaves de Sotterly a été incroyablement émouvant et cela m'a semblé l'endroit idéal où situer l'histoire de Jemma et son combat pour la liberté.

Ma visite à Sotterly m'a aidée à donner vie au monde de Jemma et une fois que j'ai commencé à écrire les chapitres qui lui étaient consacrés, j'ai choisi de garder sa voix relativement dénuée de dialecte. J'ai trouvé mon inspiration dans celle de Harriet A. Jacobs dont les mémoires, *Incidents in the Life of a Slave Girl** m'ont considérablement aidée à comprendre la vie de Jemma. Harriet raconte dans une belle prose directe comment elle a été maltraitée par ses propriétaires et comment, pour leur échapper, elle a dû rester cachée huit ans dans un réduit pas plus grand qu'un cercueil, séparée de ses deux enfants. Étant donné que dans mon roman, tante Tandy Rose a appris à lire à Jemma et la laisse se servir dans sa bibliothèque, je me suis dit que lui donner une voix semblable serait fidèle à son personnage.

La scène de l'arrivée de Jemma à New York en pleines émeutes contre la conscription est basée sur des faits.

* Incidents dans la vie d'une esclave.

Pendant les quelques jours qu'elles durèrent, la population – majoritairement irlandaise – a assassiné onze Noirs affranchis et un enfant. J'ai jugé important de ne pas atténuer la réalité de cette période horrible qui nous rappelle à quel point il est important de se souvenir et de confronter notre passé et d'en tirer des leçons. Le Dr James McCune Smith que Jemma rencontre à l'orphelinat était le premier apothicaire noir de New York et le directeur de cet orphelinat. Il était aussi le premier Afro-Américain diplômé de la faculté de médecine parmi les premiers de sa classe à l'université de Glasgow.

La maison de Nathan Gardener à Weeksville, Brooklyn, s'inspire d'un endroit réel. Dans les années 1860, Weeksville, avec une population de plus de cinq cents habitants, se distinguait par ses nombreuses églises, son école, son cimetière, sa maison de retraite et un des premiers journaux afro-américains, *The Freedman's Torchlight**. C'est là qu'habitait la première directrice d'école noire à New York, Sarah Tompkins Garnet, et pendant les émeutes de 1863, la communauté a servi de refuge à de nombreux Afro-Américains qui fuyaient la violence. Après la construction du pont de Brooklyn et au fur et à mesure que New York croissait et se développait, Weeksville a peu à peu été absorbé dans le quartier de Crown Heights et le souvenir du village largement oublié, mais la Heritage Foundation a merveilleusement préservé une portion de la ville d'origine, si bien que ses visiteurs peuvent encore faire l'expérience de Weeksville aujourd'hui. Vous pourrez en apprendre davantage sur le site www.weeksvillesociety.org

Le personnage d'Anne-May Watson est inventé et basé sur des années de recherche sur les maîtresses

---

* La Torche de l'affranchi.

de plantation de l'époque. Comme je le fais avec tous mes personnages, j'ai essayé de montrer ses travers, mais aussi de la rendre crédible. J'ai fait de mon mieux pour montrer la réalité brutale de la cruauté infligée par les propriétaires d'esclaves et voulu montrer la vie quotidienne sur les plantations de façon aussi précise que possible. J'ai vécu huit ans à Atlanta et passé une bonne partie de mon temps à visiter d'anciennes plantations, aujourd'hui transformées en musées, et j'ai intégré cette histoire dans mes recherches sur Peeler.

Je me suis inspirée pour la résidence d'Anne-May de la maison principale de Sotterly, construite en 1703, et cela m'a aidée à rendre vivant le monde d'une propriétaire de plantation. Le plus émouvant pour moi quand j'ai visité Sotterly a été la vue du fleuve Patuxent depuis les fenêtres du salon, sachant qu'un bateau de traite d'esclaves, le *Generous Jenny*, l'avait remonté en 1720 et y avait jeté l'ancre pour vendre ses captifs africains du pont même du navire. Mais le plus captivant pour moi se trouvait en bas de la colline où se dressait la maison de maître : la case rénovée où s'étaient entassés les esclaves qui travaillaient dans les champs de tabac. Cela m'a saisie d'effroi d'imaginer qu'ils dormaient tous dans la même pièce sur des matelas remplis de feuilles de maïs en plein hiver – la petite cheminée ne donnant que peu de chaleur quand le vent froid soufflait de la côte du Maryland –, tandis qu'une poignée de propriétaires blancs se prélassaient sur des matelas de plumes dans la maison bien chauffée.

On ne peut qu'aimer les femmes de la famille Woolsey, si fortes et déterminées. Comme l'a écrit Jane Stuart Woolsey dans son livre, *Hospital Days, Reminiscence of a*

*Civil War Nurse** : « Dès que les membres de la famille Woolsey avaient passé l'âge des jouets, ils se mettaient à la politique. Élevés par une mère qui haïssait l'esclavage, même si ses ancêtres en avaient possédé pendant des générations, ils empruntaient à sa suite le chemin rigoureux du mouvement abolitionniste. »

Jane Eliza Newton Woolsey, la matriarche, avait six frères et sœurs. Elle a grandi dans une famille presbytérienne d'origine écossaise et irlandaise qu'elle a quittée à quatorze ans au décès de sa mère, morte de maladie, pour aller vivre avec sa chère tante Ricketts à Fairfax, Virginie. Son expérience de la vie dans une ferme où travaillaient des esclaves l'a profondément affectée et l'a poussée à se consacrer à la cause abolitionniste et à soutenir ses prédicateurs célèbres de l'époque. La toute première scène du livre où les Woolsey assistent au marché aux esclaves à Charleston, en Caroline du Sud, et rencontrent la malheureuse dont les enfants sont vendus, est basée sur une histoire vraie racontée dans leurs lettres. On ne peut pas visiter ce marché, aujourd'hui transformé en musée, qui témoigne des horreurs de l'esclavage, sans être ému par les artéfacts qui y sont exposés.

Jane Eliza a rencontré Charles William Woolsey, descendant d'une famille venue sur le *Mayflower*, lors d'un voyage à New York. Ils se sont croisés dans la rue et cela a été le coup de foudre. Ils se sont mariés et se sont installés à Boston, où ils ont eu sept enfants, toutes des filles. La tragédie s'est abattue sur cette famille heureuse quand M. Woolsey a péri en mer alors qu'il rentrait chez lui de New York à bord du vapeur Lexington. Cela a été

* Expériences à l'hôpital, souvenirs d'une infirmière de la guerre de Sécession.

une période sombre et Mme Woolsey, enceinte de son huitième enfant, un garçon, a déménagé à New York pour se rapprocher de la famille de son mari. Elle s'est établie au 8 Brevoort Place, dans ce qui est aujourd'hui Greenwich Village.

Les huit enfants Woolsey ont tous grandement contribué à la société de leur époque.

Abby, Jane et Georgy ont joué un rôle primordial dans l'évolution du travail d'infirmière et l'établissement d'un système de formation professionnelle après la guerre. Abby a fait partie de conseils d'administration d'hôpitaux et d'associations caritatives pendant des années ainsi que de celui de l'école d'infirmières Bellevue, exemplaire dans le domaine. Elle a écrit plusieurs manuels pour les hôpitaux et soutenu ces pionnières jusqu'à sa mort en 1893, à soixante-cinq ans.

Jane Stuart Woolsey a continué sa carrière d'infirmière après la guerre de Sécession, puis enseigné à l'école industrielle du syndicat des affranchis à Richmond en Virginie, œuvrant à venir en aide aux anciennes esclaves pour leur permettre d'apprendre à faire de la couture, lire et écrire. Elle a ensuite écrit ses mémoires, *Hospital Days*, où elle raconte son histoire avec beaucoup d'esprit et de sincérité. C'est une lecture qui accompagne merveilleusement celle du *Tournesol suit toujours la lumière du soleil*. Vers la fin de sa vie, Jane souffrait de rhumatisme articulaire aigu et c'est sa sœur Abby qui s'est occupée d'elle jusqu'à sa mort en 1891.

J'ai choisi de raconter la partie de l'histoire consacrée aux Woolsey du point de vue de Georgeanna Muirson Woolsey parce que je suis tombée amoureuse du ton si direct et plein d'autodérision de ses lettres. J'ai admiré sa grande compassion et ses avancées dans ce nouveau métier d'infirmière. Elle s'est occupée des multitudes de blessés avec aplomb, s'est vite adaptée à ses responsabilités dans l'armée que ce soit sur les navires-hôpitaux ou à terre, tout cela malgré les insultes continues infligées par les médecins militaires. Georgy écrit dans une lettre datée de 1864 :

« Personne ne sait, mis à part les témoins de cette période, combien d'opposition, de mauvaise volonté, de manque total de compassion ces infirmières ont enduré. À ma connaissance, il n'est guère de chirurgiens qui aient reçu ou traité ces femmes avec ne serait-ce que la plus élémentaire courtoisie, bien décidés à leur rendre la vie insupportable pour mieux les pousser à partir pour se protéger. »

Georgy a continué à soigner les soldats jusqu'à la fin de la guerre, quand le général Lee s'est rendu à McLean House à Appomattox le 9 avril 1865. En ce jour, les Woolsey ont pavoisé le 8 Brevoort Place de couleurs patriotiques, un drapeau au-dessus de la porte d'entrée et des lanternes colorées sur le balcon.

Leur joie et les célébrations ont vite été interrompues quand le président Lincoln a été assassiné le 14 avril 1865. Quand elle a entendu la nouvelle, Georgy s'est précipitée à la porte de la chambre de Carry et a crié : « Laisse-moi entrer ! M. Lincoln a été assassiné ! » Carry a écrit le lendemain à Eliza : « Nous sommes toutes abasourdies par la douleur ! Quelle tragédie pour l'Amérique ! »

Georgy a épousé son ami d'enfance, le Dr Frank Bacon, en 1866. Après la guerre, le couple a déménagé à New Haven où le Dr Bacon s'est embarqué dans une carrière distinguée de professeur de chirurgie à la faculté de médecine de Yale. Georgy et lui ont aidé à fonder l'école d'infirmières du Connecticut, réalisant enfin le rêve de la jeune femme. Elle a écrit un manuel pour les infirmières, *A Handbook of Nursing for Family and General Use** et son livre *Three Weeks at Gettysburg*, son récit des semaines qu'elle a passées à Gettysburg avec sa mère, continue à être lu par beaucoup.

Georgy et Frank n'ont jamais eu d'enfants et Georgy a consacré son énergie à la société d'aide aux enfants du Connecticut, à l'hôpital de Newington pour les enfants handicapés, et Playridge, un home d'enfants qu'elle a fait construire avec Frank Bacon à Woodmont dans le Connecticut. Georgy a accroché l'épée et le pistolet qui avaient servi à Frank pendant la guerre de Sécession ainsi que les deux couteaux capturés à la première bataille de Bull Run dans l'entrée de leur maison en brique rouge au 32 High Street à New Haven. Un obus utilisé pour prendre Tybee Island décorait le poteau de la rampe d'escalier. Georgy est morte en 1906. Bien que Frank Bacon ait vécu jusqu'en 1912, les membres de la famille ont noté : « Après la mort de Georgy, il perdit tout intérêt pour la vie et vieillit énormément. »

Mary Elizabeth Watts Woolsey Howland, que Georgy appelait « Ma Mary », est morte d'une maladie soudaine en 1864. Mère de quatre filles et épouse dévouée du Révérend Robert Howland, Mary était une peintre de talent et une remarquable poétesse même si durant sa vie, son talent littéraire est resté caché au public à cause de son sexe. En 1862, Mary a écrit le poème *Un jour de pluie au camp* du point de vue d'un soldat à l'agonie qui contemple sa mortalité. La famille Woolsey l'a fait imprimer et distribuer dans un cercle privé. Les journaux ont vite découvert ce poème qui a eu un succès considérable auprès des troupes. Les soldats en envoyaient

* Manuel d'infirmerie pour la famille et les soins généraux.

des copies à leur famille sans savoir que Mary en était l'auteure. Les Woolsey ont maintenu l'illusion, pensant qu'il valait mieux laisser croire à ces milliers de familles qu'un homme en était l'auteur. Mary a écrit plusieurs autres poèmes populaires et est morte sans avoir divulgué son secret.

Eliza Newton Woolsey Howland, la meilleure amie de Georgy et sa cadette de deux ans, a été infirmière avec elle au début de la guerre, mais a consacré les années suivantes à aider son mari, Joseph Howland, à se remettre des blessures qu'il avait reçues à la bataille de Gaines's Mill. Ils ont passé leur vie dans leur propriété de Tioronda à Fishkill, dans l'État de New York, à se consacrer à leur communauté avec philanthropie. Eliza a assumé le rôle d'historienne de la famille et a rédigé le *Woolsey Family Records*. Elle mourut en 1917 et Tioronda existe encore aujourd'hui.

Harriet Roosevelt Woolsey, « Hatty » a épousé en 1869 son cousin, le Dr Hugh Lenox Hodge, chirurgien qui enseignait à la faculté de médecine de l'université de Pennsylvanie. Le couple a eu deux enfants, Hugh, qui est parvenu à l'âge adulte et Jane Eliza, mort-née. Hatty est morte en 1878.

La plus jeune sœur, Caroline Carson Woolsey, aussi connue sous le nom de Carry, la grand-mère chérie de Caroline Ferriday, a épousé Edward Mitchell. Ils ont eu une fille, Eliza Mitchell Ferriday. Carry a rencontré Edward, devenu après la guerre un avocat des plus respectés, grâce à sa sœur Georgy qui avait fait sa connaissance alors qu'il travaillait comme jeune administrateur des fournitures à bord des navires-hôpitaux. Tombé malade, il a été soigné par Georgy qui l'a envoyé en convalescence à New York où Carry et lui se sont rencontrés.

Carry ne s'est pas contentée de travailler dans les hôpitaux new yorkais pendant la guerre mais s'est aussi consacrée aux enfants noirs de l'orphelinat qui fut sévèrement touché par les émeutes contre la conscription. Bien qu'aucun des enfants n'ait péri la nuit de l'incendie de l'orphelinat, ils furent déplacés pendant des mois et l'incident reste une tache indélébile sur les émeutiers, essentiellement irlandais, qui ont saccagé et brûlé le bâtiment. Carry soutenait aussi l'orphelinat de New York. Édifié en 1806 par un groupe de femmes engagées, dont Elizabeth Hamilton, l'épouse d'Alexandre Hamilton, l'orphelinat de New York avait tout d'abord été établi dans une maison en bois de Greenwich Village et fut une des premières organisations caritatives dirigée par un conseil d'administration entièrement féminin et au fonctionnement assuré uniquement par des femmes. Il a déménagé en 1837, dans une zone bucolique et rurale très au nord de la ville, qui correspond aujourd'hui à la 73e Rue et Riverside Drive. Carry a soutenu l'orphelinat et ses résidents qui reviennent sous le nom des « orphelins de Bloomingdale de Carry » dans les lettres des Woolsey, jusqu'à sa mort en 1914. L'organisation s'est développée et a pris le nom de Graham Windham et continue à ce jour d'améliorer la vie des enfants dont elle s'occupe.

Le seul fils Woolsey, Charles William Woolsey, a servi avec distinction pendant la guerre de Sécession. Bien que ses lettres envoyées à la maison durant cette période se soient perdues, on sait qu'il a servi comme assistant du général Meade dans l'armée du Potomac, a été légèrement blessé à Gettysburg, ce qui a fait accourir Georgy et Mme Woolsey sur le champ de bataille, craignant le pire, pour découvrir que Charley, déjà remis, était parti avec son régiment.

Charley a assisté à la reddition du général Lee et de son armée de Virginie du Nord à Ulysses S. Grant près du tribunal d'Appomattox en Virginie en 1865 pour la plus grande fierté de sa famille. Il a épousé Arixene Southgate Smith en 1868 et a déménagé à Asheville, Caroline du Nord, un peu plus tard dans sa vie pour des raisons de santé. Il a eu trois enfants, mais seule sa fille Alice a atteint l'âge adulte. Il est mort en 1907.

Tous les événements historiques dans les chapitres consacrés à Georgy sont tirés des lettres de la famille Woolsey. Les obstacles qu'elle a dû surmonter pour devenir infirmière, le temps qu'elle a passé à Washington avec Eliza et à bord des navires-hôpitaux ainsi que ses expériences à Gettysburg et à la foire pour la Commission sanitaire sont tous basés sur des témoignages de première main.

J'ai passé des semaines à Gettysburg à retracer les pas de Mme Woolsey mère et de Georgy pour recréer les trois semaines qu'elles y ont passées, du moment où elles ont commencé à soigner des soldats au dépôt ferroviaire en face de ce qui deviendrait le camp Letterman, le célèbre hôpital où des centaines de soldats de la guerre de Sécession, confédérés ou de l'armée américaine, furent soignés. Glen Hayes de l'Association pour la préservation du champ de bataille de Gettysburg (GBPA) m'a fourni une aide inestimable. Aujourd'hui, la GBPA lutte pour sauver une partie de l'hôpital du camp Letterman et à l'heure où j'écris ces lignes leur comité lutte depuis quinze ans, avec l'aide considérable du public, pour préserver le site de toute construction. Pour davantage d'information, consultez https://www.gbpa.org.

La bataille de Front Royal où Harry Wilson a péri et Fergus a perdu sa jambe s'inspire également d'une vraie bataille qui eut lieu le 23 mai 1862 quand le 1er régiment d'infanterie confédéré du Maryland s'est battu contre d'autres citoyens du Maryland, le 1er régiment unioniste volontaire d'infanterie du Maryland. C'est la seule fois de l'histoire militaire américaine où deux régiments du même État et portant la même désignation numérique s'affrontèrent.

Le 36e régiment noir d'infanterie qui vient à la rescousse de Jemma et Patience a été organisé le 8 février 1864 sous le commandement du colonel Alonzo G. Draper. Basé à Point Lookout, il servait à surveiller les prisonniers confédérés jusqu'à ce qu'il soit envoyé au combat à la bataille de Chaffin's Farm, à celle de Fair Oaks et bien d'autres. Le 36e régiment a contribué à l'occupation de Richmond, en Virginie, et a aidé l'Union à capturer la capitale rebelle, signe le plus important que la Confédération touchait à sa fin. Le soldat James Daniel Gardner et le caporal Miles James, tous deux membres du 36e, ont reçu la médaille d'honneur, la décoration militaire américaine la plus élevée et la plus prestigieuse, pour leurs actes de bravoure à la bataille de Chaffin's Farm.

J'ai inclus des apparitions de quelques personnages historiques de l'époque : le président Abraham Lincoln, le ministre de la Guerre Edwin Stanton, Abigail Hopper Gibbons, Frederick Law Olmsted et quelques autres, parce que je les ai trouvés dans les lettres de la famille de Woolsey et qu'ils faisaient partie de leur monde. Georgy et Eliza ont vraiment rencontré Lincoln à la Maison-Blanche et Georgy lui a demandé son aide pour fournir des aumôniers aux troupes, ce qu'il a accepté de faire. Henry Rauch, le jeune soldat confédéré de Caroline du Sud, apparaît aussi dans les lettres des Woolsey et est mort dans les bras de son frère tout en recevant les soins attentionnés de Mme Woolsey. Le personnage de Mag Palm, la femme qui aide Sally Smith à Gettysburg, est également basé sur une personne réelle. Mag habitait près du champ de bataille de Gettysburg et après avoir découvert son histoire dans mes recherches, je suis tombée amoureuse de sa force et de sa ténacité et j'ai trouvé qu'elle méritait qu'on se souvienne d'elle.

Je suis passée au cimetière Bellamy-Ferriday le premier jour où j'ai visité la maison de Caroline, en 2000. Entouré par les terres du Bellamy Land Trust, il est tout près de la maison de Caroline, comme le voulaient les habitudes de l'époque. Il abrite les tombes des résidents de Bethlehem depuis le début du XVIIIe siècle et au-delà. Le révérend Bellamy, qui a construit la maison de Caroline, y est enterré ainsi que de nombreux anciens habitants de la petite ville. Une femme du nom de Sally Smith y est aussi ensevelie, mais sa tombe se trouve à l'écart de celles des résidents blancs. Ma curiosité attisée, j'ai fait des recherches pour trouver son histoire, mais sans succès. Le fait que même morte Sally n'ait pas été incluse m'a hantée et m'a poussée à honorer sa vie. Sa pierre tombale dont les origines se sont perdues a inspiré la Sally Smith fictive.

La Taverne de l'oiseau qui se trouve sur une butte de l'autre côté de la rue où se dresse la maison de Caroline faisait partie du chemin de fer clandestin. J'ai su la toute première fois où j'ai vu ce beau bâtiment ancien en plein centre du village que je l'inclurais si jamais j'écrivais un livre sur la guerre de Sécession. Cela m'a paru être l'endroit parfait pour conclure cette trilogie parce que Caroline Ferriday était une ardente partisane des droits civiques. Je pense que Caroline serait heureuse de savoir que les histoires de ses ancêtres Woolsey, tous abolitionnistes, et de ceux qu'ils ont aidés à libérer sont enfin racontées.

REMERCIEMENTS

Ma dette est immense envers tous ceux qui ont fait de l'écriture du *Tournesol suit toujours la lumière du soleil* une expérience si gratifiante : je remercie mon mari, Michael Kelly, qui a lu chaque premier jet et a partagé si généreusement sa profonde connaissance de la guerre de Sécession et ses suggestions en matière d'intrigue. Merci d'avoir partagé mon rêve : finir l'histoire de la famille de Caroline Ferriday. Merci de soutenir tout ce que je fais avec un enthousiasme et un amour sans faille et de nous garder tous magnifiquement bien nourris. Ma fille Katherine, alias Kay, pour ces longues marches faites ensemble, son remarquable esprit, sa sagesse et ses conseils francs sur le manuscrit. Ma fille Mary Elizabeth pour ses suggestions éditoriales d'expert, toujours prête à tout laisser tomber pour lire de nouveaux chapitres. J'admire ses efforts pour apporter enfin de vrais changements qui n'ont que trop tardé dans le monde. Je n'aurais pu souhaiter avoir deux filles plus belles et meilleures sources d'inspiration. Vous vivez toutes deux dans les pages de ce livre, dans les sœurs Woolsey, plus que vous n'en avez conscience. Mon fils Michael pour ses conseils concernant le manuscrit, ses talents pour créer une bande-annonce, sa compagnie et sa science lors de nos périples en voiture et merci, par sa gentillesse et sa compassion de m'avoir inspiré Harry Wilson, le frère d'Anne-May. J'espère que nous ne cesserons de voyager ensemble. Mon gendre Chase, complément exquis à notre famille et champion des œufs brouillés. C'est lui qui m'a parlé de Moneysunk Road.

Kara Cesare de chez Ballantine Bantam Dell, l'éditrice la plus attentionnée et douée qu'un auteur peut souhaiter, généreuse en tout point et qui a su voir en Caroline Ferriday une femme dont il fallait se souvenir. Merci d'avoir adopté les histoires des femmes Woolsey avec tant de soin et d'élégance et d'avoir si fermement surveillé mes arrières quand j'essaie de nouvelles choses. Toute l'équipe « Sunflower » de Ballantine Bantam Dell, merci pour votre coopération sans accroc et enthousiasme infini : Debbie Aroff, Barbara Bachman, Susan Corcoran, Melanie DeNardo, Jennifer Hershey, Kim Hovey, Colleen Nuccio, Paolo Pepe, Kara Welsh, Gina Centrello et Benjamin Dreyer (pour n'en citer que quelques-uns) et toute l'équipe de relecture chez Random House.

Mon agent littéraire, Alexandra Machinist, qui ne cesse jamais de m'étonner par son soutien indéfectible et ses conseils si justes, et qui, un jour, a sorti mon manuscrit de la pile, soutenant que ces histoires devaient être racontées et a tout fait pour qu'elles le soient. Tu es une incroyable force de la nature.

Kathy Kane qui a partagé avec moi les histoires de ses ancêtres esclaves et m'a suggéré d'aller à la plantation

Sotterly pour en apprendre plus sur leur vie. Je suis heureuse que ce jour-là, les astres nous aient permis de nous rencontrer. Tiffany Smith qui m'a confié si généreusement ses luttes en tant que femme noire aujourd'hui et a lu le manuscrit aussi mal dégrossi qu'il ait été alors. Merci pour ton amitié et ton honnêteté. Kathy Murray qui m'a aidée à comprendre que rien de ce que je peux dire ne comblera jamais le fossé béant qui existe entre mon expérience et celle d'une femme noire, mais que nous pouvons nous allier pour changer vraiment les choses.

Ma sœur Polly Simpkins, modèle de générosité et d'amour inconditionnel, qui contribue chaque jour à un monde meilleur et son mari, Brad Simpkins pour son amour et son soutien inépuisables. Et ma sœur Sally Hatcher qui la première m'a appris que les chats méritaient d'être aimés autant que les chiens. C'est toujours ma meilleure grande sœur. Ma belle-mère, Mariann, et mes cinq belles-sœurs pour leur soutien sans faille, merci d'avoir fait venir le clan entier à diverses manifestations littéraires, me montrant ainsi l'importance d'une famille aimante et encourageante. Mes cousines Juanita Fowler, Patty Hill, Peggy Quinn et Jane Huth dont les personnalités séduisantes m'ont inspirée pour créer les femmes Woolsey ; vous êtes les preuves vivantes que des traits traditionnels comme l'honnêteté et la loyauté ne se démodent jamais. Ma cousine Wylie Savanas Quinn III, qui a autrefois été l'organiste et le chef de chœur de La Chapelle de la Croix à Chapel Hill, en Caroline du Nord. Sa suggestion, « répète simplement le mot pastèque si tu oublies les paroles d'une chanson », a été un conseil marquant.

Glen Hayes de l'association pour la préservation du site de la bataille de Gettysburg, dont l'aide a été inestimable pour l'exactitude des parties militaires. Merci pour le temps infini passé à relire les chapitres de *Sunflower Sisters* consacrés aux scènes de bataille, vous m'avez offert corrections, suggestions, toute votre gentillesse et votre passion pour l'histoire de la guerre de Sécession. Que vos efforts pour préserver une partie du camp Letterman à Gettysburg soient couronnés de succès. On trouvera plus de renseignements sur le travail de Glen sur le site https//www.gbpa.org.

Jene Klopp qui m'adressa une copie de la lettre écrite par Mme Woolsey à son arrière-arrière-grand-père, le révérend Rauch, père du jeune soldat confédéré de Caroline du Sud que Jane Eliza a si tendrement soigné. Je suis si émue chaque fois que je la lis, c'est pour moi l'une de mes histoires préférées en connexion avec le roman. Je vous suis éternellement reconnaissante d'avoir partagé une lettre familiale si importante. J'espère qu'elle permettra aux gens de mieux comprendre ce que signifie offrir gentillesse et miséricorde à ceux qui se trouvent dans un camp opposé au nôtre.

Le Centre d'histoire d'Atlanta et sa directrice Kate Whitman, Joanna et Keith qui m'ont permis de visiter les coulisses de cet incroyable musée, m'ont ouvert les archives et montré tant de trésors de la guerre de Sécession pour donner vie à cette période. Un merci tout particulier à Keith qui joua de son tambour d'époque de façon si authentique que j'en ai pleuré. La Maison du patrimoine à Madison, en Géorgie, pour une visite incroyable durant laquelle j'ai appris qu'alors, les dames gravaient leur nom sur les carreaux avec leur bague de fiançailles pour vérifier si les diamants étaient vrais ou faux.

Le très regretté Alexander Neave, cousin de Caroline Ferriday et sa femme Lynne qui ont partagé les papiers de famille de Caroline, des photos et leurs souvenirs d'elle. Richard Furniss qui a offert une visite sensationnelle de sa collection de fusils anciens. Le personnel des Demeures historiques du Connecticut, notamment la merveilleuse et toujours dévouée Peg Shimer, administratrice de la Bellamy Ferriday House and Gardens, et Jamie-Lynn Fontaine Connel, Robert Brock et Jana Colacino qui prennent si bien soin de la maison bienaimée de Caroline. Les guides brillants et infatigables de la Bellamy Ferriday House and Gardens : Gary P. Cicognani, Natalie DeQuarto, Muffy Barhydt, Timothy Marcinek et le jardinier Brett Bitner. Merci pour vos heures de labeur, vous savez merveilleusement faire vivre la maison pour vos visiteurs. Caroline et ses ancêtres seraient fiers.

Betty Kelly Sargent, sublime et immensément douée, qui m'a offert encouragements et expertise à un stade précoce, me disant à propos du *Lilas ne refleurit qu'après un hiver rigoureux*, « tout ce dont j'ai besoin, c'est d'un chapitre ». Sans elle, tout ceci aurait failli ne pas se réaliser. Susan Klein, relectrice-correctrice free-lance experte, qui rectifie un brouillon comme personne d'autre.

Elaine Hayes de la Fishkill Historical Society pour son aide dans mes recherches. Peter LaPorte, Carol Moody et Karen Wood de la St. Mary's County Historical Society pour les informations sur ce comté fascinant où j'ai placé Peeler, ma plantation fictive.

Les libraires indépendants et les bibliothécaires qui, partout, ont travaillé si dur pour que l'histoire de cette famille tombe dans les mains des lecteurs, notamment Frank Keilty du Hickory Stick Bookstore à Washington Depot, Connecticut, qui s'est réellement mis en quatre. Madison Garner, Grace Hough, Morgan Burke et

Lauren Burke : vous êtes le meilleur groupe de discussion qui soit.

Mon éditeur français, les éditions Leduc, Karine Bailly de Robien, Danaé Tourrand-Viciana pour un travail exceptionnel et les meilleurs vins et profiteroles de Paris. Mes traductrices, Géraldine et Laurence, pour leur attention sans faille et leur disponibilité. Sophie Baker chez Curtis Brown, pour cinquante éditions en langue étrangère du *Lilas ne refleurit qu'après un hiver rigoureux* et d'*Un parfum de roses et d'oubli.*

Shirl Knobloch et son mari qui m'ont invitée dans leur belle maison de Gettysburg, Shirl qui a partagé avec moi ses livres merveilleux ainsi que sa maison et son jardin d'époque, magnifiques. Gary Parkes, mon arme secrète pas si secrète, qui sait si bien mettre à jour et en valeur ma présence sur les réseaux sociaux. La Old Bethlehem Historical Society et Carol Ann Brown, gardienne du passé charmant de Bethlehem. Mary Jane LaBoudy et le Old Bethlehem Burial Grounds Board qui a conçu un partenariat avec moi pour préserver le cimetière historique où reposent Sally Smith et le révérend Bellamy. Stewart Rabinowitz pour son amitié et son travail acharné pour faire prospérer la fiducie foncière Caroline Ferriday.

PEFC™
10-31-3068

Certifié PEFC

Ce produit est issu de forêts gérées durablement et de sources contrôlées.

pefc-france.org

Cet ouvrage est composé de matériaux issus de forêts gérées durablement certifiées PEFC™. Le Programme de reconnaissance des certifications forestières (PEFC™) est le plus grand organisme mondial indépendant de contrôle pour une gestion durable des forêts. Pour en savoir plus, consultez le site www.pefc-france.org

Achevé d'imprimer en avril 2021
par CPI Bussière
À Saint-Amand-Montrond (18)
Dépôt légal : mai 2021
N° d'impression : 2056614
Imprimé en France